中华传世藏书

【图文珍藏版】

中国历代通俗演义

[清]蔡东藩·原著

马博·主编

线装书局

目　录

慈禧太后演义

民国演义（上）

中华传世藏书

中国历代通俗演义

目录

二

中国历代通俗演义

慈禧太后演义

[清]蔡东藩·原著

马博·主编

自　序

　　有清一代之女后，前有孝庄，后有孝钦，皆以才色闻，而孝钦尤过之。顾孝庄能招降洪承畴，善驭多尔衮，卒令八龄幼主入主中原，开一统之盛治。孝钦则初平发捻，定回苗，知人善任，几若凌驾孝庄。乃其后误信谗构，妄任憸人，酿成数千年来未有之匪祸，而清室以墟。是何也？妇人可小知，不可大受；可暂试，不可常专。孝庄虽亦预政，卒未秉揽大权，故所试有效。孝钦三次临朝，威权莫比，由勤而逸，由逸而骄，由骄而败，则甚矣！牝鸡毋晨之训，固不可违也！晚清之季，党人蜂起，保皇党笔伐于先，革命党口诛于后，孝钦之名为之大损。坊间曾有西太后一编，卷帙无几，第述宫闱秽亵事迹，近诬蔑毫无价值，故不崇朝而毁灭。清室已覆，复有慈禧外纪，及慈禧写照记等书流传市肆，顾或稗贩西文，未必尽确，或掇拾野乘，所见多偏，据片面之见闻，漫欲加以论定，保无有管蠡之诮者。鄙人前辑《清史通俗演义》，于孝钦一生行迹，十举四五，自谓粗得大凡，乃时论犹有未尽之憾，用特续编西太后专集，仍用演义体裁，哀录大政，遍采遗闻，得书四十回，都二十余万言。要旨在防范女权，唤醒世梦，以人为鉴，即劝即惩，阅者得是编以证之。其或足以餍目也软！编竟志数语，以作弁言。

中华民国七年十一月古越蔡东藩氏识

第一回 述胜朝畅谈楔子
溯后族顺叙髫年

母后临朝，自古所戒。有史以来，只宋朝一个宣仁太后，史称她作女中尧舜。此外，如汉唐时代，母后当国、外戚、内竖、夤缘幸进，把一朝锦绣江山，搅乱得不可收拾。所以，史家悬为厉禁，将母后临朝的制度，视作蛇蝎一般，统说它是覆宗的祸水，误国的罪魁。揭出宗旨。

在下生当前清季世，往古的母后也不能一一评论。只清季母后垂帘，始自同治初元。咸丰帝驾崩热河，太子载淳嗣位，年号同治。这同治帝尚是冲龄，未能亲握政权，他的生母那拉氏英明得很，就依附历史，援母后临朝的成制，一意举行。当时，有几个王大臣与她反对，都被她一概扳倒，杀的杀，死的死，满朝文武吓得屁滚尿流，那个还敢出来作梗！因此那拉氏遂安安稳稳的临朝起来。妙。但同治帝尚有嫡母钮祜禄氏，素性贞娴，本没有临朝的思想，寻由那拉氏从旁怂恿，未免两可其间。那拉氏虽母以子贵，究竟不好抹煞嫡母，于是特创一个不古不今的法制，抬出两位母后，垂帘听政。这正是旷古无两。这时候的国势，正忧危的了不得，洪、杨余党盘踞长江，赖、张两捻出没大河，还有外洋各国乘乱相逼，英法联军长驱入京，城下乞盟，割地偿款，京内外的元气几乎消磨殆尽。自从两太后垂帘以后，用人行政，各适其宜，把数十万发捻次第荡平，且乘此辑睦邦交，裁定内外，河山再奠，日月重光，俨然有中兴气象。不但海内人民盛称懿德，就是外洋各邦亦钦佩得很，慈安慈禧两太后徽号，歌颂一时。就中慈禧太后的英名，比慈安太后更加一层。因为慈安性质冲和，事事不愿专擅，一切政务多归慈禧主持。这慈禧后福至心灵，神强力固，所言所行，无不顺手，内而宫禁，外而朝野，没一个不服她见识，没一个不奉若神明。欲擒先纵，是文中应有之笔。

到了同治驾崩，光绪帝以弟承兄，又是一个小皇帝，两太后仍然训政，依旧七鬯无惊。一瞬数年，慈安谢世，国家大事统归慈禧掌握，自不必说。直至光绪亲政，慈禧退养颐和园，名为不亲朝事，暗中恰也与闻。不料中日战起，中国的水陆军，统一败涂地。邦人士未识内情，统说光绪帝所为远不及慈禧的英明，于是慈禧太后的德望，更增一倍。那时光绪帝也自愤自嫉，恨不得立刻斡旋，转败为胜；康梁新进，引为知己；戊戌变法，百日以内，维新诏旨联翩下来，把京内外的官吏弄得头绪不清，脚忙手乱。顿时怨声载道，物议沸腾。朝右的老臣顽固的多，开通的少，遂捕风捉影，谗间两宫。又把这慈禧太后请了出来，三次垂帘，驾轻就熟。总道她能保全国脉，挽回气运。谁知天意变迁，人才衰歇，一班献媚贡谀的臣子有什么大经济！免不得照例敷衍，苟且塞责；还有几个皇亲国戚，窥伺慈禧的意旨，勾结内侍，播弄宫中。端刚之肉，其足食乎。酝酿久之，竟闯出一场滔天大祸，几乎把二十二行省，四百兆生灵，尽行断送！幸亏外人相率而来，互相钳制，囫囵一个大中原，无从分起，只好我觑你，你觑我，彼此瞪目一番，舌挢而不敢下，迁延多日，没人发难，乐得卖个人情与清室，再敦和好。但寇氛虽靖，民力渐凋，四百五十兆的赔款，母子盘剥，已足刮尽中国地皮，吸尽华人膏血。嗣是慈禧太后的盛名，一落千丈。前歌谁嗣？后诵执杀？一片诽谤声，喧腾全国；甚至肆口讥评、捏词诬蔑，说得慈禧一钱不值，且目为中国罪人。其实，往时的称颂未免过情，晚来的谤毁也不无太甚。平心之论。倘使慈禧太后今日尚存，吾中华的革命恐没有这般迅速，就令推位让国，也要弄得精疲力尽，哪里肯不战而退呢。看官不信，试想慈禧自西安回銮途中，并没有出险情事；到京后，依然手握大权，莫敢指斥；由辛丑至戊申，其间又经过八年，并没有损动分毫；到了光绪晏驾，宣统入嗣，宫中仍肃静无哗；直至自己病剧，犹且从容不迫，嘱咐得井井有条，自王公以下，统恪承遗训，安而行之。若非慈禧平日有强忍果毅的手段，笼络得住，难道有这样镇静吗？是极。

在下早想把慈禧行状编成一书，作为稗史的先声，可奈累岁奔波，不遑着手。坊间的慈禧外纪，及慈禧写照记等书，已陆续出版，先我著成，转令在下落了人后，只好搁笔。但因夙愿未偿，于心难忍。适值丁戊二年，家居无事，借翰墨以消愁，就文字以论古，不揣冒昧，编了一部西太后演义。西太后，就是慈禧太后。慈安居东，慈禧居西，所以当时有东西两太后的称号。在下不敢妄撰，沿称为西太后，以便省文。全书仿演义体，语语浅近，老妪都解。令天下后世人人晓得西太后历史，有善有恶，可劝可惩，倒也不无小补。且书中内容，统系得诸遗闻，征诸故乘。于西太后三次临朝，原是备陈巅末，即清季五十年来得失，也曾哀录一斑，看官试悉心详阅。在下已将楔子说明，下文便要开手叙事了。崇论闳议得未曾有。

却说西太后那拉氏，乃是叶赫国后裔。叶赫国系满洲最古的部落，向居长白山麓，为满洲各部盟长。自满清太祖努尔哈赤崛兴以后，居住赫图阿拉城，与叶赫国相距不远，互相嫉妒。努尔哈赤曾命工匠兴起土木，建筑一所堂殿，作为祭神的场所。正在动手的时候，忽掘起一块古碑，上面有六个大字，可惊可愕。当由工人报知努尔哈赤，努尔哈赤端详审视，乃是"灭建州者叶赫"六字。突如其来，煞是可怪。这六字映入眼帘，任你努尔哈赤如何英武，倒也暗吃一惊。看官到此，恐未免模糊起来。因在下未曾说明建州原委，只好就此补叙。原来努尔哈赤开国的地方，明朝曾称他作建州卫，且封努尔哈赤为建州卫都督。因此建州二字，便是满清旧日的地名。那碑文并非新凿，偏有那灭建州的字样，那得令人不惧！可巧叶赫主纳林布禄遗书努尔哈赤，自称叶赫国大贝勒，要努尔哈赤割地与他。惹得努尔哈赤性起，兴兵与抗。叶赫主纠合九部联军，浩浩荡荡地来攻图尔阿拉城。不料努尔哈赤早已出境扎营，一阵厮杀，众不敌寡，被努尔哈赤杀得七零八落。可见兵贵精不贵多。不得已，易战为和，把宗女献与努尔哈赤为妃，暂算和亲结案。赔了夫人又折兵，叶赫主安得不恨。嗣后，努尔哈赤势力膨胀，时常忆及碑文，想把那叶赫国灭掉，免留后患。是时叶赫国逐渐衰微，料知努尔哈赤不怀好意，尝遣使进贡明廷，望他保护。可奈明朝也扰乱得很，主庸臣佞，文恬武嬉，曾出征努尔哈赤，发兵二十万；叶赫也出兵二万名，会合前进，只望旗开得胜，马到成功。那里晓得努尔哈赤用兵如神，声东击西，避实攻虚，又把明军杀败。叶赫兵连忙逃回，三停中已少了两停。努尔哈赤乘胜进攻。叶赫贝勒金台石，方承兄嗣位，收拾残烬，登城固守。怎奈大势已去，独力难支，等到城虚饷绝，免不得被他攻陷，这位大贝勒金台石束手成擒。努尔哈赤也不顾亲谊，竟将他推出斩首。满期斩草除根。临刑时，金台石厉声道："我生前不能存叶赫，死后有知，定不使叶赫绝种。无论传下一子一女，总要报仇雪恨！"怨愤深矣。努尔哈赤虽闻此言，恰也不以为意。叶赫灭后，竟立他妃子叶赫那拉氏为后——礼烈亲王代善，太子皇太极，均系那拉后所出。努尔哈赤逝世，皇太极嗣立。因血统所关，不忍绝叶赫子孙，格外施恩，存他宗祀，所以那拉一姓，尚得一线苟延。相传康熙时代的权相明珠，就是金台石的侄儿，也不知是真是假。若实有其事，那明珠贪墨性成，也是清室的蟊贼。幸亏清室方盛，圣祖仁皇帝极顶聪明，大权不致旁落，总算太平过去。原是大辛。传到道光季年，宣宗为诸皇子选妃，满蒙大臣家的女儿，遵章应选。适有一位体态合格的佳人，颇称上意，宣宗拟指配四子。详问氏族，寻闻是那拉两字，不由得惊惶起来，踌躇一回，命罢指婚。满廷大臣还不晓得宣宗的用意，你猜我测，莫名其妙。后由宫中传出密旨，方知宣宗是回溯往事，恐怕那拉入宫，异日或升为国母，适应金台石的愤言，搅乱国家，因此停选。这尚是天不亡清，并非宣宗善防。谁意天下事防不胜防，做祖宗的杜渐防微，总想创垂久远，百世千世的传将下去，那子孙恰记不得许多，选妃时只论才貌，不问姓氏，于是这个有才有貌的西太后竟从此发迹了。春秋之旨徽而显。

西太后乳名兰儿。她的父亲叫作惠徵，曾为安徽候补道员。只因时运不济，需次了好几年，竟不曾得一好缺，弄得囊底萧涩，妙手空空，儿苦得不可言喻。亏得同寅中有个汉员，姓吴名棠，籍隶盱眙县，与惠徵有僚旧谊，平时见惠徵窘状，代为惋惜，有时或解囊相助。惠徵非常感激，每语家人道："咱们如有日出头，吴同寅的大德，断断不可忘怀。"兰儿听了，牢记在心。兰儿是时，不过十龄，垂髫覆额，弱眼横波，已生就几分风韵。尚有一个妹子，面貌与兰儿仿佛，只体态骨骼，不及兰儿的娇小玲珑。兰儿遂自觉胜人一筹，大有顾影生怜的意态。而且性情生得特别。资禀更是不凡。她于针黹缝纫等项不甚注意，平时只管看书、写字、读史、吟诗，把西子、太真、飞燕、灵甄的故事，更记得非常烂熟。少成若天性。暇时，与乃父惠徵谈论，惠徵尚被她难倒。兰儿见乃父无言，更说得天花乱坠。惠徵听得不耐烦，常怒斥道："你一个年轻女子，说什么上下古今。本朝旧例，只有须眉男子，好试博学鸿词，若巾帼女流，任你如何淹博，总用不着哩！"兰儿恰从容对父道："'贱日岂殊众，贵来方悟稀'，这不是西子的写照吗？生男勿喜女勿悲，生女也可壮门楣，这不是杨妃的遗歌吗？女儿现虽贫苦，安知后来不争胜古人。"志趣确是过人，可惜未曾醇正。惠徵听这一席话，也觉暗暗惊异。但口中还是驳斥道："我现在落拓得很，连衣食都办不端正，你还痴心妄想，望做皇后妃嫔。哼哼！这等奇遇，轮你不着。你不如到厨房内去帮你母司炊烹茶，做个灶下婢便吧。"兰儿被乃父奚落数语，忍着气，退入闺中。惠徵还是太息不住。过了一两天，闻有友人来访，惠徵不知是谁，接阅名片，乃是吴棠二字。便叹道："我是一个穷道员，除了他，那个还来看我！"门前罗雀，古今同慨。说罢，忙整衣出迎，彼此相揖，未能免俗。两下分宾主坐定，互为问答。惠徵总不免嗟卑叹老，眼眶中几流下泪来，吴棠只好从旁劝慰。好一歇，见一垂髫女子捧茶出来，虽是敝衣粗服，颇觉楚楚动人。当下注目凝睇，恰被那女子觉着，不禁把头一低，霎时间两朵红云映出面上。惠徵献茶毕，就对吴棠道："吴寅兄处不必讳言，小弟现状，连婢媪都无钱可顾。"说至此，举手指女子道："这便是小女儿，亲充婢役，真正惭愧！"吴棠道："怪不得我要动疑，若非大家闺秀，那里有这般容止！"惠徵不待说毕，便令那女子过谒吴棠。那女子不慌不忙，移步至吴棠前，请了双安，且轻轻地呼声老伯。莺簧初度，呖呖可听。吴棠起立，受了半礼。不由得极口赞赏。这时受她拜谒，那时受你拜谒，吴公虽是识人，恐也未必料及。惠徵又把她平时言行略述一遍。吴棠道："难得，难得。惠寅兄，不要轻视此女，她既有此丽质，兼此大志，怕不是将来一位贵人！"说她贵人，也是极口夸奖，谁知她更出人头地。惠徵道："谬承虚奖，命塞如弟，那里来的贵女！"吴棠也不与辩论，就在衣袋中取出白银二两，作为觇仪。这时候那女子已经退入，复由惠徵唤出，叫她谢赏。那女子又拜谢如仪。吴棠问女子道："你要花粉，向我处来取，你要书籍笔墨，也好向我处来携。彼此通家，不必客气。"说罢，遂起身告辞，由惠徵率女送别。这个女子，看官不必再问，就可晓得是兰儿了。兰儿此后，常在吴寓往来。吴公曲意体恤，兰儿亦曲意趋承。就是这位吴夫人，也是大度得很,时赠衣饰。后来做到一品夫人,想必具有大度。因此,兰儿修饰益工,文墨益娴。未到破瓜年纪,已出落得丰姿绝世,才貌双全。会吴棠调任清江县令,整顿行装,与兰儿话别。兰儿恨不得随他到任,只因父母在皖,不便远离,眼睁睁地由他自去。送行时,直到河梁。吴棠温语叮嘱,兰儿点一回头,垂一回泪,好似一枝带雨梨花,欺风杨柳。渲染得妙。吴氏夫妇也被她惹做泪人。亏得惠徵也来相送,饬女停泊,方才怏怏告别。

吴棠已去,兰儿回家,整日里无情无绪,神思恹恹。那时惠徵仍然听鼓抚辕,并没有一点喜信,典鬻度日,眼见得支撑不住,由忧成劳,由劳成病。那时已穷得没有饭吃,还有什么闲钱延医服药,只好卧床待毙。这是候补官的写照。这兰儿忍饥耐饿,勉强提起精神,日夕侍奉。无如惠徵的病势,日甚一日。昏沉时,尚口口声声叫吴寅兄。直到弥留这一夕,张目视兰儿道:"苦汝,苦汝,汝等到穷极无奈时,往投吴老伯,或者能仰他周济。只是他的德惠,我生时无以为报,死后还要将寡妇孤儿贻累及他,不胜惭愧!"说到愧字,已是痰喘交作,两眼一翻,呜呼哀哉。看官,你想兰儿遭此大故,能不伤心?当下对着父尸大哭一场。哭罢,与母亲商量殓袭,检点了几件敝衣,胡乱包裹。只苦没钱买棺,弄得束手无策。兰儿的母亲越发号啕不止,下有一个弱妹,也陪着悲啼,毫无见识,又有一个幼弟,名叫桂祥,甫脱母怀,简直是莫名其妙,连父死也都不晓得。兰儿想了又想,只好拼着自己面目,往各旗员处哀求赙恤。各旗员见她凄楚可怜,凑集了好几两银子,畀她买棺殓父、奔丧回籍。在下走笔至此,暂作一结束。姑凑成俚句一绝以殿之。诗云:

　　不经磨炼不精神,穷到无资殓父身。

　　他日尊荣无与匹,谁知当日固卑贫。

欲知后事如何,且至下回交代。

前半回总加评论,为笼罩全书之楔子,说得淋漓痛快,不激不随。后半回首叙氏族,次述寒微,既证明有清一朝之因果,复揭出西后一生之性情。看似叙事,实举全部小说之内容,隐括于本回中。开宗明义,固不可无此文。

第二回 奔父丧无意得赙仪
幻仙宫有缘逢艳侣

且说惠徵病殁安徽，各旗员慨助赙仪，方得棺殓回籍。当时雇定一舟，把棺移下。兰儿奉着母亲，挚着弟妹，同到舟中，身外已无长物，只有两三具老旧的箱笼，随棺下载，便即开船，一程一程的进发。这时正是晚秋天气，草木零落，景物萧森。兰儿开舱眺景，拟借此排遣悲思。谁知野旷、天孤、猿啼、雁泣，一派愁惨气象，愈足触动忧怀，泪珠儿不知流了多少。此情此景，正是难堪。

过了数天，船家忽就停泊。兰儿问为何事？舟子道："是地叫作清江浦，乃由南往北的要道。浦口有市，无论何种食物，都可买得。船上所备无多，不得不停船上岸，添购一点。若太太小姐们需买何物，即嘱我等去买便了。"兰儿闻言，呆了一呆，良久，乃转禀母亲。惠太太皱眉道："我们行囊的银钱已将用罄，看来只好随便将就。"兰儿道："食物也是要紧，现在途中，势难枵腹，总不能一钱不用！"惠太太无奈，取出一锭碎银，约有四五钱重量，付与兰儿，由兰儿转给船家，令他就贱价的食物买些备用。船家去讫。兰儿待了好一会，尚未见船家回来，免不得凝神悬望。遥见有一

差人模样，得得而来。手中携着一包，很似有点费力。到了岸边，即朗声问道："那一只船是由安徽奔丧来的？"兰儿听了此语，猛然记起吴大令来，不禁脱口答道："你莫非从吴老爷署中差来的？"那人答道："正是。"兰儿道："我们正是由安徽奔丧过此暂停。不知吴老爷有何见谕？"那人道："敝老爷有赙仪三百两，特着小的赍送。"兰儿道："什么又要贵老爷费心！我家在安徽时，累叨贵老爷厚惠，今又蒙赐，如何敢当！"说至此，即着船家引来人下船。那人走入船中，向惠太太请过了安，即奉上赙仪三百两。惠太太见这重赙，不由得转悲为喜，老老实实的令兰儿收了。兰儿收了赙银，即向惠太太附耳密言，惠太太点了点头。当由兰儿启箧取银，检出三四块，共计有二三两，用了素纸包好，给予来人，并语来人道："为我上复贵老爷，本拟趋署叩谢，因有孝服在身，不敢造次。烦你代为致意，多多辞谢。"那人道："这个自当遵嘱。但须请给回片，方可复命。"兰儿复返寻谢片，检了一会，已是一纸不留。只得取出笔墨，并裁了一张素笺，就笔纸上面，端端正正地写一谢字，下文又写着"孤子桂祥泣血稽颡"八字，交给来人。来人看了谢片，迟疑许久，方才上岸回去。这段文字似无甚意趣，及看到下文方见兰儿才识，已是不凡。

兰儿遣去县差，正值买物的舟子回舟，收了食物，详禀惠太太。惠太太因得了重赙，复

思添买另物数件，又令舟子上船续购，所以逗留多时。待到舟子转来，正拟起碇，忽岸上大呼："留船。"兰儿瞧将过去，乃是方才来过的差人，便叫船家暂停，导差人下船。差人已走得满头是汗，做牛喘声。良久乃道："我们的老爷说我送错了赙仪，如何是好？"令人一惊。兰儿忙道："如何说是送错？"差人道："我老爷发怒的了不得，亏得某师爷从旁解劝，方令我再到你船，查问来历。"兰儿道："贵老爷是否姓吴，官印可是一棠字？"差人道："不错。"兰儿笑道："你不要着急，待我给你一条，包管无碍。"差人似信非信，便道："你等不要立刻开船。"兰儿道："我等不是骗子，请你放心。你若不信，我叫舟子与你同去如何？"差人道："好，好。"当由兰儿写就一条，给予差人，并令舟子偕行。看官阅到此处，未免动疑：吴棠本是惠徵故友，此次惠徵病殁，家属奔丧回籍，道过清江，也应送点赙仪，为什么说是送错呢？原来此中有个缘故，待在下补叙出来。阅者正待说明。

这吴棠出宰清江，距安徽省城，也有好几百里，惠徵的死耗，他还未曾确闻。适有一安徽副将，殁在任上。丧船过清江浦，吴棠闻知，忙差人厚致赙仪。因为副将在日，与吴棠格外莫逆，吴棠本没有异能，全赖副将替他说情，所以要差繁缺，陆续不断。这次调任清江，也是副将暗中为力。感德生前，图报死后，这也是人情同然，三百两厚赙，为此慨与。不料差人误送兰儿舟中，取回谢片，返署复命。吴棠不瞧犹可，瞧了桂祥二字，急问差人道："什么桂祥，你把这赙仪送到那里去了？"差人道："小的也曾问明，她说是由安徽奔回的丧船。"吴棠道："你也曾识几个字，难道丧主的姓名都不细看吗？"差人道："丧主的姓名小的未曾晓得，老爷也未曾吩咐。"吴棠不禁气愤，把谢片一掷道："你瞧，你瞧，为什么有名无姓？名不晓得，姓应记着！"差人道："这个谢片是一个小姑娘写的，小的接到谢片，也疑他有名无姓。转思谢片上面恐怕是应这样写的，因此取了就来。"吴棠叱道："混账的东西，谢片何能无姓？你快去取回赙仪，否则要你赔偿。"这一语吓得差人魂飞天外。正思转身外走，巧遇一幕友进来。问明仔细，并拾起谢片，对差人道："我方才听你复禀，说此片是一姑娘儿写的，这姑娘约有多少年纪？"差人道："不过十多岁。"幕友道："她舟中尚有何人？"差人道："除这姑娘儿外，还有一个中年的妇人，及一个女孩，一个幼儿。"幕友道："是否旗装？"这四字提醒差人，便答道："小的真是糊涂。师爷如何晓得？"幕友道："我看谢片上面有名无姓，这明明是一个旗人。毕竟幕宾有识。只你说是一小姑娘写的，我尚不信。"差人道："小的亲眼瞧见，不敢有欺。"幕友便指示吴棠道："小小的姑娘儿，书法如此秀媚，定是满洲闺秀，将来未始非一位贵人。今已送给赙仪，何妨将错便错，塞翁失马，安知非福？还请东翁酌夺。"吴大令得此幕宾，也是后半生的福命。吴棠被这幕宾劝解，不觉忿气渐平。便向差人道："你且去查问来历，叫她说明氏族便了。"差人唯唯连声，从门外走出，一直跑到浦口。幸亏船尚未开。当与兰儿说明，取了复条，同舟子返署，把来条呈与吴棠。

吴棠阅毕，自语道：他是惠徵的孤儿。我与他握别时，这孤儿尚在怀抱。他曾与我说过名字，我因多事遂致失记。他的丧船过了此地，我也应送他赙仪，不过多费些。现已如此，好人做到底，我且去探看兰儿，就便吊唁。至如副将那边，另备一份送去，便好了结。主意已定，随问差人道："她的丧船尚在吗？"差人答了一个"是"字。吴棠道："你去传齐皂役，待本县亲到浦口。"差人应声而出。不一时舆仗俱备，吴大令乘舆出门，径到浦口停舆。当由差人报知兰儿丧船，兰儿随着母亲，上岸迎接。吴棠下了舆，登舟行吊，惠太太举哀，兰儿挈弟桂祥稽颡。吊毕，姊弟二人，复至吴棠前叩谒。吴棠扶起两人道："相别未久，不料令尊竟已作古，真是可叹！你如何不发一讣闻通知我处？我因某副将丧船过此，赍送赙仪。寻接回片，方知差人投入汝舟。我一时失记桂儿，还不知是谁人，等到家人查复，才识是你们奔丧经此，所以特来吊唁。"委婉说来，恐非全然由衷。兰儿垂着泪道："老伯大人的厚恩，不啻重生父母，欲报之德，昊天罔极！可怜先父去世，身后萧条，老伯面前不必讳言，连棺殓等费，统是亲戚故旧凑集而成。老伯处本应禀报，实因曩时已叨盛惠，不敢再行惊动。此次奔丧过此，乃蒙尊价前来，猝颁厚赐；正在惊疑交集，乃复劳老伯大驾惠临敝舟，此情此德，永世勿忘，先父有灵，亦衔感不置。"吴棠闻言，不禁暗想道：好一个伶俐女子！正默念间，听兰儿又接下道："老伯厚赐，真是却之不恭，受之有愧！家母刚拟璧谢，适蒙老伯驾到，正好交尊价奉还。侄女等守制在身，恕不登堂回叩。"说到此处，转身欲去取出原赙。明知吴棠将错便错，所以做此举动。十余龄的小女儿，便已解此，煞是过人。吴棠忙举手拦住道："你莫非嫌我仪薄，所以有心却还？"兰儿忙道："这却怎敢？只不好受此盛情。"吴棠道："算了，算了，你不要再说这种话头。"兰儿方挈了幼弟，再行叩谢。吴棠道："你又这般多礼。相隔不到数年，你越加聪慧，不知从何处学来！"兰儿至此方破涕为笑。吴棠复从靴筒内取出数金，给予桂祥，作果饵资。兰儿复令桂祥拜谢。吴棠答了礼，又嘱咐了数语，并劝慰惠太太一番，然后起身辞去。兰儿复随母送至岸上。吴棠待她回入舟中，复命差役觅副将丧船。谁知遍觅不得。旁问邻船，才知该丧船于昨夜经过，未曾停泊，早已远远的驶去了。差人之投错赙仪，不为无因。吴棠回署，另备赙仪交与驿递，送达副将家中，自不必说。单说兰儿送别吴棠，立即开船。沿途无事可述。约过了两三旬，方才到京。就把吴大令赙仪，取出开销，安排丧葬，忙碌了好几天，始行就绪。兰儿尝语弟妹道："他日吾三人中，有一得志，断不可忘吴公大德。"这也是她的厚处。那妹子年已十龄，略解语中意味，乃弟桂祥，全然是孩稚气，晓得什么恩德不恩德。

　　光阴易过，寒暑迭更，吴公所赠的厚赙，又已用尽。兰儿家无人赡养，只好学些针黹，调换几文工钱，将就度日。可怜吃一口愁一口，有了早餐没有晚餐，有了晚餐又没有早餐。一日兰儿对镜梳妆，顾影自叹道："我的姿容，亦自谓不弱，怎么遭此苦况？难道红颜果真薄命么！"正嗟叹间，忽闻惠太太已连呼己名，叫她出买油盐，并责她晏眠慵起。兰儿也无心答辩，草草妆裹，便遵着母命，携筐出市。京城地近寒带，除夏季外，整日间朔风猎猎，冷气逼人。兰儿只着了几件敝衣，瘦怯怯的娇躯，禁不住这般凛冽，一步懒一步，一程挨一程，好几刻才走入油盐店中，付钱购物。店主某甲，素好诙谐，见了兰儿形状，不免调笑道："像你这般芳容，只好在闺中静养，如何抛头露面，出来购物？"兰儿道："我没有这般福气。"某甲道："我恰有一个法儿，令你安稳坐食。"兰儿问他何法，某甲涎着脸道："我正要娶个小妻，你肯屈就，保你享福。"兰儿啐了一声，顿时红霞晕颊，烜染梨涡。某甲不禁生爱，骤伸出粗笨的手指，去挟兰儿鼻准。兰儿连忙闪开已被他挟了几挟，不由得变羞为嗔。某甲知他含怒，急将油盐取出，随道："你不要生嗔，我界你的油盐，比人家加增一倍，何如？"兰儿为油盐起见，也只好忍心耐气，取了油盐，惘然而返。何物某甲敢如此唐突西施，我为兰儿亦应怅怅！这时惠太太已倚门待着，见了兰儿，还要埋怨几声。兰儿不敢多言，只含着两眶珠泪，匆匆入门。看官试想：兰儿受这委屈，能不由愤生病吗？兰儿苦况，作书人虽善形容，然亦信而有征，并非无端捏造。是夕，身体不快，就有些憎寒恶热。过了数日，病势渐加，有时如冷水浇身，有时如热汤沃体。惠太太虽也顾惜女儿，怎奈囊底空空，医药等项，非钱不行，只好由她生病，听天由命。兰儿委顿床间，恹恹独卧，万般凄楚诉与谁知！看看日色西沉，那母亲也不来劝餐，自己亦不想吃什么，恨不得立刻就死，随父地下。转思吴棠厚德，无以为报，店主挟鼻,未有雪恨;而且父亲只传下一脉,数龄弱弟,尚须提携,不幸身死,只剩了老母、小妹,恐不能照管到底,似乎自身又颇有关系,不好作短命的念头。体贴入微,刻画尽致。怎奈求死不得,求生不能,左思右想,无自为计。身上又是寒一阵、热一阵,愈觉得不耐烦,到了无可奈何的时候,只好向隅暗泣,滴了几行伤心泪。好一歇,见母亲携灯进来,略略问了几句,她方拭了泪痕,低声作答。未几母已出外,勉强镇定精神,闭目静睡。正在朦朦胧胧地睡去,瞥见灯光一闪,有个青衣侍儿,冉冉而入,眉目间隐含秀气,装束亦与众不同,走近炕旁,向她招手。兰儿正思诘问,那侍儿偏上前扶起自身,恰不知不觉地随了她去。甫出家门,即见一片大平原,两旁都列着古木丛林,浓翠欲滴,还有翠生生的瑶草,红灼灼的琪花,掩映林间,格外秀艳。兰儿暗想道:“怎的家门外有这般胜境,我没病时往来多次,如何并没有见到?”想念未已。那青衣侍儿走得很快,已与兰儿隔了一程。兰儿急行而前,疾走了数百步,方才赶上。这所在又别具一番景致:左有银河,右有蓬岛,山风飒爽,水石清幽;空中复有白鹤飞舞,羽衣翩跹,非常皎洁,见了兰儿,仿佛如相识一般,故意低翔在兰儿头上盘旋不住。写得闪烁,恰有仙气无鬼气。兰儿心爽神怡,也不管他是什么名地,只是随行随赏,目不胜接。又行了里许,前面的侍儿忽已不知去向,但见有一座高旷的楼阁,挡住途中,上面悬着匾额,仰望似有三个大字,既不是汉文,又不是满、蒙文,并不是篆文、隶文。兰儿一想:我此番被他难倒了,如何此处的字儿我都不识一个?普通说部叙入幻境,往往向壁虚造什么楼、什么阁,还要空撰几副楹联,自鸣才学,其实虚无缥缈之间,有何字迹可凭,浪费笔墨,殊属无谓。故本书独不落俗套。再从门内探望,复道琳琅,回栏曲榭,都是见所未见。暗想:这里莫非是琼楼玉宇?我何幸到此一游。可惜导引无人,不能擅入,看来只好做个门外汉吧?正想着,那侍儿从门右出来,含笑相迎。兰儿喜甚,不暇详问,立即随入。穿过回廊,绕出曲槛,方到里面的大厅。白玉作梁,黄金作柱,碧云为牖,月为灯,说不尽的华丽,描不尽的精工。所陈几案桌椅等件,并非竹木制就,统是天然的宝石雕砌而成。还有极大的珊瑚树,极高的琥珀台,陈设两楹。真是满目琳琅,令人目眩。那兰儿几疑身入广寒,弄得神思恍惚,心不由主。俄闻珠帘响处,香风一阵一阵地吹将过来,接连有环珮声、履舄声,杂沓而出。当先的是两名侍女,轻裾长袖飘飘欲仙。随后又有五六个艳姝,身材不相上下,个个似宝月祥云,明珠仙露。这许多色彩,射入兰儿眼帘,不由得因羡生惭,自觉形秽。蓦听得一声珠喉,度入兰儿耳中,道:“贵客到了,如何不请她进来。”兰儿一怔,不知谁是贵客?忽由前导的侍儿将她扶入。她进了厅,见各丽姝统站着左首,凤环雾鬟,秀逸不群。顿时目迷心折,拟向前屈膝请安。但听各丽姝齐声道:“不敢,不敢,你是将来的国母,休要客气。”奇极。言毕,统向兰儿握手问好。兰儿至此,也好象自身已列尊荣,竟放着胆,与她酬答。寒暄数语,渐渐投机,各丽姝就邀她坐在客位。兰儿不及谦让,竟至东首坐定。侍女献上一杯,这杯系碧玉镂成,异常玲珑,杯中盛着清水,并无一颗茶叶,偏是芳气袭人。各丽姝俱执杯劝饮,兰儿遂一吸告干,味清而甘,沁入心脾,顿觉精神增倍。饮毕,各丽姝与谈故事,有说的是五湖游兴,有说的是六朝韵事,有说的是汉宫歌舞,有说的是天宝风流,实者虚之,虚者实之,此为岐黄家言,小说家亦应尔尔。兰儿不识玄妙,只随声附和数语。忽一丽姝太息道:“我辈昔投尘网,多半有始无终,倒不如今日的贵客,后福无穷。”旁坐一姝道:“这也不可一例论。”随举手指上座二人道:“她两人在汉唐时,非为天子母,操生杀权吗?”弦外有音,阅者莫轻轻滑过。言未毕,厅外忽有人狂呼,惹得兰儿吃一大惊,此恶声也,胡为乎来哉!转眼间,连各位丽姝及一座大厅都不见了。这正是前人所说的:

色即是空空即色，无还生有有还无。

毕竟是何缘故，且看下回分解。

本回从西后才貌，叙出命数来。西后之才，在误受贿仪时，举止谈吐，已见一斑。西后之貌，定是动人，店主某甲，戏挟其鼻，虽未免唐突西施，然其妩媚之态，自不可掩。著书人复添入一段幻境，写得奇诡谲漾，光怪陆离。运实于虚，寓规于讽，不得徒以小说目之。

第三回 天语传宣循章选秀 云程发迹应旨入宫

却说兰儿身入幻境，猛听得一声狂呼，连忙张目外瞧，并不见有什么仙境，只剩了半榻孤衾、虚帷灯火，方觉是南柯一梦。至此始点出梦字，文笔不平。正拟回溯梦境，适惠太太走近炕床，唠唠叨叨地问个不休。兰儿想道："这声狂呼，莫非就是我母所叫？她还道我已入黄泉，谁知我却魂游仙境。这老人家真是多事，打断我的好梦，不然我还在仙境与仙侣谈今说古呢！"想到这里，听母亲还是叫她乳名，不禁失声道："兰儿尚生，不烦母亲系念。"惠太太道："你总是这般性情，我已探视好几回，见你一味睡着，不免心焦，因此唤你醒来，你还要派我不是吗？"兰儿闻言，也觉得自己性急。句中有眼。便答道："我睡了不多时，母亲何必焦劳！"惠太太道："你不听见街上的梆声已敲过三下了，停歇儿，便要敲四鼓哩！"兰儿道："儿不曾听见。夜深如许，母亲何尚未寝？"惠太太道："为你有病，所以不暇睡着。"兰儿道："儿已好了许多，请母亲安睡便是。"那时惠太太方转身出去。兰儿跃然起床，剔亮灯光，自觉病势减去大半。回思梦境，历历如昨，口内的津液尚是甘香，不禁自念道："这个幻梦，若全然是假，如何余味尚在口中？但不知所遇丽妹果是谁人？且称我是将来的国母，难道我的穷骨也配做后妃吗？"转念道："人无貌相，水无斗量，西子向业浣纱，飞燕曾充婢役，我虽一贫家女，将来或得幸遇，也未可知。"踌躇一会，忽猛醒道，是了，是了，一位是吕后雉，一位是武后曌，所以旁坐的丽人称她为天子母，操生杀权。其余就是西子、飞燕一流人物。想她们都是上界仙姝，偶遭尘谪，殁世以后，仍返原座，所以一班儿的住着。但我得与她相会，蒙她以客礼相待，莫非我前生亦与她有缘？揭破宗旨，乃从兰儿口中叙出，文笔仍不直率。想至此，不觉转悲为喜。远远听得更鼓频催，细数鼓声，已是五下。转自讶道："为什么未敲四鼓，先敲五鼓呢？"心中怀着鬼胎，连四更都未听见，是所谓心不在焉，听而不闻。然亦亏著书人描摹。寻闻鸡声已唱，料是时候不早，将要天明。便吹灭了灯，上了炕，把一切思虑暂行搁起，就也安安稳稳地睡去。睡到红日三竿，方才醒来，起床盥栉，不消细说。只从是日开始，病体一天好一天，饭量且比前加倍，不到数旬，娇小的身躯居然壮盛起来。她的母亲惠太太，也视为奇异，只口中未曾说明。她日间做些针线，夜间看点诗书，朝夕不疲；且愈觉丰颐广额，焕采生姿；而且性情也改了好些，就使家内外的人待她有委屈处，她都付之一笑，绝不似当年愁眉泪眼的情形。确是一位有福有寿的女子。旁人见了，也都纳罕，统说她病了一场，容体越丰美了，情态越温柔了。谁知她恰别寓厚望呢。看官记着，这时候兰儿已十四岁了。点醒年龄，后文可就此计算。

是年道光帝已是晏驾，咸丰帝奕詝嗣位。相传是一个少年天子，文采风流，京都各官吏起了他一个美号，叫作小尧舜。要引出英皇来了。翌年改元，自春至冬，也没有什么奇闻。只广西金田村的洪秀全，已于去年起事，渐渐猖獗起来。好在京师偏居东北，广西僻处西南，路隔一二万里，任他如何紧急，与京师全不相干，辇毂以下，歌颂升平，毫不见有慌乱景象。独兰儿伏处寒门，静待佳报，竟不闻有什么好消息。转瞬间，又是新年，兰儿正十六岁了。二八佳人已生得纤秾合度，修短得中。元旦起来，免不得装饰一番，拜过天地，谒过祖先,再到邻家贺喜。邻家看她这般丽质,交口称赞,都说:"这位好姑娘,将来不知那一个郎君有福消受。"兰儿听了,粉脸上不禁臊的绯红,心中恰恰忐忑不定。是夕即在灯前暗暗卜祝。暮见灯光晕成五色,结成一个大蕊,似为兰儿预报喜事。隐伏下文。兰儿看了这个灯花,也不禁惊喜交集。她家本住在京城里面,地名锡拉胡同,上文点兰儿年龄,此处点兰儿住址,总为不肯直叙起见。若经俗手,必在前文一概叙出,便不见文中筋节。距大内不过数里。兰儿因这喜兆,便时常托人探听朝事。有时节省余钱,买几张宫门钞,留心细阅。惠太太常对她道:"你父在日,曾说现今时代,没有女博学鸿词,回应首回。你把正经事情做了便是,何苦白费铜钱,去买这等纸张呢?"兰儿全然不睬,任她母亲嘱咐再三,她总照旧行事。

一日过一日,春光渐老,红雨纷飞,兰儿睹景生情,免不得一番叹息。不止怀春。到了孟夏时间,忽由宫中传出消息:咸丰帝将选立皇后。自是兰儿格外注意。看官阅此,恐又未免动疑:咸丰帝登位的时光,差不多有二十岁上下,寻常小康人家,十七八岁的儿子,便要授室,难道皇帝家内的太子,年当弱冠,尚没有正室吗?正室已定,就是现成的皇后。不过太子嗣位后,稍稍费点册立的手续,便可了事。何用那兰儿费心?如此说来,看官岂不要动疑吗?故作疑问,令人刮目。那里晓得兰儿的思想,恰是别有原因。原来道光二十八年,曾赐皇四子奕詝大婚,立妃萨克达氏。到二十九年冬季,萨克达氏病逝。越年正月,道光帝又复宾天。皇四子虽已嗣位,究在居丧时候,不能违制续婚,因此改元两载,中宫尚虚。至咸丰二年夏月,丧服已阕,选后事自应赶办。清制:凡四品以上的满蒙官儿所有女子,年在十四以上、二十以下,统可选作宫娥。就中有才色较优的,福气较好的,得了皇上宠幸,便好升作妃嫔;或乘此得做皇后,也是习见的事情。熟于掌故,故言之了了。兰儿的父亲,本是一个道员,例得与选。且自觉才貌不群,又经那幻游的梦兆,灯花的喜信,自然暗中盼望,希图幸遇,并不是无端妄想。解释明了。等到五月内,宫门钞上,竟登出立妃的谕旨,乃是"晋封贞嫔钮祜禄氏为贞贵妃"十二字。兰儿瞧着,料得皇后的位置,定然是这位贞贵妃,万万轮不到自身了。一急。隔了数日,又是一道上谕,关系立后大典,载入宫门钞中。兰儿忙取读道:

"朕惟易著咸恒,首重人伦之本;诗歌雍肃,用端风化之原。绥万福以咸宜,统六宫而作则。或稽令典,乃举隆仪。贞贵妃钮祜禄氏。"

兰儿看到"钮祜禄氏"四字,禁不住心头乱跳。再急。后接读道:

"质本柔嘉,行符律度,自天作合,聿征文定之祥,应地无疆,斯叶顺承之吉;惟克懋修夫内治,允宜正位乎中宫,其立为皇后,以宣壶教。所有应行典礼,著该部察例具奏。"

读毕,将宫门钞掷案道:"这遭完了,我早料着这钮祜禄氏要正位中宫了。只是我……"说到"我"字,竟咽住了喉,扑簌簌垂下泪来。至此是三急了。但兰儿尚未入宫,便已觊觎后位,也太觉性急了些。又默念道:"时来神默佑,运退鬼揶揄。像我这样穷命,那里来的贵显!前年的幻梦,明明是着了鬼迷。咳,兰儿,兰儿!今生今世休再作痴想了!"正沉吟着,忽见她妹子趋入道:"皇帝要选秀女了,阿姐可晓得吗?"兰儿道:"你又来瞎说了。"她妹子道:"什么瞎说,我母亲正与一个来人说话哩。"兰儿知是真情,便移步出房。闻他母亲哝哝唧唧,方说个不休。仔细一听,乃是推说女儿年轻,尚难与选,等语。她不觉心下一征,竟三脚两步地走了出去。只见一个部吏模样,立在门右,巧与自己打个照面。他竟嚷道:"这,……这不是你家闺女吗?不但年龄及格,就是这般美貌,也是寡二少双,看来定中圣意。他日得着荣封,咱们还要叨赏哩!"惠太太尚未答,兰儿即向前道:"尊驾说的什么?"来人道:"圣上要册立皇后,另须选秀女数十人,作为差遣。这数十人内,但教福命生得好,怕不是排着妃嫔。没有官职的人家，有了女儿，一生世都想不着，你家老太太，遭此际遇，偏要左推右诿，真正不解！"兰儿道："圣旨已颁下吗？"来人道："已颁下两日了。"说至此，便在怀中取出一纸，递与兰儿。兰儿见纸上录着谕旨，略谓：凡满洲秀女，至当选之年，容貌端正者，着内务府报名候选。此外不过普通话头。阅毕，将纸条递还。并问道："既然圣上要选秀女，我就去。"成竹在胸。惠太太听了一怔，扯着兰儿衣，向她耳旁密谈了好几句。兰儿摇头道："母亲亦太多虑，儿自有处置。"面向来人道："尊驾想是内务府承值，请少坐赐教。"来人应声称"是"，便在炕上坐定。兰儿道："要去应选，是否先要报名？"来人道："这个自然，现请书就，交我便是。只籍贯、名字、三代、住址、年龄，统须开列，不可缺一。"兰儿答了"是"字，便转身进房，一一写就，复出去交与来人。来人细阅一遍，起身告别道："日后恭喜，再来领赏。"言毕径去。惠太太却沉着脸道："兰儿，这是你自家情愿的，将来不要怨我。"兰儿道："母亲何出此言？"惠太太道："你年纪尚轻，全不晓得秀女入宫的苦处。你父亲在日，我是听他说过的，秀女选入宫中，永远不能出来，连父母都成永诀。所以我们旗员遇着点选秀女的日子，有钱的出钱买免，没钱的也要设法隐瞒。你为什么大胆出来敢去报名，自投死路！"从惠太太口中叙述原因，方将上文的寓意说明。兰儿笑道："福兮祸所倚，祸兮福所伏。人家看得这般困苦，我偏要亲去一行。若照母亲说来，是本朝点选秀女，简直是没人应命呢，恐怕没有此事。"惠太太道："那是没法儿的人，只好拼着一个女儿，令她应选。"兰儿道："我家穷苦得很，正是没法儿的时候，儿愿拚生出去，不愁中选，但愁不中选，中选了，或尚可寻条出路，他日弟妹两人也好从中援手。不中选了，那便一生不出头呢！"人弃我取，这正是冒险精神。惠太太听了，倒觉有理，就也不与计较。兰儿略略办些衣饰，准备入宫。已有把握。转瞬间，选期已到，内务府的差人先来报知。届期这一日，兰儿凌晨起床，加意梳洗，轻匀粉靥，淡扫蛾眉。妆罢，添着了几件新衣，复对着镜子，整理了一会，然后缓步出房。这时惠太太已起，在堂前焚香爇烛，令兰儿拜别祖先。兰儿恭恭敬敬地行了全礼，转身向母亲跪将下去。惠太太含着泪道："此去若不中选，不必说了，若中了选，得蒙恩宠，休要忘了我。""我"字未曾说完，那喉咙已哽咽不住，眼泪亦垂将下来。兰儿看这情形，也是心中一酸，偏强颜为笑道："养育深恩，宁敢忘怀？得蒙中选，好歹要出来省视，请母亲勿忧。"说得到，做得到，预为下文伏笔。惠太太点了头，令她起立。但闻一声娇呼道："阿姐少待，我与你同去。"兰儿视之，乃是幼弟桂祥，偕妹子携手同来。当即握着桂祥手道："我不到别处去。"桂祥瞧着兰儿道："姐今日着了新衣，装扮得这般齐整，莫非去见皇帝不成？"活肖童话。兰儿道："你倒有点聪明，我去皇帝殿上，取个顶戴给你可好吗？"踌躇满志之言。桂祥道："好，好！"兰儿复语妹道："妹子，你今年也十多岁了。我去后，今日若不回家，须要住在宫内。上奉老母，下顾弱弟，全靠你一人了，愚姐到要重托。"言罢，即向她一揖，慌得她妹子还礼不迭。忙道："阿姐今日敢是在家演戏，怎么拜起妹子来？"兰儿正色道："我是真话，愿你无忘。若能得志，我也决不忘你。"都为后文伏案。她妹子见她认真，不禁泪随声下，道："妹无才能，恐不胜所托。但愿姐姐此去，遇着顺风，遥为照顾方好。"此女吐属也是大方，将来不愧为福晋。言未已，听舆声已辘辘到来。复有人在门外嚷道："舆已到了，请姑娘即刻上舆，免误时刻。"惠太太听着，忙取出饽饽，令兰儿吃着。兰儿勉勉强强地吃了数枚，就向母亲告辞，复与弟妹话别。两下里不免有点酸楚，还是兰儿忍着泪道："我去了！"一声何满子！匆匆出门，上舆径去。惠太太送出门外，直至舆已不见，方转身而入。这时桂祥被舆夫一嚷，好似钳住了口，呆如木鸡一般。惠太太又淌了无数眼泪。

闲文少表。单说兰儿自上舆后，由舆夫趱程前往，不到数刻，已达紫禁城，绕墙而行，至东华门，舆夫停住。由前导的部吏，令兰儿下舆，引入门内。两旁有卫兵站列，都执着亮晃晃的宝刀，门侧设有公案，案右坐着一位蓝顶的官儿，旁立衙役数人。有几个进去的官员，统在案前验照。那时部吏也取出一纸，由守门官验毕，即递向兰儿道："这是一张出入的凭据，你须好好携着，休要失去。"兰儿点头会意。部吏又引入二门，内有宫监接着，由部吏报明兰儿姓名，即转身自去，兰儿随了宫监走入紫禁城。城内有一条甬道，用白石砌成，很是平坦。前行有几个官员，想是去上朝的，又有几个旗女，也有宫监带着，想是去应选的。沿途有石凳好几座，南北各有阶级。拾级而上，又随级而下，行了好一程，又过了几重禁门，才见有宫殿在前，建筑壮丽，气象巍峨。著书人定必到过禁城，所以叙述周到。宫监停住了脚，兰儿也随他站住，左顾右眺，已立着好几十名旗女，多是脂粉盈盈，未能免俗，天然美丽的不过数人。兰儿暗想道："我的姿色难道不及她们！"正思念间，前面来了一员总监，叫各秀女站立两旁，一一点验执照。验毕，教她御前仪注。待诸女各已领会，方从一殿旁导入。经过好几条复道，始到宫门。兰儿举目仰望，门额有寿康宫三字，满汉合璧。大众齐到门前排班候驾。约过了两小时，驾尚未至。各旗女都不免有些困倦，懊丧声、愁怨声，杂沓并作。惹得总监怒目道："圣驾将到，不得叹息！"于是诸女皆屏息不敢出声。俄顷间，有一簇侍卫，拥着一乘黄缎绣龙的御辇，四平八稳的抬将过来。总监命诸女俯伏两旁，自己亦俯伏在地，候御辇过去，已入宫门，方才起立，令诸女亦一律立起，鱼贯而入，静候阶下。俄听里面传出姓名，一个一个的召入。兰儿排在后列，又待了好多时，置兰儿于后列，也是总监的私弊，谁知她竟后来居上呢。才听得一语传宣，令她见驾。兰儿震慑心神，款款轻轻地走将进去。在下有诗咏兰儿道：

敛笑低鬟上玉墀，九重春色正迟迟。

牝鸡莫道长雌伏，振采尧阶比凤仪。

未知兰儿中选与否？待到下回说明。

此回为承上启下之文。以兰儿为主，以惠太太及桂祥诸人为宾，信手写来，都成妙谛。兰儿近于痴，非真痴也。惠太太近于呆，非真呆也。若兰儿之弟妹，亦自有过人处。作者处处顾着上下文，手挥五弦，目送飞鸿，故有含蓄不尽之妙。若第曰：当时口吻固应尔尔，则犹一皮相之见也。

第四回 列宫眷供直坤闱
近天颜仰承帝泽

却说兰儿移步上阶,趋入禁中,见地上铺着红毡,料是拜跪的地方,当即遵着总监的谆嘱,恭恭敬敬地跪下,口称兰儿叩见,并照例叩了几个头。但闻上面谕,着令她抬起头来。她遵了旨,偷眼一瞧,见上面坐着一位老年旗妇,和颜悦色,仿佛如西池王母一般,料想定是皇太后。稍差了些。再从右首旁瞩,巧与咸丰帝的龙目觑个正着。咸丰帝目不转睛地注视着她。她不禁又惊又喜,暗忖这少年天子,莫非已看中了吗?情肠一转,羞态横生,又不好垂头,只好微掩秋波,由他谛视。谁知她梨颊娇姿,越形妩媚,红中带白,白里含红,又经那两鬓乌云笼住春色,酒不醉人,人自醉,色不迷人,人自迷,弄得咸丰帝越看越爱,好一歇,没有声响。旁立的宫监们、侍女们,也觉纳罕得很,若非宫禁森严,几乎要喝起来了。极力摹写。那上座的旗妇道:"此女颇有福相。"这一句话,传到咸丰帝耳中,方回视道:"慈鉴定然不错!"遂握着朱笔,把名单上圈了两圈,遂谕贴身宫监,令他引去。未几罢选。后来由兰儿探听,方知这番点选秀女,报名的共六十人,中选的只二十八名,有三十二人不中选,一律送回。上座的乃是皇太妃博尔济吉特氏,咸丰元年,尊封为康慈皇贵太妃,至五年间,始上尊号为康慈皇太后。原来咸丰帝系孝全成皇后所生,道光二十年春月,孝全成皇后崩逝,咸丰帝尚在童年,全赖这位皇太妃抚育,所以咸丰帝非常感激。道光帝续立孝和睿皇后,至道光二十九年间,睿皇后又复谢世。因此咸丰改元,只剩这位皇太妃,算是宫闱里面的领袖。咸丰帝先奉她居永春宫,复移居寿康宫,问安视膳,习以为常,差不多与亲生母一般。此次拣选秀女,特地到寿康宫,也是尊重皇太妃的意思。原原本本不稍模糊。这且休表。

且说兰儿中选后,由宫监领入别宫,当由总监奉了上命,派往坤宁宫当差。这坤宁宫系皇后所居,自孝和睿皇后梓宫,奉移昌陵后,坤宁宫已阒寂二年。这时预备立后,又要热闹起来,一切布置,随处需人,所以此番中选的秀女,多派往坤宁宫承值。兰儿也得了这差,自晨至晚,奉职维勤,暇时与各选女晤谈琐事,倒也不嫌寂寞。且兰儿足智多才,又用出一番温和手段对待别人,大众都与她亲近,没一个挟怨生嫌。因此,兰儿在宫充役,尚觉惬意。但久别思亲,人情同然,兰儿自入宫后,把家中消息隔断,一些儿没有闻知,未免心中悬念老母是否平安?弱妹幼弟是否驯扰?饥饱若何?寒暖若何?都一一挂肚牵肠。更有一种说不出的心事,在下也不能不模拟出来。体贴入微。奉诏应选时,曾蒙咸丰帝格外端详,垂着青眼,满拟一入宫中,即邀宠幸。谁知过了数旬,杳无喜信。皇上又整日不来,就使来了一两次,也是足迹不停,无从见面。若长此过去,那里有出头日子,恐怕要应那母亲的前言,如何是好?转又自解自劝道:吃得苦中苦,方为人上人,我入宫不到数月,何能骤沐皇恩。只好静俟机缘,再作计较。目下立后的吉期,日近一日,皇后一到,皇上必时常临幸。我在这地当差,不怕不觑见天颜,那时凭我这般才色,对着皇上总有机会可乘。就此一想,万种幽愁,不知不觉地消了一半。

看官,上文说的兰儿见驾,咸丰帝很是爱她,如何中选多日,并未召幸,难道真贵人善忘么?这正是一大疑团,看官试一猜之。说来又是话长,在下又不能不叙。

当咸丰帝挑选秀女时，他因旗女的颜色，多是平常，曾想选几个汉女入侍宫闱，作为妃嫔。可奈神武门内，悬有厉禁。在昔，顺治初年奉皇太后懿旨，有以缠足女子入宫者，斩。祖训煌煌，不能违背，未免愁烦得很。谁料那先意承旨的宫监，探得咸丰帝口风，竟向外省民间采了绝色汉女好几名，送入圆明园中。逢君之恶，统由若辈。这圆明园是清室第一个灵囿，由雍正时开手建筑，至乾隆朝方才告成。宽敞壮丽，旷古无两，连园门都有十八座，就中龙楼凤阁，桂殿兰宫，瑶草琼葩，珍禽异兽，实是数不胜数，赏不胜赏。就使左思的三都赋，司马相如的上林赋，摛藻扬华，尚不能仿佛二三。是夸张语，亦是讽刺语。雍乾以后的嗣君，每值朝政余闲，在园中游幸，作为消遣。此次汉女入值，乃是破题儿第一遭。汉女的装束比旗女秀媚得多，旗女是天足圆跌，纵有三分姿色，终未能婀娜动人。汉女素来缠足，于体育上原是有碍，于姿态上实属增娇，裙下双弯，真个销魂。作者殆亦喜缠足女子耶，一笑！而且咸丰帝生长禁中，从小儿跟旗女厮混，定然数见不鲜，骤遇汉女入园，那得不刮目相看。当下天颜大悦，厚赏宫监，赞他变通古制，易宫至园，无违祖训，克慰朕心，真是敏干得很！遂派各汉女分居亭馆，自己做个花国蜂王，任情恣采，今夕是这个当御，明夕是那个侍寝。得宠最甚的，计有四人，都各赐她芳名，叫作牡丹春，海棠春，杏花春，武陵春。四春佳丽闻名天下。看官试想，这咸丰帝恋着四春，已是应接不暇，还有什么心肠，忆着兰儿！所以兰儿入宫，竟落得长门寂寂的样子。原来如此。

转瞬是小春时光，立后的佳期已到。咸丰帝先遣官，祭告天地、宗庙、社稷，随后命大学士裕诚为正使，礼部尚书奕湘为副使，持节赍册，立贵妃钮祜禄氏为皇后。乾德当阳，坤仪正位，这是极大的典礼，宫里面忙碌得很。咸丰帝出御乾清宫，受皇后礼；皇后入御坤宁宫，受妃嫔以下各人的朝贺。兰儿也列入末班，一同拜谒。礼成后，宫内外供差的人，都沐恩赐，连兰儿也得了厚赉。自是兰儿手头颇有些宽绰起来。起初入宫，因家况艰难，只置了几件布衣粗服，至此蒙恩受赏，把衣饰尽行调换，越显得玉质金相。俗语说得好，佛要金装，人要衣装，确是阅历有得的话头。打扮得身子儿乍，准备着神女会襄王。

自皇后册定后，坤宁宫内，御驾颇常往来。只皇后的品貌虽也齐整，性情儿却很是幽娴，一切行动举止，统是大大方方，半点儿不露轻狂。这番由妃升后，暗中是康慈皇太妃主张，咸丰帝奉命而行，面上颇还相敬，心中不甚加爱。这兰儿聆音察理，鉴貌辨色，已觉得窥透三分。本想搭渡过桥，先从皇后身上用些揣摩迎合的工夫，令皇后欢喜了她，随时入侍，好借此亲近天颜。怎奈皇后秉性诚朴，不喜逢迎，任你如何巴结，她总淡淡儿的对付。惯作顿挫之笔。兰儿无从入手，颇觉忧烦。过了一月有余，御驾且不甚临幸。皇后还未曾注意，兰儿却很是紧愁。她从各宫监处探问底细。宫监因与她莫逆，稍稍得着外面的风声，就私自报闻，什么海棠牡丹的名号，说得天花乱坠。那兰儿不听犹可，听了这种消息，耐不住心头撞鹿。统是对头。外面虽强作欢笑，意中是着实焦劳。有几个狡黠的宫监，从她一颦一笑中，觑着愁肠，也猜不透有什么心事。各选女或与她同情，暗自希望，总不及兰儿的着急。只选女中有一位钮祜禄氏，乃是皇后的妹子，承恩侯穆扬阿次女。穆扬阿得陇望蜀，又把次女应选，选入后，也在坤宁宫承值。皇后谊笃同胞，自然另眼相待，朝夕不离。兰儿背地里常叫她作西宫娘娘，及见了面，恰是备极谦和，异常亲昵。她道兰儿是真心要好，因在皇后前代为揄扬。皇后本没有成见，闻妹子时常说项，也便惦记在胸，略略优待。本是一个大对头，恰成一条大引线。兰儿得步进步，就向皇后寝室间时去侍奉。

无巧不成话，这日，皇后正赴寿康宫请皇太妃早安，许久不回，偏偏圣驾趋至。各侍女统随皇后出去，只有兰儿一人独自接驾。机缘到了。咸丰帝一入寝门，兰儿即款步上前，折腰屈膝，俯伏地下，口称："婢子兰儿谒见万岁爷。"这九个字本是寻常例语，偏经那兰儿口中道出，恰似呖呖莺声，清脆的了不得。咸丰帝听这娇喉，已是可爱，又闻着兰儿两字，不由得兜上心来。便道："你且起来，皇后到哪里去了？"兰儿谢过恩，禀过皇后请安的事情，方亭亭起立，站着一旁。咸丰帝留心一瞧，但见她丰容盛鬋，皓齿明眸，身量苗条，肌肤莹洁，濯濯如春月杨柳，滟滟似出水芙蓉。写得极艳。不禁暗忖道："这个俏面庞，我曾在那里瞧过，只今日比着往时，又觉得娇艳多了。"左思右想，一时记忆不出，上林春色迷离甚，莫怪东皇记不清。便拣一座儿坐下，问兰儿道："你到此有多少日子了？"兰儿又要跪禀，经咸丰帝赐她特恩，令她立对。兰儿此时独运慧心，轻启绣口，道："沐恩承值已阅半年。"咸丰帝道："照你说来，敢是本年入宫吗？"兰儿道："本年五月内，奉诏应选。"咸丰帝不待说毕，就爽然道："不错，不错。你是从秀女选进来的，我因政务匆忙，竟至失记。"朝政耶！园政耶？我却想替兰儿一问。兰儿听了，恰微带笑容，别具一种嫣然态度。好做作。咸丰帝又问道："你今年有若干岁数？"兰儿道："已一十六岁了。"咸丰帝道："你的父母尚在吗？"兰儿道："婢子的父亲，去世已经三年，家中只一老母，及弟妹两人。"咸丰帝道："你父亲名什么？"兰儿道："名叫惠徵，曾蒙先皇帝特恩，赏给道员，分发安徽。"咸丰帝道："想你也随任有年？"兰儿答一"是"字。咸丰帝道："怪不得你有南音，连身材儿都像南人。"兰儿闻这两语，摸不着头脑，不识这位圣天子是褒她，抑或是贬她。俄听咸丰帝自语道："北地胭脂不及南朝金粉，无怪这莫愁天子哩。"这数语恰有来历，圆明园中的四春，多从南方采入，得了圣眷，咸丰帝借彼例此，因此脱口而出。兰儿本熟谙史事，料是咸丰帝有意称扬，自然化愁为喜。又听得咸丰帝道："兰儿你拿杯茶来！"兰儿得着这旨，喜得心花怒放，忙取着玉杯，就御炉上面的壶中，倒了一杯香茗，双手持奉，殷勤中带着三分羞怯。咸丰帝一面接茶，一面觑着她粉脸，娇滴滴越显红白，愈觉撩人。但因尊为天子，不好妄为，只得暂时忍住。兰儿觉着，不由得把头一低。待咸丰帝喝过了茶，去接玉杯，这双天生的柔荑，映入咸丰帝目中，丰若有余，柔若无骨，咸丰帝竟按不住情肠，突伸手捻她玉腕。那兰儿猝不及防，险些儿把玉杯掷下，亏得神明保佑，还是捧住。只面上的红云，更一阵一阵的红晕起来。好似一出游龙戏凤。忽闻寝门外面，蹴舄传声，佩环递响，她料得皇后返宫，未免有些惊惶。幸皇帝也颇知趣，已将驭手缩回，兰儿才得持玉杯，搁置一旁。说时迟，那时快，皇后已踱入寝宫。见皇帝上坐，即向前行礼，并声明接驾过迟的缘由。咸丰帝只是点头，不加详问。随后与皇后闲谈数语，便起身出门。临行时兰儿尚在旁站着，御目又将她一瞧，兰儿为避嫌起见，不敢抬头，秋波中恰已映着。那咸丰帝已龙骧虎步地走了出去。兰儿怀着鬼胎，恐被皇后察觉，向她盘诘。好在皇后度量宽宏，并没有一点醋意，只问了一声道："御驾何时到来？"兰儿答是不过片刻，轻轻地掩过前情。此后待了半日，皇后不曾再问，兰儿方觉放怀。此外的侍女、宫监，与兰儿向无嫌隙，自然不去干涉。

冬日昼短，倏忽天昏。晚膳毕，收拾明白，就没有什么事情。等到更鼓初催，也不见御跸前来。又过了一时，各侍女奉皇后命，陆续退归安歇。兰儿也返了寝处，正在挑灯展衾，默忆那日间幸事。猛见一宫监跑入道："圣旨到，召你前去。"天外飞来。兰儿还疑他是戏言，粲然道："休来取笑。"宫监道："那里说来，现有别宫的干役，待在门外，乃是圣上的心腹人叫你，快快遵旨，随他过去。"兰儿还抿着嘴道："可么？"宫监顿足道："自然真的，圣旨岂容捏造！"兰儿才信为实事，即就镜匣等，草草地把鬓发一拢，花容一整，已被宫监催逼得慌当即转身随他出门。及至门外，果有两人执灯候着。见兰儿出来，一导一送的推挽前行。出了坤宁宫，就向间壁的宫中拥将进去。这宫比坤宁宫似觉较小，到也精雅绝伦。兰儿由两宫监引入耳室，便把召幸的故例，与她密谈了几句，再把一件氅衣，交与兰儿，然后退出门外。这时的兰儿，也顾不得什么，只好遵着密嘱，卸去了妆，复将内外衣裳一律脱去，赤条条一丝不挂，然后把氅衣穿上。结束停当，方口称"领旨"二字。宫监闻声进来，竟将兰儿负在肩上，匆匆驰入。看官，你可晓得这个故事吗？相传雍正帝临终，是被一侠女所刺。后来的嗣皇帝，格外加防，每日召幸妃嫔，必命宫监传知，令妃嫔尽弛袆衣，免得怀挟匕首，临时送上氅衣，暂界裹束。当由宫监负入御寝，再将氅衣卸去，方入御衾，以便当夕。兰儿由宫监负入后，自然照办，脱去氅衣，光着身子，战战兢兢的钻入御衾中。这一夜的风情，非笔墨所能尽宣，真个是万种缠绵，千般恩爱。直到次日辰刻，日上三竿，咸丰帝才起身视朝。朝上的大臣，还道是皇帝眷恋皇后哩。不到几天，就有一道恩旨，颁入宫来，封选女钮祜禄氏为嫔，那拉氏为贵人。后人有宫词一首，咏那拉贵人道：

纳兰一部首歼除，婚媾仇雠筮脱弧。

二百年来成倚伏，两朝妃后偺从姑。

这回结束，已说到那拉贵人初承恩泽了。欲知后事，且看下回。

此回所述，仍述那拉氏乎？曰唯唯，否否。那拉氏入宫，其心目中之所注者，惟咸丰帝。彼固挟一希望而来，无足怪也。设令咸丰帝远色亲贤，虽百那拉亦何伤？况钮祜禄氏正位中宫，德性贞静，固明明一贤内助也！否则四春争宠，正兆祸胎，即神武门祖训昭垂，不能入宫专政，而蛊惑人主之心志，已属有余。蛾眉伐性，"哲妇倾城"，古训煌煌，云胡不戒？咸丰帝于此不察，嬖四春，兼宠那拉，咎有攸归，于那拉何尤焉！项壮舞剑，意在沛公，吾于此回亦云。

第五回　沐慈恩贵人升位　侍御寝皇子怀胎

却说兰儿受封贵人，心中很是感激。但尚有一些不满意的地方：皇后妹子钮祜禄氏，也蒙皇上宠幸，竟得受封为嫔。清制：皇后以下，一贵妃，二妃，三嫔，四贵人。兰儿虽沐贵人封号，与皇后妹子相较，究竟尚差一层。天下哪有知足的人，得了这般，又想那般，因此还生觖望。暗想：钮祜禄氏，系椒房贵戚，自己如何赶得上她！现在别无希望，只望将来得生一子，更增帝宠。或者依次升位，与她并驾齐驱，不负所望才好。自是遇咸丰帝召幸时候，百般献媚，百般效劳。床闱之间，鞠躬尽瘁，把一个咸丰帝笼络得绵绵贴贴。后宫佳丽三千人，三千宠爱在一身，差不多有这般情况。引用白乐天长恨歌，语中带刺。

一声爆竹，又是新年。咸丰帝谒过太妃，再御太和殿，受朝作乐，宣表如仪。礼成后，入御乾清宫，赐近支亲藩等筵宴。宴罢回宫，皇后钮祜禄氏，带领妃嫔以下一班宫眷，已早自寿康宫行礼回来，接着御驾，排班觐贺。这位那拉贵人打扮得齐齐整整，随班叩谒。咸丰帝瞧将过去，觉得她的姿色与众不同：眉不画而黛，唇不染而朱，发不涂而黑，面不饰而白，别有一种丰韵，默默赏鉴了一回。情人眼里出西施。随令皇后先起身旁坐，然后谕大众一齐起来。各妃嫔等又向皇后行过了礼，当由咸丰帝特沛恩纶，一一赐座。未几开宴，琼筵坐花，羽觞醉月，乐得咸丰帝目眩神迷，大有愿老温柔的思想。可惜四春娘娘不能入宫，总未免有些缺憾。酒半酣，咸丰帝左右顾盼，看到末座的那拉贵人醉颜半晕，秀色可餐，一双剪水秋波，微微荡漾，似觑非觑，尤足令人油然生爱。等到酒阑席散，大众都谢了恩，奉旨还宫。是夕，咸丰帝宿在皇后宫中。他是循例的规矩，且不必说。到了次夕，圣驾即召幸那拉贵人。春风一度，暗结珠胎。不到数日，那拉贵人即怀酸作呕，患起病来。咸丰帝命太医诊视。奏称熊罴叶梦，龙凤呈祥。这时候咸丰帝尚无冢嗣，闻到这语，喜得什么相似，向那拉贵人道："如果生一皇子，朕定封你为妃。"那拉贵人忙跪地谢恩。煞是灵警。咸丰帝笑道："现尚未封，如何谢恩。朕没有见过这样性急的人！"那拉贵人跪奏道："天子无戏言，桐叶分封，乃是古时的佳话。象万岁爷这般圣明，难道不及周成王。所以婢子便好谢恩了。"咸丰帝道："看你不出，你胸中颇有些学问，好算得才貌兼全。但你怎么晓得定生皇子？"那拉贵人含羞道："万岁爷龙马精神，自然麟趾振振，怕不是产下皇子吗！"真善应对。咸丰帝喜甚，从此越加宠眷。看官记着，自这回起，在下把兰儿二字的芳名只好搁起，改称那拉贵人。此后加一级，易一名，无非是随时论时呢。那拉氏屡易名号，所以特地提出，下文仿此。

且说那拉贵人满望产儿，好博个皇妃位置。眼睁睁得过了十月，尚是不曾分娩。待到十月满足，腹中始觉震动。宫中早预备托生的稳婆，闻贵人将要临盆，预来伺候。不多时产期已届，那拉贵人腹痛几阵，便产下一个婴儿。急问稳婆：是男？是女？待了半晌，未见回答，又催问了一声。方听了稳婆道："恭喜！一位公主。"那拉贵人听说，不禁说出"阿哟"两字。文笔又要顿挫。当下心灰意懒，又卧病了好几日，方渐渐回转心来。愁肠一释，病体自痊。只瞧着这个女婴，尚是把她埋怨。有时虽由侍女抱着，她还要大声指斥，吓得这女婴啼哭不已。不到一月，竟尔玉殒香消，回到鬼门关去了。仿佛是武后心思。那拉贵人也没什么伤心,但愁着自己命蹇,无从加封。

帝眷虽尚未衰,究不能天长地久,绵绵无尽。有时且望断羊车,整月间不来召幸。重门寂寂,孤帐沉沉,任你如何惆怅,那个前来慰问!她到无可奈何的时候,穷思极想,又被她想出一个妙法来。她想前日应选,由康慈皇太妃赞了一语,方得中彀。这位皇太妃系咸丰帝养母,平时很是孝敬,若得她从中提拔,加封也容易得紧。只虑着康寿宫中,无故不能进谒,纵有这条线索,也是枉费心思。想了又想,毕竟灵敏过人,比不得什么笨伯。她自己不好擅去,她偏从宫婢宫监上着想。踌躇一会,就先调查本宫。凑巧有一个侍婢,与康寿宫的总监,有点亲戚关系。她不觉喜上眉梢,便叫那侍婢进去,与她密谈多时,令她到该总监处,暗地关照,代为运动。天下无难事,总教现银子。那拉贵人有此重委,自然不惜金银。那侍婢既受了密嘱,复赍了银两,即到该总监处传达主命。该总监早探悉那拉贵人深得帝宠,乐得卖个情面,把银两现成收用。只嘱宫婢复禀,请贵人不要心焦,当留心机会,替她进言。那拉贵人遂耐住了心,静候消息。

是年京师内外,风霾屡作,日色无光,钦天监等屡报天变。咸丰帝下诏罪己,并屡诣天坛祀天,祈福禳灾。天何言哉,天何言哉!可奈天未悔祸,警信迭闻,东南一班的红巾,猖獗的了不得,自粤西冲出湖南,越洞庭,掠武汉,顺江而下,势如破竹,一座龙盘虎踞的南京城,不消几日,被红巾长毛攻陷,江督陆建瀛等自尽。那长毛头儿洪秀全,居然自称天王,悬起太平天国的大旗,与清朝南北对峙。洪秀全在永平县中已自称天王,僭号太平天国。本回随笔带叙,故不另述年、月、时、地,且是书以那拉氏为主,详内略外,阅者当勿苛求。闹得这位咸丰帝,神色仓皇,日日在军机处,与各王大臣筹划机宜,调遣将帅,抚恤殉难的官吏,几乎食不甘,寝不安,还有什么工夫临幸宫闱,寻那云雨高唐的好梦!那拉贵人还疑是椒房雨露不到蓬莱,一面饬宫监密往坤宁宫,侦伺圣驾,一面嘱宫婢密往寿康宫,探听慈音。旋闻得红巾骚扰,朝政纷纭,一位绮年玉貌的天子,忙到憔悴不堪,又恨不得亲去劝慰。

一日一日的蹉跎,又是长至节到了。一阳应律,六琯飞灰,闻咸丰帝偶患腿疾,把南郊大祀的典礼,都遣恭亲王奕䜣恭代,正是焦急异常。叫你少去引诱,皇上的腿疾也自少减了。到十二月间,复探得明年元旦,有停止朝贺的上谕,益觉惊惶不定。眼巴巴地等到新年,外廷的朝贺虽遵旨停止,宫闱中总还是照常。元旦天明,皇后妃嫔等人,照例至寿康宫行礼,那拉贵人自然相随,叩过了康慈皇太妃,但觉和蔼的慈颜,瞧着自己面目,格外注意的样子。有心人遇着有心人,乃尔乖觉,不足为外人道也。迨出了寿康宫,转至坤宁宫,等了一歇,咸丰帝驾到,免不得站班迎驾。当下瞻仰御容,似乎清减了许多。这日礼毕,咸丰帝没甚情绪,与皇后略谈数语,便令各妃嫔等退去。自在坤宁宫静卧一天,次日便晨起临朝,批阅章奏去了。

转瞬间又值元宵,金吾不禁,皓魄初圆。那拉贵人正倚栏观月,忽由宫监前来,宣旨特召。那拉贵人默念道:今夕何夕,见此良人。便移动娇躯,随至御寝。是夕进御,那拉贵人却装出一种半推半就的模样。又要作怪了。咸丰帝怪着道:"朕为这长发贼,闹得心慌,多日不来召幸,累你寒衾冷落,辜负良宵。你莫非有些怨朕吗?"那拉贵人道:"婢子怎敢!惟婢子恰有几句话儿,不好不奏,又不好直奏,还求万岁爷恕罪,方敢奏明。"咸丰帝道:"你尽管讲来,朕不怪你。"那拉贵人道:"自去年起,闻长发贼盗弄潢池,致圣躬忧劳宵旰;一日万机,都要万岁爷一人办理,就使有什么精力,到了休息的时光,也须加意珍摄。万岁爷的龙体上承列皇,下系万民,何等郑重,但能格外保卫,婢子比永夜承恩,还要快慰哩。"欲取姑与，绝妙好辞。咸丰帝笑道："你甘居寂寞，不愿欢娱吗？"那拉贵人道："欢娱事小，国家事大。就是别宫妃嫔，也应知圣躬近日加倍焦劳，不好因一夕欢娱，有碍圣体。婢子愚昧，所以竭诚奏闻，总教万岁爷俯鉴愚忧，康强逢吉，婢子还有何说。"咸丰帝听罢，不由得偎她娇脸道："瞧你这样说话，真是一个贤德女子，朕心亦为感动。怪不得康慈皇太妃也说你贤淑哩。"暗应上文。那拉贵人至此，才晓得运动有效，非常欣慰。这一夕间，芳情脉脉，软语喁喁，惹得咸丰帝格外怜爱，拥着这娇娇滴滴的玉体，倍施雨露，因此那拉贵人又受了孕。咸丰帝知她有孕，就立降纶音，封那拉贵人为懿嫔。在下又要把她易名作那拉懿嫔了。

那拉懿嫔有了孕，总道此番得采，定产麟儿。谁知天公不作美，偏偏到了十月间，变雄为雌，又产下一位公主。这正叫作谋事在人，成事在天呢！那位懿嫔两次失败，懊丧的了不得。自此强抑痴情，把前时的聪明才智暂且搁起，只听那自己的命运随便过去。闲着时，令宫监到朝房内索了几张月钞，披阅一周，觉得长江一带，乱得一团糟，不免也有些担忧。闲中着笔，隐伏下文。

一日，忽有一宫监奔入道："娘娘不好了！不好了！"那拉懿嫔愕然道："你为什么事这般大惊小怪？"宫监道："今日从朝上传来，有无数长毛攻入京中来了！"那拉懿嫔道："你不要瞎说，我曾见月钞上载明京内外军报：江南提督向荣，江北钦差琦善，两下扎住大营，围攻南京，颇获胜仗。就是北犯的长毛头儿，有叫作林凤祥，有叫作李开芳，也由惠亲王绵愉，科尔沁郡王僧格林沁，钦差大臣胜保等，迎头截击，想也不至有危急情事。"叙入此段以见那拉氏之留心外政。宫监道："难道是谣言吗？今日圣上颁谕，严责僧王爷，斥他剿匪不力。什么深州，什么献县，什么杨柳青、独流镇，都被长毛陷入。现着僧王爷克日恢复，迅扫贼氛，将功赎罪哩。"那拉懿嫔道："我恰未信。京城原戒严多日，近已略略放松，那里有这般紧急？你去取张宫门钞来，定有上谕录着，待我瞧着便知。"宫监领命去讫。过了一二时，将宫门抄取呈，那拉懿嫔看毕，便向宫监道："我说不至有意外情事。申饬僧王爷的上谕，原是有的。但深州、献县等地方，早已克复，只有独流镇的长毛，现窜连州，僧王爷围攻多日，未曾荡平。所以圣上动怒，责他养痈遗患，若有疏虞，致扰京畿，要唯该王爷是问哩。"十八岁的妇女，便有这般见解，真是天生尤物。说得宫监哑口无言。那拉懿嫔道："你此后来报消息，须先探听明白，休要这般张皇。我不来罪你，你去吧！"宫监且愧且感，称谢而退。

是冬天冷，宫闱里面，大都围炉度岁，无事可述。到咸丰五年元旦，筵宴仍照前停止。惟各处军务，颇还得手：长江上游，侍郎曾国藩屡报胜仗；长江下游，江浙巡抚吉尔杭阿，克复上海。到正月十九日，僧郡王复红旗报捷，生擒伪丞相林凤祥。咸丰帝转忧为喜，忙至寿康宫，向皇太妃前谒贺。宫内后妃人等，没一个不乘势趋承，俟御驾至坤宁宫时，都各来前贺喜，那拉懿嫔自然不落人后。只当时仰邀天宠的宫眷，除那拉氏外，还有丽嫔他他拉氏，婉嫔索绰罗氏，于上年残腊受封，叩贺时正与那拉氏同班。那拉氏瞧着了她，心中很不自在，外貌不得不强作欢容，敷衍一番。返宫后，怏怏了好几日，且不必说。禙心总还未化。

一瞬数月，春去夏来，僧郡王又来捷报，把长毛头目李开芳也生生擒住，所有党羽，一并扫荡，河北肃清。咸丰帝览奏，异常欣慰，饬即凯旋。五月间，僧王凯撤回京，由咸丰帝御养心殿，与僧王行抱见礼。越数日，复御乾清宫，行凯撤典礼。饮至策赏，喜气盈廷，连宫中也热闹数天。江南的向军门荣，湖南的曾侍郎国藩，荆州的官将军文，又陆续报称得手。咸丰帝越觉欢欣。

到六月间，拟尊康慈皇太妃为皇太后，令惠亲王绵愉，饬宗人府及礼部预备盛典，择日举行。届期这一日，自寿康宫以下，统铺设的辉煌灿烂，光怪陆离，说不尽的繁华，写不完的精巧。辰刻，请康慈皇太后升座，先由皇帝率王公大臣等，行叩贺礼，继由皇后率妃嫔贵人等，行朝参礼。礼成后，大开筵宴。爱日承欢，长春集祜，仙乐悠扬之夕，瑶觞醉舞之辰，确是清宫中一大盛典。人逢喜事精神爽，从黎明闹到初更，足足一整日，这位咸丰帝还是兴致勃勃，全然不觉疲乏。外而王公，内而后妃，已统是谢宴退归，独咸丰帝尚徘徊月下。趁着一番余兴，竟踱到那拉懿嫔处来。特开创例。

这位那拉懿嫔，正返宫卸妆，整备安寝。忽有宫监来报，圣驾到了，弄得那拉懿嫔莫名其妙，只得仓促迎驾，伏地跪接。咸丰帝亲手扶起，偕入寝室。从前召幸的时候，都是皇帝睡着，由宫监扶入玉体，立就御衾，鸾凤常隐帐中，云雨只施暗地，在上文已经交代明白。此次御驾亲临，适遇着那拉懿嫔晚妆才卸，星眼微扬，乌云似的芳发，远山似的秀眉，又因那天气未凉，只穿着一件妃色罗衫，越显得玉骨玲珑，柔躯娇嫩。越是本色美人，越是好看。当下咸丰帝入座，由那拉懿嫔奉上香茗，咸丰帝就她手里喝了两口，却目不转瞬地打量着她。良久，方道："你今朝觉得劳乏吗？"那拉懿嫔奏对道："叨圣母及圣天子洪福，只觉酣畅毫不疲倦。"咸丰帝笑道："朕也这般，今宵同你作长夜欢何如？"那拉懿嫔脉脉含羞，尚未及答。已被咸丰帝拥入床中。这一夕的倒凤颠鸾，比往时倍加欢娱。帝德乾坤大，皇恩雨露深，这遭要天赐怀胎，产育麟儿了。无心插柳柳成荫。

谁知祸福相倚，悲乐相因，那拉氏初结珠胎，皇太后竟缠病榻，不到数日，遽尔大渐，临危时恰有两语嘱咐咸丰帝：一语是优待恭王奕䜣，一语是善视那拉懿嫔。后来两人倚为臂助，就是从这里埋根。在下恰有一绝句，道：

> 产麟已足保天恩，况复慈闱有密言。
>
> 他日热河成大计，好从此处溯渊源。

欲知后事如何，且看下回分解。

　　本回就宫廷内外事情，拉杂写来，命意仍是一贯。叙内事时，层层不离那拉氏；叙外事时，亦处处不脱那拉氏。如贯钱然，无论大钱小钱，概贯以绳钱，虽多而目不乱。文法亦犹是也。惟内事易于关照，外事颇难销纳，作者或顺叙，或旁叙，俱为绾合起见。至借那拉氏口中，叙出南北军事，尤为妙笔。既有以证那拉氏之慧心，尤有以见那拉氏之大志，确是双管齐下之文。若详宫闱，而略变乱，则已具见细评，故不赘及，云。

第六回

咸丰帝喜产佳儿
曾侍郎独邀慧鉴

却说康慈皇太后临终，把两件大事，嘱咐咸丰帝，咸丰帝自唯唯遵谕。不一日，太后即驾返瑶池，大行去了。当下由咸丰帝奉着灵驾，至慈宁宫。随即剪发成服，号哭擗踊了一回。皇后以下，亦都成服。那拉懿嫔因回忆旧日慈眷，格外悲戚，哭得一佛升天，二佛出世，几乎有痛不欲生的形状。咸丰帝瞧着，暗想道：看不出她有这般孝心，怪不得太后病剧，有嘱我善视的遗言。可见前次乃是密谕。只她现方怀孕，倘或哭坏身体，有碍胎气，如何是好？想了一会，便秘嘱总监，叫他传谕那拉懿嫔，不必过伤，须保养身子为要。那拉懿嫔得了密谕，收着泪，暗暗感激天恩。咸丰帝又命惠亲王绵愉，恭亲王奕䜣，怡亲王载垣，及大学士裕诚、尚书麟魁、全庆等，恭理丧仪。一切礼节，概从旧典。到了十月间，奉移太后梓宫，葬慕东陵。返葬以后，复令恭亲王奕䜣，恭捧太后神牌，升祔奉先殿，并上尊谥，称为孝静康慈弼天抚圣皇后。在下叙述至此，又不能不补叙一笔。恭亲王奕䜣，乃是道光帝生前最是钟爱的皇子，只因排行第六，弟不先兄，第一第二第三的皇子，统早年殇逝，要算是四子奕詝居长，所以遗旨立奕詝为嗣，不立奕䜣。康慈太后推爱施仁，病到大渐，犹留遗嘱。咸丰帝令他协力理丧、捧牌、升祔，好算是曲体慈心。只那拉懿嫔，也得与亲王同蒙慈眷。若非她平时结宠，那里能得此盛遇呢？补释明晰，笔无渗漏。这且不必细表。

且说丧葬事毕，宫中又没甚大事。倏忽间，就是咸丰六年。是年春月，内外还统是无恙，一到暮春，那拉懿嫔产期又届。咸丰帝每夕祷天，默祈眷佑，早赐麟儿。果然至诚感神，竟送下一位金童，轮回转世，在那拉懿嫔腹中产出，呱呱的一声破寂，不问而知，是麟儿了。这场喜事，在那拉懿嫔原是愉快得很，至咸丰帝闻报，更乐得不可言喻。原来咸丰帝嗣位六年，已到二十六岁，宫内的后妃人等，虽也产过几次，无奈统是女孩，不得一男。独那拉懿嫔，这一遭竟产一子。觉罗绵祚，英物挺生，自然有一番庆贺。惹得阖宫内外，又忙碌了好几天，就是有争权夺宠的妃嫔，怀着满怀妒意，怎奈自己的肚皮生得不争气，也只好忍着性子，前去贺喜。咸丰帝喜不自胜，即于次日传谕内阁，晋封那拉懿嫔为懿妃。天子毕竟无戏言。鸿毛遇顺，连级上升，要算是有志竟成，天从人愿了。

接连又是弥月，筵开汤饼，褥设芙蓉，咸丰帝预命各宫妃嫔，都到育麟宫中，饮麟儿宴。又下特旨，令各妃嫔团座欢饮，不必拘牵礼节。此旨下后，除皇后外，六院、三宫、妃嫔、贵人不敢不至。御驾亦朝罢到来。大家接过了驾，统要玩这小皇儿。见他头角峥嵘，状貌魁梧，都交口称羡。恐是随声附和，未必众志咸孚。当下各取出金珠宝贝，持赠皇儿，五光六色的堆了一大床，由那拉懿妃代为道谢。入席时，首座是咸丰帝，不消说得。只那拉懿妃，究是本宫主人，应退居末座，她本熟谙礼节，早就主位相陪。其余奉旨序座。酒初上斝，各妃嫔先敬至尊，继贺懿妃，挨次轮流，各献一卮。咸丰帝随喝随语，以目视懿妃道："朕与你今日要醉倒了。"懿妃道："圣天子且普及隆恩，婢子怎敢不领受客情？"咸丰道："朕自有生以来，今日算是极乐。尽情一醉，也属无妨。皇太妃尊位太后时，想还无此乐趣。但乐极生悲，盛筵不再，此后宫中不获重逢了。满意语，亦谶兆语。但各妃嫔们，亦须各饮一觞，何如？"大家都称"领旨"，于是你一杯，我一杯，个个告干。然后浅斟低酌，慢慢儿地畅饮。这一席自午前饮起，直至黄昏，方才兴阑席散。咸丰帝便宿在懿妃宫。看官，前称懿嫔，今称懿妃，上文已说过，随时论时，所以称谓又殊。不漏一笔。

只这皇子自弥月以后，由咸丰帝亲赐嘉名，叫作载淳。载字是从排行上命名。乾隆时皇六子永瑢，绘岁朝图，进呈孝圣皇后，由乾隆帝御笔亲题，有"永绵奕载奉慈娱"一句，嗣后，遂取永绵奕载四字，作为宗室命名的排行。咸丰帝是奕字辈，咸丰帝的儿子，自然轮到载字了。下一字命一"淳"字，乃是化行俗美的意义，已隐隐含有立储思想。懿妃心领神会，早已猜透三分，暗地里异常欢喜。又因咸丰帝顾视载淳，时常临幸，越发提足精神，卖弄材艺，所有朝纲国政，居然效力赞襄。妇人预政的风气，从此开了。夹叙夹议，竟是一段皇皇文告。

一日，咸丰帝退朝，入懿妃宫，由懿妃接着，献上茶来。默窥御容，很有些忧虑样子，便探问外边消息。咸丰帝道："更闹得不堪，连江南大营都溃散了。"懿妃道："江南大营的统帅，乃是提督向荣。闻他素来忠勇，围攻南京长毛已三年有余，为什么一旦溃散呢？"咸丰帝道："据他的奏报，说是分兵四出，援应各地，被长毛贼伺虚袭营，寡不敌众，遂致溃散；现在退保丹阳。恐怕这南京长毛，要越加猖獗了。"懿妃道："江北也立着一个大营，

何故坐视不救？"咸丰帝愤愤道："你不要说起江北大营，朕前时派琦善督师专攻扬州，一年内只得一个空城。朕把他革职留营，他竟死了。换了一个托明阿，越不中用，反失扬州。再掉一个德兴阿，算把扬州夺还。长发贼分窜镇江，江苏抚臣吉尔杭阿率兵驰救，战败身死。向荣闻了这耗，忙差部下张国梁赴援，国梁方在江北得了胜仗，谁知向营已被击溃。这都是江北的将士没有一个效力，反带累江南大营。你平日也侍阅章奏，难道不曾瞧着吗？"江南大营溃散，是一大军警，所以随笔带出。懿妃道："长江上游，怎么样了？"咸丰帝道："长江一带，派去将官已是很多。闻他们畏贼如虎，只有官文、骆秉章、曾国藩、胡林翼诸人，还算靠得住。怎奈上年丧了塔齐布，曾营中失一员猛将。近日罗泽南去攻武昌，又因伤殒命。泽南也是曾营中人，他部下还有几个敢死的将吏，此外多是没用哩！"懿妃道："万岁爷天亶聪明，何不将有用的将帅，畀他重权，专心剿贼。总教得了几个人才，不患长毛不灭，免得宸衷烦闷，岂不是好？"咸丰帝道："朕也这般想，但急切求不出人才奈何！"懿妃道："万岁爷阅过的章奏，有许多搁在这里，婢子暇时也去展览。内中倒有个大才，好请万岁爷重用哩。"咸丰帝问道："是谁？"懿妃道："就是侍郎曾国藩。"独具慧眼。咸丰帝道，"你从何处看出？"懿妃道："像他一个在籍人员，能创办水师，锐意经营，自三年间起，大小数百战，虽是胜负不常，他总始终未懈。且所上章奏，有语皆真，无言不切。遇着紧要关头，也有一篇大大的筹划。不像这班庸臣猾吏，专说几句圆滑话儿，探试上意。想万岁爷总也知道的。"叙曾帅之才，即懿妃之识。咸丰帝微笑道："爱妃所见，倒是与朕相同。可怪这班汉大臣，有几个同他反对，

令朕不解。"懿妃问何人？咸丰帝道："曾国藩初发衡州，大学士祁寯藻，已说他白面书生，不知军事，恐是靠不住的。"懿妃道："北宋的张齐贤，南宋的虞允文，不是个书生么，何以能建大功？祁寯藻官至大学士，怕不读过宋史吗？"见笑妇人。咸丰帝道："还不止一次哩。去年武汉告捷，朕在朝上，赞了国藩几句，那祁寯藻又来多嘴，说他是在籍侍郎，差不多是个匹夫，匹夫在闾里，一呼得万余人，恐非朝廷的福气。还有侍郎彭蕴章，与祁寯藻同样见识，也奏称湘军太多，将来要尾大不掉。煞是可怪。"懿妃闻言，不觉柳眉微竖道："祁寯藻、彭蕴章这班人，既说曾国藩如此可虑，他何不别举人才？"咸丰帝道："你不要这么性急，朕不愿听他胡言。"懿妃道："婢子与国藩绝不相识，何必硬要帮他。但详察章奏，惟这人可负重任。贼气早一日扫平，国家早一日安靖，万岁爷亦早一日舒泰。所以婢子奏陈过激，求万岁爷宽宥。"娓娓动听，我亦爱之。咸丰帝道："朕怪你什么，似你这般留心国事，注意人才，恐宫中没有第二人。"懿妃忙跪谢道："天语褒奖，婢子怎当得起！"又要用笼络手段了。咸丰帝即将她掖起道："不要多礼，寝室里面何拘礼节。朕非无端誉你，那大学士文庆，尚书肃顺，也称曾国藩精忠纯正，可保无他。连你，要算是第三人了。"懿妃即随口谢恩，站将起来。咸丰帝复纪念皇儿，令她抱至，抚弄一番。皇儿恰也聪明，一声儿不啼哭，只是嬉笑。引得咸丰帝笑逐颜开，渐渐地把忧怀放下。点染有致。少顷，令懿妃抱去，交与保姆。然后与懿妃一同就寝。在下若再加艳语，乃是味同嚼蜡，因此不敢赘述了。艳语必有为而作，若不顾事情，只砌艳词，非特重床架屋，抑且诲淫导奸，吾知作者必不出此。

翌日，咸丰帝视朝如故。军报亦杂沓而至，没有什么胜仗。又过数天，由德兴阿奏报，向荣在营病故。忙与王大臣商定，调江南提督和春，驰赴丹阳，接办军务。寻闻南京各贼，自相残杀，杨秀清要想篡位，洪秀全密召韦昌辉，计杀秀清，秀清的余党，又把昌辉杀死。同室操戈，无心出扰，因此江南北的清帅，都还支撑得住。洪氏致败之由，亦就此叙入，可为后人殷鉴。接连报到楚军大捷，官文、胡林翼等，克复武昌、汉阳城，还有曾国藩的旧部，李续宾、杨载福各军，沿江东下，夹攻九江，曾国藩亲去劳师，奏称九江指日可复。咸丰帝又略略放心。

午后无事，咸丰帝又蹀至懿妃宫中，与懿妃谈了一回，颇有兴会。懿妃忽然触起心事，要想趁这机缘，奏闻驾前。看官，道是何事？原来道光帝第七子奕譞，尚未得偶。年龄正与懿妃的妹子相当，她想从中撮合，把妹子指配奕譞，做个王爷的福晋。满人称王妃为福晋。恰是亲上加亲，越加显耀。筹划已定，便谈起皇室情事。凑巧道光帝的七公主，与副都统熙拉布子瑞林指婚，九公主与诚勇公裕恒子德徽指婚，皇室正喜事重重。懿妃便婉问吉期，咸丰帝便答道："八公主的吉期将到，九公主还迟吉哩。"懿妃道："闻得七王爷亦将指婚，曾否由圣衷择定？"从公主转到亲王，也是移花接木之法。咸丰帝道："尚未。"懿妃道："婢子有一愚诚，早思奏闻，只是不敢率渎。"咸丰帝道："这又何妨！"懿妃复嗫嚅道："婢子上沐天恩，已是非分的荣幸，此外再思邀泽，恐怕得陇望蜀，要受万岁爷斥责哩！"故作一扬。咸丰帝着急道："有事尽管直讲，如何专门做此态。朕若可从，没有不照准的。"心许久矣。懿妃道："婢子有一妹子，颇还伶俐。现在年将及笄，正是择配的时候。若蒙圣上推恩，许为撮合，婢子不胜感幸了！"咸丰帝道："是否要配与七王爷？朕与你做主如何？"懿妃又扑翻娇躯，叩谢圣恩。咸丰帝道："你又这般多礼，快快起来。"懿妃遵旨起立。咸丰帝又启口问道："你入宫将四载了，朕对你母家情形还未熟悉，也是朕的误处。多半因军务倥偬，不遑顾及。你不要多心哩！"懿妃连称不敢。咸丰帝道："你前说过上有老母，下有弟妹，现与你相别四年，你曾否着人探视?"懿妃道:"宫禁森严,婢子何敢违例!"咸丰帝道:"你难道不记挂吗?"懿妃闻言,不觉眼圈一红,竟低下头去。虽是人情应尔,恰未免三分做作。咸丰帝瞧这形容,不禁垂怜起来。便叹道:"你在宫中做了妃子,也好算作士女班头。奈宫闱里面,比不得寻常人家,一别四年,竟连母家消息一些儿不通风,也是可怜。朕倒要开一特例呢。"懿妃便接口道:"万岁爷肯特沛宏恩,令婢子得见母面,宠荣奚似。"说至此,又要屈膝下去,被咸丰帝驭手拦住,道:"朕便准你省亲,你现在不必行礼,等到省亲后谢恩未迟。"懿妃才遵旨称谢,将身立定。看官看到此,还道懿妃入宫四年,真个是与家隔绝。其实她受封贵人后,便已密嘱宫监们,暗通音问,私馈金钱。否则惠太太已一贫如洗,恐怕禁不过四年呢。是极。咸丰帝在懿妃宫中一宿,次日临朝,便颁特旨,准懿妃回家省亲。正是:

　　　宸衷宠眷恩无限,旷典昭垂世少闻。

　　欲知省亲时如何情状,待至下回说明。

　　那拉氏邀宠之隆,于本回尽述之。那拉氏揽权之渐,于本回始及之。咸丰帝未曾得嗣,有那拉氏特产麟儿,物以稀为贵,况皇子乎!宜其宠眷特隆,晋封赐宴也。惟国家大事,得由那拉氏参赞,实开妇人预政之风。虽劝咸丰帝重任曾侍郎,卒平粤寇,不为无功,然骄恣之习,因此而开,履霜坚冰,其象兆矣。礼曰:"内言不出于梱,外言不入于梱。"有以哉!

第七回

邀旷典贵妃归省
预邦交哲妇失谋

上回说到咸丰帝特旨,准懿妃回家省亲。这正是清史上第一旷典。只省亲日期,上回未曾表明,在下要从本回叙出。咸丰帝恩准省亲,已是咸丰六年的冬季。懿妃因残腊将尽,不如到新正时节,奉旨归宁,一来是冠冕堂皇的省亲,二来是乘便贺年,恰是一举两得的美名。当下奏定日期,咸丰帝自然照准。到了七年正月,元旦已过,庆贺事毕,又降下一道谕旨,晋封那拉懿妃为懿贵妃。贵妃与皇后,只隔一级,差不多与皇后相似。清宫内受封贵妃,每代不过两三人。这是咸丰帝因懿妃归省,特地将她加封,令她格外尊荣,方不虚此一行。懿妃得邀省亲的旷典,已是欣幸得很,不意咸丰帝替她着想,比她自己还要周到,真是喜出望外。当下谢了天恩,即准备归省的事情,密令宫监赍送金银,叫母家预为打叠。

这惠太太自闻知特旨,早拟把锡拉胡同的住宅,酌量扩充。左右邻家,闻她女儿叠邀恩宠,逐级晋封,贵显得什么相似,已艳羡的了不得,这番恩准归省,锦上添花,那个不前来趋奉。炎凉世态,如是如是。因惠太太住宅狭小,各愿将自己住室,迁让与她。惠太太也过意不去,一时不便应允。那邻家恰先自移徙,不由惠太太不从。只得估给银钱,作为津贴。当下赶紧加筑,自有一班巴结的亲朋出来帮忙。不到两月,居然把一椽矮屋,改换作前堂、后厅,深院重檐,屋右且添置一园,栽花种竹,堆山凿池,构亭筑树,编篱围垣。中间列着一座客厅,以备游宴。虽然仓促告成,也觉玲珑剔透。由冬至春,足足忙了几十天,已将室中一切,布置妥当,然后安心涤虑,专等凤舆到来。在下因懿妃已升贵妃,自然照着前例,加称一贵字。百忙中插此闲笔,文法可谓周到。

懿贵妃临行时,辞过皇帝,别了皇后,带着宫娥宫监等,乘舆出宫。早有小太监至惠太太家,报知某时驾到。这时惠太太的亲戚故旧统已到齐,把行礼、入座、退省、开宴、更衣、盥洗的场所,筹备的一丝不漏,一面设垫、铺毡、焚香、蒸麝,堂开百福,室迎千祥,静悄悄地待着。闹中带路。外面已有工部官员并五城兵马司,清尘洒道,辟除行人。只有锡拉胡同内,人山人海,拥挤得不堪言状,就使有吏役出来拦阻,兀自禁止不住。俄听有一片鼓乐声,隐隐前来,料是凤舆将至,惠太太率家属亲族等出门迎接。等了半歇,方见有十来个太监,导着一个总管,骑马而来。到了门首,由总管下马,至惠太太前问安。小太监立将马牵过一旁,随了总管,面西站立。少时便来了全副仪仗,一对对的龙旌凤翣,一排排的羽扇宫灯,御炉飘百和之香,宝盖障三霄之日,又有彩亭数座,内陈备赐诸物,白玉如意一柄,沉香拐杖一枝,彩缎百端,白银千两。随后方是八个太监,抬着一乘黄缎绣凤的鸾舆,缓缓行来。两边的侍卫群从,宫娥彩女,不计其数。贱日岂殊众,贵来方悟稀。惠太太方思跪接,早有宫监过来,扶住了她,令她免礼。并传谕亲族尊长,概免跪迎。仙乐过处,凤舆已抬入大门。惠太太等随至院落,当由太监停下凤舆,宫娥卷起杏黄缎帘,才见一位珠围翠绕、玉质金相的贵人,降舆出来。回忆携筐卖物时,真如隔世。各女侍簇拥上堂,升了座,两阶乐起,惠太太又带着家族,排班谒见。总管即行传谕,仍不免尊长免礼四字。惠太太及亲族长辈,乃退就左侧,其余皆叩头行礼。礼毕,茶三献,乐止,贵妃降座,退入侧室更衣。然后至内厅,行归省礼。是时惠太太等已在内厅候着，见了贵妃，就与她握手。贵妃欲以母女礼相见，惠太太自然不从。两下里别了五年，心中似含着无数说话，及至见面，反一句儿说不出。呆看了好一歇，方由懿贵妃开口道："五年不见母亲，系念无似。"说了这两语，不禁哽咽起来。惠太太已忍不住泪，只把手去拭眼眶，还有贵妃的妹子也在旁陪泪。贵妃转忍悲为笑道："难得今日奉旨省亲，得仰慈颜，实为万幸。今反触动慈母悲怀，转滋不孝的罪戾了。"惠太太才收泪，答道："苦尽回甘，得邀旷典，正要大家庆贺，不知为什么触动离情，大约是喜极转悲的缘故。快请坐下，好便谈叙。"贵妃一面就座，一面顾着亲属，令他们一一归座。坐定，顾着妹子道："数年不见你的姿容，比前时秀润得多了。为姊的不忘前言，已请过圣恩，替你得一佳偶，将来好时常相见哩。"那妹子闻此言，不觉又喜又羞，垂下头去。贵妃道："女大须嫁，人情一例。但你近日曾否读书？为姊的很是挂念。"惠太太从旁细问，贵妃即将指婚事，述了一遍。并说："要做福晋，必须有些才学。女儿得有今日，统是书籍所赐。愿妹子留意才好。"随又顾幼弟桂样道："你也长了好些，不要像从前这么傻，念书识字也是要紧。"说毕，复与亲族人等，亦略略谈了数语。

是时筵宴已备，设在园中。当由执事人进报。请贵妃临园入席。贵妃起身，命桂祥导引，偕诸人徐步至园。过了曲榭，绕遍游栏，但见翠柏迎春，红梅舒艳，池光映碧，幻石萦青，点染时景，且回应上文。倒也有一番雅景。从贵妃眼中叙出。闲览一周，方转入客厅。外面排着一字儿花墙，向南辟门，门内有砖砌甬道，甬道旁，也栽着数株花木，微微含着春意。至甬道尽处，便是层阶。贵妃拾级而上，步入厅中，见所有陈设，繁华中寓着雅净，颇觉宜人。上面横着一匾，中书"鸣凤朝阳"四字，四字典丽。贵妃点头称善。便问妹子道："这是何人所撰？"那妹子道："是小妹胡诌成文。"贵妃笑道："'鸣'字何不改作'双'字！"为指婚醇王着笔。那妹子又红晕两腮。贵妃道："这是戏言，'鸣'字恰好哩。但正屋内的正厅，何故没有匾额？"那妹子轻轻答道："不敢僭拟，当求赐名。"贵妃道："竟是'承恩堂'三字吧。"为后文桂祥袭封伏笔。未几入席，由贵妃上坐，惠太太等皆在下相陪。席间，谈些宫闱琐事，及惠太太家中情况。欢叙时仍不免有感慨意。归省只此一次，自应言下感慨。贵妃恐又生伤感，忙环顾亲族，讲论别事。有说有笑，不伐不矜，各亲族被她融化，渐渐脱略形迹，因得尽兴。

宴毕，天色将晚，复出园入宅。随命宫监拿来赐物：如意拐杖，送与惠太太，彩缎等分赐亲族，白银等分赏役夫，又有两函文房四宝、两对黄金锞子，分给弟妹。至众人谢赐毕，时已暮色沉沉，阖室都悬灯火。总管太监入启道："已交酉牌，请驾回宫。"贵妃不由得垂下泪来。相见时犹只哽咽，临别时至垂下泪来，是作者善于体贴处。却又勉强笑着，握了惠太太的手道："当日入宫时候，已是拼着生离，好容易得邀恩旨，归宁一次，不意春昼又这般短，霎时即暮，未便多聚。这是地位使然，无可如何。但望圣恩高厚，再许归省，自然重见有期。即或宫闱特例不许再开，那时亦当相机奏闻，准吾母入宫相见，千万不要伤心。"惠太太虽是应着，泪珠儿已不知滴了多少。越是老年，越会伤心。贵妃又回视弟妹道："我的说话，你两人休要忘记。"弟妹唯唯遵命。复另嘱妹子道："今日姊妹，他日姒娌。彼此相聚一生，总算你我的幸遇。你须赶紧读书，转眼间即要成婚哩。"说毕还是依依不舍，总管又来催逼，方与惠太太释手道："皇家规例，不宜稍违，只好去了。"与前日赴选话别，情状又是不同。当由众人送出大门，恭请贵妃登舆。宫灯如炬，侍从如飞。前文列入宫灯二字，几疑白昼之间，何需及此？至此方知为紧要字眼。片刻间已去得净尽，不留一人。看客亦顿时尽散。惠太太尚痴立门外，经亲族劝回家中，尚是呜咽不已。亲族都赞着贵妃道："量大福大，这是一定的道理，如贵妃入宫数年，叠沐皇恩，毫无骄倨气象，见了咱们亲族，依然谈笑如常，这不是量大福大吗！并非大量，实是大材。大众评赞了一回，有留着的，有告别的，这且按下不提。

单说贵妃回宫，次日见驾谢恩，并回奏归省情状。龙颜甚悦，并赐惠太太一品诰封，兼发内帑、彩缎、金银等物，令内监赍去作为赏品。那时惠太太家又高搭彩棚，接旨谢赏，忙个不了。亏得亲族众多，协力相助，免得临事张皇。贵为椒戚，自然人人趋附。嗣又招集亲朋，大开筵宴，庆贺数天。随后又蒙特旨，准惠太太入宫省视。正是帝德如天，有求必应。这都是后话。

只懿贵妃得了这么天恩，自然格外尽力，把咸丰帝的一举一动时常注意，遇喜则谀，遇忧则劝，咸丰帝视为第一个内助，竟当她如太姒重生，邑姜复出，一日都不能少她。某日视朝，接到湖南巡抚骆秉章奏报，乃是兵部侍郎曾国藩，适丁父忧，请准他奔丧回籍等情。咸丰帝不觉惊惶，忙问各王大臣如何定夺？王大臣等奏议纷纷，莫衷一是。有说是江西军务正在吃紧，只可另简大员接办；有说是国藩领兵多年，长江一带亏他支持，现在不宜另易生手，只好给假数天，仍令夺情任事。咸丰帝道："另简大员，确是不容易的。只是要曾国藩夺情任事，他精研理学，恐怕不肯遵谕。如何是好？"王大臣奏复道："圣上有旨，哪敢稍违！"这语恰是专制国的恒情。但咸丰帝重视国藩，便是为他理学工夫，墨守君父大义，不致有意外变端。此次若命他夺情，未免于理不当。心中这般想，口中恰不便说明。朝罢回宫，便来与懿贵妃熟商。懿贵妃道："承平之世宜守经，多难之时宜从权。古人墨绖从戎，史册上亦多见过。万岁爷这么下谕乃是情理兼到，不但该侍郎无可答辩，就是千秋万世，也称圣谕是至理名言呢！"正大光明之论，我亦佩服。这番话提醒了咸丰帝尽释疑窦，即提起朱笔，照本誊录。后文方写入给假三个月，赏银四百两，俾经理丧事。所带湘勇，着暂交伊弟曾国华统带，俟国藩销假，再令国华回籍。次日即将朱谕颁发出去，谁知王大臣却是不服，复奏称曾国华职分较卑，恐不能悉协舆情。于是咸丰帝又旨派提督衔杨载福，就近统带，道员彭玉麟，协同调度。并饬曾国藩于假满后，迅赴江西督办军务，云云。

旨下后，两广总督叶名琛，又有奏报到来，开列英国交涉事情，请旨办理。这件事说来甚长，追究祸根，乃起自道光十九年鸦片之役。鸦片由英国商人，从印度运来，贩与华民，流毒甚盛。道光十九年，粤督林则徐迫英商缴出鸦片二万多箱，尽行烧毁。英政府兴师来华，图粤不遂，改犯江浙，连陷海疆。适权相穆彰阿，素嫉则徐，遂奏陈则徐开衅，请即褫职。道光帝居然照准，把则徐革职充戍，别遣琦善、耆英、伊里布等人妥行交涉。这一班饭桶，有什么好计策，只有见了洋人唯唯听命的法子。江宁订约，英人说一条，耆英、伊里布依他一条，英人说十条，耆英、伊里布依他十条，偿烟价、赔兵费，还割香港，又将广州、福州、厦门、宁波、上海五口准他通商，并设领事，方才了结。是为辱国损威之始。到道光二十六年，英人援约入城，被粤东绅民集团拦阻，英领事遂贻书诘责。凑巧，这和事佬耆英，驻节粤东，与法美两国公使互订通商条约，那时接到英领事照会，无法可施，不得已，设词延宕，期以两年。两年过后，耆英内用，署督是徐广缙，署抚乃是叶名琛。香港英总督文翰，要求履约，各乡团勇十余万坚执不允，几乎又要开战。亏得徐广缙单舸前往，告以众怒难犯，文翰始稍稍夺气，不敢入城。至洪杨变起，广缙移督湖广，便将名琛升任。名琛素性顽固，尤好大言，向来轻视洋人，洋人有照会到来，时常搁置不复，因此洋人与他结怨。是年，适平东莞县党匪，咸丰帝念他有功，加他大学士衔，留任粤督。名琛越趾高气扬，目空一切。致败之由。谁知党首关钜、梁棹等人尚在漏网,遁居海岛,投入英籍,怂恿英领事巴夏礼,请攻粤东。冤冤相凑,海外来了洋船一艘,悬着英国旗帜,闯入粤河。巡河兵弁疑是汉奸伪托,拔去英旗,并将舟子十三人一概拿住,械系入省。巴夏礼即致书诘问,名琛乃释放舟子,送还英领事衙门。偏偏巴夏礼不肯收受,要名琛先去谢罪。看官,你想这大言不惭的叶中堂,肯甘心依他吗?谢罪原有关体面,但平时办事亦须和慎,方可无虞。巴夏礼闻名琛不允,遂率英舰攻黄埔炮台。名琛莫名其妙,饬蒋知府音印去见巴夏礼,询明缘由。复禀:巴夏礼要入城面详,名琛不答。巴夏礼又照会名琛:如不便入城面议,请至城外相见。名琛仍然照着老法儿谢绝来使,无一复语。恼得巴夏礼性起,令洋兵入攻省城,炮声隆隆,火光烛天,名琛只令军士阖城固守,自己却静坐署中,念念有词,不知说些什么。奇极。嗣由卫役传出,方知名琛专信吕祖,所念的就是吕祖宝训。我倒是退兵咒,原来是吕祖宝训。当下洋兵攻了两日,竟敛旗退去。想是吕祖宝训的功效。粤民素来好动,也道是洋兵无能,竟放起火来,不论英、法、美各国的洋行,统行焚毁。名琛毫不在意,反奏称:英船退出省河,经官军连日接剿,迭次焚烧,该夷知难而退,闻将另派妥人来粤定议等语。尚是大言。咸丰帝因粤事尚宽,未开会议,只入宫时,与懿贵妃恰也谈起。懿贵妃道:"去年恭贺大喜,是否即该督叶名琛?"咸丰帝道:"便是他。皇儿载淳生后,他曾恭上一篇骈文,对仗很是工整,连贵妃亦称颂在内。"善拍马屁。懿贵妃道:"万岁爷有此洪福,奴才恐消受不起。"看似谦抑,实是欣幸。咸丰帝笑道:"你后福正长哩。"懿贵妃道:"这却全仗皇上福庇。只该督办理交涉能否使洋人就绪,尚未可知!"咸丰帝道:"洋人居心叵测,恰是难料。"懿贵妃道:"我朝驭外过宽,所以得步进步。此后对待洋人,还须强硬一点,方免轻视。"咸丰帝道:"先皇帝时为了鸦片事情,弄得丧师失地,又偿他无数银两,说来正是可恨。"懿贵妃道:"当日议和的大臣,多是庸弱得很,至今还是受人唾骂。现在粤东又起交涉,总要该督善于镇定,遇着英使到来,看他好讲情理,然后以礼相待,不要似前此的畏缩,自失体面方好。"体面两字误尽中朝。咸丰帝点头称是。谁知这一席话,有分教:

妖雾陡从天外降,寇氛竟逼禁中来。

后文的变故很多,且至下回再叙。

　　省亲系第一旷典,故叙述较详。然著书人恰寓有深意。为贵妃故,特开前代未有之旷典,则祖制可以不遵,而后文之垂帘听政亦不妨特创矣。且唯其邀此帝眷,而种种预政之渐,亦自此益进。内政可预,外交亦可预,重任曾侍郎可也,重任叶制军不可也。不宁唯是,那拉氏自尊自大之心因之酿成。日后酿成拳匪之祸,未始不于此开之。故本回亦有匣剑帷灯之妙。

第八回 用内言严旨赐帛
开外衅掣眷蒙尘

却说咸丰帝闻贵妃言，就依样葫芦，拟定旨意，寄予叶名琛。名琛奉谕后，格外意得心安。除寻常办公外，整日里在署诵经。到九月间，忽接到一角照会，乃是英国伯爵额尔金，诘责粤民焚毁洋行，要名琛赔价损失，另立约章。名琛见他出言无礼，搁置不理。嗣接法、美领事照会，也来要索赔款；只后文却有英使额尔金伯爵，已决计攻城，愿居间排解等语，名琛仍旧不理。忽忽间又过两月，额尔金调到英兵，竟致名琛哀的美敦书，哀的美敦四字译音，即是宣战。限四十八小时答复偿款、换约二事，否则攻城。名琛稍觉着急，至吕祖像间扶乩。乩语是：十五日听消息，事已定，毋着急。乩语未尝不灵，看后便知。名琛屈指一算，只有四五天便没事，遂遵着咸丰帝谕旨，从容坐镇，毫不筹备。这是懿贵妃害他。将军穆克德讷、巡抚柏贵，都来请令定夺。名琛反责他畏葸，一味冷笑，将军巡抚等懊丧而去。英兵即占据海珠炮台，乘势攻城。越日，法兵亦到，炮弹齐发，射入城中，把总督衙门也击得七洞八穿。名琛才要保命，捏了吕祖像，逃入抚辕。又越日，千总邓安邦血战身亡。柏抚知事不妙，忙遣绅士伍崇曜议和，名琛还咬定洋人不得入城。倔强可笑。崇曜方奉命前去，洋兵已破城追来，拥入各署，把将军、巡抚等，都劫至观音山，迫他们出示安民，并要与英法诸官一同列衔。此时的将军、巡抚，还有什么主意，只好事事依着，方得脱回。只有这个叶名琛，竟被他拥出城外，拉赴英船，押解到印度去了。这日正是咸丰七年十一月十五日。应了乩语，可惜名琛不解。名琛不久即死，由英人用铁棺松椁，把他殓入，送回粤东。还亏吕祖保护。粤东几成为清、英、法三国公共地。英人尚不肯干休，牵诱法、美、俄三国鼓轮北行。先至上海，继逼天津。咸丰帝既遭内忧，后遭外患，免不得日夕忧闷。那足智多谋的懿贵妃，也只好从旁解劝，无术分忧。亏得皇帝贴身的太监，导帝游幸圆明园，苦中作乐。园内的四春娘娘正是望断羊车，紧蹙蛾眉的时候，一闻驾至，都打扮得天仙相似，前来恭迓。这一个艳影凌波，那一个纤腰抱月，这一个柔情似水，那一个罗袜生云，惹得咸丰帝眼花缭乱，只觉得无人不俏，无貌不媚。当下左拥右抱，暮乐朝欢，把一副忧国心肠都抛至九霄云外。自咸丰七年冬月，至八年春季，简直是在宫时少，在园时多。每遇辍朝，即带宫监入园，有时且一住数日。天子无愁，佳人倾国，一缕情丝绾缚得异常牢固。那四春娘娘，还疑是上天雨露，未必均沾，醋雾酸风，闹个不了。近之则不逊。

谁知鲸波骇浪卷海而来，英、法、俄、美四国军舰云集白河口，驰书直督谭廷襄，要满首相裕诚前去与他讲和。裕诚哪里肯去。适值咸丰帝幸圆明园，他即入园谒见，请旨发落。咸丰帝茫然道："该怎么办，你去办吧！"裕诚急急回朝，派了户部侍郎崇纶，内阁学士乌尔焜泰，驰赴天津，会同直督，照会各国使臣，约期开议。不意英、法两使复称：崇、乌两人非中国首相，不便议和，严词拒绝。崇乌两人只好怏怏回来。英法使臣，煞是利害，竟从白河口驶入小轮，悬起红旗，开炮击大沽炮台。守台的将弁，吃粮不管事，一闻炮响，茫无头绪。三十六着，走为上着，霎时间，逃得精光。眼见得大沽炮台，被英法两军占去。强盗已到门首，主人漫无防备，一任毁门而入，正是可笑。

警报飞达圆明园，那时咸丰帝只好回宫，特命亲王僧格林沁，率兵赴天津防守，又命亲王惠愉，总管京师团防事务，严行巡逻。僧王抵津后奏称：俄、美使臣，愿做调人，只乞改派相臣议款，等语。咸丰帝不得已，命大学士桂良，尚书花沙纳，再赴天津议和。惠亲王绵愉、尚书端华、大学士彭蕴章等，关心和议，记起和事佬耆大臣来，说他熟悉夷情，联衔保奏。此时耆英已因罪被遣，由咸丰帝赏他侍郎衔，即命陛见。耆英造膝密陈，似乎有绝大经济，不由咸丰帝不信，立委重任，令他自由交涉，毋庸事事会同桂良等办理。那时耆钦差欢跃得很，贪夜去讫，要断送老命了。咸丰帝略略安心，过了两天，忽接到桂良飞折，奏称：耆英为英、法所拒，请饬回京。弄得咸丰帝愕然不解，竟提起朱笔，写着：耆英系原定和约之人，外情素所熟悉，所以朕弃瑕录用，畀以钦差重任。何以忽有代奏回京之请，且耆英并未列衔。是何意见，着即明白复奏。其实这场祸根，开自广州，耆英曾有二年入城的预约，后来他运动内用，撤了一堆烂屎，贻与后任，致开外衅。这时洋人已鸥张得很，哪里还肯接见耆英。去了两次，都被他闭门谢客，撞了一鼻子灰。只好请桂良代奏，他竟一溜风跑回京中。快去快来，确是干练。廷寄朝发，耆英夕至。惠亲王得知消息，恐坐保举失察罪，立刻奏闻。咸丰帝见了此折，命将惠亲王议处，并饬僧亲王速解耆英听审。

此旨下后，咸丰帝快快入内，踱至懿贵妃宫中。懿贵妃因咸丰帝多日不至，已密令宫监探听确音。正在妒忌得很，暗伏后文。一闻御驾到来，外貌仍佯若无事，接驾入座。咸丰帝与他谈论外交情事，懿贵妃微笑道："外交易与，内蠹难除。"暗指四春。咸丰帝道："你哪里知道，朕因内乱未定，不得不注重邦交，已派桂良、花沙纳两人前去议和。嗣因惠亲王等保举耆英，说他熟悉夷情，朕即破格重用。谁知他去了一趟，毫不办理，擅自回京。耆英原是混账账，洋人想也利害哩。"懿贵妃道："万岁爷为何专信庸才，闻他已革职还乡，冷落多时，何故今日又去重用？他是专知蛊惑，不顾圣恩的，万岁爷，若长此纵容，恐怕他们越加玩法，后事恰不易处置呢。"语带双敲。咸丰帝道："依你说来，要狠狠地办他一下么！"懿贵妃勃然道："将他正法便了！"决绝得很，与从前奏对时，已大相径庭。咸丰帝道："这也罪不至此。"懿贵妃道："圣上原是宽洪。然姑息适足养奸，杀一儆百，他人方不敢蒙蔽圣聪。"以之处四春何如。咸丰帝踌躇不答。懿贵妃道："就使皇上加恩，免他正法，亦应赐他自尽。这班狐媚子，留一日，坏一日，有什么好处。"居然说他狐媚子，情愈可见。咸丰帝点了点头。于是这位和事佬，要就此收拾了。次日升朝，适值耆英解到。即饬恭亲王奕䜣等严讯。奕䜣等曲承意旨，拟为绞监候。咸丰帝尚以为未足，竟饬令自尽。立派左宗正仁筹、左宗人绵勋、刑部尚书麟魁监视，于宗人府空室内送他归天。还说是饬纪加恩的至意。谋及妇人，宜其死也。

可奈耆英虽死，寇氛愈紧。桂良、花沙纳仍仿着耆英的秘诀，英人要约五十六条，法人要约四十二条，都一一照奏。最关紧要的计有数条：第一、是各派公使驻京；第二、是准洋人持照至内地游历通商；第三、是增开牛庄、登州、台湾、潮州、琼州等处为商埠；第四、是偿英国商耗银二百万两，军费亦二百万两，法国减半。这奏一上，廷臣鼓噪，都主张驳斥。还是咸丰帝了明大局，料知无人能战，无地可守，不得已忍痛许和。俄、美使臣亦思利益均沾，要求订约，由桂良等再行奏请。咸丰帝便批了："准奏钦此"四字。这叫作天津和约。各国舰队方次第退出天津，一番战事暂作烟消。京师里面又是粉饰承平，铺张盛事。

咸丰九年正月朔，颁下一道上谕，内称：翌年乃朕三旬万寿期，宜特开庆榜，嘉惠士林。着于本年八月内，举行恩科乡试，明年三月，举行恩科会试，以副朕简拔人才至意。各省士子见了此诏，都异常欣幸，期夺锦标。这且搁过不提。还想偃武修文，歌功颂德，正是痴心。

且说东南军事，于咸丰七八年间，互有胜负。和春、张国梁自丹阳合兵进攻，屡克江宁属县，再复镇江，又到江宁城下，江南大营复振。德兴阿在江北，亦进拔瓜洲。两军把南京围住。九江由李续宾攻入，长毛悍酋林启荣战死。杨载福等又进捣安徽，拔舒城、桐城各县，直逼安庆。长毛愤激得很，四处乱扑，忽入皖，忽赴赣，忽窜江浙，牵掣官军。且勾结一班捻匪，作为声援。捻匪详后。那时官军疲于奔命，顾了这边，失掉那边。江南的六合县，死守六年，被长毛攻破，死了道员温绍原。安徽的庐州府，又被长毛陷入，死了总兵萧开甲、知府武成功。还有，李续宾转战而前，兵锋甚锐，无人可挡。谁知到了三河镇，被长毛头目陈玉成、李世贤等，带领党羽十多万，将他围住。续宾兵只有四五千，哪怕三头六臂，也是不能脱免，眼见得是力竭捐躯了。咸丰帝照例优恤，且加他总督衔，并有忠灵不昧，还望再生等谕，言下甚是慨然。

但因外人已退，忧愁已消了一半。在宫中过了新年，一到元宵，便至圆明园寻乐去了。从此车驾常驻园中，竟把这圆明园作了宫殿。王大臣等上朝启事，都要移入园内。皇后素性恬澹，就是一年不见皇帝，也没有什么介意，只这位懿贵妃，很是懊恨。料知咸丰帝耽恋四春，暗地里骂个不住，恨不将四春娘娘一个个拿到面前，把她撕作几段。入宫见嫉，蛾眉不肯让人。咸丰帝管不得许多，索性图个尽欢，整日取乐。岂亦自知不永年耶？

忽由军机处呈上江南军报。取过一阅，乃是和春所奏，弹劾都统德兴阿屯兵江北，迁延观望等情。随即批谕德兴阿着革职来京，所有江北军营，统归和春节制。为江南大营再溃张本。批毕，即交与军机。并嘱此后奏报到来，着军机先行拟旨，一并呈入，免朕事事动笔，休得忘记。下文懿贵妃拟旨，已兆于此。军机领旨去讫。未几，前署安徽抚事李孟群，殉难庐州，淮阳道郭沛霖，死事定远，一切抚恤事宜，都由军机处拟定，咸丰帝略略一瞧，便令照行。

一入初夏，突闻英、法各国又遣来兵舰四艘，竟到大沽口要与中国开战。看官，上文说过，天津和约已经双方允妥，各国舰队统已退去，为何此时又来，且要开战呢？原来去年定约，因要钤用国宝，彼此须费手续，定期翌年互换。此次正来换约，适值大沽设防，由僧亲王遣人拦阻，令各国船只卸去军械，改由北塘驶入。各使臣多半听命。独英舰长卜鲁士抗不遵行，竟驶入大沽，毁去防具，立刻竖起红旗来。僧王也下令戒严，炮台上一律筹备。俄闻炮声突发，料是英船

开炮，即饬炮台还击。扑通扑通的一阵响，把英舰轰伤了两艘，余船逸去。只美使华若翰改道行走，才得换约。这一场的小胜，宫廷上下争相庆贺。丑态如绘。咸丰帝忙下谕旨，格外褒奖。并准于捐输项下，提银五千两，分别赏赉。嗣是龙心快慰，总道洋人败退不敢再来，连天津和约都可废去，便安安稳稳的在园度冬。想是交桃花运。看看残腊将尽，方才还宫。

十年元旦，临朝受贺。因是年三旬万寿，颁诏天下，特封赏各亲王、贝子有差。转瞬春暮，万寿节届。咸丰帝御正大光明殿，一班王大臣及蒙古王、贝勒、贝子、公等，齐集殿前，行祝嘏礼。只外省督抚、将军、提镇等，已预发谕旨，令他注重军事，不必来京。因此热闹之中尚带三分寂静。祝嘏礼毕，至同乐园赐食。大众醉酒饱德，不消细叙。宫中亦照例庆贺，一律赐宴。懿贵妃与宴后，满拟咸丰帝到来，眼睁睁地候着，许久不闻影响，只由总监缴到一纸，乃是咸丰帝亲笔，上写着：明日上午，自贵妃以下，统至圆明园领宴。懿贵妃不觉大愤，顿时怒形于色。忽又哑然一笑，道："圣上弘慈，不问满汉，一体相待。奈我没福消受怎好？"读此言已见才具，不似寻常妇女，一味乱骂。想了一会，便令宫女展寝而睡。

次日，咸丰帝一早到园，由四春娘娘迎入，叩贺圣寿。不多时，见宫中妃嫔，统似花枝招展翩翩前来，谒过圣驾，并与四春见礼。满汉同席，内外一堂，乃是旷古罕逢，真个皇恩普遍。只有懿贵妃那拉氏待久不至。等到午牌，方有宫监来报：懿贵妃略染小恙，不能遵旨领宴。咸丰帝听着，便道：由她罢！当下肆筵设席，列坐开樽，酒落欢肠，目迷春色。这一边是北部胭脂，那一边是南朝粉黛，花为四壁香为国，锦作屏风玉作堆。到了兴酣席散，妃嫔等才谢宴回宫。独咸丰帝留住园中，与四春娘娘作长夜欢。宝帐春深，鸾帏露重，几乎把这个咸丰帝溶化在安乐窝中。色上有刀，其能久乎！

可奈乐极则悲，泰极则否，霓裳之舞未终，鼙鼓之声又起。英使额尔金，法使噶罗，又率舰队来犯天津。咸丰帝犯于前胜，不以为虑。只饬令僧格林沁加意严防，自己仍在园中享受温柔滋味。要享完了，奈何！过了数日，忽接僧王加紧军报：大沽口北岸炮台已被英法各军占去，提督乐善阵亡。咸丰帝尚不甚着急，只郑亲王端华、尚书肃顺，入园谒帝，力主抚议。咸丰帝道："抚议也好。"端华、肃顺又请召回僧郡王，免延战祸。咸丰帝复准了他奏。僧王一退，英法军即入陷天津，军报一日紧一日，咸丰帝也焦急起来。一面派大学士桂良赴津议和，一面令大学士瑞麟统京旗兵九千出防。谁知议和无效，筹防不足，英法联军竟从天津入犯，扰及河西务。僧、瑞两营连战失利。咸丰帝再遣怡亲王载垣与桂良协商和议，复飞召南军入京勤王。副都统胜保，奉旨驰到，与洋兵战了一仗，又遭败衄。于是北狩之议遂起。懿贵妃在宫，闻这消息，密令恭亲王奕訢率领满朝文武，到圆明园中吁请咸丰帝还宫，坚守京师。咸丰帝只是不从，待奕訢出园后，暗令四春娘娘整顿行装，准备北狩。另派端华入宫，密接后妃等出来，至圆明园会齐。箭在弦上，不得不发，任你那拉贵妃如何能耐，也只好挈着皇子，随了端华，一同赴园。到园后，见车辆马匹已预备停当，料知无可挽回，遂陪着乘舆，仓皇出狩去了。懿贵妃亏得随扈，否则从此休了。这时怡亲王因和议不成，先日驰回，随扈北去。还有端华、肃顺，及军机大臣穆荫、景寿、匡源、焦祐瀛、杜翰等八九人相率扈从。在下有诗叹道：

翠华北狩出京城，宫眷廷臣一例行。

回首御园何处是，四春从此别蓬瀛。

欲知北狩以后如何情形，且至下回再阅。

　　女无美恶，入宫见妒，不特一那拉氏为然，无足怪也。唯那拉氏柔中寓刚，刚中寓柔，寻常妇女断不可与同日语。阅者于本回中求之，蛛丝马迹，显然可见。故是回虽纯是过渡文字，而旁敲侧击，左萦右拂仍不离那拉氏，与喧宾夺主者不同。

第九回　惨遭纵火淀园被焚
望断回銮热河驰讣

却说咸丰帝挈眷启程，顾不得途次狼狈，匆匆北走，至百里外才停住御跸，留宿行宫。至是懿贵妃始得进言，劝帝不必远行。大旨言：皇上北狩，宗庙无主，恐遭夷人践毁。从前周室东迁，一蹶不振，可为殷鉴。还望圣衷俯纳等语。言似有理，然试问后日拳乱，何以仓皇出走？请那拉氏语我来。咸丰帝此时，已觉疲惫得很，默不一答，只令总监取出纸笔，即潦草写着：着恭亲王奕䜣留守，仍督僧、瑞二军，驻师海淀。钦此！写毕，就饬总监交与怡亲王，着人飞速赍去。

忽由京中递到奏折。咸丰帝大略一瞧，便掷置案上，倚枕躺着。懿贵妃取折细阅，署名乃是副都统胜保，便向咸丰帝道："看这奏折未始非是，圣意以为何如？"咸丰帝道："且到明日再说。"懿贵妃道："据胜保奏，系促南兵入援。火速催趱，尚恐南北道远，缓不济急，那里还好延迟？"咸丰帝道："既如此，可饬载垣等拟旨进来。"懿贵妃道："这也不必，奴才虽是女流，也能模拟一二。"技已痒乎？咸丰帝道："你且拟来，待我瞧过。"于是懿贵妃遂蘸墨舒毫，立就数百言。其文道：

据胜保奏称："用兵之道，全贵以长击短。洋人专以火器见长，若我军能奋身扑进，兵刃相接，敌之枪炮，近无

可施，必能大捷。蒙古京旗兵丁，不能奋身击刺。惟川楚健勇，能俯身猱进，与敌相搏，洋人必受惩创。请饬下袁甲三等，于川楚勇中，挑选得力若干名，派员管带，即日起程赴京，以解危急等语。"洋人犯顺，夺我大沽炮台，占据天津。抚议未成，现已带兵至通州以西，距京咫尺。僧格林沁等兵屡失利，都城情形，万分危急。现在外军营，川楚各勇均甚得力，着曾国藩、袁甲三各挑川楚精勇二三千名，即令鲍超、张得胜管带；并着庆廉于新募粤男及各川楚勇中，挑选得力数千名，即派副将黄得魁、游击赵喜义管带；安徽苗练向称勇敢，着翁同书、傅振邦饬令苗沛霖遴选练丁数千名，派委妥员管带；均着兼程前进，克日赴京，交胜保调遣。勿得藉词延宕，坐视君国之急。唯有殷盼大兵云集，迅扫逆氛，同膺懋赏，是为至要。将此由六百里加紧，各谕令知之。钦此！

写讫，便捧呈御览。咸丰帝瞧毕，不由得嘉奖道："很好，就照此颁发吧。"诚如皇言，可惜政由内出。懿贵妃忙颁将出去，任你怡郑各王如何权大，究竟不敢阻挠。便由六百里驰驿分递。怡郑两王之危机，已兆于此。次日御驾又饬启行，懿贵妃谏阻不住，仍随驾前往。临行时，咸丰帝复亲颁朱谕，着恭亲王奕䜣为全权大臣。自己却带领扈从人等，即向滦阳进发。

这时京城里面扰乱得很，文官主和，武官还要主战。僧格林沁因英参赞巴夏礼出言不逊，竟将他诱缚解京。英人越发猖狂，摇旗放炮，节节进攻。清兵的器械，不及洋兵的快利，遇着弹子飞来，统跑得不知去向。那洋兵如入无人之境，竟驰到京师，把禁城三面围住。恭王急极，与大学士周祖培、尚书陈孚等商议，统是面面相觑，不发一言。至接奉全权大臣的谕旨，方决计主和。嗣又闻行在飞召南军，又弄得疑惑不定。忽由桂良交来照会一角，乃是索还巴夏礼，否则开炮轰城。恭王见照会上有三日期限，还略略放心。挨一日过一日，等到三日期满，尚是犹豫

不决。胜保等要杀巴夏礼，桂良等要放巴夏礼，两下正在相持。忽报英兵绕出城西，攻打海淀。海淀就是圆明园。上文已有明谕，令恭王督着僧瑞二军，驻守该地。恭王得了此警，忙至海淀督防。甫入园，内务府大臣文丰，已慌忙驰至，报称僧瑞两军不战先溃，洋兵要杀进园里来了。这句话吓得恭王回头就跑，一口气跑至长辛店方才驻足。大学士瑞麟、军机大臣文祥等亦陆续奔到，大家会议了一回，只有释放巴夏礼或可转圜。忽擒忽纵，好似儿戏。这边照会尚未发出，那留守京师的王大臣已将巴夏礼开释，派海关监督恒祺送往英营。恭王闻这消息，总道外愤渐平，慢慢儿可以议抚，一心一意地候着。不料过了两天，军探报称圆明园被焚，火尚未熄。恭王嗟叹不已。又过两日，闻报圆明园全座毁去，都是英参赞巴夏礼主张，一直烧了三日三夜。恭王不禁顿足道："百年心力，一旦成灰，何以对列祖列宗于地下？"你也晓得对不住祖宗么！

言未已，门上送进公文，乃是从京中发来。拆开瞧时，乃是法使噶罗，愿居间排解，只请王爷入城议约。恭王还是畏怯，复示称：抚议定当即进城。留京王大臣得复，料知恭王尚有戒心，遂与洋人自行交涉，开城接商。巴夏礼带百余人入城，法使噶罗亦入，先索恤款五十万两。王大臣搜括御库，如数付给。然后两下议款。磋磨许久，才拟定于八年原约外，更辟天津为商埠，增派领事驻中国；偿英国银一千二百万两，法国银六百万两。议定，再报知恭王。恭王除照允外，没有别法。到九月十一日，在京城礼部衙门换约，恭王奕䜣方率同属官，带着护卫入城，到礼部大堂伺候。等了一歇，英使额罗金、参赞巴夏礼，也到署中。左右列座，安排筵宴。席间就换了和约，两造尽欢而散。次日又与法使照样换约。只俄使圆滑得很，此次未曾与战，反在旁代作调人。后来与恭王另订北洋条约，除通商纳税，统照英法办理外，又把乌苏里河东岸地圈划了去，算来是他最占便宜呢。上文一段不得不叙，好教阅者接洽时事。

且说咸丰帝驾幸滦阳，直至热河。热河在京师东北，旧属承德府管辖。向设围场，为历代清帝秋狝之所。地名木兰，筑有避暑山庄。自道光以后，此制久废。这次咸丰帝避难至此，清史上称作北狩。其实是蒙尘出走，托名盖羞。这也是有史以来，遇着天子出奔，往往是这般说法的。解释明晰。咸丰帝既到热河，就借避暑山庄，作为行在。章奏仍陆续往来，起初接着各种军报，还是一一瞧阅，所有批谕，简单的都是亲笔，此外由军机拟旨，亦必亲自过目，酌量增损。及闻海淀被焚，不觉吃一大惊，弄得目瞪口呆，险些儿将身晕倒。四春休了，文宗休了。独有那拉贵妃反易忧为喜，和颜悦色的在旁劝慰。咸丰帝虽勉强答应，目中已瞧透三分。自此心灰意懒，渐渐的染起病来。

和议告成，在京各王大臣联衔奏请回銮。咸丰帝只下一道谕旨：饬南军不必北来。至于回銮事情，简直搁起。嗣经在京王大臣一再遥奏，才颁出上谕道：

本年天气渐届严寒，朕拟暂缓回京。候明春再降谕旨。钦此！

在京的王大臣，接奉上谕后，议论纷纷，多说京中不可无主，回銮最是要紧，总须设法奏准才好。于是联合直省各疆吏，恭请即日回跸。那拉贵妃也日日怂恿，惹得咸丰帝懊恼，检出南中奏折一大沓，掷与贵妃道："你瞧，你瞧，朕在京时，已闻得江南大营又复溃陷，和春、张国梁统已阵亡。嗣后苏常一带，相继失守。近日徽州又报被陷，还有捻匪窜扰山东，这般时势还要回京什么？"东南军事借咸丰帝口中叙入，免与上文重复。看官，这懿贵妃自邀宠以来，从不见有这样御容，此番碰了一个大钉子，不知她心中如何难过。她却不露声色，婉言答道："日前两江总督，已着曾国藩补授，山东的捻匪，昨已见过谕旨，命僧格林沁往剿。他两人统老成得很，将来必能告捷，万岁爷何庸过虑。惟京中无主，未免可忧，还请回銮为是！"咸丰帝并不回言，竟歪在炕上,好似睡着去了。懿贵妃不便再劝,只好随着御驾在热河过年。

是年冬季,咸丰帝已精神恍惚,坐卧不宁,咯血、梦遗诸症,次第发作。到十一年元旦,勉强起床,御淡泊诚敬殿受贺。转至勤政殿,赐近支亲藩筵宴。六宫妃嫔,也遵着京中旧例,庆赏一天。只咸丰帝终快快不乐,午牌后便入内高卧,咨嗟不已。京内外各大臣统着人赴行在上表,贺喜以外,并请回銮吉期。咸丰帝尚想延捱,经懿贵妃联合皇后彼此互劝,乃谕于二月十三日回銮。扈从各员,因回銮期近,各自预备。独怡亲王载垣、郑亲王端华,及宗室尚书肃顺,一些儿没有举动。大众怀疑得很,私下去问肃顺。我亦欲问之。肃顺笑道:"据我看来,回銮的日子恐没有这般迅速。"大众道:"谕旨煌煌,那里还可更变!"肃顺道:"诸公不信,到期自知。"大众不便续问,只一日一日的待着。到了二月初旬,并没有安排銮驾的消息,大众才觉惊疑。至二月十一日,颁发上谕:改期二月二十五日。过了十天,由怡亲王载垣,奉旨宣召各大臣会议。大众应召毕集,由怡王迎入。行过了礼,怡王才启口道:"今晨奉到面谕,乃系圣躬违和,未便启程。因令各王大臣从长计议,究应回銮与否,翔实奏闻。"大众听说,各钳住了口,不赞一辞。忽见肃顺开言道:"圣上意思,是不愿回銮。但皇言不便反汗,所以令群下会议。现在只可曲体圣衷,联衔复奏,缓日回銮罢!"怡亲王道:"我亦这么想。"当下此唱彼和,无不赞成。一班马屁鬼。遂由怡王领衔,谏阻回銮。奉批:着照所请。竟将前时颁下的成命化作乌有了。大众服肃顺先见,相晤时很是赞扬。肃顺道:"诸公但知其一,未知其二。试想圣上在京时,整日住在圆明园,现在成为焦土,回銮后见了故址,宁不伤心?况皇上所宠的四春娘娘,遵着祖制不能入宫,将来当安插何处?目下圣体违和,也是为着这事忧劳所致。咱们不能为皇上分忧,已自抱愧,难道还要皇上添忧吗?"一口道破,确是明见,奈不逮一哲妇何。大众才各自了然。

这番话传入宫中,懿贵妃很是不悦。即密遣心腹宫监安德海,贪夜入京,叫恭王奕訢前来。奕訢胆小,不敢遽允,只会同军机大臣文祥,酌缮奏折,愿赴行在祗问起居。安德海回至行在,奏折亦即赍到。咸丰帝阅奏毕,即召载垣入,拟定旨意,叫他不必前来。谕云:

朕与恭亲王奕訢,自去秋别后,倏经半载有余。时思握手而谈,稍慰屡念。惟朕近日身体违和,咳嗽未止,红痰尚有时而见,总宜静摄,庶期火不上炎。朕与尔棣萼情联,见面时回思往事,岂能无感于怀!实于病体未宜;况诸事妥协,尚无面谕之处。统俟今岁回銮后,再行详细面陈。着不必赴行在,文祥亦不必前来,特谕。

这谕发出,懿贵妃的计策全然无效,一腔热愤都喷在载垣、端华、肃顺身上,专待机会到来,把三人立刻处死。可怜怡郑两亲王尚蒙在鼓里,未曾防着。死了。只肃顺有些乖觉,尝密语怡郑两王,叫他先事预防,毋堕彼手。怡郑二王威尊势盛,那里放在心上。可巧侍卫荣禄与懿贵妃有亲戚关系,贵妃与他暗中联络,作为外援。这事被肃顺闻知,遂至怡郑二王处,令他密奏帝前,废去贵妃。怡郑二王还疑肃顺多事,但心中恰也记着。

是年夏季,天气酷暑,热河一带也是炎热得很。咸丰帝病体加剧,日夕卧着,有时记着四春娘娘,令她入侍。偏这懿贵妃从中阻挠,不许近前。就使见了一面,也是不便多谈。因此咸丰帝怀恨贵妃。怡郑二王,微窥上意,问疾时,请屏去左右,密陈贵妃、荣禄内外勾结事。木朽虫生。咸丰帝半信半疑,拟俟病体少瘥,调查确证。无如心越烦闷,病越沉重。到六月初九日诞辰,扈从各王大臣统至福寿园朝贺。咸丰帝尚勉力支撑,莅园受礼,并即赐宴。欢宴未终,咸丰帝已挣扎不住,令两太监扶掖还寝。妃嫔人等,还待着行礼,由宫监宣诏赐免。自是咸丰帝终日卧着,不能临御如常了。

看官听着,这咸丰帝即位初年,颇思振作有为,干一番旋乾转坤的事业。可奈内有发捻,外有英法等国,哗乱不休,扰得心尽力疲,仍归无效,反丧失了许多土地、许多金钱。郁极思解,忙里偷闲,就把那绝色女子选了几个,作为消遣的玩物。谁知女色蛊人,容易伐性,以一御十,不耗亦枵。又况仓皇出狩,饱经风霜,怅皇路之多艰,痛名园之不复;又复谗间交作,谣诼多端,任你如何强壮,也要变成痨瘵。一挨两挨,竟致不起。总束数行,可作当头棒喝。皇后、贵妃急得什么相似,日日到京中催趱御医。来了几个岐黄妙手,能医病不能医命。至七月中壬寅这一日,病已大渐。咸丰帝密嘱皇后,取出一张遗旨,交付了她,叫她不要遗失。皇后瞧了一瞧,便藏在怀中。暗伏下文。凑巧懿贵妃也踱将进来,还道是交代御宝,忙向皇后婉问。咸丰帝已闻着,道:"御宝么……"就从枕边检出交与皇后。随命召载垣、端华、肃顺、景寿、穆荫、匡源、杜翰、焦祐瀛等八人,入草遗诏:立皇长子载淳为皇太子。又嘱咐了数语,无非是托孤寄命的话头。八人退出,又阅一宵,到癸卯日寅刻,咸丰帝竟崩逝去了,享寿三十一岁,庙号文宗。载垣、端华、肃顺等,入内哭临。

至大殓后,即扶出六岁的皇太子,在枢前即皇帝位。越日,尊皇后钮祜禄氏及皇太子生母皇贵妃那拉氏,均为皇太后。并后匹嫡,乱之本也。旋复上皇太后徽号曰慈安,上生母皇太后徽号曰慈禧。并拟定新皇帝年号,是"祺祥"二字。新皇帝年只六岁,所有一切政务,自然由载垣、端华等独断独行。且因咸丰帝遗命有赞襄一语,他八人遂自称赞襄政务王大臣。先颁喜诏,复颁哀诏。

过了数天,即接到恭王奕訢等来折,请准至热河奔丧。载垣、端华、肃顺等私议道:"奕訢此来,不怀好意,须阻住他方好。"当下由肃顺拟旨,略说京师重地,留守要紧,毋庸来此奔丧等语。

这道旨才颁发出去,忽由两宫太后发下御史董元醇一折。载垣取来瞧着,不禁连声叱道:混帐,放屁!正是:

　　贵胄挟权方蓄意,台官拜折忽翻新。

毕竟折内有何言语,待小子下回表明。

那拉贵妃之始阻出狩,继劝回銮,名正言顺,一若关心大计,毫无私见者。然迨文宗弥留,第一着即索御玺,揽权之私心已见,厥后生杀予夺,为所欲为,先后判若两人。人皆疑之,吾谓毋庸疑也,小忠小信之所以固结主意,笼络人心耳。他人不敢阻,而彼独阻之,他人不敢劝,而彼独劝之,唯其敢也,所以成后此种种之辣手。明眼人阅到此回,尤见著书人深心。

第十回　定密谋启程返跸
戮辅臣创制垂帘

却说董御史所陈奏折,由怡亲王载垣取阅,顿时痛詈不休。端华、肃顺从旁瞧着。端华道:"我朝祖制,从来没有见过。那个胆大的御史敢倡此议?"肃顺道:"这是明明有人主使,咱们须要力争哩!"正说着,忽有懿旨下来,立召赞襄王大臣入议。载垣等便即趋入。见两太后东西分坐,当即行礼。礼毕,先开口的是西太后,就是咸丰帝在日的懿贵妃。在下又要改称了。特补一笔。西太后谕道:"御史董元醇,奏请两宫垂帘听政,这件事果可照行吗?"奏中要旨从此叙出。载垣道:"这是祖制所没有的,请两宫太后明察。"西太后道:"祖制虽是未有,但也不曾禁止。况如原奏所言,应派近支亲王一二人辅政,内外相维,很觉妥当。看来可以照办。"端华就接口道:"祖制究不可违。祖制所有,不好妄废;祖制所无,亦不好妄作。奴才等只知谨守祖训的。"西太后面有愠色,东太后恰恰然道:"这是重大的题目,你等须静心参酌才是。"西太后道:"他们的意思,简直是不肯奉旨哩。"一句紧一句。肃顺至此,忍耐不住,竟直说道:"奴才等赞襄皇上,不能听命太后。况是有违祖制,教奴才如何奉诏?"西太后陡睁凤目,怒视肃顺。大有扑杀此獠之态。东太后瞧这形容,便道:"且从缓议。教他们暂退罢!"亏她解围。载垣等便碰头而退。肃顺出外,复语载垣道:"董元醇那张奏折,倒要严加驳斥,免得他人希旨承颜,再来效尤。"料事颇明,奈偏不从汝愿,奈何!载垣、端华连声称"善"。随叫军机拟旨,抬出祖制两字,把董御史严斥一番,方觉安然。

过了数日,忽报恭王奕䜣已到行在。载垣等很是惊疑。正拟遣人探问,恭王已投刺请见。载垣等只好迎入。相见毕,便问奕䜣来意。奕䜣道:"此来不过是叩谒梓宫,慰问太后便了。"载垣道:"六王爷未曾奉召,竟自离京,京内何人负责?"奕䜣道:"在京王大臣,多得很呢!况目下安靖如常,没甚可虑。俟谒过梓宫,并请两宫太后安,即拟返京。此间政务,有诸公在,自问年轻望浅,不敢预闻。"肃顺笑道:"梓宫可谒,惟两宫太后处不应入觐。"奕䜣问是何故?忽从肃顺背后转出一人,朗声道:"两宫太后与六王爷有嫂叔之嫌,古礼嫂叔不通问,所以不应入觐。"孝庄后且下嫁摄政王,祖制如斯,何故失记?反要援引古礼呢!奕䜣视之,乃是军机大臣杜翰。刚思辩驳,听载垣等已同声附和,料知口众我寡,不便争执,反婉辞答道:"有这嫌疑,只好托诸位代为请安了。"随即起身辞出,回到寓所,心下很是踌躇。巧值太监安德海到来,便与密商许久,想出一个离奇的法子,安太监方才别去。

这日晚间,灯光黯淡,月色朦胧,避暑山庄门外有一男一女联翩趋入。侍卫忙去检视,当先的乃是安太监得海,随后的好象宫娥模样。便不加盘诘,由他入内。翌日黎明,侍卫尚未上班,安太监已将宫娥导引出去。看官,你道这宫娥是谁?就是皇叔恭亲王奕䜣。郑重言之。原来恭王此来,实奉西太后密召,商议密谋,偏偏被八个赞襄大臣从旁拦阻,不许入宫请安。那时由安太监想一妙法,令恭王乔扮宫娥,混入行宫,密密切切地谈了一夜,商量妥帖,清晨即辞。侍卫等不知就里,总道是宫眷出入,没甚关系,那里晓得已暗度陈仓,中了他嫂叔密商的妙计。说明就里,令人醒目。

恭王出宫后,即赴梓宫前哭临。是夕,即至载垣、端华等处辞行,翌晨就启程回京。忽来忽去，明眼人便要动疑，载垣等茫乎若迷，安得不死？载垣、端华、肃顺等还道恭王索然而返，料无他虞。不意懿旨又下，着行在人员，预备车驾，恭奉大行皇帝梓宫回京。载垣不觉惊讶道："有这么迅速，正是出人意料！"当下与端华、肃顺等入见两宫太后，请少从缓办。西太后沉着脸道："大行皇帝在日，时思回銮，只因圣躬抱恙，未便登程。不幸赍志崩逝，在天有灵，早一日回京，即早一日告慰。如何还好缓办！"载垣碰头道："恐怕京中未安，所以恳请展缓。"西太后道："京中早已平静了。你等是赞襄嗣皇的大臣，应该导嗣皇勉尽孝思，趁此天气未寒，沿途安静，正好奉丧回去，仰可以安先灵，俯可以慰众望。这才叫作赞襄尽职哩！"这番话说得载垣哑然无言，就是能言善辩的肃顺，也变作反舌无声。没奈何只好遵着旨，退出宫门。第一着失败了。载垣还怨着端华、肃顺道："你们这两人今日为何半句不说？"肃顺道："西后最恨的是我，我还要说什么？且至住所再商。"

数人徐步回来，同至怡王住所。肃顺才献计道："回銮时候，咱们八人分做两起走吧！"载垣道："这是何意？"肃顺道："扈驾的扈驾，护送梓宫的护送梓宫。"载垣尚莫名其妙，肃顺附载垣耳道："我不害人，人将害我。为今日计，莫如由王爷带着侍卫兵丁，扈送两宫，由间道先回。途次如可下手，便好除掉那拉氏，以免后患。"计太毒了。载垣不由得伸舌道："这……这事可使得吗？"肃顺道："此计不行，死在目前了。"载垣道："你与我同去否？"肃顺道："我在后护送梓宫，接应王爷，先后声援，不怕他们谋我。"叫别人去使毒计，自己怡安居后面，真是良策。载垣还有些胆怯，再与端华商量，请他同去做一帮手。端华应允。议既定，即奏拟回銮日期，并请两宫太后及嗣皇帝，于恭送梓宫登舆后，先行启跸回京，以节劳勚。又将赞襄王大臣派定，某某扈驾，某某护送梓宫等语奏明。西太后得了此奏，很中下怀，她正想先日到京，好与恭王密商一切，计除三人。当即下谕:准于九月二十三日恭送梓宫登舆，先从间道返跸，祇候梓宫到京，在德胜门外恭迓。着王大臣敬谨将事，毋稍陨越，云云。启行前一日，西太后先密召侍卫荣禄，叮嘱再三，方命退出。强中更有强中手，怡王奈何？肃顺奈何？

次日天明，两宫太后挈着幼主，并六宫妃嫔等，以及扈从文武各大员，出丽正门，跪送梓宫登舆。然后把随从分作两路。太后、皇帝妃嫔等人。由怡郑两王拥护，从间道进发。途次遇着大雨，道路泥泞，很是难行。西太后下旨:着随从等催趱前进，毋惮勤劳，到京自有重赏。于是冒雨登程，除夜间驻跸外，片刻不停。行到古北口，四面都是旷野，猿啼鹤啸，凄寂异常。怡郑二王正思动手，猛见侍卫荣禄带兵一队从后赶来，怡王觉得有异，急忙启问。荣禄答称奉两宫太后密旨，特来保护。怡王还思阻拦，不意荣禄不再理睬，直至两太后辇旁请安。自此晨夕不离，就是途中供奉，也由荣禄严密检查，一些儿没有遗漏。怡郑两王不敢发难，只好瞪着两眼由他前去。第二着又失败了。九月二十九日，两宫以下安抵都门。留京王大臣等，由恭王带领出城排班跪迓。两宫太后宣旨平身。大众谢恩起来，站立两旁。这冠冕堂皇的銮驾，竟由侍卫、宫监等安安稳稳抬入京城。想从怡郑两王眼中看出。迎送各员统同随入。怡郑两王一时也没有摆布，暂回原邸安息。

越宿，即由大学士贾桢领衔会集朝臣，奏恳两宫太后垂帘听政。一折甫上，两折又来，乃是钦差大臣副都统胜保奏请皇太后亲理大政，并另简近支亲王辅政。两宫太后瞧过后，把垂帘事交议，即授恭亲王奕䜣为议政王。十月初二日，梓宫到京。两宫太后又擎着嗣皇，及各王大臣等孝服出迎，怡、郑两王也随班行礼。但见两宫左右统是禁军拥卫，此外又有大营驻扎。料是恭王奕䜣所使，又惊又恨。惊固不必，恨亦无益。及梓宫入城奉安，即颁下一道谕旨:令载垣、端华、肃顺着即解任，景寿、穆荫、匡源、杜翰、焦祐瀛退出军机。迅雷来了。载垣等闻这上谕，已知祸事临头。

只因肃顺尚留次密云，未曾到京，眼前少了一位智多星，正是焦急万分。这个智多星徒知趋避，也不中用。忽由恭王奕䜣、大学士桂良、周祖培、军机大臣户部左侍郎文祥，率领侍卫数十人，不待通报竟大着步走入门来。载垣愕然道："诸位到此有何公干？"奕䜣道："有旨饬王爷解任。"载垣笑道："我已早闻知了。解任乃是小事，为何烦劳诸位同来？"奕䜣道："还有旨。"载垣道："你们大惊小怪，都是糊涂得很。你想，我等是赞襄大臣，面受先皇顾命，无论大小政务，统由我辈裁决。我辈未入，旨从何来？"奕䜣笑道："你敢不遵旨么！"正争论间，郑亲王端华也昂然直入。他闻恭王等到怡邸中，未识何因，故此前来探问。自来送死。奕䜣见他进来，便道："郑王爷也来了，巧得很，好与咱们同行。"端华道："到那里去？"奕䜣道："到宗人府去！"端华尚未回答，载垣忙向端华道："你不要听他，他们是假传圣旨哩！"奕䜣历声道："圣旨岂可假传？你不肯接旨，咱们也顾不得了。"便喝令侍卫动手。侍卫等便一齐上前，狐假虎威，不由两人分说，将他俩捆缚定当，象扛猪般扛了出去。妙语解颐。扛到宗人府，交给宗令看管，随即入宫复奏。载垣、端华两人方才拿下，那诡计多端的肃顺，也由睿亲王仁寿、醇郡王奕譞押解前来。原来西太后最恨肃顺，亦最忌肃顺，闻他留次密云，先密令仁寿、奕譞二人带了禁旅，黄夜去拿问肃顺。肃顺因密谋失败，正恐着了道儿，故意的逗留不进。这夕正闭门高卧，忽闻兽环大震，正思起床出问，不意豁喇一声，门已大开，一班如虎似狼的卫队导着两位红顶花翎的大员飞速入内，把他揪住床上，套入脚镣、手铐，似凤阳女子牵猢狲，随手扯去。上文说像扛猪，此处说似牵猢狲，绝妙映照。肃顺瞧那钦差，认得是仁寿、奕譞，便问何罪被逮？仁寿只答称"奉旨拿问"四字。肃顺道："未曾革职，先要拿问，恰是奇闻！"奕譞笑道："既要拿问，自然革职，你不必多言，且至宗人府再说。"肃顺无可奈何，只得由他牵住，跟同入京。一到宗人府，见载垣、端华两人先已被囚，不由得叹息道："那拉氏真好辣手！我辈没命也罢，只灭清朝者叶赫，那话儿也应验了。"

次日，即在宗人府听审。坐堂的大员，除宗正外，无非是大学士贾桢、桂良等一班人物。审讯的事件也无非是营私舞弊，罔上揽权等几条案子。载垣、端华还要答辩，肃顺道："辩什么，那拉氏总要葬死我们的。"但我恰要问明一声："新皇未曾登极，革职拿问的谕旨，何人钤印？"宗正道："是两宫太后钤印，所用的乃是先皇遗宝。"肃顺道："可是同道堂印吗？"宗正答一"是"字。肃顺道："罢罢，好一位西太后，你们趋奉着她，总是吃着不尽！"又顾载垣、端华道："不听吾言，致有今日。"原来肃顺当日曾要载垣、端华预索御宝，载垣落了人后，故有此语。宗正还要索供，肃顺道："随你如何定谳，我总承认。"宗正即递与一纸，令他签字。肃顺立即签就。宗正又令载垣、端华两人照签，两人尚是狐疑，肃顺道："承认也死，不承认也死。武曌重生，顾命大臣还想逃死吗？"两人亦即签讫。仍牵禁暗室。当由听审诸大员谳定罪名，当日奏闻。次日即颁谕道。

宗人府会同大学士九卿翰詹科道等，定拟载垣等罪名，请将载垣、端华、肃顺照大逆律，凌迟处死一折。载垣、端华、肃顺于七月十七日皇考升遐，即以赞襄政务王大臣自居。实则我皇考弥留之际，但面谕载垣等立朕为皇太子，并无令其赞襄政务之语。载垣等乃造作赞襄名目，诸事并不请旨，擅自主持。即两宫皇太后面谕之事，亦敢违阻不行。御史董元醇条奏皇太后垂帘事宜，载垣等独擅改谕旨，并于召对时，有伊等系赞襄朕躬，不能听命于皇太后之语。当面咆哮，目无君上。且每言亲王等不可召见，意存离间。此载垣、端华、肃顺之罪状也。肃顺擅坐御位，于进内廷当差时，出入自由，目无法纪，擅用行宫内御用器物；于传取应用物件，抗违不遵；并自请分见两宫皇太后，于召对时，词气之间，互有抑扬，意在构衅。此又肃顺之罪状也。一切罪状，均经母后皇太后、圣母皇太后，面谕议政王军机大臣，逐款开列,传知会议王大臣等知悉。兹据该王大臣等按律拟罪:请将载垣、端华、肃顺凌迟处死。当即召见议政王、军机大臣等,面询以载垣等罪名,有无一线可原。据该王大臣等佥称:载垣、端华、肃顺跋扈不臣,均属罪大恶极,于国法无可宽宥。朕念载垣等均属宗人,遽以身罹重罪,悉应弃市,能无泪下!惟载垣等前后一切专擅跋扈情形,实属谋危社稷,是皆列祖列宗之罪人,非独欺凌朕躬为有罪也。在载垣等,未尝不自恃为顾命大臣,纵使作恶多端,定邀宽宥。岂知赞襄政务,皇考并无此谕,若不重治其罪,何以仰副皇考付托之重;亦何以饬法纪而示万世。即照该王大臣所拟,均即凌迟处死,实属情真罪当!惟国家本有议亲议贵之条,尚可量从末减,姑于万无可贷之中,免其肆市。载垣、端华均着加恩,赐令自尽。肃顺悖逆狂谬,较载垣等尤甚,本应凌迟处死,现着加恩改为斩立决。至景寿身为国戚,缄默不言,穆荫、匡源、杜翰、焦祐瀛于载垣等窃夺政柄,不能力争,均属辜恩溺职。穆荫在军机大臣上行走最久,班次在前,情节尤重。该王大臣等拟请将景寿、穆荫、匡源、杜翰、焦祐瀛革职,发往新疆,效力赎罪,均属咎有应得。唯以载垣等凶焰方张,受其箝制,均有难于争衡之势。其不能振作,尚有可原。御前大臣景寿着即革职,加恩仍留公爵,并额驸品级,免其发遣;兵部尚书穆荫,着即革职,加恩改为发往军台效力赎罪;吏部左侍郎匡源、署礼部右侍郎杜翰、太仆寺卿焦祐瀛,均着即行革职,加恩免其发遣。钦此!

谕下后,即派肃亲王华丰、刑部尚书绵森,往宗人府逼令载垣、端华自尽。又派睿亲王仁寿、刑部右侍郎载龄,监斩肃顺。

三人已死,一班王大臣已知西太后手段,那个敢去虎头上搔痒!垂帘听政的局面当即大定。十月初九日,皇太子载淳即位于太和殿,以明年为同治元年。"同治"两字,含有两宫同治的意思。本由载垣等拟定"祺祥",嗣因载垣等犯法,遂易号"同治"。这是大学士贾桢揣摩迎合想出来的。十一月朔日,帝奉两宫皇太后御养心殿,垂帘听政,批发谕旨,统盖"同道堂"印。后人有诗咏道:

北狩经年跸路长,鼎湖弓箭望滦阳。

两宫夜半披书事,玉玺亲钤同道堂。

未知垂帘后如何情形,且待下回分解。

西太后一耳,载垣、端华、肃顺则有三焉,益以景寿、穆荫、匡源、杜翰、焦祐瀛,且合而为八矣。以一服八,谁曰不难?乃西太后出之以秘密,行之以沉静,成之以果毅,卒玩八人于股掌之上,或杀或逐,为所欲为,方诸吕、武,不是过也。本回纯为西太后着笔,举西太后之心术、之手段,备揭无遗。于此可以见妇人之足畏,于此可以见清室之无人。

第十一回　平粤酋特颁懋赏
　　　　　　谴亲王隐饬朝纲

　　却说两宫皇太后垂帘听政,所有国家政务。东太后素性沉静,不愿多言;西太后仗着才能,凡召对臣工取决万几,统是由她做主。东太后拱手受成而已。西太后既除了载垣、端华、肃顺三人,复将他平日党羽罢黜治罪。然后下一懿旨,略谓:首恶已除,余党概免株连。尔大小臣工,此后宜争自濯磨,守正不阿,毋得再蹈恶习,自取罪戾,云云。欲要守正不阿,除非请两宫撤帘。于是王大臣及侍御等又交颂西后仁慈,不为已甚。其实与西后反对的人物,已是一扫而空了。西太后又想起圆明四春当日争宠,早拟除灭了她。只因回銮训政,忙个不了,一时无暇下手。此时三凶已去,朝右肃清,便抬出"祖制"二字说:"宫内不准容留汉女",把四春一一驱逐。又密嘱宠监安德海,叫他即日发落。安太监狐假虎威,立刻到四春娘娘处宣旨撵出,并不准她携带物件。四春娘娘还想哀求,怎禁得安太监的凶悍,一声吆喝,手下宫监一齐动手,把四春娘娘穿着的宫衣、戴着的宫妆,尽行脱卸,牵扯出宫。可怜这四春娘娘花容狼藉、涕泗横流、首似飞蓬、面如黄蜡,比前时圆明争宠情景何如? 令人有无限沧桑之感。出宫时尚有宫人瞧着,代为唏嘘,后来竟不知下落。或说是被鸩死,或说是杖毙。当时守着秘密,不好妄测。遇着这位狠心辣手的西太后,就使杀几个王大臣,也是没甚纳罕,何况那无权无势的四春娘娘,到这地步还有什么不死! 不过较汉朝人彘、唐室醉妪,稍差一点,便算是西太后的仁德。人彘醉妪,贻痛千古,独四春身后未闻如何死法。吾知西太后手段,且比吕武为优。

　　只是西太后恰也英明,处置宫禁原是一丝不漏,对付外省也觉井井有条。听政后,即命两江总督曾国藩,统辖江苏、安徽、江西三省,并及浙江全省军务。所有四省巡抚提镇以下,概归节制。旋复加协办大学士衔。又拔沈葆桢为江西巡抚,李鸿章为江苏巡抚,左宗棠为浙江巡抚。东南一带,长毛以次荡平,悍酋四处纵逸,复被各省大吏搜杀擒戮,无一漏网。如太平英王陈玉成,被苗沛霖擒送胜保军营,枭首河南;太平翼王石达开,被川边土司擒解骆秉章军营,正法成都;还有亲王僧格林沁擒斩捻首张洛刑;云南藩司岑毓英擒斩回匪马荣;随处告捷,懋赏有差。到同治三年六月,曾国藩弟国荃攻克南京,闭城搜杀三日夜,尸横遍野,血流成渠。太平酋目三千及兵十余万皆被戮,生擒洪仁达、李秀成等。天王洪秀全已服毒自尽,由官军发掘,锉尸扬灰。积年巨寇,一旦扫除。只秀全子福瑱,突围出走,尚在逃中。捷报到京,朝廷动色相庆。两宫太后更欢慰的了不得,当用同治帝名义,下一谕旨,道:

　　本日据官文、曾国藩由六百里加紧红旗告捷,克复江宁省城,逆首自焚,贼党悉数殄灭,并生擒李秀成、洪仁达等一折,览奏之余,实与天下臣民同深喜悦。发逆洪秀全,自道光三十年倡乱以来,由广西窜两湖、三江,并分股扰及直隶、山东等省,逆踪几遍天下。咸丰三年,占据江宁省城,僭称伪号。东南百姓遭其荼毒,惨不忍言。我皇考文宗显皇帝赫然震怒,恭行天讨,特命两湖总督官文为钦差大臣,与前任湖北巡抚胡林翼,肃清楚北上游。胡林翼驻扎宿松一带,筹办东征事务。复特授曾国藩为两江总督,并命为钦差大臣,东征江皖贼匪。号令既专,功绩日著。十一年七月,我皇考龙驭上宾。其时江浙郡县,半就沦陷,遗诏谆切，以未能迅殄逆氛为憾。朕以冲幼寅绍丕基，祗承先烈，恭奉两宫皇太后垂帘听政，指示机宜。授曾国藩协办大学士，节制四省军务，以一事权。该大臣受任以来，即建议由上游分路剿办。饬彭玉麟、杨岳斌、曾国荃等水陆并进，迭克沿江城邑百余处，斩馘外援逆匪十余万人，合围江宁，断其接济。兹据官文、曾国藩奏克复江宁详细情形等语，此皆仰赖昊苍眷佑，列圣垂庥，两宫皇太后孜孜求治，识拔人才，用能内外一心，将士用命，成此大功。上慰皇考在天之灵，下孚薄海民臣之望，自维藐躬凉德，何以堪此！追思先皇未竟之志，不克亲见成功，悲怆之怀何能自己！此次洪逆倡乱粤西，于今十有五年，窃踞江宁亦十二年，蹂躏十数省，沦陷数百城，幸能次第荡平，殄除元恶，该领兵大臣等栉风沐雨，艰苦备尝，允宜特沛殊恩，用酬劳勋。钦差大臣协办大学士两江总督曾国藩，筹策无遗，谋勇兼备，知人善任，调度得宜，着加恩赏加太子太保衔，赐封一等侯爵，世袭罔替，并赏戴双眼花翎。浙江巡抚曾国荃，坚忍耐劳，公忠体国，着赏加太子少保衔，袭封一等伯爵，并赏戴双眼花翎。钦此！

随又下旨锡封有功诸臣，并颁发银牌四百面，赏给曾营将士。一面令各路官军搜剿长毛余孽。长毛嗣主洪福瑱，随着堵王黄文金出逃。先至浙江湖州府，被官军截回，继至安徽宁国府，又遇着官军，没奈何再窜至浙江淳安县地方。巧值浙将黄少春，率兵截住，杀了一阵，黄文金殒命，洪福瑱拼命逃去。随带酋目已寥寥无几，潜至江西，偏被清吏席宝田闻知，发兵掩袭，可怜这日暮途穷的洪幼主逃入石城附近的荒谷中，总道山僻人稀或可苟延残喘，谁知席军利害得很，穷山入谷的搜寻，不到数日已将洪福瑱生生获住，解到南昌，由巡抚沈葆桢飞章奏闻，奉谕就地正法。长毛穷凶极恶，宜乎无后，不足为洪氏惜。太平天国遂成为过去的历史，剪灭无遗了。

只有捻首张洛刑虽已受擒，他的从子张总愚还是猖獗得很，纠合党羽任柱、赖文洸，东驰西突，蔓延为患。捻者捏也，亡命各徒聚捏成队，四出劫掠，故谓之捻，俗语叫他捻子。道、咸以前，就有这种捻匪，至洪杨乱起，捻匪趁势横行。先由给事中袁甲三等带兵往剿，日久无功。后命亲王僧格林沁继剿，方将捻首张洛刑擒住，攻破他雉河集的老巢。随即追袭捻众，从安徽至河南，从河南入山东，沿途屡中敌伏，丧失将士颇多。僧王大愤，恨不得灭此朝食，自率亲兵数千，先大军行。遇着捻匪，不管什么得失，只有追杀一法。捻匪张总愚、赖文洸等，勾集党羽数万众，窜迹曹州，用了四面埋伏的计策，专等僧军到来。僧军昼夜穷追，赶到曹西，已是人困马乏，军士俱望休息，偏偏僧王不肯，催趱前进。到了日暮，已入伏中，一声炮响，前山后岭，左泽右陂，杀出无数捻匪，把僧王困在垓心，凭你僧王勇悍过人，也是冲突不出。可见徒勇无益。被围半夜，降卒复叛，捻匪乘时杀人，霎时间全军覆没，僧格林沁及总兵何建鳌、内阁学士全顺皆战死。噩耗到京，两宫太后统是震悼得很，降旨议恤予谥，自不消说。只继任讨捻的人，朝中无一良帅，仍由西太后主张，命曾国藩督办直隶、河南、山东三省军务，专力讨捻。两江总督的职任，改委了李鸿章。这位老成持重的曾国藩，与僧王性情大不相同。他却图个万全计策，想出一个圈地制捻的法子来。奏称捻匪已成流寇，官兵不能与之俱流，现惟分设四镇重兵，防剿兼施。安徽以临淮为老营，山东以济宁为老营，河南以周家口为老营，江苏以徐州为老营，一处有急，三处往援，首尾呼应，方可以拙补迟，徐图功效，等语。两宫太后览奏也不好驳他，只得批了"准照所请"四字，由他缓缓地布置。

唯西太后听政四年，所有夙仇报复殆尽，又把那同胞的妹子配与醇王，已经成婚，正是夙愿尽偿，非常欣慰。一日临朝，部臣呈上交议案件，乃是两广总督毛鸿宾降级调用。西太后览毕，便向东太后道："毛鸿宾照例降级，两广总督的缺分，不如着吴棠去吧。"东太后尚未答言,左边站立的一位亲王已先跪奏道:"吴棠现职不过是个漕督,资格上似乎太浅呢!"西后微睁凤目,见是恭亲王奕䜣,便沉着脸道:"叫他署理也属无妨。"恭王道:"署理与实授,相去不多。"西太后不待言毕,便道:"从前粤匪扰乱,所有立功的大臣,多是不次超迁,才得他感恩知奋,成此巨绩。难道这漕督吴棠独不便升任粤督吗?"恭王道:"粤督系重要职任,吴棠资望太轻,恐怕不能服众。奴才并非与吴棠有隙,不过蒙慈恩宠眷,曾许议政,所以不得不参一末议呢!"西太后道:"谁不知你是议政王?只用人大权究不是操在你手。我要简任一个吴棠,你便硬要与我争执,过此以往凡事都可由你专擅,这要用我等垂帘听政做什么?"一语紧一语,西太后确是很辣。恭王闻到这语,不由得勃然怒发,竟昂头道:"奴才自知无才,所以请两宫太后垂帘听政。太后既知奴才庸驽,还请赐恩撤去各差,俾奴才做个盛世散人,不胜感激!"说毕,就竖起左足,作欲立状。这一着乃是恭王大失着。清制:遇臣工召对,不许无故起立,所以防变未然。此次恭王骤欲起立,偏被这灵心慧眼的西太后瞧入目中,立叱侍卫纠仪。侍卫奉旨入内,即将恭王引下。西太后便语东太后道:"奕䜣自恃懿亲,敢违祖制,若非立加惩戒,将来臣下效尤,还成什么体统!"东太后徐答道:"惩戒他一次,也是应该的事情。"西太后即唤军机大臣上前,随命道:"奕䜣侵朝廷大权,滥举妄动,应褫去议政王职任,并撤去一切要差,以示惩儆。你等可拟旨下颁吧!"军机大臣唯唯听命。两宫太后当即退朝。是日即颁出上谕,略如西太后言,又加上"辜恩溺职"四字。次日,即命吴棠署理两广总督。原来吴棠系西太后恩人,小子曾于二回中表明。咸丰时已由西太后暗中保荐,历级上升。至垂帘听政后,吴棠官至漕督。西太后尚以为未足,因乘粤督开缺,即将吴棠调补。恭亲王未识缘由,偏偏要循资任用,遂碰了一个大钉子。叙出原因,令阅者醒目。但恭王是当时第一位勋戚,忽然罢职,未免人人自危。惇亲王奕谅等先后陈请,统把议亲议功的典例,援引入告,恳两宫太后开恩起复。给事中广诚,上了一折,尤说得痛切异常,大致谓:庙堂之上,先启猜嫌,根本之间未能和协,骇中外之观听,增宵旰之勤劳,云云。广诚颇有胆量。东太后览到此折,心中有所感动,就与西太后商量,意欲把恭王开复原职。西太后未以为是,因碍于面子,不得已将惇王等折,发交王大臣复议。过了两日,由礼亲王世铎领衔,复奏奕䜣咎由自取,维系懿亲重臣,尚可酌量录用,等语。西太后至此不能尽违众议,因与东太后联名下旨,冠以上谕,道:

朕奉慈安皇太后、慈禧皇太后懿旨,恭亲王谊属懿亲,职兼辅弼,在诸王中倚任最隆,恩眷最渥。特因其信任亲戚,不能破除情面,平时于内廷召对,多有不检之处;朝廷杜渐防微,若复隐忍含容,恐因小节之不慎,致误军国重事,所关实非浅鲜。且历观史册所载,往往亲贵重臣有因遇事优容,不加责备,率至骄盈矜夸,鲜克有终者,可为前鉴。日前将恭亲王过失严旨宣示,原冀其经此次惩儆之后,自必痛自敛抑,不致再蹈愆尤。此正小惩大戒,曲为保全之意。如果稍有猜嫌,则惇亲王等折均可留中,又何必交廷臣会议耶!兹览王公大学士等所奏,佥以恭亲王咎虽自取,尚可录用,与朝廷之意正相吻合。既明白宣示,恭亲王着即加恩,仍在内廷行走,并仍管理总理各国事务。此后惟当益矢慎勤,力图报称,用副训诲成全至意。钦此!

这旨一下,恭亲王奕䜣免不得入朝谢恩。各亲王等又劝恭亲王卑以自牧,不应倚老卖老。恭亲王也觉自悔。在人檐下过,不敢不低头。无非热衷而已。既奉了谕旨,当即于次日入朝,伏地痛哭,深自引咎。这副急泪从何处得来!两宫太后许其自新,便命退朝。复颁一上谕,道:

朕奉慈安皇太后、慈禧皇太后懿旨，本日恭亲王因谢恩召见，伏地痛哭，无以自容。当经面加训诫，该王深自引咎，颇知愧悔。衷怀良用恻然。自垂帘以来，恭亲王在军机处议政已历数年，受恩既渥，委任亦专，其与朝廷休戚相关，非在廷诸臣可比。特因位高速谤，稍不自检即蹈愆尤。所期望于该王者甚厚，斯责备该王者不得不严。今恭亲王既能领悟此意，改过自新，朝廷于内外臣工，用舍进退，本皆廓然大公，毫无成见，况恭亲王为亲信重臣，才堪佐理，朝廷相待，岂肯初终易辙，转令其自耽安逸耶！恭亲王着仍在军机大臣上行走，毋庸复议政名目，以示裁抑。其勿忘此日愧悔之心，益矢靖共，力图报称；仍不得意存疑畏，稍涉推诿，以副厚望。钦此！

恭亲王经此挫折，遂不敢与西太后反抗。办理一切政务，自然奉命唯谨。一个謇謇谔谔的王公，化作唯唯诺诺的奴才了。也被西太后扳倒。是年秋间，举行文宗葬礼，以孝德皇后从葬。孝德皇后就是文宗的元妃萨克达氏。文宗未即位时，元妃已薨，此次同葬定陵。所有典礼均由恭王奕䜣承办。且因军务浩繁，筹款维艰，由恭王发起捐俸助集葬费。凡内务府及各部官员，无不孝敬捐纳，遂得凑成巨款。临葬时，辒辌首辙，辇辂盈途。两宫太后及幼帝以下，一律从行。至定陵，礼官读祝，喇嘛唪经，然后将皇棺告窆，置金圭、玉笏、珠串等于棺上，其余一切珍宝陈设，一一安置陵内，乃封门。既返，复由两宫太后下谕，嘉奖恭王，说他尽敬尽诚，有条有理。从前谴责的谕旨，着毋庸编入起居注，以示眷念勋劳，保全令名至意。于是恭王复渐得宠眷，所失权柄依次恢复。为下文谋去安德海伏线。这是后话慢提。

转瞬间已是同治五年。元旦庆贺，循行大典，连接数日筵宴。正是醉赏升平，一派中兴气象。句中有刺。西太后最爱听戏，伤安总监得海，传入有名戏子，在宫中演了好几天。戏装不甚华美，竟将库中所存的贡缎裁做戏衣。每演一日，赏费至千金。这个消息传入御史耳中，免不得有几个忠臣硬来出头，奏折中不敢指斥太后，只好参劾太监。西太后以帝名批答，略说：所奏甚是。本朝从不许太监预政，并不许其乘间进言。二百余年，纲纪明肃。自两宫皇太后垂帘听政以来，恪遵家法，从不许太监稍有干政之端。如太监中有肆其狐媚之术，巧为尝试者，须立即惩治不贷。批语似甚详切，其实统是纸上画刀，无关痛痒。安太监的权势日盛一日，宫中称他小安子。除两宫太后外，要算小安子说话最灵，没一个敢违背他。西太后因他侍奉有功，更兼人物漂亮，异常宠幸。有时竟把御用的龙衣及玉如意赏给予他。龙衣可赐，如意可给，西太后之情不言而喻。小子曾有俚句一首，道：

到底中官是祸胎，兴衰莫谓数应该。

慈禧虽是英明甚，炀蔽都从嗜好来。

欲知后事如何，且至下回再叙。

粤寇之平，全赖曾国藩。西太后特别重任，不可谓非慧鉴。厥后肃清捻众，虽非曾氏所手定，然其圈地制捻之策，实足制捻众之死命。李鸿章遵其遗算，卒以平捻，故谓其功由曾氏，未始不可。即谓曾氏之功，由西太后造成之，亦无不可也。至于恭王被谴，因升迁吴棠而致。西太后为酬恩故，不惜去一勋戚，未免以私害公，不知此之所以见西太后之才，玩一亲王于股掌之上，谴责之，以示威，开复之，以示恩。能使王公大臣以下敬畏有加。何其善于操纵也。且升任吴棠以报德，亦无非西太后厚处，不足为病。至宠幸小安子，而骄侈之心始渐萌矣！阅者于夹缝中求之，自有分晓。

第十二回　奉密旨权阉出都　惊耗问慈闱肇衅

却说西太后重任曾国藩,令他督师剿捻。自同治四年夏季起,至五年秋季,相距一年有余,捻众驰突如故。国藩沿运河筑墙,为圈捻计。捻酋张总愚、任柱、赖文洸等,分路冲突,竟把防墙毁去,由山东窜河南。台官以国藩师久无功,交章弹劾。国藩本是个忧谗畏讥的人物,遂上疏告病。自称精力已衰,不堪任重,愿即降为散员,留营效力。两宫太后先尚慰留,经国藩再三固请,乃令他推贤自代。想都是西太后主张。国藩遂疏荐李鸿章视师徐州,并荐他胞弟曾国荃由湖北巡抚任内,移驻襄阳。奉旨准奏,唯仍令国藩回督两江,筹济饷械。国藩固辞不获,方返至江宁,与李鸿章替换职任。鸿章接着办捻。萧规曹随,仍用曾国藩的老法儿,随堵随剿。捻酋任柱、赖文洸窜逐东方,叫做东捻;张总愚拥众而行,叫作西捻。鸿章督师河南,先将东捻驱至山东,圈入胶州、莱州间,四面聚攻。任、赖二酋恰也狡猾得很,竟被兔脱。只是势焰已衰,部众零落。任柱走至日照县,被官军大杀一阵,身中枪伤,其下潘贵升,生了异心,刺杀任柱,函首乞降。赖文洸南走扬州,也被官军前后夹攻,束手成擒。眼见得东捻告平,红旗报捷了。李鸿章以下诸将,俱受厚赉;连曾国藩也升任体仁阁大学士,赏加一等云骑尉世职。大众无不喜悦,争颂两太后鸿恩。西太后实居大半。

独西捻张总愚,甚是猖獗。既窜入陕西,复自陕西入山西、直隶,直逼畿南。是时陕甘总督左宗棠,正尾追西捻,入直隶境。朝旨遂命他总统直隶诸军;又命李鸿章驰军会剿;京畿一带由恭亲王奕訢,会同神机营王大臣设防。恭王奏饬诸帅一月平捻。期满,捻尚未平,左、李俱受谴。李鸿章复建蹙捻海东之计,迫张总愚于茌平,圈入黄河、运河间。总愚进退无路,投水死,西捻又平,免不得又有一番懋赏。恭亲王奕訢,暨文祥、宝鋆、沈桂芬诸军机大臣,均因赞赏出力,得邀特赏;李鸿章升任协办大学士;左宗棠亦得加赏世职。自两宫太后训政以来,至此七年,把连年扰乱的发捻一并荡平。东太后固是喜慰,西太后尤觉愉快。内外诸臣工,统晓得朝廷行政全由西太后主持,越发歌颂不止了。好算得福如东海。只陕甘尚有回匪蠢动,未尽告靖。左宗棠乘便入觐,召对时,由西太后殷殷垂询,宗棠奏称限期五年,定可报绩。西太后商诸东太后,命他即日去陕。宗棠受命,风驰电掣而去。是冬左宗棠即收服回匪董福祥,越年春,又大破回酋白彦虎,逐出陕境,进军甘肃,露布日驰。

西太后因诸事顺手,朝政清闲,免不得居安思逸,因乐寻欢。这个小安子希旨承颜,素知西太后最爱戏剧,索性就西苑中造了一座戏园,招集梨园子弟,整日演戏。西太后看到出神,有时也扮着戏装,闲游消遣。徐娘半老,丰韵犹存,仿佛是月里素娥,图中大士。寓贬于褒。小安子日夕随着,寸步不离。岂亦张昌宗、张易之之流亚耶?语中用日夕二字,得毋唐突西施!此时同治帝年已成童,颇喜冶游。虽有倭仁、徐桐、李鸿藻等,在弘德殿授读,究竟教授皇帝不比那民间私塾,可以任情威吓,鞭笞交施,所以,这位同治帝每日读书听讲,不过两三时间。除此以外,常与那亲王子弟击球蹴鞠,或令随身太监导游都市,微服往来。小安子常密报西太后。西太后爱子情深,总不免多言劝导。同治帝听得不耐烦,当面不好违忤母后,暗中恰深恨小安子。平时尝取一泥人,用小刀斫断首级,并怒指道:"你还敢摇唇鼓舌，播弄是非吗？"皇帝固不宜微行，只小安子何不当面谏阻？偏要密报西太后。这便是大奸似忠，大诈似信。旁侍的小太监尚未明同治帝的意思。只恭王儿子载澄，与同治帝最是莫逆，因此传将出来，方晓得他怀恨在心，乃有这般举动。

偏这小安子巴结宫闱。尝语西太后道："皇帝圣龄渐长，聪明的了不得。现闻性爱微行，都城中有花有酒，易动圣心，不如赶办大婚，防微杜渐为是。"西太后道："我也这般想，但急切无此淑女，颇费踌躇。"小安子道："员外郎凤秀有一女儿，听说德容具备，若选立中宫，定能母仪天下。"想是暗得贿托。西太后道："年龄如何？"小安子道："比皇上约差一二岁。"西太后道："且与东太后商议，再作计较。"小安子道："民间婚嫁也须先时筹备，况皇上大婚，理应于数年前筹办起来。如督制龙衣，采织缎匹等事，均应提早赶办。"西太后道："近来苏杭两处的织造，统是照例敷衍，所进呈的衣服，并没有什么出色。"厌故喜新。小安子忙接口道："闻得粤东绣工异常精致，何不派人采办？"西太后道："派谁去？"正要你说此语。小安子道："总要派一个精细的人去干这事，方能配合身材，适中程度。不但皇上大婚的龙衣要格外仔细，就是太后平日服用亦须精办几件方好。"西太后素爱时装，听着这语，愈觉中意。便道："派别人去恐没一人像你精细，派你去又是不便。奈何！"要西太后自己道出，小安子真乖刁。小安子道："奴才虽是粗鲁，此事还能办得。未知何故不便？"西太后道："你不闻本朝祖制吗？祖制是宫监不得离都。"小安子道："太后便是老祖宗，要怎么办便这么办。若事事受着牵制，还办得什么事情？"这句话若从别人道出，定要受西太后严斥，独小安子说一是一，说二是二。西太后偏与他有缘，竟慨然俯允说："你要去也是不妨，唯须秘密才是，休得沿途啰唆。"这是受激而来，不要看作俯允。小安子忙跪倒谢恩。西太后又嘱咐他快去快来，小安子连声遵旨。拜辞太后，即日整装出宫。

都门里面尚守着西太后的密谕，不敢声扬，一出都便是天高皇帝远，由他作福作威。他乘着两艘太平船，船上悬着大旗，中绘一日，日中又绘着三足乌。何不绘独角兽！两旁列着许多旗帜，不是画龙，就是画凤。船内随从多人，一半是妙年的妖童，一半是绝色的少女。既是太监需此何为？调丝品竹，音韵悠扬，所过地方，两岸观者如堵。地方官差人探问，答称奉旨南下，督织龙衣。看官，你想这位声势煊赫的安钦差，那个不前来趋奉呢？小安子不待勒索，已是金帛满前，腰缠十万。好一个美差。自直隶至山东，正是新秋时候，天高气爽，水净山明。小安子骋目抒怀，格外高兴。到了七月廿一日，适值小安子生日，在船中大开筵宴。上座设着西太后所赐的龙衣，阖舟男女依次拜祝。要拜死了。拜毕，小安子高踞上座，左男右女侍坐承欢，玉软香温，纸醉金迷，足足的乐了一整日，方才撤肴。

一帆风顺，又隔数天，这日到了泰安县地方。夕阳在山。方拟停泊，忽后面来了好几只快船，船头立着一个军装打扮的武官，高声喝道："前面是否安钦差的坐船？"这边水手即叱道："不是安大人坐船，是那一个！你们大惊小怪做什么？"语未毕，但听武官答道："既是安钦差，有事要见。"水手不知他是什么来头，还想呵斥，乃船内小安子，已经听见，便道："外面何故喧哗？"当由侍从查明，据实回报。小安子暗想道："难道此处地方官送赆仪来吗？"休再妄想。便道："船且少住，容他进来。"不一时，那武官带领兵弁数十名入舱，向着小安子拱手道："你就是安钦差吗？"小安子不禁发怒道："何物武夫，毫不知礼！"武官道："我是山东总兵王正廷，奉抚宪命邀你同去。"小安子益怒道："什么抚宪不抚宪，就是当今皇上也不好得罪咱们。你去回报你混账的抚宪，要老子去，除非奉皇太后的特旨！"王正廷正色道："正是奉旨到此！"小安子道："放屁，咱们奉懿旨南下，与你抚宪何涉？"王正廷道："你到了抚宪处，自能分晓。"小安子道："咱们不去，你敢如何？"王正廷道："你不去，休怪得罪。"便命兵弁将安监侍从拿下。小安子道："你拿咱们船内人一个，将来拿你们一百个！"兵弁听他大言，一时恰不敢动手。恼得王正廷双眉倒竖，怒目圆睁，厉声道："抚宪奉有密旨，你等畏惧何为！"兵弁见总兵动恼，方仗着胆，将安监侍从反剪起来。舟中人虽不少，究竟文不敌武，除若干歌女外，统被捆缚停当。大约这位王总兵亦好女色耳，不然何以另眼相待耶！随喝令水手们，向济南进发。水手仰着军威，自然不敢违拗。倏硬倏软，便见炎凉世态。不到几日，便至济南。小安子在途中还是乱吵乱骂，王正廷绝不理他。等到舟已泊岸，令兵弁牵率男女人等，一齐登陆。然后向小安子道："安大人安钦差，你也闹得够了，我与你同见抚宪去。"说时迟，那时快，已一手将小安子扯出舱外，登了岸，跟跟跄跄地走到抚辕。即令兵弁管着，飞步而入。小安子被他扯得头脑发昏，才定了一会玩儿神，见王正廷又出来，带他上堂。小安子身不由主，只得随他进去。一入仪门便见两旁列着许多官吏，又有雄赳赳的一班兵队，上面坐着·位冠冕堂皇、铁面无私的山东抚台丁宝桢。出丁抚台名，格外郑重。小安子毫不在意，慢腾腾地走至案前，朗声道："丁抚台你何故劳动咱们？"丁宝桢喝道："你是太监安德海，为什么擅自出都？"小安子听到擅字，便冷笑道："你说咱们擅自出都，你为何擅做抚台，你莫非做梦不成！"丁宝桢说："胡说！太监不准出都，乃本朝列祖、列宗的成制，你敢违背吗吗？"小安子嗤鼻道："你去问皇太后来。"丁宝桢道："我早已奏闻朝廷了，朝旨令将你就地正法！"小安子闻言，也不觉股栗起来。便道："你敢是弄错了？"丁宝桢道："我不与你多争，你且跪听圣旨！"言罢随即离座，令巡捕官向北设案，自己踱至案旁，饬小安子跪听圣旨。小安子不得已跪下，然后由丁抚宣诏道：

安太监擅自远出，并有种种不法情事，若不从严惩办，何以肃宫禁而儆效尤！着东南各省督抚，迅速派委干员，于所属地方，将六品蓝翎安姓太监严密查拿，令随从人等指证确实。不准任其狡饰。毋庸审讯，即行就地正法。倘有疏纵，唯该督抚等是问！其随从人等，有迹近匪类者，并着严拿，分别惩办，毋庸再行请旨。将此由六百里，各密谕知之。钦此！

读毕，便嘱王命司及巡捕官捆缚钦犯，推出正法。这时候的小安子，方才着急，泪下两行，吁求丁抚道："这是皇上旨意，并不是皇太后旨意。皇上与安某原是死对头，现请你老人家飞奏太后，太后如不赦，安某愿受死罪。"丁宝桢道："朝命毋庸审讯，即行就地正法，还要复奏何为？"小安子还是丁抚台丁大人的哀求，迟了。怎奈丁宝桢毫不徇情，立命绑出。辕门号炮一声，小安子的吃饭家伙已迎刃而落。其余一干人犯，暂羁狱中，候再奏请定夺。

看官，这小安子是受西太后差遣南下办公，所以有这般烜赫，为何山东巡抚丁宝桢敢令王总兵拿捕，一到抚辕即请出王命，把他枭首呢？说来话长，小子不得不略叙原委。原来小安子南下，东太后及同治帝并未与闻。首先奏报的，就是东抚丁宝桢。巧值西太后小疾，只东太后一人临朝。览了奏，便递与恭亲王奕訢。奕訢瞧罢，即奏道："安姓太监是那一个？莫非就是安德海。"此时同治帝正在宝座，就随口答道："想总是安德海，朕有好几日不见他了。"奕訢道："安德海何故南下？"东太后答称未知。同治帝也这般说。奕訢迟疑一会，想亦有些瞧科。随奏道："安德海擅自出都，显系违背祖制，应该严惩。又要与西太后反对。"同治帝道："严惩还是不够，可饬东抚就地正法。"也是借公济私。奕訢当即赞成。东太后道："此事还须通知慈禧太后。"同治帝道："母后违和，不必禀报。安监违背祖制，咎有应得，立杀无赦。皇叔就饬军机拟旨吧！"言毕退朝，奕訢遵旨而出，就命军机处拟定上谕，火速颁发。丁宝桢果断有为，即照旨施行。到了安监伏法，复旨到京，西太后尚睡在梦里。又由东太后及同治帝做主，令将随从太监陈玉麟、李平安等，一并绞决，余犯分别惩办。丁抚复如命定罪，除陈李等处绞外，男犯多半充戍，女犯多半释放。又是女子有幸。这案已了，又下一道严饬宫监的谕旨，其文云：

本月初三日，丁宝桢奏，据德州知州赵新，禀称：有安姓太监乘坐大船，捏称钦差，织办龙衣。船旁插有龙凤旗帜，携带男女多人，沿途招摇煽惑，居民惊骇等情。当经谕令直隶、山东、江苏各督抚派员查拿，即行正法。兹据丁宝桢奏，已于泰安县地方将该犯安德海拿获，遵旨正法，其随从人等，亦已谕令丁宝桢，分别严行惩办。我朝家法相承，整饬官寺，有犯必惩，纲纪至严。每遇有在外招摇生事者，无不立治其罪。乃该太监安德海，竟敢如此胆大妄为，种种不法，实属罪有应得。经此次严惩后，各太监自当益知儆惧。仍着总管内务府大臣，严饬总管太监等，嗣后务将所管太监，严加约束，俾各谨慎当差。如有不安本分，出外滋事者，除将本犯照例治罪外，定将该管太监一并惩办。并通饬直省各督抚，严饬所属，遇有太监冒称奉差等事，无论已未犯法，立即锁拿，奏明惩治，毋稍宽纵。钦此！

为这一诏又惹出一个小安子第二来。看官道是谁人？就是后来赫赫有名的李莲英。死了一个，又出一个，清宫可谓有人。莲英自十六岁入宫，人极秀媚，态度不亚小安子，宫中号他皮硝李。西太后亦甚爱宠。不过小安子资格较高一筹，因此安为总管，李居散列。安太监被杀，莲英亦已闻知，心中恰极喜慰。暗想总管一缺，小安子外，舍我其谁！瑜、亮原不能并生。只恐西太后多心，若闻风即报，转疑是从旁欣幸，所以隐忍不言。及上谕严饬宫监，未免动了一片兔死狐悲的念头，随即报知西太后。西太后病正告痊，陡闻此耗，不觉花容惨淡，含泪盈眶。所以何来？便问莲英道："这事是何人主张？"莲英道："想总是东太后的意思。"西太后道："东太后素性和平，断不出此。必是有人从中播弄。"莲英道："这也难料。"西太后突然起立道："随我来。"莲英遵着随去。出门数步，便至东太后宫中，不待太监报闻，就大着步进去。东太后蓦见西太后到来，忙起身相迎，叙过寒暄，两下分坐。东太后贺他病痊，西太后道："仰托洪福，只今日得一新闻，不知真否，特来请教！"东太后忙问何事？西太后道："便是安得海南下，闻被东抚丁宝桢拿斩，这事可确吗？"东太后道："事是有的。"西太后蹙着眉道："如何我全未得知？"东太后道："正因贵体违和，所以不及商议。"西太后道："安监出都，未始无罪。但立即斩决，也未免处罚太重了？"东太后道："恭王奕䜣说是显背祖训，不便轻恕，所以命东抚就地正法。"全推在恭王身上，可见东太后畏事。西太后柳眉直竖，道："奕䜣么，他又来干预赏罚，太没臣节。难道国家大政都好由他专擅吗？"东太后道："皇儿也说是可杀呢。"又推到同治帝身上去，东太后何其支吾。西太后道："童稚无知，奈何信他？"东太后默然不答。还是李莲英从旁解围道："安总管也太招摇，闻他出都南下，旌旗耀日，男女盈舟，沿途盛索供张，因此惹人瞩目，闹出这桩案情。"西太后瞧了莲英一瞧，便悻悻告别。既回宫，叱莲英道："你们统是一鼻孔出气。"莲英忙跪下道："奴才并不与安总管有隙，只安总管敢违慈训，亦觉不情。外人未明底细，或疑是慈躬纵庇，反累圣德，岂不是红日掩明么！"西太后冷笑道："你算为我分谤吗？"莲英连忙磕头。好一种做作。西太后道："起来。"莲英方谢恩而起。

西太后命召同治帝。同治帝方在乾清宫唱戏，形容得意。见莲英奉旨宣召，随即至西太后处。请过慈安，西太后怒目道："你瞒得我好！"同治帝摸不着头脑，便答道："臣儿并没有什么隐瞒，何事触动慈怒？"西太后道："你为何擅杀安德海？"同治帝笑吟吟道："安德海是东抚杀的，不是臣儿杀的。"倒也会辩。西太后道："东抚何敢擅自杀人。你不分皂白，竟传命出去,叫他杀却。你既有这般能耐,何庸我等垂帘听政!"同治帝仍嬉笑道:"宫监甚多,死了一个安德海,也没甚要紧。"语带双敲,看似稚语,与西太后颇有关系。西太后益怒道:"你是读过四子书的,你不闻杀一不辜,而得天下,圣者不为什么?"同治帝又道:"安德海违背祖制,僭拟无度,明明有辜,杀之正当,圣母何必怜惜?"西太后道:"你何故瞒我?"同治帝道:"适因圣母染恙,恐致触怒,所以不敢禀白。"西太后以手指同治帝道:"数日不教训你,你敢同我斗嘴。捶你数下方好哩!"无语可说,只得摆出母后架子。同治帝急忙倒退,莲英又从旁婉劝,且对着同治帝,以目视地。同治帝喻义谢罪。面面顾到,正会趋承。西太后道:"滚出去吧!"同治帝如逢恩赦,转身急走,掉臂而去了。莲英复替西太后捶背,西太后尚恨恨不绝。次日升殿,严责恭亲王奕䜣,并有如此专擅,应革职黜爵等语。奕䜣又吓了一身冷汗,退朝回邸,忙与大公主商量。有分教:

　　　懿旨重申几落职,佳人一语竟回天。

　　未知大公主为谁,容待下回说明。

　　孰杀安太监?西太后杀之也。西太后为嬖幸故,竟从安太监之请,密令出都。试思安太监之有此请者胡为?其有不沿途招摇,任情勒索乎?一遇刚正无私之丁宝桢,有磨刀一试而已。故吾谓杀安太监者,非他,西太后也。虽然此其间,亦有天焉。天嫉阉寺之弄权,偏使丁抚举发在西太后小病之时。否则西太后必特旨恩赦,有虽欲杀之而不能者。天假手于丁抚,令杀安太监,而又借以儆西太后。西太后不悟,徒衔恨他人,又用李莲英以代之,于是天怒速,而清祚将倾矣。本回寓意,是叙西太后明昧之转关,至贬刺安监,褒扬丁抚处,犹为衬笔。

第十三回　册立中宫大婚成礼
诏谕亲政母后撤帘

却说恭亲王回邸，与大公主密商。这大公主乃是恭王的女儿。为何得称公主？因她系咸丰帝所钟爱，至咸丰帝崩，西太后竟认为义女，封她为荣寿公主，宫中遂以大公主称之。大公主颇得西太后欢心，所以恭王令她入宫，挽回慈眷。大公主奉了父命，即于是日谒见西太后。恭王眼巴巴地等待回音，至晚方见大公主回来。忙问西太后旨意如何？大公主答言不妨，已经吁恩宽免了。于大公主入宫乞恩处，恰从虚写，以免重复。恭王才把一日的忧虑，到此放宽。

话分两头，且说西太后失了小安子，懊怅了好几日。幸亏李莲英秀慧过人，好做小安子替身，小安子会干的事情，李莲英无一不能，且有特别技艺，高出小安子。遂益蒙慈眷，擢为总管。这位置想到手了。看官，你道莲英有何妙技？他有两种手术。一种是善能抚摩，西太后平居稍有不适，经莲英捶敲一番，便觉身体安泰，魂梦俱恬。一种是独工梳妆。西太后丰容盛鬋，天生成一头美发，鬓黑可鉴，如乌云相似。平时饬宫女梳髻，尝牵掣致痛，有时或掠断数茎；独经莲英手，毫无此患。且髻中梳髻，平分两把，谓之叉子头。垂后的余发，叫作燕尾。莲英为西太后梳成新式，较往时髻样尤高，髻云上拥，鬓凤低垂，越显出几分妖媚。因此，西太后越加垂爱，所有言谈多半听信。不脱女流习惯，遂令狡竖复乘。僵桃代李，情过境迁，把纪念小安子的思想渐渐撇在脑后。

嗣时左宗棠进讨甘回，岑毓英穷剿滇回，次第得手，陆续奏闻。只天津百姓，闹了一场教案，殴毙法国领事丰大业。并有好几个天主教堂亦被毁去。法人鼓轮到津，气势汹汹，硬要府县官抵命，险些儿又开战衅。亏得曾国藩、李鸿章等一面设防，一面议款，费了无数周折，总算把教案了结。究竟是中国官民晦气，杀了一个法领事，偿抵他民命十五条，知府张光藻、知县刘杰也革职充戍。还要给他抚恤银两若干，法人始满欲而退。曾、李两大员，因外国日强，中国日弱，早已奏请创办新政，练习洋务。两宫太后颇也采用几条。北京立同文馆，江南设制造局，福建置船政局，遣同知容闳出洋采办机器，派钦差大臣志刚、孙家毂偕美人蒲安臣赴美，商订互派领事，优待游历等约，又命直隶、江宁两总督分充北洋、南洋大臣。看似新机勃发，政局昌明，其实是徒袭皮毛，未得精髓，羊质虎形，济什么事？中国至今犹且如此，无怪当年。况且大学士倭仁、御史张盛藻等，统是顽固老朽，平时守着用夏变夷的古训，把新政新学批驳得一钱不值，彼要奏阻，此要撤销，暗中作梗，谣诼纷腾，就使有锐意求新的大人物，也惹得心懒意灰。西太后虽然刚断，意中恰也狐疑。只因曾、李是中兴名臣，也只好勉从一二，粉饰局面。否则后来拳匪何至扰乱？

悠悠忽忽又是一两年，同治帝已是十七岁了。西太后想起大婚典礼筹备有年，乘此时光，正应赶紧举行。随与东太后商议，并提起凤秀的女儿。先入为主。东太后道："凤女也好。但闻得崇绮有个女儿，贤明婉淑，颇与皇儿相配。且崇绮曾中状元，乃是本朝罕有的盛事。国初时候，满、汉分榜，只有旗人麻勒吉，得赐状头。至满、汉同榜后，崇绮算是第一个发迹。若选他女儿为后，岂不是格外喜庆吗？"西太后踌躇半响，方说道："恐怕年龄太大些，闻崇女现年已十九了。"原来你亦知道了。东太后道："比皇儿只差两岁，也不算什么年长。

风女的年龄是否与皇儿相当?"西太后道:"论起年纪来,凤女尚只十四,但德性恰是很好哩。此外还有前任都统赛尚阿的女儿,旧任知府崇龄的女儿,才貌统是过得去,前已各派宫眷验视过了。"又见西太后早有成心。东太后道:"且去召皇儿进来,令他参酌何如?"西太后道:"这也不妨。"便饬宫监召皇上入见。不一时,同治帝已到。谒过两太后。西太后道:"我两人与你择后,你喜欢年轻的,抑年长的?"同治帝不禁腼腆起来,呆立一旁。东太后道:"得一贤后,也是要紧,但说何妨?"同治帝道:"这凭圣母定夺。"西太后就把上文所叙的四女,略述一遍,并说凤女年纪虽轻,恰是贤惠得很。东太后又插口道:"我是主张年长的。年长的女子,究竟多些阅历。"同治帝即答道:"崇女年纪最长,应较合选。"东太后便笑道:"你倒也这般说吗!"西太后暗暗纳闷,面上隐露不悦状。东太后瞧着道:"且与恭王奕䜣商议,再作计较。"到了恭王入见,也以立长为是。西太后不便违众,只得选立崇女为后。已伏嘉顺不终案。命钦天监拣择吉期,定于同治十一年九月举行大婚典礼。

即于同治十一年春间,预降懿旨:选翰林院侍讲崇绮女阿鲁特氏为后。所有纳采大征,及一切事宜,着派恭亲王奕䜣,户部尚书宝鋆,会同各该衙门详核典章,敬谨办理。等语。诏甫下,两江总督曾国藩由江宁藩司奏报出缺。两宫太后很是痛悼,辍朝三日,赐恤特优。转眼间,暑往寒来,大婚期迩。先期备行六礼,加恩封崇绮为三等承恩公,崇妻瓜尔佳氏为一品夫人。至九月十二日,遣官祭告天地宗庙。越日,同治帝御太和殿。遣悼亲王奕谟为正使,贝勒奕劻为副使,特奉皇后册宝,诣承恩公崇绮第,册封崇女阿鲁特氏为皇后。又因西太后属意凤女,由恭王奕䜣先日调停,册封为妃。另命大学士文祥,及礼部尚书灵桂,赍册印至员外郎凤秀第,封凤女富察氏为慧妃。是夕,即命悼亲王奕谟,及贝子载容,行奉迎皇后礼。前导的是太和殿侍卫,后随的是坤宁宫彩娥,还有无数宫监,拥着一乘全顶金黄蟠龙绣凤的宝舆,所有仪仗,目不胜睹,笔不胜述。与第七回贵妃归省叙笔不同,前文详叙仪仗,本文详述侍从,以免重复。一片笙箫鼓乐的声音,环绕皇城,真个是世上罕闻,人间少有。偏偏天公不作美,疾风凄雨,彻夜飘零,把这般普天同庆的大喜事,未免减色三分。预兆不祥。奕载两使,既至承恩公第,遵着仪注,恭迎凤驾。承恩公崇绮,先令女儿拜辞祖庙,然后导引登舆。仙乐三宣,香烟四袅,但见这位花团锦簇,珠围翠绕的皇后娘娘,由宫女等拥入舆中,随即启行。不多时已入宫门,至玉阶降舆,这时候百官鹄立,群从雁排。数位懿亲勋戚,奉着这位富贵风流、蕴藉秀逸的少年天子出来。为同治帝写照,恰合身分。登了宝座,宣皇后入殿,面北而立。那时阖廷王大臣都潜窥皇后芳容:面如满月,眉似春山,凤目轻盈,龙准圆润,珠光映鬓,黑白愈明,梨颊娇姿,丹青难绘;增之则太长,减之则太短,娉婷绝俗,举止大方;仿佛是天女下凡,嫦娥再世。各人都暗暗喝彩。正凝视间,但听礼部尚书灵桂手捧金册,朗读册文,由皇后俯伏帝前,静听玉旨。至册文读毕,方娇滴滴微露清声,说是臣妾阿鲁特氏谢恩。礼部复宣诏令起,恭奉皇后印绶,交与坤宁宫总管,再由总管授予宫眷,佩着皇后身上。皇后再跪地谢恩毕,同治帝退入坤宁宫,皇后亦徐徐随至。顿时钟鼓齐鸣,瑟琴迭奏,宫中行起合卺礼来。皇后奉觞,皇帝赐盏,醉劝醍醐之酒,春融琥珀之杯。既而帝卸龙袍,后弛象服,金缸影里,浅逗双蛾,绛蜡台前,斜倾四目。撤龙凤帐,展翡翠衾,安乐窝回避闲人,温柔乡试尝滋味,一宵恩爱,莫可言喻。次日黎明,帝后俱早起,帝率后诣寿皇殿行礼,又至两宫皇太后前行礼,礼毕,帝复御乾清宫。适慧妃亦已送至,由后带领朝贺,贺讫,帝临朝受王大臣朝贺。后返坤宁宫。慧妃以下亦请后正位,向后朝贺。越三日慧妃当夕,又是一番佳趣,说不尽的绸缪。此处不多填艳词,恰是详略得宜。

惟这皇后德性贞淑，人品端庄，在两宫太后前，盥馈醴飨一切如仪。东太后颇爱她端方，西太后偏嫌她率直。两姑之间难为妇。况这西太后预有成心，偏憎偏爱，就使皇后如何承顺，总不能邀她欢愉。处处为下文伏笔。只面上强作喜容，宫中一切料理多由西太后专主。足足忙了十多天，于是恭上两宫皇太后徽号，东太后加了端裕二字，西太后加了端佑二字。喜气重重，宫廷内外，无不欢跃称庆。西太后踵事增华，多多益善，索性将赛尚阿女阿鲁特氏，崇龄女赫舍哩氏，也替同治帝纳入宫中。赛女受封珣嫔，崇女受封瑜嫔。想都是孤鸾命。女三成粲，合后为四，那时少年天子花朝拥，月夜偎，占尽人间艳福，真个是帝德乾坤大，皇恩雨露深。这两语，用在此处范围最合。西太后暗里调查，将同治帝待遇后妃情形，常令宫监密报。煞是多事。过了数月，闻同治帝的恩爱多眷注在皇后身上，其他妃嫔三人，虽然不甚冷落，总觉厚薄悬殊。西太后大为不悦。遇同治帝请安时，面谕道："中宫不应过恋，我看她礼节疏略，福气淡薄，不如慧妃诸人，较为婉淑哩！"福气淡薄四字品评，恰是不

错。同治帝勉强应命，暗想母后如何令我疏谈中宫，真正不解？嗣后辗转思维，方悟道："是了，是了！偏不明说，语有含蓄。母后未免多心，我恰偏越要加爱哩。"自此与皇后益增缱绻。枕边衾里免不得漏泄慈言，惹得皇后珠泪双垂，哽咽不已。同治帝颇解温存，极力劝慰，皇后又感又恨。感着的是同治帝，恨着的是西太后。伉俪之情益笃，姑妇之隙愈深。

东太后莫名其妙，偏又生了归政的念头，与西太后熟商。西太后道："恐怕皇帝年轻，未能亲政，如何？"东太后道："人的智识也要从磨炼得来，有经验乃有识见。若长令置身闲散，恐一年一年的蹉跎过去，到了壮岁，还同傀儡相似。这也不可不防。"恰是至言。西太后道："经验原不可少的。但国家政务，上关宗社，下系民生，倘被他年少无知，闯出什么祸乱来，如何是好？"东太后道："皇帝虽尚少年，究竟不是什么小孩子。寻常人家为儿授室，做翁姑的也要把家事交代。何况我皇帝家呢！俗语说得好，家有长子，国有大臣，要咱们垂帘听政，不过是个从权办法。屈指已是十二年，正好乘此交卸，你我安居宫内，优游岁月，免得日日操心。岂不是好吗？"西太后沉吟良久，方道："既这般说，不妨撤帘，让皇帝自去主持。但必须托付几个重臣，叫他匡过格非，免得贻误国家，方可无虞。"东太后道："恭王奕訢，是皇室勋亲，想总靠得住的。倭相已是去世，还有徐、李诸大臣，向曾教读皇帝，位居师保，应也不致溺职。咱们归政时，重托他们一番，谅他们具有天良，必肯竭忠效力哩！"语语持正，不由西太后不从。西太后道："但愿如此，我等方得享清闲福了。"议既定，遂授意内阁，命拟宣谕旨道：

钦奉慈安端裕皇太后、慈禧端佑皇太后懿旨，前因皇帝冲龄践阼，时事多艰，诸王大臣等不能无所秉承，姑允廷臣垂帘之请，权宜办理。皇帝典学有成，当春秋鼎盛之时，正宜亲统万几，与中外大臣共求治理，宏济艰难，以仰副文宗显皇帝付托之重。着钦天监于明年正

月内选择吉期，举行皇帝亲政典礼。一切应行事宜，及应复旧制之处，着军机大臣大学士会同六部九卿，敬谨妥议具奏。特谕。

钦天监奉到此谕，监正监副等自然格外小心。避凶趋吉，诹定一个良辰，乃是同治十二年正月二十六日。随即奏闻。一班王公大臣，因吉日已定，不便迁延，遂援古斟今，酌定若干条文，作为亲政典礼。这是中国官员善干的事件。奏入报可，礼部衙门遂即筹备起来。

凑巧日本遣使副岛种臣前来议约，与各国使臣联络入觐，微示要求。原来英、法、俄、美四国立约通商以后，外洋各国如德意志，如奥斯马加，如意大利，如荷兰，如丹麦，如瑞典、挪威等，俱援请互市，陆续订约。东洋日本由国王睦仁嗣统，尊王覆幕，变法维新，国势日盛一日。于同治十年间，曾命使臣柳原前光至天津，与李鸿章议定草约，未得清廷批准交换。至是复遣使到京。清廷把立约利害却看似无足轻重，不加研究，只将觐见礼节饬恭王奕䜣详谕日使。徒摆一空架子，于国事何益，中国之败实由于此。日使不肯遵行拜跪礼。略称中国皇帝与敝国皇帝相等，敝国自明治维新，废去拜跪旧制，今来觐见中国皇帝，也应彼此从同。恭王答以上国礼仪，理应如是，不得变更。日使又谓西国使臣，也行鞠躬礼，如何独歧视我国？恭王又说是中西体制，向来不同，未便援例。两下争论数日，由各国使臣调停，议定行三揖礼。于明年皇帝亲政后，方许觐见。惟中日商约，准于月内互换，争案才寝。是谓不揣其本，而齐其末。

会滇中又来捷音，云南巡抚岑毓英攻克大理，斩积年回酋杜文秀，坑死叛回数万人，滇边一律肃清。疆臣叙绩，朝旨赏功，又是一场大庆幸。转眼间腊尽春来，新年易过，渐近撤帘，内阁复颁下朱谕道：

顷奉两宫皇太后谕旨，皇帝寅绍丕基，于今十有二载，春秋鼎盛，典学有成，兹于本月二十六日，躬亲大政。欣慰之余，倍深警惕。因念我朝列圣相承，无不以敬天法祖之心，为勤政爱民之治。况数年来东南各省，虽经底定，民生尚未乂安，滇陇边境及西北路军用未藏，国用不足，时事方艰。皇帝日理万机，敬念惟天惟祖宗所以托付一人者，至重且巨，祇承家法，夕惕朝乾，于一切用人行政，孜孜讲求，不可稍涉怠忽。视朝之暇，仍当讨论经史，深求古今治乱之源，克俭克勤，励精图治。此则垂帘听政之初心，所夙夜跂望而不能或释者也！在廷王大臣等，允宜公忠共矢，勿避怨嫌。本日召见时，业已谆谆面谕。其余中外大小臣工，亦当恪恭尽职，痛戒因循，弘济艰难，弼成上理。有厚望焉。钦此！

届期，两宫太后撤帘，同治帝亲政。典制崇隆，仪制繁重，毋庸细表。且至下回，再述撤帘以后的情形。

本回为两宫皇太后合传。册后之时，慈安主年长，慈禧主年幼，一持正道，一具私心，两太后之心术于此可见。至慈安倡议撤帘，慈禧尚有迟疑之意，亦一正而一私耳。或谓慈安所言，卒得照行，慈禧虽怀私意，终不能独违正议，是慈安未尝无权，慈禧亦未尝自专，何以都下人士犹多颂慈安，而訾慈禧耶？吾谓此之所以见慈安之长，慈禧之短。慈安于小事不计较，一任慈禧所为，唯册后、亲政两大端，所关重大，不得不以全力争之。至于同治不永，嘉顺不终，乃命数使然，非人力所能主。子舆所谓顺受其正者，慈安有焉。读此回，而两太后之品谊分矣。

第十四回　同治帝微行纵乐　圆明园谏阻兴工

却说同治帝亲政后，复加上两宫皇太后徽号。东太后加号康庆，西太后加号康颐。两太后颐养深宫，比前日垂帘听政时，劳逸似乎不同。东太后很是畅适，独西太后尚有雄心，仍不免侦察朝政，监督嗣皇。所以同治帝往来两宫，于嫡母前尝依依不舍，于本生母前，恰是阳奉阴违。西太后察言观色，料知同治帝隐衷，时常衔恨。好在风调雨顺，国泰民安。陕甘总督左宗棠复奏报关陇大定，甘回叛酋马化龙受擒，陕西叛酋白彦虎虽仍被逃脱，也不过残喘苟延。现正进军西域，设法缉拿等语。朝旨一一俞允，并论功行赏有差。西太后以时局升平，也暂把懊恼心肠搁过一边，整日里，在宫中寻乐，借诗酒以陶情，借声歌以寄兴，有时或挥毫作书，有时或临池学画，倒也清闲自在，不愁不烦。

只同治帝旷达性成，不喜羁绊。临朝以外，虽有后妃等做伴，无奈每日相见，不过尔尔。

多情还是无情好，真花不及野花香。因此乐极生厌，不免有些憎烦怕腻起来。随从有近侍两人，最为狡黠，一名文喜，一名桂宝，私下窥透圣意，怂恿同治帝微行。同治帝道："微行原是有趣，朕所最喜欢的。但从前朕尚童稚，两宫太后及满朝王大臣待朕尚宽，所以朕好微行。现在朕已亲政，比不得从前时候了。"文喜道："万岁爷的圣旨，奴才恰是不解。据奴才愚见，越是亲政，越好微行。"同治帝愕然道："你怎么说？"文喜道："亲政二字，便是万岁爷独揽大权的意思。万岁爷要怎么行，旁人不能说句不得行，这乃叫作亲政。"亏他解释。同治帝道："政是政治的政，微行不好算政治。"桂宝道："从前唐太宗、宋太祖等，统是旷代明君，也是时常微行。本朝圣祖、高宗南巡西狩，何尝不是微行的变相！就是世宗睿皇帝，最称明察，也是从微行得来。万岁爷缵承祖武，为什么不好微行呢？"同治帝道："你的说话恰也有理。今夕便出去逛一会子，也好散一散闷，你等须紧紧随着，不得有误。"同治帝尚有一隙之明，偏被若辈朦词诳蔽，可见小人是万不可近的。文喜、桂宝齐声道："谨遵圣旨。"

这夕月色微明，宫中混出三个人物来。前后两人统是戴着瓜皮帽，穿着黑背心，没甚装潢，就是文喜、桂宝。当中这一位，衣帽与两人差不多，只帽上缀着一粒绝大的明珠，光芒闪闪；背心独是玄色，有精致的龙团，就贡缎中织出，鲜明无匹，便是统一江山的同治帝。三人迤逦前行，到了东华门，有门官守着。由文喜与他附耳数语，即放令出去。信步间已入市中，转弯抹角走进一条胡同，恰有几处娼寮妓馆。文喜道："万岁爷要进去一逛否？"同治帝道："此处不要照旧称呼，须隐姓埋名方可。"文喜便恭请特旨，同治帝道："你等呼我为少爷，我便叫你作阿喜，桂宝易名阿宝，可好吗？"两人唯唯应命。文喜拣了一个清静的妓寮，导同治帝踱入门中。即有鸨奴等欢迎，引进内厅。献茗后，文喜向鸨奴道："咱们大少爷来此闲逛你家，所有姑娘儿不妨一概出来。"鸨奴应声出去，霎时间有妙妓三四人，打扮的粉白黛绿，联翩趋入。见了同治帝，俱屈膝请安。同治帝叫她免礼，诸妓站立两旁，任同治帝默默品评。同治帝瞧了这一个，又瞧那一个，统是从头至足的审视，面庞儿有方的，有圆的，有长的，与宫中妃嫔相比，到也相去不多。独有一副汉装打扮，迥乎不同，厌故喜新，人情同然。妖艳之中另具一副娬娜态度。还有一对对的小小金莲，掩映石榴裙下，瞧将过去统不过三寸左右，这乃是诸妓特色。惹得那少年天子目荡神迷。文喜等料知皇上中意，便嘱鸨奴设席，所来妓女，俱令侍宴。绿酒红灯之夕，眉挑目语之辰，软语绵绵，柔情脉脉；迨至酒意半酣，歌声继起，幽韵如娇莺啭谷，清声如雏燕寻巢，杂以铜琶铁板，按节合音；几疑是身入广寒，神游仙府。已而歌场寂寂，玉漏迟迟，陈王留洛浦之踪，神女叶高唐之梦。莲钩半握，觉控送之皆宜，脂泽微醺，触芬芳而欲醉，一夜的倒鸾颠凤，曲尽欢娱，似乎宫中妃嫔没一个如她柔媚；没一回有此风流。写尽色荒。只恨良宵苦短，曙色忽明，同治帝略睡片刻，便由文喜、桂宝催他回踪。没奈何辞却香巢，返归帝阙。朦朦胧胧的临了一回朝，即至别宫小睡。

到了傍晚，又去寻那文喜、桂宝两人，追述昨晚乐趣。文喜道："这种粉头，尚是颜色平常，不足为奇。万岁爷若令人采选，西子、太真，可重致哩。"同治帝道；"宫中不能采纳汉女。从前先考崩逝，梓宫回京，什么牡丹春、海棠春，都被母后撵逐。朕若再要采选，那活祖宗肯准我吗？"也是回顾之笔。文喜想了一会，随道："先皇帝在日，曾因祖制难违，想了一个变通法子，把四春娘娘住居圆明园内。可惜园已被焚，否则仍好照办哩。"桂宝道："目今四海承平，八方无事，这园子不好重建吗？"同治帝只是摇头。文喜道："万岁爷尚有何疑？"一鼓一吹煞是好看。同治帝道："无端兴起土木，无论母后不允，就是王大臣等，也要谏阻。"文喜道："这且不妨。"便与同治帝附耳道，如此如此这般这般，乐得同治帝心花怒开，便赞道："亏你想得周到，朕明日下旨便了。"次日即谕饬总管内务府大臣，重筑圆明园。略称：两宫皇太后保佑朕躬，亲裁大政，十有余年，尚无休憩游息之所，以承慈欢，朕心实为悚仄。着总管内务府大臣设法捐修圆明园，以备圣慈燕憩，用资颐养等语。这旨下后，内阁御史沈淮，仗着赤胆忠心，就来奏阻。无非说是帑藏支绌，请暂展缓等因。同治帝未曾细览，便提笔批斥，抬出"尊亲养亲"四字，当头一驳，题目恰是正大。即刻发出。台官等因沈淮被斥，不敢续奏，只得去劳动恭王奕䜣，要他出场谏阻。奕䜣道："这事不知是太后主见，抑或是皇上主见？待我探听的确，以便进言。"台官等闻了此语，自然散去。同治帝既下谕修园，恨不得即日造成，作为藏娇的金屋。可奈内务府筹无的款，一时不好兴工。恼得同治帝每日呵斥，痛骂内务府大臣，限他克日兴办，约期告藏。内务府大臣被他骂昏，巧妇难为无米炊，只得寻出一条路子，托西太后的心腹李莲英，面奏西太后，从中展缓。莲英所喜欢的是金钱，徒将口嘴请托，就使舌上生莲也是没效；况且西太后最爱游玩，平时常提起圆明园，被洋人烧掉，饮恨不休，此番重行建造，西太后也暗地赞成，如何转好拦阻？因此内务府托了几回，他只密奏一次，还算承情。由西太后嘱咐皇上，叫他一切从俭，不得过费，亦不必过急。同治帝无可如何，只得遵嘱下谕，先将供奉列代圣容的安佑宫，暨两宫太后驻跸的殿宇，并自己办事住居的宫室，提早修葺，此外姑从缓办，以昭节俭云云。内务府不得已，才东移西凑地腾出款项估工兴筑。同治帝常去监视，基址虽是现成，垣墙都要重造，里面的建筑更是工程浩大，才知非一时所能构成。缓不济急，只好与文喜、桂宝等人再出微行，借作消遣，厌厌夜饮，无不醉归。甚至日上三竿，军机大臣等统在朝房候久，才见圣驾临朝。

会日本使臣副岛种臣，遵约来觐。恭王奕䜣恐同治帝又误时刻，只得先日密陈，请同治帝格外注意，休使外臣轻读。于是同治帝方休息数日，静养精神，准备受觐。届期这一日，亲御紫光阁，觐见日使。副岛种臣登殿三揖，赍送国书，同治帝慰劳如仪。回应上回，故载入之。又有俄使倭良夏里、美使镂斐迪、英使威妥玛、法使热福理、荷使费果荪，皆于是日入觐，鞠躬致敬，济济跄跄，总算中外一堂，周旋中节。

自此恭王奕䜣，随时进谏。常说，要如何勤如何俭，如何本身作则，如何率履无愆。堂皇正大的奏议，送入同治帝耳中，反觉得言言迂腐，语语唠叨。忠言逆耳。会贝勒载澄进来，见同治帝有愠色，便问道："皇上何故不乐？"同治帝道："都是你家老头子长篇大套的常来絮聒，惹人懊恼！"载澄道："老朽迂谈，理他什么。"虎父生犬子，奈何！同治帝转愠为喜道："你可谓干父之蛊，不枉与朕同学一番。"奇语，难道徐李诸师傅叫他狎邪吗？原来载澄即恭王长子。曾在弘德殿伴读，从小相狎，脾气很是相同。当下谈笑尽欢。至讲到冶游情况，载澄的见识远过同治帝。同治帝道："楚馆秦楼你到过多少，可为朕一述否？"载澄屈指计算，差不多有数十处。同治帝又问道："何处最佳？"载澄道："要算南城最佳了。奴才曾物色了好几个。"同治帝道："可导朕一逛否？"载澄笑道："皇上屈驾旁求，奴才敢不汲引！"不愧荐贤。是夕，同治帝遂命载澄易服同游。连文喜、桂宝都不带了。到了南城，各娼寮中统晓得载澄是著名公子，与他同来的人物定是差不多的爵位，自然格外巴结。嗣见载澄还要趋奉那人，料那人位置还在载澄以上，越发献媚承欢。更兼同治帝面白唇红，颧平额广，生得漂亮异常。月里嫦娥爱少年，况这水性杨花的姊儿，哪有不爱俏的道理！数宵欢会，把同治帝的贪花癖几乎融成一片。同治帝愉快异常，感念载澄不止。到了冬月，因越年为西太后四旬大庆，加恩近支宗亲，预颁赏赍，自恭亲王以下，均从优给，载澄亦得列在内，竟蒙加郡王衔，并给头品顶戴。何不封他花王！这是同治帝特别酬庸，借公报私的至意。

　　翌年元旦节，恰停止筵宴。小省大用，终属无益。春季无事，只祈谷、朝日、祭祀社稷等典礼，照例举行。一入夏季，台湾生番，把日本避风船内的难民杀了几名。日本派中将西乡从道率兵登岸，进攻番社。嗣由福建船政大臣沈葆桢及藩司潘霨，往台查办，逐渐设防。日本见台防渐固，遂又遣大久保利通到京，与总理各国事务衙门交涉，索得偿款五十万两，方将台湾兵撤回。同治帝因中日修和太平依旧，龙心为之欣慰。只圆明园修造一年，并没有什么造好，又不觉焦躁起来。当下宣召内务府总管，训斥一顿，限他年内告成，否则严惩不贷。看官，你想这座圆明园阔大得很，从前经雍、乾两朝逐年增筑，才得成功，那里有一两年工夫便好完工呢？总管大臣当面不好违拗，只好遵旨退下。外面忙运动台官，设法谏诤。各御史道："前时曾托恭王爷奏阻，如何不见成效。想是贵人善忘哩，我等不如再见恭王吧！"当下至恭邸探问情由。恭王答道："我亦曾谏过数次，怎奈上头固执成见，不肯停办，如何是好？"各御史道："这件事总要仗王爷挽回，别个那里能够呢！"恭王被大众逼着，只得毅然自任，又去觐见同治帝，不到三言两语，已碰着钉子，被斥出来。随即通知各御史。各御史多面面相觑，只有一位姚御史百川，颇有智识，想出一个移花接木的法子，拟把三海去抵圆明园。三海就是西苑，为明朝郭守敬所浚，有南北中三水通流，故号三海。主见已定，便向恭王道："三海风景倒也很佳，若将圆明园工程移至三海，岂不是事半功倍么！"恭王道："三海未曾被毁，稍稍修葺，便复壮观。若与圆明园相较，所省工程相去约数十倍，何止一半。只恐上头不从呢！"百川道："皇上的旨意，无非为颐养太后起见，总教太后通融这事，就可办得。看来仍须王爷出力，入见两宫，恳请移办呢。"恭王道："慈安太后无可无不可，慈禧太后处恐怕不易进词。"百川微笑道："有李总管在，托他先容，事无不成。"李莲英势力，此时已见一斑。恭王眉头一皱，便道："李总管莲英么……"百川不待说完，已是会意。即接口道："内务府总管焦急的了不得，叫他先着叠若干银子，做运动费，也是很愿的。"恭王道："既如此，做我勿着，且再去办一下吧！"百川等才作揖告别。过了数日，竟颁谕内阁，道：

　　前降旨谕令总管内务府大臣，将圆明园工程择要兴工，原以备两宫皇太后燕憩，用资颐养，而遂孝思。本年开工后，朕亲往阅看数次，见工程浩大，非克期所能藏工。现在物力艰难，经费支绌，军务未甚平安，各省时有偏灾。朕仰体慈怀，甚不欲以土木之工，重劳民力。所有圆明园一切工程，均着即行停止。俟将来库款充裕，再行兴修。因念三海近在宫掖，殿宇完固，量加修理，工作不致过繁。着该管大臣查勘三海地方，酌度情形，将如何修葺之处，奏请办理。钦此！

越日，内阁又奉朱谕，道：

朕自去岁正月二十六日亲政以来，每逢召对恭亲王时，语言之间诸多失仪。着革去亲王世袭罔替，降为郡王。仍在军机大臣上行走。并载澂革去贝勒郡王衔，以示微惩，特谕！

又越日，复谕内阁，道：

朕奉两宫皇太后懿旨，皇帝昨经降旨，将恭亲王革去亲王世袭罔替，降为郡王，并载澂革去贝勒郡王衔。在恭亲王于召对时，言语失仪，原属咎有应得。唯念该亲王自辅政以来，不无劳勋足录。着加恩赏还亲王世袭罔替。载澂贝勒郡王衔，一并赏还。该亲王当仰体朝廷训诫之意，嗣后益加谨慎，宏济艰难，用副委任。钦此！

这三道谕旨，联翩而下。盈廷王大臣俱错愕不知所为。嗣经探听确凿，方晓得此中原委。第一道谕旨，乃是恭王从姚百川言贿托李莲英先容，然后入宫面请，果得西太后照允。即命恭王拟旨，硬要同治帝盖玺。同治帝迫于母命，无奈强从，心中却暗恨恭王。足足的气了一夜，翌晨即亲书朱谕，将恭亲王降为郡王，并及其子载澂，也把他贝勒郡王衔革去。所以有第二道谕旨，至第三道谕旨，分明是恭王受谴入诉两宫，由西太后立命赏还，即饬军机缮旨颁下。同治帝虽然亲政，究竟拗不过太后，只得忍气吞声敷衍过去。仿佛以卵敌石。

但郁极思通，闷极思动，索性连日微行，图个尽情地快乐。内务府中有个旗员，名叫桂庆，操守纯正，闻同治帝一意寻花，竟有些耐不下去，就切切实实的上了一个奏折。内称：皇上少年好色，恐不永年。请将蛊惑的内监一律驱逐，其有情罪重大者，应立加诛戮，杀一儆百。两宫皇太后亦须保护圣躬，俾慎起居，以免沉溺等语。同治帝瞧了此奏，头脑都痛将起来，不觉愤愤道："混账王八，敢诅咒朕躬么，不严办他一下子，还当了得！"正是：

忠言不用如充耳，苦口难医已死心。

毕竟桂庆曾否受谴，且至下回说明。

是回纯叙同治帝，暗中恰刺西太后。同治帝系西太后所生，教养之责，唯西太后是赖。西太后既留意时政，宁于同治帝微行独不闻之？斥蛊主之内竖，进格君之正人，则同治帝尚在少年，不难潜移默化。此而不行，任其冶游无忌，是明明纵予以不肖也！至圆明园之议筑，尤为无益有损之举。国帑空虚，时局未定，筑园奚为者？同治帝为藏娇而筑园，西太后为娱老而筑园，其寻欢取乐之心，二而一，一而二也。文喜桂宝及李莲英等，皆误国小人，母子俱嬖幸之，是可见母子之惑，相去殆无几耳。桂庆之奏，实中肯綮。是回作为结尾，亦含有深意。阅者不得以寻常叙述文目之。

第十五回　染疮毒穆宗宾天　绝粒食毅后殉节

却说同治帝阅桂庆奏折，正拟下旨严谴。忽由长春宫太监奉太后命，来取此奏。长春宫系西太后所居。同治帝见他奉命前来，只好将原奏交给。乘着怒意，掷与宫监。宫监即赍呈西太后。西太后仔细展览，前半篇是指陈衮阙，倒也不甚介意，后半篇乃严惩内监，责成慈闱，未免心中怏怏。便道："这也太言过其实呢！"祖己耶？抑祖李莲英耶？遂留中不发。桂庆于呈奏时料知同治帝不从，曾暗通内线，要西太后过目，隔了数天，并无批答，才识西太后也不见用，竟辞职而去。自桂庆去后，王大臣们统做了仗马寒蝉，他总教禄位稳固，官爵保全，便算侥幸，管什么天子风流，国家兴替！庸奴如绘。

是年五月，钦天监奏彗星见。天象告警。西太后及同治帝，全不在意。略去东太后，为贤者讳。一个是预备万寿典礼，忙碌得很，一个是常到南城寻欢冶游要紧。光阴如箭，倏忽孟冬，西太后的万寿期已渐近了。一切礼仪，遵照乾隆六年皇太后万寿成例，办理妥当。盛衰已是不同，仪制恐还较备。即加赏八旗年老官民，及京内外实任一二品大员老亲。锡类推仁，鸿恩广被，也好算作一朝盛事。语中带讽。先期三日，同治帝率近支亲藩，恭迎慈禧端佑康颐皇太后，御慈宁宫，上文说西太后住长春宫，便为此处注脚。升座侍宴。帝奉觞上寿，并效老莱子舞彩状，恭承色笑。亏他支撑。亲王、郡王、贝勒、贝子、公等，依次进舞，欢忭有加。礼成，又至钟粹宫迎东太后。东太后住处，亦随笔带叙。与西太后同幸漱芳斋。同治帝旁坐侍膳，近支亲藩等皆蒙赐食。次日复奉两太后幸宁寿宫，侍膳赐食如昨例。又越日亦如之。及期慈禧端佑康颐皇太后御慈宁宫，受庆祝礼。两称西太后徽号，含有微意。内如六宫九院，外如王公、世职、大学士、六部、九卿，及蒙古外藩等，统依次晋祝，分班磕头。开八荒之寿域，率土皆春，听万众之欢呼，同声称庆。祝嘏毕，大开筵宴，盛沐慈恩。是晚广选名优，入宫酬舞，演几出西池王母，唱几阕萱室长春，慈颜为之尽欢，臣心无不称颂。书中独叙西太后万寿，不及东太后，顾本旨也。

只同治帝趋跄奔走，时觉蹒跚难行，暗地皱眉，偷闲呼痛。旁人还道他是疲乏，谁知他乐极悲生，有一种说不出的苦楚。哑子吃黄连。看官你道为何？乃是染了淫毒，下身生着杨梅疮。起初不过稍觉痛痒，尚无大碍；到西太后万寿期内，已发现疮毒不便行走。只因礼节难违，没奈何撑着双足，来往宫中周旋了好几日，把娘肚皮里气力，统已用尽，遂奄奄一息卧倒龙床。后妃等问他病源，总说是逐日劳苦，以致疲惫。及两宫太后亲来探问，越发不好明言，只得讳莫如深的过去。就是御医诊视，也总不料他是淫毒缠身。模糊拟方，无非是银花、夏枯草等类，饮了下去如饮水一般，有什么功效！挨到十一月间，龙准两旁也居然现出斑点来。得毋所谓睟然现面耶！已而毒水溃流，浸淫满面，一位丰姿潇洒的英主，弄得像混世魔王。自两宫太后以下，都不晓得是什么病症。详问御医，竟称是天花之喜。瞎话。这时候的内外章奏，已命军机大臣李鸿藻代为批答。西太后恐大权旁落，遂召集近支亲王会商，酌定政见。先由醇亲王奕譞领衔奏请，继乃颁谕内阁，道：

朕于本月遇有天花之喜。经醇亲王等合词吁恳，静心调摄。朕思万几至重，何敢稍耽安逸。惟朕躬现在尚难耐劳，自应俯从所请。但恐诸臣无所秉承，深虑贻误，再三吁恳两宫皇太后，俯念朕躬正资调养，所有内外各衙门陈奏事件，呈情披览裁定。仰荷慈怀曲体，俯允权宜办理。朕心实深欣感。兹此通谕中外知之。钦此！

翌日又由同治帝名义，降一谕旨。说是奉两宫太后懿旨，封慧妃为皇贵妃，瑜嫔为瑜妃，珣嫔为珣妃。这谕下来，阖廷臣工，又是摸不着头脑。都说皇上方在不豫，医治尚恐不及，如何纪念妃嫔加封起来。这正是咄咄怪事！一天过一天，到了十二月五日，由内廷传出懿旨，立召惇亲王奕誴、恭亲王奕訢、醇亲王奕譞、孚郡王奕譓、惠郡王奕详、贝勒载治、载澄、一等公奕谟、御前大臣伯彦讷、谟祜、军机大臣宝鋆、沈桂芬、李鸿藻，总管内务府大臣英桂、崇纶、魁龄、荣禄、明善、贵宝、文锡，弘德殿行走徐桐、翁同龢、王庆祺，南书房行走黄钰、潘祖荫、孙贻经、徐郙、张家骧等，入见养心殿。各王大臣等陆续趋至。但见宫中一带，统是宫监排列；所有各重门禁都驻着赳赳武夫。大概是荣禄手下的旗兵。*此处复两现荣禄。*王大臣等不知何故，但既奉召前来，只好屏着气，垂着手，齐集殿门。殿外已有宫监立着，见大众到齐，即宣旨召入，直进西暖阁内。两宫太后分席列坐，面上都带着惨容。众人觐见毕，西太后先开口道："皇上疾已大渐，将来继统问题，须预先议定为是。"众人听了这语，都惊得目瞪口呆，不发一言。西太后又道："这是眼前要政，你等何须惊疑。"众人又不敢遽答，眼光都注到恭王身上。恭王此时不便缄默，乃跪奏道："皇上年力方强，即有不豫，亦不致有意外之变呢！"西太后不待奏毕，便摇首道："不济事了。你是皇室懿亲，此后嗣承大统的应该是谁？"恭王嗫嚅道："闻得皇后……"说到"后"字，好似有骨鲠在喉，不说下去。西太后已知其意，便道："皇后怀胎的消息也是靠不住的，就使有胎，亦不知何日诞生，生了亦未必是男。国不可一日无君，理应先日议定。"恭王道："皇后既已有娠，这是最好的了。现在大小事件统恳两太后裁定，一经皇后分娩，是男是女再行定夺。"西太后旁瞧汉员道："这话太悬宕了。现在西南尚未大定，如知朝廷无主，难道不要生变吗？"*西南或不致如此，倒是你要生变。*军机大臣沈桂芬、李鸿藻，弘德殿行走徐桐，同跪下道："圣慈明烛千里，臣等莫名钦佩。"*大拍马屁。*东太后至此，也耐不住，便道："据我意见，恭王的儿子，恰可入承大统。"恭王忙磕头道："奴才不敢！如果要立皇嗣，也应轮着溥伦。"西太后道："溥伦是宣宗成皇帝的继长孙，血统太远，不应嗣立。"说至此，复顾东太后道："倒不如立了醇王子载湉，时候已迟，应即决定。"醇王奕譞忙叩头固辞。恭王又磕头道："事尚从宽，且至明日再议。"西太后声凄而厉道："实告你，皇上已大行了！"这声懿旨，仿佛如霹雳一般，王大臣的泪珠儿，好似雨随雷下，点滴不住。*这副急泪，也亏王大臣预备。*当下把储议暂搁，都请至御寝哭临。西太后道："且慢，皇嗣一层，我意已决定载湉了。"诸王大臣也无暇争论，有说是遵旨的，有说是请慈衷裁定的。支吾了一会，即由西太后命，令内监导王大臣等至东暖阁。东暖阁就是御寝所在，与西暖阁相距无几。王大臣等甫至阁门，但听里面有一片号啕声，哭得非常凄惨，众人都不知不觉地流下泪来。*这恰是真泪。*须臾，已鱼贯入阁，见龙床上面直挺挺地卧着帝尸，身上亦罩着龙袍，预备入殓。旁侍后妃人等，统是悲泣，独皇后已晕过几次，还是抚尸大恸。大众陪哭一场，天色已是黄昏。恭王见皇后恸哭不已，正思出言劝慰，适西太后徐步进来，众人又上前请安。皇后越发号啕。西太后戟指道："你这狐媚子，媚死你的皇上，还装出这副形容。迟了，迟了！"*姑恶，姑恶。*复对众王大臣道："你等须安排嗣皇即位，不必在此侍着。"王大臣遵旨而退。恭王亦抽身欲出，西太后道："你且在此。"*不是留他，实是禁他。*恭王不好违慢，只得在东暖阁中静悄悄地候着。西太后独返入东暖阁，围炉休息去了。时已起更，灯昏尘黯，外面风声刮耳，差不多似天崩地塌，海啸山号，皇帝大行应有此景。恭王身着狐裘，尚是暗中发抖。

挨过了两三小时，才见有数人搴帷而入。第一位仍是西太后，第二位系醇王奕𫍽的福晋，乃是西太后的同胞妹子。随后有乳媪数人，抱着一个三岁有奇的小孩子，尚是蒙眬睡着。看官不必细猜，便应晓得是嗣皇帝载湉。大书特书。当下与恭王相见。除西太后外，还是行着家礼。西太后语恭王道："嗣皇已到，应先在御寝旁行即位礼，以便明日颁诏。"恭王闻言，心中很不愿赞成，但木已成舟，无可挽回，不得已唯唯听命。于是复宣召众王大臣，入养心殿，两旁序立，静候幼主登基。这幼主尚睡在梦里，被那本生母唤醒，恼了性子，乱啼乱叫，西太后过去抚摩，温词诱导，偏这幼主不肯顺从，越加啼叫不休。为后来母子不和之兆。嗣经醇王奕𫍽进去保抱，哄骗了好一歇，方有些转悲为喜。如此立主，真同儿戏。乃命向大行皇帝前磕了头，然后抱出殿中，扶登御座。王大臣等序班朝见，跪叩如仪。那幼主因少见多怪，几乎吓倒御座，又哇哇的啼哭起来。都是预伏后文之笔。仓促礼成，草草了事，恭王方得脱然回邸，诸王大臣等亦各归息。翌晨，复入宫承值。午后，大行皇帝大殓，十有九龄的天子至此永终。真所谓一棺附身，万事都已了。昔日风流而今安在？

是日即颁遗诏，略称：本年十一月适出天花，以致弥留不起。第念统绪至重，亟宜传付得人。兹钦奉两宫皇太后懿旨，醇亲王子载湉，着承继文宗显皇帝为子，入承大统，为嗣皇帝。嗣皇帝仁孝聪明，必能钦承付托，等语。四岁小孩聪明或有之，仁孝何能预料，明是欺人之谈！同治皇后闻到此诏，暗想：大行皇帝临终时，哪有这等遗言！分明是捏词粉饰，满盘播弄。更兼嗣皇载湉入继文宗，置大行皇帝于何地！自己更不必说了。想到此处，毫无生人之趣，只自祈死而已！可悯。诸王大臣明知此举无名，难为皇后，只因西太后独揽政权，不好违忤，没奈何拟了嘉顺二字，作为同治皇后的封号。总算蒙西太后俞允。又尊谥同治帝为穆宗。翌年改元光绪，即为光绪元年。光绪帝年幼无知，自然援着老例，重请两宫皇太后临朝，再行垂帘听政。不到数日，又下了一道懿旨，谓：俟皇帝生有皇子，即承继大行皇帝为嗣。相传这道懿旨还是东太后及恭王奕䜣商议出来，西太后勉强赞同，未知确否。忍于子妇，他事可知。转瞬新年，光绪帝登极受朝。还算欢欢喜喜地坐了一歇。有三十四年的挂名，总有一点福泽。各王大臣等排班跪叩，毋庸细表。独醇亲王奕𫍽，先期告病辞职，由懿旨批准，开去各项差使，凡朝贺等典礼，概免参与；遇太后万寿，在便殿行礼，不随众朝贺；所有亲王爵秩，准其世袭罔替。因此新皇登极，醇王不与朝贺，这也是父不拜子的礼仪。

过了元日，宫中筵宴，虽较前略减，总不能一例蠲除。西太后听戏饮酒，依然如故。内阁侍读学士广安，得了这种信息，不觉懊恼道："先皇帝的梓宫尚未奉安，善后事宜亦未办妥，难道好乐以忘忧吗？我倒要批鳞一奏了。"遂拟定奏稿，缮好奏折，立即赍呈。其文道：

窃维立继之大权操之君主，非臣下所得妄预。若事已完善，而理当稍为变通者，又非臣下所可缄默也。大行皇帝冲龄御极，蒙两宫皇太后垂帘历治十有三年，天下底定，海内臣民，方将享太平之福。讵意大行皇帝，皇嗣未举，一旦龙驭上宾。凡食毛践土者，莫不吁天呼地。幸赖两宫太后，坤维正位，择继咸宜，以我皇上承继文宗显皇帝为子。并钦奉懿旨，俟皇帝生有皇子，即承继大行皇帝为嗣。仰见两宫皇太后宸衷经营，承家原为承国，圣算悠远，立子即是立孙。不唯大行皇帝得有皇子，即大行皇帝统绪，亦得相承勿替，计之万全，无过于此。惟是奴才尝读宋史，不能无感焉。宋太祖遵杜太后之命，传弟而不传子。厥后太宗偶因赵普一言，传子竟未传侄。是废母后成命，遂起无穷斥驳。使当日后有诏命，铸成铁券，如九鼎泰山，万无转移之理，赵普安得一言间之？然则立继大计，成于一时，尤贵定于一代。况我朝仁让开基，家风未远，圣圣相承，夫复何虑？我皇上将来生有皇子，自必承继大行皇帝为嗣，接承统绪。第恐事久年湮，或有以普言引用，岂不负两宫太后贻厥孙谋之至意！奴才受恩深重，不敢不言。请饬下王公大学士六部九卿会议，颁立铁券，用作奕世良谟。伏乞两宫太后暨皇上圣鉴！谨奏。

奏入，于翌日即颁下懿旨道：

前降旨俟嗣皇帝生有皇子，即承继大行皇帝为嗣，业经明白宣示，中外咸知。兹据内阁侍读学士广安，奏请饬廷臣会议，颁立铁券等语，冒昧渎陈，殊堪诧异。广安着传旨申饬。钦此！

懿旨下后，小惩大诫，竟没有第二人续上奏折。宫廷内外，依然是幸遇清时，朝无阙事了。

谁知到了二月，嘉顺皇后的噩耗，又自宫中传出，都说是缘绝食而崩。忆前此欢谐凤卜，未及三秋，痛此时攀及龙髯，不过百日。后人有诗咏嘉顺皇后道：

开国科名几状头！璇闺女诫近无俦。

昭阳自古谁身殉？彤史应居第一流！

欲知嘉顺皇后死状，且看下回分解。

同治以前，清未有兄终弟及之制。始之者，为光绪帝。光绪帝之母，西太后之妹也。光绪帝即为西太后之甥，亦即西太后之侄，侄且兼甥。西太后意中以为有两重关系，他日当唯言是从；且可因幼主登权，仍得垂帘听政，手握大权，其自为计固得矣。如家法何？如祖制何？夫家法与祖制固不足以怵西太后之心！但同治帝本所自出，犹且未尽听命，岂光绪帝长成后，必将顺无违耶？人谓西太后智，吾谓西太后亦智而愚者。至嘉顺皇后之殉节，无非为西太后偏憎而起。嘉顺未册封时，已有明德和熹之誉，乃受制于恶姑，竟致绝粒而死，忍心害理之讥，不得为西太后讳焉。或谓慈安尚在，何以未申一词？不知杀安太监，立嘉顺后，皆慈安所为。西太后嫉之已深，防之益密，至同治帝崩，不令慈安干涉，盖已处心积虑，布满网罗。今日之事我为政，非他人所得与闻。恭王可羁住东暖阁，慈安不亦可羁住西暖阁耶！是回与上文第十回可以参看，益识西太后之手腕矣。

第十六回 上遗疏痛陈继统
改俄约幸得使才

却说嘉顺皇后，因同治帝驾崩，本已怏怏；嗣复立载湉为帝，连继子都没有着落；西太后又视她如眼中钉，每日痛詈，不假辞色；广安上奏复被申饬；遂断绝各种希望，并腹中怀孕，亦置诸不顾，竟自行绝食。饿到腹枯肠竭，竟尔逝世。临崩时眼眶犹含泪两行，面色恰如生人一般。内监禀报钟粹宫，东太后尚亲自过视，哭了一场。至禀报长春宫，西太后恰悍然道："死得好，死得好，早死一年，我的皇儿也不致短命了！"冤哉枉也！当下令内务府治丧。呈上礼节，被西太后抹去好几条，草草塞责。王大臣拟了一个孝哲毅皇后的谥号，还幸不遭驳斥。有一个不识趣的御史姓潘名敦俨，竟奏请表扬先后，借光潜德。宫中便严驳下来，谕称：孝哲毅皇后已加谥号，岂可轻议更张。该御史率行奏请，已属糊涂，并敢以无据之辞，登诸奏牍，尤为谬妄。着交部严议，等语。潘敦俨撞了一鼻子灰，同寅中还说他自寻苦恼，真正懊悔不迭。何苦！这且按下不提。

单说两宫皇太后二次垂帘，寰宇澄清，万民乐业。西太后又振奋精神，创行了几条新政：一是派遣外使——出使英国，派了郭嵩焘；出使日本，派了许钤身；出使德国，派了刘锡鸿。一是准借洋款——陕甘总督左宗棠，出关剿回，因军饷无着，准借洋款一千万两。一是赎回铁路——从前英人擅筑铁路于上海直达吴淞口，适沈葆桢调督两江，照会英领事阻止，不获允；嗣由李鸿章与英使威妥玛熟商，以银二十八万五千两买收。后来未成的路线，原是停工，已成的铁路，亦一律毁去。一是选派学生出洋游学——从闽厂前后学堂，选派学生三十名，分赴英法两国学习制造驾驶，由道员李凤苞、洋员日意格为监督。这都是下请上行的政策，好算西太后刻意求治了。**侧重西太后，语有分寸。**

会云南腾越厅蛮允地方，戕杀英翻译官马嘉理，英人指为署督岑毓英主使，要挟多端。朝旨特派李鸿章赴滇查办。复奏：马嘉理由缅入滇，未曾知照地方官，以致匪徒劫杀，并无督署指使情事。总理衙门，照复英使威妥玛，威妥玛犹坚执前议。及鸿章北还，至烟台，与英使会议，相持不下。俄、德、美、法四国公使适俱在烟台，亦以英使为非；乃得磋磨就绪，订定烟台条约。无非是昭雪滇案，偿银抚恤；还有中外官员往来礼节，及中外商人互市条件，另附专款；乃是次年英人拟赴西藏，请给护照，等语。这种交涉，在英人视作极有关系，在清廷恰以为无足轻重，得过且过，全然不放在心上。左宗棠进军新疆，又一路顺风。略定天山北路，进剿天山南路，杀得白彦虎南奔西窜，遁入俄境。还有安集延酋阿古柏，正入驻新疆，僭号毕调勒特汗，也被左公麾下将弁几仗杀败，进退无路，仰药而亡。这捷报传达清廷，两宫太后喜欢得了不得，立封左宗棠为二等侯，随征将士统邀特赏。时已光绪四年二月了。**点醒年月，可知是部小说除褒贬外，实可作一部编年史读。**

五年，葬同治帝、后于惠陵，又一番热闹。两宫皇太后也亲往视葬。宫眷廷臣等更不必说。既告窆，送葬等人一律言旋。正在休息，忽由吏部尚书呈上一折，乃是吏部主事吴可读遗疏，由堂官代奏，洋洋洒洒差不多有一二千字。两宫太后瞧毕，由西太后发言道："数年前，广安曾有奏折，也是为着此事。今吴可读遗疏，又说要明降懿旨，预定将来大统之归。难道我等苦心，臣下尚难共喻么！"你全是私心，有什么苦心。东太后道："他自称罪臣愿效尸谏，倒也是一片忠心呢！"西太后道："究不知他是什么死法，还要问明吏部再行定夺。"当下召见吏部尚书，便垂询吴可读死状。当由吏部复奏道："吴可读实服毒自尽的。他本奉陵工差使，卸事后，即在联州马神桥三义庙内自尽，有庙内周道士作证，州臣亦确查无误。所以可读遗疏，奴才不敢不代奏。"吴侍御死状由吏部口中叙明。东太后道："他不是奏参乌鲁木齐提督成禄吗？"西太后道："就是他。他是个书呆子，稍有所闻，便不管真伪，一味乱奏，所以前时曾将他降职的。"东太后又问吏部道："他是何处人氏，从前做过何官？"吏部奏称："可读籍贯系甘肃皋兰县，前时职任御史。"东太后道："关陇之间，有此烈士，也算是难得了。"莫谓秦无人。复顾西太后道："这应如何办法？"西太后道："且命廷臣妥议具奏，再行裁定。"随命军机拟旨，将吴可读原折发交王大臣议奏。王大臣们会议了好几日，想不出什么善法来。看官，你道这种议奏，如何有这般难处？自从康熙帝建储不定，把太子允礽废了又立，立了又废，后来终被雍正帝夺去。雍正帝惩前毖后，立密建皇储法——潜书储君名字，置匣缄封，藏诸乾清宫正大光明殿匾额后面；至新旧交替时，方将缄匣取下，启视密旨，乃得定嗣。自雍正至咸丰朝，一律遵行。及同治光绪两帝承袭大统，虽没什么密旨，然同治帝是随驾热河，当咸丰帝大渐时方命嗣立；光绪帝乃是西太后主张，入宫即位，已在同治帝大行之后；从没有先正青宫，后践帝位。若照吴可读原折，是：嗣皇帝生有皇子，过继同治帝，就应立为皇太子，岂不是迹类建储，有违祖训吗？祖制不行久矣，多方顾忌何为。因此王大臣等不敢定议，只模糊影响的复奏上去。独有学识优长的张之洞，职居洗马，独奏称：继嗣即是继统，惟将来皇子众多，不必遽指定何人承继，待至继统得人，即承继穆宗为嗣，庶几情法两尽，等语。王大臣等会议数日，连此意都未想到，正是一班饭桶。两宫太后览到此奏，很是嘉许，便照张之洞奏折，令军机拟就懿旨，颁发出去。大旨说是：吴可读所请，实与本朝家法不合。皇帝受穆宗毅皇帝付托之重，将来诞生皇子，自能慎选元良，缵承统绪。其继大统者，即为穆宗毅皇帝嗣子。守祖宗之成宪，示天下以无私，皇帝必能善体此意。所有吴可读原奏，及王大臣等会议折，并张之洞等奏折，暨前后关于继嗣的谕旨，均着另录一份，存毓庆宫。吴可读以死建言，孤忠可悯，着交部照五品官例议恤。这旨一下，才算是铁案铸成，群喙屏息，吴侍御可读死也瞑目了。

越数日，总理各国事务衙门得着一个琉球国被灭消息。琉球国系东洋大岛，在日本西南，道光前曾入贡清廷，后竟废止。清廷因国家多难，不遑诘责。至此被日本并吞，夷为冲绳县。总署方与日使交涉，日使置之不理。正拟再发照会，忽由西域寄到紧急奏章，乃是陕甘总督左宗棠署名，欲与俄罗斯国开战。总署诸公闻得开战二字，都吓了一大跳，忙把原奏呈入。为此一吓，把琉球国事情竟置诸高阁了。银样镴枪头。越日，有上谕下来，命侍郎崇厚充出使俄国大臣，索还伊犁。这伊犁地方，便是天山北路的疆域，前时回匪扰乱陕甘、关陇一带，几乎陆沉，还有什么工夫去管西域？所以安集延酋阿古柏得乘间而入，俄罗斯也思染指，便发兵南下把伊犁占去，阳称为中国防守，阴实怀一久假不归的意思。至左宗棠进兵西域，逐去了白彦虎，困死了阿古柏，天山南北两路一律平定。只有伊犁一带被俄人所占，向索不理。顺风顺势的左爵帅，那里就肯罢手，因此要与俄人宣战。左文襄好大喜功，笔下亦随带出。

两宫太后因饷需支绌，征剿回匪的兵费，正是从外国挪借而来，此次不便轻举妄动。只好令一位崇侍郎出使俄国，和平交涉。满望他折冲樽俎，仗着三寸不烂的舌头，把伊犁好好索回。谁知这崇侍郎胆小如鼠，到了俄国，被俄外部数语恫吓，弄得低首下心，毫无威势。他想是奉了朝命来索伊犁，总教伊犁索还，别样权利，都可拱让。俄人要索偿银五百万卢布，崇厚照允；俄人要索伊犁西境的霍尔果斯河左岸，及南境帖克斯河上流地，崇厚亦照允；俄人要在嘉峪关及吐鲁番等地方添设领事，蒙古各地及天山两路通商，概许免税；还有行轮运货、勘界立碑等条件，统是益彼损我，崇厚无不照允。共约十有八条。崇老可谓慷慨！

这条约咨报总署，就是麻木不仁的王大臣，也要惊骇起来。其时，有一班清流党，如李端棻、张之洞、张佩纶、宝廷、王仁堪、盛昱等人，或居台院，或列词林，统是纸上谈兵，直言敢谏。抑扬得妙。闻了这次约章，人人气愤，个个眉扬，大家都仗着这个管城子，做成几篇好奏折，呈将上去。内容的词意，无非是立诛崇使，硬抗俄人。词源倒流三峡水，笔阵横扫千人军，把两位垂帘听政的皇太后，也有些跃跃欲动的情形。当下将崇厚革职逮问，并遥询左宗棠和战事宜。左公本是主战，一篇复奏约有数千言，驳得十八条约款十七条都不可许，只有第一条归还伊犁，乃是应分的事情，不加一语。惟结末有先申议后决战两语，比内臣较为慎重。因此两太后依议将崇厚逮还，换了一个曾袭侯纪泽。

纪泽系曾国藩长子，官居大理寺少卿，曾出使英法两国，专对称长，不辱君命。这是名实足副的考语。此次奉使改约，实是一个极难题目。看官试想，已成条约，还想翻他转来，难不难呢？况俄人得步进步，正是蚕食鲸吞的时候，若要他虚心下气来从中国，除非中国有几个伟人，能压倒俄国君臣，方能达到目的。曾袭侯已仰承帝简，不好推辞，只得勉为其难，跋涉烟波，赴俄都圣彼得堡去了。清廷主战的奏折还是纷至沓来。独恭亲王老成持重，奏明两宫，把各员奏折，暂且留中，俟曾袭侯到俄理论后，或战或和，才好定夺。两宫太后颇从谏如流。只俄国闻得逮回崇厚，改任使臣，不待曾袭侯到俄，便派遣军舰来华游弋，并令占据伊犁的俄人，戒严以待。于是清廷又防个不了，急令北洋大臣李鸿章筹备舰队，完固海防；巡阅长江水帅彭玉麟操练水军，整顿江防；山西巡抚曾国荃调守辽东；三品卿衔吴大澂赴吉林督防；并命刘锦棠帮办西域军务，与左宗棠相机而行。两下里正在相持，曾袭侯到俄，与俄外部开议。适值原议俄使布策简放来华，总理衙门防他来京饶舌，飞电令曾袭侯截回布策，在俄定议，免得一番纠缠。人为其难，己为其易，都是好良心。曾袭侯接电后，忙往俄外部商议，令其追回布策。俄署外部尚书热梅尼，遇事圆融，允将布策追回。辩论了好几日，布策不从，险些儿双方决裂。左宗棠却要异样而行，与俄国决一死战。俄国闻到此信，却也有些胆怯。俄皇自黑海还都，谕令外部略从退让，另派大臣吉尔斯，与曾袭侯妥商。吉尔斯貌似和平，胸中颇有成竹，虽允让数端，大旨仍不肯放松。亏得皇天有眼，看曾袭侯一片苦心，要成全他一生的令名。偌大的俄国皇帝被虚无党刺伤，竟尔长逝，俄国几酿成内乱。到了新皇嗣统，国事暂定，曾袭侯乘机续议，方才有些眉目，将崇厚所定之前约，改换了好几条——伊犁南境悉还中国；西北界务，不据崇厚所定之界；俄国领事仅在吐鲁番添设一员；天山南北路互市，改均不纳税为暂不纳税；余如行轮勘界等件，亦各有变更。议定奏闻，盈廷大悦。丑语。电发谕旨，有：该大臣握要力争，顾全大体，深为不负委任，即着照此定约、画押等语。曾袭侯依旨奉行。易玉帛为冠裳，化疆场为坛坫，依旧是承平岁月，浩荡乾坤。

到了光绪十年改新疆为行省。二十二省中，又增了一省。臣下歌功颂德，都说是两宫太后的洪福。只曾袭侯思深虑远，于签约时申奏清廷，大要谓：俄为强国，今遣一介使，驰一纸书，取已成条约，多半更改，将来看作寻常，以为中西交涉，无难了事，后必有承敝的一日。臣意为兵端将开复息，有关气数，气数不可预知；约条已定复更，应视邦交，邦交不可常恃。所以臣到俄以来，将办事艰难情状，先后直陈，不敢稍隐。此后应请旨密饬海疆暨边界诸臣，慎重交际等语。朝野叹为至论。确是名言，中国能奉为箴铭，何至一败涂地。无如中国的人情，多是虎头蛇尾，临急时似乎要立刻整顿，到了事后，仍然因循玩忽，毫不见一点精神。外人谓我国人热心，只有五分钟，乃是的确公评。我国人听着！

话休叙烦。且说西域交涉，正要藏事，京内外臣民，都额手相庆，不料宫中颁降谕旨，竟将步军统领荣禄革职，驱逐回籍。廷臣大半惊疑，统说荣禄是西太后幸臣，从前由热河扈跸回京，全仗他保护慈躬，途中得以无事；至穆宗驾崩，入宫定策，他亦与闻，应上文。如何今日遭此重谴？后来细细探问，方知他事涉秽亵，触怒西太后，因有此不测的罪名。原来荣禄得宠以后，兼管内务，得随时出入宫廷。宫中所有妃嫔，统是青年守孀，春宵寂寂，良夜迢迢，未免有些耐不住的情况。这荣统领器宇深沉，英姿飒爽，在宫中往来，又是一团和气，日久面熟，不顾嫌疑，遂有些不尴不尬的非议，传到西太后耳中。西太后亲自调查，果见荣禄与某妃有送寒偷暖的事情。不由得心中大怒，立命将他撵出。荣禄去后，西太后失一臂助，又不免日后思念，只因他犯罪太重，不好骤行起复，以致荣禄沉沦原籍落魄了六七年。大约先交桃花运，继交墓库运。

是年祭文宗陵，两宫太后都亲去拜奠。东太后以文宗曾有元妃，虚左以处，自己列于右次，令西太后随立下首。西太后拂然不乐。东太后见她色变，便道：礼应如此。旁人还惊愕不解，究竟西太后心性聪明，料知东太后意见，无非因文宗在日，与东太后尚有后妃之别，所以不容并列。当下忍着气，耐着性，不与争论，匆匆祭毕，即行还宫。后来越想越恨。还有这个刁钻阴狡的李莲英，从旁媒孽，离间两宫。反说：荣禄被谴，也是由东太后设法陷害，阴折西太后的右臂。莲英想自居左臂矣。西太后怒上加怒，复忆起小安子一案，统由东太后主持。新旧生嫌，百感交集，遂与李莲英定计，要报仇雪恨了。俗语说得好，明枪容易躲，暗箭最难防。好好一位贤太后，要收拾在她手中哩！俗语有云：

> 画虎画龙难画骨，知人知面不知心。

毕竟东太后后来如何，看小子下回交代。

本回叙吴可读尸谏，及曾纪泽改约事，似与西太后无关，实则皆自西太后致之。西太后不立光绪帝，则承穆宗后者，必为穆宗之犹子，继嗣即继统，何容拟议！吴侍御自不必轻生矣。至若曾袭侯之赴俄改约，实由崇厚辱命所致。当时国家政令，多由西太后主张，遣使时，早为审慎，则后来之种种手续亦可毋庸，吾故曰：此皆西太后致之也。世有以吾言为周内者，请寻绎本回自知。

第十七回　东太后中计暴崩　恭亲王遭谗去职

却说东太后秉性坦白，素无城府；遇事又退让居多，争执甚少，所以与西太后训政数年，形式上似尚联络。因安德海被戮，李莲英构谗，方成嫌隙。其实西太后暗中生心，东太后仍毫无成见，所以全不预防。谁知这西太后实是利害，怀恨愈深，韬晦益甚，外面阳作欢容，与东太后格外亲昵。会东太后罹小疾，宣御医入宫诊治。服药数剂，并无效验，西太后恰常往问视，曲示殷勤。又拣了上好人参两支，为东太后亲自煎汁，服后少愈。越宿，东太后起床梳洗。时方八句余钟，由宫监入报，长春宫太后来了，东太后忙起身要迎。只见西太后已经进来，笑吟吟道："今日慈躬可痊愈否？"东太后道："今日已好了不少。累承顾视，深抱不安！"西太后道："这有什么要紧。但愿慈躬早日复原，朝政一切，也可公同商决。"东太后道："今日退朝为什么这般早？"西太后道："今日没有什么要政。因为惦念慈躬，所以立命退朝。"正说话间，东太后梳洗已毕。两下里奉茗递烟。西太后微露左臂，恰有寸帛缠住，映入东太后眼帘。便问她："何故缠帛？"西太后忙把衣袖垂下，似恐东太后窥见，做出一副遮遮掩掩的情形，口中又故作嗳喃状。好计策。偏偏动了东太后疑心，越要详问底细。中她计了。西太后又说道："此刻不便明告，且待慈躬康健，再当渎陈。"东太后发急道："我已没有什么病患，今日与我说明，我心越加爽快，病体越加安适了！"西太后闻言，故意地把凤目一睍，复将左右一瞧。东太后会意，便命宫侍退出，迫令西太后详告。西太后道："昨日参汁中，曾割臂肉一片同煎。"东太后听到"臂肉"二字，不禁起立道："臂肉可割吗？"西太后道："平时读史，尝见有刲股疗亲事。仿着一行，果蒙上苍鉴悯，安及慈躬，总算不虚此割了。"东太后道："我病渐瘳，你臂忍痛，我心如何放得下！"说至此，便去携西太后左腕。西太后连忙让开，微擎道："不妨，不妨！我已用良药敷上，昨晚已止痛呢！"说得很像。东太后不觉感极而泣，且道："如此存心，先皇帝尚有疑虑，真是好人难做了！"言已，即转身向卧室中去了。好一歇，又出来相见，手中执着一笺，递与西太后。西太后接过瞧毕，手腕都颤动起来。想是左腕觉痛之故！看官，你道是何笺？乃是文宗显皇帝亲书的朱谕，内写着："那拉贵妃如恃子为骄纵不法，可按祖宗家法治之，毋得宽贷。特此留谕。"西太后往时，曾闻东太后口风，有这密旨，所以时常留意，处处防着。此次诈言割臂，实是为此而来。及见了这道密旨，愈觉惊心，默念神明庇佑，秘计得行。意欲将密旨取去，奈东太后未曾允给，不好擅取。沉吟少顷，竟交还东太后，面上仍不动声色，只眼睁睁地望着。但见东太后取了此纸，放入炉中，霎时间，被火所爇，化作白灰。西太后到此只觉由顶至踵，没一处不畅快，便向东太后敛衽鸣谢。东太后慌忙答礼，转申谢悃。续谈数语，西太后便欢天喜地地去了。

过了数日，东太后病已痊愈，与西太后一同视朝。朝罢，各自回宫。午膳后，东太后带着宫监，静悄悄至长春宫，拟去道谢盛意。冤冤相凑，宫监们多去午餐，只有一小太监站立门首，见东太后到来，请安毕，欲入内禀报。东太后已扬长入内，搴帷进去。见西太后与李莲英并坐，西太后跷着左足，置莲英膝上，莲英用手搊着，两人唧唧哝哝，不知说着什么。春色撩人。忽闻帷钩声响，珠玉玎珰，方觉有人进来。瞧将过去，乃是东太后。西太后缩足不迭，待至放下，东太后已走近身前，连忙起身相迎。李莲英也吓了一大跳，起立一旁，把请安的礼节，竟致失记。东太后本怀着敬意，竭诚而来，瞧着这般情形，不觉变了懊恼。竟向李莲英道："你也太不成体统了。为什么与太后并坐？"莲英尚未答言，西太后便代答道："我近日双足见痛，所以叫他捶着，他立捶不便，因此从权给坐。"东太后道："我朝定制，防范中官，很是严密。为恐中官擅权，要蹈前明覆辙，近之不逊，远之则怨。这是不便轻纵的？"西太后想出言辩驳，一时又无词可说。只得怒向莲英道："承值的宫监到何处去了？你是本宫总管，为什么不去查问？"莲英唯唯趋出。东太后又语西太后道："李监权势太大，宫监们都称他九千岁，这也不可不防。"此言实是好意。西太后嘿然不答。东太后见她不悦，就匆匆告辞，连初意都未声明，一直回宫去了。

次日，西太后竟不视朝，只称有疾。自光绪六年冬季，直至七年仲春，简直是杜门不出，终日深居。亏她忍耐。就是元旦、元宵，宫中这么热闹，她也推说有病，未曾出来。东太后常去探望，只说是腰足酸痛，不能行动。何不说是左臂痛。御医日日进诊，吃了许多杜仲、牛膝，毫不见效。未知她曾饮下否？光绪七年二月，诏各省督抚进良医。直隶总督李鸿章，两江总督刘坤一，湖广总督李瀚章，皆奉诏征医，给资入都。各名医入宫诊脉，也不识是何病源，开了几个不痛不痒的方子，呈将进去。也不知西太后服了谁方。

东太后独自视朝，已经数月。到了三月初十日辰刻，召见军机大臣。恭亲王奕䜣，大学士左宗棠，尚书王文韶，协办大学士李鸿藻等，联翩入见，东太后垂询数语，慈颜和怡。恭王以下，据事奏明，即行退朝。到了午后，忽内廷有旨传出，立召枢府诸人速进。各王大臣等不知何因，急忙趋入。至朝房，方有太监传说，东太后驾崩了。恭王惊讶道："退值不过五小时，为何有此暴变？"此时左宗棠亦奉命驰至，闻恭王言，便道："辰刻觐见太后慈容，并无疾色，不过两颊微赤，难道数小时间就致大行吗？况向例太后不豫，必传御医，医方药剂悉命军机检视，为什么全然未闻？"恭王道："且至宫中看明，自然知道。"于是鱼贯而入。到了钟粹宫，见西太后坐矮凳上，形容并未憔悴，态度不见仓皇。明系假病。各王大臣向她行过礼，分立两旁。但闻西太后道："东太后向无大病，日来也不闻动静。忽然遭此变故，真是令人难测！"各王大臣相率顿首，统把虚言劝慰。只恭王奏请道："东太后大行，想尚未曾小殓，例应传她戚属，入宫瞻视。"西太后道："已小殓了，你等可去瞻视一番。"恭王奉命率各大臣进内寝，只见东太后面色如土，目未全瞑。穗帐凄清，孤帏惨淡。各王大臣睹这情形，不知不觉地流下泪来。当下举哀齐哭，寝侧妃嫔人等亦一律号啕。约数刻，西太后也进来道："已死不能复生，哭亦无益；你等不如出议丧礼，教办理周到一点，便算对得住东太后了。"语带蹊跷。左宗棠满腔不悦，只是不便开口，没奈何随着大众怏怏出宫，到了军机办事处，还思与恭王追究病源。恭王道："也不必说了，现拟遗诏要紧。"便由李鸿藻起草，拟定数行，恭王等统共瞧过，随着宫监进呈西太后。有顷，宫监复捧遗诏出来，约已易过数字，当即抄发出去。其文道：

予以薄德，祗承文宗显皇帝册命，备位宫壶。迨穆宗毅皇帝寅绍丕基，孝思纯笃，承欢奉养，必敬必诚。今皇帝入缵大统，视膳问安，秉性诚孝。且自御极以来，典学维勤，克懋敬德，予心弥深欣慰！虽当时事多艰，听宵勤政，然幸气体素深强健，或冀克享遐龄，得资颐养。本月初九日，偶染微病。皇帝侍药问安，祈予速痊。不意初十日病势陡重，延至戌时，神思渐散，遂至弥留。年四十有五。母仪尊养，垂二十年。屡逢庆典，迭晋徽称，夫复何憾！第念皇帝遭兹大故，自极哀伤。惟人主一身，关系天下，务当勉节哀思，一以国事为重，以仰慰慈禧端佑康颐昭豫庄诚皇太后教育之心。中外文武恪供厥职，共襄郅治。予灵爽实与嘉之。其丧服酌遵旧典：皇帝持服二十七日而除。大祀固不可疏，群祀亦不可辍。再，予向以俭约朴素为宫闱先，一切事关典礼，固不容矫从抑损；至于饰终遗物，有可稍从俭约者，务惜物力，即所以副予之凤愿也。故兹诏谕，其各遵行。

这道遗诏经西太后审改过的，也不知是那几个字眼，小子无从证实，不敢妄谈。只西太后徽号，上文叙过的尚只六字，此诏内加入四字，小子前未叙明，不得不于此补入。昭豫二字，乃四十万寿时加添的；庄诚二字，乃光绪帝即位时加添的。东太后崩后，谥法拟定孝贞二字，西太后并不持服。或说是西太后密令进鸩；或说是暗嘱御医用药不对病的方剂，药死东太后。小子不好妄断，只人云亦云罢了。叙述清楚。

丧葬既毕，西太后处置国政独断独行，为所欲为。只嫌左宗棠自仗老成，常多建白，竟命他出督两江，把刘坤一暂且投闲。越年，直隶总督李鸿章丁母忧，命张树声署理督篆。适值朝鲜内乱，张署督闻风调将，遣提督吴长庆、丁汝昌等，赴朝鲜。原来朝鲜国王李熙，以支派入承大统，本生父大院君李昰应素揽大权。后来国王娶了一个闵妃，才貌超群，国王很是爱她。一人有福，带着千人上屋，因此闵氏子弟陆续登用，把大院君的权势，渐渐夺去。大院君原是怀恨，大院君的党羽尤为失望。巧值兵士索饷致变，乱兵怨吏，集作一堆，举大院君为主，攻进京城，扬言入清君侧，逢人即剁。不管什么闵不闵，统赏他一刀两断，就是香肌玉骨的闵妃，也被砍作肉泥，并将国王禁入密室。当下杀得兴起，又四出焚掠，毁坏日本使馆，杀了日本人数名。日本发兵到朝鲜，偏被清将走了先着——将大院君诱入营内，执送天津，并将他党人杀掉一百多个。至日兵入朝京，京内已烟消雾解。那时日人不好妄动，只要朝鲜赔偿人命，筑还使馆。清将掳了大院君，已是喜出望外，管什么朝日交涉！朝鲜自与日本讲和，偿金开埠，定约而去。朝鲜为我属国，如何令它自由立约。大院君解到天津，张树声着人飞奏，请旨发落。朝议纷纷不一。独西太后恩威并用，特沛纶音，命将李昰应安置保定，好生看待；又令提督吴长庆，暂时驻兵朝鲜。日本闻清兵驻扎，哪里还肯放手，自然也遣兵代戍，与清兵势成犄角，两不相下，免不得日后生事了。预伏下文。

中外承平，万机无阙。台官等没有事情，只探听贪官污吏消息，讦奏了好几本：户部堂官景廉、王文韶，均以失察被谴。侍郎宝廷典试福建，路过江心，巧碰着一个民女——芙蓉为面，杨柳为腰，他竟恋恋不舍，仗着自己财势，买为侧室。名为清流，实同浊流。御史风闻此事，又上一本弹章。宝廷忙自请处分，已是下旨革职。其时慷慨敢言，笔锋犀利的人物，要算清流党魁张佩纶。西太后嘉他忠直，立擢为都察院左副都御史。劾人不劾己，乐得做点好名声。佩纶上疏固辞，优旨不许。为中法开战张本。辇毂以下，又家诵口祝，说什么主圣臣直，国泰民安。西太后闻这颂辞，欣慰的了不得，竟把张佩纶作为盛朝柱石，圣世良臣，格外青眼看待。

会越南事起，法人攻越，杀得越人大败亏输，丧师失地。不得已与法定约，认为法人保护国。又是朝鲜之续。清廷以越南为我藩属，法人不得擅夺，遂由总理衙门出面与法使交涉。适李鸿章起复原职，保奏张佩纶具外交才，不妨重任。西太后览奏合意，遂命佩纶在总理衙门行走，准备着唇枪舌剑，吓倒法人。谁意法人仗着实力，一些儿不去怕他，任你笔舌交乘，简直是我行我素，毫不理会。景廷广十万横磨剑，有何用处？一日又一日，已是光绪十年。是年冬季，为西太后五旬寿辰。元旦降旨，已命礼部衙门，敬谨筹备庆祝事宜。过了数日，左宗棠因病开缺，朝旨调曾国荃署督两江。又命彭玉麟往粤，会同云南巡抚唐炯，广

西巡抚徐延旭,办理海防,筹划越南事务。军机处与总理衙门,因中法交涉日棘,议和议战,正在仓皇的时候,忽降谕内阁,道:

朕奉慈禧端佑康颐昭豫庄诚皇太后懿旨,现值国家元气未充,时艰犹巨,政多丛脞,民未敉安,内外事务,必须得人而理。而军机处实为内外用人行政之枢纽。恭亲王奕䜣,始尚小心匡弼,继则委蛇保荣;近年爵禄日崇,因循日甚,每于朝廷振作求治之意,谬执成见,不肯实力奉行。屡经言者论列,或目为壅蔽,或劾其委靡,或谓簠簋不饬,或谓昧于知人。本朝家法甚严,若谓其如前代之窃权乱政,不惟居心所不敢,亦实法律所不容。只以上数端,贻误已非浅显,若仍不改图,专务姑息,何以仰副列圣之伟业贻谋!将来皇上亲政,又安能臻诸上理。言念及此,良用恻然。恭亲王奕䜣,大学士宝鋆,入直最久,责备宜严。姑念一系多病,一系年老,兹特录其前劳,全其末路。奕䜣着加恩仍留世袭罔替亲王,赏食亲王全俸,开去一切差使,并撤去恩加双俸,家居养疾;宝鋆着原品休致。协办大学士吏部尚书李鸿藻,内廷当差有年,只为囿于才识,遂致办事竭蹶;兵部尚书景廉,只能循分供职,经济非其所长,均着开去一切差使,降二级调用。工部尚书翁同龢,甫直枢廷,适当多事,惟既别无建白,亦有应得之咎,着加恩革职留任,仍在毓庆宫行走,以示区别。朝廷于该王大臣之居心行事,默察已久,知其决难振作,诚恐贻误愈重,是以曲示矜全,从轻予谴。初不因寻常一眚之微,小臣一疏之劾,遽将亲藩大臣投闲降级也!嗣后内外臣工,务当痛戒因循,各抒忠悃。建言者秉公献替,务期远大,朝廷但察其心,不责无迹,苟于国事有补,无不虚衷嘉纳;倘有门户之弊,标榜之风,假公济私,倾轧攻讦,甚至品行卑鄙,为人驱使,就中受贿,必当立抉其隐,按法惩治不贷。将此通谕知之。钦此!

王大臣等瞧着此谕,无不惊讶。都说现在外交吃紧,国务倥偬,如何有此特旨?别人革职降级,还是没甚要紧,如恭王爷谙练老成,如何令他退闲?况恭王并未多病,谕旨从何处得来,这真出人意料。有几个与恭王莫逆的大臣,赴恭邸慰问。恭王微笑道:"我早知有今日了。东太后崩后,我已防有此着。忽忽间已隔三年,还算慈恩高厚。谕旨责我委蛇保荣,我也承认。我若不是这般做法,恐怕阅三月就要发作,那里能延到三年哩!唯近今时事多艰,交涉日亟,还望诸位精忠报国。我虽退闲也很感激呢!"语有含蓄,然忠心恰还未泯。诸人俱称遵命。又慰藉了数语,告别去了。恭王遂退出政界,反乐得优游卒岁,遵养晦时。小子恰有一诗道:

自古功高易受嫌,何如归去效陶潜!
懿亲且尔遑他问,为嘱群臣口早箝。

恭王退职,朝政如何处置,容俟下回交代。

东太后与恭亲王,西太后之所深嫉也。诈称割臂,密嘱进鸩,舆议几同一律,并非作者无端臆造。观此可知西太后为人阴险实甚。世间最毒妇人心,岂虚语哉。东太后崩,西太后掉去恭王,易如反掌。其所以隐忍不发者,一则自顾怀惭,既死东宫,不应遽斥亲王,以致反唇相讥;一则国际清时,无词可借,姑待变故发生,方可论罪予谴也。至中法之交涉起,借力图振作为名,可以罢斥恭王,并其党而尽去之。其处心积虑,可谓深矣。春秋以诛心为主,是书亦取法春秋也。

第十八回　奉慈命爵帅主和议
随醇王总监阅兵操

却说西太后既罢斥恭王，并将宝鋆、李鸿藻等亦降罚有差。随命礼亲王世铎，户部尚书额勒和布、阎敬铭，刑部尚书张之万，入直军机，工部侍郎孙毓汶，在军机大臣上学习行走。并命有紧要事件，与醇亲王奕譞商办。奕譞本是个拘执不化的人，闻了此旨，即入宫见西太后，磕了无数的头，坚请收回成命。西太后道："你以为迹涉嫌疑，不便与闻国政吗？须知皇上尚未亲政，诸事由我做主，你不妨会议要事。等到皇上亲政，自当再降懿旨。你去好好儿办吧！"奕譞不便力辞，只得唯唯趋出。越日，即有左庶子盛昱、右庶子锡钧、御史赵尔巽奏折，次第呈入。奏中所说，三人一律，无非说是：醇王入直内廷，皇上容有未安；若令枢臣就邸会商，国体亦有未协，等语。盛昱且引嘉庆帝谕旨，有"本朝自设立军机以来，向无诸王在军机处行走。良以亲王爵秩较崇，功无可赏，过不便罚，因有此谕。近如恭亲王参赞军机，不过暂时权宜；醇王又非恭王可比，伏恳收回成命。云云。西太后不允，降谕如下：

本日据盛昱、锡钧、赵尔巽等奏陈醇亲王不宜参与军机事务各一折，并据盛昱奏称仁宗睿皇帝圣训，有诸王向无在军机行走等因。圣谟深远，允宜永遵。惟自垂帘以来，揆度时势，不能不用亲藩，进参机务。此不得已之深衷，当为在廷诸臣所共谅。本月十四日，谕令醇亲王奕譞与诸军机会商事件，本为军机处办理紧要事件而言，并非寻常诸事，概欲与闻，亦断不能另派差遣。醇亲王奕譞，再三推辞，碰头恳请，当经曲加奖励，并谕俟皇帝亲政，再降懿旨，始暂时奉命。此中委曲，尔诸臣岂能尽知耶？至军机处政事，委任枢臣，不准推诿，希图卸肩，以专责成。经此次剀切晓谕，在廷诸臣，自当仰体上意，毋得多渎。盛昱等所奏，应毋庸议。钦此！

自这谕下后，廷臣知慈意已定，不便多讲，又弄得哑口无言。西太后复选出一个懿亲来，叫他管理总理各国事务衙门事务。看官道是谁人？就是将来权势熏灼，与清俱亡的庆亲王奕劻。下笔起劲，不特著外交失败之始，并且示清社覆灭之机。并命许庚身、阎敬铭均在总署行走。

西太后总道任用得人，好将法越交涉容易了结。不料中法交界的镇南关外，已与法人开战，连战连败，徐延旭、唐炯等均退入关来。小子前回于法越交涉，尚未交代明白，至此只好补叙。越南亦称安南，乾隆时国王阮光平入觐，受清册封。传子光缵，为广南王阮福映所灭，仍认中国为宗主国，照常入贡。福映得国时，尝借法人帮助，约割地为谢，且许法人自由通商。后来越南不尽如约，法国屡次攻进。越南情愿践盟，法人反不肯允，得步进步，要求无厌。弄得越南无法可施。和不肯和，战无可战，国王阮福时及阮福升先后愤死。立了一个幼主福膺，年仅十二，有何能力？只得听法人调排，愿认为法人保护国，并割让好几处疆域。等到清廷闻知，木已成舟，挽回无及。徐延旭、唐炯奉命出关，俱被败退。西太后把他两人革职拿问，另命湖南巡抚潘鼎新接办。适有粤海关司美人德璀琳，愿任调停。乃派直督李鸿章，与法国水师总兵福禄诺，开议和约，由德璀琳作居间人。议订五款，大略为不侵犯中国南界，撤还北圻各防营；不索赔兵费，不妨碍中国体面。鸿章奏闻，西太后本恶劳喜逸,总教面子过得去,不妨将就承认,遂令鸿章画押。只福禄诺临行时,与鸿章说明,要派队巡查越境。鸿章模棱两可,法人就认作默许,自由行动。中国外交之失败,往往由此。被台官得了消息,奏劾鸿章匿不上闻,有欺君误国的大罪。西太后虽下旨申饬,暗中却着实祖护。时潘鼎新出驻谅山,与法兵相遇,两下龃龉。法兵以遵约巡边为名,偏偏鼎新要阻他自由,说不明白,自然动起蛮来。打了一仗,法兵败北。法遂遣巴德诺到上海责清廷背约,并请续议。诏授江督曾国荃为全权大臣,与巴德诺会商。国荃议给抚恤银五十万两,又被言官攻斥,和议无效。法提督孤拔,竟率兵舰东来;驻京法使谢满禄,下旗出京。于是清廷不得已下旨宣战,命曾国荃督办江防,内阁学士陈宝琛为会办;起左宗棠为钦差大臣,赴福建督办海防,翰林院侍读学士张佩纶为会办;饬云贵总督岑毓英,督同巡抚潘鼎新,准备前敌;又特赏刘永福提督衔,令他冲锋效力。这刘永福本是太平天国余党,以黑旗为标识,时人叫他黑旗长毛。他因太平天国灭亡,窜入越境。越南王见他膂力过人,封为三宣副都督,令他防堵法人。至法兵入境,越南没人敢当,只刘永福率着死士与法兵连战,几次杀死几员法将。清廷也闻他威名,因此逾格加赏,邀作臂助。复恐各师出关,粤中空虚,特授彭玉麟为兵部尚书,给钦差大臣关防,驰驿防粤;并因台湾孤悬海外,首当其冲,立赏刘铭传巡抚衔,督防台湾军务,嗣复授为闽抚,暂驻台南。一班中兴名臣及后起将士,逐队南下。受牙璋以起众,誓扫妖氛;挥猛士以图功,期铭铜柱。笔大如椽。不意左宗棠方才到闽,张佩纶业已丧师,马江兵舰被法将孤拔几烧得一只不留。可见空言不足御敌。法兵乘势扰台湾,等到刘铭传至台,基隆已失守了。越年正月,谅山又陷,提督杨玉科阵亡,潘鼎新退入镇南关。警报陆续到京,西太后不禁大怒,把张佩纶革职充戍;潘鼎新亦坐罪夺官;别遣提督苏元春督办广西军务,冯子材为帮办。

正在黜陟并行的时候,忽报朝鲜又乱。忙饬直督李鸿章注意朝事,令北洋会办吴大澂赴朝查办。寇深矣,可奈何! 朝鲜自前次乱后,曾遣大使朴泳孝,及副使洪英植、金玉均至日本谢罪。三人见日本维新,归谋变法,组成东学党,兢劝朝鲜国王取法东瀛。奈有守旧党人闵泳骏,系椒房贵戚,前时侥幸漏网,至此又执政权,与东学党反对。日本以有机可乘,联结东学党,嗾他独立。东学党信以为真,遂仗日本做靠山,变法固可,恃人则不可。召日兵入宫杀死闵泳骏,胁迫国王更新,组织新内阁。朴泳孝做了总理,金玉均做左相,洪英植做右相,用日兵严守宫阙。是谓养虎自卫。此时清提督吴长庆已调回辽东督防。继任的提督乃是吴兆有,照会驻朝日使竹添进一郎,请协力镇乱。日使不理,兆有正无计可施,巧有一位足智多能的营务帮办代他划策;分兵三路,去袭朝宫。得机得势,杀了洪英植,逐去朴泳孝、金玉均,又将日本兵一概驱出。日使竹添进一郎料知不是对手,将使馆自行焚去,潜避至仁川的济物浦去了。看官欲问帮办营务的姓名,就是后来民国大总统袁世凯。与奕劻遥遥相应,笔不嫌复。朝王李熙,被这一吓,又遁至北门关帝庙中蒲伏存身。孱王可怜。后被清兵觅着,由袁世凯护送入官。正在替他料理,钦使吴大澂方到。世凯回营,迎接钦使,免不得置酒欢宴。忽闻日本遣使井上馨,与朝鲜直接开议,要朝王偿金谢罪。吴大澂忙去探问。井上馨尚说条约未定,谁知暗度陈仓,竟与朝王自行订约。气得袁世凯火星透顶,忙请大澂出去力争,双方相抗,几致决裂。突接北洋大臣李鸿章来电,略说日本已遣使伊藤博文、西乡从道,渡海东来,当与开议,不必在朝鲜相持等语。于是吴、袁两人方才罢手。寻,天津订约,分为三款,第一条是中日仍归和好;第二条是把中日驻朝鲜兵各尽撤归;第三条是将来两国派兵朝鲜,须互先行文咨照。条约既定,吴兆有等撤兵归国。朝王李熙赔偿日本损失银洋十一万元，算作了案。自毁使馆，也要朝鲜认赔，真正晦气。自是朝鲜国的宗主权已一半失去。西太后因朝日一案了结的这般迅速，颇悔前此中法交战的失策。暗中示意李鸿章仍要劳他三寸舌，与法人议和息战。为合肥分谤。

朝旨方有意息争，清兵却异常愤激，苏元春、冯子材等仗着一股勇气，战胜法兵，夺回谅山；岑毓英亦亲督大军，鼓行前进，攻克临洮，进捣河内。法将孤拔，虽攻陷澎湖，嗣闻越南败耗，潜袭浙海，被浙江提督欧阳利侦悉，遣兵严守海口。孤拔一到，由守兵连开大炮，扑通扑通几声响，把法舰击伤，孤拔连忙起碇，已是受伤毙命。这边各处战将正兴高采烈，拟乘胜规复全越。谁料到直督李鸿章已与法使巴持纳，在天津讲和，飞檄停战。作者谓为西太后授意，并非锻炼之词，不然李亦中兴名臣，胡一馁至此！众将士统是不服，钦差大臣彭玉麟尤愤愤不平，痛词奏阻，说有五不可和。驻英使臣曾纪泽，又电奏：法国内阁迭更，宗旨未定，若与他议和，定要还我越南宗主权。偏偏朝旨严下，如期撤兵，不得违误。秦缪丑（桧）主和定议，岳少保（飞）奉诏班师，差不多有这般景象。中法和议告成，结果是：中国承认法越条约，法兵不得过北圻与中国边界，中国亦不派兵至北圻，所有留据基隆澎湖的法兵，一律撤退；中国允于云南边徼开商埠二处，与法人互市。这一番交涉，中国虽不偿一金不割一地，然越南终为法有了。李肃毅伯鸿章负了卖国求和的恶名，连一向交好的彭左诸公，也未免退有后言。其实统是西太后授意，上文已经叙过。但西太后素好体面，如何可战不战？这却也有一段原因。前回说过光绪十年，乃是西太后五旬万寿期，西太后本要铺张扬厉，比四旬万寿还想夸张数倍。事不凑巧，偏值法、日两国统来开衅，草草地行了庆祝礼，慈衷很觉懊恼。所以决意主和，但求境内无事，便好安安稳稳的颐养过去。为缴足前回万寿二字，所以有此补笔。

无如中国退一步，外人进一步，法得越南，英人遂进图缅甸。缅甸当乾隆年间，国王孟云亦尝受过清廷册封。至道光时，英并印度，与缅境相接，就乘势蚕食，先把它南境的秘古地方占夺了去。至此乘中国多事，竟发兵直入缅京，废去缅王，设官监辖。至滇督岑毓英奏闻，方命驻英使臣曾纪泽，与英外部会商。初思索还缅甸，英人不允；继议立君存祀，英又不允；争到唇焦舌敝，才允替缅入贡。这四字也是有名无实，总算顾着曾使面上，方有此说。

当时李鸿章因外势日渐，奏请大治水师，增拓船厂。西太后勉从所请。一面命鸿章赶紧筹划，一面命醇王奕𫍯总理海军事务，并饬奕劻、善庆、曾纪泽会同办理，随设海军衙门于京师。看官，你想奕𫍯生长天潢，深居简出，连海上都未曾经历，识什么海军不海军？奕劻、善庆与奕𫍯差不多。只有曾袭侯纪泽航海出使，有些见闻，然是个专对才，不是个专阃才，就中筹备海军的人物，还要算是老成练达的李鸿章。当下公同商酌，先从北洋开手，择定奉天省的旅顺口，山东省的威海卫，作为军港；向外洋定造了几艘军舰；招募兵勇，拣选将弁督练，作为第一支海军。天下事非钱不行，况这一番创办的军政，最少也要好几百万两银子。鸿章请拨巨款，西太后常留中不发；迨至奏请再三，才由户部勉强筹拨。鸿章要十万两。户部只拨三四万两，鸿章要二十万两，户部只拨六七万两。鸿章诘问户部，无非说是国帑支绌，力不从心等语。自光绪十一年办起，至十二年春季，勉勉强强的凑集几艘军舰。西太后忽令醇王奕𫍯赴津巡阅，并嘱李总管莲英随往。要他去何意？诸君试掩卷一猜。

鸿章得此消息，暗想李监随来定有缘故。便札委干员，准备行辕；并谆嘱：行辕里面，须布置两个房间，一个房是住醇王爷，一个房是住李总管。醇王爷的房间，但教规模阔大，装潢好看一点便可了事；李总管的房间须要格外精雅，宁密毋疏。干员遵命去办，约数日办妥，回禀督辕。李鸿章自去检点，到醇王所住的房，不过大略一瞧，转入李总管住处，恰一样一样的挑剔，着干员立即撤换。干员也莫名其妙，只好奉令而行。待至安排妥当，方派干员静待码头，专等醇王等到来。约数日，醇王李监一同来津，鸿章忙率属员，亲去迎迓，请过圣安，谒过醇王，再与李总管握手谈心，殷勤道问。极写莲英声势。既入行辕，鸿章与醇王谈了一回，无非说是整备海军的现象。谈毕，复至李总管住房，面询宫闱情形。李总管道，太后有密旨，要咱们传谕伯爷，伯爷须要遵照办理。鸿章会意，屏去侍从，与李总管密谈良久，方才辞出。看官，你道是什么密旨？乃是西太后有意归政，要把清漪园旧址建筑一园，作为娱老场所，苦于经费无出，想把办理海军的经费腾挪一半，移去造园。这时李鸿章闻到此旨，明知掩耳盗铃，实非良策，且此事定系莲英怂恿出来——阉人误国，一至于此！奈西太后既已深信，势不能不照办，只得唯命是从。逢迎之咎，李伯爷亦无可辞！

翌日，醇王即校阅海军，由鸿章下令会操：把所有的舰队纵横分合演了一番，惹得醇王眼花缭乱，也不知是好是歹，只谬奖了数语。确是谬奖。李莲英随着醇王，心中只想着金钱，连兵舰也不辨几艘。混账。又越日，鸿章复导着醇王，巡视北洋海口，何处可设炮台，何处可泊军舰，统由鸿章详告。醇王不置可否，仿佛是皮里阳秋。事毕回京，空费了许多银两。李总管不肯虚行，总要沾点利益，统共在海军里报销。嗣是鸿章有所陈请，无不准行。并令各省疆吏岁拨定款，不得短少，但十成中挪移五六成，却去筑清漪园。顿时大兴土木，限期完工，把清漪二字易作颐和。是年适直水灾，有个昏头磕脑的御史，奏请遇灾修省，并以李监随醇王巡阅，恐蹈唐代监军覆辙等语。恼了西太后性子，降旨呵斥。并将他降补主事。正是：

多言毕竟遭时忌，落职还应感主恩。

欲知此人是谁，容待下回叙明。

中法之役，清廷犹可一战。老成尚在，宿将未凋，因此战事骤开，先败后胜。李鸿章独主和议，卒使越南轻丧，缅甸随亡。岂中外大臣诸苤言，果不敌李爵帅之权力耶！著书人归咎西太后，信是独具只眼。至于海军创设，以醇王奕譞为总办，实属用非其人。前此参赞军机，廷臣已议其不便，况兵戎大事耶！迨奉旨巡阅，乃令阉人同往，暗示密旨，为一己娱养之图。误清之咎犹小，误中国之害实大。鸿章逢迎为悦，亦失大臣以道事君之义。书法不隐，可作后起董狐。

第十九回

幸名园嘉谕权阉
拟归政指婚懿戚

　　却说西太后怒及直言,把忠谏的言官,降为主事。其人乃是御史朱一新。一新落职,李莲英越发宠荣。当下募工筑建颐和园,由莲英监督工程,自不消说。是时光绪帝年已十六,西太后意欲归政,娱养园中。遂谕自本年冬至大祀圜丘为始,皇帝亲诣行礼,并于明年正月,举行亲政大典。这谕一下,醇亲王奕��、礼亲王世铎,率领满汉王公大臣,均奏请皇帝亲政后,太后再行训政数年。当蒙西太后俞允。想是园未筑成。光绪十三年正月,举行皇帝亲政典礼。适值雨雪潇潇,各王大臣等上殿朝贺,统是拖泥带水的一班人物。天意如此,人事可知。筵宴了好几天,总算亲政礼成。临朝时,光绪帝虽居正座,恰与傀儡相似,一切主张仍唯西太后是命。嗣时办津沽铁路,开漠河金矿,颁行出洋游历章程,把新政又创行几条。只西太后深思熟虑,默念皇帝亲政,他日未免系念本生。父以子贵,容易揽权。倘成第二个大院君,不但朝政可虑,就是自己退闲后,恐皇上也间断孝思,不能享这清闲岁月。因此,对着醇王等人常有些郁郁不乐的情状。醇王暗暗揣摩,料知西太后阴蓄疑团,索性乞病告假。西太后还疑他是假病,借视疾为名,挈着皇上亲至醇邸问疾。雄猜之意可见。醇王恰也有些小恙,遇西太后驾至时,只着福晋迎迓,自己只在寝门外候驾,拜跪之余,不免作喘吁状。西太后慰劳备至,然心中还是未释,托词问病,至再至三。

　　越年二月,颐和园工程告竣。由李总管复旨,西太后嘉他迅速。谕于四月内临幸。日月如梭,倏已孟夏。光绪帝恭奉西太后,幸颐和园。是日天气晴朗,惠风和畅,銮仪卫排着銮驾,扈跸出城,各王大臣等一律拥护。既入园,但见琼楼玉宇,复道琳宫,金碧辉煌,青葱掩护,阿房不足比其丽,骊宫不足肖其宏。正是聚天下之大观,权人间之胜境。总叙数语,已是富丽无比。西太后与光绪帝先至外殿小憩。殿额名曰仁寿,金蟠龙篆,彩焕螭头,结构谨严,经营缜密。李总管随着西太后,便跪奏道:"这是将来召见王公大臣的外殿。"西太后点着头,且道:"现在尚是临幸,你有奏陈,不妨立禀,加恩免礼。"李总管碰头谢恩。起立后,侍西太后出殿,向东数步,又是一座殿宇:规模比仁寿殿略为逼狭,形式却也壮丽。入殿门仰视匾额颜曰:"玉澜堂"。李总管又启奏道:"是处拟为万岁爷驻跸之所。"西太后道:"也好!"复从殿左穿入旁门,恰有深院七间,垂帘绕砌,萦砌盘阶,别有一种幽雅气象。西太后道:"这数间似一院落,曾拟名否?"李莲英对道:"前奉懿旨,着奴才与翰苑诸公谨拟殿阁楼台名目,奴才复旨时,已呈绘园中各处形景,并所有拟名,仰蒙慈鉴,此处拟名:'宜芸馆',拟为将来皇后住室。"补入数语,园中所拟各名,方有着落。且因太后自殿左穿出来,及睹门外匾额,故借问对中叙明。西太后欢颜道:"亏你想得周到。但只有七间恐不敷用呢?"李总管道:"外面尚有东西二殿,以便将来皇后受觐。"西太后闻言出来,果见东西两旁,分列数楹。东殿匾额有四字,乃是"藻绘呈瑞",西殿匾额亦有四字,乃是"恩风扇长"。西太后又道:"玉澜堂有无西殿?"李莲英道:"有。"西太后就令李监引还,仍从玉澜堂左门趋入,至玉澜堂西殿。殿外有沼,波光涵翠,隐露荷钱。西太后仰了殿额,名"藕香榭",随道:"将来藕花盛开,定饶香气,好算名副其实呢!"再从殿后穿出,行过复道数条,只见崇阁巍峨,层楼高耸,白玉饰梁，黄金镂槛，规制异常，弘敞雕刻，很是玲珑。两阶列着长春草，不老林，从葱茏翁蔚中，筑着这座殿宇，华而不俗，显而寓幽。殿额上龙翔凤翥中题着"乐寿堂"三字。西太后徐步上阶，历过数十级，方由阶入殿。殿中所有陈设，已整备得停停当当，与别处大不相同。西太后道："这处想是我的住所了！"李总管对道："正是圣母颐养的正殿。"西太后复自外至内，细细查阅。到了殿后，有一所阔大的院落，泉石拥翠，林木郁茂。正中摆着一块玲珑剔透的巨石，高可逾丈，厚约数尺，石上刻有"青芝岫"三字，四围都摹名人诗字，雕刻极精。西太后走近石旁，摩挲谛视了一回，便向李总管道："这石由来已久，闻是高宗纯皇帝南巡时，出狩得此。确是世间罕有的奇石。"李总管应声称"是"。西太后道："当时纯庙爱着此石，由某巨家愿任载运，报效国家。石至中道，某家财产已罄，嗣经地方官拨款续运，方得到京。这石的运费却是很大哩！"李总管只连称"是"字。说着已随步出院。又行数步，望见一亭，翼然有致，名曰"含新"。左右统围着芳草，蘼芜成绿，苔藓涵青。西太后入亭小坐，向西眺望，即见层峦映翠，飞阁流丹，差不多如仙山相似。猛然忆起幼年梦境，不觉目眙神驰。应第二回。李总管瞧着慈颜，料知别有会意，只一时猜测不着。你也有猜不着的时候。便奏道："万寿山上还有许多点缀，只日将晌午，请圣母回幸殿中，用过午膳，再行登山未迟。"西太后被他一奏，方觉得身在亭中。就襟上瞧着金表，已是十一句钟有奇。随道："我们且回殿吧。"既返乐寿堂，自鸣钟上尚是十一点二刻。西太后乐而忘疲，便问李总管道："戏台造在何处？"念兹在兹。李总管对道："在颐乐殿，便在这殿右侧。"西太后道："你且随我来。午膳尚未，我先去逛一会子。"于是复出乐寿堂，到了颐乐殿。殿左有一圆门，颜曰"德和"，入了门，就见一个极高极大的戏台，分上中下三层，造得异样精致。上层题额，系"庆演昌辰"四字，中层题额系"承平豫泰"四字，下层题额系"欢胪荣曝"四字。西太后喜慰道："这个戏台，比宫中的戏台高大的多，四面又是红墙回护，若叫谭鑫培、汪桂芬等名优，从此处唱起戏来，定可悦耳的了。"说罢，便至颐乐殿。这殿外低内高，亦作三层筑造，与戏台恰恰相对。太后瞧了很是合意，且语李总管道："归政后，我与你在园中终夕听戏，何如？"李总管忙称圣母鸿恩，奴才感谢不尽。西太后又逛了一周，方回乐寿堂午膳。膳后小憩片时，即从殿后登万寿山。这山在京城西郊，亦名西山，向为燕都胜景。西太后率着大众，从含新亭历级上去，李总管请乘辇，西太后偏愿步行。约过了一个小坡，便见有一大旷地，筑着清厦十余间。中为"养云轩"，左为"随香殿"，右为"含绿殿"。丛林成障，秀石堆阶，不落富丽俗套。轩后有厅，额署"意迟云在"四字。西太后道："好一个意迟云在，颇合此间情景。"出了厅，行过了钟式门，门上有石刻篆文。仔细辨认，乃是"川泳云飞"。西太后回首俯瞩下面，正是昆明湖。湖中亦有许多建筑，就波光潋滟中，映出雕甍朱槛，雀舫虹桥。便语李总管道："这湖名是乾隆年间改定，从前叫作瓮山湖。得此点染，湖山生色了。"西太后留心掌故，从此处写出。又上行数十步，复见一轩，轩名为"无尽意"三字。东有"瞰碧台"，巍然高耸；南有"圆朗斋"，雅静宜人。西太后略一逛视，又盘上石磴。两旁统有曲折栏杆，扶栏而上，有亭曰"寻云"，有轩曰"写秋"，均别饶风致。再上为"排云殿"，青松拂檐，绿槐绕砌，与山下各殿宇气象不同。西院有"介寿堂"。西太后步入堂中，李总管奏道："此间可以少安，请圣母暂憩。"西太后道："不必，且至山顶休息。"慈躬强健，于此可见。随即出堂，寻径再登。仰望有一牌楼，南面书："众香界"，北面书"祇树林"。从牌楼越将过去，老树参天，浓阴蔽日，中露一座佛香阁：四檐飞筑，上矗云霄。西太后行入阁内，觅梯登楼。楼上供白玉如来佛三尊，宝光夺目。当由西太后瞻谒毕，即向疏櫺外，恣意眺览。远望则全京形势了如指掌，近瞩则满园景色尽

在目前。山顶有一水泓然，清可鉴影，绕阁旁流成一大涧，仿佛与湖相似。西太后问李总管道："这水可曾拟名否？"李总管对道："已拟名'智慧海'。"西太后点头称善。复伫望了一会，方才下楼。那时侍从已呈进御点等物，由西太后拣着可口地吃了数色，又命皇上也食了数枚，其余赐予李总管等。各王大臣等另有便点，毋庸细表。随饮茗毕，便道："我们下去逛湖吧！"李总管领旨，随着出了阁，过了牌楼，另从西路下来，即有敞厅在前，颜曰"湖山真意"，西太后不遑入玩，自厅旁行过，下了数级，从日光斜映处透出一殿——梁瓦窗户均用铜制，金光闪闪炫人眼目，匾上突现"宝云阁"三大黑字。铜殿照着日光，确有此景。殿下复有数十阶级。循阶下去，旁有一谷，垣墙门壁，天然生成，薜蔓牵丝，松萝成幄，顿时触动西太后奇癖，入谷游览，幽雅无匹。反观谷口，石上凿有三字，曰"松云巢"。西太后喜道："巢居穴处，好作葛天无怀氏了。"既而过借秋楼、绿畦亭，到了邵窝。小屋三椽，筑在山坳里面，尘氛不到，风味独饶。再下越秋水亭、寄澜亭，已至山麓。迤东有"听鹂馆"。馆中亦筑戏台，虽不及颐乐殿的华美，到也旷敞异常。又过了对鸥舫、鱼藻轩，便是昆明湖畔。筑有船坞，叠石而成，高三层，名曰"石舫"，亦名"宝莲航"。坞中泊有灯船数只。李总管拣选了最大的一艘，请西太后及光绪帝坐着，余外由大众分乘。这时候已是夕阳将下，清风徐来，画舫轻飏，绿波微动。西太后道："可惜天色已将晚了。这湖颇觉广阔，今日料不能遍游，只好拣着最清雅处，略逛一逛，便好回宫。"李总管道："荇桥玉带桥两处最擅胜景，先请监幸便是。"西太后道："先至荇桥，后至玉带桥。"李总管传旨出去，舟子奉命前往。好一歇，尚未见到，西太后不觉焦急起来，便道："这种船实属笨滞，须改换轮船方好。"李总管忙称"遵旨"。一面催舟子速驶。舟子奋力驶去，又历半小时，方到荇桥。李总管扶西太后登岸。岸下有东西两牌楼。东牌楼东面，题"蔚翠"两字，西面题"霏香"两字；西牌楼东面曰"烟屿"，西面曰"云岩"。正中为穿堂殿。西太后上了殿阶，环望一周，四围皆湖水环抱，有小荷微露水面，嫩翠生姿。西太后道："这与藕香榭相似，到荷花盛开时，方得佳趣。随笔映带。现已暮色凝烟，不应久恋，我们下船到玉带桥去吧！"李总管即随着下船。立传启碇，不一时，已至玉带桥。红霞相映，仿佛如一道长虹，桥有十七孔，无不高敞。西太后道："这桥很是高大，将来若用轮船，倒也来往自如。"李总管道："两岸有好几处佛殿，慈驾欲临幸否？"西太后道："日已下山，转瞬昏暮，不如归去，将来总常好来逛哩。"于是返棹回来，直至乐寿堂登岸。园中一带已是灯火齐明，荧荧烨烨。西太后道："这灯尚未尽明亮，若改用电灯才与白昼相似了。"有灯船要用轮船，有悬灯要用电灯，极写西太后奢侈。李总管道："奴才已想到这层，拟于园内东南隅，设一电气房，专管园中电灯。现正与洋人商办，大约下月就可告成了。"西太后辗然道："从前筑造圆明园，差不多要数十年。现在这园兴筑不过年余，虽然规模阔大不逮圆明，也要算一个胜境。非你监督工程，那里有这般迅速哩！"李总管立跪地谢奖。西太后传谕起立，复侍西太后在堂中晚膳。膳毕，始启銮回宫。从逛园至此，成一大段落，极言建筑阂丽，为西太后好奢写照。且太后目中只有李莲英一人，问对时不参旁议，可见李监之专宠。书法不曰莲英，恰称总管，非誉之也，实以扬为抑耳。西太后很觉畅快，便一心一意的归政皇上，自己好去园中驻跸。复命李莲英督办园中陈设，择日驻园。李莲英自然效力，采集古玩珍品，陈列整齐，饬船政局制造轮舟二艘，运泊船坞，命电工师装好电灯，派人专管。布置井井，秩然不紊，真不愧为慈闱宠眷，灵囿功臣。

是时西太后的胞弟桂祥，溶任至副都统，生下一女，年龄与光绪帝相当。西太后暗想：本不欲立那崇女为同治皇后，只因东太后与恭王奕䜣主张册立，不得已从了他们，后来终成恶果。此番嗣皇立后，好由自己做主，旁人不得干涉。最好是亲上加亲，把胞弟的女儿配了皇帝，姑侄作为婆媳，定然不似那不孝的崇女。顾虑也算周到。主见已定，便宣召副都统桂祥，说明婚约。看官，你想桂祥是个庸庸碌碌的人物，只因是同、光两朝的帝舅，椒房贵戚，平白地做到副都统，位居极品，何等荣耀！此时西太后复与女儿指婚，选为国母，做了现成国丈，锦上添花，重重喜气，还有什么不欢跃呢？当下奉旨谢恩，出宫回邸，述与妻女闻知，阖家欣悦。他女儿更不消说得——国风迫吉，方期琴瑟之谐，天语传音，竟冠笄珈之选，一片芳心其乐陶陶了。谁知后来竟不终局。

到了六月，西太后特降懿旨，略谓：前时皇帝甫经亲政，决疑定策，不能不遇事提撕；勉允臣工之请，训政两年。近来皇帝几余典学，益臻精进，于军国大小事务，均能随时剖决，措置合宜，深宫甚为欣慰。明年正月大婚礼后，应即亲裁大政，以慰天下臣民之望，云云。王大臣等闻到这谕，既要筹办大婚吉礼，又要谨备归政大典，真是忙个不了。独西太后已移驻园中，所有大小政务，统在园中裁夺施行。内阁军机处以下各机关，也都迁入园内办理，与一班梨园子弟，混迹同居。直把官场做戏场。转瞬间已是小春，由颐和园传出懿旨：以副都统桂祥女叶赫那拉氏为皇后，侍郎长叙女他他拉氏为瑾嫔，次女为珍嫔，于翌年正月举行。小子于首回中，曾叙过碑文谶语，有灭建州者叶赫六字。西太后系叶赫后裔，光绪皇后，又是叶赫那拉氏，一之已甚，乃至于再。近人曾有宫词道：

纳兰一部首奸诛，婚媾仇雠笙脱孤。

二百年来成倚伏，两朝妃后侄从姑。

欲知光绪帝大婚情事，且至下回再表。

筑圆明园，至数十年而成，筑颐和园不过一二载，李莲英之督办工程，信所谓迅速矣！然亦思雍、乾两朝，国势全盛，必限期告藏，亦岂难事？其所由迟迟告成者，度其时，雍、乾二主犹惜物力，不忍以娱乐之场，迫之立就也。西太后劳民伤财，顾私误国，反以经营之速，嘉谕莲英，盅惑实甚！本回逐叙园中情景，及一切问答，穷形尽相，已见细评。至于册后一节，不脱私见，文中亦已表明，不赘述焉。

第二十回　神机营赴园供校阅　祈年殿失火酿奇灾

却说光绪十五年正月光绪帝大婚,册立叶赫那拉氏为皇后——一切典礼,与同治帝立后相同——西太后加倍喜欢。副都统桂祥照例封承恩公,诸王大臣以下文武各官亦赏赉有差,又各国驻京使臣、封疆将帅诸臣、前办军务诸臣、亲贵诸臣、大婚执事诸臣、蒙古诸王公、内廷行走执事诸臣,俱蒙特赏;并赐祭已故诸臣,及从前满汉殉难阵亡诸臣。皇恩浩荡,偏及寰区。叙光绪帝大婚,与上文十三回不同,又是一种叙法。大礼告成,即上西太后徽号,加入"寿恭"二字,又册立瑾、珍二嫔。瑾嫔年十六,珍嫔年十四,娥英毓秀,并入深宫,也是一番盛遇。且两嫔幼时,皆读书家中,聘江西文廷式为师。廷式学问优长,有江左才子之誉。名师手下出高徒,所以瑾珍二嫔均通文史。珍嫔姿禀尤聪,貌甚秀美,入宫后即得专宠。其师廷式,即于是年四月殿试,以第二人及第。其后大考翰詹,所有与试各卷,呈入御览。光绪帝瞧到廷式卷子,见他写作俱佳,很是嘉许,立授阅卷大臣,拔置第一,擢侍读学士,充日讲官。都下人士统称江左才子,应邀知遇,其实也由珍嫔暗中关说,因此得蒙主眷。有才亦须有势。这且慢题。

单说西太后因大婚礼毕,即于二月间归政。自然又有一番典礼,较诸前次撤帘,尤加隆重,并增上钦献二字徽号,是为"慈禧端佑康颐昭豫庄诚寿恭钦献皇太后"。既归政,即日赴颐和园,并命帝后随至园中。临行前一日,忽降一道懿旨,命王公大臣率神机营赴园会操。是时醇亲王病愈销假,与礼亲王世铎,接到此旨,都是惊诧起来。只因慈命难违,即饬神机营整顿军械,于西太后启跸后,带领营兵到园听令。约一小时,便见这位雍容华美的圣母,亲御仁寿殿,旁坐的为光绪帝,也是戎服打扮,冠冕堂皇。诸王大臣等入殿行礼,叩头毕,站立两阶。当由西太后下旨,饬掌管神机营亲王,传宣军令。霎时间步队,马队,长枪队,短刀队,强弩队,藤牌队,还有新设的洋枪队,依次序立,从殿下起一直排列,差不多要接至园门。军士向上行过军礼,嵩祝三呼,随后吹起画角,逐队分操。旌旗灿烂,甲仗鲜明,纵横排荡,无不从心,坐作进退,亦皆有法。阅操耶?看戏耶?我谓实一戏耳!乐得西太后心花怒开,怡颜嘉奖。既而,陆操竣事,复命至昆明湖水操。各队军士卷云而去。西太后与光绪帝退殿少憩。未几复率帝至昆明湖畔。闻轮舟上的汽笛,已呜呜有声,及见辇驾将临,即命停吹。西太后降舆乘轮,才开放汽笛,轮叶随飞。片刻间即到穿堂殿。西太后道:"到底是轮船快便,前时乘着灯船令人闷极了!"后来为何反对洋人?光绪帝应声称是。此时李莲英何故不答?轮舟泊岸,西太后登陆入殿,皇帝以下尽行随入。既御座,王大臣等行礼如初。旋命水操。各军士都乘着湖舶,飞驶过来。樯上统悬着龙旗,舟内都排着武器。一班雄赳赳气昂昂的武夫,都是耀武扬威,异常奋力。一声钲鼓,万棹争趋,或分或合,或止或行。映入西太后眼帘,只觉得错综变化,如火如荼。西太后虽号聪明,究竟武事不比文艺。文艺可索书,而得武事非经验不办。张佩纶犹不堪一战,何怪西太后!阅操已毕,又问醇王奕谡道:"海军办到怎么样了?"醇王奏道:"北洋海军已算告成,早饬丁汝昌认真训练了。"西太后道:"共有多少战船?"醇王道:"第一次向德国船厂购来镇远、定远两铁甲,济远一快船;第二次又从英德两国船厂购到致远、靖远、经远、来远，及超勇、扬威六艘快船。总计有铁甲轮船两艘，快船七只了。"西太后道："已够吗？"兵备多多益善，无如经费已移筑颐和园，奈何！醇王道："铁甲快船已足充数。现由督臣李鸿章再向英国购置鱼雷快船，拟与铁甲快船相辅而行。想不日就可到来。"西太后道："丁汝昌曾留学外洋，前已授为北洋海军提督，究系有军事知识否？"请问太后有无军事知识？如何要阅水陆军操！醇王道："丁汝昌颇知武备，且有林泰、刘步蟾两总兵为辅，想总还靠得住的。"恐怕未必。西太后道："还有一个英国水师兵官，叫作什么名字？我一时失记了。"醇王道："叫作琅威理，现由他作总教习。"西太后道："非我族类，其心必异，恐终是靠不住哩！"后文祖拳排外，即本此意酿成。醇王道："现在创办海军，一时尚无人才。俟将来海军学生练习有效，就可不用外人了。"西太后点头，随命犒赏兵士，令退出颐和园。兵士俱谢恩退去。自率光绪帝及王大臣等，出殿下轮，回到乐寿堂，舍舟入殿。令王大臣等各去退息，挈帝进内去了。叙入海军一段，既补前文之未备，且为下回伏线。

次日，忽由河道总督吴大澂，赍呈奏折，由军机处转达光绪帝，乃是请饬议尊崇醇亲王典礼。光绪帝瞧了又瞧，不好率行批答，遂入奏西太后，并将原折呈上。西太后览毕，便道："醇王前日已有豫杜妄论的奏折，今吴大澂果有此请，探试上意，此后更不得了呢！"立宣军机大臣入内，令他拟旨申斥，即日颁发。其文云：

本日据吴大澂奏请饬议尊崇醇亲王典礼一折。皇帝入继文宗显皇帝，寅承大统。醇亲王奕譞，谦卑谨慎，小心翼翼，十余年来，深宫派办事宜，靡不殚竭心力，恪恭尽职。每遇优加异数，皆再四涕泣恳辞。前赏杏黄轿，至今不敢乘坐。其秉心忠赤，严畏殊常，非徒深宫知之最深，实天下臣民所共谅。自光绪元年正月初八日，醇亲王即有豫杜妄论一疏。内称："历代继统之君，推崇本生父母者，以宋孝宗不改子称秀王之封，为至当。虑皇帝亲政后，佥壬幸进，援引治平嘉靖之说，肆其奸邪，故豫具封章。请候亲政时，宣示天下，俾千秋万岁，勿再更张。"其披沥之忱，自古纯臣居心，何以过此！此深宫不能不嘉许感叹，勉从所请者也！兹当归政伊始，吴大澂果有此奏，若不将醇亲王原奏，及时宣示，则后此邪说竞进，妄希议礼梯荣，其患何堪设想！用特明白晓谕。并将醇亲王原奏发抄，俾中外臣民，咸知我朝隆轨，超越古今；即贤王心事亦从此可以共白。嗣后阚名希宠之徒，更何所容其觊觎乎？将此通谕中外知之。钦此！

自此旨下后，醇王奕譞越加惶惧，仍然用了老计策，乞病请假。西太后知他胆怯，竟允所请，索性由他安养邸中。

只西太后素性喜动，虽然退居颐和园，仍是留心朝政。光绪帝由园返宫，每日视朝，遇着军国重事，亦即禀报慈闱。是时如左宗棠、岑毓英等，先后谢世，云贵总督简了王文韶，湖广总督任了张之洞，两广总督用了李瀚章。还幸内外无事。惟张之洞创议，自北京卢沟桥起，经河南至湖北，达汉口镇，筑造铁路，以便交通。奏入，光绪帝以事关重要，往禀西太后。西太后命海军衙门详细复奏。铁路与海军无涉，如何令他复奏！海军衙门复称应办。乃派直督李鸿章，鄂督张之洞，会同海军衙门妥筹开筑。中国大干路实始于此。

流光易驶，又过中秋。西太后因秋高气爽，每日晨起，必登佛香阁游览，借拓心胸。到八月二十四日，天色甫明，正拟起床梳洗，忽闻霹雳一声，自东而西。西太后向来胆壮，也出一大惊。忙披衣起床，唤李莲英道："怪得很，雷声如何有这般响？你去开轩四视，怕有物击坏哩。"莲英时已起来，奉西太后旨，到外边检察一周。回奏道："园内没有动静，只闻有一股火药气味。"西太后道:"恐怕雷殛不远哩。"说着,侍女已捧进香汤。莲英侍太后盥漱毕,即替西太后梳髻。俄听雨声滴沥,响彻梧桐,西太后道:"秋已深了,这雨声很是萧瑟哩!"国运亦作如是观。随又语莲英道:"我今年已五十五岁了,鬓发幸还未白。亏你得了一个大何首乌,俾我蒸服,有此效果。但人生终如朝露,转瞬年已周甲,总不免要归尘土呢!"李莲英道:"圣母福如东海,寿似南山,将来总在百龄以上。"西太后微笑道:"偌大的何首乌,未必有此奇效。昨日偶阅药书,须要千年何首乌,九蒸九晒服之,乃可延年。前服何首乌时,蒸制不如法,融化类粥糜,我并汁啜饮。倘令我早见此书,便知服法,算来还是可惜呢!"李莲英道:"他日再有此物,可以照服了。"莲英献何首乌事,也从此处叙入。西太后道:"这是稀世之物,不容易得的。"说着发已梳成。外面有宫监进来,奏称,祈年殿额被雷击坏了。西太后道:"祈年殿在天坛,何故为雷所击?"言下有怫然状。少顷由宫女呈进御点,西太后略略拣食,便命撤去。随向李莲英道:"今日天大雷雨,佛香阁不去了,不如写字消遣为是。"李莲英遵旨,便呈进笔墨,摊纸桌上。西太后握笔蘸墨,运动灵腕,书就了好几幅,或一龙字,或一虎字,或松鹤两字。随后用一幅库腊笺,横书"大圆宝镜"四字,墨沈淋漓,颇臻神妙。西太后自觉得意,便道:"这好做殿内的匾额。"李莲英奉了旨。待墨迹已干,即折叠收藏。

休息一时,便进午膳。膳毕,忽报东方有红光烛天,西太后忙出殿遥望,只见光焰飞腾,忽升忽降,恍似赤虹一条。不禁惊异道:"祝融氏又肆威了,现在天气少霁,可上千步廊凭眺,便可了明失火的地方。"原来这千步廊在佛香阁下,直达玉澜堂,廊尽便是万寿山冈。补前回未述之阙。西太后躇廊登山,李莲英自后随着。到了山上,向东回顾,火光熊熊,势若燎原。西太后惊道:"失火处又是天坛上面,不然何以有这般猛烈呢?"言至此火势愈烈,连暴烈的声音都传递过来,西太后益惊叹不已。俄见有一宫监飞步上来,奏报道:"祈年殿又失火。"西太后道:"我说是天坛上面,为什么晨遭雷击,刻遇火灾,一日之间两遭奇变?"李莲英道:"上年万岁爷祀天,奴才亦尝随去。曾见祈年殿高约十丈,共八十一楹,建筑很是坚固,上盖金顶,瓦均蓝色琉璃,并没什么引火等物。就使偶然失慎,也容易扑灭哩!"西太后道:"去年腊月贞度门、太和门均不戒于火,几乎延烧库房,经大臣们带着侍卫,竭力救熄。那时尚没有这般火光。天有不测风云,人有旦夕祸福,便是此意。"连年被灾,何为不自修省? 言已仍眼睁睁望着。火势越烧越猛,还有凉飙助威,直至天晚未熄。李莲英道:"慈躬

不应过劳,还是下山休养罢!"西太后闻言方循廊下来。至晚膳后,殿东檐角尚映着一片红光,西太后还抱着忧虑。坐至夜半,祈见火势少衰,方才归寝。翌晨起床,即见李莲英入奏:祈年殿毁去一半,火已早熄了。莲英所言无非迎合。西太后稍觉放心。已牌将近,由礼亲王世铎,入奏祈年殿被灾详情,西太后道:"这殿系太常寺典守,为何失火? 延烧许多时候。"礼王奏道:"据太常寺奏称,未尝失慎。"西太后不待说毕,便道:"难道是天灾吗?"礼王复道:"典守者亦不能辞责。"西太后又道:"天坛是宽旷的地方,就使失慎,也

应立刻扑灭哩!"礼王道:"昨日风助火威,各员统去扑救,无奈火盛难熄,亏得五城救火水会绅董,一齐赴援,方于黎明扑灭了。"可见李莲英早熄之言,未尽确凿。西太后道:"你去与皇上说,叫他寅畏天灾,君臣交儆。所有应惩应奖,一任酌定便更。"君臣统应交儆,自己恰不必儆惧,想是与天同寿的。礼王唯唯趋出。越日即颁诏惩太常寺各官,及坛户有典守之责者;嘉奖五城救火水会绅董;并以寅畏天灾,君臣交儆之意,宣示内外。这也不在话下。

且说光绪十六年,为皇帝二旬万寿。即于十五年冬季,饬礼部筹备典礼。届期,光绪帝先至颐和园,朝贺西太后。俟返跸,方御殿受庆祝礼。礼成赐宴,并加恩奖叙懿亲及中外大臣有差。越二月,户部右侍郎曾纪泽卒。又越月,前兵部尚书彭玉麟卒。又越五月,前陕甘总督杨岳斌卒。又越二月,两江总督曾国荃复卒。想是同时下凡,因此同时去世。朝廷历赐祭葬,并皆予谥。曾谥惠敏,彭谥刚直,杨谥勇悫,江督曾则谥忠襄。西太后系念功臣,恰也未免悲切。转思祈年殿被灾,或即应在此数人身上,亦未可知。只勋旧凋零,继起乏材,很觉可惜。正叹息间,忽报醇亲王奕譞病笃。亟传懿旨,命皇帝视疾。光绪帝依旨遵行,自不必说。过了数日,醇亲王竟尔病终。太后闻知,堕了几点珠泪。自叹道:"今年迭丧功臣,又亡懿戚,国运要算不幸了!"免你怀疑,何必强颜。遂令光绪帝速诣醇邸,成服行礼,且降懿旨,极称醇王管理水陆军,恪恭尽职。丧葬一切,格外从优。并着王大臣等,会议醇王称号及谥法,并皇帝服制,嗣子承袭等事。嗣经复奏,定醇王称号曰皇帝本生考,谥曰贤。皇帝持服期年。醇王子载沣袭承王爵;载洵晋封不入八分镇国公;载涛晋封不入八分辅国公。西太后一一照允。醇王奕譞,不可谓非生荣死哀了。

自十六年至十九年,国势承平,中外恬静。只热河教匪,贵州苗民,云南倮夷,台湾生番,粤东三合会,稍稍滋事,统是未久即平。至若国际交涉,不过两三件。一件是英藏交涉:英人踞西藏南藩哲孟雄部,藏境大震。达赖、班禅以下屡思规复,至哲部隆吐地方,设立卡房。英人恃强得很,把卡房毁去,且进占藏南要隘。清廷忙令驻藏大臣升泰,与英国总理印度大臣兰士丹,会议了好几次,定藏印条约八款,承认哲为英属,英兵退出藏境,开藏南的亚东地为商埠等,才得和平了结。还有葱岭以西的帕米尔高原,英、俄两国都思染指。中国本有卡伦建设,卒为所逐。经出使大臣洪钧、许竹筼先后会议,结果是英、俄得了便宜,中国只以葱岭为界,葱岭以外尽行弃去。清廷以地属荒徼,无关得失,毫不在意。都是此念所误。至光绪十年冬季,颁发上谕,命筹办甲午年皇太后六旬万寿典礼,任礼亲王世铎为总办,会同各部办理。相距二年即命筹办,好侈可知,无怪皇天不容! 正是:

　　慈寿周龄逢大庆,隆仪预备仗皇亲。

　　欲知万寿庆典如何举办,且看下回分解。

西太后于垂帘时,未闻亲自阅操。至归政后反于颐和园中,率帝校阅神机营。是明示以大权犹在,非皇上所得专也。御殿以著慈威,颁赏以固军心,他日之推翻新政,禁帝瀛台,束缚驰骤,如犬马然,何莫非预伏于此? 若吴大澂之请崇醇王典礼,立加申饬,无非本此心之所推暨耳! 贞度门、太和门灾,祈年殿又灾,天象示警,虽非尽可凭,然第使君臣交儆,而于己若无与! 增筑颐和园,筹备六旬万寿期,唯恐不尽,曾亦闻炎炎者灭,隆隆者绝乎? 况功臣凋谢,懿戚沦亡,此而不自修省,日以逸豫夸张为务,无憾乎清室之中衰也! 故此回实为西太后忧乐之关键,亦即为清室衰微之朕兆。

第二十一回

祝慈嘏先期备盛典
闻败报降旨罢隆仪

却说西太后六旬万寿,乃是光绪二十年十月十日。当光绪十九年冬季,已奉旨筹备典礼。一过新年,即加恩封赏宗室外藩王公,及中外文武大臣。至宫内妃嫔人等,亦一律晋封。瑾嫔晋封瑾妃,珍嫔晋封珍妃,此外照例递升,毋庸细说。又命各省将军督抚,酌派二三员来京,庆祝太后万寿,着于十月初一日以前到京。各省陆续复旨,共计四十一人。只西安将军荣禄愿亲自来京祝嘏,奉旨俞允,并令即日起程。小子于前册中,曾叙过荣禄受谴,驱逐回籍,如何此刻却外授西安将军?原来荣禄本西太后功臣,西太后把他擢出,也是一时愤怒,不便姑息。嗣因与东太后有嫌,疑他无辜受害,统见第十六回。遂于东太后崩逝后,起任西安将军。荣禄感恩图报,奉到派员祝嘏的谕旨,即自请入都庆祝。西太后纪念前功,立即宣召。

至荣禄到京,适值内务府筹集经费,因库款支绌,授意内外各员捐俸效诚。各大臣正在集议,或拟提出十分之一,或拟提出十分之二。荣禄一到,请增至十分之三。各员虽有意巴结,无如一年俸银,十成中骤去三成,未免有些顾惜,不能一律应允。嗣经大众公酌,定了百分之二十五。荣禄尚嫌未足,只因不好违众,于捐俸二成五之外,更费了好几万银子,购得许多金银珍宝,先行奉献,赴园谒西太后时,即将礼单呈奉。西太后慈颜大悦,即命赏收,吾闻有毁家纾难者,未闻有毁家祝寿也。且饬复步军统领原职。小往大来。

过了数日,荣禄奉懿旨赴热河。看官你道何故?原来颐和园告成后,经李莲英督办供奉,陈设整齐。西太后因万寿期近,还想格外铺张,回忆热河行宫宝藏甚多,特命荣禄前去检选,运载入京。荣禄星夜前往,不到一月,已将宝藏载到,统计一百八十巨车,珍奇古玩共二万数千具。小子未尝亲睹,只据宫眷相传说,有几种品物乃是罕世奇珍:有一碧桃高逾丈,根柯统用宝石,叶皆翠玉,枝上百余桃累累下垂,尽红褪色,每桃约重四五两;又有玉制的明皇坠马图,大越数尺,须发袍靴具备,形容毕肖,而且袍角掀起,丹里略露,仿佛斜坠状;还有一件春宫秘戏,人物统用玉琢成,暗藏机械,用手按之肢体自动,眉目如生。这真是巧夺天工的玩具。宫中需此何为?当下将各种珍品,匀设各殿,顿时五光六色,炫目夺神。又传内务府督领工役,从颐和园至紫禁城,相距数十里间,统要搭盖灯栅,建设经坛;并预制各色花灯,务期玲珑精巧,华彩奇皇。再令乐工演习灯舞,以熟能生巧为佳。向例:元宵及万寿节,令乐工衣五色衣,各执五色灯,分行成字,凡数十变,有太平万岁、万寿无疆等字。此次预饬练习,精益求精。还要在颐和园内建一所极大的牌楼,作为圣母万寿纪念。更饬喇嘛僧带领僧众,于十月朔日起,虔诚赴坛,捧诵寿生真经。内而宫禁,外而颐和园,长幼,男女,贵贱,主仆,统令报明衣服尺寸,叫织造府赶制新衣。种种忙乱,笔难尽述。极写奢华,反衬下文。西太后恰无所事事,凭着心思灵巧,增订一幅列仙庆寿图,预为万寿期间的玩意儿。什么叫作列仙庆寿图?把列仙传人物,选出几个,先用骰子掷点,某点为某仙,由入局者分认,大意与升官图相同。从前乾隆年间,高宗纯皇帝创制此图,每当新年庆贺期内,与后妃人等,掷骰消闲。图中有贝阙、瀛洲、蓬岛、瑶池诸类,不一而足。西太后易以实名,将中国地图作为标记,以颐和园为万寿宫,从各省起马,先到万寿宫者,列席大贺。下手之法:用牙签作筹,对径约寸半,厚约二分半,上镌仙名;每人各执一筹,掷骰认点,点多者进行最捷,点少者逗留不得前;逗留数次,例须流配,出局注销。入局的人愈多愈佳,最少用八人,即以八仙为记号。居然自命为王母。若不得已只有四人,则每人执两筹,当作八人之数。西太后改制既成,便与宫眷试博,颇觉便利。

这时候,最得慈宠的宫眷,一个系荣寿公主,就是恭亲王的女儿。见第十三回。她从前曾嫁额驸志端。志端早卒,只有一子麟光,承袭先代世爵。公主青年守孀,本为太后养女,至是越加怜惜,令她侍直园中。较前尤详。一个系醇王福晋,便是西太后的亲妹子。自光绪帝嗣立,醇王福晋,尝出入宫禁,西太后赐座杏黄轿,她却秉性谦冲,仍不敢用。受教醇王久矣。西太后退养颐和园,福晋也常去问安,所以时依左右。一个系步军统领荣禄的妻室。荣禄入京,重得慈眷,其妻亦奉召入园,随时承值。一个系将来大阿哥溥儁之母,即端郡王载漪的福晋。她本是阿拉善王的女儿,雅善辞令,能伺西太后意旨,太后至佛香阁拜佛,她尝亲为扶舆。为后文伏笔。一个系李总监莲英的妹子,芳年二八,姿色可人,因莲英得宠,乘机随入,聪明狡黠,不亚乃兄,以此得太后欢心,尝呼为大姑娘而不名。自有这数人希旨承颜,乐得西太后意恬神适,西太后遂自加徽号,令承直人等统称她作老佛爷,或称她作老祖宗。这也不在话下。

只是西太后性好繁华,满拟万寿届期,做一场旷古未有的盛事。从新年起,筹备到四五月间,已是大致清楚。四境到也帖然。独英人得缅甸后,侵入云南西微,占去边境数百里。亏得驻英使臣薛福成,凤娴应对,向英外部抗议数回,争回滇边龙川江中的大洲,及蛮募土司与野人山的昔马地;又收还孟连、江洪、两土司的上邦权,立滇缅条约二十款。还算是亡羊补牢的良策。不没薛使。随后驻美使臣杨儒,因美人限制华工,与美政府订约六条。在美之华工,不得虐待,未至美之华工,自行禁止,也算和平了结。此外如湖南会匪邓世恩等,窜入江西,永北厅匪丁洪溃等,滋扰川滇边境,都是幺麽小丑,不值一战。当由江西巡抚德馨,云贵总督王文韶,调遣官兵数千名,一鼓荡平,先后奏捷。直隶总督李鸿章,又奏称校阅海军,业已藏事,技艺如何纯熟,行阵如何整齐,炮台船坞各工如何坚固,说得洋洋洒洒,简直是威若虓虎,巩如金汤。处处为下文反照。西太后在颐和园,闻了这种佳音,自然欣慰。暗想五旬寿辰,为了越南交涉,与法宣战,弄得内外慌乱,无心祝嘏,草草成礼,便算了事。今已太平了八九年,净洗甲兵长不用,安排典礼庆无疆,想再不至有什么意外了。慢着。谁料世变无常,安危俄顷,一刹那间,东海波涛,突然卷到直隶湾内,把一场万寿盛举,化作烟消雾散。中外人士反说:遇着西太后寿期,定要闹出极大的战衅来。气得这位老佛爷满腹懊恼,无处可诉。这也是造化小儿巧于拨弄了。谐中寓庄。

说来话长,看小子撮要叙明。自李鸿章与日使订约天津,中日各兵,都退出朝鲜,朝鲜算数年无事。应十八回。大院君亦蒙释回国。光绪二十年五月,朝鲜全罗道古阜县,忽有东学党作乱。党首叫作崔时亨,就是从前金玉均、洪英植的余党。不过崔时亨的宗旨,比金、洪二人尤为下乘。他是剽窃佛老余说,自称能呼风唤雨,驱神役鬼,借着妖言惑众的伎俩,胁从数万,平白地揭起竿来。为拳匪写影。朝鲜国王李熙,忙授洪启勋为招讨使率兵征剿。到了全州,与东学党开了几仗,起初侥幸获胜,后被党人诱入山中,四面围住,把洪启勋手下将士,杀得七零八落,等到溃围而出,已丧亡了一大半,洪启勋连忙逃归。党人遂陷全州,声言将直捣朝京。朝鲜大震。李熙急得没法,忙与中国驻朝委员商量,乞飞电求救。这驻朝委员，不是别人，便是前日帮办营务的袁世凯。当下为朝王发了急电，乞援北洋。北洋大臣直隶总督李鸿章，奏派提督叶志超、总兵聂士成等，率兵三营东援，屯驻牙山。一面电告驻日钦使汪凤藻，令他援照天津条约，通知日本政府。略说：朝鲜系中国藩属，现因被乱乞援，不得已派兵代剿等语。日本外部陆奥宗光复书前来，不认朝鲜为中国藩服，且派大岛圭介率着重兵，陆续至朝鲜。

东学党闻中日两国，派兵压境，自思螳臂当车，成什么事？惊得四散奔逸。清军拟即撤回，约日本同时撤兵。偏日使大岛圭介要改革朝鲜内政，不肯即返。袁钦使世凯连电京师，略称倭兵万人已入朝鲜，分守汉城四路要害，居心难测。现在叶军虽驻牙山，恐兵单不足御倭，请速派兵接济等语。总理各国事务衙门接电后，还是慢腾腾的延挨。等到大岛圭介率兵入朝鲜宫，幽禁朝王，代理国政，宣告朝鲜自主，方咨照驻华日使小村寿太郎，请和平办理。小村仍说朝鲜系自主国，累次扰乱，不得不代为改革。若中国不肯照允，是无意息事，嗣后倘有不测，日本政府不任其责。语意甚为决绝。那时总署只好电商李鸿章，令筹战备。鸿章老成持重，明知北洋海军，只可虚壮观瞻，若要实行开战，恐不济事。当下电复总署，仍然主和。无奈日人已占先着，把朝鲜各处要隘统守得密密层层，连华侨出入也要由他搜索。因此华民大骇，纷纷内渡。袁使又电北洋，请即回国，决与日本开战。袁公亦以为海军可恃耶。李鸿章还想与日人磋议，日人索偿军费三百万两，再议和平条约。于是鸿章不便擅允。盈廷王大臣等，十人中九人主战，统说区区日本，怕他何为？光绪帝少年好胜，也道是大可敌小，催促李鸿章调兵东援，并召袁世凯归国。鸿章无可奈何，才令济远、威远、广乙三兵舰，及爱仁、飞鲸两商轮，运兵东渡。又租英商高升轮船，续载兵械，随赴朝鲜。不料日人煞是利害，料知清舰东来定要驶过丰岛，他早安排炮舰预先等着，遥望清舰果到，便测准炮线，轰轰隆隆地放将过来。清舰猝不及防，被他一阵乱击，广乙舰受伤先逃；济远舰铁甲较坚，尚未被伤，管带方柏谦很是胆小，一闻炮声，吓得魂飞魄散，忙向铁甲最厚处躲将进去，各兵见管带惶怯，那个还敢对敌，自然转轮逃回。猛听得扑喇一响，舵遭毁裂，方管带索性乱抖，忙叫军士道："快…快…快悬白旗。"军士奉命，亟将白旗高悬，方得逃回威海卫。出手就献丑。各舰见济远已逃，自然分头四逸。独高升船触着鱼雷，竟致沉没，船内的兵械，统被龙王收去。方柏谦既庆生还，反捏造虚词，禀报督署，只说途遇日舰，广乙伤，高升沉，经卑职舍命炮击，才却退日兵，把各舰救回。李鸿章信为真话，转电京师。王大臣以日本伤我运船，其曲在彼，遂请明诏宣战。光绪帝立即颁谕，宣示中外。谕甫下，牙山的败报又至。

先是叶志超屯驻牙山，因战衅未开，毫不防备。至是海道已梗，孤露无援，日人步步进逼，乃用聂士成言，自率兵把守公州，令聂士成守成欢驿。士成至成欢，日兵已至，两下开仗，不分胜负。忽日兵漫山遍野而来，势不可当。士成不得已，弃了成欢，收兵徐退。回至公州，无一清兵。不觉叹息道："公州背山面江，可以固守，如何叶军门弃此而去？"正怅怅间，有探马来报：叶军门已回平壤去了。士成道："公州不能守，平壤难道可守吗？"探马道："平壤已有四路大兵会集驻守，所以叶军门到那边去的。"士成道："有四路大兵到平壤吗？"探马道："盛京副都统丰伸阿，高州镇总兵左宝贵，各统奉军从奉天出发；提督马玉昆统毅军，从旅顺出发；大同镇总兵卫汝贵统盛军，从天津出发，四路兵齐到平壤，差不多有数十营哩。"士成道："我军只有五营，看来此处不能长驻，只好也退平壤去了。"当时各将弁中还算聂士成，所以笔下有恕词。遂传令本部人马向僻径行走。迂回曲折，数日方达。志超接着问起接战情形，士成约略说明。志超即奏称成欢战争，杀敌过当，因虑孤军无援，所以退至平壤,等语。清廷还道他老成胜算,论功行赏,命志超为各路兵马总统,所有驻韩各军,统归节制。志超奉此恩命,置酒高会,把出兵打仗的要事,撇在脑后。且顾眼前。一过数日,军探报称日兵来了,志超方有些着急,严戒诸军,为守城计:命马玉昆率所部毅军四营驻守大同江东岸,卫汝贵叶伸阿二军十八营驻守平壤城西南隅,左宝贵六营守城北山顶及玄武门,别命总兵聂桂林策应东南两营,自己居中调度,高坐城中静听消息。起初两三日,各军来报,互有杀伤。至中秋这一夕,志超还凭城望月,态度徘徊。越日黎明,但闻西面炮声隆隆,不禁魂胆飞扬,忙遣军探四侦战状。约到巳牌,有军探来报:倭兵猛攻大同江军营,马军门拒战甚力,卫镇台渡江协御,鏖战多时,倭兵已败退了。志超道:"还好,还好!"未几午餐。餐毕撤肴,又有军探来报:城北山顶被倭兵占去,左镇台退守玄武门。志超惊道:"倭兵已败为何又来?"军探道:"他是四路进兵。那边虽已败去,这边恰被攻入。"志超正没法摆布,忽有军弁跑入,乃系左宝贵遣来乞援。由志超问明,方说道:"各兵俱已调出,只我手下一营亲兵,如何援他?实是老命要紧。不,不如叫他回城再作计较。"军弁奉令驰去,不一时军探飞报:左镇台中炮阵亡。志超道:"怎么好?怎么好?四好字互应成趣。快与我召回马卫各军。"军探去讫。俄报:倭兵炮击玄武门。志超惊得了不得,忙传大令:速悬白旗。方柏谦流亚。顿时白旗满布城上,日兵瞧见,果然停炮不攻。适值马卫各军回城,见城上白旗四张,亟来谒见志超。志超语诸将道:"左总兵已经阵亡,眼见此城难守,三十六着,走为上着,我等不若回去吧!"众人听了帅令,统是垂头丧气。只马玉昆还有些志气,愿即背城一战。志超不允。遂于是夜潜遁。途次遇伏,又伤亡了三千余人,方得挣命走脱。

陆军已败,海战又逼。李鸿章自知海军难恃,主守不主战,只命提督丁汝昌,巡弋洋面,虚示声威。不意日本军舰十二艘,冲波逐浪,竟来窥伺辽东。此时清舰尚运兵赴平壤,至大东沟,正与日舰相值。日舰上悬旗开炮,先声夺人,汝昌被逼不过,只得分战舰为五队,列着犄角鱼贯阵,准备迎敌。战舰共十二艘,镇远、定远两铁甲为第一队,致远、靖远为第二队,经远、来远为第三队,济远、广甲为第四队,超勇、扬威为第五队,汝昌自坐定远船督战。遥望日舰作一字阵扑来,恐它直攻中坚,令改犄角鱼贯阵为犄角雁行阵。阵尚未整,敌舰麇至。杨威、超勇两舰相继中弹。未几,超勇沉没。致远、经远、济远三舰被敌舰冲断,抛出圈外。致远管带邓世昌,与日舰吉野对轰。药弹殆尽,船亦受伤。世昌拼着性命开足汽机,拟撞击吉野与之俱尽。吉野驶避,致远奋追,突然触着鱼雷,遂致炸沉。经远管带林永升,炮击日本赤城舰,赤城受伤遁去,永升饬令追袭,也被鱼雷炸没,邓林两管带同时死绥。济远管带方柏谦,忙饬舵工飞逸,不意与扬威相撞。他也不管什么,自行逃去,扬威竟被撞沉。广甲亦逃,搁浅沉没。靖远来远诸舰,又受重伤,突围出走。只定远镇远两铁甲,还与日舰奋击,轰沉日本西京丸一艘,并击伤日本松岛舰。奈因众寡不敌,定远又中着五六炮,只得冲出战线,逃回旅顺。眼见得海军又败绩了。奈何,奈何!

警报飞达清廷,光绪帝大愤,把叶志超、丁汝昌等,褫革有差,方柏谦正法。迟了。并因李鸿章备战无方,拔去三眼花翎,褫去黄马褂。另命四川提督宋庆,帮办北洋军务。又令御前侍卫公桂祥,统带马步各营,至山海关驻守。所用仍是非人。军报日紧一日。西太后此时,已加上"崇熙"二字徽号,接着这信,懊丧异常,只好降旨罢黜庆贺。用皇帝名,颁一上谕道:

朕钦奉慈禧端佑康颐昭豫庄诚寿恭钦献崇熙皇太后懿旨:"本年十月,予六旬寿辰,率土胪欢,同深忭祝。届时,皇帝率中外臣工,诣万寿山行庆贺礼。自大内至颐和园,沿途跸路所经,臣民报效,点缀景物,建设经坛。予因康熙、乾隆年间,历届盛典崇隆,垂为成宪;又值民康物阜,海宇乂安,不能过为矫情,特允皇帝之请,在颐和园受贺。讵意自六月后,倭人肇衅,侵我藩封,寻复毁我舟船,不得已兴师致讨。刻下干戈未戢,征调频仍,两国生灵,均罹锋镝,每一念及,悯悼何穷?!前因念士卒临阵之苦,特颁内帑三百万金,俾资饱腾。兹者庆辰将届,予亦何心侈耳目之观,受台莱之祝耶?所有庆辰典礼,着仍在宫中举行,其颐和园受贺事宜,即行停办。"朕仰承懿旨,孺怀实有未安,再三吁请,未蒙慈允,敬维盛德所关,不敢不仰遵慈意。为此特谕。

光阴易过,万寿届期,西太后仅在园内排云殿受贺,比五旬万寿时还要扫兴。后人有诗叹道:

别殿排云进寿觥,慈怀日夕轸边情。

诸州点景皆停罢,馈饷频闻发大盈。

欲知万寿后如何情形,容待下回再叙。

先圣有言,与其奢也宁俭。此实齐家治国之至言。以西太后之六旬万寿,必欲仿康乾故例,筹备隆仪。试思:康乾为何如时?西太后为何如时耶?国帑支绌,公私交困,甚至经费无着,乃责诸官吏之捐俸!禄以代耕,古有明训。为祝寿故,令之减禄,官吏宁无身家思想?输款于上必朘削于下,是不啻导之剥民也。况以海军经费,移筑颐和园,卒至中日一战,全军皆墨。不得已罢黜庆贺,节省礼仪,易奢为俭,已无及矣。人咎合肥,我咎西太后。本回上半极写奢华,下半备述败状,一反一正,足为后来殷鉴。

第二十二回

姊妹花遭谗被谪
骨鲠臣强谏充边

　　却说清廷连接败耗，命提督宋庆，帮办北洋军务。再令提督刘盛休，出兵大连湾，将军依克唐阿，出兵黑龙江，均赴东边九连城，扼守辽东要口。平壤败军亦陆续到来，共约七十余营。兵亦不可谓不多。朝旨命宋庆总统各军，除依克唐阿一军外，统秉宋庆节度。九连城南倚鸭绿江，东濒瑷河，河东有虎口，为险塞，令聂士成驻守。再东为安平河口及长甸各隘，令依克唐阿驻守。西为安东县，再西为大东沟，令丰伸阿聂桂林驻守。日兵甫渡安平河口，依军望风先遁，至日兵逼近瑷河，诸军皆溃。剩了一个老宋，亟忙遣军来争。那里抵挡得住，没奈何弃了九连城，退保凤凰城。日兵既踞九连，别遣支队入安东，丰伸阿、聂桂林等，早已不知去向。一班逃将军！老宋到了凤凰城，默思孤掌难鸣，索性远走数十里。日兵如入无人之境，占住凤凰城。复分作三路：一路出西北，陷连山关；一路出东北，陷岫岩州；一路出东南，陷金州大连湾。

　　宋庆此时已退至盖平，奉旨命援旅顺。宋庆乃令聂士成守摩天岭，阻截连山关的日兵，自率军徐徐南下。徐徐二字妙。摩天岭本是天险，日兵屡次进扑，都被聂军杀退。凑巧依克唐阿，亦率败兵到来，聂士成与他相约，规复连山关。依克唐阿倒也败后思奋，毅然应允。两军南北趋集，呐一声喊，蜂拥至关。日兵出关抵敌，大杀一场，还是聂依两军利害，只好退入关去。两军乘胜攻扑，枪声炮声，昼夜不绝。守关统领乃是日本一员中尉，恼得性起，再开关出战，不一时被弹子击中要害，白丧了一条性命。蛇无头不行，顿时日兵四散，聂依两军，安安稳稳地走入连山关。兵以气动，若能阵阵如此，何至一败涂地。等到凤凰城日兵来援，又被聂依两军杀退。因此凤凰城东北一带，兀自守住。只东北、东南两处，毫无转机。岫岩既失，日兵分道西犯。丰伸阿、聂桂林等，连战连败，逃入海城。迨日兵踵至，又把海城弃去。辽西大震，同时旅顺复报失守。

　　旅顺是北洋海军第一良港，内阔外狭，重峦环抱，若得一个良将居守，端的是不易攻入。偏这丁汝昌认作绝地，托词战舰待修，避入威海卫，一切防守要务，委任了一位龚总办照玙。照玙庸弱得很，做个船坞总办，也不知是什么钻营，得充是任。他自汝昌去后，先在海曲备好渔船，准备逃走，到了日兵进攻，佯饬守兵抵御，自己早下舟潜遁。都是这等好角色！守兵没了主帅，纷纷自乱，一闻炮弹声响，大家都走了他娘，管什么旅顺不旅顺，军港不军港。日兵全不费力，唾手得了旅顺口，大家庆贺起来。

　　这时候，辽东西的警报似雪片一般，飞达清廷。光绪帝急的要不得，只得令王大臣等奏陈方略。日讲官文廷式，感上知遇，联络各大臣会衔，奏请起恭王主军国事，光绪帝心为之动，正令军机拟旨，命恭王入值军机。忽报太后驾到。光绪帝更衣不及，即着便服出迎。西太后入宫降舆，光绪帝匍匐跪接。西太后也不理他，一直入宫。光绪帝只好起身，随了进来，又跪下请安，碰了几个响头。方奉慈命道："你且起来。谁要你主战？"光绪帝勉强起立。又听得一声呼喝道："谁要你主战，弄到一败涂地？"声如狮吼。光绪帝战栗道："盈廷王大臣统统说是可战的。"西太后厉声道："你何不叫他去临阵呢？我从前听政时，为了越南交涉，与法宣战，那时左、彭、岑、冯诸宿将都尚在世，开战以后，有败有胜，我还是得休便休。你靠了谁人，竟与日本开战呢？"光绪帝答道："日本欺我太甚，所以不得不战。"西太后道："好！好！目今战状如何？由你这般瞎闹，恐怕列祖列宗的江山要在你手送掉了。你要开战，也应到园内禀明一声，待我出了主意，定议未迟。你为什么并未报闻？直到宣战下谕以后，方遣世铎禀报。我道你总有能耐，擅敢宣战，谁料你遣将用兵，多是一班饭桶。事到如今，看你如何了局？所以我特来问你。"光绪帝听到这番严谕，又只得碰头谢罪。西太后道："你谢罪也是无益，我只问你如何了局？"光绪帝才答道："今日廷臣联衔，奏请起恭王奕訢办理军务。"西太后哼了一声道："奕訢么！你起来，把奏牍取来我阅。"言下大不满意。光绪帝遵着起身近案，将奏折检出，双手呈上。西太后瞧毕，不觉怒容较甚，便道："文廷式是新进小臣，也敢列衔会奏？我知道了。"回顾李莲英在旁，即道："你去叫瑾珍二妃来。"莲英奉命出去，光绪帝摸不着头脑，只呆呆地垂手侍立。我为阅者亦摸不着头脑。片晌间，就见瑾珍二妃随着李莲英冉冉进来，到太后前双跪请安。西太后厉声道："你这两个狐媚子，日日陪着皇上调笑取乐，尚嫌不足，还想干预外政吗？"劈头乱敲。二妃莫名其妙，只得双双磕头道："婢子怎敢？"西太后道："还说不敢吗？莲英与我取杖来。"光绪帝闻到一个"杖"字，惊得魂飞天外，不由得屈膝道："圣母慈鉴，她两人有罪，敬请圣母训责，只求圣母示明原委，方好使她伏罪。"西太后道："你道我无风生浪吗？我只问她一语，便足令她心服。"光绪帝道："敢乞圣母明谕。"西太后道："文廷式与她两人是否有师生谊？"光绪帝惝惝道："这却未知？"西太后又勃然道："你尚敢为她隐饰吗？"这语甫毕，珍妃恰忍耐不住，竟朗声答道："婢子幼时，曾由文廷式教授过的。"西太后指光绪帝道："可么！文廷式入选翰苑，不过数年，为何有这权力？不是她两个狐媚子暗中关说，你为何这般宠他？"原来为此。光绪帝又嗫嚅道："她两人未敢如此。"西太后复嗤着鼻道："她两个狐媚子仗着花容月貌，蛊惑左右，怪不得你言听计从。就是与倭人开衅，也闻得由她怂恿。你何不叫她去退敌呢？"又回顾李莲英道："快去取杖来，每人杖她百下，警诫她后来逞刁。"光绪帝呜咽道："请圣母开恩，饶她一次。"西太后不允，只催莲英取杖。吓得瑾妃抖个不住，独珍妃性颇偏激，竟启奏道："婢子入宫以来，并不敢与闻外事。就使与文廷式有师生谊，也未尝暗通一信。仰求慈鉴。"西太后大怒道："你敢与我斗嘴。难道我冤诬你吗？"简直是不准她辩。光绪帝忙阻住珍妃道："你也太倔强了？圣母前只好乞恩，如何还要答辩？"西太后又喝莲英取杖。莲英看不过去，也只得跪请慈恩。此时莲英尚未与帝有隙。西太后才道："你等既代她求宥，我姑免她杖责。只她两人不配为妃，须降她几级方好。"光绪帝道："遵旨降她为嫔。"西太后道："不够。"光绪帝又请降为贵人，西太后道："还要将她两人羁禁三月，休得召幸，以儆将来。"太后言已，即命莲英起立，牵去两妃，交代宫中总监，幽禁别室。两妃只得含泪谢恩，起随莲英去讫。西太后见案旁纸笔具备。便提笔书纸道："瑾珍二妃近来习尚浮华，屡有乞请，实属有违阃范。着即降为贵人。特谕。"书毕，指向光绪帝道："这谕立应颁发，不得迟延，"光绪帝唯唯听命。西太后又道："奕訢究应起用否？"光绪帝道："奕訢前直军机，办事尚称勤敏。现在疆事日亟，应用与否？请圣母酌夺。"西太后踌躇一会，方道："这且由你。只文廷式须要革逐，免得他外结亲王，内恃妖妃。"光绪帝不敢不应命。西太后又道："步军统领荣禄，忠诚有余，才识他还过得去，可叫他在总署当差。看来战事是支持不住了，为社稷计，不如忍辱议和，还可将就了事。"语至此，叹息数声。时李莲英已来复命，西太后便道："我们去吧。"光绪帝起至门外，又复跪送。不怕膝痛么！西太后又回嘱道："现在嘱咐一切，你须照行，否则我是不依的。此后须要小心，休被这种狐媚子再行蒙蔽。"光绪帝连声称"是"。

等到太后上舆远去，光绪帝方敢起身入内，暗暗自忖：这是何人谗构，致触慈怒。想了一会儿，不禁失声道："总是她！总是她！"言毕，便步至坤宁宫。宫监入报，那拉后即出来迎驾。光绪帝蹀将进去，后亦随入，坐甫定，光绪帝语那拉后道："你做得好事？"那拉后不解，惊问何故？光绪帝道："你含酸吃醋，妒着瑾、珍二妃，所以到太后前播弄是非，令太后前来责朕，并将二妃严遣。你真是好计哩！"那拉后道："没有这事，休要见疑！"光绪帝冷笑道："好一座大靠山！你只管去献殷勤，陷害好人。但俗语说得好，有势不可行尽，你也须留点余地哩！"那拉后闻此，忍不住两眶珠泪，带哭带话的辩了数句。光绪帝听得不耐烦，抽身出去。原来那拉后的才貌，不及瑾、珍二妃，光绪帝本不甚宠爱，独西太后以姑侄关系，向多回护，那拉后又常往来园中，以此光绪帝疑她怀妒，特地进谗。究竟是真是假，小子也不好妄断。只为此一事，帝后间渐渐生嫌了。*为下文伏笔。*

光绪帝既出坤宁宫，想去探望瑾、珍二妃。问明宫监，方知已被羁三所去了。心中愈加不乐，索性忍气吞声，拣个僻静的宫室，睡了一觉。是夕无话。次日，把西太后所嘱的事情，一一照办：瑾珍二妃降为贵人；恭王奕䜣起为军机大臣；荣禄命在总理各国事务衙门行走；文廷式开去日讲官。又越日，恭王入朝，光绪帝遂与商量和议，选定侍郎张荫桓、邵友濂出使日本请和。恭王恐日本不允，复去拜会美国公使，托他居间，并聘美员福世德同往。

张、邵等甫出发，忽由御史安维峻呈上奏折，由光绪帝披阅道：

奏为疆臣跋扈，戏侮朝廷，请明正典刑，以尊主权而平众怒事。窃北洋大臣李鸿章，平日挟北洋以自重。当倭贼犯顺，自恐寄顿倭国之私财，付诸东流，其不欲战，固系隐情。及诏旨严切，一意主战，大拂李鸿章之心。于是倒行逆施：接济倭贼煤米军火，日夜望倭贼之来，以实其言，而于我军前敌粮饷火器，故意勒掯之，有言战者，动遭呵斥；闻败则喜，闻胜则怒；淮军将领，望风希旨，未见贼，先退避，偶遇贼，即惊溃。李鸿章之丧心病狂，九卿科道亦屡言之，臣不复赘陈。惟叶志超、卫汝贵，均系革职拿问之人，藏匿天津，以督署为逋逃薮，人言啧啧，恐非无因。而于拿问之丁汝昌，竟敢代为乞恩，并谓美国人有能做雾气者，必须丁汝昌驾驭。此等怪诞不经之说，竟敢陈于君父之前，是以朝廷为儿戏也；而枢臣中竟无人敢与争论者。良由枢臣暮气已深，过劳则神昏，如在云雾之中，雾气之说，入而俱化，故不觉其非耳。张荫桓、邵友濂为全权大臣，尚未明奉谕旨。在枢臣亦明知和议之举不可对人言，（彼）既不能以生死争，复不能以利害争，只得为掩耳盗铃之事——而不知通国之人，早已皆知也——倭贼与邵友濂有隙，竟敢索派李鸿章之子李经方为全权大臣，尚复成何国体？李经方乃倭逆之婿，以张邦昌自命，臣前已劾之。若令此等悖逆之人前往，适中倭之计。倭贼之议和，诱我也。彼既外强中干，我不能激励将士，决计一战，而乃俯首听命于倭贼?！然则此举非议和也，直纳款耳，不但误国，而且卖国。中外臣民，无不切齿痛恨，欲食李鸿章之肉。而又谓和议出自皇太后，太监李莲英实左右之。此等市井之谈，臣未敢深信。何者？皇太后既归政皇上，若仍遇事牵制，将何以上对祖宗，下对天下臣民？至李莲英是何人斯？敢干政事乎？如果属实，律以祖宗法制，李莲英岂复可容？惟是朝廷受李鸿章恫吓，不及详审，而枢臣中或其私党，甘心左袒，或恐李鸿章反叛，姑事调停。而不知李鸿章久有不臣之心，非不敢反，直不能反。彼之淮军将领，类皆贪利小人，绝无伎俩；其士卒横被克扣，皆已离心离德，曹克忠天津新募之卒，制李鸿章有余；此其不能反之实在情形也。若能反，则早反矣。既不能反，而犹事事挟制朝廷，抗违谕旨。彼其心目中，不复知有我皇上，并不复知

右侧竖排文字：

中华传世藏书

中国历代通俗演义

慈禧太后演义

有我皇太后，故敢以雾气之说戏侮之也。臣实耻之。惟冀皇上赫然震怒，明正李鸿章跋扈之罪，布告天下。如是而将士有不奋兴，倭贼有不破灭者，即请斩臣，以正其妄言之罪。祖宗鉴临，臣实不惧，用是披肝胆、冒斧锧，痛哭直陈。不胜迫切待命之至。谨奏。此奏有关系西太后语，故备录之。

这篇奏折，其中多捕风捉影之谈，不足为据。只云皇太后遇事牵制，何以对祖宗、天下，并劝李莲英左右和议，确是有些道着。但光绪帝览了此奏，不得不严谕痛斥，说他肆口妄言，着即革职，发往军台效力。当时都下人士争为安御史呼冤，还是你一折、我一本的上奏，大半是还要主战。有一个满御史，请起用檀道济为大将；一个满京堂，奏称日本东北有两个大国：一是缅甸，一是交阯，请遣使约它夹攻，必可得胜。光绪帝瞧不胜瞧，都付诸高阁。后由军机瞧见二满员奏折，统统哄堂大笑。只是缅甸、交阯尚有这两处地名，不过以小作大，指西为东，虽是大误，还算有一点影子。独檀道济系刘宋时人，相距一二千年，如何奏请起用？见者多茫然不解。嗣经一御史说起，拟任用董福祥，借檀道济为比拟，他即问明檀道济三字的写法，竟尔录奏。用此等人作御史如何不亡！这且休提。

单说张、邵二使出发后，日兵又西陷盖平，南踞荣城，并占威海卫。至光绪二十一年正月，复将刘公岛夺去。北洋败残军舰，悉数被掳；岛内将士悬白旗乞降，海军提督丁汝昌，及总兵刘步蟾、张文宣，均服毒自尽。数载经营，一旦扫灭。京中人士方不敢言战，相率望和。无奈张、邵二使到了日本，被日员伊藤博文、陆奥宗光拒回，说非全权大臣，不便会议。并通告美使，谓须派位望崇隆的大员，畀以全权，方可来议和款。光绪帝不得已，乃命北洋大臣李鸿章为全权大臣，至日本乞和。鸿章不好违拗，只得硬着头皮，航海东去。正是：

失算竟遭全局堕，匀和又遣老臣行。

毕竟李鸿章如何议和，且看下回分解。

中国之败，败于任用之非人及军费之不足。当时预知宿弊，无意主战者，唯一李鸿章。若以常情推测，则中国大而日本小，谁谓不可一战者？廷臣之多半主战，尚不足咎。瑾、珍二妃深居宫禁，其劝帝宣战与否，我不敢知，即果有此事，亦人情所同然耳。至于师徒挠败，海陆失利，文廷式奏请起用恭王，不为无见。满廷亲贵，如奕訢尤为佼佼者。西太后不思移款筑园之误国，徒以丧师咎光绪帝，且怒及二妃，斥其干预外政，试问自为妃子时，其行状果何如乎？甚至以文廷式之奏请，亦疑二妃主使。原其怀疑之由来，犹是衔恨恭王之凤见。满腔私意，到处迁怒。安维峻谓其遇事牵制，不得为诬。或谓中国之弱，自日本一战始，曩令光绪帝先事慎重，当不致情见势绌若此！不知天下事非实力不办，羊质虎皮总有暴露之一日，讵能长此掩饰耶？本回叙二妃之被谪，及安御史之充戍，皆隐喻悯惜之意。悯二妃、惜安御史，西太后可毋庸再论矣！

第二十三回　命和日宣示苦衷　主联俄遣订密约

却说光绪帝遣使李鸿章,曾至西太后处禀明,西太后立即应允。她因安维峻参劾李鸿章,奏中连及自己,不禁愤愤,自己不肯认错,所以把老李一方面也极力袒护。并嘱光绪帝道:"她初意固不欲战,你早从他意见,也不至败到这般。目今非他不能议和。好好授他全权,叫他去吧!"无非因移款筑园的好处。

鸿章奉命东渡,先电商各国驻华公使,请他臂助。各使复词,多半模棱,独俄使喀希尼力任调停。并言:日人如多方要求,有敝国在,愿代拒日本,保全中国疆土。这样好人,普天下难得的!鸿章得复,喜出望外,才航海东行。不数日到了马关。日本已派专使伊藤博文、陆奥宗光在埠头等候。鸿章登岸,由伊藤两人邀入春帆楼。伊藤博文掀须道:"好几年不见李伯相了。前时在天津议约,伯相勋高望重,一呼百诺,令人犹觉心悸。今日屈尊来到敝国,在此相叙,也是意想不到的事情。"鸿章闻言不禁又忿又惭,老脸上面突突地热起来了。看官阅过前文谅记得,天津和约也为了朝日的事,那时李伯爷摆着全副仪仗,去迓日使伊藤,所以伊藤有此谑词。补十八回之所未及。鸿章到这时光,只好任他奚落,奈心上总有些觉着,那得不面红耳热?勉强耐着性子支吾了一会。

至两下开议,鸿章先请停战。伊藤道:"欲要停战,非把贵国的天津、大沽、山海关三处为质不可。"鸿章不允。陆奥道:"李伯相休要坚持,敝国兵力虽弱,夺这三处地方恰似探囊取物哩!"鸿章道:"多年和好,为了朝鲜遂致开衅。贵国亦应原谅一点方好议款。"伊藤道:"朝鲜与敝国定约,明说是自主之邦,贵国硬要认作藩属,这是贵国第一着错误。目今战衅已开,和议一无眉目,如何就要停战?"鸿章道:"既如此说,请贵国停攻大沽、山海关、天津三处,先行议和。"伊藤仍然不从。鸿章道:"今日初到贵国,心绪尚乱,且至明日再议。"当下辞别春帆楼,自至客寓暂宿。购阅日本新闻纸,知营口、澎湖均被日兵占住,不免失惊道:"北失营口,南失澎湖,海道统要中梗,连输运都不便了。可恨倭人这般利害,战不肯停,和又不许。奈何!"连岁整缮兵防,如何到这地步。越宿,又赴春帆楼会议。说得唇焦舌敝,仍是一些没效。没奈何悯悯归寓。途次,忽遇刺客,突发手枪,骨碌碌一粒弹子击中鸿章左颧。鸿章痛甚,忙唤日警捉拿刺客,自己掩面急归。一病数天,警问遍达欧美。那时各国舆论,统说日人无理,代鸣不平。日皇因众论难违,一面令日医赶紧调治,一面令伊藤、陆奥均往道歉。并说,刺客小山丰太郎,已由警察擒获,按律治罪。鸿章叹道:"为了国家重事,到此议款,不期被刺客所击,一身负痛不足惜,只教贵国肯示通融,虽死亦无憾了。"伊藤、陆奥至此才自觉不情,允即议和。鸿章便要缔约停战,伊藤等允约而去。舍了一点颧血,还算值得。

约一星期,鸿章颧病略愈,更申和议。伊藤、陆奥提出条款:一要朝鲜自主;二要奉天南境及台湾澎湖各岛;三要赔偿兵费三百兆两;此外还有添开口岸、减轻税则、并机器进口、改造土货等款。限四日答复。鸿章允割安东、宽甸、凤凰城、岫岩州及澎湖列岛,并偿银一百兆两,通商权利仍照各国成约。伊藤、陆奥又强硬起来不肯照允。再四磋商,割地内减去宽甸,赔款减至二百兆,进口货税仍照旧例。鸿章还想辩驳。伊藤愤然道:"照这约稿,敝国已让至极点,贵国允与不允,两言决耳,不必多议。"何等斩截,外人之办交涉也如是。鸿章不便再辩,只得唯命是从,互签约稿,定于烟台互换正约。方返归天津。

这约一传,京内外诸大臣,又纷纷地奏阻款议。两江总督张之洞、河南道监察御史易顺鼎,各抗疏数万言,异常愤激。想是停战好几日,又有些胆壮起来。光绪帝踌躇难决,不得已请命西太后。西太后道:"算了!连日警报纷乘,我被它闹得昏了,倘再迟疑过去,京畿也要戒严。你自主张开战,倒也无悔,我年已花甲,不愿担此惊扰哩!况署直督王文韶,曾奏称海啸成灾。天时、人事都未顺遂,此时忍着些儿苦痛,与他议和,或者恐惧修省,还可默迓天庥。"海啸事从太后口中叙出,可见太后此时已遍阅章奏。西太后说一句,光绪帝应一声"是",至西太后说毕,方跪谢而出。遂决定和议,宣示全国,略云:

近日和约定议,廷臣交章论奏,谓地不可割,费不可偿,仍行废约决战,以冀维系人心,支撑危局。其言固出于忠愤,而于朕办理此事,熟筹审处,万不获已之苦衷,有未深悉者。自去岁仓促开衅,征兵调饷,不遗余力。而将非宿选,兵非素练,纷纷召集,不殊乌合。以致水陆交绥,战无一胜。近日关内外事情更迫:北则进逼辽藩,西则直犯畿疆,皆眼前意中之事。况二十年来,慈闱颐养,备极尊崇,设使畿辅有惊,则藐躬何堪自问?用是宵旰彷徨,临朝痛哭,一和一战,两害兼权,而后幡然定计,其万分为难情事。言者章奏所未及详,而天下臣民所当共谅者也。无非为了西太后。兹批准定约,特将先后办理缘由,明白宣示。嗣后我君臣上下,惟期坚苦一心,痛除积弊,以收自强之效。为此通谕中外知之。

和议告成,准备换约。李鸿章回到天津,乞病请假。俄使喀希尼密函慰问,并愿联结德、法两国,代清廷索还辽东。鸿章复词感谢。俄使遂与德、法两使商定,电达本国,请速用公文,致日本外部抗议,并请飞调兵舰,游弋辽海。俄、德、法三国政府,料知有利可图,即日照办。日本闻警,颇觉为难:他虽战胜中国,总不免劳师糜饷,俄、德、法三大国要与他抗争,那里还有余勇,好与这三国开仗?只是平白地归还辽东,心实不甘。遂复书俄、德、法三国:辽东可还,兵费须要增偿一百兆。毕竟不肯落空。俄、德、法三使各接本国电命,出来与中日调停:增偿兵费三千万两。日人勉强允从。议乃定。遂由中日两国各派使换约。

台湾人民因割台成议,统向清廷奏阻。清廷置之不理。主事邱逢甲倡言自主,推署理台湾巡抚唐景崧为总统,拒绝日人,居然开议院,设内部、外部、军部等机关,悬起蓝色黄虎文国旗。部署未定,日兵已由基隆登岸。台北城中兵勇,自相哗噪,纵火焚抚署。唐总统仓皇失措,只好推位让国,微服内渡。台北遂亡。尚有台南一带,系由总兵刘永福驻守。先时曾奉清廷命,帮办台湾军机。台南士绅闻台北已失,上总统印于永福。永福不受,仍称帮办,集民为团,力抗日兵。自夏至冬,大小数十战,互有杀伤,卒因饷械告竭,不能持久,永福独力难支,弃了台南,乘德国商船内渡。于是全台尽隶日本。相传光绪帝曾得梦兆,屡见一老人问道:"几时还我旧物?"光绪帝不能答,嗣后奏闻西太后。太后道:"如再梦见,可说驴儿年还你。"光绪帝记忆在胸。果然后来又梦见老人,彼问此答,仓促致误,竟说作马儿年还你,醒后追悔不及。中日开战,岁次甲午,午年肖马,时人谓为割台预兆,妖梦是践,定数难逃。这也不必絮说。梦兆未必真践,否则台湾本属郑氏子孙,何为割畀日本?

单说中日议和以后,廷议多归咎李鸿章。有旨召他入阁办事,置诸闲散,别命翁同龢、李鸿藻入直总署。翁系江苏人,是光绪帝师傅,李系直隶人,是同治帝师傅,当时已有南北派之目。翁主维新,李主守旧,政见又是不同。光绪帝因忍辱乞和,大为拂意,决计变法图强,挽回国势。巧值翁师傅与他意合,遂专心倚任。翁又纠合一班同志,如侍郎张荫桓,詹事府右中允黄思永、尚书李端棻、侍郎徐致靖、御史宋伯鲁、杨深秀，湖广总督张之洞，湖南巡抚陈宝箴等，讲求新政。今朝你上若干条陈，明朝我上若干条陈，无非是练兵、兴学、开矿、筑路、创办邮政、仿行印花税，统说得天花乱坠，立可富强。皮之不存，毛将安附？李鸿藻也结连几个守旧人物，若礼亲王世铎，若军机大臣徐桐、荣禄，若御史杨崇、伊文悌，若福州将军裕禄，甘肃提督董福祥等，与维新党反对。他恐推不倒维新党，索性贿托那李总管莲英，去请出有权有势的老太后来，暗中监督。西太后为了中日战事埋怨光绪帝，正要设法钳制，遂命这守旧党人，遇着内外大臣奏对，无论大小统须密报。有两个不新不旧的侍郎，一名汪鸣銮，一名长麟，召对时抑扬吞吐，略略说到乾纲独断的话头，被西太后闻知，责他信口妄言，迹近离间，硬迫光绪帝将他革职，永不叙用。两侍郎只好奉命回籍。开了头刀。

　　会俄皇加冕，朝议以侍郎王之春，曾出使俄国，至是复拟令往贺。偏偏俄使喀希尼，以王之春资望太浅，不宜遣往，改命另派大员。翁同龢闻得此信，拟充当此差，聊避守旧党的嫉妒。究竟敌不过太后党。奈喀希尼指定李鸿章。已寓深意。西太后亦以鸿章老成，不如令他一行。光绪帝不好有违，便派鸿章为头等正使，命往俄国。临行时，西太后特别召见。由鸿章密陈联俄拒日的计策，深得西太后赞成。前门拒虎，后门进狼，同一失策。

　　鸿章至俄，俄皇特遣大藏大臣微德，要求代索辽东的酬劳。鸿章依违两可。微德道："堂堂中国，被日本打败，非但贵国有意报复，即敝国亦打抱不平。若贵国与敝国协力御日，任他日人如何强悍，也要打它一个落花流水哩！"鸿章道："贵国如此照拂，还有何说？"微德遂袖出草约数条，递与鸿章道："贵国如肯照允，情愿协御日本，决不食言。"鸿章取过一瞧，乃是东三省铁路，要归俄人专造，并租借胶州湾为军港，暨训练满洲军，及兴办东三省矿务，统要由俄国派员理值。简直是要东三省。鸿章不禁瞠

目道："这，这恐不便。敝国即愿允贵国，他国援例要求，如何对待？"微德道："敝国大皇帝亦为贵国防这一着，所以不遣外部，特遣我与伯爷密议。但教彼此守了秘密，他国何从得知？"鸿章还是迟疑。微德道："敝国并不要你东三省土地。只因日人很想着辽东，前时不得已归还，他日安保不再来占夺？若由敝国代筑铁路，代练满军，代兴矿务，并备了军港一处，那时行军迅速，饷需有着，屯驻亦便。日本倘要开衅，教贵国数句电文，千军万马可以立至，借大日本畏他什么？"言下掀须大笑。寻又语鸿章道："这全为贵国着想，并非敝国硬要沾利。"承情，承情！鸿章明知词不尽实，但默思中日一役，扫尽自己威风，这时不如将计就计，得它借助臂力，压倒日本，中国也出点闷气。错了。当下便一口应承。微德欣然辞去。不数日加冕期到，各国使臣照例入贺，鸿章也去列席。颇承俄皇优待。是约款买出来的。礼毕后，鸿章别了俄都。一时不即回国，托词游历外洋，往欧洲各国去了。巧于趋避。

　　只俄使喀希尼，已奉本国命令，将鸿章所订草约递交中国总理衙门，限期钤印御宝。总

理衙门人员，未识此中曲折，多是相顾惊叹。及进呈御览，光绪帝不觉愤愤道："糊涂！混账！怪不得人人说他卖国贼。如何不奉朕命，擅与俄国订定这张草约？"遂搁过一边。俄使喀希尼常到总理衙门，三日一催，五日一逼，到了后来竟说要下旗回国，与中国宣战。看官你想，扶桑三岛尚是战它不过，屡次败北，况俄罗斯素称大国，幅员比中国要大，兵力比中国强逾数倍，若要与它打仗，总是有败无胜。为这一番恫吓，吓得总署诸公，心胆几乎碎裂。又不好直奏光绪帝，只得禀报西太后。西太后却不惊慌，淡淡地答道："知道了！"早蒙台洽。次日即驾至大内，迫光绪帝画押。光绪帝回奏道："东三省是祖宗发祥地。若照李鸿章所订草约，盖了国宝，岂非是将东三省送与俄人？祖宗有知亦要隐疼哩！"西太后冷笑道："你今日方知有祖宗？你不想，前日议和，早已将辽东割让日本。亏得俄使相助，索还辽东。今日俄国不过造条铁路，借个军港，比那年陵庙震惊，安危相隔不啻倍蓰。你恰这般作难。你今日方知有祖宗吗？"重一笔更凶。骂得光绪帝泪下涔涔，一声儿不敢出口。西太后又道："快些盖印！倭人尚不敢与战，俄人更不好惹的。"光绪帝无可奈何，含泪盖印。弱国如是，孱主如是。西太后见印已盖就，便着李莲英交与军机，转递俄使，自己仍返颐和园去了。俄国既得了重酬，法国亦不肯放过，要求滇边陆路，及广西镇南关至龙州铁路权，并辟河口、思茅为商埠。清廷不好不允，续与法使订了专约。只有德国向隅，德使也不来提及。清廷王大臣还道是德人好义，不愿索酬，竟安心过去。客气碰着老实。

独光绪帝迭遭激刺，越思奋发有为。是时京城里面有一个主事康有为，立起强学会，招集士人编书设局，昌言变法。维新党人很是欢迎，守旧党人大为不悦。御史杨崇伊是守旧党中健将，遂奏请禁止强学书局。不料同寅中有个胡孚宸，反奏请将强学书局改归官办。朝旨竟准胡拒杨。崇伊怏怏不乐，日向维新党中伺瑕寻隙。巧值翰林院侍读学士文廷式，议论时政，他易忧为喜道："这遭奏参不怕不邀准了。"于是立上弹章，劾他遇事生风，广集同类，妄议朝政，并有与太监文海结为兄弟情事。小子有诗叹道：

党派相争意气嚣，倾排谁复顾同僚。

东林覆辙留明史，志士何为祸复招。诗意似责备维新党人，暗中恰深斥守旧党。

欲知光绪帝是否准奏，且待下回表明。

中东一役，战无一胜，势不得不乞和。是书独谓由太后意，恐阅者疑为虚构，故录述宣示全国之上谕：一则曰慈闱颐养，备极尊崇，再则曰万分为难情事，言者章奏所未及详。可见光绪帝犹不愿乞和，主和者为西太后无疑也。至李鸿章遣贺加冕，与俄订约，光绪帝不肯钤印，由西太后胁迫而成，见诸梁任公之清议报，可以复按。天下未有恃人不恃己，而可以立国者。拒日不足，转思联俄，是皆行险侥幸之谬想。鸿章名为老成，胡竟堕人术中耶！光绪帝锐意维新，而廷臣复分党派，互相倾轧，互相争胜，复有左袒之西太后，把持其间，清至此已无可为矣。阅此回，为之一叹！

第二十四回

康主事连疏请变法
光绪帝百日促维新

却说杨崇伊参劾文廷式，奏发，竟批准下来，并降旨将廷式革职，永不叙用，驱逐回籍。守旧党相率欢跃，崇伊也自夸道："我早料这本奏折，必定邀准。前时太后早要将他革逐，当今为二妃情面，纵容至今，经我再去劾奏，就使铜铸铁钉，也要保不牢了。"不言守旧党得意。

且说光绪帝革去文廷式，原是碍于慈命，心中益滋不悦。偏西太后又来懿旨，命将荣禄淬擢。又只好依着，授荣禄协办大学士。正在抑郁无聊的时候，忽报醇王福晋，染了重疾。光绪帝笃念本生，自然禀过太后，亲至醇邸问疾。醇王福晋也不便多言，只嘱帝以"谨慎小心"四字。醇王夫妇始终保全荣名，得诀在此四字。帝为之泪下。驾返后，过了数日，醇王福晋即薨逝。光绪帝临丧大恸：一则因本生父母先后去世，身为人子乌能不哀？一则因醇王福晋为西太后胞妹，西太后与帝未协，还仗她暗中调停，自遭此变，密护无人，自然越想越痛。光绪帝孤矣。

及丧葬既毕，事过境迁，俄国要援约建筑辽东铁路。乃命出使俄国大臣许景澄，与华俄道胜银行订立东省铁路公司合同凡十二条。嗣后督办军务处王大臣，复与俄国驻京公使订定新约，与前东省铁路合同大略相似。只前为路事交涉，后为国际交涉，相同中又是不同。惟鸿章返国，西太后因他联俄有效，命入总署行走。光绪帝虽奉命照办，暗中很不相信。鸿章也乐得韬晦，暂且随俗浮沉。至光绪二十三年，英人又有责言：以前与英国订定缅甸界约，内有江洪一地，归还中国，何故转赠法人？总督诸公方记得是作法国谢礼。无奈不便表明。只得续订中英缅甸界约，改划界线，把工隆全地划与英国，并以那希喀相近三角地一段，永为英国租借；又添开梧州等口岸三处。真是日蹙百里了。光绪帝求治心切，恨不得立刻维新，争光海隅。巧值协办大学士李鸿藻逝世，去了一个守旧党魁，遂命户部尚书翁同龢入为协办大学士。维新党势焰骤张。

会山东曹州府巨野县，出了一桩教案，戕杀德国教士二人。德国与俄、法代索辽东，未得酬劳，正在人人怨望，一旦爆裂，师出有名，遂自由行动，派兵入据胶州湾炮台。总理衙门忙去问德国驻京公使海靖。海靖提出六条要约，大致是：将胶州湾四周百里租借一百年；由胶州至济南的铁路归德国建筑；路旁百里内的矿山也要归德国开采。总署不肯如约，恳他情让一点。他说："租期一百年中，让掉一年，总算九十九年；别事万难减轻。否则，立要占夺东三省了。"总署知无可理喻，只好允准了。与他订约，不料俄使又来诘问，提起从前密约，曾把胶州湾租借俄人，为何无端给德？总署复大吃一惊，情愿将旅顺代胶州湾。俄使不允，定要遵照原约。那时总署没法，仍请出原定密约的李伯爷前去说情。李伯爷见着俄使，苦口商量，俄使才有些转意。只一旅顺不够如数，还要索添一处，李伯爷便把大连湾加入，只租期恳他从短。俄使总算有情，议定二十五年。唯须准他建筑炮台，并将东省路线通至旅顺。李伯爷不好不从。这一边方才定约，那一边又有一个强国来索租地。恃人不恃己的结果。请中国人听着！弄得总署应接不暇，又请老李与他交涉。李鸿章问明原委，才知是英使照会，援利益均沾的旧约，索租威海卫，并展拓九龙租界。鸿章以九龙司远在粤东，前已租与英国，此次展拓界址，尚属无妨。独威海卫是北洋第二军港，不便照允。因将此意面达英使。英使愤然道："德租胶州湾，俄租旅顺大连湾，贵国统是依顺，如何独拒绝敝国？"鸿章答以九龙拓界，未尝不依。英使坚执如故。辩到后来，竟拍案道："德俄二国如肯废约，敝国何敢索请？否则莫谓敝国无情，半语不从，就请备战。"一蟹不如一蟹。弄到鸿章无词可答，结果是愿从遵命。威海卫期限，如俄租旅大同，九龙拓界期限，如德租胶、澳同。这才是光绪二十四年的事情。至二十五年冬季，法国兵官过广州，为土匪所戕。法兵突踞广州湾，索租九十九年，也与中国定约。事在戊戌变法以后，这是后话。连类叙及，仍标明年限。

先是胶警方起，工部主事康有为上书请变法。略称：四邻交逼，胶警复乘，万国报馆，竞议瓜分中国。及时变法，犹可补牢。最重要的计策有三：一请采俄、法、日以定国是，二请大集群才以谋变政，三请听任疆臣各自变法。每条都申说理由，差不多有数千言。越年春，又请开制度局，详定宪法。以下分设十二局，什么法律局，什么度支局，什么学校局，什么农局、工局、商局，什么铁路局、邮政局，什么矿务局、游会局、陆军局、海军局。还要广选亲王游历外洋，大译西书灌输新识，造纸币、立银行；遍设文艺、武备学堂；急练民兵数十万，以资富强。这两疏的激昂慷慨，清史中得未曾有。光绪帝瞧了又瞧，也不禁击节叹赏，当将原折发下部议。各部大臣有说是可行的，有说是不可行的。各争党见。只新党中人，默窥皇上有志维新，纷纷上折奏陈：或请开设经济特科，或请颁发昭信股票，或请先立京师学堂，或请文科改试策论，武科改试枪炮。光绪帝言言采纳，事事听从，变法各诏，次第下颁。

只军机领袖恭亲王奕䜣，自起任国政以来，诸多慎重，平时无左右偏袒。对于皇上变法图强的意旨，未尝不赞同。又素重翁同龢的学问，隐加护持，就使西太后问及，也时为解脱，褒多贬少。惟主渐进，不主躁急，尚和平，不尚激烈。以此军机总署各机关，新旧并进，虽然各挟党见，还亏他双方调和，不致闹出巨衅来。老成人尚有典型。可奈天不祚清，老成罹疾，始则肺病缠绵，继且加以心悸。光绪帝奉着西太后，三次探问，迭见沉重。首夏三月，竟尔薨逝。遗折劝皇上澄清仕途，整练陆军，遇着军国重事，须禀准太后方可施行。恭王已知两宫成隙，故有此遗疏。西太后临邸奠酹，赐谥曰忠，命恭王孙溥伟袭爵。这也不在话下。

只是恭王一逝，维新、守旧两党嫉视尤甚。光绪帝毅行新法，下诏定国是，宣示中外。先是西太后闻知帝意，召帝垂询。帝以变法图强对。太后道："新法非不可行，但须不背祖宗大法，无损满洲权势，才可酌办。"及帝将行，又谕道："目前最可靠的大臣，荣禄外要算刚毅。若翁同龢是不应亲信的。他自诩通才，看满人不在眼中。若叫他秉揽政权，有汉无满，定要搅乱社稷。你须注意。"光绪帝口虽答应，意中不以为然。奈面奉慈嘱，只好半从半违：擢荣禄为大学士，刚毅为协办大学士。

荣禄历史已见前文。刚毅为何如人？他是一个卑鄙龌龊的满员，仗着钻营手段，居然做到刑部尚书。相传西太后六旬寿辰，王大臣等馈献甚多，大都为玉如意等物，数见不鲜。万寿节中，王大臣督抚等例进如意，以现任为限，开缺不能。独刚毅制铁花屏风十二面，入献园中。并贿通李总管莲英，托他置御道两旁。迨慈驾出入，瞧着这铁花屏风，雕镂精工，颇为奇特，便问李莲英道："这是何人所献？"莲英答是："刚毅进奉。"西太后命移入寝宫。未几，即令光绪帝授以重任，擢为刑部尚书。他既长刑部，尝自命为皋陶复出。陶应读如遥，他仍读本音，已足一噱；又称皋陶为舜王驾前刑部尚书，越发令人喷饭；又遇着案牍中瘐毙字样，必改瘐为瘦字。有愚直的司员，禀称瘐字无讹。他恰怒叱道："什么叫作瘐毙？有罪系狱，瘦死是常有的。误为瘐毙，还说无讹吗？"司员为他解释字义，说明出处，他总不信。

这等顽固人物，叫他入直枢机，真是清廷晦气。诚哉是言。这且休表。

且说光绪帝诏定国是，并命内外臣工，保举人才。翰林院侍读李士、徐致靖应旨荐贤，第一个就是工部主事康有为。此外，还有湖南监法道黄遵宪，江苏候补知府谭嗣同，刑部主事张元济，广东举人梁启超。启超系康主事高弟。光绪帝瞧奏，便去问那翁协揆同和。同和道："康才胜臣十倍。"这一语说得光绪帝心花怒开，随即召见。康有为本是能言，入见时剀切直陈，说如何方能救敝？说如何便能起衰？光绪帝自亲政后，从没有见过这般敢言人士，这番遇着康主事，仿佛如昭烈遇孔明，苻坚遇王猛。两下问对，足足有两小时，方命退出，当日命在总署行走。

看官你想，总署中这班官员，多是资格很老，胡须很长，死多活少的人物，偏偏轧进一位康主事来，英棱轩露，词采逼人，那个不要动气？守旧党越加侧目，集众私议道："小小一个主事，得蒙召见，是本朝闻所未闻。且居然厕入总署，傲然自大，目无前辈。若令他长此邀宠，我辈都可回去哩？"御史文悌道："我等合力参他一本，便好将他驱逐。"杨崇伊道："他是翁老头儿举荐。古语有道：擒贼先擒王，扳倒这翁老头儿，康有为自无能为了。"文悌道："翁老头儿方得主眷，怕不容易扳倒哩！"崇伊微笑道："我自有驱魔的妙法，你且看着。"无非去求观世音。过了数日，竟有上谕颁下道：

协办大学士户部尚书翁同龢，近来办事都未允洽，以致众情不服。屡经有人参奏。且每于召对时，咨询之事任意可否，喜怒无常，辞色渐露，实属狂妄任性，断难胜枢机之任。本应查明究办，予以重惩。姑念其在毓庆宫行走有年，不加严谴。翁同龢着即开缺回籍，以示保全。特谕。

看官阅这上谕，便知是意出慈闱，光绪帝被她胁迫，不得已，才有此谕旨的。掣肘太多，如何变法。这户部尚书一缺，调直隶总督王文韶入代，直督缺恰简放荣禄，协办大学士任用了孙家鼐。孙王两人，唯唯诺诺，全凭着资格两字，挨到此职。只荣禄是西太后心腹，偏调任直督，这是何意？看官不必着急，待阅下文自知。故意含蓄。

那时康有为未悉内情，还是絮絮地呈请三事：要统筹全局以图变法；要御门誓众以定国是；要开局亲临以定制度。意在尊重主权，力杜牵掣。可奈光绪帝的权力，远不及西太后。西太后又创出一条新例：凡二品以上大臣谢恩陛见，并须诣皇太后前谢恩；外官也一体奏谢。这明是有心夺权，想把那京内外的官员，统罩在自己腕下，免得帮助光绪帝。守旧党统趋承太后，仗老佛爷庇护，浑名为老母班，呼维新党为小孩班。小不敌老，惹得光绪帝异常懊恼。又经康有为一激，遂想大整乾纲，显出些威柄来。适值满御史文悌，奏劾康有为诬罔，御史宋伯鲁、杨深秀党庇，请立加严谴等语。光绪帝愤然批斥，责其受人唆使，不胜御史之任，命回原衙门行走。文悌碰了这钉子，便去密报西太后。西太后尚不欲发作，只想把军机里面多用几个满员，便好增长势力，省得光绪帝胆大妄为。于是又降一道懿旨，命裕禄入军机。

光绪帝明知太后掣肘，但已决定变法，索性尽力做去：今日饬各省府厅州县设立学校，明日谕各省士民著书制器，暨捐办学堂者，给予奖励；又越日，命改定文科新章；又越日，命变通武科新章；又越一两日，命删改各衙门则例。闹得这班办事人员，有的编查，有的抄写，有的校阅，不但日无暇晷，几乎夜不得安。光绪帝尚嫌迟慢，一谕才下，一谕又来。神机营改习洋操，各直省实行保甲，开办中国通商银行，设矿务总局、铁路总局，并农工商总局于京师。申谕变法不得已之苦衷，命群臣精白乃心，力除壅蔽。你说你的话，我有我的心，单靠一个皇帝,如何能使群臣洗心。顿时京内大哗,谣言纷起。盛说:康有为是投洋教,曾向洋教士处买了一颗红丸,献与皇上。皇上服了丸药,迷住本性,因此康有为这么奏,皇上便这么办。从此过去,恐怕中国四万万人,统要去做洋奴哩。想总是做满奴好!康有为闻这谣言,深抱不安,遇着召对时,直陈无隐,并愿辞出总署。光绪帝点头会意。可巧协办大学士孙家鼐,奏请改时务报为官报。时务报本康、梁二人发起,馆设沪上。光绪帝览奏后,当即批准,谕派康有为督办。康谢恩时,又蒙光绪帝特别召见,密谈许久乃退。随降谕旨,命裁汰京内外各官。想总由康有为奏请。京内裁撤詹事府、通政司、光禄寺、鸿胪寺、太仆寺、大理寺各衙门,京外裁撤湖北、广东、云南三省巡抚,并东河总督缺。还有不办运务的粮道,向无盐场的盐道,亦在裁汰之例。又令官民一律应诏言事,内外大臣不得阻抑,应自陈者自陈,应代奏者代奏。

适直隶总督荣禄,赍折上陈,请皇上奉太后至天津阅兵。光绪帝禀明西太后,西太后以京津铁路早已告成,乘此出坐火车,也是第一次消遣,便欣然照允。光绪帝即下谕准奏,择于季秋举行。守旧党人以事出非常,相率惊诧。偏礼部主事王照又有一篇条陈,呈请堂官代奏。这时礼部堂官,满尚书是怀塔布,汉尚书是许应骙;满侍郎是坤岫、溥颋,汉侍郎是徐会澧、曾广汉,多是守旧人物。先把王照的条陈展览一遍,内有请剪发、易服一条,不禁大惊道:"辫发都可剪去吗?这真是丧心病狂了。"辫子重于性命,所以到今还有辫子将军。还有一条,是请皇帝奉太后游历日本。各哗然道:"日本国是我仇敌,要太后皇帝同去游历,简直是要他性命。两宫落了人手,便好将中国让送日本。汉奸!汉奸!具何肺腑?"随后有一条是斥逐太监。大家恰不加评论,只说这等怪诞的话头,如何代奏,便将原折掷入字篓中。不意御史宋伯鲁、杨深秀等竟将此事奏闻。言官奏折,例可直递,当由光绪帝遣派左右,至礼部索取王照原折。怀塔布等不能不从字篓中检出,交来人携去。为这一事,光绪帝立降严旨,将礼部堂官六人,一概革职,并赏王照三品顶戴,以四品京堂候补。过了一日,又命内阁候补侍郎杨锐,刑部候补主事刘光第,内阁候补中书林旭,江苏候补知府谭嗣同,均赏加四品卿衔,着在军机章京上行走。又过数日,复以李鸿章、敬信两人,筹办新政不力,竟将他撤出总署。一面复宣谕中外道:

国家振兴庶政,兼采西法,牧民之政,中外所同,而西人考究较勤,故可补我所未及。今士大夫囿于成见者,谓彼中全无条教。不知西国政令教学,千端万绪,主于为民开其智慧,裕其身家。朕夙夜孜孜,改图新法,岂为崇尚新奇?乃眷怀赤子,皆上天之所畀,祖宗之所贻,非悉令其康乐和亲,朕躬未为尽职。加以各国交迫,尤非取人之所长,不能全我之所有。朕用心甚苦,而黎庶犹有未知,咎在不肖官吏与守旧士夫,不能广宣朕意,乃至煽动浮言,使小民摇惑惊恐,山陬海澨之民,有不获闻新政者,朕实为叹恨。今将改行新法之意布告天下,使百姓咸喻朕意,共知其法之可恃,上下同心,以成新政,以强中国。朕不胜厚望!着查照四月二十三日以后,所有关乎新政之谕旨,各省督抚均迅速照录,刊刻誊黄,切实开导,着各省州县教官,详切宣讲,务令家喻户晓为要。此次谕旨,并着悬挂各省督抚衙门大堂,俾众共观,以祛壅隔之弊。钦此!

这道上谕,乃是光绪二十四年,岁次戊戌七月二十七日颁发。回溯四月二十三日,共三个月有奇,差不多有一百日了。点醒眉目。

至八月初一日,直隶按察使袁世凯入觐。适光绪帝在颐和园,召见袁于仁寿殿,所言皆关系新政。袁极陈可行,且奏称练兵尤为要着。光绪帝大为嘉允,次日即谕,擢世凯为侍郎，令他专办练兵事务。在光绪帝的意思原是不次超擢，冀他感恩图报，为主效力。谁知人心难料，奇祸猝乘，一着走错，满盘失败。有分教：

雷厉风行百日尽，冰消瓦解一旦空。

欲知光绪帝如何遭祸，且至下回续表。

本回大旨，为传光绪帝乎？曰非也，传西太后耳。何谓为传西太后？曰：光绪帝之锐意变法，操之太骤，至同日斥革礼部六人，皆西太后有以激成之也。夫外患迭起，四邻交逼，非变法何以图存？但必须母子同心，上下协力，循序渐进，乃可奏效。乃维新者挟皇帝以自逞，守旧者仗太后以自尊，皇帝用一人，太后亦用一人，皇帝斥一人，太后亦斥一人，互相箝制，互相牵掣，新旧杂沓，阻力横生，欲其有成得乎？至礼部六人被黜，新进四人入军机，乃由光绪帝愤懑已极，迫而出此。水性至柔，激而行之，可使在山。光绪帝少年使气，何怪其操切至此也！然则谓非西太后之激成，谁其信之？故观戊戌变法之未成，令人不能无嗛于慈闱云！

第二十五回

泄密谋三次临朝
反旧政六人毙命

却说袁世凯入觐后,奉旨擢任侍郎,专办京畿练兵事宜。因侍郎官居从二品,例应至西太后处谢恩。西太后立即召见,问及皇帝召对时,有何嘱咐?袁以整顿陆军对。西太后道:"整顿陆军极是应办。但近观皇帝所为,太觉躁急,我疑别有深意。你须遵我命令方好。"世凯遵旨而出。

西太后因帝在园中,便召之入内。先淡淡地问他几句,随即带着厉声道:"什么王照,教你剪发易服?你道剪去辫发,易了服式,便能自强吗?怀塔布、许应骙等人,老成硕望,你偏将他一律革职,反宠用那狂妄的贼臣。他教你剪发,你便剪发,他教你易服,你便易服,他教你割去头颅,你亦依他割去吗?"光绪帝道:"从前赵武灵王易服习骑射,卒以致强。……"西太后不待说完便喝道:"你算晓得几句史事,到我面前卖弄。有人说你吃了康有为蛊药,以致心性糊涂,看来恰不是虚言哩!"光绪帝答说:"并无此事。"西太后道:"无论有无此事,这康有为实是败类。他在外面倡言无忌,统派我的不是。你何不叫他来管束我呢?"这句话吓得光绪帝连忙跪下。西太后道:"你也不用这般做作,你目中尚有我吗?若是有我,也不致斥退旧臣,录用匪类。就是这胆大妄言的康逆你也早早拿办了。"可见守旧党早已进谗。光绪帝不便开口,只好磕头。旁边侍着这位李总管,也是眼中有棱,恨不将光绪帝训斥一番。难道是光绪帝的阿爹!西太后又语帝道:"我今天还没暇同你算账,你且退去,小心等着便了。"光绪帝诺诺连声,起身退出,越宿回宫,心中很不自在。暗想:太后训责,尚有可说,只李莲英形容凶悍,很觉可恨。

看官!前日降谪二妃时,李莲英尚乞免杖责,如何此时顿改初心?应二十二回。原来莲英有一妹子,小子前曾提及。应二十一回。莲英想乘二妃被谪,将妹子补入这缺,他妹子也怀着这想法。尝乘光绪帝入园请安时,有心挑逗,故弄风骚。可奈美人有意,天子无情,任她如何卖俏,总是有施无报。光绪帝真是呆鸟!急得莲英没法,竟直禀西太后。西太后本怜爱这李大姑娘,也愿替她说合。偏光绪帝抬出祖制,说是满汉不得通婚,因此西太后不好强逼。莲英大失所望,未免生了嫌隙。一层。还有一件。西太后入园后,莲英势力愈大,做出一条新例:不论皇亲国戚,入见太后,必需门费。就是皇帝也要照例。光绪帝很是不悦,虽不好直禀西太后,当面总不免诘责。又多了一种芥蒂。二层。而且王照条陈,请斥太监,明明是指着李莲英。光绪帝反奖他敢言,擢为京卿,莲英得知如何不恼?由是恨上加恨。三层。一班守旧党人,揣摩迎合,要想趋奉西太后,不得不巴结李莲英。总教莲英在西太后前,添了一两句好话,就使千金万两也没甚可惜。横直是民脂民膏,乐得使用。莲英一举两得,便与旧党中人,时常密议。旧党浼他设法,尽逐维新党。莲英道:"太后最相信的是荣中堂。前日简放直督,就令他镇定军心,免为煽动。前回疑案至此才现。乘此内外沟通,再请太后出来训政。不但这等小孩班毫不中用,就是他的主子,要他这样便这样,要他那样便那样。"主子是别人的,何妨把他摔去。说至此伸手一握,狞然微笑。形容尽致。御史杨崇伊道:"这是第一个妙策,明日就去见荣中堂罢!"议毕,彼此分手而散。

越宿，杨崇伊即赴天津去了。又越宿，乃是八月初五日，天将明，光绪帝御乾清宫召见袁世凯，袁正要请训出京，闻命趋入。光绪帝单独垂询，问他肯忠事朕否？世凯自然照答："愿效微忱。"光绪帝道："好！好！朕有一道密旨，你快去照行，不负朕心。"随从袖中取出一小束，递与世凯。世凯双手接奉，复请光绪帝明训。光绪帝道："都在这密旨内，赶即出去照办便是。"世凯遂谢恩退出。正要出殿，突见殿外有人影一闪，险些儿要叫出来，连忙忍住了，匆匆回寓，把密旨展开，内藏小箭一支，取箭览旨不觉伸舌。他本是心性灵敏，忙将密旨及小箭藏入怀中，即带着随人，出了京城，竟乘火车赴津去讫。不即叙密旨内容，笔法深沉。

到八句钟，西太后自园入宫亲祀蚕神，光绪帝出瀛秀门跪迓，慈舆入宫祀神毕，暂居西苑。午膳已过，转瞬薄暮，西太后正在西苑游览，陡见一人跟跄奔入，到西太后前连忙跪下碰头。西太后惊讶道："你是何人，不奉宣召，擅来谒见？"荣禄道："奴才系荣禄，求老佛爷救命。"西太后道："你为直督，何得擅自离任，违禁入宫？且有什么事要我救命？这里也不是你避难地方，你敢是病狂吗？"荣禄碰头道："奴才并不病狂。现有紧要密陈乞太后俯谅愚忱，好使奴才详奏。"西太后会意，便命内监退出，只留李莲英在侧。荣禄取出光绪帝密旨，呈与太后。太后瞧毕，不由得心中大怒，面上却故示从容道："这事可这么？"荣禄道："这是袁世凯交与奴才的。他是晌午到津，奴才不敢不来。乞老佛爷救命。"西太后道："你去传召几个王大臣，到此会议。"荣禄忙起身去讫。看官到此定要究问密旨内容，小子正好乘隙一叙。这密旨所说，乃遣袁世凯速往天津，袭杀荣禄，夺了兵权，代任直督；随带兵星夜入都，扫清旧党等事。计是好的，可惜所托非人，且行之亦觉太骤。西太后食了晚膳。不一时，礼王世铎，协办大学士刚毅，军机大臣裕禄，已革礼部尚书怀塔布、许应骙等，都随荣禄入西苑，最后还有一个杨崇伊，想是随荣禄同来。统向西太后叩头。太后把密旨略述，各大臣都请太后速出训政，毋蹈危机。西太后点头。复语荣禄道："你有无亲兵带来？"荣禄道："奴才来京时，已与袁世凯商定，令他夜开专车，派兵千名到京。大约翌晨可到。"西太后道："这却很好。但目下且守秘密，俟来兵入京，把侍卫调出，方好行事。你明日仍回天津，截住逆党，休令逃脱。"荣禄遵旨。议定后，一律退出。

这时有一个孙太监，略得会议风声，忙去奏报光绪帝。光绪帝知凶多吉少，急自草一谕，令孙监密递康有为，命他速往上海，毋再迁延观望。康主事见黉夜递谕，情急可知，也不及通报同志，连胞弟广仁在京，都无暇顾及，候到黎明，只带些细软物件，挨出京城，乘火车至天津，复搭轮直往上海。荣禄在京待至兵到，调入禁城，方好乘车赴津，那时康有为已乘轮南下了。光绪帝怀疑未定，夜间不能成寐，闻鸡即起。用过茶点，入中和殿，阅礼部奏折，是预备秋祭典礼，倒也不放在心上，只批"知道了"三字，便算了结。此外也没甚要件，便即出殿。

忽有一西苑宫监，传宣懿旨，召帝立刻入见。光绪帝吓了一大跳，好似晴空中起了霹雳，不由得胆战心惊。无奈宫监催促，只好随至西苑。一入苑门，赫赫威灵的李总管，已带领阉党，在门内等候。见了光绪帝，也不请安，便昂然道："老佛爷有旨，命万岁爷至瀛台召对。"这语一传，那阉党即上来拥护，翼着光绪帝前行。约半里，过了小桥，即至瀛台，里面阒寂无人，光绪帝问太后来未？莲英厉色道："慈驾就到。"不一时，西太后乘舆至，后面随着皇后，连瑾、珍二妃也都带来。光绪帝莫名其妙。只见西太后下舆，怒容满面，由光绪帝跪迎入室。西太后坐下，举指向帝道："你过来！你何故忘我大恩，胆敢谋我性命？"光绪帝忙跪叩道："子臣怎敢！"西太后道："你说不敢，你为何叫人带兵围颐和园？"光绪帝闻此，不觉发抖道："没……没有此事。"西太后道："你也不必抵赖。你入宫时，年只五岁。立你为帝，抚养成人，以至归政，我待你也算不薄了。你要变法维新，我也不来阻你，为什么丧尽天良，要加害我身呢？"光绪帝只是磕头，不敢再言。可怜，可叹！西太后道："你是命薄，没福做皇帝，听人唆使，好象一个傀儡。我也命苦，满望归政以后，好享几年清福，谁知闹出这般祸祟来。现在亲贵重臣又要请我训政。你试想想，我是六十多岁的人了，这副重担如何还要我挑？像你方值壮年，正好励精图治，为何王大臣们没有一人向你？就使有几个汉奸，似乎助你，其实要搅坏我的清室江山。祖宗辛苦经营，难道由他断送吗？"言至此，眼眦莹莹，似乎要坠下泪来，遂取襟下细巾，拭了凤目。复道："像你也不配做皇帝。除非换一个诚孝的人，还好缵承祖武呢！"复顾皇后道："我道你是我侄女儿，也好替我劝着皇帝，竭尽孝思。不料你也这般没用。"皇后也跪下谢罪。西太后道："你也没有什么大罪。不过你失于监察，听他这个枭獍，设计谋我，所以我要责你。从今日始，你须监视他的举动，日日报告。如或替他隐饰，哼！哼！我先要将你处治呢。"究竟是姑母侄女，比待同治后，大不相同。皇后唯唯遵命。忽见珍妃跪下道："皇上一时愚昧，听信匪人，还求圣母宽恕。"西太后怒道："都是你等狐媚子蛊惑皇上。正要将你等处治，你还敢来多嘴吗？"珍妃本是胆大，索性昂头道："皇上乃一国共主，圣母也不便任意废黜。"语未说完，面上已着了一掌。但听西太后大喝道："快将这贱人牵出去。她前时因禁三所，不盈百日，得蒙释放，想他这副贱骨头，总不配居住宫内，罚她一个永禁三所，还是格外加恩哩！"光绪帝与珍妃，福气原是淡薄，那能及你老佛爷！当由内监过来，将珍妃撵出门外，引至三所去了。这三所究在何处？小子于二十二回中，未曾表明，不得不补笔叙清。三所在景连门外，系是三间密室，凡宫眷有罪，统要罚禁在此。屋式与女狱相等，重门局镮，仅通饮食。当珍妃出去的时候，光绪帝偷眼相看，只见她愁眉半蹙，泪眼双垂，绯红如泛水桃花，坠粉如带雨海棠，已至门外还是回顾。光绪帝有恋恋不舍情状。我见犹怜，忍哉西后！此时的光绪帝好似万箭穿胸，无奈自身尚且难保，哪能顾及妃子。瑾妃虽关怀手足，碍难乞情，只好眼睁睁地由她牵出。就是怀着兔死狐悲的痛泪，也唯有暗落柔肠。西太后复语皇后道："留你在此，你须记着我语。我要到大内去，缓缓儿同他算账。"又语李莲英道："你去选几名妥当的太监，服侍皇后。前时皇上所用的内监们，统用不着。你去细细审问，有罪的处死，没有罪的逐出宫外。"莲英应了几个"是"字，西太后即抽身出去。瑾妃以下一律随出。西太后上舆过桥，复命莲英道："你去饬遣侍役，将桥板拆去。此后往来瀛台，有舟可通，无须此桥。"可谓严防。原来瀛台在西苑湖中，四面环水，只有一桥通陆。西太后命拆去此桥，是不许旁人出入的意思。莲英奉命，俟侍从过完，当场督役拆桥。迨桥板拆去，慈舆已去远了，莲英忙出西苑，飞至大内。忙字，飞字，写得尽情。

宫中的人已黑压压的挤满一堆。有两个军机大臣，援笔拟旨：一道是矫称帝诏，说：朕躬遇疾，再请太后训政，暂在便殿办事，至本月初八日，朕率王公大臣，在勤政殿行礼，着礼部衙门敬备典仪；一道是饬步军统领速拿康党。略说：康有为大逆不道，谋围颐和园，劫制皇太后。其党张荫桓、徐致靖、杨深秀、杨锐、林旭、谭嗣同、刘光第、梁启超、康广仁等，一并革职逮捕治罪。两谕颁发出去，西太后方命办事诸员，退出休息。莲英谒过太后，复去将光绪帝旧用宫监十二名，一一传讯。不管他有罪没罪，但教素来有点情谊，或立献巨金，即说他无过，出宫了事，否则任情杖责，血肉横飞，好几个毙于杖下，侥幸不死的发往充军。自残同类。

是夕步军统领，即来复旨，命捕诸人多已拿到，只逃了首逆康有为及梁启超。西太后忙命军机飞电备省，严缉康梁。

康有为逃至上海，将要进吴淞口，舟忽停住。来了一个洋人，挨舱搜索。见了有为，似曾相识，便操着华语道："康先生，你好大胆！敢来此地？"有为瞧着，乃是海关上办事洋员，向与有一面交。忙起与行礼，问着何事？西人就把京电缉拿略述一遍。有为不得已乞救。西人道："本意是来代缉，如今反为代纵。好在你是政治犯，快来，随我同去。"有为即跟他出舱。见西人另有小轮，便舍了原舟，趋入小轮而去。看官！你道政治犯是什么解释？为国家政治上犯罪，叫作政治犯。乃是公犯与私犯不同。西国律例：凡他国政治犯逃至本国，不得交还。所以西人好带着远飏。有为所乘的轮船，本外国商人开办，海关人员见了，自然奉命维谨。有为随西人到关上，改乘英国威海司军舰，竟往香港去了。鸿飞冥冥，弋人何篡。梁启超命不该绝，这日正有事赴津，闻荣禄发兵入京，料知宫禁有变，急投日本兵舰，逃往横滨。自此师弟两人出亡在外，组保皇会，办清议报，直至宣统革命，党禁撤销，方得东归。这且按下不提。

且说西太后三次训政，八面威风，各位顽固老臣，统是喜气洋洋，非常得意。独这颓然失势的光绪帝，形容惨淡，步入勤政殿中，对着这位华服雍容的西太后，行过三跪九叩礼；然后各王大臣统排着位次，跪伏殿阶。殿中肃静无哗，只有一种蓬蓬勃勃的声音，响应方砖。看官道是何声？乃是王大臣的碰头声。笔下有力，刻画尽致。行礼已毕，未几还朝，光绪帝仍返禁瀛台。次日即用帝名降谕道：

朝廷筹办新政，冀为国家图富强，为吾民筹生计，并非好为变法，弃旧如遗。此朕不得已之苦衷，当为天下臣民所共谅。乃体察旧日民情，颇觉惶惑，总缘有司奉行不善，以致无识之徒，妄相揣测，议论纷腾。即如裁并官缺一事，本为淘汰冗员。而外间不察，遂有以大更制度为请者。举此类推，将以讹传讹，伊于胡底？若不开诚宣示，诚恐骨动浮言，民气因之不靖，殊失朕力图自强之本意。所有现行新政中裁撤之詹事府等衙门，原议将应办之事，分别归并，以省繁冗。现在详察情形，此减彼增，转多周折，不若悉仍其旧。着将詹事府、通政司、大理寺、光禄寺、太仆寺、鸿胪寺等衙门，照常设立，毋庸裁并。其各省应行裁并局、所冗员，仍着各该督抚认真裁汰。至开办时务官报，及准令士民上书，原以寓明目达聪之用。唯现在朝廷广开言路，内外臣工条陈时政者，言苟可采，无不立见施行。而疏章竞进，辄多撷拾浮词，雷同附和，甚至语涉荒诞，殊多庞杂。嗣后凡有言责之员，自当各抒谠论，以达民隐而宣国是。其余不应奏事人员，概不准擅递封章，以符定制。时务官报，无裨治体，徒惑人心，并着即行裁撤。大学堂为培植人才之地，除京师及各省会业已次第兴办外，其各府州县议设之小学堂，着该地方官察酌情形，听民自便。其各省祠庙，不在祀典者，苟非淫祀，一仍其旧，毋庸改为学堂。此外业经议行及现在交议各事，如通商、惠工、重农、育材，以及修武备、浚利源，实系有关国计民生者，亟当切实次第举行。其无裨时政而有碍治体者，均毋庸置疑。着六部及总理各国事务衙门，详加核议，据实奏明，分别办理，以副朝廷励精图治不求其详之至意。将此通谕知之。

自有此谕，已将新政根本，全盘推翻。随后复命各项考试，仍用制艺，停办经济特科，禁止报馆，撤销农商总局，不准士民结社集会。举光绪帝半生心血，百日精神，都化作过眼烟云，消灭无遗了。

西太后复下严厉手段，令将杨深秀、谭嗣同、林旭、杨锐、刘光第、康广仁六人，即行正法，毋庸刑部讯鞫。六人临刑，神色不变。嗣同尚谈笑自若，宣言道："中国数千余年来，未闻有为国变法,以致流血,此番算是第一遭了。人谁不死,死后扬名,怕不是碧血千秋吗?"六人同时遇害,时人呼为六君子。又将张荫桓发配新疆,严加管束,徐致靖永远监禁,李端棻革职充戍,陈宝箴革去巡抚职,永不叙用,复夺翁同龢原官,交地方官看管。一面命荣禄为军机大臣,节制北洋诸军。特任裕禄为直隶总督,许应骙为闽浙总督,老母班一概起复,小孩班一概诛逐。然后再作几篇官样文章,作为上谕。如融党见,杜攻讦,清理讼狱,训练兵勇,惩戒盗贼,勤课水利、农桑,饬办积谷、保甲、团练等事。守旧党人盛称西太后功德,仿佛是个女中尧舜。小子有诗咏道:

拔翻新政见雌威,率土臣民莫敢违。

尽说女中有尧舜,如何清室竟衰微?

欲知后来情状,看官试阅下回。

　　光绪帝之急于图强,与维新党之侈言变法,皆蹈欲速不达之弊,不能尽为无咎。然如西太后手段之辣,心思之悍,诚吕武以来所未有。我不敢谓维新党之足以兴国,我却敢谓西太后之必致丧邦。满廷老朽,谇构有余,加以阉竖李莲英,势倾内外,能无沦骨以亡乎?古人谓牝鸡司晨,惟家之索,观是书而益信矣。

第二十六回

大阿哥入嗣宗祧
义和团旁延畿辅

却说西太后诛逐新党,力反旧政,已是不遗余力。又因总署缺人,特命徐用仪、许景澄、袁昶、桂春、赵舒翘、联元、启秀、裕庚等人,先后入直。并将天津阅操的成命,一律收回。且下诏遍求名医,入视帝疾。略称:自四月以来,朕即觉违和,一病至今,尚未轻减云云。四月中下诏变法,大有精神,如何说是有病。可见全是诳语。于是各省皆征名医入都,连西医都色夫,籍隶法国,也至西苑诊视。小子生长南方,只闻江苏名医陈莲舫,被征北上,到京后,由军机处带领入殿。陈医照例跪叩毕,屈膝如故。暗窥西太后与光绪帝对坐,中置矮桌,光绪帝面白无色,似有倦容,形容瘦弱,鼻如鹰钩,独西太后威仪严整,奕奕逼人。向例医官不能问皇帝病状,因此帝病由太后代述,光绪帝随时领首,或略说一二字,证实病状。至西太后命诊帝脉,光绪帝方伸手置矮桌上。陈医跪按帝脉,模模糊糊的诊了一番,也不识他是什么病源。实是愁病。西太后又接述病情,略说舌苔如何?口中喉中生疮如何?陈医又不便仰视,姑妄听之而已。西太后语毕,陈医即退出,拟就一个不死不活的方剂,呈上军机,恳他转奏。自思药不对症,未能见效,不如赶紧出都。当时江苏巡抚曾送赆仪六千两。他即将这银赇托要路,方得回南。白跑了一次,还亏没有意外,乃是不幸中的幸事。话休叙烦。

且说西太后既幽禁光绪帝,有意废立,因恐中外反对,不好径行。暂时且托称帝疾,敷衍了一年,暗中时作废立的思想。拟厚集兵力,抵制中外,方好把光绪帝摔去。因是命荣禄节制北军,教他认真训练。荣禄遂奏设前、后、左、右、中五军:前军把守北洋门户,驻扎北塘、大沽一带,即以聂士成所统武毅军编制。为下文死事张本。后军驻扎蓟州,兼顾通州,即以董福祥所统甘军编制;左军驻扎山海关内外,专防东路,即以宋庆所统武毅军编制;令袁世凯募建陆军,驻扎小站,扼津郡西南要道,称为右军,革命后,袁得任总统,便是小站练兵的效果。自己另招亲兵万名,作为中军,驻扎南苑,保卫京师。五军同时筹备,满望将京畿四面,布置得密密层层,与铜墙铁壁相似。可奈国帑空虚,有兵无饷。遂命协办大学士刚毅启节南下,先到江南,继到广东,两处搜刮了几百万银子,才赋言旋。不知他中饱若干?西太后尚嫌不足,复命各省将军、督抚,着力整顿关税、厘金、盐课等项,凡商民输纳的款子,统要和盘托出,不得隐匿。其如官吏不从何!并令轮船招商局、电报局及开平矿务局,盈余利息,酌提归公,作练兵的寻常经费。计划已定,便提议废立问题。

其时端郡王载漪的福晋,入侍太后,已有数年。应二十一回。西太后颇加宠爱。遂命端郡王载漪,督练虎神营。这叫作妻荣夫贵。载漪顽劣无能,何知兵事?不过用了几个文牍员,上了几本虚张声势的奏折,西太后遂说他训练有效,从优奖叙,他有一子名叫溥儁,年方十四,尝随母入宫。他有一种小聪明,无论什么玩具,叫他一学,数日即能。兼且善能唱戏,所有汪大头、谭叫天的腔调,都能心领神会,随口模仿。因此太后异常爱他。好入戏迷传。他是道光帝曾孙,与同治、光绪二帝为犹子行。但支派已经疏远,论理不应入嗣。西太后注意择贤不论亲疏,总教是自己中意,便好将他立为储贰。所谓溺爱不明。

可巧承恩公崇绮,废居私邸,闲散多年,得着这个消息,暗生觊幸,嘉顺皇后的遗恨,难道已忘却吗？密与大学士徐桐、尚书启秀往来筹议，想乘此定策禁中，得邀殊宠。可奈朝廷大权，统在荣禄掌中，若要阴谋废立，必须荣禄预奏太后，方可有成。当下同造荣第，先探荣禄意思。荣禄依违两可，三人告别归来，夜间即由崇绮密具疏草，引经援史，做了一篇皇皇文告。不愧殿撰才！徐、启二人瞧着，大加褒赏。崇绮道：“这篇奏折，大致颇中时要。但必须荣中堂联衔，较为有力。”徐桐道：“那个自然。启兄与荣中堂莫逆，明日请先为通意。”启秀应允。次日朝罢，启秀随荣禄退归，便与密商署折事。荣禄道：“这事恐不易办到的。你不闻南方督抚早有违言吗？”启秀问是何人作梗？荣禄道：“太后早有此意，我兄弟未敢赞成。前曾发了密电去问南方各督抚，江督刘坤一复电到来，首先梗议。照此看来，这事只好缓图。”启秀道：“公不闻伊霍之事吗？古语有云：‘欲立非常之功，必待非常之人’，如我公功德崇隆，一举手间，便可成事。伊霍不能专美于前，宁畏一外省疆臣吗？”谀中寓激，措辞真巧。荣禄道：“一个江督原不足畏，但外国驻京公使也常来问帝病状。一旦事出非常，安保不来诘责？”启秀闻到这语，颇也踌躇起来。寻又答道：“慈寿已高，将来复要归政，为之奈何？”惕之以利害，又进一层。荣禄不禁嗟叹道：“这也只好听天由命。”启秀复道：“崇、徐二公，少顷当来拜会。晚生要拜别了。”荣禄也不挽留，送行时只谆嘱道：“二公处为我致意，幸勿鲁莽。”启秀唯唯，出了荣第，即至崇、徐处报闻。崇、徐复亲至荣第投刺，不料门上竟称“挡驾”。惹得崇、徐二人懊恼起来，竟大着胆把三人联衔的奏章，浼了李总管，直达慈宁宫。

　　西太后览奏心动，是晚即召亲信王大臣密议。王大臣等多未接洽，奉了密旨，统是忐忑不定，陆续到宁寿宫。排班碰过了头。西太后即宣谕道：“今上嗣统，国人多说次序未合。我因帝位已定，自幼抚养，直到今日。不料他毫不感恩，反而对我种种不孝，甚至与南方奸人同谋陷我。如此行为还配做皇帝吗？”王大臣们尚未答言，太后又说道：“我意已决议废立，改择新帝。此事可于明年正月元旦举行。汝等今日可议：今上废后应加何等封号？明朝景泰帝尝降封为王，古例也好援用吗？”这旨一传，那大学士徐桐，便碰头奏道：“从前金封宋帝，曾有昏德公名号，或可照用。”引明不若引金，真好满奴。西太后略略点头。随又道：“新帝已择定端王长子。端王秉性忠诚，汝等应亦共知。他子性亦聪敏，若立他为帝，可无后虑。”说至此，即旁顾载漪道：“汝此后可常来宫中，监视新帝读书。”载漪闻言，几乎自顶至踵，无不爽快，忙即跪伏，磕了几个响头。忽有一人启奏道：“依臣愚见，事宜从缓。倘若速行，南方恐要有变。现在不如默选贤良，参酌列祖列宗成例，俟要嗣立，方可举行。”太后瞧将过去，谏阻的人乃是协办大学士孙家鼐。还是此人。不由得沉着脸道：“这是我们一家人会议，兼召汝等汉大臣，不过顾着汝等体面。况此事曾告知皇帝，皇帝也没有什么异言。汝等明晨至勤政殿候着，我当饬召皇帝御殿定夺便了。”王大臣等闻命趋退。端王载漪怒目视孙，恨不得将他扑杀，只在西太后面前不便发作，怏怏趋出。独荣禄奉着懿旨，特别留住。又历一小时乃退。

　　翌晨，各王大臣至勤政殿，伫候了一句钟，但见西太后乘着慈舆，由数太监簇拥前来。大众在阶下跪接，俟太后下舆入殿，诸人齐起，至殿门外跪下，约数分钟。见李总管莲英导着帝驾，至殿门外下舆，登殿行跪叩礼。西太后道：“起来！”帝谢恩而起，从旁坐下。太后又召诸王大臣入殿，王大臣等入殿下跪。只听西太后语帝道：“你年已及壮了，尚无后嗣，更且多疾，我意拟选立储君。你意以为然否？”光绪帝不敢多言，只答了一个“是”字。苦呵。西太后即谕王大臣道：“帝意亦是如此。汝等谅各听见了。”王大臣等齐称“遵旨”。西太后复谕荣禄道：“你去饬军机拟旨吧。”随即退朝。

又越日大集群臣于仪鸾殿，凡近支亲王贝勒、御前大臣、内务府大臣、各部尚书、南上两书房翰林，齐集殿阶。太后及光绪帝尚未到殿，大众各附耳密谈，争说今日有废立情事。内廷承值的苏拉，清宫太监名。且昌言道："今日要换皇上了！"不一时，两宫驾到。俟大众跪叩后，即命荣禄颁发谕旨。其文云：

朕以冲龄，入承大统，仰承皇太后垂帘听政，殷勤教诲，巨细无遗。迨亲政后，正际时艰，亟思振奋图治，敬报慈恩，即以仰副穆宗毅皇帝付托之重。乃自上年以来，气体违和，庶政殷繁，时虞丛脞。唯念宗社至重，前已吁恳皇太后训政。一年有余，朕躬总未康复，郊坛宗庙诸大祀，不克亲行。值兹时事艰难，仰见深宫宵旰忧劳，不遑暇逸，抚躬循省，寝食难安。敬溯祖宗缔造之艰难，深恐勿克负荷，且入继之初，曾奉皇太后懿旨，俟朕生有皇子，即承继穆宗毅皇帝为嗣。统系所关，至为重大，忧思及此，无地自容，诸病何能望愈。用再叩恳圣慈，就近于宗室中慎简贤良，为穆宗毅皇帝立嗣，以为将来大统之畀。再四恳求，始蒙俯允，以多罗端郡王载漪之子溥儁，继承穆宗毅皇帝为子。钦承懿旨，欣幸莫名，谨敬仰遵慈训，封载漪之子为皇子。将此通谕知之。

看官记着，这道谕旨，乃是光绪帝二十五年十二月二十四日颁发。当时王大臣等起初疑是废立的懿旨，及看到此谕，方知是选立储君。颁谕后，王大臣等退朝，还是啧啧私议。预料明年元旦，嗣皇总要登基。谁知元旦这一日，寂无影响，反下了一道恩诏：因光绪帝三旬寿辰，赏赉王公大臣有差。这正是莫名其妙了。后来细细探查，乃知西太后本拟废立，嗣因大臣会议，被孙家鼐谏阻，未免动疑起来。随即留住荣禄，详询可否？荣禄婉言奏道："圣母懿旨，谁敢抗议？但今上过失未曾表明，外国公使如来干涉，倒是一桩难事。"西太后道："木将成舟，如何是好？"荣禄道："这却无妨。皇上已值壮年，尚无皇子。为穆宗毅皇帝大统计，应早立储。今立端王子为大阿哥，承继穆宗，抚育宫中，慢慢儿地瞧着机会立为嗣皇帝。那时名正言顺，不怕外人梗议了"。荣禄未尝维护光绪帝，不过慎重一点。西太后默思良久，方道："汝言亦甚有理。"随命退息。因此荣禄独迟迟出来。

只这位协办大学士孙家鼐，一时迫于忠愤，直言谏阻，继思得罪端王，定多不便，遂乞了病假，安然回籍。恰是明哲保身。他的遗缺由王文韶补入。王协揆随处圆到，京中号他玻璃蛋，光滑的了不得，所以始终不遭险难。当时还有沪商经元善，联络义士，拍了一个长电，力争废立事情。西太后大为愤怒，立饬军机电达江督，严拿元善。电文才发，东洋又来了一电，辱骂西太后，并说义师云集，指日来京问罪。气得西太后浑身发抖，又命军机电饬沿海疆吏，悬赏十万金，捉拿康梁。毕竟大海捞针，无从搜捕。不但康梁远飏，连经元善也不知去向了。

立储既定，溥儁即入居宫中，仍辟弘德殿教他读书，阖宫称他大阿哥。命崇绮为师傅，徐桐为监管。大阿哥性好游狎，要他静心读书，好象牛鼻上穿绳，那里情愿？亏得崇、徐两公，统是好好先生，不去严行监督，所以大阿哥尚觉自由。他生平最喜欢的有两只洋狗，一入宫就带了进去。别人还道他读书，谁知他一味弄狗。一班狐群狗党，何分人畜。乃父端王，得了这个机会，权势越大。除崇绮、徐桐外，如刚毅、启秀、赵舒翘、英年等人，没一个不去趋奉。荣禄虽势力相埒，究竟位在彼下，也只得略献殷勤。还有载澜、载勋、载瀛、载濂、载滢等，统是他兄弟行，巴不得他父子发迹，好做现成的皇叔。凑巧山东巡抚毓贤，密报端邸，说有一种义和拳民，刀剑不入，枪炮不受，确是有些神技。想系上天有眼，赐佐新君等语。乱拍马屁。端王载漪闻这消息，不觉欢跃异常。暗想废立的事情，不即举行，无非为了洋人干涉,防他兴兵挟制。若得这班义民,驱逐洋人,那时便好废立,自己好做太上皇帝,连西太后也可撺去了。人有千算,天叫一算,奈何。忙进见西太后,奏称山东有义和拳,如何能干,可以试用。西太后道:"这等都是邪术惑人,有什么用处?"初见甚明。端王撞了一鼻子灰,悯然趋出。次日奉谕:山东有义和拳会,以仇教为名,到处滋扰,并及直隶南境一带。此种匪徒,私立会名,聚众滋事,恐无知愚民,被其煽惑,酿成巨案,迨至用兵剿办,所伤实多。朝廷不忍不教而诛,着直隶山东督抚严谕禁止等语。

端王看到此谕,懊恼的了不得。只暗中密复毓贤,叫他竭力保护,毋庸遵旨。这毓贤本端邸走狗,这是中国狗,不是西洋狗。端邸的说话,胜如懿旨,自然唯命是从。当下出示张贴,令改义和拳为义和团,认真训练。这班拳民,见了此示,越加欣跃。于是毁教堂,掠教民,无所不为,居然张起毓字黄旗,与洋人为难。各国驻京公使行文总署,请派兵速剿拳匪,并将东抚毓贤撤任。总署接这照会,奏闻西太后。太后命将毓贤调京,换了一个袁世凯。袁到任,一意主剿,派兵数千名,分头截击。那班义和团倒也耀武扬威,出来接仗,战了一场,被官兵杀得七颠八倒,连首领朱红灯,也由官兵拿去枭首示众。神技如何不用?剩了好几百败残团民,抱头鼠窜,都逃入直隶南境。直督裕禄与端王向来要好,早接端王密函,有心招集团民,来一个收一个,来百个收百个,三五成群,四五结党,自然越来越多。

究竟义和团,是民是匪?作书人不得不追究来源。这义和拳,就是八卦教的遗孽。有乾字拳、坎字拳、震字拳、坤字拳诸名目,捏造符咒,练习拳棒,自称受玉皇大帝差遣,除灭洋人。他所持的咒语,约有数种,说将起来统是喷饭。一种咒语是:快马一鞭,西山老君,一指天门动,一指地门开。要学武艺,请仙师来。一种咒语是:天灵灵,地灵灵,奉请祖师来显灵。一请唐僧猪八戒,二请沙僧孙悟空,三请二郎来显圣,四请马超黄汉升,五请济颠我佛祖,六请江湖柳树精,七请飞镖黄三太,八请前朝冷于冰,九请华佗来治病,十请托塔李天王,金吒木吒哪吒三太子,带领天上十万神兵。这两种咒语,最是通行。还有什么天光老师、地光老师、日光老师、月光老师及长棍老师、短棍老师等咒,述不胜述。练技时,设案焚香,叩头膜拜,拜后焚符念咒,念毕咒语,伏地不动,霎时间口吐白沫,跳跃而起,持刀飞舞,如疯如狂。或有用符佩带身上,说是可避炮火。符用黄纸一张,绘以朱砂,中有一像,非人非鬼,非神非妖,有头无足,面尖削,但有眉眼,顶上有四光环,当胸写小字一行,乃"我为冷云佛,火神在前,太上老君在后"十余字。此外又有菩萨、龙、虎等字。种种怪诞,不值一辩。又有一种红灯照,统是妇女演习,穿着红衣红裤,右手持红灯,左手持红折扇,年长的梳高髻,年幼的挽双丫髻,在静室中先习数日,术成后,持扇自煽,据说能升高躇空,飞行自如,把灯掷下,便成烈焰。先是,天津府北乡开掘支河,挖起一方残碑,上有二十字,模糊可认。其文道"这苦不算苦,二四加一五,满街红灯照,那时才算苦"。当时大家瞧着,无从索解。至拳匪闹事,联军入京,津民流离迁徙,备极惨状,遂有人解释碑文,谓:上两句指甲午事,下两句指庚子事。甲午年有中日之役,京畿戒严,百姓也恐慌得很,后来马关订和,民心乃定。庚子年便是光绪二十六年,拳匪扰乱,天津大扰,才算是真苦了。小子诗兴复发,又随笔凑成七绝道:

　　　　黄巾以后又红巾,邪教由来尽匪人。

　　　　怪底朝臣甘庇纵,竟教小丑扰京津。

欲知拳乱如何结果?试看下回便知。

妇人最多偏爱，亦最忌偏爱，偏爱则种种嫌隙因之以起，家不能齐，遑问治国？西太后名为英明，乃偏信端王载漪，竟立其子。试思光绪帝五龄入宫，自幼抚养，以至成人，尚有母子离心之患。岂十四岁之溥儁，必能毋违慈命，始终如一耶？崇绮、徐桐辈，利令智昏，尤不足道。甚至以荒诞支离之邪教，竟视作义民，妄思假彼术以排外。愚昧如此，实古今历史上之所罕觏者矣！故有古今罕觏之愚人，乃酿古今罕觏之奇祸。读是回，为之愤然。

第二十七回

袒拳匪误信邪术
颁战谕开罪友邦

　　却说山东巡抚毓贤，奉调入京。甫下车即至端邸谒候。载漪问义和团形状，毓贤称神技足恃，可以驱灭洋人。坐实祸首。载漪道："果真靠得住吗？"毓贤把团民技术极力夸张，说得天花乱坠，不由载漪不信。载漪随道："太后尚是怀疑，奈何？"毓贤道："太后未曾亲睹，难怪不信。先请王爷会集军机详奏一本，俟太后见召晚生，再为证实，这位老祖宗也可相信了。"载漪依计，便邀集各位懿戚及徐桐、刚毅、启秀等，到邸密商，托大家怂恿太后，信用义和团扶清灭洋。大家齐声道："储君新定，百神效灵，所以降此义民来除妖孽。老佛爷近日也闻着义民忠勇，稍稍心动。总教各人协力，先后启奏，就可奉旨照行了。"统是做梦。载漪道："全仗！全仗！"大众退去。载漪又密饬裕禄，叫他赶紧招练团民，准备与外人对仗，倘得成功，不吝重赏等语。裕禄得了此信，格外效力，阳奉太后旨意，遣兵剿捕，暗中恰与将弁说明，与团民通同一气。所以直隶境内随处设坛，几变成拳匪世界。

　　李伯相鸿章自西太后三出训政，命他巡阅黄河，此时已回京复命，寓居贤良寺。闻端王载漪等将召集拳匪，与洋人为难，料知京中不甚安靖，一旦乱起，未免玉石俱焚，遂去与李总管商议，乞放外任。可巧两广总督谭钟麟被御史参劾，说他老迈昏瞆，有开缺的消息。李总管即面禀西太后，不如令老李代任。西太后照准，竟命李鸿章去代谭钟麟。老李闻命大喜，即日请训出京，乘轮南下了。此老毕竟狡猾。

　　转瞬间已是仲夏，拳匪猖獗天津，竟将京津铁路拆掉。并由红灯照女子，毁坏车站。驻京西使屡向总署诘责。西太后得此信息，尚有严拿首要的谕旨。会直隶副将杨福同，为了涞水闹教，出去弹压，被拳匪当场戕害。警报直达清廷。西太后便召端王以下王大臣密议半日，竟遣协办大学士刚毅偕军机大臣赵舒翘，出京查办。西太后已渐受蛊惑了。一面召见毓贤，询及拳民。毓贤奏对称旨，特简任山西巡抚。他奉了慈命，走马上任去讫。过了数日刚赵二人回京复命，盛称拳民如何能耐，如何服从，把杨副将被戕事抹煞不言。杨副将死不瞑目。西太后信以为真，至此全信。即命载漪掌管总理衙门，启秀、溥兴、那桐，着在总署行走。眼见得朝政日非，酿成奇祸了。

　　刚毅到端邸道贺。正在接谈，忽来了一个侍卫，呈上一函。由载漪拆阅毕，递与刚毅。刚毅瞧着，内说：昨日有洋兵三百名由津来京，保护使馆，请端王知照虎神营，勿阻洋兵入城，老佛爷亦已照允了。下文署名，乃是奕劻两字。便语载漪道："庆王爷何故袒护洋人？"载漪道："我也不懂他什么意思？"随即详询侍卫各事。侍卫道："庆王爷曾接直督来电，洋兵未带大炮，不妨令他入城。"载漪哼了一声道："几百个洋鬼子，怕他什么？你去回报庆王爷，我已知道了。"侍卫去讫，刚毅又语载漪道："洋兵入京，无论多少，不可不防。"载漪道："汝说也是有理。但奈庆王等人未肯与我同心，还有一个荣中堂，常说拳民不可轻用。这次洋兵到京，老佛爷照允，恐怕也是他奏闻的。"刚毅顿足道："扶清灭洋，在此一举，如何他们还要反对？我前时疑虑总在汉员身上，何故皇室懿亲也糊涂若此？"自己发昏，还说人家糊涂。载漪道："总署归我掌管，我与洋人发难，也不怕他们中阻。可惜各位带兵的大员不尽可靠。"刚毅道："董福祥很是忠勇。叫他带兵入京，围攻使馆，歼灭洋人。内应既除，不怕外合了。"载漪道："我已早有此想。明日召他来京便是。"刚毅乃起身辞去。

越宿，即由载漪禀白太后，召董福祥带兵入京。董军纯系甘勇，素乏纪律。福祥又是个回匪头目，由左宗棠招抚投诚，因平回有功，擢至提督。俗语有道："江山可改，本性难移"，福祥虽然效顺，总有些粗鲁鄙陋的性子，一闻朝命宣召，立刻率兵驰入。载漪就令他围攻使馆，并放拳匪入城作董军的后劲。看官试想，甘勇本散漫无纪，加以这班如狂如痴的拳匪，跳跃六街，横行焚掠，这京城里面，除宫禁外，还有干净土吗？京中百姓实是晦气。

各国使署，严诘总署，至再至三不得答复，忙檄调洋兵进京保护。日本书记生杉山彬，闻本国兵到，至车站迎候。方出永定门，碰着一班甘勇，哗然叫道："这个东洋小鬼出城来做什么？"杉山彬不去理他，只管前行。甘勇又叫道："东洋小鬼擅敢出城，快快吃我一刀。"说时迟，那时快，杉山彬已被甘勇掀翻在地，手起刀落，毙于非命。难道是命该当绝么！日本驻使闻报大怒，请舆尸入城殓葬，一面电达本国。载漪等尚想隐瞒，偏荣禄先去奏明。西太后命军机拟旨，表示惋惜意思。载漪览谕，不觉愤怒道："杀一个东洋小鬼，惋惜什么！据我意思在京中的洋鬼子，无论是东是西，统统杀尽，方出我气。"

言未已，刚毅又来拜会。载漪尚余怒未息，即与他复述前言。刚毅道："这事非运动李总管不可。"载漪道："我昨与李总管谈起，他亦赞同我意。只因荣中堂时常作梗，密奏老佛爷，不要围攻使馆，致碍万国公法，以此老佛爷为所煽惑，尚是迟疑未定。"刚毅道："他总常在老佛爷左右，随时可以进言，若托他竭力周旋，定生效力。"载漪点头。刚毅道："闻得毓贤到山西任上，杀了好几个教士，洋人也无可奈何。若外省督抚个个似他能耐，中国能有多少洋人，半月间好杀尽了。"个个似毓贤，恐怕中国百姓都要杀尽。载漪道："外省督抚多半汉奸，只毓贤确是忠心。毓贤以外还有一个李秉衡，颇肯为我效力。他现在巡阅长江水师，我已召他带兵来京，同灭洋人哩！"毓贤在山西情事，与李秉衡被召入京，俱从两人口中叙出，免得另费笔墨。刚毅道："如此很好。"言未已忽接直督裕禄急电：洋人联络八国兵舰，齐集大沽口，硬索大沽炮台。刚毅起贺道："师出有名了。"载漪道："八国联军到来，恐怕也不易抵敌哩？"刚毅道："洋人所靠的是枪炮，现在义和团不怕此物，就使海外的洋鬼子倾国前来，也不碍事。"载漪道："你前日亲去查办拳民的神术，谅总试验过的。"刚毅道："这个自然。前到静海县属的独流镇，巧值拳首张德成设坛习拳。内有几个小孩子，能跃高丈余，长大的不消说了。及细问德成，据说所持符咒，很有效验。有一个闭火咒，念将起来，无论什么枪弹也放不出来。王爷你想，枪弹无灵，洋鬼子还能战胜我吗？"载漪道："毓贤也这般说。你又亲眼瞧着，亲口问明，这真是天赐灭洋了！"天要灭你。刚毅正思告别，门上又投进名刺。乃是启秀、那桐进见。载漪连忙迎入，分宾主坐定。启秀道："裕督专折到京，内言洋人索大沽炮台，请朝廷即与宣战。此折拟即呈递，特来禀明王爷。"刚毅在旁，不待载漪开口，忙道："早日宣战好一日。启兄何不速呈？"接连闻着载漪声音，说是"快呈进去"。那桐道："今日荣中堂至西苑，奏请送外使至天津，老佛爷已允他了。"刚毅勃然起立道："他如何专庇洋人？董军门曾对我说，五日以内可扫尽使馆，杀尽外使，只怕他暗中接济，拖延时日。大家总要参他一本，叫他出了军机才得成事。"启秀微笑道："刚协揆不要着急，荣中堂是扳不倒的。愚见倒有一策，十拿九稳，今日举行，明日定必宣战。"载漪道："启兄有何妙计？快令大家知道。"启秀附着载漪耳边说了数语，载漪笑盈盈道："确是妙计！确是妙计！"妙计，妙计，要全家覆没了。刚毅忍不住要问，又由启秀与他密述一遍，刚毅也喜形于色。当下三人告别。

是晚，由宫中传出，立召军机大臣入宫会议。载漪、启秀、那桐、刚毅、荣禄等，俱入见。行礼毕，西太后盛气道："洋人索我大沽炮台，无理已甚。看来只好与他决裂了！"载漪道："衅自彼开，何妨宣战。且外使还有一个照会，今日缴到总署，所说很是狂悖，还请老佛爷慈鉴。"言毕，便从袖中取出照会，呈与太后。太后不瞧犹可，瞧过后，把一张丰颐广额的慈容，气得与温元帅相似。愤然道："他们怎么敢干涉我大权。是可忍孰不可忍？"随将照会掷付荣禄道："你瞧外人这般无礼，你还说是不应宣战吗？"荣禄取阅照会，内说：要太后归政皇上，废去大阿哥溥儁，并许洋兵一万入京等语。阅至此，仰窥西太后颜色，生平未见这般盛怒，欲要劝解，一时难以措辞。但见西太后对着道："你愿意保全外使，你自去告诉他们，教他即日前往天津。但他们既有此妄言，我不能保他途中平安。我本不要他的命，前已允许洋人出城，保护使馆，我一人违拂众人的意思，压服义和团，都是为着他们。他们竟这样报我，我也顾不得什么，宁可拼死一战。"试问太后自己能战吗？又语载漪道："你去饬知各王大臣，明晨在仪銮殿会议。今日晚了，汝等且退。"大众奉命退出。

翌晨，西太后御仪銮殿召见各军机大臣。礼亲王世铎以下，相率到殿。荣禄含泪跪奏道："外人索我大沽炮台，昨晚来电，已将炮台占去。占去炮台亦于奏中叙入。原是由彼启衅，非我无端挑动。但围攻使馆决不可行。无论违背公法，危及宫廷，就使杀了外使数人，也与我国无益。吁请太后明鉴！"也算竭诚了。西太后怫然道："我昨已同你说过，教你通知洋人赶快出京。除这话外，没有别的好主意。你不必在此多说，可即退出。"荣禄叩头而退。启秀即呈上所拟宣战诏书。西太后道："很好，就这样办。"一语丧邦。又问各军机大臣意见如何？大众统称"遵旨"。西太后命诸臣暂退，自己入宫早餐。

越两小时，又出御勤政殿，李莲英侍侧，大集廷臣会议。光绪帝亦到，谒过西太后，方才入座，但觉身颤不已。猛听西太后厉声道："外人欺我太甚，我已忍无可忍了。我本意压服义和团，不欲开衅，他既占我大沽炮台，复照会总理衙门，要我归政，皇上尚在，自认不能执掌政柄，外国何得干预？照这样挠我主权，尚好和平解决吗？"大众不敢多言，西太后又语汉大臣道："本朝二百余年，深仁厚泽，无间南北。我执政后，谨守祖宗成宪，不敢虐待吾民。前此发捻构乱，朝廷指授方略，削平大难，重睹升平。今日外人又来欺侮，正我全国臣民合力报国的时候。果能奋勉杀敌，何难制胜夷人！从前圣祖仁皇帝许外人自由传教，未免宽仁太过，酿成今日祸胎。连康熙帝都不及你，你真是个母大虫。妻狄不知圣化，遇事多没道理，自恃兵力，肆无忌惮。回忆咸丰十年，英法联军入京，议和太速，他竟自由来往。那时若有一支得力军队截他归路，不怕不转败为胜。你前时已去热河，不见京中情状，所以信口鸥张。今幸全国人心统已奋发，数十万义和团民起卫国家，从前仇恨可从此报复了！"未必。随顾光绪帝道："你意如何？"光绪帝迟疑半晌，方含糊道："请圣母听荣禄言，勿攻使馆，安送外使至天津。"这语甫出，太后后面的李总管已是怒目注射，吓得光绪帝身子越抖，不由得改言道："这是军国重事，不敢妄断。总求圣母主持。"西太后尚未开言，赵舒翘忽启奏道："内地洋人甚多，欲要开战，先请明降谕旨，令京内外扫除外人，免为内应方好。"西太后道："你且退，命军机大臣掛酌奏闻。"赵退出，满员立山、联元、汉员徐用仪、许景澄、袁昶依次谏阻，大致说："寡不敌众，持重为是。"袁昶且谓：西人颇和平讲礼，未必有这干涉内政的照会。端王载漪不待袁昶语毕，即怒斥道："你们都是汉奸，老佛爷肯听信你吗？"贼胆心虚。这句话声激而厉，西太后闻着也觉载漪过甚。便语载漪道："你也太觉暴躁了。"随命袁退。于是殿内寂然无声。西太后即命军机大臣宣布开战的谕旨道：

我朝二百数十年,深仁厚泽,凡远人来中国者,列祖列宗罔不待以怀柔。迨道光、咸丰年间,俯准彼等互市,并乞在我国传教,朝廷以其劝人为善,勉允所请。初亦就我范围,遵我约束,讵料三十年来,恃我国仁厚,一意姑循,乃益肆枭张,欺凌我国家,侵犯我土地,蹂躏我人民,勒索我财物。朝廷稍加迁就,彼等负其凶横,日甚一日,无所不至,小则欺压平民,大则侮慢神圣。我国赤子,仇怨郁结,人人欲得而甘心,此义勇焚烧教堂,屠杀教民所由来也。朝廷仍不开衅,如前保护者,恐伤我人民耳。故再降旨申禁,保卫使馆,加恤教民。前日有拳民、教民皆我赤子之谕,原为民、教解释宿嫌。朝廷柔服远人,至矣!尽矣!乃彼等不知感激,反肆要挟。近更索我大沽炮台,归伊看管,意在肆其猖獗,震动畿辅。平日交邻之道,我未尝失礼于彼。彼自称教化之国,乃无理横行,专恃兵坚器利,自取决裂如此乎?朕临御将三十年,待百姓如子孙,百姓亦戴朕如天帝。况慈圣中兴宇宙,恩德所被,浃髓沦肌,祖宗凭依,神祇感格,旷代所无。朕今涕泣以告先庙,慷慨以誓师徒,与其苟且图存,贻羞万古,孰若大张挞伐,一决雌雄。好大胆。连日召见大小臣工,询谋佥同。近畿及山东等省,义民同日不期而集者,不下数十万人,至于五尺童子,亦能执干戈以卫社稷。彼尚诈谋,我恃天理,彼凭悍力,我恃人心。无论我国忠信甲胄,礼义干橹,人人敢死。即土地广有二十余省,人民多至四百余兆,何难剪彼凶焰,张国之威。其有同仇敌忾,陷阵冲锋,抑或仗义捐资,助益饷项,朝廷不惜破格懋赏,奖励忠勋。苟其自外生成,临阵退缩,甘心从逆,竟做汉奸,即刻严诛,绝无宽贷。尔普天臣庶,其各怀忠义之心,共泄神人之愤。朕有厚望焉。钦此!

这谕甫下,大众退朝。是晚,德国驻京公使克林德,带同翻译官,乘舆赴总理衙门,欲与诸王大臣辩论是非。并通知下旗回国。舆中备着手枪,为自卫计。谁意行至半途,误触枪机,竟将弹子放出。适值虎神营中兵队巡查过来,疑他有意放枪,还枪攒击。偌大一个德使,那里禁得起许多弹子,霎时间死于舆中。端王等时在总署,闻知德使被戕,大呼道:"杀得爽快!"庆王奕劻道:"杀死外国公使,非同小可。从前咸丰年间,拘执英领事巴夏礼,还闹得不可收拾,况杀死公使哩?"刚毅道:"杀一两个洋鬼子,有什么要紧。庆王爷!你看这数日内,要将各使馆灭尽了。"恐他来生都未必看见。礼王世铎以此事关系重大,只得据实奏闻。西太后急召荣禄入见。荣禄道:"德使被戕,已由太常寺卿袁昶饬人棺殓。但两国相争,不斩来使,中国古法与西洋律例相同。这事不知闹到如何结果?奴才才疏胆小,乞老佛爷俯念愚忱,立赐革职,保全蚁命,不胜幸甚!"西太后才有些着急起来,便道:"你不必这么说。快叫军机拟旨,命将戕害德使的人拿捕治罪。"荣禄才答应退出。

西太后稍觉愁烦,出门闲步。遥见大阿哥执刀旋舞,上下跳跃。旁立宫监数人,与他问答。大阿哥哗然道:"我去杀洋鬼子徒弟哩。"宫监道:"那个是洋鬼子徒弟?"大阿哥道:"便是当今的瘟皇帝。"西太后急走数步,随喝道:"你在此说什么?"大阿哥闻着西太后声音,才掷刀于地,垂手立着。西太后道:"随我来。"大阿哥只好跟着回入室中。西太后怒叱道:"你不用心读书,敢在此横行不法。快与我跪下!"大阿哥方跪伏地上。西太后命宫监道:"你去取皮鞭来。"宫监便取呈皮鞭。由西太后亲自动手,狠狠地敲了二十鞭,打得大阿哥号啕大哭,如杀猪般相似。该打。西太后随命宫监速带大阿哥到弘德殿去,交代徐师傅,毋令狎游,否则老徐亦要任责。宫监奉命,领着大阿哥去讫。西太后正愤懑间,忽报称端王求见。太后命召入。端王跪叩道:"老佛爷大喜!津兵与义民大获胜仗,洋鬼子都驱逐出境了。"西太后不觉改怒为喜道:"果有这样的事吗?"正是:

　　小胜即骄天夺魄,虚声入报后欢心。

究竟是否得胜，且待下回分解。

　　袒奉匪者，首毓贤，次刚毅，又次为载漪弟兄，及崇绮、徐桐、启秀、赵舒翘等人，又次为西太后。似西太后误国之咎，应从末减。然试问谁执政权，乃信任袒匪殃民之贼臣，开衅友邦，作孤注之一掷耶？总之天下人不应存一私见。毓贤、刚毅等为迎合而袒匪，载漪为觊觎而袒匪，西太后为仇视光绪帝而袒匪。赝鼎之照会忽来，宣战之诏书即下。不度德，不量力，妄思以一服八，可恨亦可笑也。

第二十八回　订特约江督保民
走制军津门失守

却说载漪入宫报捷，由西太后详细垂询。载漪道："顷得裕禄来电，详称天津大捷。洋鬼子首领叫做什么西摩尔，是英国提督，带着各国鬼子兵想绕出天津来攻京师。到了杨村，被我军一阵击退，杀了无数鬼子。天津义和团又出去截杀一阵。西摩尔闻声胆落，领着残兵逃出大沽口去了。"语多鄙俚，确肖载漪口吻。西太后大喜道："谢天谢地谢祖宗！这遭战胜洋人，好泄我累年仇恨。"痴心妄想。载漪又道："京中义和团差不多有一万人，须派员督率方好。"西太后道："你看叫谁去?"载漪道："载勋已蒙老佛爷特旨，任为步军统领。若叫他统率团民，定不致误。再令刚毅、英年，帮他办理，保管有效。"西太后道："你兄弟载澜倒也可用，你去叫军机拟旨。载勋、刚毅统率义和团，英年、载澜会同办理便了。"载漪碰了好几个响头，起身出宫，一口气跑至军机处，传述西太后面谕，令军机章京拟就，立即发出。

载勋既带领义和团，遂令各处遍设神坛，无论王公大臣邸第，统有神坛设着。并出示悬赏：杀一男夷，赏银五十两，杀一女夷，赏银四十两，杀一小洋鬼子，赏银二十两。于是拳匪历乱都下，专寻二毛子，拿去领赏。二毛子的名目，便是拳匪称呼洋人的浑名。那时洋人多迁避使馆，前后左右都用洋兵护着。甘勇、拳匪攻了数日，尚不能动他分毫。各使馆尚不能攻掉，何况八国联军。他恐上司见责，把京中良善的百姓，指作教民，任情搜掠。稍稍与他辩论，刀剑立下。一班车夫、小工及近京流氓，都冒作拳匪，随入抢夺，连京官家属也不能免。可怜官、民两困，妇哭儿啼，都咒骂这端王载漪，庄王载勋，愿他速死。看到后来拳匪的咒语，不及百姓咒骂的灵效。

那时端、庄两人正兴高采烈，日日奖励拳匪。并带了匪徒六七十人，于早晨六点钟时，闯入宫中，直至宁寿宫门，大呼："瘟皇帝出来，他是洋鬼子朋友，先把他杀掉方好哩。"此时太后及光绪帝，因西苑时闻枪声，不甚安稳，所以徙入宫中。太后正起床饮茗，蓦闻宫门外一片哗声，即出立阶前。见载漪手舞足蹈，乐不可支。便大喝道："你自己道是皇帝么！敢这样胡闹。你要知道，只我一人有废立的权柄。现虽立汝子为大阿哥，顷刻就可废掉。你不要错想，快与我滚出去。非奉旨召见，不得擅自进来。"载漪大惧，忙跪下磕头，然后趋退。太后复命宫中侍卫，拿住为首的拳匪，锢入狱中，余匪都踉跄逸出。西太后既有此权力，纵匪殃民之咎，愈不可逃。西太后恨尚未息，又命将载漪罚俸一年，算作薄惩。

次日，御史徐道焜奏称：洪钧老祖遣五龙守大沽，夷船统当沉没等语。还有御史陈嘉言亦奏言："得关帝帛书，不日夷当尽灭。"此外如编修萧荣爵、郎中左绍佐、主事万秉鉴陆续上书，统说义民可恃，汉奸宜诛。想都是载漪叫他入奏的。只太常寺卿袁昶，连上二疏，请停攻使馆，立驱拳匪，并改战为和等情。各折都留中不发。唯乱命迭下，忽令荣禄保护使馆，忽饬董福祥速攻使馆。福祥闻命，径造荣禄家，索武卫军中的大炮。候至一小时，荣禄始出见。福祥愤愤道："快借我大炮一用，今日要毁尽使馆了。"荣禄佯作瞌睡，置之不理。福祥叱荣禄道："你是个国家柱石，为什么袒着洋鬼子? 我问你借用大炮，你索性睡着。糊涂！糊涂！"荣禄方开眼冷笑道："你要大炮，只有一个法子。可奏明老佛爷，先杀我头，后取大炮。"福祥怒甚,转身出门,随走随语道:"混账!你道我不能面奏老佛爷吗?"荣禄便抗声道:"你即刻去见老佛吧!你是好汉,老佛爷又信用你,你去求见,没有不答应的。"福祥被这一激,即往宁寿宫,大声吩咐太监,说是甘军统领求见。西太后正在宫中作画,颇觉闲暇。见太监进报,怒目道:"叫他进来。"福祥入内跪下。西太后道:"你已将使馆攻下吗?"福祥道:"尚未。"西太后道:"你来做什么?"福祥道:"臣来求见,是参劾大学士荣禄。他所带武卫军中有大炮,若移攻使馆,立即扫成白地。臣向他索取,他不肯借用,还说是老佛爷有旨,也是枉然。"西太后怒喝道:"不准多嘴。你是个强盗出身,朝廷用你,无非叫你将功赎罪。像你这狂妄的样子,仍然不脱强盗行径,想是活得不耐烦了,去吧!非奉旨不准擅入。"福祥悻悻出宫,盛气跑至端邸,大叫道:"端王爷!奸臣太多,看来此事是办不好了。我只好出京去。" *活似强盗口吻*。载漪道:"怎么讲?怎么说?"福祥将借炮入宫事诉说一遍。载漪蹙额道:"京内外多是汉奸,实是可恨。今日东南各督抚,竟联衔入奏,极力反对我们。且说与各国洋鬼子擅自订约,两不相犯。你道可恶不可恶吗?"福祥愤愤道:"罢了!罢了!我不要做统领了。"随将大帽除下,向案上一掷道:"王爷!你与我缴还太后,我是要去了。" *不如做强盗去*。载漪道:"这且不要如此性急!老佛爷并非曲庇洋人。如果能将鬼子杀尽,那时东南这班洋奴,我一一杀与你看。"言至此,便将大帽代他戴上,劝他去讫。

原来两江总督刘坤一、湖广总督张之洞、两广总督李鸿章、山东巡抚袁世凯,共同发起奏阻宣战。当时联衔的人,如川督奎俊、闽督许应骙、福州将军善联、苏抚鹿传霖、鄂抚于荫霖、湘抚俞廉三、粤抚德寿,同列在内。还有巡阅长江的李秉衡,由各督抚邀他署名,他也直接照允。各督抚总道人多势旺,可以挽回朝命,维持大局。不意奏折上去,好似石沉大海,一声儿没有回响。沪上一方面洋人租界最多,统恐拳匪南下,多方戒备,并乞江督派兵保护。刘坤一夙怀忠愤,宁违朝命,毋害生灵,决计与洋人联络,互相保卫。当派商约大臣盛宣怀,及上海道余联沅,与各国领事申明各不相犯,订约八条:(一)是上海租界归各国公司保护,长江及苏杭内地,归各省督抚保护,以保全中外商民生命财产为宗旨。(二)是长江及苏杭内地,洋商及教士产业由地方官一体保护,并禁止谣言,严拿匪徒。(三)是各口岸外国兵轮,仍照常停泊,惟约束水手人等不准上岸。(四)是各国以后如不待中国督抚商允,竟派兵轮驶入长江等处,以致百姓怀疑,伤害洋商教士生命产业,事后中国不认赔偿。(五)是吴淞及长江各炮台,各国兵轮不得近台停泊。(六)是上海制造局厂一带,各国兵船勿往游弋驻泊。(七)是内地如有各国洋教士及游历各洋人,不得自往僻地,致遭不测。(八)是租界内各种防护,须安静办理,切勿张皇,摇动人心。各国领事相率签押。自此东南一带安若苞桑,中外人民盛称各督抚威德。后来停战议和,鸿章北上,也将这事援为话柄。与外人和平交涉,方将满清的宗社又保存了十多年。这也是东南人民尚有幸福。载漪还时颁矫诏,申谕各省督抚,杀逐洋人,各督抚绝不为动。只直督裕禄、晋抚毓贤遵照办理罢了。

且说各国联军既占了大沽炮台,由英提督西摩尔为统帅,带兵入京。为中国兵匪所阻,中道折还。直督裕禄接连奏捷,不是说击毙洋人,就是说轰沉洋舰。朝旨再三褒奖,并颁内帑十万两,赏给兵团。独前军统领聂士成,素嫉拳匪,屡与裕禄商量,要把拳匪剿灭。这时裕禄正尊信拳匪,哪里还肯听从,反把他训斥一番。至大沽炮台失陷,守将罗荣光败走,裕禄劾知聂军门,说他匿兵不救。竟奉旨照准,把聂军门革职留任。裕禄又调聂扼守天津。聂到津门,遥见紫竹林租界,火光烛天。不禁叹息道:"百姓何辜遭此荼毒哩!"旋入城。城内外统是拳匪,各持刀奔至,拟杀聂军门。聂驰入督署。拳匪从后赶入,请出裕制军,指名要杀聂士成。裕禄问为何事，拳匪道："他在落垡地方，杀死我们弟兄数百人，所以要他抵命。"裕禄道："他如何杀你们弟兄？"拳匪道："我等因廊坊铁轨为洋鬼子所造，正要拆毁，被他瞧着，硬行禁止。我等不从，他就令军士放枪。若非我等急忙避开，险些儿统丧性命。今朝狭路相逢，定然要他抵偿。"落垡等就此带出。裕禄道："聂军门是国家大臣，就是有罪，也要请旨施行。你等为国操劳，总是公仇要紧，不要专记私仇哩！"拳匪还喧哗不已。裕禄道："我去请你大师兄来，自有处置。你们且出去吧！"拳匪方才出署。

看官你道大师兄是何人？待小子报明姓名。他姓曹，名福田，直隶静海县人。本是个游勇，鸦片系他大瘾头。为了这瘾，弄得家无长物，只剩了一个光身。会闻张德成在独流镇设坛，遂去拜投了他。德成是白沟河人，向系操舟为业。自言得王老师父传授，精习神拳，并长符咒。别人问他师父姓名，他说叫作王德成。亦不知他是真是假，是一是二？嗣因福田入党，德成因他年长多智，将第一把交椅让与福田，推福田为大师兄，自称二师兄。先是德成称雄一镇，设坛集众，自称天下第一神坛。凡遇官民过境，即率众拦住，牵赴坛前，用黄纸作表文，焚香供表，纸灰上升者免死，不幸下降，便说他是教民，砍去脑袋。以此人人裹足，相戒不敢前。至战争已开，裕禄请他防守天津。他就带着党羽，并红灯照一班女子，聚集津城。自己乘了大舆，至督署拜会裕禄。裕禄饬巡捕传入，德成怒道："我不是他下属，如何传我入见。"一个舟子会说此话，想是由福田教他。巡捕回报，裕禄忙冠带出迎，直至仪门外逛入，以上宾之礼相待。肆筵设席。宾主尽欢。德成遂请饷二十万，愿灭尽洋人。裕禄一一照允。上书保荐，蒙赏头品顶戴。想是交死运了。天津本有各国租界，地名紫竹林。德成率众攻扑租界，屡被洋人击退。附近有教堂教民，洋人无暇兼管。由德成下令，用红灯照毁教堂，用匪众杀教民。日间纵情焚掠，夜间即择红灯照妇女，抱入室中取乐。曹福田得这消息，也赶至天津。先令党羽至东南方，埋着火种，自登城楼，向着东南，口中念念有词。霎时间东南起火，烟焰上腾。他便向兵民道："那边最多二毛子，我已派天将去纵火了。"兵民因东南一带，近在租界，便信以为真。俟福田下城后，多跪地迎接。福田恰格外谦冲，叫他不要多礼。又禁拳匪在城焚掠，津民越加敬信。

裕禄闻大师兄驾到，又去请他入署，仍然用着上宾礼，接待大师兄。裕制军可谓屈尊降贵！福田比不得德成粗鲁，举止谈吐井井有条，以此裕禄越加敬重。凡与拳匪交涉事件，都托大师兄斡旋。所以聂军门入署，被拳匪所窘，仍请大师兄到署解围。大师兄一到，裕禄竭诚尽礼，自不消说。且令聂军门与他相见。福田道："聂大人何致通洋？奈我辈弟兄们，不识情由，易致误会。若聂大人肯至坛前自明心迹，那弟兄们自然释嫌了。"聂士成见他烟容满脸，面目可憎，不由得发愤道："我不去！我不去！"裕禄见聂不允，只好替他缓颊，再与福田婉商。福田支吾了一会。忽有衙役入禀道："黄连圣母到了。"裕禄问福田道："黄连圣母是何人？"福田道："她是红灯照首领，有骊山老母附身，法术很大哩！大人须要恭迎。"裕禄即穿好朝服，出署迎入，虔请圣母上坐，向她行着参拜礼。圣母傲然自若，由他跪拜。不怕拜死么。还有三仙姑、九仙姑等，统随圣母入署，与圣母都服道装。圣母年约三十许，两仙姑不过二十许人，妖冶轻盈，只面上恰搽着许多脂粉。仙姑还要搽脂抹粉，无怪脂粉价贵。与裕禄相见毕，裕禄留她饮酒，仙姑恰称持斋。果真不吃大荤，我却未信。当下辞出督署，各乘仙舆而去。津民各家户外统供着香烛，待她如神明一般。这且不必细表。

单说裕禄返入内厅，复与大师兄叙了数语，大师兄去讫。聂士成亦即出署，率军守紫竹林附近。仅一日，联军前队到来。士成率游击宋占标，奋力出战。两边枪林弹雨，恶狠狠的斗了数小时，联军退去。越日又战。两军复开枪轰击，自辰至午，仍然不分胜负。联军又退却。是晚马提督玉昆，奉调来津，协守津门。与士成相见。士成慨然道："国事至此，不必说了。只我内扼权臣，外困匪党，进无可进，退无可退，真不知死所哩！"玉昆也不胜叹息。自率军去守京津东站了。越宿，炮声震地，旌旗蔽天，各国联军排墙而至。聂军门开营逆战，一当十，十当百，任他血肉横飞，只是相持不退。忽闻后面有哗噪声，忙回头一望，乃是兵匪联合，倒戈相向。这一惊非同小可，亟饬令收军，把前队改作后队，已被联军击倒无数。及退至八里台，检查起来，方知部下有新练军一营，通了拳匪，自相攻击。不觉流泪道："死期到了。"随即写了遗书，饬亲校专送寓所，立刻迁眷回籍。次日，洋兵又鼓勇杀来，聂军门一马飞出，首先突阵。部将知他拼死，力挽马缰，不令前驰。军门用刀横掠，并语部将道："你们去吧，我今日殉国了。"一声河满子。部将泣谏不从，经突入联军阵内，身受七伤，肠裂而死。游击宋占标，同时阵亡。联军颇嘉聂忠勇，不忍戮尸，让他部将驰入，负尸归去。拳匪还想来抢夺，恰好洋兵赶上，纷纷四散，方得保全忠骸。拳匪可恨。裕禄闻报大惊，忙申奏朝廷。朝旨还责他督师有年，不堪一试，只照普通例赐恤。真是屈死忠魂了。聂军已败，马军孤守车道，势已不支。各国联军，节节攻入，玉昆倒也舍命相争。奈拳匪反来牵掣，胜不相让，败不相救，结果是一同败退，再至北仓下营。裕禄深居督署，一筹莫展，整日请曹、张二匪首商议。二匪首还一齐瞎说，捏称城中无虑，已由关帝、周仓、二郎神、尉迟敬德、秦叔宝、常遇春、胡大海等阴灵，四面防护。今夕再当申表玉皇，求派天兵天将下凡，击退鬼子。到重九后，可一律肃清了。裕禄半信半疑。至此方觉心疑，还算聪明。但到了此时，简直没法，就使匪首无灵，也只好求他出力。暮闻城外炮声隆隆，料是联军进攻，急向曹、张两人打躬作揖，哀乞退敌。两匪首挺身自任，辞别出署。第一日还督率拳匪及红灯照妇女，上城守御，城中百姓尚约略见他形迹，第二日城外枪炮声陆续不绝，两匪首统不知去向。一班红灯照妇女都脱去红衣，开城四逸，各拳匪也相率遁去。裕禄还静候捷音，至衙役来报：洋兵入城。才仓皇失措，由亲兵拥出北门，逃往杨村去讫。

联军次第入城，搜索拳匪、红灯照，已是一个不留。后来黄莲圣母及三仙姑，被人缚送都统衙门，同日枭首。两道魂灵投入封神台去了。九仙姑投水死。想是水仙归位。其余一班妇女，或随了拳匪去做妻妾，或逃入妓馆去当婊子。倒是肉身说法。且不必说。张德成逃至王家口，还是大模大样，造谣惑众，被乡民一阵乱斫，作为肉泥。曹福田较为狡猾，远飏他方，至次年潜回故里。毕竟作恶太甚，难逃天网，家居未久，又由里人缚住送官，正法了案。小子又有诗道：

　　　　无端妖语惑苍生，左道由来有典刑。

　　　　可惜王纲遭浊乱，到头一死法犹轻。

　　天津失守，警报达京。未知西太后悔过与否，容俟下回说明。

　　北方开衅，东南督抚独与各国领事互订保护之约，或谓以一隅与八国战，无怪不胜，是不然。甲午之役，南北未尝相离，尚且屡战屡败，况八国联军相率而来，宁尚有幸免之理乎？东南人民，幸得江督之倡起，赖以少安。是知江督之为民造福，实非浅鲜，安得以专擅目之？至如聂士成之死于八里台，乃迫于地位使然，为国死绥，不得谓为非忠。若裕禄之轻信拳匪，竟以亡命无赖之徒，待为上宾，甚至参拜淫妪，目为神圣。愚昧至此，乃令其建钺京畿，宁有不偾事者？汇书之，以见疆臣之优劣，并志朝政之昏迷。

第二十九回 豺虎擅权燕市流血
鸳鸯折翼宫井埋魂

却说天津失守之日,正许、袁二公联衔奏谏之时。太常寺卿袁昶因两疏不报,复与吏部左侍郎许景澄联衔入奏,请将徐桐、刚毅、启秀、赵舒翘、裕禄、董福祥,先置重典,再将祖护拳匪的亲贵,亦一律治罪。说得非常痛切,语语涕零。西太后览奏毕,也为动容。随道:"这两人可谓有胆。许景澄且不必说他。袁昶在戊戌年,曾奏康有为居心难恃,颇合古大臣直言无隐的大义。唯今日不应固执成见,扰乱我的心。朝廷自有权衡,不必他们越俎。"言罢,即命传旨申饬,勿得再行续奏,以扰圣衷。

旨甫下,荣禄入宫面奏,略言:"前日外交团照会,实系捏造,请太后不要误信。"西太后道:"照汝言是何人捏造出来?"荣禄奏:"系端王载漪及尚书启秀教军机章京连文冲所为,已由奴才查明,文冲直认不讳了。"西太后沉吟一会,又道:"无论照会真假,但战争已开,一时不能停止,只好拼命做去。"实是不肯认错。荣禄道:"倘使拳民战败,北京为洋人所破,将如何办法?"西太后道:"汉书贾谊传有三表五饵的计策,可以用得。"三表者:以信谕,以爱谕,以好谕也!五饵者:文绣以坏其目,美食以坏其口,声乐以坏其耳,高堂邃宇以坏其腹,隆礼厚爱以坏其心是也!荣禄退出。载漪复入宫奏道:"天津被洋鬼子占去了。"西太后吃了一惊。便道:"天津一失,北京恐也保不住。你前说义和团法力高强,为什么一败至此?"载漪道:"这都是义和团不虔守戒律,所以打败。且闻各国洋鬼子,统用妇女秽物压住法术,就使天兵天将下来也避秽回去,因此洋人所用枪炮仍得胜利。但北京很是坚固,鬼子绝不敢来。"西太后道:"都是你闯出来的祸祟。你假造外交团照会,迫我宣战。若洋兵入京,看你这头颅能保得牢吗?"载漪忙跪称不敢捏造。西太后道:"我今日知你的心了。你想儿子登基,你好摄政。我告诉你,我一日在世,一日没有你做的。你再不安分,立刻赶出,家产充公。你名叫载漪,确是相配,狗心狗肺,不枉你的狗名。"语可解颐。载漪捣头如蒜,才得奉旨告退。西太后复宣召荣禄入宫,令他备办西瓜、酒、蔬果、冰等物,送与各国使馆。并命庆王奕劻,前往慰问,转达懿旨。即用三表五饵之计。一面令军机拟旨,调李鸿章补授直督,令他兼程来京。

不意巡阅长江的李秉衡,竟惘惘入都。先入端邸密议,继至宁寿宫朝见太后。太后道:"你来得正好!京津这么扰乱,东南各督抚并不闻带兵入援,你恰还有些忠心进来见我。只目下天津被陷,京师吃紧,究竟还要主战?抑或是主和?"秉衡奏道:"既战不能言和。且这班义和团,同仇敌忾,确是难得。机不可失,臣愿主战。"徒自送死。西太后道:"团民入京,未免哗扰。前时说有法术,今亦被洋兵战败,失陷天津,恐是不可常恃的。"秉衡道:"这是督率不善的缘故,并非团民没用。若用兵法部勒,仗他一股锐气,出去抵敌,不怕洋人不退。"请你一试如何。西太后道:"你前时与东南督抚会衔奏阻战事,如何今日却来主战?"秉衡道:"那是刘坤一、张之洞将臣加入的,并非臣的本意。前日原是不错,此时却受鬼迷。且东南督抚中亦非全然主和,如苏抚鹿传霖与臣晤谈,亦愿带兵前来。若果下诏勤王,总有数大员来京效力。"西太后道:"我前已通饬各省,令一律杀逐洋人。他们并不加杀逐,反与外人订约保护。你想这等没良心的狗官，不奉朝旨，独行独断，还说肯来效力吗？"秉衡道："前次屡奉诏旨，都是保护字样，并没有杀逐字样，所以东南一带，订约保护。"西太后诧道："有这样事吗？"秉衡道："臣不敢欺。"西太后道："那个敢擅改诏命，你快出去查明。"秉衡退后，翌日与刚毅进见。西太后道，"昨事已查出否？"秉衡道："臣与协办大学士刚毅等，彻底查办，乃是袁昶、许景澄二人，擅改谕旨，把杀逐字样改作保护字样。"刚毅又接口奏道；"他二人擅改谕旨，大逆不道，按律当处极刑。"确是做过刑部尚书的。西太后不觉大怒道："赵高指鹿为马，不意事见今日。若非将他正法，朝廷还有威信吗？"西太后既熟谙史事，宁不见郭京六丁六甲耶！便命刚毅道："你去传谕，把袁昶、许景澄逮捕正法。"又命李秉衡道："你去传语军机，即日颁谕，令各省督抚带兵勤王。你暂时且帮办武卫军部勒兵团，出京阻敌。"两人碰头退出。

不一时，即下许、袁二人逮狱正法的谕旨，派载澜、徐承煜监斩。载澜系载漪弟，曾封辅国公。承煜乃徐桐子，官任刑部侍郎。两人威风凛凛，坐着大舆，带了兵役刽子手，押着许、袁二公，赴菜市口。许、袁因未曾褫职，即遭重辟，仍旧戴着翎顶，衣冠楚楚，乘轿而来。两旁拳匪立着，不下数十人，拍掌称快。内有拳匪首领，问二公道："你两人伺故仇视我们？"袁太常叱道："大臣谋议国事，尔等不得过问。"转瞬

间已到法场，两公下舆。徐承煜喝令兵役，将犯官褫去衣冠。兵役等方拟动手，许侍郎道："你等是奉谕来吗？谕旨有正法二字，没有革职二字。士可杀不可辱，如何褫我等衣冠？"未曾革职，即要正法，恐有清二百余年间未曾见过。袁太常道："我等有什么大罪，连刑部都未审讯，即刻处斩？"承煜道："你犯大不敬的罪名。还有何辩？"袁太常笑道："这刻时光，你们尚倚附权奸，逞凶作恶。恐怕过了数天，冰山难靠，天日复明，你父子也没有生理呢！"载澜拍案道："误国奸臣不许多言。"袁太常毫不畏惧，仍大言道："我辈无罪，死且不朽。似汝辈昏狂愚妄，罪实当死，死后还有余臭哩！"转顾许侍郎道："不久即相见地下。我们视死如归，怕他什么？"拳匪见他直言呵斥，统环绕过来，拔刀拟颈。袁太常怒目叱道："朝廷自有国法，宁容汝等动手？"载澜愤极，几欲下来批颊。但听一声号炮，两公都已就义去了。

载、徐二人复旨，并回报端王载漪。载漪道："杀了一两个汉奸，也是不好算数。还有徐老头儿用仪，同着联元、立山，前日会议时极力与我反对。我总要把他除灭，省得他人再来作梗。"载澜道："就是这个洋鬼子的好朋友，也要杀掉方好哩。"居然想行弑逆。载漪道："这也不难，我已摆布好了。"正私议间，杨村又来急报，内称：洋兵大举入攻，改推德国瓦德西为统帅；提督马玉昆军败溃，直督裕禄亦向蔡村逃去。载漪语承煜道："快去请李鉴帅来，叫他前去抵挡，或可截住洋兵。"承煜匆匆去讫。少顷，李秉衡到了端邸，由载漪接入。令他火速出兵，秉衡还是大言不惭，约定次日带兵出京。载漪俟秉衡出门，复召拳匪首领入邸，叫他带领匪徒，去拿徐用仪、联元、立山三人。匪首欢跃而去。不数时，将三人拥至刑部。刑部尚书赵舒翘，已由载漪着人接洽，便命把三人推出斩首。可怜徐尚书年已及耄，做官已四十

多年，平白地遇此飞殃，竟至身首异处。临刑时也没有怨言，但说："洋兵定要来京，我死于国法，不死在洋人手中，还算幸事。"联元本崇绮高弟，至是因反抗端王，亦遭奇祸。立山官内务府二十年，资财颇裕。尝与载澜争昵名妓绿柔，两下里很是吃醋。此番奏阻战事，载漪已经懊恼，载澜尤加恚恶，以此家资被拳匪抢光，自己亦身死燕市。叙三人死事与袁、许二公略有分别，这是著书人阐微处。

话分两头。且说李秉衡率兵出京，带着部下张春发、陈泽霖、夏辛酉各军，浩浩荡荡，发往通州。前驱又有许多义和团，奇服异装，非鬼非怪，沿途纵跃过去，差不多如生龙活虎一般。想从李秉衡心目中看出。到通州后，复出至河西务，遥见前面败兵陆续奔来。秉衡勒马问明，乃是直督裕禄麾下的士卒，报称：连战三次，都被洋兵杀败，没奈何只好返奔。秉衡又问道："裕制军在哪里？"败兵答道："裕制军受伤颇重，闻已在蔡村自尽了。"秉衡不禁大叫道："可惜！可惜！"可惜什么，你也要步他后尘了。随抚慰败兵道："你等不要入京。我已来接应你们，明日随我接仗，定可转败为胜。"梦话。败兵多半未信，奈途中为他所阻，只得跟随了他，再作计较。又行数里，见前面尘头大起，隐隐闻着枪炮声。料是洋兵前攻，忙饬各军扎营，准备对敌。令甫下，军中已鼓噪起来。秉衡惊问何事？但听得一片喧声道："洋兵来了！洋兵来了！"秉衡道："有我在，怕什么洋兵！"你不念念退兵咒。言未已，果然骨碌碌地弹子，在前面乱滚。前队一班团民，呐一声喊，都落荒逃走。何不用兵法部勒。秉衡大愤，令张春发、陈泽霖等下令军中：逃者立斩。张、陈二人回禀道："大敌当前，军心已变，看来是不便交战哩！"秉衡叱道："你等说什么？养兵千日，用兵一时，如何临敌先怯哩？"陈、张二人道："有法术的义民未战先溃，况没有法术的军士，叫他如何敢战？"秉衡尚想再言，前面的枪弹来得愈紧。陈、张二将不待秉衡军令，竟带着部兵，回头就走。秉衡见不可支，也只得拍马转来，入通州城。各军四散，任你李鉴帅如何禁止，没一个去服从他。秉衡顿足道："罢了！罢了！早知如此，我也不北上了。"后悔已迟。随即服毒自杀。

秉衡一死，洋兵长驱直入，进逼京师。大学士荣禄忙入宫奏闻西太后。西太后到此，也脚忙手乱起来。便道："怎么好？"荣禄默然不答。西太后又道："我方寸已乱了，你替我想个法子才好哩！"荣禄道："奴才原不敢主战。那是端、刚等欺蒙太后，搅得这般样子，叫奴才如何设法？"西太后不禁垂泪道："除死无大难，我与皇帝一同殉国吧。"恐怕你的老命还不肯如此弃掉。荣禄也含泪道："现在奴才尚有一法。"西太后急问何策？荣禄道："速下旨将端、刚等正法，表明朝廷本心，再与各国公使商量停战。"西太后道："各国公使尚在吗？吓昏了神。你快快派兵护送出京，也是阻住洋兵的一法。"荣禄道："恐他未必答应。"西太后道："你且去与各使商议，再作计较。"

荣禄出去，到了总署，载漪尚命董福祥等，速攻使馆，立刻踏平。荣禄冷笑道："等到使馆踏平，京城早化为乌有了。"载漪道："不是汉奸接济，几百个洋鬼子早已杀尽，何至今日？"荣禄也不去理他，只命军机写了照会，派总理章京舒文送往使馆。舒文奉命前去，甫到东交民巷，见载澜亲自督攻，兵匪摇旗呐喊，与发狂相似。东交民巷的使馆，并非铜墙铁壁，如何屡攻不入，恐怕外人倒有法术呢。舒文不禁好笑，谁知已被甘勇瞧着，抓住舒文，险些儿把他斩首。舒文忙取出照会，递与他瞧，方放他过去。舒文送入使馆，各使不待瞧毕，便即掷还，置诸不答。舒文只可回报荣禄。

荣禄复入宫复奏。西太后的老泪又一点一滴的垂将下来。你即哭死，亦是无益。荣禄道："太后慈寿已高，不宜再受惊吓。依奴才愚见，不如暂幸热河，聊避寇氛。"西太后迟疑良久，方道："热河在京师北方，也非安静之处。若要避难，不如出幸张家口。"荣禄道："但凭太后主裁。"西太后道："你去探听外边确音，再行定夺。"荣禄出去，西太后又召见载漪，大加训斥。载漪道："奴才前时曾奏闻老佛爷，请杀奕劻、荣禄、王文韶等人。若将这几个汉奸先行正法，洋鬼子断了接济，那时使馆早已荡平，还有那个敢来呢?"西太后怒道："你闹到这般地步，还敢再来瞎说。限你今夕想好法子阻住洋人入京，否则先割你的狗头。"载漪不禁伸舌，转身竟出。

是夕各国联军已至京城外驻扎，用巨木作架，架上置着大炮，向城开放，隆隆不绝。城内流弹纷飞，房屋多被击坏，人民多受重伤，号哭声震动天地。西太后在宁寿宫，也隐隐闻着，心中很是不安。夜间就召见军机数次。大众面面相觑，不发一言。须臾天明，炮声愈紧，载澜匆匆入宫道："老佛爷，洋鬼子来了。"西太后尚未及答，刚毅随入，报称：有回兵一大队，驻扎天坛附近，想是从甘肃来援，或可退得洋兵。西太后道："甘肃很远，难道会派勇入援吗?"言未毕，荣禄又进来道："事已急了，请太后速决大计。"西太后道："刚毅说有回部入援，屯驻天坛。"荣禄不俟说完，忙道："那是俄国的哥萨克兵，如何认作回部。"西太后着急道："如何是好?"刚毅道："三十六计，走为上计，请老佛爷即刻出走。否则外国鬼子就要进来，那时走亦不及了。"何不叫义民拦截。西太后道："快去预备车辆要紧。"刚毅应声出去。西太后复语荣禄道："京城内外，统兵的大员难道都逃去吗?"荣禄道："马玉昆从北仓败回，现令防守京城。"西太后道："你去传旨，叫他速选精兵千人，往颐和园候着，教他保护我们。"荣禄亦遵旨去讫。太后复连召军机大臣，叮嘱京内一切事情。到了夜半，还要召见军机，等了许久，只有王文韶、赵舒翘、刚毅三人入宫。西太后道："他们到哪里去了? 想都跑回家去了。丢下我娘儿不管，真好良心?"性命是人人要的，宁特你母子要命。说着时泪珠又流个不尽。王文韶奏慰道："太后不必过悲，臣等尽愿随驾。"西太后道："好! 好! 无论有什么事，你总要跟着我走。但你年纪也大了，我不忍叫你受这辛苦，你随后赶来吧。"又语刚毅道："车辆已备好吗?"刚毅应声称"是"。西太后道："你与赵舒翘同会骑马，应该随着我走，沿路照顾，一刻不能离开。"两人统称"遵旨"。西太后道："你们出去，明晨进宫愈早愈好。"三人同时去讫。

西太后令宫监通知帝后及妃嫔等人，自己略略卧着。刚要蒙眬睡去，忽听一声怪响，惊了一身冷汗。忙问侍女道："何处来的怪声，莫非洋兵已入禁城吗?"侍女道："没有怪声，只有鸡声。"风声鹤唳，草木皆兵。西太后道："鸡声已唱，要天明了，快起来吧!"侍女们当即俱起，李莲英亦即入值。西太后起床盥洗毕，仍要莲英替他梳鬟。并嘱道："你与我梳一汉鬟吧，赶快要紧。"莲英忙与梳栉，挽就一个麻姑鬟。西太后揽镜自照，含泪道："谁料今天到这样地步!"叫问你自己。复语李莲英道："时已不早了，快去叫皇帝来吧。"莲英匆匆出去。不一时，光绪帝带着后妃人等统到宁寿宫，请过早安。西太后垂泪道："洋人就要进来了，我等逃命要紧，快快走吧!"光绪帝大哭道："子臣情愿殉国，请圣母暂时出幸!"西太后道："殉国有什么益处? 白送掉性命。"光绪帝尚是狐疑，西太后大声道："不必多想，随我走吧!"光绪帝道："宫眷很多，如何走法?"西太后道："我同你先至颐和园，那边有卫兵候着，叫宫眷们陆续出来，到园内会齐，就好动身。"光绪帝只好遵着，转顾瑾妃道："你的妹子在三所，奈何?"西太后闻言怒道："你尚记着这狐媚子吗?"便嘱崔太监道："你速去引来见我。"崔监已去。西太后又嘱皇后道："你去将宫中金银财宝，统教宫监们搬到这里。埋在院子里面，较为妥当。"皇后挈着瑾妃，亦即出去。

此时崔阉已带着珍妃入宫。珍妃至西太后前,跪下请安。西太后道:"洋兵来了,我本拟带你出宫,可奈拳众如蚁,土匪蜂起,你年纪尚轻,倘被掳遭污,怎么好哩?我看你不如去死,落得干净。"珍妃倒也不甚畏惧,反朗声道:"婢子死不足惜,但皇上亦应留京才是。"西太后喝道:"你说什么?"便回顾崔监道:"你快带她出去,推入井中。"光绪帝闻了此语,魂灵儿几飞入九霄,连忙跪下碰头乞恩。西太后大愤道:"起来,你还要替她讲情吗?自己性命都保不住,还要庇护这狐媚子。我偏要令她去死,好惩戒那不孝的孩子,并教那鸥鹆看看,羽毛稍稍丰满,便要啄他娘的眼睛。"到此地步还凶悍至此,令人一读一恨。崔监本是内廷总管,仗着自己凶威,竟将珍妃牵去。光绪帝目不忍睹,只听得一片娇啼,送入耳中,模模糊糊地听着"拜谢皇恩来世再见"八字。我不忍闻。不觉哀痛异常,忍不住呜咽起来。崔监还洋洋自得,入宫复命,说已推入宁寿宫外的大井了。后人曾有宫词吊珍妃道:

赵家姊妹共承恩,娇小偏归永巷门。

宫井不波风露冷,哀蝉落叶夜招魂。

珍妃已殁。忽有二人奔入宫来,大声道:"不好了!不好了!"毕竟二人为着何事,且至下回再叙。

袁、许二公之被杀,旨出西太后。徐用仪、联元、立山,则实由载漪杀之。载漪何人,乃敢擅戮大臣乎?吾谓西太后不杀袁、许,则载漪犹不敢擅杀三大臣,袁、许可杀,三大臣亦何尝不可杀乎!是杀袁、许二公者西太后,杀徐用仪、联元、立山三大臣者,亦未始非西太后,不过假手于载漪耳!不然,西太后岂竟聋瞽,绝无见闻乎?迨至联军入京,仓促出走,犹必置珍妃于死地。恶之即欲其死,庸得谓非大惑者?荣禄屡请杀端、刚诸人,卒未邀准,可知庚子之乱,西太后实任其咎。著书人虽未明言,微旨已跃然纸上。

第三十回　失京师出奔慈驾　开和议惩治罪魁

　　却说二人入报西太后，太后瞧着，乃是贝子溥伦，及大阿哥溥儁。忙问何事？二人道："东直、齐化二门已被洋鬼子攻入了。"西太后忙道："外面有车辆来吗？"言未已，刚毅已到，报称有三辆骡车到来。西太后道："很好！快走吧。"正要出宫，皇后及瑾妃亦到。西太后忙语皇后道："嘱咐你的事情，快快办好，我不及检点了。临走还要顾着财物，真是死要金钱。你等去改换汉装，随后就来。"皇后唯唯从命。

　　西太后挈着大阿哥，叫溥伦随着光绪帝，同出宫门。后妃以下，一律跪送，恭祝西太后万寿。西太后也不暇回答，只语李莲英道："我知你不惯骑马，你侍着皇后来吧。"又行数步，赵舒翘亦到，向前行礼。西太后道："不必，你与刚毅骑马，随着我走便是。"赵舒翘便让太后、皇帝等先行。车夫见两宫出来，便移近了车。西太后命溥伦道："你挂皇帝车沿，好招呼。我坐的那辆车，教溥儁挂沿。"当下统已坐定，西太后又命车夫道："快赶往颐和园去。若有洋鬼子拦阻，你不要说话，我会跟他说的。我们是乡下苦人逃回家去。"车夫也不答应，尽力赶这骡子。出了神武门，天已启晓。看官记着，这日是光绪二十六年七月二十一日。是年正是庚子年，历史中叫作庚子之变。点明年月日，与上文笔法相同。

　　西太后等既出内城，复至德胜门。但见人山人海，拥挤得不可名状。车夫略略逗留，西太后不胜焦急。亏得刚毅、赵舒翘放马赶到，大众防马蹂踏，让开两旁，方得前行。沿途幸没有洋人阻挡，一直至颐和园。满员恩铭正在园中值差，蓦见有骡车二辆，驰入园中，正思着人诘问，适溥伦、溥儁下了辕，至恩铭前相见。恩铭方惊道："何故坐着骡车？"溥儁忙答道："洋鬼子入京，老佛爷慌得走了。"活绘一个蠢童口吻。恩铭道："老佛爷在哪里？"溥伦回顾道："那不是老佛爷吗？"恩铭望将过去，只见一个汉装的老妪，穿着一件蓝布夏衣，如乡间农妇相似。后面随着一人，乃是黑纱衫，黑纱裤，不禁诧异起来。仔细一瞧，方知是西太后及光绪帝。两宫服饰，就恩铭眼中写出。忙抢前跪谒。西太后着急道："此刻不是行礼的时候，你快起来，饬侍从收拾园中珍宝，送往热河，免被洋鬼子劫去。"专顾珍宝不顾人民。恩铭方才起立。西太后又道："昨日马玉昆带兵来否？"恩铭道："他于昨晚到此，大约有兵数百人，现在园右屯驻。只他未曾说明慈驾到来，所以奴才不先路迓。"西太后道："知道了，你去照办吧，不必在此侍着。"恩铭奉命自去。刚毅、赵舒翘亦下马入园，陪着太后、皇帝等，至乐善堂少坐。园吏奉上茶点，西太后随饮随食。命光绪帝以下统共食毕，才见皇后瑾妃及李莲英等到来。未几又有端王载漪、庆王奕劻、肃王善耆暨贝子公爵数人同至。

　　西太后便命动身。当由马玉昆带着各兵，前呼后拥，向西进发。途次统是旷野，人迹稀少，遍地荒凉。行了十余里，已是晌午，后面又有数大员赶到。西太后瞧着，乃是军机大臣溥兴、吴汝梅及各部堂官数人。便问："京中怎么样了？"溥兴答道："奴才出京时，闻正阳、永定两门统被洋兵占去。这时不知如何了。"西太后道："我们出走，洋鬼子尚是未知。倘若被他知道，不是要追来吗？"便命马玉昆道："你带着各兵缓缓随着，让我们先行一程。前面想无洋人，总教后面截住，便不妨了。"玉昆奉旨，勒兵暂停，让西太后等前去。西太后等又行数十里,腹中辘辘不绝。各想买些食物,苦无购处。西太后顾李莲英道:"我们迤逦行来,已不下数十里,如何茶店饭馆一家没有?现在口也渴了,腹也饥了,何处觅些茶点来?"莲英道:"待奴才下去查觅,再行复命。"说罢饬舆夫停车,下舆径去。是时十余辆车子,均已停着。道旁近小村落,有几个农夫野老,前来问讯,西太后只以避难告,不敢说出真情,并问乡民道:"此处系往来大道,何故无食物可买?"乡民道:"此地近着长城,本来不甚闹热。现闻洋兵入京,恐他来此骚扰,所以当地大贾多走避一空,就使近地有几爿铺子,也都闭户去了。我们穷苦得很,没资迁徙,只得挨死居此。"西太后点头。有顷,李莲英方抱瓮转来,呈与太后道:"村中没有食物,只有凉茶少许,请老佛爷一尝。"西太后取瓮一喝,也不管茶味好歹,饮了几口,遂递与光绪帝。光绪帝瞧着,这瓮口肮脏的很。且不必说瓮内的茶叶好似柴片,茶水又似驴溺。便摇着头交与莲英道:"你去还他。"究竟光绪帝系出天潢,比不得西太后幼时微贱,所以西太后还可饮得,光绪帝恰是不愿。莲英又入村还瓮。光绪帝微叹道:"这统是拳匪的恩赐。"西太后忙截住道:"休要多言。"至莲英转来,复命开车。车夫多半喧嚷,统说腹饥无力。还是西太后好言抚慰,方才前行。至贯市已薄暮,又由莲英下车去觅食物,仍无购处。一时急得没法,只得向市民道:"我等统是官眷,逃难至此,一日没有茶饭,求你们接济一点,不吝重酬。"市民闻言,方献上麦豆。大家争着掬食,俄顷即尽。比宫中食味何如?

西太后道:"时近黄昏,何处投宿?"市民道:"此处有回回教堂,颇还宽敞,倒可借宿一宵。"西太后取出好几块银子,给予市民。市民很是欢跃,争至教堂先容,于是西太后等方得宿处。教堂中空空洞洞,只有一个砖炕,又无被褥等件。西太后上炕暂卧,光绪帝以下俱坐地打盹。一宵苦况不胜缕述。翌日早起,买了些粗麦、粉粟、蔬菜等物,又至向光峪驼行。觅了三乘驼轿,西太后自坐一乘,一乘给皇后,一乘给光绪帝及贝子溥伦,其余仍各乘骡车。大阿哥不得乘驼轿,已寓废储之意。

　　启行至居庸关,延庆州知州秦奎良迎驾。延庆本是个苦缺,所献食品,没甚可口。西太后到也随缘。临行时,奎良想与西太后等换顶大轿,饬役购办。各处觅购,只有蓝呢轿一乘。没奈何奏明太后。西太后道:"也好。"遂自乘蓝轿,其余仍旧。奎良送驾去讫。一路行来,荒落如故。

　　至二十四日到怀来县,才觉有些喧闹。怀来县知县吴永,骤闻驾到,不及穿着官服,慌忙便服出迎,跪于大堂左首。县中百姓都拥入署内环视,吴永饬役驱逐。西太后降舆后,语吴永道:"这等朴实的乡民,不妨令他来观,休去撵他。"吴永便请西太后等入室,家眷也来跪迓,西太后概称免礼。当下西太后住县太太房,皇后、瑾妃住少奶奶房,皇上住签押房。西太后至房中,拍着桌子语李莲英道:"快教吴县官去备食物,我腹中已饿极哩!"莲英传旨出去,吴大令惊惶得很,忙令厨子先备点心,送入上房。西太后拿来就吃。稍稍果腹,就取了吴夫人的奁具,叫莲英替她梳栉,改了满髻。梳毕进膳,恰有燕窝鱼翅,虽不及宫中丰备,比那途次的食物，不啻天壤。西太后以下饱食一餐。吴大令又进呈衣服。西太后大喜道："好孩子，难为你办得周到，我很要超擢你了。"便叫李莲英传语光绪帝，速写朱谕，升吴永为道员。吴永谢了西太后恩，并出去向光绪帝谢恩。吴永恰是交运。

忽报军机大臣王文韶到来。忙由吴永接入，进见西太后，太后殷殷垂询，备问途中苦状。王文韶道："幸叨老佛爷福庇。"西太后道："我等已备尝艰苦，想你应亦如此。但不识京中究作何状？我很是担忧呢？"王文韶道："臣观洋兵入京，并非定要占夺京城。倘令亲贵回京议和，洋人当亦释嫌停战了。"西太后道："我也这么想。看来只好着奕劻前去。"随召庆王入内，嘱他回京，与各国联军议和。庆王不敢前往，奏称：奴才恐不胜任。西太后道："从前咸丰年间，英法联军入都，有恭王奕䜣主持和议，方得转危为安。现今恭王去世，惟你能肩这重任。你只可勉为其难，毋得再辞。"何不遣得力军袭击洋兵。庆王尚是支吾，西太后的珠泪又扑簌簌地坠下。庆王方硬着头皮，口称"遵旨"。并请西太后下诏罪己。当在怀来县住了一宿，告别返京。

西太后复休息一天，于次日早起动身。才命陪驾各大臣，下了一道罪己诏。词旨似极恳切，实则将中外开衅的缘故，统推在亲贵及拳匪身上，只把自己蒙尘的苦况说了一番。且又是光绪帝的名义，于西太后似全无干涉的。那个相信。西太后阅过诏旨，便命吴大令颁发各处，随即启行。阅三日到宣化府。府中供张较备，一直住了四日。又至大同府，也住了四日。决计西幸太原。遣干役赍谕赴京，命部院堂司各官，分班速赴行在。正要登程西去，忽报甘肃布政使岑春煊，带兵到来，进见西太后，呈上鸡蛋及荷包带子等。西太后问道："你何故知我到此？"春煊道："臣奉勤王诏命，星夜前来，不意至此已接着慈驾，臣还觉迟慢，乞太后治罪。"西太后喜道："甘肃到此，路程甚远，怪不得你迟缓。各省大臣们如人人像你忠诚，我等也不必出走了。你来正好，今日即护我西行。"春煊奉旨就扈了两宫西幸。西太后方得换坐绿呢大轿，行仗亦觉粗备。

越两日，至雁门关。负山为城，高可千仞，形势很是雄壮。西太后命暂停舆，浏览一带风景。忽语光绪帝道："此次出京得观世界，也算有些乐趣。"黄连树下弹琴，苦中作乐。光绪帝道："人心当快乐时，自然如此。"岑春煊下马，采了一束黄花，献与西太后。西太后饶有喜容，即以乳酪一杯作为赏赐。逮至忻州，地方官进呈黄轿三乘，至是始符仪制。

过数日方到太原，巡抚毓贤在城外跪接。西太后命他近前，面谕道："你请训出京时，力言义和团可靠。可惜你错了，目下北京已破，我等蒙尘至此。看山西境内，确无洋人，你也好算奉旨了。但洋人报仇必索祸魁，我将来不得不把你革职。但你不必因此伤感。为眼前计，无可奈何。你宜体贴我意方好。"观此语，可见拳匪之祸，实自西太后造成。毓贤九叩首答道："奴才捉拿洋人，如瓮中捉鳖，虽小洋鬼子及小洋狗，也不使他幸免。臣已预备革职受罪。义和团的打败，由他们不遵法律，扰乱治安，无论是教民与非教民，统加杀掠，以致如此。他拳首实是可靠的。"可谓至死不悟。西太后不去答他，遂命舆夫入城，寓居抚署。

不一日，庆王奕劻有电奏到来，果然洋人首索祸魁，指出好几个姓名，毓贤亦在其内，非加重辟，不能停战议和。西太后颇费踌躇。适湖南布政使锡良以勤王故赴行在，西太后遂命署山西巡抚，将毓贤开缺。一面电催李鸿章速赴京师，与庆王奕劻协力议和，准其便宜行事。时鸿章早交卸粤篆，北行至沪，闻联军已逼京都，料知直隶不便履任，便在沪上逗留。只电奏了一本，请将拳首正法，并罢斥端、刚诸人。那时西太后避难不暇，还有何心览奏。及驾至太原，又记起这位李伯爷，连忙电谕敦促。李伯相惯作居间人，此次恰亦非他不办。

李鸿章老成更事，先电京问各外使有无允和的意思。各使复电候议，李伯爷方乘轮北上。识见固优，未免狡猾。既到京畿，复电奏行在，请派刘坤一、张之洞会商和议。西太后照准，并令荣禄亦会同议和。荣禄自京师失陷，与崇绮同逃出城，走至保定。崇绮投缳毕命，由荣禄代奏，请照例赐恤。嗣奉会同议和的上谕，意欲返京。不料驻京各外使，竟与奕劻晤谈，不愿接待荣禄。荣禄只得驰赴行在。

是时江苏巡抚鹿传霖亦北上勤王，甫至近畿，闻两宫已往西走，遂绕道赴山西。西太后见他来到，很是喜慰，召见一次，即命在军机大臣上行走。旋闻荣禄亦到，立刻召入，垂询途次情形。荣禄奏称途中平安，只妻室在道病殁。西太后很为悲悼，是西太后的老朋友，无怪其然。命升荣妾刘氏为福晋。并问及善后事宜。荣禄道："只有一条路：必须杀端王及其他信用拳匪的王大臣。"西太后叹道："刚毅已在闻喜县死了。保全首领大是幸事。此外且从缓议。你妻既死，不妨在此开吊。你且勉抑悲怀，助我办理各事。"荣禄遵旨谢恩。

会接庆、李两大臣电奏，略称：京城里面，虽由洋兵分段占据，却比拳匪在京时安静许多。宫禁统归日本兵保护，妃嫔以下一概无恙。只大学士徐桐自缢，前黑龙江将军延茂、祭酒王懿荣、熙元、侍读宝丰、崇寿、翰林院庶吉士寿富等亦均殉难。太后阅至此处，未免悲喜交集。看到后文，乃是和议入手：第一要严惩罪魁；第二要两宫回銮。若蒙照允，方得开议。看官试想：这两件事是难不难呢？罪魁多是亲贵，一时如何惩治？况西太后有意纵使，若要加罪，难保他不反唇相讥。是第一件已是难办。至于回銮一节，本可允准。但和议尚无头绪，一旦仓促回京，四面统是洋兵，倘或翻起脸来，那时鸟入笼中，岂不由他播弄？这也是难以照准的。当下召集行在诸大臣，会议行止事宜。各大臣俱不敢措议，惟荣禄以两宫总应回京，略略奏对数语。西太后道："近日总不便回銮。惟此地亦非久住的地方。"西太后此语盖恐毓贤结怨洋人，洋兵未免报复耳。随问岑春煊道："陕西如何？"春煊答道："陕西地势巩固，雄关天险，可无他虑。"西太后道："我等不如暂幸西安。俟和议成后，再行回銮。现令你为陕西巡抚，先赴西安，筹备行宫。我等即日可以动身。"春煊谢恩去讫。西太后复酌定惩办罪魁一条，将庄王载勋、怡王溥静、贝勒载濂、载滢等革去爵职；端王载漪撤去一切差使，交宗人府严议，载澜、英年交该衙门严议，赵舒翘交都察院吏部议处。一面优恤被戕德使克林德及日本书记官杉山彬。两谕遣员赍京。自己带着帝后等人又复西去。看官你想西人所要求的两事，一件没有实行，空把那无关痛痒的诏书，赍交议和大臣，令他对付西人，那西人肯就此停战吗？是年适有闰八月。各国联军复分兵占山海关，踞北塘炮台，复西出攻陷保定，杀直隶布政使廷雍。并声言将西追两宫，直入山、陕。正是：

　　出走仓皇犹庇匪，联军猖獗又追驰。

　　毕竟后来和局如何，且至下回再阅。

　　本回纯叙西太后蒙尘事，历历写来，备见苦况。可知福为祸倚，乐极悲生，古今以来，大都如此。若西太后以误信奸邪之故，至于仓皇出走，素衣豆粥，一饱难求；在别人处之，必有深悔前此之非，极力惩治罪魁，以谢天下。乃待外人之要请，犹流连不忍，徒欲以革职议处之薄谴，敷衍了事，何视臣民若土芥，而视权奸若干城耶？天下惟妇人处世，往往因小不忍之心，酿成大乱。故妇人不足与语家国事，西太后其殷鉴也。

第三十一回　定北京全权议款　寓西安下诏回銮

　　却说各国联军因中国不允所请,仍遣兵西进,陷了保定,直攻宣化。宣化知府惶急万分。亏得总兵何永鳌,保荐了一个塞上福星、朔方生佛,才得和平就绪。这人非别,乃是道员赵敦和。敦和前在江南,办理洋务,信孚中外。是时适在北方,即由何总兵禀请察哈尔都统,星夜檄调。逮敦和至,单骑驰敌军,请将城池保全,勿纵兵队扰害。往返商酌,洋兵素慕赵名,当即允议退兵。嗣敦和奉旨总办察哈尔张家口洋务局,招练警察,保护商旅。人民大悦,因此推为塞上福星、朔方生佛。老佛不及小佛。

　　联军拟转攻他处,适又接到行在电谕,重惩罪魁:载漪革职,载勋、溥静、载滢同交宗人府圈禁;载濂革爵;载澜、英年降调;赵舒翘革职留任;毓贤充边;董福祥亦革职,回甘肃原籍。联军统帅瓦德西,以纵容拳匪诸臣无一正法,仍然未允。庆、李两全权大臣只得申奏行在,再请重惩首祸。一面运动了一位艳帜高涨的尤物,令她暗中设法,转圜和议。

　　看官!你道这尤物是谁?乃是前出使大臣洪钧的篷室,前名傅彩云,后号赛金花。闻名久矣。她原籍本隶姑苏,依着姊氏,悬牌沪读。生小已是倾城,及笄,居然冠世,水上桃花为性格,湖中秋藕比聪明。翰林院修撰洪钧丁忧回乡,道出申江,作平康游,一睹芳容,爱同拱璧,遂出重金购为篷室。后来携至都下,适奉朝旨超擢侍郎,出使英国。一对比翼鸳鸯,竟尔双航欧海。到英后,居然充做公使夫人,一般的觐见英皇。英皇维多利亚是全球中著名女杰,瞧着她风流细腻,也惊为极艳,称她为东方美人,时令她出入英宫,视同腻友。曾并坐摄影作为纪念。欧洲各国得此照片,尝世袭珍藏。谁知归国以后,不二年洪侍郎病亡。赛金花不亚夏姬,洪殿撰偏逊巫臣。彩云寂寂寡欢,竟与她俊仆相好,俨为夫妇。忽而升天,忽而入地。既而私蓄用尽,所欢亦殀,没奈何仍回沪上,再操卖笑生涯,改名赛金花。苏人把她撵逐,又返津门,再改名曹梦兰。会联军到来,她不及避难,正在惊惶的时候,谁料德帅瓦德西竟折柬相招。霎时间落溷名花,又做了西帅宠眷。既入京,德兵愤驻使被戕,将虐待京中官民,复仇泄恨。礼部尚书怀塔布、侍郎李昭炜、御史陈璧等,或被遣拉车,或被迫运尸,或被召担粪负石,稍一违慢,立施鞭挞。因此达官贵人多半摆酒接风,请出自己的妻妾,侍宴承欢,只恐那碧眼骄儿,动气惹恼。可奈西兵素性,于淫掠一层,到还少见,只戏弄华人,却无所不至。幸赛金花起了一片婆心,婉劝瓦帅代为请命。有时怀中娇语,有时枕畔私谈,任你威震全球,权倾八国的大元帅,到此也俯首听从,严申军禁,保护京民。都中人士统悬着顺民旗,盛称瓦帅威德,那里晓得他都是受教美人呢!西太后对之,应有愧色。瓦德西命把仪銮殿做了联军统帅府,所有内房,即做了统帅藏娇室。日间管着无数军士,驱叱熊罴,夜间拥着半老娇娘,颠倒鸾凤,到也非常忙碌。李伯爷闻这消息,遂与庆王奕劻商议,通内线与赛金花,教她暗里调停。赛金花颇具爱国心肠,尝乘间怂恿瓦帅。瓦帅虽握着全权,究竟事关重大,须要七国统同应允,方好修和。他一面咨照庆、李两大臣,准即停战;一面与七国政府及驻京公使商酌,格外转圜。两宫回銮这一件不妨少缓,只严惩罪魁一条,总要狠狠地办一下子,才有议和可言。于是庆、李两大臣申奏,西太后也顾不得什么,只得再行加重。谕:将载漪、载澜均发往新疆,永远监禁,载勋赐自尽;毓贤正法,英年、赵舒翘斩监候,刚毅追夺原官,徐桐、李秉衡撤销恤典,并一概革职。当由庆、李转致瓦德西。

瓦德西又集众会议。大众尚嫌从轻,李鸿章允再申请,惟先请示和议大纲。瓦德西照允。过了数日,方将和议约稿录出。内列十数款,由庆、李两大臣逐条研究。条条是不便遵行,无如彼直我曲,彼弱我强,彼众我寡,势难坚持到底,只得把最关利害的约文驳了回去。看官试想,此时的紫髯公那里还同你讲理! 自然大言无忌,定要照原约施行。庆王资望本没有什么,明知言不足重,竟把这副重担子推交与李伯爷。诸满员谓汉人不足恃,何故事到万难,仍要汉人办理? 李伯爷诿无可诿,没奈何提起精神,与外人仔细交涉。谈论了好几月,听过若干讽刺,看过若干脸面,才磋定议和大纲十二章。节录如后:

一、德国公使被戕,由中国派亲王专使谢罪,并于被害处竖立纪念碑。

二、肇祸诸人由各公使指出,严惩无贷。其戕虐各国人民之各城镇,停止文武考试五年。

三、日本书记被戕,中国须用优荣之典,致谢日本政府。

四、各国人民坟墓,有被污渎发掘之处,由中国建立碣碑。

五、军火及专为制造军火材料,公禁入口二年。

六、中国允赔偿各国公私损失,计四百五十兆银两,分三十九年偿清。年息四厘,如期当本息两清。

七、划使馆附近地界,驻兵保卫,界内不许华人杂居。

八、大沽炮台削平。

九、由京师至海道,择要屯驻西兵。

十、华民此后如有肇乱情事,立罪该地方长官,不得借端开脱。并张贴永禁军民仇外之谕。

十一、修改通商行船条约。

十二、改总理各国事务衙门事权。

大纲已定,即由两全权大臣飞奏行在。西太后不能不允。且见条约中没有关系自己明文,心中也放宽一半,遂下旨照允。可见前次要求归政的照会,明是捏造。并命两全权磋商详细节目。

庆、李接旨后,即签复瓦德西,约期撤兵。瓦德西也是乐从。

谁知仪銮殿犯了秽禁,触怒九庙神灵,居然请祝融氏税驾,于夜半逞着火威,哗哗剥剥的爆裂起来。那时这位瓦大帅方在温柔乡中,寻那高唐好梦,蓦然惊醒,已是浓烟满室,无户可钻。举目四瞧,只有一线窗隙尚是透光,他急不暇择,忙劈开窗门,转身挟住那娇娇滴滴的美人儿,一跃出窗,才得免祸。几乎杀身,险哉色也。只一座仪銮宝殿,已被祝融一炬,付作劫灰。

西太后闻这灾耗,越加叹息。且因外人索办罪魁,指名载漪、载澜、载勋、毓贤、英年、赵舒翘、启秀、徐承煜等人,定要一一正法,没奈何再降谕旨:载漪、载澜斩监候,加恩贷死,永戍新疆,不复释回;载勋已赐自尽,赵舒翘、英年亦均赐死,毓贤正法;独启秀、徐承煜于联军入京时,已被日本军拘住,囚禁顺天府署,西太后命两全权大臣,索还二人,自正典刑。复昭雪徐用仪、许景澄、袁昶、立山、联元冤诬,开复原官。并命将五月二十四日以后,七月二十日以前。谕旨汇呈,将矫擅妄传各旨,提出消除。然后用光绪帝名义,下一悔过维新的诏旨道:

本年夏间拳匪构乱，开衅友邦，联奉慈驾西巡，京师云扰。迭命庆亲王奕劻，大学士李鸿章，作为全权大臣，与各国议和，既有悔祸之机，宜颁自责之诏，朝廷一切委屈难言之苦衷，不能不为尔天下臣民明谕之。此次拳教之祸，不知者咸疑国家纵庇匪徒，激成大变。殊不知五六月间，屡诏剿拳保教。而乱民悍族，迫人于无可如何，既苦禁之俱穷，复愤存亡之莫保。那个教你，弄到如此。迨至七月二十一日之变，朕与皇太后誓欲同殉社稷，以上谢九庙之灵。乃当哀痛昏瞀之际，经王大臣等数人，勉强扶掖而出，于枪林弹雨中，仓皇西狩。是慈躬惊险，宗社阽危。阛阓成墟，衣冠填壑，莫非拳匪所致。及此，始知为拳匪所致耶！朝廷其尚庇护耶？庇护久矣。夫拳匪之乱，与信拳匪者之作乱，均非无因而起。各国在中国传教，由来已久，民教争讼，地方官时有所偏，畏事者袒教虐民，沽名者庇民伤教。民教之怨，愈积愈深，拳匪乘机，寖成大衅。由平日办理不善，以致一朝猝发，不可遏抑。是则地方官之咎也。涞涿拳匪，既焚堂毁路，急派直隶练军弹压。乃练军所至，漫无纪律，戕虐良民。而拳匪专恃仇教之说，不扰乡里。以致百姓皆畏兵而爱拳，拳势由此大炽，拳党亦愈聚愈多。此则将领之咎也。该匪妖言邪说，煽惑愚人。王公大臣中或少年任性，或迂谬无知，平时嫉外洋之强，而不知自量，惑于妖妄，诧为神奇。于是各邸习拳矣，各街市习拳矣。或资拳以粮，或赠拳以械，三数人倡之于上，千万人和之于下。朕与皇太后方力持严拿首要，解散胁从之议，特命刚毅前往谕禁，乃竟不能解散。而数万乱民，胆敢红巾露刃，充斥都城，焚掠教堂，围攻使馆。非太后主使，安敢如此？我皇太后垂帘听政将四十年，朕躬仰承慈诲，夙昔睦邻保教，何等怀柔，而况天下断无杀人放火之义民，国家岂有倚匪败盟之政体。既知如此，何必当初。当此之时，首祸诸人叫嚣隳突，匪党纷扰，患在肘腋。朕奉慈圣，既有法不及众之忧，寖成尾大不掉之势。兴言及此，流涕何追？此则首祸王大臣之罪也。都是他人不好。然当使馆被围之际，屡次谕令总理衙门大臣，前往禁止攻击，并至各馆会晤慰问。乃因枪炮互施，竟至无人敢往，纷纭扰攘，莫可究诘。设使火轰水灌，岂能一律保全，所以不致竟成巨祸者，实由朝廷极力维持。是以酒果冰瓜，联翩致送，无非朕躬仰体慈怀。唯我与国，应识此衷。今兹议约，不侵我主权，不割我土地，念列邦之见谅，疾愚蒙之无知，事后追思，惭愤交集。惟各国既定和局，自不致强人所难。着奕劻、李鸿章于订立约章时，婉商力辩，持以理而感以情。各大国信义为重，当视我力之所能及，以期其议之可行。此该全权大臣所当竭忠尽智者也！当京师扰乱之时，曾谕令各疆臣固守封圻，不令同时开衅。东南所以明订约章，极力保护者，悉由遵奉谕旨，不欲失和之意。故列邦商务，得以保全，而东南疆臣，亦借以自固。数语恐为东南疆臣所窃笑。惟各省平时，无不借自强为辞，究之临时张皇，一无可恃，又不悉朝廷事处两难，但执一偏之辞，责难君父。试思乘舆出走，风鹤惊心。昌平、宣化间，朕侍皇太后素衣将敝，豆粥难求，困苦饥寒，不如氓庶。不知为人臣者，亦尝念及忧辱之义否？总之臣民有罪，罪在朕躬。朕为此言，并非追既往之愆尤，实欲儆将来之玩泄。近二十年来，每有一次衅端，必申一番告诫。卧薪尝胆，徒托空言，理财自强，几成习套。事过之后，徇情面如故，用私人如故，敷衍公事如故，欺饰朝廷如故。大小臣工，清夜自思，即无拳匪之变，我中国能自强耶？夫无事且难支持，今又构此奇变，益贫益弱，不待智者而知。尔诸臣受国厚恩，当于屯险之中，竭其忠贞之力，综核财赋。固宜亟偿洋款，仍当深恤民艰；保荐人才，不当专取才华，而当内观心术。其大要无过去私心、破积习两言。大臣不存私心，则用人必公，破除积习，则办事着实。惟公与实，乃理财、治兵之根本，亦天心国脉之转机。(中略)朕与皇太后有厚望焉！将此通谕知之。

这谕从西安颁发,庄王载勋、刑部尚书赵舒翘,都察院左都御史英年,也都在西安自尽。毓贤已遣戍新疆,行抵甘肃,方接到正法的上谕,由按察使何福坤监视行刑。启秀、徐承煜,由庆、李两全权索还,同杀于北京菜市口。启秀临刑时,尚问是谁人命令?监斩官谓奉西安谕旨。启秀道:"这是太后旨意,不是洋人意思,我虽死无怨了。"只知有太后,不知有国家,死不足以蔽辜。

西太后默察时势,料知此后行政,不便拘泥旧制,于是再下谕变法。命京师设立督办政务处,派奕劻、李鸿章、荣禄、昆岗、王文韶、鹿传霖为督办政务大臣,刘坤一、张之洞遥为参与。京内外一班官吏,又复鼓唇弄舌,摇笔成文,谈几条变法章程,草几篇变法奏牍。这是中国人惯技。西太后也施行几种,先命销毁各部署案卷,裁汰书吏;又饬各省清厘例行文籍,裁革胥吏差役;并令复开经济特科;暨整顿翰林院;课编检以上各官政治之学;再寄谕出使大臣,访察游学生,咨送回华,听候考试录用。总算新政发硎了。一面履行和议条约,授醇亲王载沣为头等专使,往德国谢罪;侍郎那桐为专使大臣,赴日本谢罪;改总理各国事务衙门为外务部,班在六部上,即令庆王奕劻为总理,王文韶为会办大臣,瞿鸿玑为尚书,并授为会办大臣。各国联军,见中国已如约施行,遂将条约十二款,附件十九则,一一签字。庆、李两全权,也随同画押。瓦德西即启程回国。因西例不能无端纳妾,只得把赛金花仍行撤下,快快而返。赛金花失了庇护,仍去做那老买卖。后来虐婢致死,被刑官批解回籍。这也不在话下。一场春梦。

且说西太后驻跸西安,借了陕甘总督的行辕,作为行在。一切布置,略如北京仪式,饮食衣服,都由岑抚供奉。可奈诸事草创,室居湫隘,行宫正殿,老旧不用,旁殿召见人员。左首有一屋,为西太后起居所在。皇帝、皇后同居一小房,与太后卧室相通。西偏另有小房三间,居住大阿哥博儁。李总管莲英住在太后所居的东偏,只有一间。西太后住了几月,常是闷闷不乐,想起颐和园情景,越加凄恻。那边是亭台殿阁,非常轩爽,这边是荒凉逼窄,备极萧条,未免有情,谁能遣此。而且度支很是拮据,岑抚又主张从俭,不使滥费。西太后每日膳费二百金,较之在京时不过十分之一。西太后尝语岑抚道:"现在我们俭省多了。"岑抚对道:"圣母以俭德治天下,国用不难渐裕呢!"西太后不去驳他,只能得过且过。惟各省进贡物品及金银,西太后无不贮藏。又因南方所贡,多系燕窝鱼翅等物,大加叹赏。每日必选择数种,作为肴馔。鸡鸭鱼肉等又复减味。曾回忆豆粥麦饭时否?独光绪帝所食菜蔬,与路上也差不多。太后下谕,每饭只准六肴,不得过多。自己喜食牛乳,于行在附近拳牛六只,每月喂养费需二百金,陕西传为异事,西太后尚不如意。嗣岑抚窥破慈意,奏请移居抚署。其实两处房屋大略相似,西太后迁了过去,懊怅依然。何从得颐和园。

万寿期届,岑抚欲举行庆典,贝勒溥侗反对。略言国势危急至此,宗庙陵寝皆入洋兵手中,老佛何心更做万寿?满宗室中之佼佼者。西太后闻了此语,亦命停止祝典。幸山陕颇有名伶,有时令他演剧,聊遣愁怀。一日西太后正在听戏,忽闻座上有拍案声,怒骂声,不禁惊讶起来。急起视之,乃一肥胖少年,状类伧荒,戴一金边毡帽,内穿皮衣,外罩红色军服,如护标的棒师相似,对着台上戏子大声呵斥,说他鼓板参差,腔调浮滑,似有不共戴天的仇愤。仔细一瞧,并非别人,乃是大阿哥溥儁。忙语李莲英道:"你去叫他过来。这个蠢儿越发不像了。"莲英宣召溥儁至西太后前,由西太后训斥一番,令他侍着,不得再离。戏毕,西太后入内,令李莲英鞭责溥儁甚至百下。溥儁哭个不住,反说出那不尴不尬的话语来,是何词耶?请看官自猜。气得西太后胸怀噎塞。李总管亦眉目奋张,遂下令停闭戏园,又将酒馆、茶肆,亦封禁数家,免得大阿哥出去游荡。

转瞬间已是光绪二十七年,和议告成,庆、李两全权及各省疆吏,陆续请两宫回銮。西太后乃下谕:择于七月十九日由河南直隶一带回京。嗣因天气尚热,不便登途,又展期一月,改为八月二十四日启跸告归。唯西太后寓居陕西,已将一年,自思没甚恩意逮及陕民,似乎心中未快。可巧西安苦旱,西太后遂斋戒三日,特派大臣上太白山祷雨,恭代行礼。彼苍者天,竟默鉴西太后诚心,降了一日夜甘霖。天道果属有知也,是惠及陕民,非西太后所能幸致。随扈诸大臣,又是赓飏盛德,代作一篇御制申谢文,泐石山巅,把西太后徽号十六字全镌碑首。后人有诗咏道:

> 太白参天灵气钟,云碑丽藻竖层峰。
> 差同玉简投龙璧,不似金轮咏石淙。

欲知两宫回銮情形,容待下回再表。

　　西太后以一时之私愤,不惜举社稷生灵付诸一掷,至于北京残破,城下乞盟。和约十二款,不必一一推究,即以赔款而论,计银四百五十余兆。加以三十九年之利息,不下千兆。试问此巨款为谁人所负担?殃民误国,竭我脂膏,尚欲以一纸虚文掩人耳目乎?清之亡,亡于西太后,即中国之弱,亦弱于西太后。端、刚诸人虽曰首祸,微西太后之有心纵使,亦决不致此?至寓居西安,每日膳费二百金,犹云太俭;每月犒牛费亦二百金,尚嫌不足;长安祷雨,适得甘霖,乃即铺张扬厉,制文勒石,冠十六字徽号于碑首,谬以为至诚格天。吾谓荒妄至此,有益足令人齿冷者。叶赫,叶赫!那拉,那拉!千载而下,犹有遗憾存焉。

第三十二回　储君被废安辇入京
新政重行临朝布救

却说光绪二十七年八月二十四日，两宫自西安启程，千乘万骑，同时东行。沿途所备的行宫，及其他供应一切，统是力求完美，较诸上年出走时光，几不啻天渊之隔了。前行为兵队及侍卫，后行为扈驾大臣及宫监等，中为西太后、光绪帝、那拉皇后、瑾妃数人。西太后寿近古稀，望去不过如四十许人，衣裳华丽，珠锦辉煌。皇后、瑾妃也装束如天仙一般，纷白黛绿，长袖轻据，头上所戴的珠宝，统是光耀夺目，秀美绝伦。独光绪帝面带愁容，冠服亦都晦暗。潜龙勿用。道旁观者如堵。西太后有说有笑，毫不拘束。皇后以下统是面带欢容。所难堪者，独一光绪帝耳。一路行来，已入河南。豫抚松寿，早派员在边境迎接。西太后慰劳有加。就是沿途一带的地方官，敬谨迎送，也均蒙太后嘉奖。独李莲英以下诸阉寺，乘机勒索，借势呼叱，总叫餍他所欲，方无意外纠缠。地方官敢怒不敢言，没奈何把官囊私蓄尽行供奉。后来仍向百姓取偿，故国家大患莫若阉人。

既到开封，由豫抚松寿迎入。请过圣安，并奏报全权大臣李鸿章出缺。西太后讶道："数日前尚有奏陈，谁知竟尔谢世。"松寿道："京电于今日始到。料知慈驾必来，所以入城面奏。"西太后流泪道："这次和议，也亏他竭力斡旋。目前大端虽定，细事未了。天何不假他一二年，令他办理就绪呢？"这却是平心之论。当下命随扈大臣，拟定谕旨，赠李鸿章为太傅，晋封一等侯爵，入祀贤良祠，子经述袭封。寻复予谥文忠，除各省曾经建功地方许立专祠外，并立专祠于京师。汉员邀此重典，也算是不多得了。了李一生。是时王文韶早返京。京中资格，算他最老。便令他署理全权大臣。又因李鸿章生前曾保荐袁世凯才可大用，命署理直隶总督。

西太后即欲入京，独李莲英从旁劝阻，请老佛爷暂住数天，过了万寿祝期，方可启行。看官，你道这李莲英是何用心？他从前也庇护拳匪，与端、刚等同为罪魁，恐怕入京以后，又为洋人瞩目，指名索办，那时不能狡脱，自取灾殃，于是劝止慈驾，静探京中消息，再定行止。小人真可畏哉。西太后就此暂憩。一日复一日，竟过了半月余。万寿期至，便在开封府受庆祝礼，筵宴数天。庆王奕劻派员代祝，并以密函致李莲英，叫他即日奉两宫回京，保他无事。莲英心才放宽，且思干些回天事业，令洋人永远勿疑。

京使去后，他即密奏太后道："老佛爷此次回京，对待洋人，用着何术？"西太后道："我前与荣禄说过，用五饵三表的法儿，款待外人，教他意思转过来，便可无虑。"莲英道："慈衷自有良策，但奴才恰有杞忧。"西太后问为何事？莲英道："祖庇拳匪的首祸，莫如端王载漪。他已贬为庶人，永锢新疆，他的儿子尚为大阿哥，能免外人后言吗？"说得动听。西太后不觉皱眉道："我为此事已踌躇几次了。"莲英复道："大阿哥现为将来皇帝，他的老子势不能长留成所。欲释回无以对外，不释回又无以对内。还请老佛爷三思。"一层紧一层。西太后道："我何惜一童呆。只前已正式立储，不便将他轻废哩！"莲英道："从前圣祖仁皇帝为了立储大事，改易至再，后来并没有什么异议；况大阿哥品行恶劣，老佛爷亦应有所闻。乘此废立，一来可想见慈明，二来可敦全友谊，真可谓一举两得了。"西太后道："这个蠢奴，却是没福，我的颜面都被他丢掉不少。前与宫女们都调笑起来，亏我防范素严，不致闹成笑话。据你

说很是有理,看来只好废掉他吧。"锢光绪帝,废大阿哥,统是莲英暗中作祟,然亦由西太后不明之故。越日即用帝名降谕道:

朕奉皇太后懿旨,已革端郡王载漪。其子溥儁前经降旨立为大阿哥,承继穆宗毅皇帝为嗣,宣谕中外。概自上年奉匪之变,肇衅列邦,以至庙社震惊,乘舆播迁。推究变端,载漪实为首祸,得罪列祖列宗,既经严谴,其子岂宜膺储位之重?溥儁着撤去大阿哥名号,并即出宫。加恩赏给八分公衔俸,毋庸当差。至承嗣一节,关系甚重,应候选择元良,再降懿旨。将此通谕中外知之。

大阿哥溥儁览到这谕,恰也没有什么介意。仍然嬉笑跳跃,顽劣如常。虎父犹生犬子,犬父安得虎儿?惟前此正位青宫,宫监们无不趋奉,一经废撤,宫中人统视同犬豕,相率奚落了。

十一月初四日,西太后自开封启銮。过黄河时天气适逢晴明,太后率帝致祭河神,焚香行礼。地方官预备龙舟,太后及妃嫔等均乘舟渡河。由此北行,途次遇洋人来观,一律优待。既抵顺德府,已入直隶界,署督袁世凯亲来迎驾,即日登途。京城里亩,派恭亲王溥伟等,出赴正定府礼迎。俟两宫驾到,已预备特别火车,奉两宫回京。是日为二十四日。由西太后先行传旨,择于巳牌开车。皇后妃嫔等于七句钟到车站,光绪帝于七句半钟亦到。待西太后到时,光绪帝率领余人跪接。西太后含笑点首,概令起立。随即监查诸办事员,及安排发货等事。此时行李包裹,堆积如山。所有文武各员,即于车台上觐见西太后。奉旨小心安排,毋致贻误。车站总管系比国人,名叫杰多第。亦由西太后召见,温词奖谕,并言宫廷行李紧要,须仔细照料为佳。杰多第退后,西太后徐步上车,帝后以下相率随入。西太后尚凭窗瞭望,直至行李等件一一装毕,方命开车。宗社可以轻掷,行李务要顾全。纯是妇女性质。汽笛一声,车随轮动,先货车,次仆役车,又次为铁路办事人车,又次为王公大臣车,又次为皇上特别车,又次为军机大臣、内务大臣车,又次为西太后特别车,又次为皇后妃嫔等特别车,又次为李总管莲英车,又次为侍从太监车,最后为杰多第事务车,共计二十一辆,风驰电掣而去。

当时铁路总理为盛宣怀。相传办理此车,所费甚巨:太后皇上皇后车中,皆用黄缎围绕,又各有宝座、睡榻、军机厅等;各妃嫔车中,统备有厚重帘幕,蔽住外观。不过西太后已降懿旨,凡有中外人民观瞻,不必阻止他。因此沿路所经,除遇着风日外,一律开窗,任人浏览。后妃人等,又皆贪看景色,无不开窗凭眺。所设帘幕,只夜间应用而已。钦天监赋闲已久,至此费了无数心力,拣了一个大吉日时,请两宫于二十八日到京。西太后颇为迷信,通知杰多第,务于吉日良时,到永定门。既到保定,两宫下车,至保定府署中,宿了一宵。杰多第与西太后约:须次日七点钟开车,方可不误时期。翌晨六点钟,西太后等已到车站。此时严霜沍冻,朔风扬尘,两旁兵队统执炬导着舆夫,陆续肩到车台。西太后降舆后,态度很是安适,并不觉有凛冽情形。且检点辎重,井井有条,仍照前例登车。小事了了,大未必佳。至十一点钟到丰台,乃是芦汉路线,与京津路接轨的地方。车务总管乃是英人。杰多第至此交卸,遂至西太后处告辞。西太后慰劳备至,并出双龙宝星为赐。杰多第称谢而去。

未几开车,阅数小时即至北京前门。车站旁已设一极大篷帐,布置很是华美,中有金漆宝座,祭坛用品及各种贵重佳瓷,灿然陈列。京中大员,自庆王奕劻以下,统鹄立守候。另有一特别雅座款待西人。排外之后,继以媚外,可见中国人心理。遥闻气管呜呜,车声辘辘,二三十辆的列车,飞行过来。渐近站旁,车中有一窗全启,露着西太后慈容,各大员皆跪地恭迓,惟西人兀立不动。内务府大臣继禄,大呼西人脱帽,西人尚傲然自若,嗣见西太后向他微笑,方才脱帽鞠躬。西太后亦起立车中,略略举手答礼。车既停,李莲英首先下车,至此不怕洋人了。即往检点行李。既而光绪帝亦下,跪迓西太后下车。西太后下车后,见各舆已预备停当,便令光绪帝先行。光绪帝起立,匆匆上舆而去。不许他出一言语,总是初心不改。庆王奕劻趋请圣安,王文韶后随,西太后亦慰劳数语。庆王请西太后登舆。西太后道:"不忙!"左右回顾约数分钟。总管李莲英呈上箱笼清单,由西太后细视一遍,复递与莲英。只管着这一件。署理直督袁世凯,带领铁路洋总管入见,西太后又温奖有加。洋总管退,西太后始上舆。舆旁有两太监随行,指点沿路景物,请西太后注视。忽有一洋人经过,太监大叫道:"老佛爷快看那个洋鬼子。"西太后也不加训责,只以目示意。过前门,直入内城。城旁有庙,供奉满洲保护的神祇。西太后下舆入庙,亲自拈香,有道士数人赞礼。不脱老婆子面目。礼毕,复出庙登舆。遥见正阳门城楼上面,站着西人甚多,遂表示一种慈柔态度,对西人瞧了数眼,才启舆入紫禁城,径回大内去了。皇后妃嫔以及王公大臣,及随扈兵队,统行入城。不消细说。

　　西太后既入宫,自瑜皇贵妃以下,都来请安。西太后道:"难为你们好意。我寓行在时,尚劳你们手制棉衣,饬役带来。只洋兵入京时,你们曾否受着惊慌?"瑜皇贵妃答道:"叨太后福庇,宫中没甚惊扰。外来各兵颇守纪律,一人不入宫门,每日仍照例进膳。所以还安稳至今。"西太后道:"这是祖宗的呵护。你们且退,缓缓叙谈便了。"瑜皇贵妃等遵谕而退。原来瑜皇贵妃,是穆宗的妃子,曾饬各嫔御制就寒衣,赍送行在,所以西太后略略道谢。西太后既饬退先朝嫔御,忙挈皇后入宁寿宫,瞧视所藏金宝,一些儿没有失掉,不觉大喜过望。尊为太后,要此何用。小憩片刻,用过茶点,复至仪銮殿故址,阅视一周。但见颓垣败壁,犹是依稀可认,中间成了一堆瓦砾场,又不免感叹多时。回宫晚膳。是夕无话。

　　先是西太后将到京师,已于途次传旨,赏奕劻亲王双俸,荣禄、王文韶、刘坤一、张之洞、袁世凯等双眼花翎及官衔有差。返京第二日,临朝召见各大臣,复极力奖励一番。又越日,追赠珍妃贵妃位号,并以随扈不及,殉难宫中,宣布中外。一面宣入留京崔总监,令他收拾行装,即日出宫。崔总管叩首乞恩。西太后道:"我去年临行时,不过恨着珍妃,说了一句气话,叫她自寻死路,并不是真要她死。你竟将她推入井中,你心可谓太忍。姑念你承值有年,此外尚无大过,所以命你好好出宫。你不如趁早走出,免令我见你寒心呢。"崔总监知难挽回,只得谢过了恩,即于次日出宫自去。此是西太后笼络人心,不要认她悔过。

　　十二月初旬,光绪帝御乾清宫,接见各国公使。西太后亦列坐殿上。凡有问答,仍是由太后应酬。其后又接见公使夫人等。由公使领袖夫人带领上殿,向西太后作祝辞,无非是欢迎两宫回銮,及重敦交谊等语,文辞颇觉逊顺。西太后答辞,亦极和蔼。又和颜悦色对着各公使夫人道:"上年拳匪闹事,宫中谣言很盛,我不能不走。但途中很惦念各国公使,及诸位公使夫人。犹幸乱事渐平,彼此无恙。所愿各国公使及诸位公使夫人,仍如往昔友谊,互敦和好,我与皇上亦感惠得多了。"各公使夫人均答道:"愿如尊意。"觐见毕,大众告辞。西太后于受觐时,起立离座,各与握手。临别时,亦亲送至殿门。又勤勤恳恳地教她暇时来宫,常可接谈。各公使夫人申谢出宫,个个满意,都说西太后雅度谦冲得未曾有。想亦上她的当了。自此次觐见后,国际情形一如曩昔。西太后乃日与政务处大臣商议新政,并下一剀切的上谕道:

　　世有万变不易之常经,无一成不变之治法。穷变通久,见于大易;损益可知,著于论语。盖不易者三纲五常,昭然如日星之照世;而可变者令甲令乙,不妨如琴瑟之改弦。伊古以来,代有兴革,当我朝列祖列宗因时立制,屡有异同。入关以后,已殊沈阳之时;嘉庆、道光以来，渐变雍正、乾隆之旧。大抵法积则敝，法敝则更，惟归于强国利民而已。自播迁以还，皇太后宵旰焦劳，朕尤痛自刻责。深念近数十年积弊相仍，因循粉饰，以致酿成大变。现正议和，一切政事，尤须切实整顿，以期渐致富强。慈训以为取外国之长，乃可去中国之短；惩前事之失，乃可作后事之师。自丁戊以还，伪辩纵横，妄分新旧，康逆之祸，殆更甚于红巾。迄今海外逋逃，尚以贵为富有等票，诱人谋逆，更借保皇、保种之奸谋，为离间宫廷之计。殊不知康逆之讲新法，乃乱法，非变法也。恐为维新党借口，故意剔清眉目。该逆等乘朕躬不豫，潜谋不轨。朕吁恳皇太后训政，乃得救朕于濒危，而锄奸于一旦。实则剪除叛逆，皇太后何尝不许更新，损益科条，朕何尝概行除旧。酌中以御，择善而从，母子一心，臣民共睹。今者恭承慈命，一意振兴，严袪新旧之名，浑融中外之迹。中国之弱，在于习气太深，文法太密，庸俗之吏多，豪杰之士少。文法者，庸人借为藏身之固，而胥吏恃为牟利之符。公私以文牍相往来，而毫无实际；人才以资格相限制，而日见消磨。误国家者在一私字，祸天下者在一例字。晚近之学西法者，语言文字，制造器械而已。此西艺之皮毛，非西学之本源也。居上宽，临下简，言必信，行必果，服往圣之遗训，即西人富强之始基。中国不此之务，徒学其一言一语，一能一技，而佐以瞻徇情面，肥利身家之积习，舍其本源而不学，学其皮毛而又不精，天下安得富强耶？口是心非。总之法令不更，锢习不破，欲求振作，须议更张。着军机大臣、大学士、六部九卿、出使各国大臣、各省督抚，各就现在情弊，参酌中西政治，举凡朝章、国政、吏治、民生、学校、科学、军制、财政，当因当革，当兴当并，如何而国势始兴，如何而人才始盛，如何而度支始裕，如何而武备始精，各举所知，各抒所见。通限两个月内，悉条议以闻，再行上禀慈谟，斟酌尽善，切实施行。特是有治法，尤贵有治人。苟无其法，弊政何从而补救？苟失其人，徒法不能以自行。使不分别人有百短，人有一长，以拘牵文义为守经，以奉行故事为合例，举宜兴宜革之事，皆潜废于无形；群旅进旅退之员，遂酿成不治之病。欲去此弊，慎始尤在慎终；欲竟其功，实心更宜实力。是又宜改弦更张，以袪积弊，简任贤能，上下交儆者也。朕与皇太后久蓄于中。物穷则变，转弱为强，全系于斯。倘再蹈因循敷衍之故辙，空言塞责，遇事偷安，宪典具在，决不宽贷。将此通谕知之。

自是准满汉通婚；命编纂中西律列；定学堂、选举，鼓励章程。派张百熙为管学大臣，吴汝纶为大学堂总教习，令王文韶充督办路矿大臣，瞿鸿玑充会办大臣，袁世凯充督办商务大臣，张之洞暨伍廷芳充会办大臣。各道上谕，联翩而下。又命奕劻、王文韶与驻京俄使雷萨尔商议，订交收东三省条约。为这一件事交涉，又惹起一大战衅来。小子有诗叹道：

　　国威荡尽已无余，慎尔邦交尚患疏。

　　怪底庸奴太不谅，谬伸螳斧欲挡车。

毕竟东三省交涉，为何而起，且看下回便知。

　　前半回详叙回銮情形，与上文出狩时，大不相同。安即忘危，乐不愆患，是欲其力惩前辙，一除宿弊，不待智者而已知其难矣。在西太后之意，以为外人可以利诱，可以色取，因思假五饵三表之术，为挽回友谊之计。不知西汉之世，朔方只有匈奴，汉室尚称全盛，贾长沙之五饵三表，言或可行，而当时犹有议其非计者。近则环球列国，犬牙相峙，方百出其谋以伺我，岂五饵三表所得而笼络之？是本原固已大误矣。至若维新之诏再下，所行犹是康梁之旧，而谕旨中必欲顾全体面，使国人知此次变法，与前日异趣。吾谁欺？欺人乎？欺己乎？要之西太后之心，一不肯认错而已。惟不肯认错，乃真成为大错。

第三十三回

两全权与俄订约
二慧女随母入宫

却说东三省的交涉，也因拳匪而起。当拳匪四扰时，俄兵入黑龙江境。欲假道省会，直通至哈尔滨，保护满洲铁路。黑龙江将军寿山不许，厉兵秣马以待。俄人分道攻入，击毙副都统凤翔，并将中俄交界的屯驻旗人，统驱入黑龙江中，做了漂流之鬼。那时俄人声势越盛，直指黑龙江省城。寿山无计可施，服药自尽，妻子亦皆殉难。俄人又转入奉天。将军增祺哪里还敢阻挡，忙出城去迎俄兵。俄兵算不去难为他，只教他服从命令。俄政府闻关东得手，遂日夕运兵过来，不到几月竟增至十八万人。已视同外府了。至北京议和，俄使独提出东三省，谓与中国有特别关系，须由中俄自行订约。各国也莫名其妙，听他提出另议。他遂首倡撤兵，示好清廷。一面胁迫将军增祺，另订东三省条约，名系交还，暗实侵占。增祺咨照李鸿章，鸿章与驻京俄使交涉，俄使坚不肯让，硬要鸿章签押。鸿章此时已心殚力疲，染了重病，俄使尚日至榻前催促签字。不料字未签就，命已催归。好似一道催命符。因将此议搁起。后来江督刘坤一、鄂督张之洞，联集东南士绅，力争此事。日本也纠合英、美两国，从旁力阻。俄人恐众怒难犯，一时也未敢强迫。到光绪二十八年方订了条约四款：（一）勘定疆界，（二）保护人民，（三）整顿防务，（四）兴办铁路。所有东三省的俄兵，分三期撤退，每期以六个月为限。第一期撤盛京西南段至辽河，第二期撤盛京东北段并吉林全省，第三期撤退黑龙江省。约既定，复将山海关的铁路交还中国。也由俄使雷萨尔与全权大臣奕劻、王文韶交接。看官试想，这奕劻、王文韶两人，并不闻是外交能手，远不若仪秦，近不逮曾薛。如何虎狼强俄，竟被他折服呢？他两人因办事顺手，非常欢悦；就是这位老太后，还道是自己才具，把一片假殷勤，哄得外人心悦诚服，东三省如约撤兵，山海关立时交路，竟没有意外纠葛，从此可高枕无忧了。只顾目前不顾日后。清廷王大臣又是歌舞承平，颂扬功德，一些儿没有防备。独东邻的扶桑三岛，很是注目。暗想俄人何故这般和平，莫非其中阴怀叵测。将来辽东属俄，于自己大有不利，遂隐隐的练兵筹饷，准备与俄人对垒。自己睡在鼓中，反要外人留意，煞是可愧。后来日俄一役，就从这里埋根。

小子就时事编次，因清宫尚有遗闻，只好把俄事暂搁，先叙述一段清宫历史。西太后回銮以后，宫中少了好几位心腹：醇王福晋已是早逝，端王福晋同戍新疆，荣禄福晋又已病逝，莲英妹子也去嫁人，只有一位荣寿公主，尚出入禁闼，承值宫中。再回应二十一回。但公主素性秉正，平时力持大局，侃侃而谈。西太后虽视若养女，恰也有些顾忌。瑾珍二妃与公主有姻娅谊，珍妃枉死，公主尝有后言。就是光绪帝被禁瀛台，中外宣传废立，公主亦曾密白太后，不应废帝，致遭物议。西太后意遂中沮。公主又力劝宫中撙节，勉济时艰，凡皇后以下偶或滥费，即予匡正。会西太后制一锦衣，色料俱美，价值亦昂，心中很是欣慰，但密语近侍，不可使公主预闻。不料公主已曾察觉。某日入宫请安，从容向太后道："臣女于某处见锦衣一袭，材料、颜色，可称绝品，拟购制进御。无如我朝祖制，向崇俭德，圣母上承祖训，必不喜此华装艳服，所以作为罢论了。"西太后嘿然不答。待公主退后，语左右道："我曾与汝等言，勿使彼闻，如何复被她知晓？"左右答称：谨遵懿旨不敢他泄。西太后勃然道："如果你等没有多说,公主宁有此语吗?"言下很是快快。所以面子上似爱着公主,意中恰有些芥蒂。

适驻法使臣裕庚归国,入宫朝见。西太后询及法国政治,裕庚据实奏陈。西太后又问道:"闻你有两个女儿,生得甚是聪隽。现你又带往外洋,想于中外文字,总可通晓。明日可叫她入宫,我恰要赏识一面哩!"裕庚奏道:"奴才原有二女,现在年龄尚稚,恐朝见太后,未娴礼节,还求慈躬格外宽恕。"西太后道:"我却不拘定一切礼仪。你若因女儿年轻,叫她妈带了进来便好。"裕庚才遵旨出宫。

翌晨,裕太太带着二女,入宫进见。那二女长名德菱,次名龙菱,妙年韶秀,才貌兼全。这次因懿旨特召,越打扮得花团锦簇,玉润珠明。唯秀媚中另具一种英采,与寻常一般宦家闺秀,文俗不同。究竟游历外洋,见多识广,不似那深闺坐守,专从调脂抹粉上着想,自掩丰韵。因此举止冲雅,自然落落大方。为有才有色的女子特别写照。既到宁寿宫,即有小太监前来迎迓,请她娘儿三人入门。门左有一耳房,即由小太监导入,小坐片刻。室中所列桌椅,统是红木紫檀,上铺红缎垫子,映入德菱姊妹眼帘,似乎未能免俗。小太监等先奉香茗,裕太太等略略沾唇,就从衣袋中取出银票一页,作为赏赐,小太监等欢颜道谢。旋又来了宫婢四名,执着牛奶、饽饽等物,交与裕太太等,说是奉太后特赐。裕太太挈着两女,谢过了恩,方敢领受。宫婢又道:"老佛爷就要召见,太太们少待片时便了。"言毕自去。壁上钟声,正当当的敲了六下。过数分钟,又有宫监出来,请她三人入内,裕太太等方随了进去。绕过游廊,便是七大间深院。院门里面,立着两位宫眷,乃是礼王世铎及庆王奕劻的女儿。裕太太便上前请安。又命两女道:"这两位统是郡主,你们须敬谨行礼。"两姊妹请过双安。二郡主笑对裕太太道:"好一对粉妆玉琢的女娇娃。"裕太太正在鸣谦,又有两位半老佳人移步出来。为首的笑吟吟道:"裕太太带女入朝,也算是一番佳话了。"裕太太忙趋前数步,跪将下去,两女亦随跪一旁。两人齐声道着"少礼",并亲手搀扶她母女起来。裕太太又嘱咐两女,指着为首的道:"这位是长公主。"又指着随后的道:"这位是当今皇后。"两女肃然起敬。瞧着两人装束,大致相似,只皇后服饰较为华丽,头上戴着一枝金凤凰。皇后笑容可掬道:"难得你这个老人家,生成一对好女儿,这么俊,那么俏,怕不是仙子下凡么!"那有许多仙子肯下凡尘!裕太太未及答言,忽来了李总管莲英。他戴着红顶孔雀翎,穿着一品公服,大着步行入院中,向着裕太太道:"老佛爷要召见了,快随我到正殿去。"裕太太领着两女,随着李总管再向里面进去,行过一座院落,才至殿门。皇后、公主及二郡主,也一同进来。先入殿中,站立两旁,俟太后出来。不一刻,那位雍容华贵的老佛爷出了殿,登上宝座。李莲英即带她母女入殿,行过三跪九叩礼。西太后宣旨平身,母女谢了恩,才敢起立。不意西太后已离坐下来,裕太太也移步上迎。西太后道:"教你两个女孩儿不要畏缩,我好仔细端详哩。"说着便走前一步,两手挽着两女左顾右盼。好一歇,方笑语裕太太道:"我瞧这两人模样都是秀慧,但阿姊尤胜妹子。我此刻正少女侍,这两个好女儿,不如让给我吧。"裕太太又跪下道:"圣母厚恩,赐及臣女,便是这二女孩有福了。"此时二女亦思跪下。西太后道:"不必!不必!你两人肯晨夕侍我,比跪叩好得多了。"又顾裕太太道:"你也不必多礼,你起来。我想母女情谊,不便相离,如叫你二女在宫,你为娘的能无挂念?此后你也好时常进来,一切礼节,概从简便。况现在宫眷们统叫我作老祖宗,你们也以老祖宗呼我便了。"言至此,光绪帝也踱入殿中。西太后复引裕太太们,觐见光绪帝。裕太太及二女行过了礼。西太后道:"时已不早了,我们临朝去吧。"李莲英跪称舆已备齐,请老佛上舆。西太后点首,挈了光绪帝,步出殿门,皇后以下皆跪送。西太后上舆时,复顾裕太太道:"你们娘儿三人不要出去,我下朝后还要与你们细叙哩!"又语皇后等人道:"你们领她随便游玩,不要去拘束她。"大家唯唯奉命。西太后乘舆前行,光绪帝及李莲英等后随,统至朝堂去讫。

皇后等起立后,遂邀同裕太太等入坤宁宫,分案列坐。皇后把外洋风俗人情,略加研诘,由裕太太略述一遍。忽有一人问道:"我闻外洋的风俗,与中国大是不同。凡遇筵宴,男女杂坐,不避嫌疑,还有什么跳舞会,并非自己眷属,乃一男一女,可以对舞,抱腰握手,非常媟亵。这样俗尚,还说是如何文明,我却很笑他野蛮呢!"裕太太道:"外国礼教原是不及我国,不过他艺术优长,所以自号文明。"龙菱恰耐不住道:"这也不可一例论的。他们筵宴的时光,虽是男女同坐,亦属左右分开。就是跳舞会中,男女对舞,亦不常见。就使有这种情状,也必有特别关系,并不是一味乱扯呢。从前我国出使大臣,到了欧美,往往闹成笑柄。一则因礼俗不同,一则因吾国人亦有短处。"说至此,裕太太忙出言截住道:"你小小年纪,住欧洲只两三年,便唠唠叨叨地说个不休。我国礼教,冠绝五洲,就如格格的冰清玉洁,也是服膺圣训,不屑逾闲的好处。小女孩懂得什么。"裕太太究竟老成,所以处处顾到。看官!这裕太太所说的话,明明是有意斡旋。因评议西俗的宫眷,乃是庆王奕劻的女儿,排行第四,宫中称他四格格。格格乃是满语,即汉文所谓郡主。四格格青年守媚,裕太太素来知道,所以把龙菱的辩议,从中阻住,免致呕动四格格。龙菱被母亲训斥,弄得哑口无言,把粉颈垂了下去。四格格恰触起悲情,眼眶中含住了泪,几乎要坠下来。就是旁坐的荣寿公主,也未免叹息数声。当下四座无言。裕太太心中恐又未免自嫌唐突。皇后觉静寂无味,复向龙菱道:"你说我国使臣前时多闹成笑柄,何不讲几件故事,一消岑寂呢!"龙菱闻着,仍然涨红了脸不发一语。到底不脱儿女常态。裕太太道:"你前时横生议论,现在皇后要你讲谈,你为何变作反舌无声?"皇后嫣然一笑,大家倒也赔笑起来。德菱忙从旁接口道:"种种传闻,也不知是真是假,不过外人作为笑谈。今承皇后下问,愿据所闻上陈。"措辞甚婉,乃妹固不逮多矣。皇后道:"你快讲来!"德菱道:"从前有一位驻美公使,避暑至法。适法国某公爵夫人开筵邀客,驻法钦使为他介绍入席。第一盘是汤,乃是西餐中常例。汤毕,厨役捧了一大盘鱼出来敬客,香味扑鼻。主人先演说这鱼出处如何难得,厨司烹调如何可口,座客咸思下尝。仆人指导厨役捧鱼先敬驻美公使,以鱼首近手侧,令他取鱼。他还没有觉得,喉中适有痰壅,咳嗽一声,回首欲吐于地,孰意不偏不倚正落在鱼盘中。顿时脚忙手乱,欲去掬痰。那厨役大声呼叱,竟捧盘而返。"说至此,大家都评论起来,说这个公使也太觉冒失了。德菱又道:"他亦自觉莽撞,逃席竟去,连驻法钦使也很是怀惭哩!"皇后道:"此外有无新闻?"德菱道:"还有一个驻法公使,初莅法国,包定火车头等厢房一间。到夜半时,公使忽患腹泻,不及登厕,弄得淋漓满裤。公使一时性急,竟用指甲剔去粪迹,随处乱弹,满房统是粪点。会参赞醒来,公使以告,参赞知西人好洁,忙自解下衣,令公使易去秽裤,掷出车外。又取他物,将各处粪点揩净,方免痕迹。两人忙乱了一宵,亏得包定一间厢房,不使外人闻知,否则外人要加呵逐了。"荣寿公主道:"中国人不爱洁净,恰是极大坏处。"德菱道:"龌龊还是小事,外人还讥诮我国钦使要做盗贼呢!"荣寿公主道:"是否崔国骃故事。"德菱道:"他的家眷曾窃西国酒馆的手巾,被西人搜出,登报糟蹋,崔因此被谴。这是中外共闻的。他在英国时,他的夫人,还为他全馆上下诸人洗衣,索取洗资。正是要钱的了不得。一日,使馆门前悬着几条白色长带,随风飘扬。英人还道使馆中有什么丧事,遣人来问。使馆中人答言没有。来人指门外白带道:何故悬此?使馆中人方才觉得,忙将白带收入,只是不好实告,支吾对付便了。"皇后道:"白带何用?"我亦要问。德菱忍不住要笑,勉强熬着道:"乃是他馆中妇女裹脚带。"一语甫毕,全座都哄堂起来。确是好笑。德菱复道:"即如跳舞会事,也闹过一场笑语。李钦差伯爷出使日本,有随员查益甫,素来放荡不羁,一日某处开跳舞会,查亦与座。见一西人送茶与西妇,他也贸然送给一盘。西妇与查素不相识,因见是中国官员,勉强接受。不意西妇伸手来接,查又缩手不与,西妇大笑而去。及跳舞时,查一人独自乱跳,西人相率捧腹,他还自鸣得意呢?还有横滨领事黎某,与学生监督林某,随着驻日钦使,同赴日皇宴会。他两人怕食西餐,只把水果吃了数枚。水果中柿子最多,两人信手乱剥,弄得狼藉不堪,惹人厌恨。宴毕逛园,因座椅不

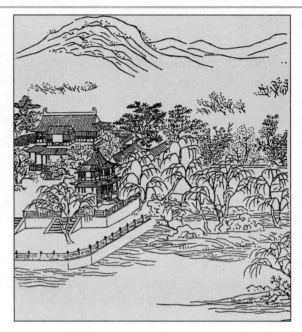

多,惟妇女得有座位。有一妇方起身接物,二人即乘她后面,拖椅自坐。妇未及知,背身返座,竟致倾跌,险些儿闹出事来。"大家听到此语,又哄堂一笑。皇后道:"你父亲曾出使日本,所以东洋笑话,也听着几条。"补叙裕庚使日本事。德菱应声称"是"。荣寿公主道:"使才原不易得,中国又是新近遣使。数年前盈廷王大臣,还目使臣为汉奸,大家都不愿出去,怪不得有此笑柄。"德菱道:"如曾、薛二公恰是中外倾慕的。"荣寿公主道:"那是绝无仅有的了。就是你父亲使日、使法,也好算不辱君命呢!"德菱正待答言,忽有宫监入报,老佛爷退朝回宫了。皇后等陆续起身,均往宁寿宫请安。

适值西太后驾到,大家行过了礼,西太后便问裕太太道:"你们曾否闲逛?"裕太太答云"未曾。"西太后道:"差不多有三四小时,你们同在哪里?"皇后代奏道:"在坤宁宫闲谈。"西太后道:"好!好!你们也好腹饥了。"随命李莲英道:"快饬宫监去取茶点来。"须臾,由宫监进呈御点,西太后分赐诸人,大家饱啖一顿;又各喝过了茶。西太后随问二女道:"你们通儿国语言?"德菱道:"略谙几句法文及几句英语。"西太后道:"好极了!条约中多用法文,应酬中多用英语。既通这两国语言文字,可在我处充个翻译。明天我就叫你当这个差使哩!"德菱道:"老祖宗恩典,赏婢子这个差使,哪有不思报效之理。但婢子年幼无知,倘一时办错,反致辜负慈恩,恳请老祖宗收回成命。"西太后道:"你不必过谦,我自有定夺。今朝还没有委你这差,你且侍我吃过午膳,我同你娘儿三人,往颐和园听戏去。"德菱不敢再言,唯跪下谢赏听戏恩。裕太太率着龙菱也一同跪着。西太后喜道:"起来!起来!你们总要行这礼节,我也觉得厌烦呢。"又命李莲英道:"你去取三个白玉戒指,赐她母女三人。"莲英入内检出,呈与西太后,由西太后亲手赏给。裕太太复又谢了恩。又过一小时许,宫监进呈午膳。西太后端然上座,命裕太太母女伴食。清宫旧例:侍食太后前只好立着,不能就座。裕太太懂这规矩,谢恩后,就率二女站着吃饭。

饭毕,西太后饮过香茗,吸过香烟,即命李莲英道:"我们往颐和园听戏去吧!"正是:

　　几经世变忘前辙,犹是承平谱乐声。

欲知以后情事，容待下回分解。

　　中国外交之棘手，莫若清季。虽有仪秦之辩，随陆之才，而无国力为之后盾，徒借三寸不烂之舌，欲折冲于樽俎间，盖亦难矣。况国际之大势未谙，专对之口才又绌，顾欲办理如意，无逆吾命，试思外人何爱于我，乃肯就我范围乎？言甘者心必苦，棘手可虑，顺手愈可虑。顾朝野上下，狃于目前，不复振作，西太后亦安乐如故，徒欲得内外舌人，为联络交谊之计。外交之道，宁在于此？本回复借德菱口中，叙及使臣笑谈，言有由来，事原确凿，不必果为德菱言，亦何妨借作德菱言。观此已可知当时外交之大概，不必深究利弊也。

第三十四回

中戏迷详究声歌
讲新学兼陈政法

却说西太后命赴颐和园，裕太太母女三人，原是遵旨随去，就是皇后以下诸宫眷，也一律随行。大小轿子，依次出城，一路行去，约历三小时，才到园门。西太后乘舆径入，皇后以下，统在门首降舆，鱼贯而进。园内承值的人，左右分站，肃静无哗。大家直入乐善堂，见西太后正在降舆，由众人簇拥进去。皇后等随步而入。俟西太后入座，请安行礼，各遵常例。嗣复由西太后赐给茶点，彼此饱德。西太后便道："我们去听戏吧。"李莲英请太后出乘露舆。西太后道："今日天色晴朗，颐乐殿又是很近，不妨步行。"于是西太后在前，大众在后，从殿右越将过去，不过数十步，就至德和门。应上文第十九回。耳边已听得鼓乐悠扬，笙簧杂遝。

一入了门，便见剧场在望，三层舞台，翼然高耸。其下层是演戏处，中一层是布景处，最上一层是扮戏处。台上正在开幕，西太后入殿就座。伶人亦上殿碰头，跪请点戏。西太后问道："今日谭老板来未？"伶人答道："老板过歇就到。"西太后道："好极，想来演压台戏了。"伶人道："今日闻老佛爷驾到，所以谭老板拟来供奉。"西太后道："难为他。此外尚有何等角色？"伶人道："现如杨小楼、王楞仙、龚云甫、王瑶卿、陈德林、田桂凤、金秀山、德珺如、王长林、郎德山等，统已到齐。"西太后道："名伶毕集，定有可观。你去传我命令，叫各人自演拿手戏，不必由我特选。待谭老板来，我与他自行问话。"伶人叩首而去。西太后顾德菱姊妹道："你两人未曾到此听戏，今日初次到来，即遇谭老板登台，也可谓有眼福了。"德菱姊妹同声道："谢老佛爷慈恩。"西太后复语道："你两人不妨旁坐。"两人口称不敢。西太后道："我叫你们旁坐，就座不妨。"两人口称谢恩，仍然站着。西太后向后一顾，见皇后以下，统站在后面。便道："你们统就座吧，让她姐妹亦可坐得。"大众统遵旨谢恩，一律坐下。只德菱姊妹，未识谭伶如何名角，连太后都叫他老板，私自问他母亲。裕太太道："便是谭叫天。"德菱姊妹仍是莫名其妙，不意已被西太后闻知，便顾德菱姊妹道："他姓谭名鑫培，湖北人，是近日伶界中巨擘，都人称他为伶界大王呢？"名士不若名伶，又为清季一叹！德菱姊妹均应了一个"是"字。于是大众敛气屏息，统注意戏台歌舞。先演了杨小楼的长坂坡，次演了德珺如的岳家庄，又次演了龚云甫的钓金龟。

三出戏已将下场，谭老板尚未见到。西太后道："谭老板的身价也太重了，天已薄暮，为什么他尚未来？"正说着，见有一戏子下台进来，年约五十许，面色黄瘦，皱纹很多，只颏下尚不留须，登了殿向西太后跪叩。西太后大喜道："你来了。我望眼将穿呢！"那人跪禀道："午后才知老佛爷驾临，所以到此较迟。"西太后笑道："你无非具着烟霞癖，一时还没有过瘾罗！我也晓得你的脾气。你快起来，上台去演出盗魂铃，叫郎德山做你配角，扮演小猪。"说至此，旁指德菱姊妹道："这两个大姑娘，从外洋游历归来，还没有看过你的演戏。像你这等名角，演了一出好戏，俾她赏识，也不算是辱没你。"那人唯唯趋出。看官不必细问，便可知是谭老板叫天。有顷，龚云甫下台，谭叫天扮着猪八戒，郎德山扮小猪，粉面登场。做工之妙，不消细说。中唱梆子腔一段，一字一唱，一唱一转，一转一音，词调激越，声韵苍凉。西太后非常称赏,按着戏中的板眼,用手拍案,作为过板。描摹逼真。等到老谭唱毕,方定了神,旁语德菱姊妹道:"戏中情节你可懂得吗?"德菱答称:"懂得。"西太后道:"你虽知戏中情节,未必知戏中腔调。这戏内有二段梆子腔,不但唱着的戏子,要提足喉音,字字着实,就是拉弦、敲板的人,也须讲究五声六律,方能得心应手,按腔合拍。即如老谭上台,配角原是不肯苟且。就是台后的弦师鼓板,闻他也一一拣过。他前时曾对我说明,拉弦的叫作梅大锁,打板的叫作李五。必要他两人帮助,老谭才能唱好这梆子腔呢。"你是主持国事的太后,为何不研究政治,却研究戏调。随又语李莲英道:"郎伶扮作小猪,为何他不做猪声,恰作羊声呢?"可见她处处留意。莲英一时不能回答。寻忽大悟道:"老佛爷,他是信奉回教的。"西太后笑着道:"怪他不得。"

又过数分钟,天色昏黑,戏亦闭幕。西太后挈着众人,暂入休憩室,并宣召谭、郎两伶进见。等到谭、郎两人进来,太监等已呈上果点。西太后问太监道:"尚有吗?"太监答一"有"字。西太后道:"你都去取了出来。今日演戏的伶人,多肯出力,我要一例赐食呢!"太监去讫。此时谭、郎二伶一同跪着。西太后道:"你们起来。所有演戏诸名伶,由你们去召他进来。"两人奉命出去。不一刻,各伶人依次进见,黑压压地跪在一地,陆续碰头讫。太监数人,搬进饽饽等物罗列桌上。西太后嘱李莲英道:"你去散给各伶,每人给饽饽五枚,叫他们就此食下。"莲英应旨分讫。各伶相率跪食,只郎德山受了饽饽,并不入口。西太后问道:"你何故不食?"郎德山答道:"腹痛忌荤。"西太后憬然道:"我又失记了,饽饽内大约裹着猪肉。"随语太监道:"下次去嘱庖厨,饽饽内可夹裹羊肉,免得他们忌口哩。"各伶食罢,谢恩去讫。

西太后道:"我们要食晚膳了,果点可一律撤去。"语毕,便携着德菱手,并肩行走,返入乐寿堂。这是太后非常宠爱,特别赐恩。德菱亦格外起敬。返室后,西太后又语德菱道:"我生平最爱看戏。古今来成败得失,及人世间悲欢离合,均可借戏中传出,很容易感动人情。只演戏的优伶,必须声容、台步,般般周到,色色完全,方可醒目。从前伶园名角,要推程长庚。程善唱老生,实则各项角色,无不擅长。他做三庆部班长时,与善演青衫的喜禄偶有口角,次日排青衫戏,喜禄故意托病不肯登台,程遂自扮青衫登场演唱,不亚喜禄,由是声名益噪。今则长庚已逝,大名要算谭叫天。他的做工能独得神似,扮什么便似什么,所以喜怒哀乐无不中节。他的唱工能把牙音、齿音、喉音,一一清晰,又能将平、上、去、入四声,字字咬清,妙在纯任自然,绝不牵强。昂首一鸣,声入云际,馨喉一控,万斛潮来,可高可低,可抑可扬,可狭可广,可急可缓,这正所谓神乎其技呢!"谭叫天固擅绝技,西太后亦算知音,但与国家政治毫无干涉,为之奈何?德菱只连声称"是"。未几晚膳,由西太后命她侍食,如午膳例。

膳毕,西太后语德菱道:"今日已是黄昏,不及入城。你母女三人,可在园中寓宿。明日你返了家,检点几套衣服,携带入园,便好来做宫眷。你妈、你妹也一同来此,免你冷静。此外如被铺等物,以及一切妆具,这里都有,不消另备了。"德菱母女免不得照例谢恩。西太后复起立道:"这殿左首有三间静室,颇觉清雅,你母女三人住此最好。来,来,我引你们先去一瞧吧。"此时电灯四映,光同白昼,西太后带着她娘儿们,越过左厢,绕出重廊,即见有三间精舍,窗户都砌着玻璃,玲珑剔透,巧夺天工。既入门,由西太后领视一周。床铺、桌椅,均已陈设整齐,四壁悬着书画,多是西太后御笔。西太后指示德菱道:"这等统是我暇时亲笔,你道如何?"德菱道:"老祖宗聪明天授,所以擅此神笔。"西太后道:"生而知之的圣人世上是罕有的。我也是学出来呢！我少时颇喜翰墨，入宫后所藏的书画帖，很是不少，我便闲中消遣，拣着笔气相像的，日夕模仿，渐渐的也能书画。似你秀外慧中，若能留心学着，也容易成功哩！"德菱道："全仗老祖宗教训。"西太后道："师友也是要紧的。数年前，我归政皇上，整日在园，没有什么事情，我想与宫眷们讲谈书画。无如她统不谙此道，仿佛对牛弹琴。我想中国很大，总有几个能书画的妇女。我便降旨令各省访求，可巧四川有个官眷缪氏，工绘能书，由川吏驿送来京。召见时当面试着，她绘的花鸟很是精工，楷法虽逊，恰亦楚楚可观。只她已是个蓉妇，年亦将近五十。其夫仕蜀，死后宦囊萧涩，我怜她才妇薄命，畀她月俸二百金，免她跪拜。她与我平时谈话，颇得画中三昧，我恰得益不少。嗣闻她儿子已领乡荐，我复叫她捐个内阁中书。可惜她身弱多病，不便久住此间；我又因康梁构逆，再出听政，无心及此，便令她回籍去了。现在她的存没我亦未令查闻，只她的笔墨到留着不少。有时还与我做代笔呢？"西太后是好胜的人，要缪氏作代笔，谅必技出己右。裕太太插嘴道："是否即缪太太？"西太后道："是她。你是否会见过的？"裕太太道："未曾会过。只她的手迹恰看见过的，她款中曾署着素筠二字。"西太后点首。借此叙入缪素筠事，亦是一篇掌故。随又问道："这房间好住不好住？"裕太太等齐声称好。西太后复引她出来。又至乐善堂，并另饬宫女道："那殿左三间的房屋，已令裕太太母女居住。房内尚缺妆具等物，应与她赶紧备齐。"宫女应声出去。西太后入寝室，裕太太等随了进去。又谈了数语，已是十分钟。西太后道："你们也好乏了，去睡吧！"裕太太等遵旨，请了晚安。当有宫女导着，出了寝宫，行往卧处，卸装就寝。一宵无话。

　　次日起身，至乐寿堂请过早安，便叩头告别。西太后吩咐道："你们赶快进来，早则两日，迟则三日，免我挂念。"裕太太等应着。西太后道："你们曾吃过早点吗？"裕太太答称尚未。西太后道："既如此，你们在这里吃过早餐。此后进园，要什么吃，尽可着宫监侍女到御厨中去携取。倘若她们迟误，告诉我知道好了。"裕太太连声"遵旨"。未几，侍着西太后早膳。膳罢，又歇了片刻，方起身告辞。西太后道："不要忙，这里有苏杭贡缎，赏你们几匹，好带回去做点衣服。"裕太太等跪下道："慈恩高厚，如何图报？只得永远感恩，长镌心版。"西太后不待说完，便道："我爱着你两个女孩子，赏她几件衣料，也不算什么厚恩。"便召进李莲英，命他取出贡缎六匹，由西太后亲自验过，随叫宫监三人捧着，送裕太太母女出园。裕太太等碰过了头，就别了西太后，并至皇后及各宫眷处辞了行。皇后等俱有例赏，均着宫监携送出门。到了园门外，三乘大轿已经候着。各宫监们均将赐物交代。裕太太因赐物不便轻亵，复命舆夫另添一乘大轿，把赐物装在轿中。一面复取出银票数页，分给宫监。宫监们都道了谢，候三人上舆，欢天喜地地回去了。总教银子回话。裕太太令装载赐物的轿子当先抬行，娘儿三人的轿子随后，取道回家。

　　由裕庚接着。裕太太等下了舆。先将赐物取出，交与裕庚，裕庚恭恭敬敬的捧入大厅，供在当中，自己也行三叩首礼。随取了银票，赏给舆夫。这舆夫本系园役，不能照外人开发，自然给资从优。舆夫亦欢谢去讫。看官，你道裕太太母女们这次召见，及入园一宿，吃着、坐着、卧着，都蒙西太后特赐，她还花费了千百两银子。怪不得疆吏入觐，部中有费，殿中有费，宫中有费，园中有费，还有一班亲贵又要去孝敬他，一掷数万，才得出京。他们做官的人，那里来许多家资，自然去刻薄百姓，一半入宦囊，一半做消费。所以到了清季，合京内外无数官员，没有一个清廉，都是棺材里伸手，死要金钱哩。慨乎言之。

　　闲文少表。且说裕庚资遣舆夫，入内与妻女叙谈。裕太太便把面承的懿旨，述了一遍。

裕庚道:"老佛爷既爱怜两个女儿,你便带她过去。且懿旨也不好有违的。"裕太太道:"老祖宗只限期两日。家中内务频繁,我又不能不去,这便怎处?"裕庚道:"不妨事的。我出使回来,一时总没有要差,在家时多,一切仆婢人等,我也会指挥的。"裕太太方才无言。休息一宵,次日即将应着的衣服,及应用的物品,检出数件,贮好箱笼,忙碌了一整日,才得收拾妥当。

次日,娘儿三人,带着箱笼等件,又乘舆入园,叩见西太后。适值西太后亲览奏折。便问德菱道:"你来得正好,你中国文字想亦知道的?"德菱应声称"是"。西太后挽着德菱手,叫她站在左侧,把各奏折取与她瞧。德菱瞧着,多是关系学务的奏章。西太后复问道:"外洋的学术究竟如何?"德菱是经过游历的人,识见颇是明达,想趁这机会,劝西太后力行新政,此女见识,颇高出满人。随即答道:"近来外国文明,全仗这学术哩。"西太后道:"有什么学术比我国见长?"德菱道:"农有农学,工有工学,商有商学,兵有兵学,此外如声学、光学、化学、电学,以及一切机械学、物质学、生理学、天文地舆学,无一不备,无一不精。就是法律学、政治学,也是日有发明。所以有此富强呢!"西太后道:"近日京内外各奏折,都说要注重新学,资遣学生出洋。据你说来,这事也是要紧吗?"德菱道:"取他人的长处,补我国的短处,也是自强的基础。请老祖宗降旨施行。"西太后便提起笔来,就小笺中,写了一行,系命各省挑选学生,派往西洋各国,讲求专门学业。写毕,又语德菱道:"你也是个满族女子,有此开通,总算难得。我记得数年前,大学士倭仁,力崇理学,把西学批得一钱不值。目今看来,实太不通时务。我们皇族中人,今日还是迂拘的多,明通的少。我也想令亲贵子弟出洋留学,增点知识呢!"德菱道:"老祖宗这么想着,确是皇族中的幸福了。"西太后又道:"庠序学校的制度,中国古时本是有的,想与欧美各学堂大致相似。后世始尚科举,传至明朝,复用八股取士。看来八股实是无用。我已降旨废去,改试策论。惟科举积习,一时难返,只好慢慢儿革除吧。"说毕,便把写好的谕旨,交李莲英递将出去,令军机如旨颁发。寻复语德菱道:"你说西国有法律学,究属如何?"德菱道:"西国法律不止一端。即如刑律一门,比中国宽仁不少。他们最重刑律,莫如枪毙。此外如羁禁的犯人,也好好儿待他,不过罚他工役,所得工资,公私兼济,恰是情法两尽呢!"西太后道:"现在王大臣章奏,也是这般说,要我参用西律,改定刑章。我想凌迟、枭首等刑,确是残酷。我朝入关,不过仿用明制,相沿未改,其实也非列祖列宗的本心。我已决计停废,此后用刑,以斩决为止,也算是宽仁的了。"德菱又道:"外人不用刑讯。凡有审鞫等件,总教搜集证据,证据完全,便好判决。我国官吏,往往不问曲直,妄用刑具,三木之下,何求不得? 老祖宗很是仁慈,还恳停止刑讯,嘉惠民生,这也是浩荡的皇恩。"可见女子不可无学,满人中有德菱,可称翘楚。西太后略略点首。随问裕太太道:"你们有无物件带来?"裕太太道:"有箱笼几件。"西太后道:"交过宫监没有?"裕太太道:"已交过了。"西太后道:"你们前日来园,只听了一会子戏,园中景色想没有逛过,我教宫眷们引去一逛如何?"裕太太道:"正要去谒见皇后及公主郡主等。"西太后道:"不必!我找人去召她来。"言下便有宫女应命。不一时皇后以下统冉冉进来,与裕太太母女们见过了礼。她们正拟奉旨逛园,不料李莲英回来奏报,说是江督刘坤一出缺了。西太后不禁怅怅道:"这也可惜。"江督刘坤一有功人民,故载其逝世。小子有诗咏刘公道:

> 帝座倾危仗力争,东南保障又成城。
>
> 晚清疆吏多庸鄙,肝胆如公算竭诚。

未知刘坤一得邀赐恤否,且待下回续叙。

　　嗜戏亦常人恒情，唯西太后不宜嗜戏。西太后身握大权，日理万机且不暇，安得日夕听戏，置国政于不问耶？况以嗜戏故，宠遇名伶，受觐赐食，视名伶不啻王公。昔人谓羞与哙伍。屠狗英雄，名公卿犹耻与列，况伶人乎？至讲论政学一段，看似西太后究心新法，实则为德菱增一身份。著书人恶顽固，喜明通，故前于端、刚辈多恨词，而此于德菱女士多褒词。且借口发议，无一语无来历，不得仅仅以小说目之。

第三十五回 勃夫人入觐开盛宴
荣中堂弃世上遗言

却说西太后正惋惜江督，军机大臣亦即进见，呈上江督刘坤一遗折。西太后瞧毕，便道："刘坤一平粤有功，其后历任疆圻，亦无大过，拳乱时保护东南，近年更参议国际交涉，好算一个社稷臣。你们去从优议恤，并一切封赠予谥的典礼，拟定进呈，候我酌夺。"军机大臣遵旨退出。西太后又自叹道："老成凋谢，也关系国家命脉。江督一缺，任大责重，看来只好调张之洞去。"言毕，见裕太太等尚站立一旁。便道："你们何不去逛园？"又命两郡主道："你引她去逛一会子。"裕太太及郡主等各遵旨去讫。过一小时，军机即拟定谕旨，呈入慈览。拟追封刘坤一为一等男，晋封太傅。谥法拟定数条，由西太后圈出"忠诚"二字。遗缺由张之洞调署。随即发出。转瞬间日已晌午，裕太太等回来。西太后问德菱道："园中景色可好吗？"德菱答称"很好"。西太后道："现在将交冬季，草木已是凋零，比春夏时已减色了。现在将要午膳，你们回房休息。开饭时当由宫女送来，不要做客，随便好吃的。"裕太太等谢恩趋出。

是日傍晚，又由太后宣召德菱。德菱闻命即往。西太后道："明日俄使夫人要来觐见，令你充个译员。"德菱道："婢子不善俄语。"西太后道："怎么好？"德菱道："俄人多会讲法语。想俄使夫人应亦如此。"西太后笑道："这叫作想当然呢，你明日便陪着她。"德菱道："需要更衣。"西太后便接着道："要换什么衣服？我与她们见过几次，并没有更衣。"德菱道："老祖宗自然不用更换。若婢子去充招待，换了西服，似格外亲近一点。"此语适合西太后意，德菱亦善于措辞。西太后道："你西服有带来吗？我是不喜欢西服的。"德菱道："愿遵老祖宗嘱咐。"西太后道："我不过这么说。你有西服带来，尽可穿着，令她晓得我们宫内也有完全的译员。"总是爱顾体面。德菱口称遵旨。西太后又道："我听得西洋各国，服饰华美要算法兰西，你寓法国有两三年，曾见有希世奇珍吗？"德菱道："外人最重金钢钻。所有时装服色多用着金刚钻！"西太后道："金刚钻虽是贵品，不过光芒四闪，它无足奇。我国最好的玛瑙宝石，也差不多的宝光。最难得的，是大而且圆的珍珠呢！"说着，携德菱手入寝宫。寝宫里面有珠宝室，四面陈着檀木方橱。西太后引德菱入内，取出一钥，令德菱开橱。德菱接匙去开，觑定锁心，开了半晌，不见动移。西太后道："这个聪明的女孩儿，也被我难倒了。故令她开锁，以试之。这锁中藏着机械，钥匙套入后，须随锁心左转五次，便可开锁。多、少都是没效。"德菱依言，锁即脱下。开了橱门，见里面都排着锦盒，外标黄签。西太后检出一绣缎包裹装潢最丽的盒子，启了盖，指示德菱道："这种珍珠恐怕外人也没有哩！"德菱瞧着，但见宝光透射，朗若明星，有大有小，有粗有细，没一颗不是精圆。有几粒最大的，差不多如龙眼相似。不禁称羡道："这真是无上奇珍！"西太后道："还有一粒好的，我取来你看。"说着，便另从妆台屉中，取出一个金镶玉嵌的小盒，揭去盒盖，内贮一粒大明珠，足足如鸡子形。便道："我入宫已数十年，只有这粒宝珠，乃是列代留传，遗与我的。我想配一成对，竟没处可采。这正是独一无二呢！"宝非所宝。德菱道："照这样珍珠，是古今中外罕见的奇宝。老祖宗洪福齐天，所以得此异品哩！"西太后闻着，很是欢喜。无非喜谀。随在锦盒内取出两粒似豆的明珠,赐予德菱。德菱跪谢讫,西太后命她起来,将锦盒仍藏橱内。且令德菱扃了橱门。德菱掩门上锁,将钥匙右转五周,已经锁就。西太后赞她道:"古人云闻一知二,与你说了左转,你便晓得右转。岂不是闻一知二么!"德菱又谢了奖,随西太后出来。西太后道:"你在此做着宫眷,有事时你须站着,没事时不妨少憩。现我已没别话了,你且退去休息吧!"德菱方退出。晚间挈了妹子,同去值班,至十下钟回房。

次日早起,梳洗毕,姊妹又同入寝宫。西太后正在起床,德菱忙上前服侍。西太后道:"你们起得颇早。夜间睡得安否?"德菱回奏"甚安"。俟西太后盥洗梳栉,一一就绪,才侍着太后早点。太后食罢,光绪帝及皇后也入内请安。西太后便把食余分给帝后,又赐予德菱姊妹,每人各数枚。西太后复语德菱姊妹道:"你们两人去换了西装,我在此等着。再过两小时,俄使勃兰康夫人要来入觐哩!"德菱姊妹应着,即趋至自己寝室,卸去旗装,改服西衣。并将髻子亦改梳西式。自顶至踵,统行换着:带了一顶浅色外国帽,上面饰着翠羽,穿了一件淡红外国长衣,外绒里绸,系着一条外国花绒的长裙,上紧下宽,脚下着了皮鞋,仿着西妇行法。两姊妹并肩入,西太后望着道:"两个洋鬼婆来了,看她怎么行礼?"这语已被德菱听着,将至乐寿堂,巧遇着荣寿公主,便向公主三鞠躬,请公主奏闻太后:"身服西装,应行何礼?"公主入内奏明。西太后道:"我晓得她为难了,免礼吧。"德菱姊妹便站立阶下,静待西太后出来。西太后瞧透她的意思,便出了乐寿堂,上了露舆。光绪帝在舆右随行。德菱姊妹俟露舆过后,随在后边,一直到仁寿殿。

西太后下舆,入殿升座,光绪帝坐在左侧,德菱、龙菱分站西太后两旁。西太后语德菱姊妹道:"你去迎俄使夫人入殿吧。"两人趋出,少顷,即导俄使夫人登殿。俄使夫人行了三鞠躬礼。西太后起立,上前与俄使夫人握手。俄使夫人申祝辞,西太后致谢辞,俱由德菱辗转译出。好在俄使夫人很谙法语,两下里不嫌隔膜,彼此满意。这叫作无巧不成话。俄使夫人见左侧坐着光绪帝,也与他行礼。光绪帝忙起与握手,并问俄皇安好。德菱亦代代译。礼毕,西太后便引俄使夫人进乐寿堂,彼此统是走着。入堂后,令俄使夫人就座,并以自己常食之乳酪,赐夫人饮。随谈及中国牛乳与外国牛乳的异同。俄使夫人随答数语。西太后复把俄国风俗略加垂询,亦由俄使夫人粗陈大概。随后说到两国交谊,愿长此和好过去,彼此往来,不啻一家,俄使夫人亦深表赞同。西太后喜甚,便语德菱道:"你导勃夫人去会晤皇后,以后夫人进来,也好随时叙谈。"德菱遂引俄使夫人至宜芸馆,见了皇后。坐谈了两刻钟,俄使夫人告辞出馆。适遇宫监趋至,传着懿旨,命德菱陪夫人入餐室,留客午餐。德菱即用西语转述,俄使夫人恰也不辞。至餐室门,已由荣寿公主带着宫眷数人,肃客入室,龙菱亦在其列。两下分宾主列坐。只德菱姊妹能与俄使夫人直接谈话,此外有所问答,均须两姊妹翻译。西国语言文字,所以不可不学。因此荣寿公主以下不过寒暄数语。以后只听她三人讲谈,有说有笑,咕噜了好多时,不知说些什么。仿佛是鸭听天雷。此时席间已列着茶点,当由荣寿公主周旋一番,未几进膳。仿着西餐式子,每人各有专肴。俄使夫人坐了客席,荣寿公主坐了主席。宾主言语不通,殊乏意趣,何不改命德菱。想是主人不可乱代的。欢宴既竟,俄使夫人吸完一枝雪茄烟,便与德菱说及,要面谢太后。德菱又引入乐寿堂,向西太后道谢。西太后已备好翡翠玉一方,嘱德菱至寝宫取出,赠予俄使夫人。俄使夫人领谢讫,即辞别去了。德菱妹妹及荣寿公主等,俱送至外面甬道旁。至俄使夫人上了舆,方返乐寿堂复命。

西太后问德菱道:"俄使夫人曾说我否?"德菱道:"她说老祖宗甚慈祥!"西太后道:"怕

不是吗?"自己有心病。德菱道:"似老祖宗这般和蔼,自然人人钦敬。"西太后道:"恐她还纪念拳乱的事情。"德菱道:"她毫不提起。"西太后道:"为了拳乱这桩事,外交上很是为难。外人统疑是我纵庇的,其实都是载漪、刚毅等闯出祸来。我也一时没了主意,致受外人唾骂。若要恢复名誉,总非自强不可。"德菱道:"老祖宗实心图治,总有自强的一日。"西太后道:"英皇维多利亚算是福寿兼全的女皇。目今她已去世,西人还歌颂不绝。我从前的历史,自谓不弱于她,不料三次垂帘,闹出这种乱事。这也是当今皇上害我,若他能任贤去邪,拨乱反正,我好安享承平,完名全节,怕不及一维多利亚吗?"肚痛埋怨灶司,都是恕己责人。德菱从旁劝慰了一番。

过了数日,西太后亲谒东西陵,叫德菱姊妹亦随了她去。回銮时,至南苑驻跸数日。南苑在京师南,系元时南海子故址,一名飞放泊。乾隆时孝圣皇太后,道光时孝和皇太后,皆尝一幸南苑。西太后思绳祖武,所以到南苑时也停留数天。苑南有晾鹰台,从前皇帝谒陵回跸,必于南苑观猎,御台校阅。道光后已废此典。西太后登台浏览,慨然道:"我朝以武功开国,入主中夏二百数十年,不意一蹶至此,反任那碧眼紫髯的洋鬼子横行中国,正是令人憎恨!"仇视外人之心,毕竟未改。扈驾诸人,统是默然。返京后,京内外没甚大事。

有话即长,无话即短。忽忽间已是光绪二十九年。元旦这一日,西太后在宁寿宫受朝贺。元宵这一日,西太后在颐和园受庆贺。仿佛是尧天舜日,景星庆云。冷语。过了上元,京内外各官员照例开印。又有几本半新半旧的章奏,呈入慈览。内有递减科举一折,乃是直督袁世凯及鄂督张之洞联衔奏请。略言:科举为学校大碍,请将各项考试,逐科递减,即以减额移作学堂奖励。俟科举减尽,此后士子专以学堂为进身阶级,庶学堂不难普兴等语。即月攘一鸡之故技,且仍以利禄提倡学堂,根本亦误。西太后随即允准。小子于本回起首,曾叙及刘坤一出缺,以张之洞调署。如何此处复变作鄂督。原来二十八年冬季,江督缺任了魏光焘,张之洞仍回原任,所以此处仍照书鄂督。这且休表。且说春光易过,转眼间又是二月,宫中吃肉的时期又到。满洲风俗,向重祭神,连坤宁宫中均供奉神位,本应由皇后每日行礼。嗣后特设女官恭,代食三品俸,名叫萨满,俗讹称作撒麻太太,旧会典谓之赞祀女官。唯二月朔日,须由皇后亲自主祭,祭余之肉,帝后以下,席地坐食,谓之吃肉。西太后也迷信鬼神,所以到了这日,亦必在佛前祈祷。是日在颐和园,早起即登万寿山,至佛香阁拈过了香,然后回到乐寿堂。也令宫眷们吃肉。裕太太母女三人,均得列座。吃肉后,继以午餐。午后太后小睡一句钟,起来率宫眷泛湖。春风澹荡,绿水暄妍,到了穿堂殿,登陆小憩,免不得吃些茶点。至兴尽归来,已是电灯荧荧了。

越数日,西太后复往祭西陵,返宿保定行宫。忽由宫监入报,庆王爷求见。西太后便叫他进来。庆王入见,请安毕,报称荣禄病殁了。西太后大惊道:"有这事吗?他告假多日,我已派内侍慰问数次。他说近日尚安,谁知竟背我长逝了。"庆王道:"尚有遗折在此。"当即奉上黄盒,由西太后展盒披折。其文道:

军机大臣文华殿大学士奴才荣禄,备禄官衔,以示宠荣。为病处危笃,恐今生不能仰答天恩,谨跪上遗折,恭请圣鉴事:窃奴才以驽下之才,受恩深重,原冀上天假以余年,力图报称。追思奴才起身侍卫,咸丰十年,国势岌岌,内则奸臣蓄谋不轨,外则英法联军占据京师,宗庙震惊,宫驾出狩,驻跸热河。奴才备位侍从,文宗显皇帝圣躬不豫,渐至弥留,奴才乘间进言于皇太后,发觉郑怡二王之阴谋。原来也是他起头。及圣驾宾天,奸王僭称摄政,图谋不轨。皇太后身处危险之中,有非臣下所忍言者。幸上天佑助,皇太后沉机默运,宗社危而复安。自此之后，两宫太后垂帘听政，叛乱削除，升平复睹。奴才蒙恩升任内务府大臣。当穆宗毅皇帝宾天之际，皇太后亲命奴才迎请皇上入宫。以社稷重大之事付之奴才，受命惶悚，感激何可言喻！又是一种定策功。奴才虽竭尽心力，岂能仰报于万一耶？其后受任步军统领，触犯圣怒。曾尚记得宫妃否？七年之中，闭门思罪。皇上亲政，复蒙慈恩出任西安都统，既而仍回原职。光绪二十四年，皇太后皇上鉴于国势之弱，决意采行新法，以图自强。皇上召见奴才，蒙恩简任直隶总督，命以破除积习，励行新政。孰意康有为借口变法，心怀逆谋，致为新政之阻。皇上误信奸人夸诞之辞，一时之间，偶亏孝道，亲笔书谕，言变法之事，为皇太后所阻。又谓皇太后干预国政，恐危国家。对于奴才，数动天威，几罹斧锧之诛。奴才密见皇太后，陈述康党逆谋。皇太后立允奴才等所请，再出垂帘，以迅雷之威，破灭奸党。这是最大的功劳。光绪二十六年，诸王大臣昏愚无识，尊信拳匪，蒙蔽朝廷。虽以皇太后之圣明，不免为其所动，竟以国家之重，轻徇妖术，直至宗庙沦陷，社稷贻危。奴才屡请皇太后睿识独断，不蒙信纳，数奉申斥，忧惧无术，四十日中，静候严罚。然皇太后仍时时召奴才垂询，虽圣意未能全回，而得稍事补救，各国公使不致全体遇害。故事过之后，时荷天语感谢。自西安回銮之初，即将肇祸之王公大臣，分别定罪，渐次改革庶政，不事急激，期臻实效。两年以来，改革已不少矣。圣驾回京，如日再中，东西各国亦均感皇太后之仁慈。奴才自去年以来，旧病时发，勉强支撑。两月之间，请假开缺。蒙皇太后时派内侍慰问，赏赐人参，传谕安心调理，病瘥即行销假，恩意叠沛。无奈奴才命数将尽，病久未瘥。近复咳嗽喘逆，呼吸短促，至今已濒垂绝之候，一息尚存。唯愿皇太后皇上励精图治，续行新政，使中国转弱为强，与东西各国并峙。奴才在军机之日，见朝廷用人，时有人地不宜者，此乃中国致弱之源。奴才以为改革之根本，尤在精选地方官吏及顾惜民力、培养元气之两端。皇太后皇上深居九重之中，闾阎疾苦难以尽知。拟请仿行康熙、乾隆两朝出巡之故事，巡行各省，周知民情。奴才方寸已乱，不能再有所陈。但冀我皇太后皇上声名愈隆，乃达奴才夙愿，则虽死之日，犹生之年。谨将此遗折，交奴才嗣子桂良呈请代递。临死语多纰缪，伏乞圣鉴赦宥。奴才荣禄跪奏。

西太后览毕，垂泪道："他遗折上所奏的事情，话语出自真诚。就是拳乱时候，他亦尝屡次奏阻。外人反疑他庇护，待他不平。他前曾奏辞各项要差，我没有允他。他死，朝上大臣那个还似他忠诚？"西太后心中原只一个荣禄。这句话说得庆王都怀惭起来。西太后又道："你去叫军机拟奏，赏银三千两治丧；并赐他陀罗经被。所有封赠事宜着即议奏。"次日奏上，拟赠太傅，追封一等男。西太后照允，并予谥文忠，入祀贤良祠，嗣子桂良袭爵。越日又命赐祭席，着恭王溥伟带领侍卫十员，前往祭奠。平生事迹，宣付国史馆立传。向例：未立战功及非皇室宗支不能得此优典，西太后因他忠勤逾恒，所以开此特例。小子尝有诗咏荣禄道：

　　椒房宠泽已如春，死后承恩更绝伦。
　　莫怪此公邀异数，慈闱第一大功臣。
　　荣禄死后，那时仰承慈眷的亲贵，要算庆亲王奕劻了。欲知后事请看下回。

　　款待外宾，未始非交际礼仪，但终不足服外人之心；外宾告别时，固极口称谢，然关于国际交涉，则仍要索多端，丝毫不让。可见卑礼、盛筵，全然无用。本回叙俄使夫人之入觐，不过借表德菱姊妹之才，若谓其有益国家，则非作者之本意。至下半回述荣禄谢世，系顺时叙事之笔。惟备录其遗折，乃因荣禄一生，为西太后忠诚之仆。西太后数次临朝，大半出荣禄之力。遗折一一详及，足以证本书之演述，信而有征。荣禄死，而西太后亦不久矣。是回殿以诗云：慈闱第一大功臣，语近旨远，最足令人玩味。

第三十六回　万牲园太后临幸　海晏堂西女写真

却说西太后闻荣禄死耗，心甚怏怏，即令启跸回京。途次坐着火车。到京后，下车换舆，面色很是不豫。西太后弟桂祥，至车站跪接。慈谕道："荣禄如何就死？"桂祥道："他嗽疾日甚，奴才曾荐医诊治，服药罔效，竟致不起。"西太后道："照你说来，是你害了荣禄，举荐了个没用的医生？"说毕，匆匆上舆而去。自是西太后连日不怿。宫眷们稍有不周，便遭她训斥，就是德菱姊妹，也不能免。德菱暗想：这老太后没有常性。自己入宫时，何等邀宠，以后就渐觉平淡。近日虽为着荣中堂事，不无郁闷，然也不至迁怒至此？意欲借词请假出宫回去，又恐逢彼之怒，一时不便启齿，只好小心谨慎，延挨过去。西太后性情于此略见一斑。不意天公更会播弄，数月不雨，整日里燥尘飞扬，地土搞裂异常。想是刮干地皮。西太后愁上增愁，闷上添闷，懒与人交谈一切，有所禀报，动遭呵斥。嗣因旱魃未除，下旨斋戒三日，又日去祷佛两次。可奈茹素无效，祈佛无灵。西太后又命延长斋戒期。并饬光绪帝虔诚祷神，一直到了四月初旬，方见甘霖下降，淅沥了一昼夜。一班趋承迎合的满奴，又交颂太后感格神明。西太后才有些高兴起来。

一日，光绪帝入内请安。西太后道："万牲园不知怎么样？我拟亲去看视，明日你随我同往。"光绪帝自然遵命。越宿，光绪帝奉西太后幸万牲园，后妃宫眷们一同随驾。侍卫宫监差不多有数百名。园在西直门外，旧名三贝子花园。嗣因各使臣任满回国，多采购奇禽异兽，入呈慈览，宫中无处喂养，便借这园内畜牲，所以叫作万牲园。园四周可十里，凡狮、象、虎、豹等类，多用铁栅为栏，把它羁住，朝夕令人喂饲。经费由内务府拨给。各大臣因太后好奇，逐年有所贡献，因此园中的禽兽越集越多。他如海马、文犀、怪鳄、大蟒、猕猴、鼫鼠等类，无不搜集。还有各种名花瑶草，亦一一移植。遂分作动物园、植物园。自新政举行后，注重实业，又将植物园改名作为农事试验场，招集官民子弟学习农事。并命商人亦得入园设肆。振兴农商，当从普及入手，仅有此园，乌足济事。平时除太后入园，禁止闲人外，一任民人游览。所以都中人士往来园中，到也络绎不绝。园内亦有楼、台、亭、榭。最高楼约有数仞，名曰畅观楼，闻系西太后命名。畅观楼附近，有自在庄、豳风堂等。所有题额，亦由西太后御笔。各处建筑，虽不及颐和园中的富丽，规模却也宽敞，陈设很是精雅。又于园中凿成一河，设有画舫，可以代步。北人多乘舆，少乘舟，所以游人至此，辄喜乘舟泛棹，游行一周。话休叙烦。

单说西太后等到万牲园，即由管园的满员跪迎慈驾。既入门，西太后便命停舆，随即下舆步行。光绪帝亦即降舆，随着太后。所有宫眷人等，已早于园门外下舆趋入。大众都拥着太后登堂。太后少坐，由园总管跪奉茶点。太后随意食罢，照常例散给。即起座道："我们先去动物园。"当下令园总管导着，信步前进。猛听得一声奇吼，仿佛与雷声相似。西太后也为一惊，顾园总管道："这不是狮吼吗？"园总管应声称是。西太后道："我们先去瞧狮子。"园总管即导致狮槛旁。但见狮威方发，大步往还，项中鬣竖作一团，张着大口，滴着馋涎。西太后回顾宫眷道："这个猛兽，确是可怕，怪不得叫作兽王呢。"宫眷相率称"是"。西太后又道："从前中国画师所绘的狮子形，统是全身有毛。我观现在这狮并不是这么样子，所以百闻不如一见。"宫眷又都应着"是"字。*信手叙来，无非学识。*西太后见德菱在列，便问她道："你在法国时，有无看见狮子？"德菱道："也是少见。"西太后道："这狮子是非洲进来的。欧亚二洲想是少有呢！"德菱道："非洲地近热带，所以猛兽最多。"西太后点首。再向前行，有豹、有象。豹纹驳杂，最为可观，象系灰色，鼻甚长，两牙外露，喜食瓜果。及看到虎栏，有大小二虎，蹲地睡着。西太后道："这虎很是瘦弱，莫非月粮不足吗？"看守的人伏地奏道："虎喜食肉。每日饲它，不足一饱，所以形容瘦削哩。"西太后道："谁叫你克扣虎粮？"*率兽食人，西太后独未闻么！*看守的复奏道："并非克扣虎粮，乃是虎不足食。"西太后怒道："胡说！它不足食，何不增粮？"复语园总管道："这虎须要饱饲，休教它饿毙。若是死了，要看守吏偿命。"*人不如虎，太草菅人命了。*园总管连忙应旨。又巡视过去，见有奇马两匹，一匹是项上多一足，叫作五足马，一匹是满身五色，形似柳条纹，叫作文马。西太后道："这两匹马煞是奇异。我一时失记，不知是那里采来的？"便问园总管道："你可知两马来历否？"园总管跪伏于地，惶悚不能对。西太后笑道："你可谓得鱼忘筌，专顾物体，不知物名哩！"复转问看守吏，也是蠢然无知。西太后道："你们都与牛马相类，怪不得不懂动物学。"德菱闻言，恐遭问及，不便妄对，暗捏了一把汗。幸西太后只管前行，阅过了许多猴子，有蓝面的、有红面的、有黄面的。又有许多鼠子，行色也是不一。还有鳄鱼两尾，大蟒一条。鳄有水窖，蟒有铁笼，所以不能肆毒。其余如野熊、猩猩等类，统是世所罕睹。迤逦过去，听得鸣声上下，音韵铿锵，有无数怪鸟聚集一处，四面用铁网罩住，形状个个不同。他若鹦哥、百舌等，或系诸架上，或置入笼中，彩羽蹁跹，翎翮修润。西太后目不胜赏，但说道："都非凡鸟，可惜没有凤凰。"*你也好算是人中凤了，可惜是野凤凰，不是真凤凰，鸣盛不足，鸣乱有余。*随语光绪帝道："我们到植物园去吧！"

于是相率转趋出了动物园。李莲英奏请太后上舆，西太后道："不如步行为佳。"当下移步前行。约数十步，即见奇花含蕊，琪草向荣，风吹百和之香，日映千重之锦，怡情悦色，豁目赏心。西太后老兴陡增，步履益健，大家统还跟得上，只李总管年已将老，精力衰疲，走一步，懒一步，随行数里，似乎呼吸俱促，痰喘交乘。*胡不喘死。*西太后回顾道："你年纪尚不及我，奈何这般没用？你缓缓走来，我们到畅观楼去。"李莲英口虽应命，究竟不好落后，只得撑着两足，踽踽随上。既到畅观楼，西太后循梯而上，也不见什么吃力。独这位李总管已喘作一团，西太后特旨赐座。自己凭窗遥览，遥见葡萄满架，桑叶成荫。便回语园总管道："葡萄可以酿酒，很是有用的植物。若蚕桑是中国绝大利源，此处种着桑叶，想系农事试验场有人指授蚕桑？今日试验场的生徒到哪里去了？"园总管道："今日适逢假期，又遇老佛爷驾临，他们未奉懿旨，不敢迎谒，所以多趋避呢！"西太后道："这也不必。蚕桑是最要紧的实业，大内亦有桑园，后妃等尝采桑饲蚕。我至今尝亲祀先蚕，不敢怠误。前年且命浙省抚臣，招选湖州蚕妇数人入宫，教习饲蚕的法子。并设立绮华馆，另募机匠，缫丝织绸，目前颇有成效。可见北地未必不宜桑，北人未必不宜蚕，所患在不肯学习呢。"*数语颇含至理。*园总管本没有什么才智，况是煌煌慈训，不啻圣经贤传，自然应声维谨。

西太后眺了一会，才在楼上用些茶点，复命皇帝以下，随便充饥。寻下了楼，至豳风堂小憩。见有商肆陈列，西太后亲问物价，肆商跪陈数目。西太后向李莲英道："这物价却很便宜，我们所用的物件，从没有这样贱价哩！"李莲英复奏道："这是民间所用，货物低劣，比不得宫中贵品。"*明明浮冒，却说是货有优劣。*西太后不禁微笑。*也知他是谁言，无如难以*

割爱。又见肆中有食物陈着。便道："他们的食物,不知味道如何?"李莲英又奏道："他们的食物,未必洁净。"西太后道："你们总是这般说。你不记得那年出走时吗?"果能时时记着,中国亦能自强,所恨只有五分钟!随顾园总管道："午牌将近,我们在此午膳。你去向厨子说,园中颇有菜蔬,不妨取来烹调。菜根味长,比鱼肉好得多哩!"园总管即要出去,西太后道："我们至自在庄午餐。"园总管应声去讫。西太后便出了豳风堂。李莲英又请太后乘舆,并言:老佛爷不宜过劳。西太后道:"我爱园中景色,所以来此一逛,聊解愁闷。如坐在舆中,究竟不能自由,算什么闲逛哩?"复照前步行,逐路眺赏。到了自在庄,日光将要晌午了。园总管已在庄中,指点厨役,摆设杯盘。西太后道:"这里寓乡村风味,我们且作一会乡人。一切肴馔,求洁不求丰,宜雅不宜俗,何如?"园总管遵嘱,每席不过八肴,只首席陈了十二肴。西太后瞧着道:"很好!此地不比宫中,大家坐食不妨。"于是西太后上坐,帝后等分坐两旁,宫眷等统在别席分坐。食过午膳,大家休息一小时,西太后命乘舟泛河。派坐了五只画舫,先后启行,在园中统了一周。差不多有三四点钟了,西太后兴尽思归。登了岸,上舆返大内,帝后等随从入宫。不必细表。

次日西太后临朝,内务府呈上奏本,乃是海晏堂已经竣工。西太后搁过一边。复有广西巡抚岑春煊寄呈章奏,参劾巡抚王之春及提督苏元春纵匪养痈。西太后语庆王道:"王之春这么无用,苏元春想是疲老,不合统军。现在练兵要紧,似这种麻木不仁的人物,须把他立即革职,方可警诫别人。惟何人可以接替?"庆王道:"奴才愚见,不如令柯逢时去任桂抚,提督一缺,还是叫冯子材接任,他是个老成宿将哩!"子材恰负盛名,柯公乃得抚缺,未免运动出来。西太后道:"也好!就照此颁谕吧。"

此外,尚有考取经济特科一折,西太后语庆王道:"你去于近十日间定个日子,并派员监试,及主试阅卷等。拟好了,候我裁夺便是。"当下退朝。次日便由庆王拟定试期及主试监试阅卷等员,奏呈御定。西太后瞧了一遍,也不加参换,便发下礼部,明白晓谕。一班应试士子,届期入场,大众统想中榜,把生平所学的经济抒写成卷,出场后恭候揭晓。一等只取了九名,第一名乃是袁嘉谷。二等加倍,算取了十八名。后来袁嘉谷亦不见大用,徒然夺了锦标,落得一场空欢喜。想是不善钻营之故,但西太后变法之心,亦自此可见。西太后注重兵政,又加意理财,遂增设一个商部。叫庆王的儿子载振,做了商部尚书。纨绔儿何知商务?将前时所立的路矿总局,归并商部。并设立练兵处,命庆王奕劻为总理,下置军政、军令、军学三司。又颁布大小各学堂章程。总算是除旧布新的见端。西太后复亲至海晏堂,阅视一周。全殿都仿西式筑造,殿内陈设的器具,也都依着西式,心下倒也喜欢。恐怕未必。随回宫语德菱道:"海晏堂已经筑就,照你所绘的图形,大致无讹。将来召见外宾,便在这堂受觐,恰便当许多哩。"德菱称"是"。西太后道:"我看这堂落成,便好宣召各使眷属,游宴一番。你仍替我们充着翻译可好吗?"德菱遵旨。西太后便命外务部关照各使馆,邀他眷属入宴。于是美公使康格夫人、美参赞韦廉夫人、西班牙公使佳瑟夫人、日本公使尤吉德夫人、葡萄牙代理公使阿尔密德夫人、法参赞勘利夫人、英参赞瑟生夫人,挈领一班随员妇女,联翩至海晏堂。只德公使杜扬,恰亲身自到。当由西太后率同光绪帝,登堂受觐。德使杜扬带了各女宾进见。两下里各有译员,辗转通词,宾主统是快意。外务部总理奕劻,也入堂陪宾。便邀各宾到旁室茶点。未几即陈酒肴,刀叉具备,杯盘杂陈。奕劻与荣寿公主,作为男女陪宾,应酬一切,统由德菱译述。酒阑后,各宾都至太后处申谢,西太后复一一接见。瞧着康格夫人后面,有一个青年女士,面目韶秀,身材更带着三分嬝娜,恰与中国美人儿相似，不觉心爱起来。便指问康格夫人道："这是何人？"康格夫人说是"密司卡尔"。西太后不能解，转问德菱。乃知密司是西女统称，犹中国所谓姑娘。卡尔是西女名，译作中文，乃是一个克字。西太后问明后，康格夫人更令这密司卡尔行礼。西太后与她握手，又问她年龄几何？擅长何学？密司卡尔答了数语，俱由德菱译陈。西太后便道："姑娘精绘事么，恰是难得。"密司卡尔又答数语，复自德菱转译：系克姑娘要绘西太后慈容，送到圣路易博览会去。西太后闻这一语，恰有些迟疑起来。德菱窥透慈意，便奏道："外国帝后统有肖像。每遇各处赛会，都把肖像陈列，使人瞻仰。克姑娘恳请临绘，倒也是一种好意。"奏陈很是中肯。西太后复沉吟一会，方道："我也破例一试。由我们择了吉日邀她来绘便了。"各女宾才一律辞出。西太后便旨饬钦天监，选吉绘容。这事是清代创例，满洲旧俗，必须帝后升遐，方绘遗容。此次临绘生前，钦天监格外慎重，特将西太后年命按时合日，拣了一个黄道良辰，令克女士在海晏堂开绘。后人有诗咏道：

朱丹绣阐大秦妆，缇壑人来海晏堂。

高坐璇宫亲赐宴，写真更召克姑娘。

欲知肖像绘成，曾否携入博览会，且看下回分解。

　　读司马长卿上林赋，知长卿用意在规谏汉武，非侈述草木禽兽，以自矜其美博也。本回述万牲园动植各物，并非捏造，著书人曾亲历其境。所陈各物，不过撮举大凡，已觉无奇不有，而寓意恰恰暗藏讽刺。国帑空虚，司农仰屋，民有饥色，野有饿莩，乃尚欲岁縻款项，以豢无用之禽兽，是亦可以已矣！且仪鸾殿被焚后，即改建海晏堂，备召见外宾之用。海晏未必果晏，而所费又不可胜计。试思清宫岁耗何一非穷民膏血？禽兽可已而不已，土木可已而又不已，民脂有尽，上欲无穷，是犹欲挽贫返弱，亦何异南辕而北辙也！至夹入新政二三条，虽是依时穿插，亦皮里阳秋之笔。

第三十七回

划战域中立布条规
斥台官西巡辟妄语

却说克女士应召入绘，为西太后画油像，形容态度，很是相似。约数日即已告成，呈诸西太后。西太后道："亏她描摹，差不多是拍照呢。"原来西太后平日，已拍过数次照相，朝服便衣，各式都备；或独自一人拍影，或擎着后妃等合照。就是德菱姊妹入宫，西太后亦同她照过。且有一张渔家装束，亦与后妃人等并拍，烟蓑雨笠，孤棹扁舟，颇脱尽宫闱习气，乃是在颐和园昆明湖中照的，西太后很是欣慰，晒印了好几页，随处悬挂。后来流传京外，各直省都仰慈容，这也不在话下。单说西太后瞧了油像，重赏克女士。克姑娘谢过西太后，陛辞而去。西太后以所绘油像，送往博览会，应郑重其事，遂命外务部预备典仪。送一油像，都要预备盛仪，好奢甚矣！外务部无可援例，只好把西太后游幸的礼节，模糊参酌，定了一个非驴非马的礼节，非驴非马四字妙。呈入候核。西太后也不管什么，总教形式体面，局面堂皇，便好照准。惟拟定礼节中，用黄舆恭奉肖像，送至火车，西太后因用舆异象，几如丧仪，爰将此条删去，改用外部人员双手恭奉，上用黄缎华盖作为翊蔽。临行时，皇帝以下，相率跪送。经过城中，官民等亦须跪着。到了车站，王大臣等犹敬谨送行，如太后亲往一般。外人见了这种仪制，统讶为咄咄怪事，西太后恰快慰异常，还道是什么荣誉了。可发一笑。

外务部办理既毕，忽接俄日启衅消息，又吓得魂胆飞扬。看官你道外部诸公，何故如此胆小吗？原来此事是为着关东问题，与中国大有关系。小子于三十三回中，曾叙过中俄条约，俄允将东三省屯兵，分三期撤退，第一期只撤掉了几百名，第二期非但不撤，反运入无数兵马，驻扎吉林。外务部咨照俄使，俄使一味延宕，并无实言。在吉林的俄兵只管斩伐森林，兴筑兵房，为久屯计。并由俄国特派阿力克塞夫为远东总督，竟来管辖东三省。仿佛是英领印度。清廷急得没法，复电饬驻俄钦使胡维德，速与俄国外部交涉。不意过了数日，复电到来，说是东三省事宜，要与俄远东总督直接商办，俄外部不肯照理。那时清廷只好电命奉天将军增祺，去问俄督阿力克塞夫。阿力克塞夫答非所问，竟要将满洲地租，令增祺详细报告。增将军禀复清廷，清廷王大臣统是面面相觑，那个敢来参议。就是聪明绝顶的西太后，要想再宴俄使并他眷属，他也推说有事无暇入宫。可见特别优待全然无益。

山重水复疑无路，柳暗花明又一村，英、美、日三国驻使闻了这事，竟到外务部探听消息。庆王奕劻见风使帆，忙与他商议，邀他帮助一臂。日使建了一策，乃是开放满洲，作为各国通商场。英、美两使也是赞同。奕劻依言，照会俄使。俄使模棱两可，只说要请命政府，方可作复。谁料他延搁多日，并无回音。那远东总督阿力克塞夫反得步进步，遣哥萨克兵六千名，直抵盛京。居然把盛京地方改了新名，令居民遇着俄国节庆，悉悬俄旗。日本因俄人占据辽东，与朝鲜逼近，有碍本国势力，遂仗义执言，自与俄国交涉，迫他遵约撤兵。前时俄代中国索还辽东，此次日本亦代中国收还关东，可谓循环报应。俄国方有些注意起来。日本驻俄公使栗野氏，与俄外部大臣蓝斯道夫会商；俄驻日本公使罗笙，也与日本外务省大臣小村氏协议，彼此辩论数次。日本的宗旨，是要保全中国、朝鲜的主权，俄国的宗旨简直是先并关东，后吞朝鲜。嗣将朝鲜方面让与日本，独东三省要归俄国处置，与日本无涉。日本不肯照允。到第三次撤兵期，俄国不肯撤兵，毋庸细说，日本诘问愈亟。俄皇竟变起脸来，声言日本阳托协商，阴实挑战。日人闻言大动公愤，一面征兵筹饷，预备决裂，一面命驻俄日使催俄外部限期明复。俄国逾期不答，日本遂暗遣军舰，直指辽东。

光绪二十九年十二月二十三日，俄驻旅顺口水师提督司塔氏，因家眷生辰，开筵宴客。属下武弁，统至提督行辕祝贺。宾主酬酢，很是欢跃，到晚设跳舞会，兴致尤酣。大家正手舞足蹈，忽闻炮声雷震，弹丸雨飞，仿佛如天崩地塌、山鸣海啸一般。顿时人人惊诧，个个仓皇，忙令军士探报。回称：日本军舰，已来攻旅顺口了。武弁等立即出辕，归船接仗。不意已有数兵舰被敌击沉，余舰虽早已戒严，究竟变起仓促，一时不及对手。等到武弁回船，开始还击，已被日兵占了先着。亏得事前尚有预备，炮弹等均已配齐，还好勉强支持。否则全军覆没，旅顺口早已失陷了。若经清兵守着便如所言。两下相持一小时，日舰竟退去。次日日本巡洋舰三艘，往来游弋，俄舰正要开炮轰击，日舰复驰还。过了一点钟，日舰如墙而至，列于黄金山下，开炮猛攻。俄舰里面的炮力，不及日舰的剧烈，互击了一小时，俄舰沉没一艘，受伤六艘。日本只失去鱼雷船一只，余舰都安然退去了。忽来忽去，这是日人狡猾处。这番攻击，已是宣战的开手。两国调兵遣将，起劲得很。只战线在辽东地方，本系中国土地，被两国鏖斗起来，劝无可劝，阻无可阻。辽东百姓又是晦气！

西太后闻得此信，愁闷万分，只得与庆王奕劻等朝夕商议。三个缝皮匠，比个诸葛亮，竟参照万国公法，拟出一条局外中立法来。什么叫作局外中立？他国宣战，此国作壁上观，无左右袒，便是局外中立的意旨。但日、俄交战是在中国境内，比不得海外各国，宣告中立是堂堂正正的。所以法学家研究这事，乃是局部中立，若称为局外中立，还是掩耳盗铃的说话呢。语有根底。清廷既拟定中立，便照会日、俄两国，略说：两国同为友邦，重以亲交，当依局外中立例处置。已通饬各省一体遵守，且严饬地方官保护商民、教徒。惟盛京及兴京，为陵寝宫殿所在，应令该将军敬谨守护。所有东三省的城池、官衙、人命、财产，两国皆不得损伤。原驻中国军队，彼此各不相犯。各省及边境内、外蒙古，统照局外中立例办理，两国军队各不得侵越。若阑入境界，中国当出兵拦阻，不得以失和论。嗣后不论谁胜谁败，东三省的疆土权，仍归中国自主，不得占据云云。一面饬南北洋张贴告示，晓谕兵民。共列十余条章程，无非是：禁止干预战事、接济军火、租卖舰只、借给款项、代探消息、帮运军械、私售粮食等情。

嗣接到驻日杨钦使电文，报称我国虽守局外中立，据日本外部意见，边防总须筹备，请朝廷速即裁夺，以免贻误。西太后遂即降旨，命提督马玉昆带兵十营，驻守辽西，郭殿辅带兵四营，驻守张家口，另派直隶旗兵五营驻守锦州，淮军三营驻守新民厅，常备军六营驻守山海关；又调集各省劲旅入卫神京。看似军容很盛，实皆是场中傀儡，摆一虚架而已！各军陆续到防，西太后心始少安。忽又由驻日使臣电达日本外部照会，内称：日本军队当谨守交战法规，凡非敌国所有，不得无故损伤，贵国政府尽可无虑。惟战线在贵国领域，日本有所措置，一依军事上必需之件，非敢损贵国主权，实因地势所限，不得不然。所有关于贵国官民，果确守中立规则，即在战斗地域内，日本军队亦当竭力保护等语。这一个照会，分明是指辽东为交战场。清廷不得已，与奉天将军酌定战地界限规则九条，通告日、俄，并颁示中外。小子因这几种规条，为局部中立的佐证，姑一一录后：

（一）日、俄二国倘在奉省地面开仗，拟即指定战地。两国开战及驻扎之军队，只能在战地限内，不得逾指定战地界限之外。

（二）西自盖平县所属之熊岳城，中间所历之黑峪、龙潭、洪家堡、老岭、一面山沙、里弅、双庙子以东，至安东县街止；由东至西，所历以上各地名，分为南北界限；限以南至海止，其中之金州、复州、熊岳三城，及安东县街为指定战地。抑或西至海岸起，东至鸭绿江岸止，南自海岸起，北行至五十里止，为指定战地。两国开战后，凡战地域内之村屯城镇，免遭兵祸。

（三）两国开衅，无论胜负，军队俱不得冲突窜入指定战地界限以外之地。如有侵及限外之地，杀伤人民，烧毁房屋，抢掠财物，以及一切损失，应由越限之国认赔。其战败之军队及受伤人等，无论行抵何处，我既守局外，一概不能收留。

（四）此次指定战地限内之地，但供两国战时之用。如胜负已分，军事已竣，所有指定战地，两国兵队，均各随时退出，不得占据。

（五）两国宣战以后，所有指定战地限内，除日、俄两国外，其外无论何国兵队，不得任意阑入。并届时无论何国官民一切人等，如欲赴指定地方者，均应照章向华官请领护照，及沿途华官呈验，方准前往。其不应前往之人，仍由华官查禁。

（六）人民财产，不免冲突，倘有损失，照公法应由战败之国认赔。如有无故杀伤人民、烧毁房屋、抢掠财物，何国所行之事，应由何国认赔。两国开战，我既守局外，所有界限以北之城市，应由我自行派兵防守，两国军队，不得冲突。其在界限以南，即指定战地限内，安东、复州、熊岳各屯，向有之巡捕队，仍照旧驻扎，两国不得阻拦，并不得收我军械。如两国定期开战，以上各巡捕队，均行调回各该城内驻扎。至省城外地面兵少，亦当酌调一二营弹压，以免惊扰。俄人亦不得阻拦，收我军械。

（七）两国征调军队，有必须由指定战地限外地方经过者，不得逗留久住。粮食、柴草一切日用之物，须该国军队自行备办携带，以符我守局外之例。

（八）我既守局外，两国开战以前，开战以后，均不得招募华民匪类，充当军队。

（九）如有匪徒窃发，在战地限外者，归华队剿捕；其在战地限内者，与何国兵队相近，即由何国剿捕。惟均不得越界，以免别滋事端。

（十）两国如已订定开战，须将日期及在何处开战，预先知照华官，出示晓谕，俾人民知避。

辽天荡荡，战鼓冬冬，华历除夕之辰，正日俄两国正式宣战之日。辽东所有殷富商民，统迁出战线以外，只穷苦百姓，无资移徙，不得已耐着性，拼着死，缩着身子，听天由命。西太后恰也顾念民艰，不忍自娱，于光绪三十年元旦，停止庆贺礼。唯慈寿已届七旬，王大臣等援例陈请，预备万寿庆典。屈指尚有十月，那时应海晏河清，当即奉旨照准。体面是不可少的！奈辽东战信，日紧一日。俄国派兵部大臣苦鲁巴金，专任辽东总督，指挥陆战事宜；又命海军提督马哈罗夫，到旅顺口指挥海战事宜。日本海、陆军队，煞是利害，一面扫逐仁川俄舰，专力堵住旅顺口，一面从朝鲜进兵。先与朝鲜定约，令作为日本保护国，所有外交、军政，归日本处置。看官曾记得马关条约吗？马关条约第一条便是朝鲜自主。应二十三回。此次因日、俄交战，不费什么兵力，只借口假道，轻轻地将朝鲜主权篡取了去。朝鲜本亦宣告中立，至此骤然取消，朝人还道是日本卵翼，可以高枕无忧，哪知全国版图，已入日人掌握。日人就通道鸭绿江，仗着一股锐气，驱逐俄兵，并将九连、凤凰二城尽行占据。俄海军提督马哈罗夫，闻俄兵陆战失利，懊恼的了不得。召集旅顺口各舰，麾令出口，大有灭此朝食的气势。巧值日将南泽安雄，带了水雷驱逐舰，分作甲乙二队来攻旅顺。两下相遇，于老铁山南顿时炮对炮，枪对枪，弹对弹，扑通扑通的互击起来。那时从烟火迷漫之中，望见日、俄主舰,各已受伤。日将南泽安雄面上受创,鲜血淋漓,尚是挥旗力战。日舰见主帅受伤,蚁附而来,攻击愈猛。马哈罗夫自知不敌,遂收兵退还。这场海上的恶战,日兵又获胜利。南泽氏蒙赐金鹤章,各舰队亦邀赏赍。当下军心益奋,恨不得立下旅顺。过了数日,复整率舰队,再攻旅顺。被俄舰击沉福井丸一艘,船长广濑武夫死难,余舰才退。又越数日,两军又接战于黄金山下。俄督马哈罗夫奋勇当先,直冲日阵,不意一声怪响,船竟破裂,海水涌入船中。霎时间竟致沉没。马哈罗夫无自逃遁,竟率领全船兵役,朝见海龙王去了。涉笔成趣。原来日兵已暗埋鱼雷,俄督不及预防,遂致罹祸。俗语有道,蛇无头不行,那时俄舰相率慌乱,日舰越加得势,眼见得日胜俄败。亏得俄舰中有亲王几利尔,忙下令收队,方得回港。几利尔也受了几弹,总算未中要害,性命还得保全。为此一战,俄舰已成余烬,不能再出堵截,只好死守旅顺,专待援兵。

这捷音传达清宫,西太后正自庆慰。日人得胜何足自慰?忽庆王奕劻入宫求见,报称:俄兵阑入辽西,凡新民屯、沟帮子、白旗堡、梁家屯、广宁、双台、锦州等处,统有俄兵踪迹,擅夺粮食、马匹。现日使正来诘问,应请旨办理方好。西太后道:"你为外务部总理,何不致电胡使,令他与俄国交涉?"奕劻道:"奴才早电饬胡使。胡使复电谓:俄政府遇事推诿,要我国与他前敌大员自行协商。奴才再照会俄使,俄使置之不理。这事未免棘手了。"西太后道:"且电令增祺与他远东总督交涉何如?"奕劻领旨而退。西太后自叹道:"我前时原想定都西安,被中外逼我回銮,致受各种惊吓。如今后悔无及了。"这句话也不过一时太息。偏宫中无知的太监竟传将出去,顿时一传十、十传百,都中谣言蜂起,争说西太后又要西幸。太后想是西司命,所以专事西顾。连各国驻华公使,也纷纷照会外务部,请两宫切勿西行,牵动大局。若俄、日破坏中立,我等亦当出阻。外务部复称:"并无是事。"谁意御史汪凤池,还似睡梦未醒,上疏谏阻西巡事。当奉旨申饬道:

现在日、俄两国失和,并非与中国开衅,京师内外,照常安堵,何至有西幸之举?御史汪凤池以无据之辞,轻率奏陈,实属不明事理。着传旨申饬。嗣后如有妄造谣言,淆惑众听者,着步军统领衙门、顺天府、五城御史一体严拿惩办,以靖人心。钦此!

这谕下后,又命奉天、吉林两将军,确守中立定约,毋庸瞻徇。这是仗着各使的言论。

孰意一波未平,一波又起,沪上黄浦滩头,又有一俄舰出现。日使又来诘责外务部,正是:

强国有公法,弱国无公法,

交涉日益艰,何不一奋发?

毕竟外务部如何处置,容待下回说明。

日俄交战于辽东,中国仅守局部中立之例,坐视辽疆震动,辽民流离,不敢为之过问,可耻也!以我所固有之辽疆,我所久隶之辽民,不能直接安抚,反仰仗他人鼻息,归其保护,尤可耻也!俄胜则辽东危,日胜则辽东亦未始不危,乃沾沾于日人之胜,竟视为中国幸事。慷他人之慨,愈可耻也!日兵方战胜辽东,俄兵竟阑入辽西,西太后且悔回銮之失策。至于宫监泄言,中外共闻劝阻之照会频来,规谏之奏章复上,虽曰以讹传讹,而西太后之轻视社稷,情可知矣。况日、俄战争仍为拳乱之结果,西太后不悔信邪任佞之非,反以羁身西安,可免惊吓,曾亦思我能往,寇亦能往,岂关中果为天险,足杜戎马之足耶?视身太重,视国太轻,书中已隐露端倪,阅者可于夹缝中求之。

第三十八回 万寿届期力辞徽号 五臣归国特降纶音

却说外务部接到日使照会,正拟电达南洋,查明虚实。适南洋大臣来电,也是为着此事,请外务部速与交涉。外务部只得又照会俄使。俄使答词甚妙,据言为保护侨商起见。外务部竟无以应,转把俄使言通知日使。好教我左右做人难。日使坚持不允,竟电致本国,也派兵舰赴沪。沪上商民正因俄舰到来,非常惊骇,不意又来了日舰,同泊黄浦滩头,哪里还敢安枕。幸各国驻沪领事,以日、俄两舰寄泊一港,不无生衅,遂援照万国公法,迫俄舰卸去军装,归中立国看管。于是俄舰无可奈何,只得照允,日舰亦退了出去,才得无事。唯辽西一带,俄兵尚是往来。奉天将军增棋去谒俄远东总督,他竟托病不见,增棋束手无策。犹幸是日兵连战得利,入金州,进营口,下牛庄,据析木城、海城等处,复西北攻辽阳,击败俄人,把辽阳城亦占据了去。并将南满洲铁路一律拆毁,杜绝俄军入出。俄人自是不敢南来。清廷王公又私相庆贺,西太后也稍稍放心。丑!

谁料西藏又生事端,达赖喇嘛被英兵迫走库伦。原来西藏与印度毗连,藏印时有龃龉,曾由清廷特派专使,与英人订立藏印条约,先后凡两次。达赖不愿遵约,久未履行。英将荣赫鹏遂带兵入藏。藏人不能拒,由他攻入拉萨。达赖只得弃藏北遁。荣赫鹏竟与藏人,私立条约十款,要将藏境属英保护。驻藏大臣有泰,飞电清廷,清廷才得闻知。一面令有泰力阻画押,一面派侍郎唐绍仪从印度入藏查办。绍仪陛辞去讫。西太后因交涉日繁,整日里住着宫中,连颐和园也无心游览。每当退朝余闲,向佛拜祷,默祈中外和平。婆子气总未能免。奈天心总未悔祸,西藏事尚远隔天涯,辽东事却迫在眉睫。

一天一天的愁闷过去,竟要到万寿诞辰了。王大臣等预备典礼,已早办妥,并联衔上折,请皇帝再上太后徽号。光绪帝此时如木偶一般,所上奏折都由西太后亲览。西太后瞧到此折,不禁叹息道:"我命生得这么苦,除四旬寿辰外,五旬遭中法战争,六旬遭中日战争,今年七旬,我国并未与人开衅,偏偏日、俄两国失和宣战,竟将我国的辽东作为战场。看来万寿期届,大家又无心祝嘏,我也不愿受贺,还要加什么徽号。"随亲书朱谕道:

值此时事多艰,日俄两国兵事未定,我东三省境内人民,方在流离颠沛之中,广西叛匪披猖,生灵屡遭荼毒,其余完善各省,亦复疲于捐派,民力难堪,满目疮痍,深宫无日不为引疚,岂尚忍以百姓之脂膏,供一人之逸豫?所有万寿典礼,均应从省,及皇帝请加上徽号,亦毋庸举行。总之皇帝当以图治、安民为孝,诸臣当以匡时体国为忠。宵旰忧劳,正宜交相咨儆,内外臣工,其各修职业,各矢血诚。于筹饷、练兵、兴学育才以及农、商、工艺诸要政,凡有裨于民生者,合力振兴,切实整顿,用以宏济艰难。俾天下苍生,咸乐升平而跻仁寿。是则予之所厚望也!特谕。

写毕,便召入庆王奕劻,将朱谕交他颁发。庆王还说是日俄开战,与我国无涉,请太后不必鸣谦。西太后不允,奕劻才奉谕出走。到了内阁,便命办公人员添上朕奉皇太后懿旨等字样,照例发出。王大臣见了这谕,都道:"似太后的温恭俭让,正是古今罕有的!"奕劻转入外务部。适有日本使馆送到照会一角,不由得吃了一惊。忙展开一瞧,乃是俄国波罗的海舰队，远航东来，请中国沿海戒严等语。还好还好。心中一想，幸还没有什么交涉。不免禀报太后，请旨饬沿海各省，严守中立条规，毋使俄舰入境。旨下后，沿海疆吏自然严行防范。过了数日，已届西太后寿期。宫廷内外统是高搭彩棚，悬灯结彩，满天都用黄缎遮蔽，就是那普天同庆、万寿无疆的字样，也多用贡缎组成，一切陈设，无不精妙，花花色色，光怪陆离。祝嘏这日，一班王大臣统随着光绪帝，盛行庆祝礼，比甲申、甲午两年，格外繁备，不胜殚述。这叫作无名有实。

小春一过，倏忽残冬。日本海陆两军前后围攻旅顺。俄国守将援绝粮尽，只好通款乞降。日军收了旅顺，至次年春间，又占了奉天省城。养精蓄锐，专待俄国波罗的海舰队到来，与他厮杀。波罗的海，在欧洲北部，乃是俄都圣彼得堡领海。此次发舰来援，须绕道大西洋，通到太平洋，沿途所经，都是中立国境界，无处寄泊。就使船身坚大，整日在大洋驶行，差不多似一叶芥舟。那日本国消息很灵，俄舰队到一处，日侦探即报一信。待航到中国海滨，已与日本海相近。日本仿坚壁清野的计策，将所有高大的舰队，尽行藏伏，专用狭小的鱼雷艇游弋海中，作为诱敌的疑兵。日人真乖。俄舰自数万里到来，一股锐气早已中衰，既入日本海，军威早铩，海道又是未熟，好象盲人瞎马，夜半深池，稍识兵法的旁人，已晓得俄舰无幸了。确犯兵家之忌。俄舰到了对马峡，乃是日本要口，天然险要，不敢偷越。日本海军看它惘惘进来，把诱敌各舰，收入峡中。俄舰守候两日，并无对仗的敌船，放出一阵大炮，也没有还击的炮声。那时进退两难，只好冒着险闯入峡口，孰意船甫入峡，四面八方的日舰霎时齐集，你一炮，我一炮，都望俄舰轰击。俄舰虽开炮还击，奈日舰多是狭小，往来甚捷，所射弹子，十丸中不着一丸。那俄舰却是很大，每被敌炮击着。仿佛是虎入犬丛，虎一犬百，百犬攒绕一虎，任你如何勇悍，也被群犬所欺。当下酣斗一场，俄舰弄得麻木不仁，铁甲半被洞穿，舰队又多受伤，战无可战，遁无可遁，没奈何束手归降，做了俘虏。俄国到此地步，已是不能再战。

恰好美国大统领罗斯福，出来调停，劝两国停战休兵。就借美地朴茨茅斯，为两国专使会议场，彼此开议。日使小村氏提出议案：一要俄国偿还战费，二要俄国承认朝鲜主权，三要俄国割让桦太岛，四要俄国让与旅顺、大连湾租借权，五要俄国撤退满洲兵，六要俄国承认保全清国领土及开放门户，七要俄国将哈尔滨南边的铁路让与日本，八要俄国将海参崴的干线作为非军事铁道，九要俄国窜入中立国军舰交与日本，十要限制东洋的俄国海军，十一是要俄国让与沿海州的渔业权。俄使槐脱便把十一款允了七款，只第一、第三、第九、第十共四条，坚持不允。嗣经美大统领代为磋磨，将桦太岛南半部让给日本，余三条一概取消。和议乃结。全约公布以后，东三省中的俄兵总算尽行撤去。无如前门拒虎，后门进狼，南满洲一带，统入日本势力圈，北满洲一带俄人尚横行无忌。从此中国的东三省，不啻为俄、日平分，只表面上称作中国版图罢了。中国只顾全虚名，其余尽可慨让！

西太后闻俄、日修和，东三省土地，归还中国，忙遣使致谢日本。且时常与德菱女士谈及，国势不在大小，总要兵力强盛，小亦可以敌大。日本国小，却能战胜绝大的俄国，我国如赶紧练兵，或亦能返弱为强，不畏外人。舍本逐末之言。德菱却奏称："兵不在多，在乎同心协力。日本宣战时，全国上下，无不视国如家。男子固荷械从军，女子亦脱簪助饷。所以得此胜仗。"西太后闻言，亦不加可否。嗣闻一时舆论，多说日本因立宪而胜，俄国因专制而败。中国极应仿效日本，将君主专制政体，改作君主立宪政体，庶几可以图强。西太后亦置诸不理。惟自日、俄战争以后，尝移居宫禁中，借示镇定。至此因时事和平，仍常驻颐和园，游玩消遣。奈主张立宪的言论，日盛一日，起初不过都下闲谈，后来竟时形诸奏牍。西太后迫于众议，也只好勉力从新。于是废弓箭，停科举，考试出洋学生，赎回粤汉铁路合同。又遣载泽、戴鸿慈、徐世昌、端方、绍英五大臣分赴东西洋各国，考求一切政治，作为维新标准。京内外人士喁喁望治，总道西太后自悔前非，更张旧辙，不知她如何刻励，如何勤劳。谁知西太后从容不迫，颐养自娱，想是能人不忙。登山泛湖，抹牌掷骰，午后、昏黄，且横陈一榻，把阿芙蓉膏作为延年益寿品。怪不得鸦片流毒屡禁不绝。

一日正在吸烟，蓦闻一声怪叫道："老佛爷，不好了！革命党来了！"西太后掷烟起床，忙问道："你说什么？"那人复道："正阳门外来了革命党，乱放炸弹，将考察政治的五大臣一一炸伤。"西太后惊道："这还了得?!"说着时，瞧那禀报的人，乃是一个值园的太监。随又道："你不要妄报。你去探听的确再来报闻。"太监自去。西太后叹道："康逆尚未拿获，孙逆又来闹事，真是可恨!"看官! 这康逆是康有为，前文概已叙过，毋庸细表。那孙逆恰是何人？不得不略略表明。

当时有一个排满兴汉鼓吹革命的大首领，姓孙名文，字逸仙，号中山，籍隶广东香山县。幼时在教会学堂读书，便已领略那博爱、平等的训词。嗣又投广州博济医院，学习医术，转入香港推利士医院，学术大进。毕业后，他就借行医为名，暗中结识同志，阴图革命。后来立了一个兴中会，自己做了会长。竟凑集资本，向外洋去购枪械，拟夺广州为根据地。冤冤相凑，密谋竟泄，粤大吏严密缉拿。亏得孙文先行走避，航海去英。嗣后被驻英使臣龚照瑗诱入馆中，将他拘住，又由英人康德利，与孙有师生谊，替他设法救出。孙文虽经蹉跌，毫不胆怯，越发冒险进行。有为者亦若是。自是游历外洋，遇着侨居的华民，及留学的志士，每与他谈说满清的坏处，革命的要事。有几个相信的，便加入会中，愿效死力。还有几个富翁，慨允助饷。只因中国沿海，逻察很严，一时不便进来，只好与从前几个好友，暗地通信。粤人史坚如想去借粤督德寿的头颅，被德寿觉着，反把他的头颅借去。中国第一次革命流血，要算这位史烈士了。过了一年，湖南志士唐才常又想发难，机谋未密，死在张之洞手中。粤东三合会首领郑弼臣，在惠外府起事，复遭失败。嗣又有湖南人黄兴，邀了同志万福华，潜踪上海，刺杀故桂抚王之春，险被拿住正法。黄兴命不该绝，经问官查无实据，释狱东去。浙江人蔡元培、章炳麟，四川人邹容，组织会社，高谈革命，江督魏光焘饬上海道密捕，蔡走脱，章、邹被逮下狱。邹病死狱中，章后得释。

此次五大臣奉命出洋，受亲友的欢送，饯宴数日。方出京城，至正阳门车站，突遇炸弹爆裂，烟雾飞扬，五人中跌仆二人。一是载泽，一是绍英。经仆役搀起，幸喜没有殒命，不过受着一些儿微伤，慌忙抱头趋回。只那放弹的人，自己已烧得焦头烂额，倒毙车站。当由警察收检尸身，在袋中觅得名片，乃是姓吴名樾，字孟侠，皖北桐城人。看官不必细问，想总是个革命党了。直截了当。西太后闻宫监言，尚是虚实未明，旋由庆王奕劻入报，才知受伤只有二人，忙命奕劻拟谕，饬京城内外严索党人。戒严了好几日，没有第二个革命党。

那时西太后再促五大臣出行。偏这徐世昌、绍英不愿奉命，没奈何改派尚其亨、李盛铎，会同载泽、戴鸿慈、端方，择了一个吉日，往游外洋。途中颇幸安稳。亏得拣定吉日。从日本转赴美国，又到英、德，吸收了好些新闻。便从海外邮递一折，请西太后改行立宪，期以五年。西太后也似信非信，只降了一道懿旨，命政务处王大臣妥筹立宪事宜。复设考察政治馆，延揽通才，悉心研究，慎择中外可行的政治，酌纂成书，随时进呈，候旨定夺。一面设巡警部，令徐世昌为尚书，设学部，令荣庆为尚书。徐世昌请将绿营改为巡警;荣庆请宣示教育宗旨，以忠君、学孔为纲，尚公、尚武、尚实为目，俱蒙西太后允行。只西太后注重兵政，特派袁世凯、铁良为秋操阅兵大臣，至河间阅操。自是垂为常例。

至三十二年，五大臣从外洋归国，各大臣多至车站欢迎。既入京，当由西太后召见，极陈立宪的好处，与不立宪的弊端。西太后无可无不可，再谕令政务处大臣，公同会议。大家叙论一番，决定筹备立宪。五大臣又分陈数折，政务处亦会陈一折，乃于七月十三日颁发预备立宪的诏旨。其词云：

朕钦奉慈禧端佑康颐昭豫庄诚寿恭钦献崇熙皇太后懿旨，我朝自开国以来，列圣相承，谟烈昭垂，无不因时损益，著为宪典。现在各国交通、政治法度，皆有彼此相因之势，而我国政令，日久相仍，日处险危，忧患迫切。非广求智识，更订法制，上无以承祖宗缔造之心，下无以慰臣庶治平之望。是以前简派大臣分赴各国，考查政治。现载泽等回国陈奏，皆以国势不振，实由于上下相睽，内外隔阂，官不知所以保民，民不知所以护国。而各国之所以富强者，实由于实行宪法，取决公论；君民一体，呼吸相通，博采众长，明定权限；以及筹备财用，经画政府，无不公之于黎庶。又兼各国相师，变通尽利，政通民和，有由来矣。时处今日，唯有及时详晰甄核，仿行宪政，大权统于朝廷，庶政公诸舆论，以立万年有道之基。但目前规制未备，民智未开，若操切从事，徒饰空文，何以对国民而昭大信。故廓清积弊，明定责成，必从官制入手。亟应先将官制分别议定，次第更张，并将各项法律详慎厘订，而又广兴教育，清理财政，整顿武备，普设巡警，使绅民明悉国政，以预备立宪基础。着内外臣工切实振兴，力求成效。俟数年后规模粗具，查看情形，参用各国成法，妥议立宪实行期限，再行宣布天下。视进步之迟速，定期限之远近。着各省将军督抚，晓谕士庶人等，发愤为学，各明忠君爱国之义，合群进化之理，勿以私见害公益，勿以小忿败大谋，尊崇秩序，保守和平，以预储立宪国民之资格，有厚望焉。将此通谕知之。钦此！

颁谕的第二日，即派镇国公载泽、大学士世续、那桐、荣庆、贝子载振、尚书葛宝华、徐世昌、陆润庠、寿耆、奎俊、铁良、张百熙、戴鸿慈，及直隶总督袁世凯，会同编纂官制，由奕劻、孙家鼐、瞿鸿玑总司核定。大家振奋精神，参酌中外，草创的草创，讨论的讨论，先将官制厘定起来。正是：

观政已归筹立宪，任贤未就且论官。

欲知厘定官制情形，且候下回续叙。

自西太后垂帘听政后，每遇万寿周旬，辄有中外变故。当时有以慈寿为不利者。不知此正天之所以儆西太后，令知戒满防倾之理，勉其自抑也。西太后之辞上徽号，第出于一时之愤懑，而诚意未尝贯注。迨至日俄停战，即驻园自逸，颐养天年，其偷安苟且之心可见矣！至若派遣五大臣，出洋考察政治，凭数月之游历，即以为了明西政，可以吸取文明，天下事宁有若此易易者？！且降旨筹备立宪，徒以厘定官制，为入手之方，犹是尸居余气之庸臣，易其官，不易其人，何足济事？是殆谚所谓换汤不换药者。总之西太后一生之误，误于骛虚，误于崇华，又误于好奢、好逸、矜才、使气，至老不悟，而清社即随之而亡矣。可胜慨哉！

第三十九回

纳歌姬言路起风潮
防党人政府颁宪法

　　却说清廷王大臣等，奉旨厘定官制，忙碌了几十日，方把京中官制，拟就草案，呈与总核大臣核定。庆王奕劻暨瞿中堂鸿玑、孙中堂家鼐，彼此商酌，略加改削，然后会衔上奏。奏中大意是分立法、行政、司法为三部。立法部应属议院，因在筹备时候，议院未设，暂设资政院以作立法机关。行政部专属内阁各部大臣，内阁设总理、各部尚书，分司部务，合参阁议。部有外务、民政、度支、吏、礼、学、法、陆军、农工商、邮传、理藩诸名目。民政部即系巡警改名;度支部即系户部改名;陆军部即系兵部改名;农工商部即系商部改名;邮传部即系工部改名;法部由刑部改设。司法事宜专属法部，另设大理院任审判，以法部总其成。此外有应增应减各员，均一一声明。共列清单二十四件，并呈慈览。迨至上谕颁发，竟把要紧的内阁问题作为罢论。*宗旨先误。*其余各员，除各部新名外，亦多有参改。朝臣虽未免诧异，究竟王言如纶，不便反抗，只好啧啧私议罢了。京官已经定制。又奉谕厘定各省官制。免不得又有一番手续。起草各员因此事关系各省疆吏，屡拍电文与商。各省疆臣互生了一回议论，结果是由京中解决。凡各省督抚下设布政、提法、提学三司，交涉繁多的直省，增设交涉使，有盐的直省，留盐运使，或盐法道及盐茶道，所有分巡、分守各道员，一律裁汰。各府州县公牍直达督抚，不必由司道间接，以省转折，是为外省行政的大凡。每省各设审判庭，置审判官，受理诉讼案件，受成于提法使，是为外省司法的大凡。至若外省立法，候选举议员，开设谘议局后，方有专责。议既定，照例申奏，奉诏允行。且命先由东三省开办，各省依次推行。载泽等复将各随员日记，裒录成编，分门纂辑，共成书六十七种，都一百四十六册。又搜采东西文政治书籍，得四百三十四种。均咨送政法馆，借备采择。*亚东的老大帝国，几乎革故鼎新，大有振兴气象。貌似神非。*政务处又奏定禁烟章程十条:限种罂粟，分给牌照，勒限戒瘾，禁开烟馆，清查烟肆，特制戒烟丸，广设戒烟会，责成绅董劝导，严禁官员吸食，商禁洋药进口。所有禁烟事宜，厘然并举。*西太后且嗜吸鸦片，为禁令所不能及，奈何?*

　　在朝的大员，整日研究法治，期挽时艰。在野的革命党，偏声东击西，声西击东，越发来得厉害。适值江西萍乡县闹荒，革命党伏处湖南浏阳县，闻这信息，遂暗中与萍乡通线，叫他起事。萍乡矿工居然发难，瞎闹了一会子，卒被官军击败。浏阳的革命党，正拟到江西接应，一闻败耗，料知不能成功，也潜踪遁去。西太后因党人时发，颇加忧愤，左思右想，定了一个计策。便召进庆王奕劻，拟升孔子为大祀。奕劻莫名其故，又不好细问，便应声出来。翌日，即降下一道谕旨，略称孔子至圣，德配天地，万世师表，允宜升为大祀，以昭隆重等语。看官试想! 清廷正在取法外洋，筹备新政，为什么把至圣先师抬将出来，格外崇隆? 这是西太后因孔圣微言，多主尊君。革命党辄怀无君主义。若举孔子去压革命党，庶几人心免致煽惑，革命党孤立无援，自然失败。这也是无策中的一策呢。*孔子非全然尊君，礼运大同之说可以取鉴，且仅仅升为大祀，宁即能变易人心耶?*

　　流光如逝，忽又是光绪三十三年新春。正月间照例庆贺，粉饰承平，恰也无事可述。二月间亦无甚变故，只死了邮传部尚书张百熙，少了一位通达时务的大臣，恤典从优，予谥文达。毋庸细表。到三月间，改奉天将军为东三省总督，将民政部尚书徐世昌简放出去，命他实行新官制。奉天、吉林、黑龙江各设巡抚。奉抚特授唐绍仪，吉抚令朱家宝署理，黑抚令段芝贵署理。朝廷用人，自有微权，那个敢去私测。就清廷谕旨作为词采，煞是得趣。

不意未及一月，竟由河南道监察御史赵启霖，奏参疆臣夤缘亲贵，引起一桩倚红偎翠的公案来。这被参的疆臣，便是署黑龙江巡抚段芝贵。芝贵本是直隶道员，相传庆王长儿振贝子，曾奉旨查办东三省事件。公毕回京，道出天津，少年公子性喜冶游，闻津沽素多歌妓，也思一去评赏。此时段道员正在天津，遂与振贝子同去听剧。游览了几个戏场，声色技艺，不过尔尔。振贝子拟起程回京，段道员恰雅意留宾，并陪至天仙园再行看戏。起初演了几出，也属平常，后来见一花旦登场，唱了一声梆子腔，已是清脆绝伦，到了台前，身材儿很是娉婷，面庞儿更加齐整，花不足喻其艳，玉不足比其洁。这道神采射将过来，几乎把振贝子魂灵儿都摄将过去。人少慕少艾，吾于振贝子无怪焉。及看到俏眼传情，柔声作态的时候，不由得拍案道：颠不剌的见了万千，这般可喜娘罕曾见。段道员闻了这语，料知振贝子已是中意，便道："这个便叫杨翠喜，乃是津门第一歌妓。"大名鼎鼎。振贝子道："果然名不虚传。"至翠喜下场，后来登台的女伶，就使有相象台步，恰没有相象歌喉，就使有相象歌喉，总没有相象美貌。振贝子又语段道员道："曾经沧海难为水，除却巫山不是云，我们去吧。"两人相偕趋出。路上犹想象杨翠喜丰神，仿佛国色天香，历历在目。既至段寓，就展衾高卧。一时竟睡不着，到蒙眬睡去，好似身在戏园中，领略美人颜色。此谓之寤寐思服，辗转反侧。正在高声喝彩，猛闻一声鸡鸣，把睡魔儿驱逐，才觉得身在客邸，一榻孤眠。俄而红日三竿，方慢腾腾起床，盥洗茗点。不劳细说。上午与段道员谈论杨妓籍贯，方知是直隶北通州人，家贫落溷，转鬻歌楼。那杨妓生就一副珠喉，更兼姿性敏慧，所有弹词、歌曲，一学即成。旋复娴习花旦，妖容媚态，冠绝一时。津人爱看花旦戏，其时有协盛茶园，迎合人情，遂怂恿杨妓登台，引吭一唱，靡靡动人，一班戏迷子弟，无不称赏。不是戏迷，实是色迷。杨妓因戏界趋重梆子腔，复随时变通，学成一口好梆子。天仙茶园班主，遂重价聘请，月出包银八百金。一登龙门，声价十倍，那时杨翠喜三个大字，几已传遍津门，有目共知，有耳共闻了。下午又偕段道员同去听戏，越看越美，越听越娇，恨不得即日取来，贮以金屋。段道员瞧透情形，有心迎合，便向振贝子密谈数语，乐得振贝子欢动颜开，大加感激。翌日回京复旨。临行时，犹殷殷嘱托段道员。段道员满口应允，才登车返京。嗣因官制新更，载振任农工商部尚书。父子弄权，声势赫耀，京内外人员，但教得他父子垂青，无不立跻显要。振贝子指挥如意，令出必行。只与段道员所结密约，尚无佳音，未免生了觖望。正拟致书诘责，适接到天津来电，照码译出，乃是段道员饬送杨翠喜来京，欢喜得不可名状。忙遣心腹订定某旅馆作为杨美人行辕，并饬至车站欢迎。是晚，杨美人已至京邸，振贝子早待行辕。一见了面，似曾相识，软语缠绵。当下摆酒接风，对坐小酌。一个是眉挑目语，卖弄风骚，一个是心醉神迷，竭情缱绻。酒酣添兴，耳鬓厮磨，就借行辕作为舞台，配演几出枕头戏。郎贪女爱，卿卿我我，为这一宵恩爱，了了这数月相思。一过数日，便纳入邸中。可巧庆王寿辰，段道员又送了一份厚礼，差不多有十万金。此施彼报，礼尚往来。顿时。恩旨下来，擢段道员为布政使，升署黑龙江巡抚。

偏这赵御史喜事生风，竟拜本奏参。奉旨将段署抚撤去职衔，派醇亲王载沣、大学士孙家鼐切实查明。载沣系庆王的侄儿，孙家鼐系庆王老友，哪有不庇护之理。两人联衔复奏，把杨翠喜当作王家使女，说他捏词参劾，任意诬蔑等语。于是抗直不阿的赵御史，竟挂吏谴，奉谕革职。赵御史也没有什么怨词，言官却为他受屈，顿时大哗。庆王奕劻未免不安，乃令振贝子上书辞职。西太后初尚不允。经庆王入宫面恳，才将振贝子开去御前大臣，领侍卫内大臣，及农工商部尚书等缺，默示通融。无如一班台官，还是你一本，我一折，请西太后曲恕直臣。西太后批驳下来，台官虽无可奈何，总不免啧有烦言。过了两月，方奉旨复赵御史职，慈恩总算高厚了。独庆亲王奕劻，面子上虽似优待言官，心中却很是不悦。暗想大学士瞿鸿玑，与赵御史同籍湖南，赵御史敢来参劾，恐怕是老瞿授意。自古说道，明枪易躲，暗箭难防，瞿中堂全未提防，庆亲王已设陷阱。凑巧邮传部侍郎朱宝奎，被尚书岑春煊劾罢。宝奎是奕劻心腹，奕劻那肯干休，竟轰动西太后出春煊为两广总督。曾广铨谋接宝奎遗缺，运动老瞿，老瞿转向老庆关说，老庆不允，又荐为顺天府尹，也被老庆中阻。不顾贤否，专徇情弊，老庆固不足责，老瞿亦属不合。广铨恨甚，竟至中外报馆中登出一段新闻，无非说老庆贪贿纳贿，卖官鬻爵。这消息传入老庆耳中，老庆如何不忿，一面上书奏恳，愿开去各项要差，一面阴嗾学士恽毓鼎，令劾瞿鸿玑授意言官、暗通报馆、阴结党援、分布党羽四大罪。西太后也知庆瞿暗哄，只倚任老瞿，总不如倚任老庆。右满左汉，莫能为讳。遂下旨慰留庆王，并命孙家鼐、铁良查办老瞿事件。孙相素来见好庆王，自然把老瞿指摘一番，与铁良会衔复奏。西太后因平时眷注老瞿，至此亦不欲深究，只着令开缺回籍，了却一件公案。王文韶见老瞿被逐，未免存了兔死狐悲的思想，且由老病缠绵，即上奏乞休。得旨俞允，他却整装回杭，安享晚福去了。庸庸者多厚福。

不料皖江大起风潮，安徽巡抚恩铭，被候补道员徐锡麟刺毙。锡麟系浙江绍兴人，向与同志设光复会，共谋革命。他因无可下手，竟想了一法，醵资捐一道员，指发安徽。到省禀到，恩抚委他办陆军小学堂，嗣又令为警察总办。锡麟朝夕勤勉，很得恩抚器重。会值学堂将放暑假，有几个陆军学生，届期毕业，校中行毕业礼，由恩抚亲自验阅。甫就座，枪机一发，弹洞恩胸，恩抚当即晕倒。左右护军忙将恩抚负出，顿时秩序大乱。锡麟率了党人陈伯平、马宗汉趋占军械所。官兵奉藩司冯煦命，统来围攻。彼此轰击多时，陈伯平中弹殒命，马宗汉受伤被擒，锡麟逃匿邻近，也被官兵搜获。至督练公所，审讯一堂，锡麟直认不讳。当由冯煦电达京师，请旨办理。西太后勃然大怒，立饬就地正法，并剖心致祭恩抚。凌迟枭首等刑已经除去，如何还要剖心？马宗汉一同就戮。那时浙江巡抚张曾敫，迎合政府，忙饬绍兴府贵福，查抄徐氏家属。贵福格外巴结，不但将徐氏家产抄没入官，并查得女士秋瑾，与徐氏有中表亲，向亦通好锡麟，密谋革命。竟把她拿入府署，勒令实供。秋女士曾游学东洋，颇耽文墨，就讯时，书了"秋雨秋风愁煞人"七字，贵福便当作供据，电禀张抚，请就地处决。张抚复电准请。可怜这位秋女士，也被绑至绍城轩亭口，俯首就刑。

自恩抚被刺后，清廷亲贵，异常震悚。就是西太后也懊闷不已。没奈何命内外各衙门，妥议化除满汉畛域。又令汪大燮、于式枚、达寿分赴英、德、日本，考察宪政，决计实行立宪，挽回人心。随派溥伦、孙家鼐为资政院总裁，沈家本、俞廉三、英端充修订法律大臣，与礼部汇订满汉通行礼制。沈家本系中外刑律专门名家，时论尚称得人。只博伦是亲贵少年，年止二十余，骤长资政院，舆情多不满望。仍不脱右满宗旨。

会浙江为争路事，又起风潮。先是沪杭甬铁路与英国订立草合同，归英人承修。苏、浙绅商不服，严招外款，愿由本省筹款自办。经邮传部侍郎盛宣怀咨照英使，请废前时草约，英使不允。两省绅商，益加义愤，各举代表到京，坚请政府拒绝外资。嗣经政府通融办法，分办路、借款为两事，路由本省人民自造，不足则再贷英金。争路事乃少息。

朝旨再命各省开办谘议局，设立调查局，各部院均置统计处，新政迭行。奈革命党气焰越张，排满的风声越盛。上不以诚示下，下谁以诚应上。广西边徼的镇南关，又被孙文、黄兴等合攻，夺去右辅山炮台三座，险些儿把关陷落。还亏官军闻风大集，一阵击退党人，才得保全雄关。革命党心终未死，仍向日本购运大批军火，阴图两粤。事被粤东水师提督李准闻知，立遣宝璧兵轮管带吴敬荣，在粤海逻察。吴管带留意侦查，到光绪三十四年春季，果见有日本船一艘，名叫二辰丸，停泊海口，起卸货物，形迹可疑。向他盘诘，该船主傲然不理。吴管带上船搜检，确有军火装载，又没有准单，便将他扣住，带回虎门。一面电告外务部，一面按照海关会审章程，请驻粤日领事，前来会审。日领事不允。由外务部与日使交涉。日使越来得强硬，几致决裂。外务部力屈计穷，只好命释放二辰丸，谢罪惩官，并将扣留军火，备价购取，才得了结。弱国如此，可怜可叹。革命党人黄兴复在云南起事，占据河口、南溪等处。终以军火不继，败投海外。

清廷防不胜防，专从立宪上着想，特设宪政编查馆，编定宪法大纲，于筹备立宪事宜，分九年进行。又订就议院法、选举法，颁示中外。在下尚记得当时的谕旨道：

朕钦奉慈禧端佑康颐昭豫庄诚寿恭钦献崇熙皇太后懿旨：宪政编查馆、资政院王大臣奕劻、溥伦等会奏，进呈宪法、议院选举各纲要、暨议院未开以前，逐年应行筹备事宜一折，现值国势积弱，事变纷乘，非朝野同心，不足以图存立，非纪纲整肃，不足以保治安，非官民交勉，互相匡正，不足以促进步而收实效。该王大臣等所拟宪法暨议院选举各纲要，条理详密，权限分明，兼采列邦之良规，无违中国之礼教。要不外乎前次迭降明谕，大权统于朝廷，庶政公诸舆论之宗旨。将来编纂宪法暨议院选举各法，即以此作为准则。所有权限，悉应固守，勿得稍有侵越。其宪法未颁、议院未开以前，悉遵现行制度，静候朝廷次第筹办，如期施行。至单开应行筹备事宜，均属立宪国应有之要政，必须秉公认真，次第推行。着该馆院将此项清单，附于此次所降谕旨之后，刊印誊黄，呈请盖用御宝，分发在京各衙门，在外各督抚府尹司道，敬谨悬挂堂上。即责成内外臣工，遵照单开各节，依限举办。每届六个月，将筹办成绩，胪列奏闻。并着该馆院王大臣切实考核，在京言路诸臣留心察访。倘有逾限不办，或阳奉阴违，或有名无实，均得指名据实纠参，定按溺职例议处。该王大臣等若敢扶同讳饰，贻误国事，朝廷亦决不宽假。当此危急存亡之秋，内外臣工，同受国恩，均当警觉沉迷，破除积习。如仍泄沓坐误，岂复尚有天良？天良泪亡久矣。该馆院王大臣休戚相关，任寄尤重，倘竟因循瞻庇，讵能无疚神明，总教禄位稳固，金钱堆积，管什么负疚不负疚！所有人民应行练习自治、教育各事宜。在京由该管衙门，在外由各督抚，督饬各属随时催办，勿任耽延。至开设议院，应以逐年筹备各事办理完竣为期。自本年起，务在第九年内，将各项筹备时宜，一律办齐。届时即行颁布钦定宪法，并颁布召集议院之诏。凡我臣民，皆应淬厉精神，赞成郅治。如有不靖之徒，附会名义，借端构煽，或躁妄生事，紊乱秩序，朝廷唯有执法惩儆，断不能任其妨害治安。总期国势日臻巩固，民生永保承平，上慰宗庙社稷之灵，下答薄海人民之望。将此通谕知之。钦此！

这谕下后，又命荫昌、端方巡阅江南、湖北的陆军会操，借示军威。文治、武备，一律举办，总道是变法维新，可以扶衰起弱。谁料人心已去，天意难回。是年七月二十一日，忽有大星从西北来，掠过殿角，其声若雷，尾长数十丈，光烁烁照虎榄，都下竟称为怪事。小子有诗咏道：

　　潜龙韬晦已多年，母悍妻骄孰我怜。

天上紫微星忽陨,孱皇劫尽促登仙。

毕竟星象主何应兆,俟小子下回叙明。

本回随事铺叙,宗旨在滥用亲贵,空谈宪政。庆王奕劻,贪赃枉法,兴国不足,亡国有余。其子载振,少年渔色,乃任以管辖部务,督办实业。彼一纨绔子弟耳,宁能知农工商各事者?以此而欲立宪,何异问道于盲。吾闻徐锡麟供词,谓越立宪的快,越革命的快。夫清廷果真心立宪,则为人任官,为官择人,开诚布公,选贤与能,天下不难治,革命党何自而起?徐烈士之言,尚系一偏之论。故吾谓清室之亡,亡于伪立宪,有伪立宪,乃有真革命。西太后造成此果,乃先时谢世,不及见清室之墟,老妪其尤为有福欤?!

第四十回　望龙髯瀛台留恨
回鸾驭尘梦告终

却说大星陨落以后，都中人士，宣传紫微星下坠,定主不祥。过了数日,果下诏征求名医,诊视帝病。应征医士,诊脉出来,都说帝病已剧,不易疗治。此番是成真病。其实光绪帝是因忧致疾,因疾成痨。看似每日起床,那龙体已逐渐尪瘵。秋风一起病势益增,咯血、遗精诸症,杂沓而来,眼见是不可救药了。

可巧达赖喇嘛,自库伦至西宁,上表请入朝。他前时为英兵所逼,逃入库伦,经侍郎唐绍仪入藏,与英人改订藏印条约,藏境少宁。达赖感念清德,遂乘便赍表,愿觐天颜。西太后览表后,非常欢喜,立准入觐。独李莲英谏阻道,皇帝与活佛,不便同居一城,请老佛爷收回成命。西太后惊问道:"此说从何而来?"李莲英道:"京中向有此说,若皇帝活佛同城,必有一人不利。"莲英此言,似乎顾着光绪帝,吾意以为未然。西太后冷笑道:"皇帝也病得长久了。多日不死,难道活佛一到,便死了不成?"只教自己长命延寿,管什么皇帝。莲英知难再阻,嘿然而退。西太后便命达赖入朝,沿途令地方官优礼接待。嗣闻达赖将到京师,又饬亲王大臣出城迎劳。各处供张,大约花费了数百万金。京内人民因活佛到来,咸去瞻仰。至瞧见后,也并没有什么稀罕,不过一个秃头和尚,穿着一件黄袈裟,戴着一顶毗卢帽,手携锡杖乘舆而至。见橐驼言马肿背,中国人心大都如此。既入京,赐居雍和宫。达赖所携贡品,恰也不少,即转托亲王进呈,满望西太后待以殊礼。谁知西太后援着成例,仍要达赖行磕头礼。达赖不允。两下里争辩多日,后来商定达赖入朝,叩头如旧,惟太后及皇帝,起立相答,并赐旁坐。于是择日陛见。达赖上殿,勉强跪叩,光绪帝时已病剧,没奈何欠身离座,西太后恰和颜悦色,极表欢迎。既命达赖坐定旁边藤榻,便略略慰问数语,即要达赖替祝长生。老而不死,有何益处。达赖应命而出。旋蒙特旨,赐达赖为诚顺赞化西天大善自在佛。

且因西太后生日将到,令他虔诚唪经,暂留宫内。京内渐起谣言,统说活佛留京,不是活佛有碍,定是帝座遭灾。从前康熙朝班禅入觐,出痘身亡;雍正朝达赖来朝,世宗驾崩;到嘉庆朝上皇宾天,正值班禅到京的时候。大家援古证今,好似持之有故,言之成理。想是李莲英授意。明眼人本不甚相信,偏这谣言发生之后,恰有奇验。这也是自古到今无可索解的

事情。达赖在宫诵经,光绪帝的病势,正日重一日。到了十月上旬,西太后万寿期近,宫廷内外,盛行庆祝礼,连都城街市,也装饰一新。宫内设一特别戏场,演戏五天,王公以下概赐听戏。达赖亦蒙召与座。初十日黎明,文武百官,齐集熏风门外,恭候叩祝。光绪帝也倚着宫监两肩,一步一欹,一欹一呻,自南海彳亍而来。至德昌门,门已微启。侍班官窥望帝踪,

遥见光绪帝连声喘息，并以两足起落作势，自舒筋骨，为拜诡计。可怜。迨太后御殿，光绪帝正思进去，忽由李总管传出懿旨，略谓皇帝病体未愈，免率百官行礼，并命乘舆返南海。帝奉旨不禁泪落，随即上舆自去。王大臣等相率进谒，达赖亦随班祝嘏。礼毕，赐达赖及诸王公宴。西太后很是高兴，到了下午，尚亲游南苑，泛舟湖中。此时德菱母女，早乞假出宫，带过一笔，结束前文。只后妃福晋等人，随着太后，容与波中。太后异想天开，命宫监取了古装服饰，选着几个年轻命妇，扮作龙女，最小的扮作善男童子，自己扮观音大士，着李莲英扮韦驮，从湖中拍一小影，留作纪念。不啻泡影。日暮归来，遥望残霞四散，斜日半昏，不觉嗟叹。顾着后妃人等道："今岁寿辰犹得同汝等一游，明年今日不知如何情景哩?"瑾妃起立道："老佛爷晚福正隆，将来寿享期颐，未可限量。婢子辈亦得叨庇无穷。"瑾妃不死赖有辞令。西太后微笑道："人生七十古来稀，我年已七旬有三了。艰难险阻，我已备尝，但得安然坐逝，我亦瞑目了。"汲汲顾景，宜乎不永。言下黯然。

返宫之夕，即染痢疾。想是酒食过量所致。翌晨起来，稍觉精神困顿。但平素本是好胜，且自恃身体坚强，却也不以为意，仍照常视事。过了两三天，痢疾如故。召医服药，并未见效。老年人最忌泻疾。本来鸦片亦可疗泻，偏西太后加倍服着，也是不灵。泻了一星期，丰容广额的老寿母，也变作瘦骨柴立的老病妇了。一日晚间，不知听了谁人的谗言，大加震怒。宫眷们不敢过问，只李莲英默探消息，从旁解劝。恩眷未衰，只他一人。西太后愤愤道："那不孝的儿子，闻我病痢，竟有喜色，这真是始终不变的逆肠。我虽病，当不致先他死，他休痴想。"莲英闻旨，料知是说着光绪帝，也觉嘿然。次日西太后亦病倒了。光绪帝久不视朝，西太后亦难御殿，王大臣等未免忧心。达赖独呈上佛像一尊，奏称可镇压不祥，应速送至太后万年吉地，以冀慈寿日增云云。西太后很是欣慰。为这一喜，病都减了数分。

翌晨复出临朝，召见大臣如常。命庆王奕劻，速将佛像送往陵寝，敬谨安置。奕劻犹豫未决。西太后问他何故迟疑? 奕劻直奏道："慈躬现值违和，皇上亦曾抱恙。如何是好?"西太后道："这几天内，我未必就会死。我现在已觉得好些了，无论怎样你照我的话办理就是。"奕劻不便再言，才奉了佛像，即日往普陀峪，到西太后寿宫前去了。又越日，直隶提学使傅增湘，陛辞请训。西太后召见于瀛台，光绪帝亦抱病临座。傅提学入内叩首。西太后谕道："你去视学，切戒学子浮嚣。近来一般学生，好谈革命，风气大坏，你须极力劝导，挽救颓风才好。"傅提学遵旨退出。傅去后，复召医生四人，入诊帝病。彼此悉心参酌，拟定一方，不料饮将下去，病且加重。西太后也于是日夜间，泻了好几次。

越宿天明，王大臣等入朝，只见禁门里面添着兵卫，严查出入，伺察非常。大家不胜诧异。俄有数宫监出来，由王大臣等探问消息，据言出去净发。王大臣惊问道："宫中有什么事情?"宫监悄语道："两宫病甚。皇上更不得了。今日是罢朝哩。"王大臣等将信将疑，姑入朝房静候消息。未几果传旨辍朝。大众商议道："倘有意外变故，那个敢担重任。看来不如电达庆王，请他速即返京，好决大计。"必需此老何为? 议既定，立即拟定电码，饬人发电，大众始分道归去。候至次日，幸没有什么耗闻。至午牌时候，庆王奕劻已经赶到，王大臣等接着，便与他谈着宫中状况，不知吉凶究竟。庆王道："待我入宫，自有消息。"庆王进去约一小时，即由内监传着懿旨，宣召醇王载沣、暨军机大臣袁世凯、张之洞、鹿传霖、世续等入见。载沣以下奉命至宁寿宫，见西太后已出御宝座，庆王奕劻在侧。大家跪请慈安。西太后朗声道："我看皇帝的病已大渐了。现时只好照皇帝即位的上谕，为同治皇帝立嗣。我意中已是有人了，但想跟你们商量，看你们是否同意?"庆王跪奏道："溥伦年龄最长，且系宣宗成皇帝长支传下，理应嗣立。"西太后只是摇头。庆王复奏道："其次莫如恭王溥伟。"老庆此奏恰是合理。西太后仍摇首不答，载沣亦下跪道："庆王爷的奏语，请老祖宗采择。"西太后道："你不记得你丈人荣禄的功劳吗？庚子一役，亏他保护使馆，极力维持。我所以将他女儿与你指婚。今幸生了二子，长子溥仪，应入为嗣君，报你丈人一生的忠悃。"载沣碰头道："溥仪年仅四龄，不足胜任。恳老祖宗另择亲贤。"西太后沉着脸道："我意已定，不必另择。"专立幼主，岂尚欲永久临朝耶！复问军机大臣道："你等以为是否？"袁世凯等唯唯遵旨。西太后复谕载沣道："溥仪年幼，你可为监国摄政王。国初曾有摄政王仪制，不妨援行。"以摄政兴，以摄政亡，大造真巧于播弄。载沣不敢固辞，方碰头谢恩。西太后又顾庆王道："你去述与皇上知道。"庆王奉命去讫。西太后又令军机大臣拟旨，立溥仪为大阿哥，醇王载沣监国，当日颁发。并命载澄送溥仪，亟夜入宫。大家叩头告退。

时庆王已至瀛台，由老太监导入，趋近御榻前。只见光绪帝沉沉睡着，面目黯淡无光，呼吸之间，只觉出气多，进气少，寝侧也没有什么妃嫔，连皇后也不曾侍着。庆王瞧这情形，也不禁凄然垂泪。看官听着！光绪帝与皇后，本是不甚和谐。戊戌后因居瀛台，皇后且承西太后谆嘱，居了监察位置，督责皇帝，两下里益觉参商。某日帝后争论起来，闹动光绪帝性子，揪着皇后发髻，竟要下手动蛮。亏得宫监们从旁排解，方才罢休。唯皇后的玉簪儿已堕地敲碎。便是分离之兆。此簪系乾隆朝遗物，光彩莹莹，实是稀世奇宝。无端敲断，皇后懊怅异常，竟奔至西太后前哭诉。西太后教她移居别室，免再淘气。自此帝后几同离异。就是光绪帝罹病，皇后也不甚顾着。况兼太后同时抱恙，自然陪着太后要紧。庆王越看越悲，竟泣涕有声。不意光绪帝竟猛然惊醒，睁起双目，向庆王瞧着。庆王忙向前请安。光绪帝气喘吁吁道："难得你来看我。我病已不起了。"说了两语，喉中已是哽噎，扑簌簌地流下泪来。庆王勉强劝慰。光绪帝喘住了气，又道："年将四十，后嗣尚虚，意欲请太后另立嗣子，仰承宗祧。"庆王才述及立溥仪事。光绪帝道："时事多艰，何不择立长君？但太后有命不可少违。"言下非常酸楚。庆王道："已命醇王载沣为摄政王。"光绪帝稍有喜色道："这且很好。唯他何不进来一谈。半生手足恐要长别了。"惨语更不忍闻。庆王道："他正奉召至慈宁宫。想奏对后定当谒见皇上。"光绪帝道："你快去与他谈及，我命在旦夕，叫他进来，我有话说。"庆王方应声退出，转至慈宁宫。

正值载沣出来，遂把光绪帝所嘱，略述一遍。载沣忙趋至瀛台，途中遇着御医，即问帝状如何？御医言帝鼻煽动，胃中隆起，皆非佳象。载沣不待说毕，踉跄自去。既入帝寝室，药炉烟烬，御案尘封，侍奉左右，不过两三个老太监。睹此情形，忍不住心中凄楚。名为皇帝，不及庶民。迨揭帐，光绪帝正仰面卧着，形容已憔悴不堪，鼻煽唇开，眼光也是散淡，只圆睁睁地望着。见了载沣，便道："你来了吗？你子已选为嗣皇，我死亦足瞑目。唯我即位三十余年，受尽苦楚，你亦应有些知晓。我也自觉命苦，无所怨恨。所恨戊戌政变，有一人口是心非，坏我大事。你当国后，须念及你兄被欺，为我雪恨，我在泉下，也感念你了。"载沣应了几个"是"字。光绪帝道："你知道那人吗？"载沣复应声称"是"。光绪帝又道："嗣子溥仪曾已入宫否？"载沣道："应即去送入。"光绪帝道："现在是什么时候？"载沣道："差不多要日暮哩。"光绪帝道："太后病状亦不知怎么样？皇后妃嫔也无暇顾我。总之为兄命薄，尚有何言？你年力正强，国家事赖你支持，所嘱托的言语，幸勿忘怀。你有事去吧！"看官你道光绪帝的嘱咐，为着何事？便是那年通报荣禄的袁世凯。他经西太后重用擢任军机大臣。至两宫崩后，摄政王即令他开缺回籍，无非遵着遗嘱。不料日后的清室江山，又丧掉老袁手中。这恐是命数使然呢！袁之不能成功，被逼而死，想亦因冥中受谴耳？且说载沣既退出瀛台，又去奏报西太后，说是帝病甚剧。西太后即命去挈溥仪。自己带领后妃等人至瀛台视帝一次，自觉身体欠安，匆匆退出，就在西苑暂住。后妃等亦随驾出来。此时载沣夫妇已送溥仪至西苑，命向太后前行礼。溥仪依着他娘腋下，不肯上前，促他跪叩，反号啕大哭。与光绪帝入宫时另一叙法，但总是不祥之兆。嗣经西太后赐予果饵等物，才有些转悲为喜。载沣教他磕头，乃匍匐叩首。继复叩见后妃。皇后扶起溥仪，将他抱入怀中。正在抚弄，忽有宫监奔入报称：皇帝不好了。皇后急将溥仪放下，与瑾妃等趋至瀛台。一入寝宫，光绪帝已经宾天，目炯炯的挺着在龙床上，不由得放声大哭。瑾妃亦哭了一场。嗣有李莲英进来，皇后令他返奏太后。太后闻皇帝驾崩，即召庆王奕劻等入内，恭拟遗诏。略称：朕躬气血素弱，自去秋不豫，医治罔效。阴阳俱亏，以致弥留。兹奉皇太后懿旨，以摄政王载沣子溥仪入承大统，为嗣皇帝等语。拟定后，呈上慈览。西太后也不多言，随命颁发。独庆王奕劻跪奏道："嗣皇帝应继何人？"西太后道："这也何必絮问，自然是承继穆宗了。"奕劻复道："大行皇帝亦未有嗣子，例应由嗣皇帝兼祧。"西太后嘿然不答，面上带有怒容。奕劻又碰头道："今日士大夫中，难保没有第二个吴可读。若再上书渎奏，那时如何对付。"老庆此举总算对得住光绪帝。西太后沉吟一回，方道："由你吧，你去照此拟旨便是。"奕劻乃复令军机拟旨，以嗣皇帝溥仪承继穆宗毅皇帝为嗣，兼承大行皇帝之祧。这道懿旨拟定，即有人报知皇后。皇后很是感念。因此溥仪嗣统后，老庆权势愈隆。这是后话。

单说西太后既颁了各谕，复命李莲英往瀛台，准备吉轿，载帝尸回宫，自己方入寝室休息。莲英到瀛台后，天色渐明。是日已是十月二十二日。把吉祥轿扛入御寝，载好帝尸，出西苑门。皇后披发送丧，瑾妃等亦随着李莲英领着太监，执香随后，凄凄切切的入西华门。直至乾清宫，日色迷蒙，差不多是巳牌了。王大臣等统去哭临。礼臣赶备殓具。正拟办理殓祭仪制，有西苑侍监仓皇奔至，口称："老佛爷晕过去了。"比报光绪帝病危时，尤为迫切。皇后听着，魂飞天外，慌忙趋出，一面走一面笼挽散发，皇后情形，亦与昨日不同。至西华门，才乘舆赴西苑。瑾妃等亦相率随去。王大臣都出赴西苑，单剩了一个帝尸，委卧殿中。李莲英亦起身欲行，转语小太监道："大行皇帝不便长此摆着，应先殓了吧。"莲英去讫，小太监就此动手，草草的将帝尸殓好，纳入梓宫。满清旧例，皇帝即位数年，便营寿域，独光绪帝的吉壤，并未提起。后来急不暇择，便把西陵附近的绝龙峪，作为陵寝。绝龙名目不佳，拟改名九龙。又因清自世祖至光绪帝，历世凡九，几疑终数，又复改称金龙。其实国家兴亡，半由天命，半由人事，徒然改易名称，有何益处。扼要之言。话休叙烦。

且表西太后于二十二日卯刻，本已起床，早餐后，虽觉得头晕目眩，总还支撑得定，召见军机王大臣，谈论新帝登基的仪典，及庆祝尊号的礼制，并筹备监国授职礼。约商榷了两小时，才谕军机暂退，自返寝室休息。不料一阵昏晕，竟致仆地。慌得宫监搀扶不迭，忙向地上扛着慈体，移到床上，或捶摩，或呼叫，忙乱了好几刻，方见西太后苏醒转来。随命宫监速召光绪皇后与摄政王载沣及军机王大臣等齐集。皇后跟跄先至，载沣等亦即趋到。西太后即语载沣道："所拟定的尊号已下谕否？"载沣奏称："尊太后为太皇太后，兼祧母后为皇太后，已有明谕颁发。"西太后道："我头晕得很，险些儿中风。现虽醒转，身子很是不宁。脱有不讳，一切国政统应交你理值，或遇事体重大，可禀询皇后。你亦可去拟谕才是。"光绪后从旁插口道："老祖宗须自保重，千万不要……"说到要字，竟呜呜咽咽地哭起来了。西太后道："我与你前为姑侄，今为姑妇，也极望管你数年。可奈天下无不散的筵席，人间无不死的金丹。我欲生存，天偏不允你。不看见寝门左右已有人唤我吗？"语带鬼气，性命休了。说着，把首摇了数摇，又晕厥过去。皇后等连忙呼着，不闻答应。那时西太后的神魂，已出离躯壳，似乎随着一个古装侍女，趋出西苑。苑门以外别有一天。约行了里许，即见有琅嬛福地，仿佛曾经到过。既而步入仙阙，由侍女入内通报，户辟帘开，有数仙妹出来相迓，各吐着清声道："国母来了，尘世间的趣味如何？"西太后望将过去，多是面善得很。便答道："好几年不见了，诸位想统安好？"有两个丽姝哧然道："我辈是静处幽乡，不及你尘寰享福，什么西苑，什么南海，什么万牲园，什么颐和园，由你随处游览。醉生梦死的五六十年，你的威风也算使尽了，你的荣华也好享足了，我辈惭愧得多哩。"西太后道："那里说来，我的安乐虽是不少，我的患难恰也很多。"丽姝复笑道："区区患难值得什么。你是应着满清的数，要你去干一下子，好教覆清兴汉。现在清室已将亡了，你的功恰也不小。"说至此，举起纤手，拍西太后胸前道："你难道还尘梦未醒吗？"西太后猛叫一声，只听得众声嘈杂道："好了！好了！"恐怕未必。启目外视，方知此身尚在西苑，唾了一口痰，复回忆梦境，如在目前。以梦起，仍以梦结，首尾如率然相应。自知病必不起，遂命军机大臣草拟遗诏。军机奉旨属稿，不一时拟定上呈。西太后尚亲自过目，并谕以某处应改，某处应加入一二语。嘱咐毕，不觉痰壅气喘，又闭目静养了一歇。众人还道她从此归天，不意她复展目四瞧。见奕劻载沣在旁，便谕道："我临朝三次，实是出于不得已。以后勿再使妇人预政，有违祖制。尤不得令太监擅权，明末覆辙可为殷鉴。"西太后至此才觉悔悟了。语罢复瞑，未几鼻息沉寂，面色转变，一代威灵煊赫的老太后，竟尔西归。大众照例哭临。皇后、摄政王尤觉悲切，宫监中只有李莲英格外凄惨。是晚小殓，也由西苑移入禁中。当即颁发西太后遗诏道：

予以薄德，祗承文宗显皇帝册，命备位宫闱。迨穆宗毅皇帝冲年嗣统，适当寇乱未平、讨伐方殷之际，时则发捻交讧，回苗傲扰，海疆多故，民生凋敝，满目疮痍。予与孝贞显皇后同心抚视，夙夜忧劳，秉承文宗显皇帝遗谟，策励内外臣工，暨各路统兵大臣，指授机宜，勤求治理，任贤纳谏，救灾恤民，遂得仰承天麻，削平大难，转危为安。及穆宗毅皇帝即世，今大行皇帝入嗣大统。时事愈艰，民生愈困，内忧外患，纷至沓来，不得不再行训政。前年宣布预备立宪诏书，本年颁示预备立宪年限。万几待理，心力俱惮，幸予气体素强，尚可支持。不期本年夏秋以来，时有不适，政务殷繁，无从静摄，眠食失宜，迁延日久，精力渐惫，尤未敢一日暇逸。本月二十一日，复遭大行皇帝之丧，悲从中来，不能自克，以致病势增剧，遂致弥留。回念五十年来，忧患迭经，兢业之心，无时或释。今举行新政，渐有端倪。嗣皇帝方在冲龄，正资启迪，摄政王及内外诸臣，尚其协心翊赞，固我邦基。嗣皇帝以国事为重，尤宜勉节哀思，孜孜典学。他日光大前谟，有厚望焉。丧服二十七日而除。布告天下，咸使闻知。

越日，嗣皇帝溥仪即位，以明年为宣统元年。溥仪登基时，又是哭泣不休。王大臣称他孝思，都人士已识不祥。寻复上光绪帝庙号，叫作德宗，上太皇太后尊谥，叫作孝钦，光绪皇后的徽号，叫作隆裕皇太后。监国摄政王礼节，亦一一制定。一朝天子一朝臣，又另是一番气象了。在下单述西太后事，便好就此收场。只宣统即位以后，仅仅三年，武昌革命，全国响应，好一座锦绣江山，完全退让。后人还纪念西太后，说她老人家如尚在世，定不至这么迅速。那里晓得祸因恶果，已自西太后造成，叶赫亡清的谶语，偏偏应着。这个道理，煞是难解。据心理学讲来，乃是暗示的作用，小子也不敢妄断。只好凑成两首歪诗，作为西太后演义的尾声。诗曰：

　　碑文未必尽荒唐，母后亡时清亦亡。

六十年来成一瞥，空凭遗憾话沧桑。

已覆前车戒后车，妇人预政祸非虚。
写残秃笔留殷鉴，敢附稗官作郢书。

　　两宫之崩仅隔一日，世人多疑词。著书人就事论事，未尝以无稽之言，羼入简端。名曰小说，实同信史。是回前半叙帝崩事，多惨痛语，后半叙太后崩事，多讥讽语，借宾定主，彻始贯终。至若梦境迷离一段，并非无端附会，实是回顾首编，揭明作书之宗旨。西太后如是，非西太后亦何在不作如是观也！富贵如浮云，繁华等泡影，我敢援笔以纪其后日，是可作历史小说、政治小说、社会小说及醒世小说读。

中国历代通俗演义

民国演义

[清]蔡东藩⊙原著

马博⊙主编

上

蔡 序

治世有是非,浊世无是非。夫浊世亦曷尝无是非哉?弊在以非为是,以是为非,群言庞杂,无所适从,而是非遂颠倒而不复明。昔孔子作《春秋》,孟子拒杨墨,笔削谨严,辩论详核,其足以维持世道者,良非浅尠,故后世以圣贤称之。至秦汉以降,专制日甚,文网繁密,下有清议,偶触忌讳,即罹刑辟。世有明哲,亦何苦自拼生命,与浊世争论是非乎?故非经一代易姓,从未有董狐直笔,得是是非非之真相。即愤时者忍无可忍,或托诸歌咏,或演成稗乘,美人香草,聊写忧思,《水浒》《红楼》,无非假托,明眼人取而阅之,钩深索隐,煞费苦心,尚未能洞烛靡遗,而一孔之士,固无论已。今日之中华民国,一新旧交替之时代也,旧者未必尽非,而新者亦未必尽是。自纪元以迄于兹,朝三暮四,变幻靡常,忽焉以为是,忽焉以为非,又忽焉而非者又是,是者又非,胶胶扰扰,莫可究诘,绳以是非之正轨,恐南其辕而北其辙,始终未能达到也。回忆辛亥革命,全国人心,方以为推翻清室,永除专制,此后得享共和之幸福 而不意狐埋狐撺,迄未有成。袁氏有牢笼全国之才智,而德不足以济之,醉心帝制,终归失败,且反酿成军阀干政之渐,贻祸国是。黎、冯相继,迭被是祸,依次下野。东海承之,处积重难返之秋,当南北纷争之际,各是其是,各非其非,豆萁相煎,迄毋宁岁,是岂不可以已乎?所幸《临时约法》,绝而复苏,人民之言论自由,著作自由,尚得蒙约法上之保障。草茅下士,就见闻之所及,援笔直陈,言者无罪,闻者足戒,此则犹受共和之赐,而我民国之不绝如缕,未始非赖是保存也。窃不自揣,谨据民国纪元以来之事实,依次演述,分回编纂,借说部之体裁,写当代之状况,语皆有本,不敢虚诬,笔愧如刀,但凭公理。我以为是者,人以为非,听之可也;我以为非者,人以为是,听之亦可也。危言乎?厄言乎?敢以质诸海内大雅。

中华民国十年一月古越东藩自识于临江书舍

许　序

　　《民国通俗演义》，一至三集，吾友蔡子东藩所著。蔡子嗜报纸有恒性，蒐集既富，编著乃详，益以文笔之整饬，结构之精密，故成一完善之史学演义，出版后不胫而走遍天下。会文堂主人以蔡作断自民九，去今十稔，不可以无续，乃商之于余，属继撰四五两集，自民九李纯自杀案始，迄民十七国民政府统一全国为止，凡四十回为一集，每集都三十万言。余无似，年来奔走军政界，谋升斗之食，笔政久荒，俗尘满腹，而资料之采集，又极烦苦，率尔操觚，勉以报命，宁骇笑于大方，恐取诮于狗尾，蔡子闻之，得毋哂其谫陋？

民国十八年五月东越许厪父

第一回 揭大纲全书开始
乘巨变故老重来

鄂军起义,各省响应,号召无数兵民,造成一个中华民国。什么叫作民国呢?"民国"二字,与"帝国"二字相对峙。从前的中国,是皇帝主政,所有神州大陆,但教属诸皇以下,简直与自己的家私一般,好一代两代承袭下去。自从夏禹以降,传到满清,中间虽几经革命,几经易姓,究不脱一个皇帝范围。小子生长清朝,犹记得十年以前,无论中外,统称我国为大清帝国。到了革命以后,变更国体,于是将"帝"字废去,换了一个"民"字。"帝"字是一人的尊号,"民"字是百姓的统称。一人当国,人莫敢违,如或贤明公允,所行政令,都惬人心,那时国泰民安,自然至治。怎奈创业的皇帝,或有几个贤明,几个公允,传到子子孙孙,多半昏愦糊涂,暴虐百姓,百姓受苦不堪,遂铤而走险,相聚为乱,所以历代相传,总有兴亡。

天下无不散的筵席,从古无不灭的帝家。近百年来,中外人士,究心政治,统说皇帝制度,实是不良,欲要一劳永逸,除非推翻帝制,改为民主不可。依理而论,原说得不错。皇帝专制,流弊甚多,若改为民主,虽未尝无总统、无政府,但总统由民选出,政府由民组成,当然不把那昏愦糊涂的人物公举起来。况且民选的总统,民组的政府,统归人民监督;一国中的立法权,又属诸人民,总统与政府只有一部分的行政权,不能违法自行,倘或违法,便是叛民,民可弹劾质问,并可将他掷去。这种新制度,既叫作民主国体,又叫作共和国体,真所谓大道为公,最好没有的了。原是无上的政策,可惜是纸上空谈,不见实行。

小子每忆起辛亥年间,一声霹雳,发响武昌,全国人士,奔走呼应,仿佛是痴狂的样儿。此时小子正寓居沪上,日夕与社会相接,无论绅界学界,商界工界,没一个不喜形于色,听得民军大胜,人人拍手,个个腾欢,偶然民军小挫,便都疾首蹙额,无限忧愁。因此绅界筹饷,学界募捐,商界工界,情愿歇去本业,投身军伍,誓志灭清,甚至娇娇滴滴的女佳人,也居然想做花木兰、梁红玉,组织什么练习团、竞进社、后援会、北伐队,口口女同胞,声声女英雄,闹得一塌糊涂。还有一班超等名伶、时髦歌妓,统乘此大出风头,借着色艺,酿赏助饷,看他宣言书,听他演说谈,似乎这爱国心,已达沸点,若从此坚持到底,不但衰微的满清容易扫荡,就是东西两洋的强国,也要惊心动魄,让我一筹呢。中国人热度只有五分钟,外人怕我什么,况当时募捐助饷的人物,或且藉名中饱,看似可喜,实是可恨。老天总算做人美,偏早生了一个孙中山,又生了一个黎黄陂,并且生了一个袁项城,趁这清祚将绝的时候,要他三人出来做主,干了一番掀天动地的事业,把二百六七十年的清室江山,一股脑儿夺还,四千六百多年的皇帝制度,一股脑儿扫清。我国四万万同胞,总道是民国肇兴,震烁今古,从此光天化日,函夏无尘,大家好安享太平了。当时我也有此妄想。

谁知民国元二年,你也集会,我也结社,各自命为政党,分门别户,互相诋毁,已把"共和"二字,撇在脑后。当时小子还原谅一层,以为破坏容易,建设较难,各人有各人的意见,表面上或是分党,实际上总是为公,倘大众竞争,辩出了一种妥当的政策,实心做去,岂非是愈竞愈进吗?无如聚讼晓晓,总归是没有辩清,议院中的议员,徒学了刘四骂人的手段,今日吵,明日闹,把笔墨砚瓦做了兵械,此抛彼掷,飞来飞去,简直似孩儿打架,并不是政客议事，中外报纸，传为笑谈。那足智多能的袁项城，看议会这般胡闹，料他是没有学识，没有能耐，索性我行我政，管什么代议不代议，约法不约法，党争越闹得厉害，项城越笑他庸骏，后来竟仗着兵力，逐去议员，取消国会。东南民党与他反对，稍稍下手，已被他四面困住，无可动弹，只好抱头鼠窜，不顾而逃。袁项城志满心骄，遂以为人莫余毒，竟欲将辛苦经营的中华民国，据为袁氏一人的私产。可笑那热衷人士，接踵到来，不是劝进，就是称臣，向时倡言共和，至此反盛称帝制。不如是，安得封侯拜爵？斗大的洪宪年号，抬出朝堂，几乎中华民国又变作袁氏帝国。偏偏人心未死，西南作怪酝酿久之，大江南北统飘扬这五色旗，要与袁氏对仗。甚至袁氏左右，无不反戈，新华宫里，单剩了几个娇妾、几个爱子，算是奉迎袁皇帝。看官！你想这袁皇帝尚能成事吗？皇帝做不成，总统都没人承认，把袁氏气得两眼翻白，一命呜呼。祸由自由。

副总统黎黄陂援法继任，仍然依着共和政体，敷衍度日。黄陂本是个才不胜德的人物，仁柔有余，英武不足；那班开国元勋及各省丘八老爷又不服他命令，闹出了一场复辟的事情。冷灰里爆出热栗子，不消数日，又被段合肥兴兵致讨，将"共和"两字，掩住了"复辟"两字。宣统帝仍然逊位，黎黄陂也情愿辞职，冯河间由南而北，代任总统，段居首揆。西南各督军又与段交恶，双方决裂，段主战，冯主和，府院又激成意气，弄到和不得和，战无可战，徒落得三湘七泽，做了南北战争的磨中心，忽而归北，忽而归南，扰扰年余，冯、段同时下野。

徐氏继起，因资望素崇，特地当选，任为总统。他是个文士出身，不比那袁、黎、冯三家，或出将门，或据军阀，虽然在前清时代也曾做过东三省制军，复入任内阁协理，很是有点阅历，有些胆识；究竟他惯用毛锥，没有什么长枪大戟，又没有什么虎爪狼牙，只把那"老成历练"四字，取了总统的印信，论起势力，且不及段合肥、冯河间。河间病殁，北洋派的武夫系自然推合肥为领袖，看似未握重权，他的一举一动，实有足踏神京、手掌中原的气焰。隆隆者灭，炎炎者绝，段氏何未闻此言？麾下一班党羽，组成一部安福系，横行北方，偌大一个徐总统，哪里敌得过段党。段党要什么，徐总统只好依他什么，勉勉强强得过了年余，南北的恶感始终未除，议和两代表在沪上驻足一两年，并没有一条议就，但听得北方武夫系及辽东胡帅，又联结八省同盟，与安福系反对起来，京畿又做了战场，安福部失败，倒脸下台，南方也党派纷争，什么滇系，什么桂系，什么粤系，口舌不足，继以武力。蜂采百花成蜜后，为谁辛苦为谁甜，咳！好好一座中国江山，被这班强有力的大人先生，闹到四分五裂，不可究诘，共和在哪里？民主在哪里？转令无知无识的百姓，反说是前清制度没有这般瞎闹，暗地里怨悔得很。小子虽未敢作这般想，但自民国纪元，到了今日，模模糊糊的将及十年，这十年内，苍狗白云，几已演出许多怪状，自愧没有生花笔、粲莲舌，写述历年状况，唤醒世人痴梦。篝灯夜坐，愁极无聊，眼睁睁地瞧着砚池，尚积有几许剩墨，砚池旁的秃笔也跃跃欲动，令小子手中生痒不知不觉地检出残纸，取了笔，蘸了墨，淋淋漓漓、潦潦草草地写了若干言，方才倦卧。明早夜间，又因余怀未尽，续写下去，一夕复一夕，一帙复一帙，居然积少成多，把一肚皮的陈油败酱，尽行发出。哈哈！这也是穷措大的牢骚，书呆子的伎俩，看官不要先笑，且看小子笔下的谰言！以上这二千余言，已把民国十年的大纲，笼罩无遗，直是一段好楔子。

话说清宣统三年八月十九日，湖北省会的武昌城，所有军士竟揭竿起事，倡言革命。清总督瑞澂及第八镇统制张彪，都行了三十六着的上着，溜了出去，逃脱性命。从革命开始，是从直本溯源。革命军公推统领，请出一位黎协统来，做了都督。协统名元洪，字宋卿；湖北黄陂县人，曾任二十一混成协统领。既受任为革命军都督，免不得抵拒清廷，张起独立旗,打起自由鼓,堂堂正正,与清对垒。第一次出兵,便把汉阳占住,武汉联络,遂移檄各省,提出"民主"两字,大声呼号。清廷的王公官吏吓得魂飞天外,急忙派陆军大臣荫昌,督率陆军两镇,自京出发,一面命海军部加派兵轮,饬海军提督萨镇冰督赴战地,并令水师提督程允和带领长江水师,即日赴援。不到三五日,又起用故宫保袁世凯为湖广总督,所有该省军队及各路援军,统归该督节制,就如荫昌、萨镇冰所带水陆各军,亦得由袁世凯会同调遣。

看官!你想袁宫保世凯,是清朝摄政王载沣的对头,宣统嗣位,载沣摄政,别事都未曾办理,先把那慈禧太后宠任的袁宫保黜逐回籍。虽乃兄光绪帝一生世不能出头,多半为老袁所害,此时大权在手,应为乃兄雪恨,但也未免急躁一点。袁宫保的性情,差不多是魏武帝,岂肯自己认错,闭门思过?只因载沣得势,巨卵不能敌石,没奈何退居项城,托词养疴,日与娇妻美妾诗酒调情、钓游乐性,大有理乱不知、黜涉不闻的情状。若非革命军起,倒也优游卒岁,不致播恶。及武昌起义,又欲起用这位老先生,这叫作退即坠渊,进即加膝,无论如何长厚,也未免愤愤不平,何况这机变绝伦的袁世凯呢?单就袁世凯提论。因此书章法要请此公做主,所以特别评叙。且荫昌是陆军大臣,既已派他督师,不应就三日内复起用这位袁宫保,来与荫昌争权,眼见得清廷无人,命令颠倒,不待各省响应,已可知清祚不腊了。这数语是言清廷必亡,袁项城只贪天之功,以为己力耳。

清廷起用袁公的诏旨传到项城,袁公果不奉诏,覆称足疾未愈,不能督师。载沣却也没法,只促荫昌南下,规复武汉。荫昌到了信阳州,竟自驻扎,但饬统带马继增等进至汉口。黎都督也发兵抵御,双方逼紧,你枪我弹,对轰了好几次,互有击伤。萨军门带着海军,鸣炮助威,民军踞住山上,亦开炮还击,萨舰从下击上,非常困难,民军从上击下,却很容易。突然间一声炮响,烟迷汉水,把萨氏所领的江元轮船打成了好几个窟窿,各舰队相率惊骇,纷纷逃散,江元舰也狼狈遁去,北军顿时失助,被民军掩击一阵,杀得七零八落,慌忙逃还。两下里胜负已分,民军声威大震。黄州府、沔阳州、宣阳府等处,乘机响应,遍竖白旗。到了八月三十日,湖南也独立了,清巡抚余诚格遁去。九月三日,陕西又独立了,清巡抚钱能训自刎不死,由民军送他出境。越五日,山西又独立了,清巡抚陆钟琦阖家殉难。嗣是江西独立、云南独立、贵州独立、民军万岁、民国万岁的声音,到处传响,警报飞达清廷,与雪片相似,可怜这位摄政王载沣,急得没法,只哭得似泪人儿一般。

内阁总理庆亲王奕劻、内阁协理大臣徐世昌,本是要请老袁出山,至此越加决意,同在摄政王载沣前力保老袁,乃再命袁世凯为钦差大臣,所有赴援的海陆各军,并长江水师,统归节制。又命冯国璋总统第一军,段祺瑞总统第二军,也归袁世凯节制调遣。老袁接着诏命,仍电复"足疾难痊,兼且咳嗽,请别简贤能,当此重任"等语。将军欲以巧胜人,盘马弯弓故不发。那时清廷上下越加惶急,亟由老庆同徐世昌写了诚诚恳恳的专函,命专员阮忠枢赍至信阳,交与荫昌,令他亲至袁第,当面敦促。荫昌自然照办,即日驰往项城,与老袁晤谈,缴出京信,由老袁展阅。老袁瞧毕,微微一笑道:"急时抱佛脚,恐也来不及了。"荫昌又提出公谊私情,劝勉一番,于是老袁才慨然应允,指日起程。荫昌欣然告别,返到信阳州,即电达清廷。略曰:"袁世凯已允督师,乱不足平,唯京师兵备空虚,自愿回京调度,藉备非常"等语。清廷即日颁旨,令俟袁世凯至军,即回京供职。

这道命令下来,荫昌快活非常,乐得卸去重担,观望数日,便好脱罪。偏是前敌的清军闻袁公已经奉命,亲来督师,没一个不踊跃起来,大家摩拳擦掌道:"袁宫保来了,我辈须先战一场,占些威风,休使袁公笑骂呢。"先声夺人。原来光绪季年,袁世凯曾任直隶总督,练兵六镇,布满京畿,如段祺瑞、冯国璋等,统是袁公麾下的将弁,素蒙知遇,感切肌肤,将弁如此,兵士可知。后来冯、段之推奉袁氏即寓于此。冯、段两人当下商议,决定冯为前茅,段为后劲,与民军决一胜负。

冯国璋即率第一军南下,横厉无前,突入滠口,民军连忙拦截,彼此接仗,各拼个你死我活,两不相下。嗣经萨镇冰复率兵舰,驶近战线,架起巨炮,迭击民军,民军伤毙无数,不得已倒退下来。冯军遂乘胜追杀,得步进步,直入汉口华界,大肆焚掠,好几十里的市场,都变做瓦砾灰尘。这时候的冯军,非常高兴,抢的抢,掳的掳,见有姿色的妇女,便搂抱而去,任情淫乐。咎归于主,冯河间不得辞过。正在横行无忌,忽接到袁钦差的军令,禁止他非法胡行,冯军方才收队,静待袁公到来。不到一日,袁钦差的行牌已到,当由冯国璋带着军队,齐到车站恭迎。不一时,专车已到,放汽停轮,国璋抢先趋谒,但见翎顶辉煌的袁大臣刚立起身来,准备下车,"翎顶辉煌"四字,寓有微意。见了国璋,笑容可掬,国璋行过军礼,即引他步下车台,两旁军队已排列得非常整肃,统用军礼表敬。袁钦差徐步出站,即有绿呢大轿备着,俟他坐入,由军士簇拥而去。小子有诗咏袁钦差道:

> 奉命南来抵汉津,
> 丰姿犹是宰官身。
> 试看翎顶遵清制,
> 阃外争称袁大臣。

欲知袁钦差入营后事,且看下回说明。

前半回为全书楔子,已是借他人酒杯,浇自己块垒,满腹牢骚,都从笔底写出,令人开卷一读,无限唏嘘。入后叙述细事,便请出袁项城来作为主脑,盖创始革命者为孙、黎,而助成革命者为袁项城,项城之与民国,实具有绝大关系,自民国纪元,以迄五年,无在非袁项城一人作用,即无非袁项城一人历史,故著书人于革命情事,已详见《清史演义》者,多半从略,独于袁氏不肯放过。无袁氏,则民国或未必成立,无袁氏,则民国成立后,或不致扰攘至今,成也萧何,败也萧何,吾当以此言转赠袁公。书中述及袁氏,称号不一,若抑若扬,若嘲若讽,盖已情见乎词,非杂出不伦,茫无定据也。

第二回　黎都督复函拒使
吴军统被刺丧元

却说袁钦差世凯，既到汉口，当然有行辕设着，暂可安驻；入行辕后，不暇休息，即命冯国璋引导，周视各营，偶见受伤兵士，统用好语抚慰，兵士感激得很，甚至泣下。及袁钦差返寓行辕，各国驻汉领事陆续拜会，谈及汉口焚掠情形，语多讥刺。袁钦差点首会意，待送客出营，便召国璋入辕，与他密语道："此次武汉举事，并不是寻常土匪，又不是什么造反，我闻他军律严明，名目正大，端的是不可小觑。眼光颇大。前日荫大臣受命南下，路过彰德，曾到我家探问，我已料此番风潮愈闹愈大，不出一月，即当影响全国，所以与荫谈及，临敌须要仔细，千万勿可浪战。今果不出所料，那省独立，这省也独立，警报到耳，已有数起。似你带兵到此，夺还汉口，想必杀掠甚酷，以致各国领事也有不平的议论，可见今日行军，是要格外谨慎哩。"国璋闻言，不由得脸色一红，半晌才答道："革命风潮闹得甚紧，汉口的百姓也欢迎革命，不服我军，若非大加惩创，显见我军没用，恐越发闹得高兴了。"袁钦差拈须微笑道："杀死几个小百姓，似乎是没甚要紧，不过现在时势，非洪、杨时可比，满人糊涂得很，危亡在即，可不必替他出力，结怨人民，且恐贻累外交，变生意外。据我的意见，不如暂行停战，与他议和，若他肯就我范围，何妨停便休，过了一年是一年，且到将来，再作计较。"前数语是项城本心，后数语乃暂时敷衍。国璋道："宫保所嘱，很是佩服，但我军未经大捷，他亦未必许和呢。"冯妇尚思搏虎。袁钦差叹道："我本回籍养疴，无心再出，偏老庆老徐等硬来迫我，没奈何应命出山。荫午楼（即荫昌别字）脱卸肩仔，好翩然回京了。我却来当此重任，看来此事颇大费周折哩。"

正说着，外面又递入廷寄，内称："庆亲王奕劻等，请准辞职，着照所请。庆亲王奕劻，开去内阁总理大臣，大学士那桐、徐世昌，开去协理大臣。袁世凯着授为内阁总理大臣。该大臣现已前赴湖北督师，着将应办各事，略为布置，即行来京组织内阁"等语。袁钦差瞧毕，递示国璋道："没事的时候，亲贵擅权，把别人不放在眼里，目下时势日迫，却把千斤万两的担子，一层一层的，压到我们身上，难道他们应该安乐，我等应该吃苦吗？"怨形于辞。言毕，咨嗟不已。国璋也长叹了好几声，心也动了。嗣见老袁无言，方才别去。

袁钦差踌躇一会，方命随员具折，奏辞内阁总理；并请开国会，改宪法，下诏罪己，开放党禁等情。拜疏后，复闻上海独立，江苏独立，浙江独立，又是三省独立。不禁眉头一皱，计上心来，当下令随员刘承恩致书鄂军都督黎元洪，筹商和议。承恩与元洪同乡，当即缮写书信，着人送去。待了两日，并无覆音；又续寄一函，仍不见答。清廷已下罪己诏，命实行立宪，宽赦党人，并拟定宪法信条十九则，宣誓太庙，颁告天下；且促袁世凯入京组阁，毋再固辞，所有湖广总督一缺，另任魏光焘。魏未到任以前，着王士珍署理。袁钦差得旨，拟即北上，启行至信阳州，再命刘承恩寄书黎督，缮稿已竣，又由自己特别裁酌，删改数行。其书云：

叠寄两函，未邀示复，不识可达典签否？顷奉项城宫保偷开：刻下朝廷有旨，一下罪己之诏，二实行立宪，三赦开党禁，四皇族不闻国政等因，似此则国政尚有可挽回振兴之期也。遵即转达台端，务宜设法和平了结，早息一日兵争，地方百姓早安静一日。否则势必兵连祸结，不但荼毒生灵，糜费巨款，迨至日久息事，则我国已成不可收拾之国矣。况兴兵者汉人，受蹂躏者亦汉人，反正均我汉人吃苦也。弟早见政治日非，遂有终老林下之想，今因项城出山，以劝抚为然，政府亦有悔心之意，即此情理，亦未尝非阁下暨诸英雄，能出此种善导之功也。依弟愚见，不如趁此机会，暂且和平了结，且看政府行为如何？可则竭力整顿，否则再行设策以谋之，未为不可。果以弟见为是，或另有要求之处，弟即行转达项城宫保，再上达办理。至诸公皆大才槃槃，不独不咎既往，尚可定必重用，相助办理朝政也。且项城之为人诚信，阁下亦必素所深知，此次更不致失信于诸公也。此三语想由项城自己添入。并闻朝廷有旨，谅日内即行送到麾下，弟有关桑梓，又素承不弃，用敢不揣冒昧，进言请教，务乞示复，诸希爱照！

　　此书去后，仍然不得复音，接连是广西独立，安徽独立，广东独立，福建独立，风声鹤唳，草木皆兵。自武昌革命以来，先后不过三十日，中国版图二十二省，已被民军占去大半。当时为清尽命的大员，除山西巡抚陆钟琦外，只有江西巡抚冯汝骙、闽浙总督松寿，余外封疆大吏，不是预先逃匿，就是被民军拘住，不忍加戮，纵他出走。还有江苏巡抚程德全、广西巡抚沈秉堃、安徽巡抚朱家宝等，居然附和民军，抛去巡抚印信，竟做民军都督；甚至庆亲王的亲家孙宝琦，本任山东巡抚，也为军民所迫，悬起独立旗来。东三省总督赵尔巽，籍隶汉军，竟为国民保安会长，成了独立的变相；直隶滦州军统张绍曾，又荷戈西向，威逼清廷速改政体；新授山西巡抚吴禄贞，且拥兵石家庄，隐隐有攫取北京的意图。大清王朝真是四面楚歌。那时身入漩涡的袁钦差，恰也着急起来，再令刘承恩为代表委员，副以蔡廷干，同往武昌，与黎都督面议和约，自己决拟入都，整装以待。过了两日，方见刘、蔡二人狼狈回来；急忙问及和议，二人相继摇首，并呈上复函，由袁披阅。其词云：

　　慰帅（袁字慰庭，故称慰帅）执事：迩者蔡、刘两君来，备述德意，具见执事俯念汉族同胞，不忍自相残害，令我钦佩。荷开示四条，果能如约照办，则是满清幸福。特汉族之受专制，已二百六十余年，自戊戌政变以还，日改革专制，日预备立宪，日缩短国会期限，何一非国民之铁血威逼出来？徐锡麟也，安庆兵变也，孚琦炸弹也，广州督署被轰也，满清之胆，早经破裂。然逐次之伪谕，纯系牢笼汉人之诈术，并无改革政体之决心。故内而各部长官，外而各省督抚，满汉比较，满人之掌握政权者几何人？兵权财权，为立国之命脉，非毫无智识之奴才，即乳臭未干

之亲贵；四万万汉人之财产生命，皆将断送于少数满贼之手，是而可忍，孰不可忍？即如执事，岂非我汉族中之最有声望、最有能力之人乎？一削兵权于北洋，再夺政柄于枢府，若非稍有忌惮汉族之心，已酉革职之后，险有性命之虑。他人或有不知，执事岂竟忘之？何曾忘记。自鄂军倡义，四方响应，举朝震恐，无法支持，始出其咸同故技，以汉人杀汉人之政策，

执事果为此而出,可谓忍矣。

嗣又奉读条件,谆谆以立宪为言,时至二十世纪,无论君主国、民主国、君民共主国,莫不有宪法,特其性质稍有差异,然均谓之立宪。将来各省派员会议,视其程度如何,当采何种政体,其结果自不外"立宪"二字。特揆诸舆论,满清恐难参与其间耳。即论清政府叠次上谕所云,试问鄂军起义之力,为彰德高卧之力乎?鄂军倘允休兵,满廷反汗,执事究有何力以为后盾?

今鄂军起义只匝月,而响应宣告独立者,已十余省,沪上归并之兵轮及鱼雷艇,共有八艘,其所以光复之速而广者,实非人力之所能为也。我军进攻,窃料满清实无抵抗之能力,其稍能抵拒者,唯有执事,然则执事一身,系汉族及中国之存亡,不綦重哉!设执事真能知有汉族,真能系念汉人,则何不趁此机会,揽握兵权,反手王齐,匪异人任。即不然,亦当起中州健儿,直捣幽燕。渠何尝不做此想,特不欲显行耳。苟执事真热心满清功名也,亦当日夜祷祝我军速指黄河以北,则我军声势日大一日,执事爵位日高一日,倘鄂军屈服于满清,恐不数间,飞鸟尽,良弓藏,狡兔死,走狗烹矣。早已见到,不烦指教。执事犯功高震主之嫌,虽再伏隐彰德而不可得也。隆裕有生一日,戊戌之事,一日不能忘也,执事之于满清,其感情之为如何?执事当自知之,不必局外人为之代谋。同志人等,皆能自树汉族勋业,不愿再受满族羁绊,亦勿劳锦注。

顷由某处得无线电,知北京正危,有爱新氏去国逃走之说,果如是,则法人资格丧失,虽欲赠友邦而无其权矣,执事又何疑焉?窃为执事计,闻清廷有召还之说,分二策以研究之:一清廷之召执事回京也,恐系疑执事心怀不臣,借此以释兵权,则宜援"将在外君命有所不受"之例以拒之;二清廷果危急而召执事也,庚子之役,各国联军入京,召合肥入定大局,合肥留沪不前,沈几观变,前事可师。所惜者,合肥奴性太深,仅得以文忠结局,了此一生历史,李氏子岂能终无余憾乎?元洪一介武夫,同识大义,唯此心除保民外,无第二思想,况执事历世太深,观望过甚,不能自决,须知当仁不让,见义勇为,无待游移。《孟子》云:"虽有智慧,不如乘势,虽有镃基,不如待时。"全国同胞,仰望执事者久矣,请勿再以假面具示人,有失本来面目,则元洪等所忠告于执事者也。余详蔡、刘二君口述,书不尽言,惟希垂鉴!

袁钦差阅毕,毫不动色,惟点了好几回头,嗣见刘、蔡二人尚站立在侧,便与语道:"他不肯讲和,也就罢了,我便要启程赴京,你两人收拾行李,一同北上,可好吗?"二人正在听命,忽由随役递呈名刺,报称第一军统领段祺瑞求见,袁钦差即命传入。彼此相见,行过了礼,祺瑞先开口道:"闻宫保已拟北上,祺瑞特来恭送,并乞指教。"袁钦差道:"革命风潮,闹得这么样大,看来是不易收拾。中外人心,又倾向革命,冯军一入汉口,稍行杀掠,各领事已有烦言,你想现在的事情,还好任情办去吗?"祺瑞道:"京中资政院,已奏请惩办前敌将帅,闻已交宫保查办,不知宫保究如何作复?"袁钦差微哂道:"一班老朽,晓得什么军情,华甫(冯国璋字华甫)也太属辣手,我已向他交代过了。"祺瑞道:"可笑这吴禄贞,是革命党中健将,朝廷不知为何令抚山西,他带了山西革命军,还到石家庄,把京中输运的军火子弹多半截留,反说是仰体朝廷德意,消弭战祸,保全和平,并请诛纵兵烧杀的将帅,以谢天下,这真是出人意料的事情。现闻已在途被刺,连首级都无从着落呢。"袁钦差不待说毕,便道:"这等人物,少一个,好一个,横直是乱世魔星,不足评论。"祺瑞听他言中有意,便不再说下去。但听袁钦差又与语道:"芝泉(祺瑞字),你是我的故交,我此次被逼出山,又要赴京,你须要助我一臂哩。"祺瑞拱手道:"敢不唯命是听。"袁钦差道:"如此最好,我要起程了。"当下与祺瑞携手出辕，上舆告别。祺瑞仍在后送行，一直到了车站，俟袁钦差舍舆登车，一去一留，方才分手。

看官听着！小子前著《清史演义》，于吴禄贞事未曾详叙，此书既从段祺瑞口中叙出，应该将吴事表明，补我从前缺略，且与袁项城亦隐有关系，更不能不特别从详。本书于各省革命，俱从略笔，独详吴事者以此。

吴禄贞，字绶卿，湖北云梦县人，曾在湖北武备学堂肄业，由官费派学东洋。庚子拳乱，革命党人唐才常发难汉口，禄贞方在日本学习士官，潜身归来，据住大通，为唐声援。唐败被杀，禄贞仍遁入日本，后投效东三省，大著才名，得操兵柄。寻为延吉厅边务大臣，与日本办理间岛交涉，精干明敏，日人不能逞，以功洊升副都统，未几任第六镇统制。他本蓄志革命，欲借着兵力，乘机举事，会鄂军起义，遂自请率军赴敌。清廷颇怀疑忌，令随荫昌南下，许荫昌便宜行事，如果察有异图，立杀无赦。禄贞以荫昌偕行，料知所愿难遂，乃托疾不往，嗣因滦州军威逼立宪，有旨令禄贞往抚，禄贞到了滦州，却在军前演说，大致谓："革命利益，满、汉均沾。"说得汉人非常赞成，就是军伍中有几个满人，也不觉被他感化，当下集众定议，入驻丰台，拟逼清帝逊位。不意清廷已有所闻，调集京奉路线列车，留京待命，一面令禄贞移剿山西。

禄贞因计不得行，乃率部众赴石家庄，自己轻车简从，径入山西省城，与山西民军会商，拟纠合燕晋诸军，协图北京，且截取清军南下的辎重，作为自己的军需。匆匆返石家庄，偕詹随员在车中拟稿，只说是山西就抚，电达清廷。甫到车站，突有兵士上车，向禄贞屈膝道贺。禄贞见兵士肩章，书"第十二协"字样，坦然不疑；正欲启问，那兵士从靴内拔出匕首，向前直刺。禄贞忙离座格拒，詹又大呼乞救，不妨兵士愈来愈众，各持枪攒击禄贞，禄贞虽然骁勇，究竟敌不住多人；况且枪弹无情，扑通扑通的数声，已将一位革命的英雄，送入鬼门关去，头颅都不知下落。詹随员逃避不及，也吃了好几个卫生丸，与吴统制同登冥箓。生死相随，可谓挚友。

看官！这第十二协军队，究系何人统辖？原来就是吴禄贞部下的军队，协统叫作周符麟，与禄贞含有宿嫌，禄贞本奏请黜周，公牍上陈，偏遭部驳，周仍虚与委蛇，至是竟遣旗兵刺死禄贞。或谓："由清军谘使良弼，遗周二万金，令他把禄贞刺死，免滋后患。"或谓："为袁钦差所忌，恐他先入京师，独操胜算，转令自己反落人后，无从做一番事业，所以密嗾周符麟，除去一个好敌手。"后人编著《民国春秋》，尝于辛亥年九月十六日，大书特书道："袁世凯使人暗杀吴禄贞于石家庄。"（《民国春秋》曾载入《大同报》。）小子也不暇深考。但有一诗吊吴军统云：

> 拼将铁血造中原，
> 勇士何妨竟丧元？
> 但若暴徒非虏使，
> 石家庄上太含冤。

吴军统已死，袁钦差即启程北上，京内的王公大臣都额手称庆，差不多似救命王到来。欲知后事，试看下回。

冯、段二人，是项城心腹，故本书开始，即将二人特别提出。微冯、段，项城固无自逞志也。若与黎都督议和，项城不过暂时敷衍，并非当时要着，但黎督复书，实已如见项城肺腑，推项城之意，亦必谓黄陂实获我心，特未尝明言耳。刘书毫无精彩，不过与黎书互有关系，故特附录,明眼人自能知之。至吴禄贞之被刺,是否由项城主使,至今尚无实证,惟《大同报》所载之《民国春秋》,已归咎袁氏,想彼或有所见,并非曲意深文。吴谋若行,则北京早下,清帝亦早逊位,何待项城上台,今日之民国,或较为振奋,亦未可知,是著书人之特载吴禄贞,固具有微意,不第补前著《清史演义》之阙已也。

第三回　奉密令冯国璋逞威　举总统孙中山就职

却说京内官民，闻袁钦差到京，欢跃得什么相似，多半到车站欢迎。袁钦差徐步下车，乘舆入正阳门，当由老庆老徐等极诚迎接，寒暄数语，即偕至摄政王私邸，摄政王载沣也只好蠲除宿嫌，殷勤款待。老袁确是深沉，并没有什么怨色，但只一味谦逊，说了许多才薄难胜等语。语带双敲。急得摄政王冷汗直流，几欲跪将下去，求他出力。老庆老徐等又从旁怂恿，袁乃直任不辞，即日进谒隆裕后，也奉了诚诚恳恳的面谕，托他斡旋。袁始就内阁总理的职任，动手组织内阁，选用梁敦彦、赵秉钧、严修、唐景崇、王士珍、萨镇冰、沈家本、张謇、唐绍怡、达寿等，分任阁员，并简放各省宣慰使，拣出几个老成众望，要他充选。

看官！你想当四面楚歌的时代，哪个肯来冒险冲锋，担此重任？除在京几个人员无法推诿外，简直是有官无人。而且海军舰队及长江水师又陆续归附民军，听他调用，那时大河南北，只有直隶、河南两省，还算是没有变动。大江南北，四川又继起独立，完全为民军所有。只南京总督张人骏、将军铁良、提督张勋，尚服从清命，孤守危城。江苏都督程德全、浙江都督汤寿潜，又组织联军，进攻南京。上海都督陈其美且号召兵民，一面援应江、浙联军，一面组合男女军事团，倡义援鄂。枕戈待旦，健男儿有志复仇，市鞍从军，弱女子亦思偕作。彼谈兵，此驰檄，一片哗噪声，遥达北京，已吓得满奴倒躲，房气不扬。

袁总理迭接警耗，默想民军方面，嚣张得很，若非稍加惩创，民军目中，还瞧得起我吗？我要大大的做番事业，必须北制满人，南制民军，双方归我掌握，才能任我所为。隐揣老袁心理，确中肯綮。计划既定，便与老庆商议，令他索取内帑，把慈禧太后遗下的私积，向隆裕后逼出，隆裕后无法可施，落了无数泪珠儿，方将内帑交给出来，袁总理立饬干员，运银至鄂，奖励冯国璋军，并函饬冯国璋力攻汉阳。国璋得了袁总理命令，胜过皇帝诏旨，遂慷慨誓师，用全力去争汉阳。

汉阳民军总司令黄兴，系湖南长沙县人，向来主张革命，屡仆屡起，百折不挠。黎都督元洪与他素未识面，及武汉鏖兵，他遂往见黎督，慨愿前驱，赴汉杀房。是夕，即渡江抵汉阳，汉阳民军与清军酣战，已有多日，免不得临阵伤亡，队伍缺额，就令新募兵充数。新兵未受军事教育，初次交锋，毫无经验，一味乱击，幸清军统冯国璋守着老袁训诫，未敢妄动，所以相持不决。至袁令一下，他即率军猛进，围攻龟山。民军总司令黄兴督师抵敌，连战两昼夜，未分胜负。不意冯军改装夜渡，潜逾汉江，用着机关大炮，突攻汉阳城外民军。民军猝不及防，纷纷倒退。黄兴闻汉阳紧急，慌忙回援，见汉阳城外的要害已被清军占住，料知汉阳难守，竟一溜烟地逃入武昌。下一"逃"字，罪有攸归。龟山所有炮队，失去了总司令，未免脚忙手乱，一时措手不迭，便被冯军夺去。汉阳城内随即溃散，眼见得城池失守，又归残清。等到武昌发兵往援，已是不及，黎都督不免懊悔，但事已如此，无可奈何，只得收集汉阳溃军，加派武昌生力军，沿江分驻，固守武昌。黄兴见了黎督，痛哭移时，拟只身东行，借兵援鄂，黎督也随口照允，听他自去。黄兴实非将才。

这时候的冯国璋，已告捷清廷，清廷封国璋二等男，国璋颇也欣慰，便拟乘胜再下武昌，博得一个封侯拜相的机会。当下派重兵据住龟山，架起机关大炮，轰击武昌。武昌与汉阳只隔一江，炮力亦弹射得着，幸亏武昌兵民日夕严防，就是有流弹抛入，尚不过稍受损伤，无关紧要；沿江上下七十余里，又统有民军守着，老冯不能飞渡。只汉阳难民，渡江南奔，船至中流，往往被炮弹击沉，可怜这穷苦百姓，断股绝臂，飘荡江流；还有一班妇女儿童，披发溺水，宛转呼号，无从乞救，一个一个的沉落波心，葬入鱼鳖腹中。**马二先生，何其忍心。**各国驻汉领事见了这般惨状，也代为不平，遂推英领事出为介绍，劝令双方停战。**自残同类，转令外人出为缓颊，煞是可叹。**国璋哪肯罢休，只说须请命清廷，方可定夺，一面仍饬兵开炮，蓬蓬勃勃地放了三日三夜，还想发兵渡江，偏偏接到袁总理命令，嘱他停战，冯国璋一团高兴不知不觉地消磨了四五分，乃照会英领事，开列停战条件，尚称："民军为匪党。"并有"匪党须退出武昌城十五里，及匪党军舰的炮闩，须一概卸下，交与介绍人英领事收存"等语。英领事转达黎督，黎督复交各省代表会公决。

原来独立各省已各举代表，齐集湖北，拟组织临时政府，以便对内对外。本意是择地武昌，因武昌方在被兵，不得安居，暂借汉口租界顺昌洋行，为各省代表会会所。各省代表见了冯国璋停战条款，统是愤懑交加，不愿答复。嗣恐英领事面子过不下去，乃想出一个用矛制盾的法儿，写了几条，作为复词。内开房军需退出汉口十五里以外，及房军所据的火车，应由介绍人英领事签字封闭。**极好的滑稽答复。**这种绝对不合的条款，怎能磋磨就绪？惟老冯也不好再战，暂行停炮勿攻，待有后命，再定计议。**乐得逍遥。**忽接到江南急电，江督张人骏、将军铁良、提督张勋等，统弃城出走，南京被民军占去。接连又奉袁总理电命，停战十五日。于是按兵不动，彼此夹江自守，暂息烽烟。

小子且将南京战事续叙下去。江督张人骏，本也是个模棱人物，只因铁良是满人，始终辅清，张勋虽是汉族，却因受清厚恩，不敢背德，定欲保全江宁，对敌民军，所以各省纷纷独立，唯南京服从清室，毫无变志。江南第九镇统制徐绍桢，时已反抗清廷，任为宁军总司令，发兵攻击南京，初战不利，退回镇江，旋经浙军司令朱瑞、苏军司令刘之洁、镇军司令林述庆、沪军司令洪承点、济军司令黎天才，齐集镇江，与宁军一同出发，再捣南京。张勋却也能耐，带着十八营防军，与联军交战数次，互有杀伤。嗣因联军分头进攻，一个效忠清室的张大帅，顾东失西，好似一个磨盘心，终日在南京城下，指麾往来，闹得人困马乏，急忙电达袁总理，请他速发援兵。谁知这袁总理并无复音，再四呼吁，终不见报。**袁总理已叫你拱让，你何苦硬要支持？**未几，济军占领乌龙山、幕府山，浙军亦占领马群孝陵卫一带，又未几，浙军复进夺紫金山，会同镇军沪军，攻克天保城。张勋屡战不利，反丧了统领王有宏，没奈何退入朝阳门，专令城内狮子山守兵开炮击射联军。哪知狮子山上的兵士已有变志，所发诸炮，都是向空乱击，毫无效力，城外最要紧的雨花台，又被苏军夺去。张勋力竭计穷，先嘱爱妾小毛子收拾细软，由部众拥护出城，自己亦率了残兵二千人，与张人骏、铁良等开了汉西门，乘夜走脱，联军遂拥入南京城，欢呼不已。南京踞长江下游，倚山濒水，向称为龙盘虎踞的雄都，民军席卷长江，必须攻克南京，才得作为根本重地。适值汉阳为清军所得，两方面胜负相同，各得对等资格，那时和议问题，方好就此着手了。**实皆不能出老袁意中。**

袁总理世凯，与清摄政王载沣，面和心不和，便乘此下手，欲逼载沣退归藩邸，但形式上不便强逼，只把重大的问题推到载沣身上去，自己不肯做主。载沣实担架不起，情愿辞职归藩。庆亲王奕劻虽已罢去总理，遇着紧要会议，总要召他与闻，他便在隆裕后面前，力保袁总理能当重任，休令他人掣肘。隆裕后究是女流，到了没奈何时候，明知袁总理未必可靠，也只好求他设法，索性退去摄政王，把清廷一切全权，托付袁总理。全权付与，还有什么清室江山。袁总理遂命尚书唐绍怡，做了议和代表，且与唐密商了一夜，方令启程南下。一夜密商，包括后来无数情事。各省代表会闻北代表南来，公推伍廷芳为民军代表，酌定上海地点，与北代表会议。两下里只约停战，未及言和。那革命党大首领孙文已从海外回国，来任临时总统，开创一个中华民国出来。笔大如椽。

孙文字逸仙，号中山，广东香山县人，少时入教会学堂读书，吸收欧化，目击清政日非，遂倡言革命；嗣复往来东西洋，结合中国留学生，组织同盟会，一心与满清为难，好几次运动革命，统归失败。至是民军起义，把中国二十二省的舆图，得了三分之二，不禁夙愿俱慰，奋袂回国。看官试想！中国革命，全是他一人发起的效力，此番功成回来，宁有不受人欢迎吗？先是黄兴到沪，拟召江、浙军援鄂，会因鄂军与清军议和，彼此停战，乃将援鄂事暂行搁起。至南京已下，各省代表均自汉口移至南京，道出沪上，拟选举正副元帅，为他日正副总统根本。当下开会公举，黄兴得票最多，当选为大元帅，黎元洪得票居次多数，当选为副元帅。哪知江、浙联军啧有烦言，多半谓汉阳败将怎能当大元帅的职任？况黎都督是革命功首，反令他屈居副座，如何服人？遂纷纷电达沪渎，不认黄兴为大元帅。此即为军人干涉立法权之始。但各代表推选不慎，也是难免指摘。各省代表束手无策，只好再行酌议，拟将黎、黄两人易一位置。黄兴闻联军不服，即日离沪，只致书各省代表，力辞大元帅当选，并推举黎元洪为大元帅。各代表得了此书，乐得顺风使帆，以大元帅属黎，副元帅属黄，惟会议时有一转文，黎大元帅暂驻武昌，可由副元帅代行大元帅职权，组织临时政府。公决后，即由各代表派遣专足，欢迎副元帅移节江宁，一面与行政机关接洽，在江宁预设元帅府，专待黄副元帅到来。不意黄副元帅竟尔固辞，至再三敦促，仍然未至。有几个革命党人与黄兴素来莫逆，竟跑入代表会所，狂呼乱叫，拍案痛詈，略称："举定的正副元帅，如何易置？显是看轻我会中好友，你等名为代表，试为设身处地，一位大元帅，骤然降职，尚有面目来宁，组织临时政府吗？"此是政党纷争之始，愈见选举不慎之弊。说得各代表俯首无言，待他舌干口渴，方设词劝慰，将他请出。党人恨恨而去。

各代表忍气吞声，面面相觑，忽闻孙中山航海到来，已抵吴淞口，亏得他来解围。大众方转忧为喜，即开了一个欢迎会，去迓中山——中山于十一月初六日到沪；遂把大元帅副元帅的问题，搁过一边，一心一意的推举孙中山为临时大总统。初十日开会投票，每省代表一票为限。奉天代表吴景濂，直隶代表谷钟秀、张铭勋，河南代表李槃，山东代表谢鸿焘，山西代表景耀月、李素、刘懋赏，陕西代表张蔚森、马步云，江苏代表袁希洛、陈陶怡，安徽代表许冠尧、王竹怀、赵斌，江西代表林子超、赵士壮、王有兰、俞应麓、汤漪，浙江代表汤尔和、黄群、陈时夏、陈毅、屈映光，福建代表潘祖彝，广东代表王宠惠、邓宪甫，广西代表马君武、章勤士，湖南代表谭人凤、邹代藩、廖名搢，湖北代表马伯援、王正廷、杨时杰、胡瑛、居正，四川代表萧湘、周代本，云南代表吕志伊、张一鹏、段宇清，联翩到会，依法投票。全是表面文章。开箱检视，总数只有十七票，倒有十六票中，端端正正地写着"孙文"二字，大众欢呼"中华共和万岁"三声，自是中华民国临时总统，产生大陆，成为开辟以来第一次创局。大书特书。孙文辞无可辞，勉允就职，当准于辛亥年十一月十三日，即阳历新正月一日，为临时总统莅任。中华民国纪元的吉期。

先是鄂军起义，用黄帝纪元，因黄帝为汉族远祖，兴汉排满，不得不溯源黄帝，所以檄文起首，称为黄帝纪元四千六百零九年；至造成民国，拟联合汉、满、蒙、回、藏五族，成一大中华，不应再存种族的形迹，乃改用民国纪元。且因世界各国，多用阳历，也只好随众变通，藉便交际；可巧总统选出，又适当阳历残年，为此种种理由，才有此特别更改。话休烦叙。并非烦文，实为通俗教育起见。

且说中华民国元年元月元日，当选临时大总统孙文，由沪上乘着专车，赴宁受职，火车上面，遍悬五色旗，随风送迎。这五色旗寓着五族共和的意义，系江、浙联军光复南京后，由都督程德全及湖南志士宋教仁等，创造出来，后来遂定为国徽。武昌起义，用铁血旗，即十八星旗。滇、黔、粤、桂独立，袭用同盟会之青天白日旗。各省独立，统用白旗。故本书特揭五色旗之缘起。是日午前，车抵南京，政学军商各界，统到车站欢迎，驻宁各国领事亦到来迎接。各炮台，各军舰，各鸣炮二十一门，表示欢忱。孙文下车，便改乘马车至临时总统府，即日行就职礼。各省代表暨海陆军代表齐集，军乐声与欢呼声、舞蹈声，和成一片。待众声少止，乃由孙文宣读誓词，词曰：

倾覆满洲专制政府，巩固中华民国，图谋民生幸福。此国民之公意，文实遵之，以忠于国。至专制政府既倒，国内无变乱，民国卓立于世界，为列邦公认，文当解临时大总统之职，谨以此誓于国民。

各省代表因他宣誓已终，遂捧授大总统印信，由孙文接受加仪，那时宁军总司令徐绍桢又由各代表公推，令进箴颂，乃琳琳琅琅的宣读起来。正是：

　　　　元首退居公仆列，
　　　　国民进作主人翁。

欲知所读何词，且至下回续叙。

本回所叙各事，多载入《清史演义》，而此复复述者，以事关重大，《清史演义》中不可无是文，《民国演义》中，尤不可无是文也。妙在事实从同，运笔不同，两两对勘，不嫌重复，反增趣味，且有彼详此略、彼略此详诸异点，置诸《清史演义》宜如彼，置诸《民国演义》宜如此，此妙手之所以不涉拘墟也，阅者鉴之，应不河汉余言。

第四回

复民权南京开幕
抗和议北伐兴师

却说宁军司令徐绍桢，因临时大总统孙文就职，遂由各省代表委托，转达民意，朗读颂词道：

维汉曾孙失政，东胡内侵，淫虐华夏，帝制自为者垂三百年，我皇汉慈孙，呻吟深热，慕法兰西、美利坚人平等之制，用是群视众策，仰视俯画，思所以倾覆虐政，恢复人权，乃断头摶胸，群起号召，流血建义，续法、美人共和之战史。今三分天下，克复有二，用是建立民国，期成政府，拣选民主，推置总统。佥意能尊重共和，宣达民意，惟公贤；廓清专制，巩卫自由，惟公贤；光复禹域，克定河朔，举汉、满、蒙、回、藏群伦，共覆于平等之政，亦惟公贤。用是投匦度情，征压纽之信，众意所属，群谋合同。既协众符，欢欣拥戴。要知我国民久困铃制，疾首蹙頞，望民主若岁，今当公轩车莅任，苍白扶杖，子女加额，焚香拥彗，感激涕零者何也？忭舞自由，敦重民权也，用是不吝付四百兆国民之太阿，寄二亿里山河之大命，国民之委托于公者，亦已重哉！继自今惟公翼翼，毋违宪法，毋拂舆意，毋任威福，毋崇专断，毋昵非德，毋任非才，凡我共和国民，有不矢忠矢信，至诚爱戴，轩辕、金天，列祖列宗，七十二代之君，实闻斯言。代表等受国民委托之重，敢不尽意，谨致大总统玺绶，俾公发号施令，崇为符信，钦念哉！

读毕，由孙大总统答词，略谓："当竭尽心力，勉副国民公意。"各代表及海陆军代表又欢呼中华民国万岁，中华民国共和万岁，中华民国四万万同胞万岁。两阶军乐又鞺鞺地奏了一回，然后大众鞠躬告别。

过了三天，再选举副总统，黎都督元洪当选；复着手组织内阁，暂仿美国成制，不设总理，先集各代表议定法度，分作九部，每部设总长一人，次长一人，由孙总统提出望重名高的人物，请代表团投票取决，得多数同意，乃经总统委任。

此次是中华民国第一次组织内阁，当任黄兴为陆军总长，蒋作宾为次长，黄钟瑛为海军总长，汤芗铭为次长，伍廷芳为司法总长，吕志伊为次长，陈锦涛为财政总长，王鸿猷为次长，王宠惠为外交总长，魏宸组为次长，程德全为内务总长，居正为次长，蔡元培为教育总长，景耀月为次长，张謇为实业总长，马和为次长，汤寿潜为交通总长，于右任为次长。

政府的行政机关已经组成，乃由各代表组织参议院，每省中选出三人，公议法律，作为中华民国的立法机关。政法两项，并行不悖，先择民国最要紧的条件，提出施行。第一件是外交，由临时大总统咨照各国，凡革命以前，清政府所欠外债，归民国承认偿还，从前中外约款仍然履行，各国侨民一体保护，信教悉许自由，外人得此照会，却也悦服。第二件是内治，下剪辫令，改拜跪礼，所有从前大人老爷的称呼，以及山、陕教坊乐籍，与浙绍惰民丐籍及浙、闽棚民，广东蜑户等，一体革除，实行共和制度，撤销阶级。至若刑法一端，虽已设司法部，一时未及编制，且因军务未竣，暂行军律，由陆军总长颁布临时军律十二条，凡任意掳掠、强奸妇女、焚杀平民，及未奉长官命令，擅封民房财产、硬夺良民财物等五条，最为大罪，犯即枪毙。勒索强买，与私斗伤人，这二条论情抵罪。还有五条，是私人良民家宅、行窃赌博、纵酒行凶及各种滋扰情形，均酌量罚办。此外一切政策，由各部总长颁布意见，逐渐进行。惟教育一项，至应改良，所有大小所堂改名学校，各种教科书饬各书局及各校教员，酌量编辑，小学校中准男女同学，期合共和宗旨。其余各节，亦略有变通，小子也不细述了。此系民国创造的政治，不能不揭要叙明。

惟是满清政府，尚兀立北京，直隶、河南未曾独立；山东旧抚孙宝琦忽附和民军，忽服从清室，仿佛有两张面孔，两副心肠；还有辽东三省，也是首鼠两端；西域的新疆省及内外蒙古、青海、西藏三部，路途遥远，声息未通；就是一早光复的山、陕两省也被清军袭击，屡电达南京政府，火速乞援。临时大总统孙文及九部阁员，不得不亟筹统一的办法。

时清议和代表唐绍怡与民军代表伍廷芳，已会议了好几次，伍代表先提出和议大纲，约有四条：一是废除满清政府；二是建立共和政府；三是优给清帝岁俸；四是满人除在新政府效力外，凡年老穷苦的人，均优给赡养。这数条说将出来，与唐代表意不相合。唐代表受着清廷命令，南下议和，就是有志共和，一时也不便推倒满清，遂与伍代表辩驳数次，仍主张君主立宪。伍代表当然不允，嗣经彼此磋磨，定了一个通融的法儿，拟立时召集国会，将君主民主问题，付诸公决，当由双方签字。再议国会办法及开会地点，伍主上海，唐主北京；伍主每省选派代表三人，唐初意未协，旋亦照允，惟地点尚未议定，电达袁总理定夺。袁总理复电，不特反对上海开会，并云："各省代表，只有三人，不足取信大众。唐使不候电商，径行允协，未免越权，本总理碍难承认"云云。无非为一己计。看官试想！唐使南来，明明是袁总理的全权代表，当两代表相见时，已经换验文凭，确有"全权"字样。乃因这国会人数由唐签订，竟遭袁总理驳斥，还有什么全权可言？唐代表即日辞职，由袁总理致电伍廷芳，直接议和。

正在辩论的时候，忽闻南京已组织新政府，选孙文为临时大总统，黎元洪为临时副总统，不由得惊动了老袁，正副总统都被他人取去，安得不惊。立即电达南方，诘问伍代表。略云：

国体问题，由国会解决，现正商议正当办法，自应以全国人民公决之政体为断。乃闻南京忽已组织新政府，并孙文受任总统之日，宣示驱逐满清政府，是显与前议国会解决问题相背，特诘问此次选举总统，是何用意？设国会议决为君主立宪，该政府暨总统，是否立即取消？务希电复！

伍代表接到此电，亦拟就复稿，拍致袁总理道：

现在民军，光复十七省，不能无统一之机关，在国民会议未议决以前，民国组织临时政府，选举临时大总统，此是民国内部组织之事，为政治上之通例。若以此相诘，请还问清政府，国民会议未决以前，何以不即行消灭，何以尚派委大小官员？又前与唐使订定，谓国民会议，取决多数，议决之后，两方均须依从。来电所诘问者，请还以相诘，设国会议决为共和立宪，清帝是否立即退位？亦希答复为盼！

袁总理瞧这电文，免不得气愤起来，当下四处拍电，饬新授山西巡抚张锡銮速带三镇全军，往攻娘子关，进窥太原；故陕督升允由甘肃募军，由平凉窥陕西乾州；再调河南清军西薄陕西潼关；皖北清藩倪嗣冲进驻颖亳；南京败逃的提督张勋，由徐州招集散军，攻入宿州，随处牵制民军，大有以力服人的威势。暗中却仍令唐绍怡，寓居沪上，作局外的调停，仍与伍代表密商，不使南北决裂。一面硬逼，一面软做，老袁确有手段。南京政府颇有些为难起来，各省代表团恐临时政府为和议所误，行文严诘，日促进兵。山西都督阎锡山又飞书求

中华传世藏书

中国历代通俗演义

民国演义（上）

救，接连是娘子关失守，太原失守，数次警电，络绎传来；陕西潼关民军始挫终胜，虽幸得击退清军，究竟还是危险，也屡电告急；皖、徐一带又有不安的消息。于是南京政府揭示进兵的方法，派鄂、湘民军，为第一军，向京汉铁路前进；宁、皖民军为第二军，向河南前进，与第一军约会开封、郑州间；淮阳民军为第三军，烟台民军为第四军，向山东前进，约会济南；秦皇岛合关外各民军为第五军，山、陕民军为第六军，向北京前进，若第一二三四军，进行顺手，即与第五六军会合，共捣虏廷。再由临时大总统孙文檄告北方将士，其文云：

民国光复，十有七省，义旗虽举，政体未立，凡对内对外诸问题，举非有统一之机关，无以达革新之目的，此临时政府，所以不得不亟为组织者也。文以薄德，谬承公选，效忠服务，义不容辞，用是不揣绵薄，暂就临时之任，藉维秩序而图进行，一俟国民会议举行之后，政体解决，大局略定，敬当逊位，以待贤明。区区此心，天日共鉴。凡我同胞，备闻此言。惟是和平虽有可望，战局尚未终结，凡我籍隶北军诸同胞，同是汉族，同为军人，举足轻重，动关大局，窃以为有不可不注意者数事，敢就鄙意，为我诸同胞正告之：此次战事迁延，亦既数月，涂炭之惨，延亘各地，以满人窃位之私心，开汉族仇杀之惨祸，操戈同室，贻笑外人，我诸同胞不可不注意者此其一；古语云："民之所欲，天必从之"，是知民心之所趋即国体之所由定也，今禹域三分光复逾二，虽有孙、吴之智，贲、育之勇，亦讵能为满廷挽既倒之狂澜乎？我诸同胞不可不注意者此其二；民国新成，时方多事，执干戈以卫社稷，正有志者建功树业之时，我同胞如不明烛几先，即时反正，他日者，大功既定，效用无门，岂不可惜？我诸同胞不可不注意者此其三。要之义师之起，应天顺人，扫专制之余威，登国民于衽席，此功此责，乃文与诸同胞共之者也。如其洞观大势，消释嫌疑，同举义旗，言归于好，行见南北无冲突之忧，国民蒙共和之福；国基一定，选贤任能，一秉至公，南北军人，同为民国干城，绝无歧视。我诸同胞当审斯义，早定方针，无再观望，以贻后日之悔，敢布腹心，唯图利之！

为这一篇宣告书，北方将士亦蠢蠢欲动，南方各省都督更跃跃欲战，军书旁午，战电纷驰，北伐北伐的声音喧腾大陆，且把袁世凯骂得一文不值，不是说他满奴，就是詈他汉贼；学校肄业的学生也情愿抛书辍学，倡合一个北伐团；醉心文明的女子又情愿浣粉洗脂，组成一党北伐队；还有学生卫兵，女子精武军，及男女赤十字会，名目繁多，数不胜数。就是梨园名角，楚馆歌娼，也想卸下这优孟衣冠，跳脱那平康贱里，投入什么北伐团、北伐队，去当一会北伐英雄、北伐英雌。端的是乘盾为荣，执桴而起，班超投笔，大丈夫安用毛锥？木兰从征，新国民休轻巾帼。仿佛一个大舞台。似乎直捣黄龙，指顾间事。

各国侨商见时势危迫，恐碍商务，大众联名发电，直至清廷，要求他早改国体，安定大局。偏清亲贵载涛、载洵、载泽、溥伟、善耆，与良弼、铁良等，结成一个宗社党，极端反对民军，一意主战，且有宁赠友邦，不给汉人的呆话。宗社党自此出现。当下开了几次会议，把变更国体的问题誓不愿行，任他如何请求，如何决裂，只有背城借一，与国存亡。恐怕是大言不怍。良弼尤为激烈，力请隆裕太后易和为战，并斥袁总理负国不忠，立应罢斥。隆裕后踌躇未决，袁总理已得着信息，即奏请辞职退居。复旨尚未下来，甘肃、新疆已递到警报，甘肃总督长庚、新疆将军志锐，均被革命军杀死，接连是蒙古活佛、西藏喇嘛也宣布独立，把清廷简放的驻守大臣，一律驱逐出境。

看官！你想隆裕太后，生平虽几经患难，要没有这般危急，当此一夕数惊，哪得不令她吓煞？左思右想，无可奈何，只好去请老庆商量。老庆心目中，只有一个袁世凯，仍是坚持原议，并把曾国藩封侯故事引述一番。世凯是姓袁，并不姓曾。隆裕后以满清宗室，总要算老庆阅历最深，比不得一班粗莽少年，空说大话，毫无实用。少年原不足恃，老朽亦属无用。当下令老庆往留老袁，且封袁一等侯爵。袁总理不愿就封，并整顿行装，似乎要归去的模样，急得老庆苦口挽留，才得他勉强应允，惟侯爵决不肯受。想做总统，想做皇帝，岂侯爵所能羁留？俟老庆别后，沉吟了好半晌，乃自拟密电，飞寄唐绍怡，唐接电后，往谒伍代表，谈及老袁密电中事。伍代表复转电孙总统，孙总统微微一笑，遂命秘书拟好电文，即致袁总理道：

北京袁总理鉴：文前日抵沪，诸同志属组临时政府，文义不容辞，只得暂时担任。公方以旋乾转坤自任，即知亿兆属望，惟目前地位，尚不能不引嫌自避，故文暂时承乏，而虚位以待之心，终可大白于将来。望早定大计，以慰四万万人之渴望。

原来袁总理的密电中，是要孙中山让位与他，他才肯赞成共和，推翻清室，做一出民国开幕的新戏。孙中山顾全大局，竟坦白无私，甘心让位。于是这位袁总理，遂放胆做去，演出许多把戏来。曾记得古诗一首，很好移赠老袁，诗句便是：

> 周公恐惧流言日，
> 王莽谦恭下士时。
> 若是当年身便死，
> 一生真伪有谁知？

毕竟袁总理如何处置，且待下回表明。

南北议和，而孙中山航海来华，即组织临时政府，似乎行之太急，然非有此仓促之组织，则选议员、开国会，待诸何时？延长一日，则中国即不安一日，且若国会果成，南北必大肆运动，不免有道旁筑室之嫌，此组织南京政府，不可谓非南方党人之捷足也。唐代表议和被斥，即行辞职，看似袁、唐暗中冲突，实仍一致进行。袁总理心中，本挟一唯我独尊之见，意欲借共和捷径，为皇帝之过渡，既避篡逆之恶名，复得中外之美誉，种种作用，无非期达目的，唐代表辈，实为所利用耳。北伐一段，写得如火如荼，初不值老袁一哂。孙中山之甘心让位，亦知南北之未必相敌，经著书人一一叙来，不但事实了然，即如各人心理，亦跃然纸上。

第五回　彭家珍狙击宗社党　段祺瑞倡率请愿团

却说临时大总统孙文，致电袁世凯，有虚位以待等语。袁总理才放下了心，只表面上不便遽认，当复致一电道：

孙逸仙君鉴：电悉。君主共和问题，现方付国民公决，无从预揣。临时政府之说，未敢预闻。谬承奖诱，愧不克当。惟希谅鉴为幸！

这电文到了南京，孙总统又有复电云：

电悉。文不忍南北战争，生灵涂炭，故于议和之举，并不反对。虽君主民主，不待再计，而君之苦心，自有人谅之。倘由君之力，不劳战争，达国民之志愿，保民族之调和，清室亦得安乐，一举数善，推功让能，自有公论。文承各省推举，誓词俱在，区区此心，天日鉴之。若以文为诱致之意，则误会矣。

袁总理既得此电，料知孙文决意让位，并非虚言，遂至庆亲王私邸，密商多时。略谓："全国大势，倾向共和，民军势力，日甚一日，又值孙文来沪，携带巨资，并偕同西洋水陆兵官数十员，声势愈盛。现在南京政府已经组织完备，连外人统已赞成。多半是乌有情事，老袁岂真相信？无非是恫吓老庆。试思战祸再延，度支如何？军械如何？统是没有把握。前数日议借外款，外人又无一答应，倘或兵临城下，君位贵族，也怕不能保全，徒闹得落花流水，不可收拾。若果到了这个地步，上如何对皇太后？下如何对国民？这正是没法可施哩。"老庆闻到此言，也是皱眉搓手，毫无主意；随后又问到救命的方法。袁总理即提出"优待皇室"四字，谓："皇太后果俯顺舆情，许改国体，那革命军也有天良，岂竟不知感激？就是百世以后，也说皇太后皇上为国为民，不私天下。似王爷等赞成让德，当亦传颂古今，还希王爷明鉴，特达官廷。"前恫吓，后趋承，老庆辈安得不入彀中？老庆踌躇一会，方道："事已至此，也没有别的法子，且待我去奏闻太后，再行定夺。"袁总理乃告别出邸。

过了一日，即由隆裕太后宣召袁总理入朝。袁总理奉命即往，谒见太后，仍把变更国体的好处说了一番，太后泪落不止。袁总理带吓带劝，絮奏了好多时，最后闻得太后呜咽道："我母子二人，悬诸卿手，卿须好好办理，总教我母子得全，皇族无恙，我也不能顾及列祖列宗了。"凄惨语，不忍卒读。袁总理乃退了出来，时已晌午，乘舆出东华门，卫队前拥后护，警备甚严；两旁站着兵警，持枪鹄立，一些儿不敢出声。行至丁字街地方，忽从路旁茶楼上面抛下一物，约离袁总理乘车数尺，一声爆响，火星直进，晦气了一个卫队长，一个巡警，两匹坐马，轰毙地上。还有兵士十二人，行路三人，也触着烟焰，几乎死去。无妄之灾。袁总理的马车，幸尚不损分毫，他坐在马车上面，虽亦觉得惊骇，面目上却很镇静，只喝令快拿匪徒。卫队不敢少慢，即似狼似虎的，跑入茶楼，当场拿住三人，移交军警衙门，即日审讯，一叫杨禹昌，一叫张先培，一叫黄之萌，直供是抛掷炸弹，要击死袁总理。待问他何人主使，他却不发一语，随即正法了案。阅者细思此三人，果属何党？或谓由宗社党主使，或谓由革命党主使。迄今尚属存疑。

袁总理始终不挠，遂拟定优待皇室等条件，一份内呈，一份外达。隆裕太后再开皇族会议,老庆等已无异辞。独良弼愤愤不从,定要主战。那时袁总理得了此信,颇费踌躇,暗忖了半天,不由得自慰道:"如此如此,管教他死心塌地。"遂暗暗地设法布置,内外兼施。过了数天,忽由民政大臣赵秉钧趋入通报道:"军咨使良弼,已被人击伤了。"袁总理道:"已死吗?"开口即问他死否,其情可见。秉钧道:"现尚未死,闻已轰去一足,料也性命难保了。"袁总理又道:"敢是革命党所为吗?"秉钧道:"大约总是他们党人。"袁又问曾否捉住,秉钧又道:"良弼未死,抛掷炸弹的人,却已死了。"袁总理叹道:"暗杀党煞是厉害,但良弼顽固异常,若非被人击死,事体也终办不了。"言下明明有喜慰意。秉钧道:"此人一死,国体好共和了。"袁总理又道:"你道中国的国体,究竟是专制的好,共和的好?"秉钧道:"中国人民,只配专制,但目下情势,不得不改从共和,若仍用专制政体,必须仍然君主。清帝退位,何人承接? 就是有承接的人也离不了莽、操的名目。依愚见想来,只好顺水推舟,到后再说。"袁总理不禁点首,又与秉钧略谈数语,彼此握手告别。赵秉钧系袁氏心腹,故特从此处插入。

看官! 你道这清宗室良弼,究系为何人所击? 相传是民党彭家珍。家珍四川人,曾在本省武备学堂毕业,转学东洋,归充四川、云南、奉天各省军官,久已有志革命,至武昌起义,他复奔走南北,鼓吹军士。既而潜入京师,赁居内城,购药自制炸弹,为暗杀计。适良弼统领禁卫军,锐意主战,乃决计往击良弼。自写绝命书一函,留存案上,然后改服新军标统衣饰,徐步出门,遥看天色将晚,径往投金台旅馆,佯称自奉天进京,有要公进内城,命速代雇马车,赴良弼家,投刺求见。阍人见名刺上面写着"崇恭"两字,旁注"奉天标统"四字,当将名刺收下,只复称:"大人方入宫议事,俟明晨来见便了。"家珍道:"我有要事,不能少待,奈何?"一面说着,一面见阍人不去理睬,复跃上马车,至东华门外静待。约过半小时,见良弼乘车出来,两旁护着卫队,无从下手,乃让良弼车先行,自驱车紧随后面,直至良弼门首,见弼已下车,慌忙跃下,取出"崇恭"名片抢步求见。良弼诧异道:"什么要公,黄夜到此? 明日叙谈罢。"说时迟,那时快,良弼正要进门,猛听得一声怪响,不禁却顾,可巧弹落脚旁,把左足轰得乌焦巴弓,呼痛未终,已是晕倒。只有这些本领,何苦硬要主战。卫士方拟抢护,又是豁喇一声,这弹被石反激,转向后炸,火光乱迸,轰倒卫士数名,连家珍也不及逃避,霎时殒命。良弼得救始醒,奈足上流血不止,急延西医施救,用刀断足,血益狂涌,翌日亦死。死后无嗣,惟遗女子三人。且家乏遗赀,萧条得很。度支部虽奉旨优恤,膊金尚未颁发,清帝即已退位,案成悬宕,良女未得分文,后由故太守廉泉夫人吴芝瑛为良女慰男请恤。呈词中哀楚异常,才博得数金赡养。良弼虽反抗共和,然究是清室忠臣,且廉洁可敬,故特笔表明。这且搁下不提。

且说良弼被炸,满廷亲贵,闻风胆落,躲的躲,逃的逃,多半走离北京,至天津、青岛、大连湾,托庇外人租界,苟延生命;所有家资,统储存外国银行,经有心人确实调查,总数得四千万左右。不肯饷军,专务私蓄,仿佛明亡时形状。大家逍遥海上,单剩了一个隆裕太后及七岁的小皇帝,居住深宫,危急万状。小皇帝终日嬉戏,尚没有什么忧愁。独隆裕后日夕焦烦,再召皇族会议,竟不见人到来。接连又来了一道催命符,由内阁呈入,慌忙一瞧,但见纸上写着:

内阁军咨陆军并各王大臣钧鉴:为痛陈利害,恳请立定共和政体,以巩皇位而奠大局,谨请代奏事。窃维停战以来,议和两月,传闻宫廷俯鉴舆情,已定议立改共和政体,其皇室尊荣及满、蒙、回、藏生计权限各条件,曰大清皇帝永传不废;曰优定大清皇帝岁俸,不得少于四百万两;曰筹定八旗生计,蠲除满、蒙、回、藏一切限制;曰满、蒙、回、藏,与汉人一律平等；曰王公世爵，概仍其旧；曰保护一切私产，民军代表伍廷芳承认，列于正式公文，交万国平和会立案云云。电驰报纸，海宇闻风，率土臣民，罔不额手称庆，以为事机至顺，皇位从此永保，结果之良，轶越古今，真国家无疆之休也。想望懿旨，不遑朝夜，乃闻为辅国公载泽、恭亲王溥伟等，一二亲贵所尼，事遂中沮，政体仍待国会公决，祺瑞自应力修战备，静候新政之成。唯念事变以来，累次懿旨，莫不轸念民依，惟国利民福是求，惟涂炭生灵是惧；既颁十九信条，誓之太庙，又允召集国会，政体付之公决；又见民为国本，宫廷洞鉴，具征民视民听之所在，决不难降心相从。

兹既一再停战，民军仍坚持不下，恐决难待国会之集，姑无论迁延数月，有兵溃民乱、盗贼蜂起之忧，寰宇糜烂，必无完土。瓜分惨祸，迫在目前。即此停战两月间，民军筹饷增兵，布满各境，我军皆无后援，力太单弱，加以兼顾数路，势益孤危。彼则到处勾结土匪，勒捐助饷，四出煽扰，散布诱惑。且于山东之烟台，安徽之颍、寿境界，江北之徐州以南，河南之光山、商城、固始，湖北之宜城、襄、樊、枣阳等处，均已分兵前逼。而我皆困守一隅，寸筹莫展，彼进一步，则我之东皖、豫即不自保。虽祺瑞等公贞自励，死生敢保无他，而饷源告匮，兵气动摇，大势所趋，将心不固，一旦决裂，何所恃以为战？深恐丧师之后，宗社随倾，彼时皇室尊荣，宗藩生计，必均难求满志。即拟南北分立，勉强支持，而以人心论，则西北骚动，形既内溃；以地理论，则江海尽失，势成坐亡。祺瑞等治军无状，一死何惜，特捐躯自效，徒殉愚忠，而君国永沦，追悔何及？甚非所以报知遇之恩也。况召集国会之后，所公决者尚不知为何项政体？而默察人心趋向，恐仍不免出于共和之一途，彼时万难反汗，是徒以数月水火之患，贻害民生，何如预行裁定，示天下以至公？使食毛践土之伦，歌舞圣明，零涕感激，咸谓唐虞至治，今古同揆，不亦伟哉！

祺瑞受国厚恩，何敢不以大局为念？故敢况，冒死陈言，恳请涣汗大号，明降谕旨，宣示中外，立定共和政体，以现在内阁及国务大臣等，暂时代表政府，担任条约国债及交涉未完各事项，再行召集国会，组织共和政府，俾中外人民，咸与维新，以期妥奠群生，速复地方秩序，然后振奋民气，力图自强，中国前途，实维幸甚，不胜激切待命之至，谨请代奏！

隆裕太后一气览毕，已不知落了多少珠泪，及看到后面署名，第一个便是第一军总统官段祺瑞，随后依次署列，乃是尚书衔古北口提督毅军总统姜桂题，护理两江提督张勋，察哈尔都统陆军统制官何宗莲，副都统段芝贵，河南布政使帮办军务倪嗣冲，陆军统制王占元、曹锟、陈光远、吴鼎元、李纯、潘矩楹、孟恩远，河北镇总兵马金叙，南阳镇总兵谢宝胜，第二军总参议官靳云鹏、吴光新、曾毓隽、陶云鹤，总参谋官徐树铮，炮台协领官蒋廷梓，陆军统领官朱泮藻、王金镜、鲍贵卿、卢永祥、陈文运、李厚基、何丰林、张树元、马继增、周符麟、萧广传、聂汝清、张锡元，营务处张士钰、袁乃宽，巡防统领王汝贤、洪自成、高文贵、刘金标、赵倜、仇俊恺、周德启、刘洪顺、柴得贵，陆军统带官施从滨、萧安国一股脑儿有四五十人。到了结末几个姓名，已被泪珠儿湿透，连笔迹都模糊起来。

隆裕后约略看毕，便把这来折掷在案上，竟返入寝宫，放声大哭。一班宫娥侍女，都为惨然。又经窗外的朔风，猎猎狂号，差不多为清室将亡，呈一惨状。帝王末路，历代皆然，如清室之亡，尚是一个好局面。自是隆裕太后忧郁成疾，食不甘，寝不安，镇日里以泪洗面，把改革国体问题，无心提起。一夕，正假寐几上，忽由太保世续跟跄趋入，报称："太后，不好了，段祺瑞等要进京来了。"隆裕太后不觉惊醒，忙问道："段祺瑞吗？他来京何事？"世续道："他有一本奏折，请太后明鉴。"隆裕后未曾瞧着，眼眶中已含了多少泪儿，及瞧完来奏，险些儿晕厥过去。看官！你道他是什么奏辞？待小子录述出来，奏云：

共和国体，原以致君于尧、舜，拯民于水火，乃因二三王公，迭次阻挠，以至恩旨不颁，万民受困。现在全局危迫，四面楚歌，颍州则沦陷于革军，徐州则小胜而大败，革舰由奉天中立地登岸，日人则许之，登州、黄县独立之影响，蔓延于全鲁，而且京、津两地，暗杀之党林立，稍疏防范，祸变即生。是陷九庙两宫于危险之地，此皆二三王公之咎也。三年以来，皇族之败坏大局，罪难发数，时至今日，乃并皇太后皇上欲求一安富尊荣之典，四万万人欲求一生活之路，而不见允，祖宗有知，能不恫乎？盖国体一日不决，则百姓之困兵燹冻饿，死于非命者，日何啻数万。瑞等不忍宇内有此败类也，岂敢坐视乘舆之危而不救乎？谨率全军将士入京，与王公痛陈利害，祖宗神明，实式凭之。挥泪登车，昧死上达。请代奏！

最后署名，除段祺瑞外，无非是王占元、何丰林、李纯、王金镜、鲍贵卿、李厚基、马继增、周符麟等一班人物，隆裕后也不及细阅，只觉身子寒战起来，昏昏沉沉，过了半晌，方对世续道："这，怎么好？怎么好？"世续支吾道："国势如此，人心如此，看来非改革政体，不能解决了。"隆裕后道："古语说得好，'养兵千日，用兵一时。'不料我国家费了若干金银，养了这班虎狼似的人物，偏来反噬，你想可痛不可痛呢？"并非将士之过，隆裕后也未免诬人。世续道："太后须保重玉体，勿过伤心！"隆裕后流泪道："我悔不随先帝早死，免遭这般惨局。"说至此，又把银牙一咬，便道："罢，罢！你去宣召袁世凯进来。"世续奉命去讫，约半日，即见心广体胖的袁总理，随世续入宫。"心广体胖"四字，形容得妙。这一来有分教：

> 一代皇图成过去，
>
> 万年创局见今朝。

欲知袁总理入宫后事，且看下回再表。

统观本回各情事，无一非袁世凯所为，袁世凯之被炸，当时群料为良弼所使，吾谓实袁氏自使之耳。良弼之被炸，则谓由民党彭家珍，吾谓亦袁氏实使之。不然，何以袁氏遇炸而不死，良弼一炸而即死乎？或谓杨禹昌、黄之萌、张先培三人被逮以后，并未供言袁氏指使，岂死在目前，尚无实供求生之理？不知此正见袁氏之手段。袁氏后日，杀人多矣，即受袁氏之指使，而被人杀者亦多矣。问谁曾实供袁氏乎？闻袁氏平生举动，得达目的，不靳金钱，然则买人生命，以金为鹄，贪夫徇财，何所惮而不为也？若段祺瑞之领衔请愿，不待究诘，已共知为受命老袁，书中内外兼施四字，已将全情表明，寡言胜于多言，益令人玩味无穷云。

第六回　许优待全院集议　允退位民国造成

却说清太保世续召袁总理世凯入宫，当由隆裕后问及优待条件，曾否寄往南方，袁总理答云："未曾。"明明是欺弄孤儿寡妇，安有外人尽知，尚说未曾寄往耶？隆裕后凄然道："这个局面，看来是难免了，烦你寄去交议罢。"袁总理道："事关重大，且再商诸近支王公，再行定夺。"何必做作。隆裕后道："近支王公，多半远扬，还有什么可议？"说罢，掩面悲啼，袁总理也顾不得什么，竟大踏步出宫，电致南方伍代表去了。已达目的，乐得趾高气扬。

是时南京各省代表团，已依临时政府组织大纲，召集参议员，于民国元年正月廿八日开参议院正式成立大会。开会前一日，适有数大问题发生，足为中华民国前途之障力。先是各省代表集会汉口，已有未曾独立的省份，如直隶、奉天等代表，有无表决权，应付讨论。卒因群议纷纭，仓促不及表决，所以组织临时政府，选举正副总统，无论该省是否独立，既称代表，皆得投票。初无歧视，及参议院将要开会，议员中有提出原议，略言："直隶、奉天等议员，不得有表决权。"直隶议员谷钟秀、奉天议员吴景濂等，抗论不服，相继辞职，旋经各省议员调停，方彼此一律，权限从同。南北议和，已将就绪，不日即可统一，还要彼此龃龉，自生恶感，真正令人不解。次日开会，各省议员联袂偕来，虽未满额，已过半数，临时大总统孙文亦曾莅会，国旗招展，军乐悠扬，大众欢欣鼓舞，俨然有一种共和的气象。

嗣是逐日会议，倏逾兼旬，忽闻新政府未经院议，擅将汉冶萍煤矿公司抵质借款，全院议员大哗，严辞责问。原来临时政府成立，命将各省赋税暂行豁免，一些儿没有进款，那出款却格外浩繁。陆军财政两部，拟发军需八厘公债票，经参议院通过施行，未见成效。嗣商诸大公司内管理人，暂借国民名义，将私产抵押外国款项，转贷政府，于是苏路公司及招商局，先后抵质为短期借款的抵押品。参议院也无异议，惟新政府尚嫌未足，复将汉冶萍煤矿公司抵借日本款五百万圆，这汉冶萍公司的资本，清邮传部大臣盛宣怀要占大半，盛氏以铁路国有政策，激起民变，致兴革命军。清廷已将他罢职，民军又拟将他资产籍没，急得老盛没法，竟去投效日本，愿与日人合办，想仗这日本商标，保护私产，复讨好临时政府，愿将该公司抵款五百万圆，救济新政府的眉急。

陆军总长黄兴以军饷急需，不暇交参议院公决，只与临时大总统孙文商妥，径由大总统及陆军总长秘密签字，连财政总长陈锦涛也未得与闻。此举未免违法。后被参议院察悉，立刻咨照政府，诘他"抵押借债，何故不付参议院议决，擅自签字"等语。政府答称："由私人押借，与国家无涉。且款项亦未缴齐。"潦潦草草地说了数语，参议院议员竟责政府遁辞，愈觉不平，再请政府切实答复。政府复答称："汉冶萍公司，系由私人资格，与日本商订合办，尚未通过股东会，先由该公司借日款五百万圆，转借与临时政府，请求批准。现只交到二百万圆，本总统正恐外人合股，不无流弊，正拟取消这事，所以未经交议。"湖北参议员刘成禺、张伯烈、时功玖等，攘臂起诉，极言政府擅断擅行，愤极辞职，立回湖北原籍，运动本省临时省议会，另行组织临时国会，与南京临时参议院抗衡。临时参议院成立，未及一月，即成决裂，此即中华民国不祥之兆。政府乃将汉冶萍公司罢押。临时参议院亦驳斥湖北省议会，为法外举动,当然无效。特举此数事,见得中国共和之难成。正在喧闹的时候,伍代表已交到优待清室等件,立待议妥,大众乃将余事搁起,专心致志的公议要项。但见第一行写着道:

(甲)关于大清皇帝优礼之条件。

大众瞧这十余字,各哗声道:"清帝退位,清室已亡,还有什么大不大。说得有理。就是'优礼'的'礼'字,亦属不合。"一议员道:"竟改作'清帝退位后优待之条件'便好了。"又有一议员道:"'退'字不如'逊'字,俾他留点面目,何如?"当下大众赞成,遂由主稿员另纸写出,系"(甲)关于清帝逊位后优待之条件",写毕,再将原稿看了下去,系是:

第一款,大清皇帝尊号,相承不替,国民对于大清皇帝,各致其尊崇之敬礼,与各国君主相等。

大众复道:"不妥不妥。清帝已经退位,我辈国民,还要去尊崇他做什么?"乃经大众悉心参酌,改为:"清帝逊位之后,尊号仍存不废,以待外国君主之礼相待。"再看第二款云:

第二款,大清皇帝岁用,每岁至少不得短于四百万两,永不得减额。如有特别大典,经费由民国担任。

大众磋议,改四百万两为四百万元,"特别大典"二语删去,乃复由主稿员写下道:"清帝逊位之后,每岁用四百万元,由中华民国给付。"再看第三款列着:

第三款,大内宫殿或颐和园,由大清皇帝随意居住,宫内侍卫护军官兵,照常留用。

大众又道:"清帝既已退位,大内宫殿不应久居。"一议员应声道:"何不叫他还居颐和园?"旁又有一议员道:"颐和园规模弘敞,殿阁巍峨,令他届住,还是便宜了他。"连颐和园都不肯与居,清室末路,也属可怜。大众道:"既议优待,就留些余地便是。"乃改为:"清室逊位之后,暂居宫禁,日后移居颐和园,侍卫照常留用。"至第四款是:

第四款,宗庙陵寝,永远奉祀,由民国妥慎保护,负其责任,并设守卫官兵,如遇大清皇帝恭谒陵寝,沿途所需费用,由民国担任。

大众道:"清帝谒陵的费用,如何要民国担任?倘他借谒陵为名,日日嬉游,我民国担得起这许多供奉吗?此款前半截尚可通融,下三语尽可删却。"乃改定:"清室逊位后,其宗庙陵寝,由民国妥慎保护。"复看第五款云:

第五款,德宗崇陵未完工程,如制敬谨妥修,其奉安典礼,仍如旧制,所有经费,均由民国担任。

这一款却没人反对,只酌改数字,作为:"清德宗崇陵未完工程,如制妥修。其奉安典礼,仍如旧制,所有实用经费,均由中华民国支出。"至第六款云:

第六款,宫内所用各项执事人员,均由大清皇帝留用。

大众道:"清宫旧用阉人,我民国尊重民权,当然不准有这腐竖,须要载明方好。"即改为:"宫内所用各项执事人员,得照常留用,惟以后不得再招阉人。"再看下去:

第七款,凡属大清皇帝原有之私产,特别保护。

此款也没甚异议,不过窜易字句,变为:"清帝逊位之后,其原有私产,由中华民国特别保护。"及看到第八款,没有一人赞成,议决作废。看官!你道原稿第八款,是写着什么?乃是:

第八款,大清皇帝有大典礼,国民得以称庆。

依情理上论来,清帝已经退位,中国人民不受清帝管辖,所有清室典礼,与国民何涉?应该将此款删去。到了第九款,大众又抗论起来,但见原稿上写着:

第九款，禁卫军名额俸饷，仍如其旧。

原来禁卫军是保护清宫，因有此制。清帝退位后，须移居颐和园，禁卫军理应裁去。但从前这班军人，靠着军饷过活，此时遽议裁汰，恐他游骑无归，转成寇盗。当经各议员裁酌，改为："原有之禁卫军，归中华民国陆军部编制，其额数俸饷，仍如其旧。"统计甲种九款，改为八款，下文是：

（乙）关于皇族待遇之条件。

第一款，王公世爵，概仍其旧，并得传袭。其袭封时，仍用大清皇帝册宝，凡大清皇帝赠封爵位，亦用大清皇帝册宝。

大众议决，皇族的"皇"字，改作"清"字。条文中只用首二语，以下尽行删去。第二款云：

第二款，皇族对于国家之公权，与国民同等。

这条经大众增改，定为："清皇族对于中华民国国家之公权及其私权，与国民同等。"再看下文第三四款。

第三款，皇族私产，一体保护。

第四款，皇族免兵役之义务。

这两条不加删改，惟于"皇族"上各加一"清"字。统计乙种共四款。下文为丙种条件，共计七款，原文云：

（丙）关于满、蒙、回、藏各族待遇之条件。

（一）与汉人平等；（二）保护其原有之私产；（三）王公世袭，概存其旧；（四）王公中有生计过艰者，应设法拨给官产，作为世业，以资补助；（五）先筹八旗生计，于未筹定之前，八旗官兵俸饷，仍旧支放；（六）从前营业居住等限制，一律蠲除，各州县听其自由入籍；（七）满、蒙、回、藏原有之宗教，听其信仰自由。

七款均不必更改，但就第四款中删一"应"字，第五款中，改"官兵"为"官弁"。条件已终，全体议决，再由主稿员依次誊正。惟末文尚有结尾数语，又由各议员修正通过，原文为："以上条件，列于正式公文，照会各国，或电达驻荷华使，知会海牙万国平和会存案。"改正为："以上条件，除丙款各条另行宣布外，余均列于正式公文，由中华民国政府，照会各国驻北京公使。"

全文俱已缮清，即咨照临时政府，转交伍代表电达北京。袁总理瞧阅一周，便呈入隆裕太后。隆裕后又召见各近支王公及各国务大臣，咨询优待条件事宜。应召的人很是寥寥，惟醇王载沣等到来。会议多时，或谓："皇室经费，必须四百万两，分文不能短少。"这是夺利。或谓："皇帝尊号相承不替数字，定须增入。"这是争名。或谓："各种条件，统应增损。"恼动了隆裕太后，不觉唏嘘道："大势已去，只争了一些小节，亦属无益。咳！我列祖列宗创造经营，得了中国一统江山，煞是艰苦，不意传到我辈子孙，无材无力，轻轻地让与别人，教我如何对得住先人呢？"说毕，哽咽不已，载沣等亦愧悔交集，各带惨容。始终以一哭了之。隆裕后又道："庆亲王到哪里去了？为何此时尚不见来？"正忆念间，忽见老庆伛偻趋入，脸上尚带烟容。想是大吸阿芙蓉膏，因此来迟。当由隆裕后与他商议，老庆细阅优待条件，亦没甚异议，不过于"相承不替"一语，亦主张加入。隆裕后乃转嘱袁总理，令他致电南京政府，争此四字。怎奈南方回电，坚不承认。袁总理入宫面复，请太后自行定夺。隆裕后道："为这四字，决裂和议，倘或宗庙震惊，生灵涂炭，不更令我增罪吗？依他便了。"这却是仁人之言。袁总理道："且再与近支王公熟商。"隆裕后不待说毕，便道："他们多半不在京师，就是留着，也是不中用的人物，你不妨做主办理，日后必无异言。"袁总理唯唯退出，即欲拟旨，只因逊位的"逊"字，有碍清帝体面，且会议时候，皇族中亦有异论，乃酌改一"辞"字，与南方电议允洽，敦请老袁出山，总算争得此一字。便草定懿旨三道，呈入宫中，请隆裕太后及宣统帝盖用御宝。宣统帝不识不知，当然由太后做主，含泪钤印，统共盖讫，就于清宣统三年十二月二十五日，即中华民国元年二月十二日，颁布天下。谕云：

朕钦奉隆裕太后懿旨，前因民军起事，各省响应，九夏沸腾，生灵涂炭，特命袁世凯遣员，与民军代表，讨论大局，议开国会，公决政体。两月以来，尚无确当办法。南北暌隔，彼此相持，商辍于途，士露于野，徒以国体一日不决，故民生一日不安。今全国人民心理，多倾向共和，南中各省，既倡议于前，北方各将，亦主张于后，人心所向，天命可知，予亦何忍以一姓之尊荣，拂兆民之好恶，是用外观大势，内审舆情，特率皇帝将统治权归诸全国，定为共和立宪国体，近慰海内厌乱望治之心，远协古圣天下为公之义。袁世凯前经资政院选举，为总理大臣，当兹新旧代谢之际，宜有南北统一之方，即由袁世凯组织临时政府，与民军协商统一办法，总期人民安堵，海内义安，仍合汉、满、蒙、回、藏五族完全领土，为一大中华民国，予与皇帝得以退处宽闲，优游岁月，长受国民之优礼，亲见郅治之告成，岂不懿欤？钦此！

还有两道谕旨，一道是颁布优待条件，一道是饬文武官吏，各循职守，毋生异论。是日北京遍悬五色旗，民国南北统一，二百六十八年的清室，已成过去的历史。临时大总统孙文复提出最后的协议五条，交伍代表转达北京，条款列着：

（一）清帝退位，由袁同时咨照驻京各国公使，请转知民国政府，现在清帝已经退位，或转饬旅沪领事转达亦可。

（二）同时袁须宣布政见，绝对赞同共和主义。

（三）文接到外交团或领事团通知清帝布告后，即行辞职。

（四）由参议院举袁为临时总统。

（五）袁被举为临时总统后，誓守参议院所定之宪法，乃能授受事权。

伍代表即日发电，由袁世凯接着，已是满意，自然没有意外的争执了。小子有诗咏道：

帝运告终清祚覆，

中华一统共和成。

如何尚逐中原鹿，

攫得全权始撤兵？

欲知老袁答复的电文，且从下回接阅。

此回为化板为活文字，优待清室等条件，已见《清史演义》，而此书亦万不能不录。经作者一番熔化，觉得各条文字，煞费磋磨；且于清室提出原稿，亦曾载及，愈见当时改正，不可谓非参议员之功。至叙及临时政府，与参议院之关系，是为南京组织政府三月内之举动，亦可留作一段话柄，固非漫无抉择，随笔铺叙已也。后文述及隆裕后盖印，以及孙总统提出协议，无非为老袁属笔，总结一诗，具见大意。皮里阳秋，可于此书证之。

第七回

请瓜代再开选举会
迓专使特辟正阳门

却说清内阁总理袁世凯，已奉隆裕太后懿旨，令他组织临时政府。上加"清内阁总理"五字，义微而显。后由南京临时总统孙文交伍代表电达老袁，老袁心满意足，即日复电云：

南京孙大总统黎副总统各部总长参议院同鉴：共和为最良国体，世界所公认，今由帝政一跃而跻及之，实诸公累年之心血，亦民国无穷之幸福。大清皇帝既明诏辞位，业经世凯署名，则宣布之日，为帝政之终局，即民国之始基，从此努力进行，务令达到圆满地位，永不使君主政体，再行于中国。现在统一组织，至重且繁，世凯极愿南行，畅聆大教，共谋进行之法。只因北方秩序，不易维持，军旅如林，须加部署，而东北人心，未尽一致，稍有动摇，牵涉全国。诸君皆洞鉴时局，必能谅此苦衷。至共和建设重要问题，诸君研究有素，成竹在胸，应如何协商统一组织之法，尚希迅速见教！

临时总统孙文既接此电，当向参议院提出辞职书，其文云：

中华民国临时大总统孙咨：前后和议情形，前已咨交贵院在案，昨日伍代表得北京电云云，又接北京电云云（两电见前，均从略）。本总统以为我国民之志，在建设共和，倾覆专制，义师大起，全国景从。清帝鉴于大势，知保全君位，必然无效，遂有退位之议。今既宣布退位，赞成共和，承认中华民国，从此帝制永不留存于中国之内，民国目的，亦已达到。当缔造民国之始，本总统被选为公仆，宣布誓书，以倾覆专制巩固民国图谋幸福为任。誓至专制政府既倒，国内无变乱，国民卓立于世界，为列邦公认，本总统即行辞职。现在清帝退位，专制已除，南北一心，更无变乱，民国为各国承认，旦夕可期。本总统当践誓言，辞职引退，为此咨告贵院，应代表国民之公意，速举贤能，来南京接事，以便解职。附办法条件如下。

临时政府地点，设于南京，为各省代表所议定，不能更改。辞职后，俟参议院举定新总统，亲到南京受任之时，大总统及国务各员，乃行解职。临时政府约法为参议院所制定，新总统必须遵守颁布之一切法律章程。此咨。

又有荐贤自代咨文，词云：

今日本总统提出辞表，要求改选贤能。选举之事，原国民公权，本总统原无容喙之地。惟前使伍代表电北京，有约以清帝实行退位，袁世凯君宣布政见，赞成共和，即当提议推让。想贵院亦表同情。此次清帝逊位，南北统一，袁君之力实多，其发表政见，更为绝对赞同共和。举为总统，必能尽忠民国。且袁君富于经验，民国统一，赖有建设之才。故敢以私见贡荐于贵院，请为民国前途熟记，无失当选之人，大局幸甚！此咨。

这两篇咨文，到了参议院，各议员一律可决，定于二月十五日，开临时大总统选举会。届期这一日，孙总统率各部总长及各将校，共谒孝陵。孝陵即明太祖墓，在南京朝阳门外，当钟山南麓，由孙总统主祭，宣告汉族光复，民国统一。司祝官读罢祭文，两旁奏起军乐。悠扬中节，遐迩传声，军士数万无不腾欢，各国领事携手临观，亦啧啧称赏。祭礼已毕，再返临时总统府，行庆贺南北统一共和成立礼，先由军士开炮，鸣了一十七响，乃由孙大总统就位，依次奏乐唱歌，各部总次长随班就列，向孙总统鞠躬表敬，孙总统亦答礼如仪，随即向大众演说道："清帝退位,南北统一,这皆由无数志士,无数义师,用无数热肠铁血,调换出来。但北京一方面,全赖袁公慰庭,惨淡经营,方得成功,是袁公实我民国挚友,民国成立以后,不应将他忘怀。今日参议院选举总统,若果袁公当选,想必能巩固民国。况前日得他复电,曾有永不使君主政体再现中国之语,他是当代英雄,日后宜不食言。不要相信他,恐怕有些靠不住。惟临时政府地点,仍须设立南京。南京是民国开基,长此建都,好作永久纪念,不似北京地方,受历代君主的压力,害得毫无生气,此后革故鼎新,当有一番佳境。我虽解任,总是国民一分子,仍愿竭尽绵薄,为新政府效力,耿耿此心,还祈公鉴!"演说毕,但听得一片拍掌声,震动耳鼓。复奏军乐数通,益觉洋洋沨沨,响彻云霄。礼成,全体三呼民国万岁,方才散去。

下午参议院开会,选举总统,共得十七省议员,各投一票,计十七票,投票结果,统是"袁世凯"三字,全场一致,当选袁世凯为民国第二任临时大总统,随即电达北京,请袁来宁就职。孙总统亦以个人名义,电达北京,略谓:"临时政府,已报告参议院,提出辞职书,并推荐袁为总统,惟袁公必须先至共和政府任职,不能由清帝委任组织。若虑北方骚扰,无人维持现状,尽可先举人才,电告临时政府,即当使为镇抚北方的委员"云云。

看官!你想老袁的势力,全在北方,若要他南来就职,明明是剪他羽翼,他本机变如神,岂肯孤身南下,来做临时政府的傀儡吗?语语见血。当下来一复电,由孙总统译阅云:

清帝辞位,自应速谋统一,以定危局,此时间不容发,实为唯一要图,民国存亡,胥赖于是。顷接孙大总统电开提出辞表,推荐鄙人,属速来宁,并举人电知临时政府,畀以镇安北方全权各等因。世凯德薄能鲜,何敢肩此重任?太属客气。南行之愿,前电业已声明,然暂时羁绊在此,实为北方危机隐伏,全国半数之生命财产,万难撇置,并非因清帝委任也。孙大总统来电所论共和政府,不能由清帝委任组织,极为正当,现在北方各省军队,暨全蒙代表,皆以函电推举为临时大总统,清帝委任一层,无足再论。此语隐隐自命。然总未遽组织者,特虑南北意见,因此而生,统一愈难,实非国家之福。若专为个人责任计,舍北而南,则实有无穷窒碍。北方军民意见,尚多分歧,隐患实繁。皇族受外人愚弄,根株潜长,北京外交团,向以凯离此为虑,屡经言及。又举外人,抵抗南京。奉、江两省,时有动摇,外蒙各盟,迭来警告,内讧外患,递引互牵。若因凯一去,变端立见,殊非爱国救世之素志。若举人自代,实无措置各方面合宜之人。明明谓舍我其谁。然长此不能统一,外人无可承认,险象环集,大局益危,反复思维,与其孙大总统辞职,不如世凯退居。盖就民设之政府,民举之总统,而谋统一,其事较便。今日之计,唯有南京政府,将北方各省及各军队妥善接收以后,世凯立即退归田里,为共和之国民。当未接收以前,仍当竭智尽能,以维秩序。总之共和既定之后,当以爱国为前提,决不欲以大总统问题,酿成南北分歧之局,致资渔人分裂之祸,恐怕言不顾行,奈何。已请唐君绍仪,代达此意,赴宁协商(绍仪即绍怡。前避宣统帝溥仪名,因改仪为怡,此次清帝退位,仍复原名)。特以区区之怀,电达聪听,惟亮察之为幸!

孙总统接电后,再赴参议院核定可否,全院委员长李肇甫及直隶议员谷钟秀等,以"临时政府地点,不如改设北京,意谓临时政府,为全国视听所关,必须所在地势,可以统驭全国,方能使全国完固,且足维系四万万人心,我民国五大民族,从此联合,作为一个大中华民国。前由各省代表,指定临时政府地点,设在南京,系因当时大江以北,尚属清军范围,不能不将就办理;目今情异势殊,自应相时制宜,移都北方为要。"言亦有理。有几个议员与他反对,仍然主张南京,用投票表决法,解此问题。投票后,主张北京的有二十票,主张南京的只有八票，乃从多数取决，复咨孙总统。无如孙总统的意见，总以南京为是，援临时政府组织条例，再交参议院复议。原来临时政府大纲中，曾有临时大总统，对于参议院议决事件，如未以为然，得于具报后十日内，声明理由，交会复议。组织临时政府大纲，前因暂行制，故特从略，此次为交议事件，因特别提出。

参议院接收后，再开会议，除李肇甫、谷钟秀数人外，忽自翻前议，赞成南京，不赞成北京，彼此争论起来，很是激烈。旋经中立党调和两造，再行投票解决，结果是七票主张北京，十九票主张南京，似此重大问题，只隔一宿，偏已换了花样，朝三暮四，令人莫测。中国人心之不可恃，一至于此。孙总统既接到复议决文，自然再电北京，请袁世凯即日南来，并言当特派专使，北上欢迎。袁乃复电云：

昨电计达。嗣奉尊电，惭悚万状。现在国体初定，隐患方多，凡在国民，均应共效绵薄。惟揣才力，实难胜此重大之责任。兹乃辱荷参议院正式选举，窃思公以伟略创始于前，而凯乃以轻材承乏于后，实深愧汗。凯之私愿，始终以国利民福为归，当兹危急存亡之际，国民既以公义相责难，凯敢不勉尽公仆义务？惟前陈为难各节，均系实在情形，素承厚爱，谨披沥详陈，务希涵亮！俟专使到京，再行函商一切。专使何人？并何日启程？乞先电示为盼。肃复。

又致参议院电文云：

昨因孙大总统电知辞职，同时推荐世凯，当经复电力辞，并切盼贵院另举贤能，又将北方危险情形，暨南去为难各节，详细电达，想蒙鉴及。兹奉惠电，惶悚万分，现大局初定，头绪纷繁，如凯衰庸，岂能肩此巨任？乃承贵院全体一致，正式选举，凯之私愿，始终以国利民福为归。当此危急存亡之际，国民既以公义相责难，凯何敢以一己之意见，辜全国之厚期？惟为难各节，均系实在情形，知诸公推诚相与，不敢不披沥详陈，务希涵亮！统候南京专使到京，商议办法，再行电闻。略去电而详复电，为下文伏笔。

当袁世凯电辞总统，又电受总统的时候，临时副总统黎元洪也有辞职电文，拍致南京参议院。二月二十日，参议院又开临时副总统选举会，投票公决，仍举黎当选，全院一致。黎以大众决议不便力辞，也即承认。袁、黎心术之分，可见一斑。于是南京临时政府遂派遣教育总长蔡元培为专使，副以汪兆铭、宋教仁等。适唐绍仪来宁，知已无可协商，亦愿同专使北行。启程时，先电告北京，遥与接洽。

自二月二十一日，使节出发，至二十七日，到了北京。但见正阳门外，已高搭彩棚，用了经冬不凋的翠柏，扎出两个斗方的大字，作为匾额。这两大字不必细猜，一眼望去，便见左首是"欢"字，右首是"迎"字。"欢迎"两字旁，竖着两面大旗，分着红黄蓝白黑五色，隐喻五族共和的意思。彩棚前面，左右站着军队，立枪致敬，又有老袁特派的专员，出城迎迓，城门大启，军乐齐喧，一面鸣炮十余下，作欢迎南使的先声。极力摹写，都为下文作势。蔡专使带同汪、宋各员，与唐绍仪下舆径入，即由迎宾使向他行礼。两下里免冠鞠躬，至相偕入城，早有宾馆预备，也铺排得精洁雅致，几净窗明，馆中物件，色色俱备，伺役亦个个周到。外面更环卫禁军，特别保护。蔡专使等既入客馆，与迎宾使座谈数语，迎宾使交代清楚，当即告别，唐绍仪也自去复命了。

是晚即由京中人士，多来谒候。寒暄已过，便说及老袁南下的利害，一方面为迎袁而来，所说大略，无非是南方人民，渴望袁公，袁能早一日南下，即早一日慰望等语。一方面是有所承受，特来试探，统说北京人心，定要袁公留住，组织临时政府，若袁公一去，北方无所依托,未免生变。且元、明、清三朝,均以北京为国都,一朝迁移,无论事实上多感不便,就是辽东三省,与内外蒙古,亦未便驾驭,鞭长莫及,在在可忧,理应思患预防,变通办理为是。双方俱借口人心,其实人民全不与闻,统是孙、袁两人意见。彼此谈了一会,未得解决,不觉夜色已阑,主宾俱有倦容,当即告别。蔡专使均入室安寝。翌晨起床,大家振奋精神,要去见那当选的袁大总统了。正是:

  专使徒凭三寸舌,

  乃公宁易一生心。

毕竟袁世凯允否南行,且至下回再表。

  孙中山遵誓辞职,不贪权利之心,可以概见,而必请老袁南下,来宁就职者,其意非他,盖恐袁之挟势自尊,始虽承认共和,日后未免变计耳。然袁岂甘为人下者?下乔入谷,愚者亦知其非,况机变如老袁者乎?蔡专使等之北上,已堕入老袁计中,老袁阳表欢迎,阴怀谲计,观其迭发数电,固已情见乎词,而南方诸人,始终未悟,尚欲迎之南来,吾料老袁此时,方为窃笑不置也。袁氏固一世之雄哉!

第八回　变生不测蔡使遭惊　喜如所期袁公就任

却说蔡专使元培，与汪兆铭、宋教仁二人，偕谒袁世凯，名刺一入，老袁当即迎见。双方行过了礼，分宾主坐定，略略叙谈。当由蔡专使起立，交过孙中山书函及参议院公文，袁世凯亦起身接受，彼此还座。

经老袁披阅毕，便皱着眉头道："我日思南来，与诸君共谋统一，怎奈北方局面未曾安静，还须设法维持，方可脱身。但我年将六十，自问才力，不足当总统的重任，但求共和成立，做一个太平百姓，为愿已足，不识南中诸君，何故选及老朽？并何故定催南下？难道莽莽中原，竟无一人似世凯吗？"听他口气，已是目无余子。蔡专使道："先生老成众望，海内久仰，此次当选，正为民国前途庆贺得人，何必过谦？惟江南军民极思一睹颜色，快聆高谈，若非先生南下，恐南方人士还疑先生别存意见，反多烦言呢。"老袁又道："北方要我留着，南方又要我前去，苦我没有分身法儿，可以彼此兼顾。但若论及国都问题，愚见恰主张北方哩。"这是老袁的定盘星。

宋教仁年少气盛，竟有些忍耐不住，便朗声语袁道："袁老先生的主张，愚意却以为未可。此次民军起义，自武昌起手，至南京告成，南京已设临时政府及参议院，因孙总统辞职，特举老先生继任，先生受国民重托，理当以民意为依归，何必恋恋这北京呢？"老袁掀髯微哂道："南京仅据偏隅，从前六朝及南宋，偏安江左，卒不能统驭中原，何若北京为历代都会，元、明、清三朝，均以此为根据地，今乃舍此适彼，安土重迁，不特北人未服，就是外国各使馆，也未必肯就徙哩。"宋教仁道："天下事不能执一而论。明太祖建都金陵，不尝统一北方吗？如虑及外人争执，我国并非被保护国，主权应操诸我手，我欲南迁，他也不能拒我。况自庚子拳乱，东交民巷已成外使的势力圈，储械积粟，驻兵设防，北京稍有变动，他已足制我死命。我若与他交涉，他是执住原约，断然不能变更。目今民国新造，正好借此南迁，摆脱羁绊，即如为先生计，亦非南迁不可，若是仍都北京，几似受清帝的委任，他日民国史上，且疑先生为刘裕、萧道成流亚，谅先生亦不值受此污名呢。"语亦厉害。

老袁听到此言，颇有些愤懑的样子，正拟与他答辩，忽见外面有人进来，笑对宋教仁道："渔父君！你又来发生议论了。"教仁急视之，乃是唐绍仪，也起答道："少川先生，不闻孔子当日，在宗庙朝廷，便便言吗？此处虽非宗庙朝廷，然事关重大，怎得无言？"原来宋教仁号渔父，唐绍仪号少川，所以问答间称号不称名。蔡专使等均起立相迎。绍仪让座毕，便语道："国都问题，他日何妨召集国会，共同表决。今日公等到此，无非是邀请袁公，南下一行，何必多费唇舌？袁公亦须念他远来，诚意相迓，若可拨冗启程，免得辜负盛意。"倒是一个鲁仲连。袁世凯乃起座道："少川责我甚当，我应敬谢诸公，并谢孙总统及参议员推举的隆情，既承大义相勉，敢不竭尽心力，为国图利，为民造福，略俟三五天，如果北方沉静，谨当南行便了。"说毕，即令设席接风，盛筵相待，推蔡专使为首座，汪、宋等依次坐下，唐绍仪做了主中宾，世凯自坐主席，自不消说。席间所谈，多系南北过去的事情，转瞬间已是日昃，彼此统含三分酒意，当即散席，订了后会，仍由老袁饬吏送蔡专使等返至客馆。

汪兆铭语蔡专使道："鹤卿先生，你看老袁的意思，究竟如何？"蔡(字鹤卿，号子民，为人忠厚和平)徐徐地答道："这也未可逆料。"宋教仁道："精卫君！你看老袁的行动，便知他是一步十计，今日如此，明日便未必如此了。"见识甚明，故为老袁所忌。蔡专使道："他用诈，我用诚，他或负我，我不负他，便算于心无愧了。"纯是忠厚人口吻。宋教仁复道："精卫君！蔡先生的道德，确是无愧，但老袁狡狯得狠，恐此番跋涉，未免徒劳呢。"汪兆铭亦一笑而罢。兆铭别号精卫，故宋呼汪为精卫君。

各人别字，陆续点明，又是另一样文法。等到夜膳以后，闲谈片刻，各自安睡。正在黑甜乡中，寻那共和好梦，忽外面人声马嘶，震响不已，接连又有枪声弹声，屋瓦爆裂声，墙壁坍塌声，顿时将蔡专使等惊醒，慌忙披衣起床，开窗一看，但见火光熊熊，连室内一切什物，统已照得透亮。

正在惊诧的时候，突闻哗啦啦的一响，一粒流弹飞入窗中，把室内腰壁击成一洞，那弹子复从洞中钻出，穿入对面的围墙，抛出外面去了。蔡专使不禁着急道："好厉害的弹子，幸亏我等未被击着，否则要洞胸绝命了。"汪兆铭道："敢是兵变吗？"宋教仁道："这是老袁的手段。"一针见血。正说着，但听外面有人呼喝道："这里是南使所在，兄弟们不要啰唆。"又听得众声杂沓道："什么南使不南使！越是南使，我等越要击他。"一宽一紧，写得逼肖。又有人问着道："为什么呢？"众声齐应道："袁大人要南去了。北京里面，横直是没人主持，我等乐得闹一场罢。"蔡专使捏了一把冷汗，便道："外面的人声，竟要同我等作对，我等难道白白的送了性命吗？"宋教仁道："我等只有数人，无拳无勇，倘他们捣将进来，如何对待？不如就此逃生罢。"言未已，大门外已接连声响，门上已凿破几个窟窿，蔡、汪、宋三使，顾命要紧，忙将要紧的物件取入怀中，一起儿从后逃避，幸后面有一短墙，拟令役夫取过桌椅，以便接脚，谁知叫了数声，没有一个人影儿。分明是内外勾通。可巧墙角旁有破条凳两张，即由汪、宋两人携在手中，向壁直捣，京内的墙壁多是泥土叠成，本来是没甚坚固，更且汪、宋等逃命心急，用着全力去捣这墙，自然应手而碎，复迭捣数下，泥土纷纷下坠成了一个大窦，三人急不暇择，从窦中鱼贯而出，外面正是一条狭小的胡同，还静悄悄的没人阻住。分明是畀他去路，否则还有何幸。

蔡专使道："侥幸侥幸！但我等避到哪里去？"宋教仁道："此地近着老袁寓宅，我等不如径往他处，他就使有心侮我，总不能抹脸对人。"汪兆铭道："是极！"当下转弯抹角，专从僻处静走。汪、蔡二人本是熟路，一口气赶到袁第，幸喜没人盘诘，只老袁寓居的门外已有无数兵士站着，见他三人到来，几欲举枪相对。宋教仁忙道："我是南来的专使，快快报知袁公。"一面说着，一面向蔡专使索取名刺，蔡专使道："阿哟！我的名片包儿，不知曾否带着？"急急向袋中摸取，竟没有名片，急得蔡专使彷徨失措，后来摸到袋角，还有几张旧存的名片，亟取出交付道："就是这名片，携去吧。"当由兵士转交阍人，待了半晌，方见阍人出来，说了一个"请"字。三人才放下了心，联步而入，但见阶上已有人相迎，从灯光下望将过去，不是别人，正是候补总统袁世凯。

三人抢步上阶，老袁亦走近数步，开口道："诸公受惊了。"他却是步武安详呢。宋教仁即接口道："外面闹得不成样子，究系匪徒，抑系乱军？"老袁忙道："我正着人调查呢。诸公快请进厅室，天气尚冷冷着紧哩。"蔡专使等方行入客厅，老袁亦随了进来。客厅里面，正有役夫炽炭煨炉，见有客到来，便入侧室取茗进献。老袁送茗毕，从容坐下道："不料今夜间有这变乱，累得诸公受惊，很是抱歉。"宋教仁先答道："北方将士，所赖惟公，为什么有此奇变呢？"老袁正要回答，厅外来了一人，报称："东安门外及前门外一带，哗扰不堪，到处纵火，尚未曾罢手呢。"老袁道："究竟是土匪，还是乱兵？为什么没人弹压？"来人道："弹压的官员并非没有，怎奈起事的便是军士，附和的乃是土匪，兵匪夹杂，一时无可措手了。"老袁道："这班混账的东西，清帝退位，还有我在，难道好无法无天吗？"宋教仁又插嘴道："袁老先生，你为何不令人弹压呢？"老袁答道："我已派人弹压去了，唯我正就寝，仓促闻警，调派已迟，所以一时办不了呢。"蔡专使方语道："京都重地，乃有此变，如何了得，我看火光烛天，枪声遍地，今夜的百姓，不知受了多少灾难，先生应急切救平，方为百姓造福。"始终是忠厚之谈。老袁顿足道："正为此事，颇费踌躇。"言未已，又有人入报道："禁兵闻大人南下，以致激变，竟欲甘心南使……"说至"使"字，被老袁呵斥道："休得乱报！"来人道："乱兵这般说。"老袁又道："为什么纵火殃民？"来人又道："兵士变起，匪徒自然乘隙了。"老袁遂向蔡专使道："我兄弟未曾南下，他们已瞎闹起来，若我动身，不知要闹到什么了结。我曾料到此着，所以孙总统一再敦促，我不得不审慎办理。昨日宋先生说我恋恋北京，我有什么舍不掉，定要居住这京城哩？"言毕，哈哈大笑。计划已成，安得不笑。

宋教仁面带愠色，又想发言，蔡专使以目示意，令他止住。老袁似已觉着，便道："我与诸公长谈，几忘时计，现在夜色已深，恐诸公未免腹饥，不如卜饮数杯，聊且充腹。"说至此，便向门外，呼了一声"来"字，即有差役入内伺候。老袁道："厨下有酒肴，快去拿来！"差役唯唯而退。不一时，就将酒肴搬入，由老袁招呼蔡专使等入座饮酒。蔡专使等腹中已如辘轳，不及推辞，随便饮了数杯，偶听鸡声报晓，已觉得天色将明。外面有人入报："乱兵已散，大势平静了。"老袁道："知道了。"显是皇帝口吻。差役又入呈细点，由宾主随意取食，自不消说。老袁又请蔡专使等入室休息，蔡专使也即应允，由差役导入客寝去了。

次日辰牌，蔡专使等起床，盥洗已毕，用过早点，即见老袁跟跄趋入，递交蔡专使一纸，便道："蔡先生请看。天津、保定也有兵变的消息，这真是可虑呢。"蔡专使接过一瞧乃是已经译出的电报，大致与袁语相似，不由得皱动两眉。老袁又道："这处兵变，尚未了清，昨夜商民被劫，差不多有几千人家，今天津、保定又有这般警变，教我如何动身呢？"蔡专使沉吟半晌道："且再计议。"老袁随即退出。

自是蔡专使等便留住袁宅，一连两日，并未会见老袁，只由老袁着人递入警信，一是日本拟派兵入京，保卫公使，一是各国公使馆也有增兵音信。蔡专使未免愁烦，便与汪、宋二人商议道："北京如此多事，也不便强袁离京。"宋教仁道："这都是他的妙计。"蔡专使道："无论他曾否用计，据现在情势上看来，总只好令他上台，他定要在北京建设政府，我也不能不迁就的，果能中国统一，还有何求？"和平处事，是蔡使本旨。汪兆铭道："鹤卿先生的高见，也很不错呢。"是夕，老袁也来熟商，无非是南下为难的意旨，且言"保定、天津的变乱比北京还要厉害,现已派官往理,文牍往来,朝夕不辍,因此无暇叙谈,统祈诸公原谅,且代达南方为幸"。蔡专使已不欲辩驳,便即照允,竟拟就电稿,发往南京,略叙北京经过情形,并言:"为今日计,应速建统一政府,余尽可迁就,以定大局"云云。已堕老袁计中,然亦无可奈何。

孙中山接到此电,先与各部长商议,有的说是袁不能来,不如请黎副总统来宁,代行宣誓礼;有的说是南京政府,或移设武昌,武昌据全国中枢,袁可来即来,否则由黎就近代誓。两议交参议院议决,各议员一律反对,直至三月六日,始由参议员议决办法六条,由南京临时政府,转达北方,条件列下:

(一)参议院电知袁大总统,允其在北京就职。(二)袁大总统接电后,即电参议院宣誓。(三)参议院接到宣誓之电后,即复电认为受职,并通告全国。(四)袁大总统受职后,即将拟派国务总理及国务员姓名,电知参议院,求其同意。(五)国务总理及各国务员任定后,即在南京接收临时政府交代事宜。(六)孙大总统于交代之日,始行解职。

六条款项,电发到京,老袁瞧了第一条,已是心满意足,余五条迎刃而解,没一项不承诺了。三月初十日,老袁遂遵照参议院议决办法,欢欢喜喜的在北京就临时大总统职。是日,在京旧官僚,都跄跄济济,排班谒贺。蔡专使及汪、宋二员,也不得不随班就列。鸣炮奏乐,众口欢呼,无容琐述。

礼成后,由老袁宣誓道:

民国建设造端,百凡待治,世凯深愿竭其能力,发扬共和之精神,涤荡专制之瑕秽,谨守宪法,依国民之愿望,达国家于安全完固之域,俾五大民族同臻乐利。凡此志愿,率履勿渝。俟召集国会,选定第一期大总统,世凯即行辞职,谨掬诚悃,誓告同胞!

宣誓已终,又将誓词电达参议院,参议院援照故例,免不得遥致颂词,并寓箴规的意思。小子有诗咏道:

> 几经瘠 口又哓音,
> 属望深时再进箴。
> 可惜肥人言惯食,
> 盟言未必果盟心。

毕竟参议院如何致辞,且从下回续叙。

北京兵变,延及天津、保定,分明是老袁指使,彼无词拒绝南使,只得阴唆兵变,以便借口。不然,何以南使甫至,兵变即起,不先不后,有此险象乎?追观于帝制发生,国民数斥袁罪,谓老袁用杨度计,煽动兵变,焚劫三日,益信指使之说之不诬也。本回演述兵变,及袁、蔡等问答辞,虽未必语语是真,而描摹逼肖,深得各人口吻,殆犹苏长公所谓想当然耳。至袁计得行,南京临时政府及参议院议员,不能不尽如袁旨,老袁固踌躇满志矣。然一经后人揭出,如见肺肝,后之视袁者,亦何乐为此伎俩乎?

第九回 袁总统宣布约法
唐首辅组织阁员

却说南京参议院，既得袁世凯电誓，遂公认他为大总统，又循例致辞道：

共和肇端，群治待理，仰公才望，畀以太阿。筚路蓝缕，孙公既开其先；发扬光大，我公宜善其后。四百兆同胞公意之所托，二亿里山河大命之所寄，苟有陨越，沦胥随之。况军兴以来，四民辍业，满目疮痍，六师暴露，九府匮竭，转危为安，劳公敷施。本院代表国民，尤不得不拳拳敦勉者，《临时约法》七章五十六条，伦比宪法，其守之维谨！勿逆舆情，勿邻专断，勿狎非德，勿登非才。凡我共和国五大民族，有不至诚爱戴，皇天后土，实式凭之。谨致大总统玺绶。俾公令出惟行，崇为符信，钦念哉！

先是各省代表会组织临时政府，曾议组织法大纲，共四章二十一条，此次军事告竣，应酌量修改，较前详备。向来中国史上，并没有民主政体，可以仿行，一旦创造起来，毫无依据，只好查照外洋的共和国，做了蓝本，参互考订。目下外国共和，要算法、美两国，制度最良。法国的法制，内阁分设各部，推老成硕望的人物，做内阁总理，负全国行政上的责任，总统是没有大责任的，政法家称他为内阁制。美国的法制，内阁也由各部组成，只是没有总理，要总统自担行政上的责任，政法家称他为总统制。为一般国民输进普通法律知识。南京临时政府组织大纲，是采用美国制度，因为鄂军起义，各省联络，与美利坚十三州联合抗英是差不多的形势，所以南京临时政府不设内阁总理，专归总统担负责任。到了南北统一，须建为单纯的国家，美制殊不相合，乃改采法国的内阁制度，一来好集权中央，二来好翼赞元首，实欲箝制老袁，所以利用法制。大家视为良法，所以前次电约六款，已有拟派国务总理的条件。连前回条件中文亦补释明白，笔不渗漏。且因袁总统就职在即，各议员协力修改，斟酌了二三十日，经两三次属草，方将全案修成，共得七章五十六条，函达老袁，老袁并无异言，此时只好承认。即于就职第二日，宣布出来。全文如下：

中华民国临时约法

第一章　总纲
第一条，中华民国，由中华人民组织之。

第二条，中华民国之主权，属于国民全体。

第三条，中华民国领土，为二十二行省、内外蒙古、西藏、青海。

第四条，中华民国，以参议院、临时大总统、国务员、法院行使其统治权。

第二章　人民
第五条，中华民国人民，一律平等，无种族阶级宗教之区别。

第六条，人民得享有下列各项之自由权：（一）人民之身体，非依法律，不得逮捕拘禁，审问处罚；（二）人民之家宅，非依法律，不得侵入或搜索；（三）人民有保有财产及营业之自由；（四）人民有言论著作刊行，及集会结社之自由；（五）人民有书信秘密之自由；（六）人民有居住迁徙之自由；（七）人民有信教之自由。

第七条，人民有请愿于议会之权。

第八条，人民有陈诉于行政官署之权。

第九条，人民有诉讼于法院，受其审判之权。

第十条，人民对于官吏违法损害权利之行为，有陈诉于平政院之权。

第十一条，人民有应任官考试之权。

第十二条，人民有选举及被选举之权。

第十三条，人民依法律有纳税之义务。

第十四条，人民依法律有服兵之义务。

第十五条，本章所载人民之权利，有认为增进公益，维持治安，或非常紧急必要时，得依法律限制之。

第三章　参议院

第十六条，中华民国之立法权以参议院行之。

第十七条，参议院以第十八条所定各地方选派之参议员组织之。

第十八条，参议员，每行省、内蒙古、外蒙古、西藏各选派五人，青海选派一人，其选派方法由各地方自定之。参议院会议时每参议员有一表决权。

第十九条，参议院之职权如下：（一）议决一切法律案；（二）议决临时政府之预算决算；（三）议决全国之税法币制及度量衡之准则；（四）议决公债之募集及国库有负担之契约；（五）承诺第三十四条、三十五条、四十条事件；（六）答复临时政府咨询事件；（七）受理人民之请愿；（八）得以关于法律及其他事件之意见建议于政府；（九）得提出质问书于国务员并要求其出席答复；（十）得咨请临时政府查办官吏纳贿违法事件；（十一）参议院对于临时大总统，认为有谋叛行为时，得以总员五分之四以上之出席，出席员四分三以上之可决弹劾之；（十二）参议院对于国务员认为失职或违法时，得以总员四分三以上之出席，出席员三分二以上之可决弹劾之。

第二十条，参议院得自行集会开会闭会。

第二十一条，参议院之会议，须公开之，但有国务员之要求，或出席参议院过半数之可决者，得秘密之。

第二十二条，参议院议决事件，咨由临时大总统公布施行。

第二十三条，临时大总统对于参议院议决事件，如否认时，得于咨达后十日内声明理由，咨院复议。但参议院对于复议事件，如有到会参议员三分之二以上，仍执前议时，仍照第二十二条办理。

第二十四条，参议院议长由参议员用记名投票法互选之，以得票满投票总数之半者为当选。

第二十五条，参议院参议员于院内之言论及表决，对于院外，不负责任。

第二十六条，参议院参议员，除现行犯及关于内乱外患之犯罪外，会期中非得本院许可，不得逮捕。

第二十七条，参议院法由参议院自定之。

第二十八条，参议院以国会成立之日解散，其职权由国会行之。

第四章　临时大总统副总统

第二十九条，临时大总统副总统由参议院选举之，以总员四分之三以上出席；得票满投票总数三分之二以上者,为当选。

第三十条,临时大总统代表临时政府,总揽政务,公布法律。

第三十一条,临时大总统为执行法律,或基于法律之委任,得发布命令,并得使发布之。

第三十二条,临时大总统统率全国陆海军队。

第三十三条,临时大总统得制定官制官规,但须提交参议院议决。

第三十四条,临时大总统任命文武职员,但任命国务员及外交大使公使,须得参议院之同意。

第三十五条,临时大总统经参议院之同意,得宣战媾和及缔结条约。

第三十六条,临时大总统得依法律宣告戒严。

第三十七条,临时大总统代表全国,接受外国之大使公使。

第三十八条,临时大总统得提出法律案于参议院。

第三十九条,临时大总统得颁给勋章,并其他荣典。

第四十条,临时大总统得宣告大赦特赦,减刑复权,但大赦须经参议院之同意。

第四十一条,临时大总统受参议院弹劾后,由最高法院全院审判官互选九人,组织特别法庭审判之。

第四十二条,临时副总统于临时大总统因故去职,或不能视事时,得代行其职权。

第五章　国务员

第四十三条,国务总理及各部总长,均称为国务员。

第四十四条,国务员辅佐临时大总统,负其责任。

第四十五条,国务员于临时大总统提出法律案,公布法律,及发布命令时,须副署之。

第四十六条,国务员及其委员得于参议院出席及发言。

第四十七条,国务员受参议院弹劾后,临时大总统应免其职,但得交参议院复议一次。

第六章　法院

第四十八条,法院以临时大总统及司法总长分别任命之法官组织之。法院之编制,及法官之资格,以法律定之。

第四十九条,法院依法律审判民事诉讼及刑事诉讼,但关于行政诉讼,及其他特别诉讼,别以法律定之。

第五十条,法院之审判,须公开之。但有认为妨害安宁秩序者,得秘密之。

第五十一条,法官独立审判,不受上级官厅之干涉。

第五十二条,法官在任中不得减俸或转职,非依法律受刑罚宣告,或应免职之惩戒处分,不得解职。惩戒条规,以法律定之。

第七章　附则

第五十三条,本约法施行后,限十个月内,由临时大总统召集国会。其国会之组织及选举法,由参议院定之。

第五十四条,中华民国之宪法,由国会制定,宪法未施行以前,本约法之效力,与宪法等。

第五十五条,本约法由参议院参议员三分之二以上,或临时大总统之提议,经参议员五分四以上之出席,出席员四分之三之可决,得增修之。

第五十六条,本约法自公布之日施行。

约法颁布,临时政府组织大纲当然废止。袁总统遂依约法第四十三条,任命国务总理,组织新内阁。当下留意选择，拟将国务总理一职任用唐绍仪，可见唐是老袁心腹。惟临时约法第三十四条，总统任命国务员须得参议院同意，袁总统不便违法，遂电致参议院议决。参议员闻任唐绍仪，多半赞成，当即通过，电复袁总统。袁即任唐为国务总理。唐亦直任不辞，当奉袁总统命令，由北京至南京，组织国务院。唐忽提出修改官制，拟易九部为十二部，除外交、内务、财政、陆军、海军、司法、教育七部，仍然照旧外，独分实业为三部，一是工业，一是商业，一是农林，交通却分作两部，一是交通，一是邮电。邮电即交通之二大部分，如何分析。两部分做五部，本来是没甚理由，不过南北统一，两方统有要人，各思垄断部职，仍然不脱升官发财的思想，如何改良政体？唐绍仪身为总理，不能单顾一方，反弄得左右为难。他于没法中想了一法，便拟添置几个部缺，位置南北人员。况提出官制，必须经过参议院议决，倘或议员反对，当然不能成立，自己亦可援为口实，免多怨望，这也是唐总理取巧的方法。开手便想取巧，如何办得美善。果然参议院不能通过，只准分实业为两部，一部是工商，一部是农林，邮电仍并入交通部，不必分离。自是九部改作十部，三月二十九日，唐绍仪莅参议院，宣布政见，并提出各部总长名单，请求同意。各议员取单公阅，但见上面开着：

> 外交总长陆征祥
>
> 内务总长赵秉钧
>
> 财政总长熊希龄
>
> 陆军总长段祺瑞
>
> 海军总长刘冠雄
>
> 司法总长王宠惠
>
> 教育总长蔡元培
>
> 农林总长宋教仁
>
> 工商总长陈其美
>
> 交通总长梁如浩

这十部总长名单内，只有蔡长教育与前相同，王宠惠尚是旧阁人物，惟改外交为司法，其余一律易人。段祺瑞、刘冠雄、赵秉钧，纯是袁系人物，当然是老袁授意。陆征祥素无党派，熊希龄属新组的统一党。宋教仁、陈其美两人与蔡、王向系同志，均入同盟会。唐绍仪本属旧官僚派，因思想颇趋文明，前次南下讲和，与同盟会中人颇相融洽，至组织内阁时期，又新加入同盟会，时人遂称他为同盟会内阁。重要位置俱属袁系，称为同盟会内阁，实不副名。嗣经参议院投票表决，只有梁如浩未得同意，余均多数赞同。

唐遂退出参议院，即日驰电北京。次日，即由袁总统正式任命。各部俱已得人，交通总长一缺，尚属虚位，暂命唐总理兼署。唐内阁算完全成立了。那时第一次临时总统孙文，应该践约辞职，便于四月初一日，亲至参议院，行解职礼，自然又有一番宣言。小子有诗赞孙中山云：

> 功成身退不贪荣，
>
> 让位非徒践凤盟。
>
> 细数年来诸巨子，
>
> 如公才算是真诚。

欲知孙中山如何宣言，容俟下回续录。

《临时约法》，为中华民国宪法之嚆矢，其间虽经袁氏废弃，然帝制殒，袁氏毙，而约法复活。是民国之尚得保存，全赖约法之力，故本书不能不备录全文，所以存国典也。唐绍仪奉袁氏命，组织新内阁，观其提出阁员名单，如内务，如陆海军，实握全国枢纽，而皆为袁民心腹，教育司法农林工商四部，为袁氏所轻视，则属诸同盟会中。是唐氏固受袁指使，明明一袁系人物，谓为袁系内阁也可，谓为同盟会内阁，固不可也。老袁一登台，便已隐植势力，唐氏反为其鹰犬，我为唐氏计，殊不值得云。

第十回　践夙约一方解职　借外债四国违言

却说孙中山在南京，闻袁氏受职，唐阁组成，遂莅参议院辞职；又把生平积悃及所有政见，宣布出来，作为临别赠言的表意。各议员分列座席，屏息敛容，各聆绪论，并令书记员出席登录，随听随抄，将白话译作文言道：

本大总统于中华民国正月一日，来南京受职，今日为四月一日，至贵院宣布解职，为期适三个月。此三月中，均为中华民国草创之时代。当中华民国成立以前，纯然为革命时代。中国何为发起革命？实以联合四万万人，推倒恶劣政府为宗旨。自革命初起，南北界限，尚未化除，不得已而有用兵之事。三月以来，南北统一，战事告终，造成完全无缺之中华民国，此皆全国国民，及全国军人之力所致。在本总统受职之初，不料有如此之好结果，亦不料以极短之时期，能建立如此之大业。本总统于一个月前，已提出辞职书于贵院，当时因统一政府未成，故虽已辞职，仍执行总统事务。今国务总理唐绍仪，组织内阁已成立，本总统自当解职，今日特莅贵院宣布。但趁此时间，本总统尚有数语，以陈述于贵院之前。

中华民国成立之后，凡为中华民国国民，均有国民之天职。何谓天职？即促进世界的和平是也。此促进世界的和平，即为中华民国前途之目的。依此目的而行，即可以巩固中华民国之基础，盖中国人民，居世界人民四分之一，中国人民，若能为长足之进步，则多数共跻于文明，自不难结世界和平之局。况中国人种，以好和平著闻于世，于数千年前，已知和平为世界之真理。中华民国有此民习，登世界舞台之上，与各国交际，促进和平，即是中华民国国民之天职。本总统与全国国民，同此心理，务将人民之智识习俗，及一切事业，切实进行，力谋善果。本总统解职之后，即为中华民国之一国民，政府不过一极小之机关，其力量不过国民极小之一部分，大部分之力量，仍全在吾国民，本总统今日解职，并非功成身退，实欲以中华民国国民之地位，与四万万国民，协力造成中华民国之巩固基础，以冀世界之和平。望贵院与将来政府，勉励人民，同尽天职。从今而后，使中华民国，得为文明之进步，使世界舞台，得享和平之幸福，固不第一人之宏愿已也。

词毕，大众相率拍手，毋庸絮述。孙中山遂缴出临时大总统印，交还参议院，参议院议长林森、副议长王正廷，即令全院委员长李肇甫接受大总统印信，一面由林议长做了全院代表，答复孙中山，大约亦有数百言，小子又录出如下：

中华建国四千余年，专制虐焰，炽于秦政，历朝接踵，燎原之势，极及末流，百度隳坏。虽拥有二亿里大陆，率有四百兆众庶，外患乘之，殆如摧枯拉朽，而不绝如缕者，仅气息之奄奄。中山先生，发宏愿救国，首建共和之蠹，奔走呼号于专制淫威之下，濒于殆者屡矣，而毅然不稍辍，二十年如一日。武汉起义，未一月而响应者，三分天下有其二，固亡清无道所致，抑亦先生宣导鼓吹之力实多也。当时民国尚未统一，国人急谋建设临时政府于南京，适先生归国，遂由各省代表，公举为临时大总统。受职才四十日，即以和平措置，使清帝退位，统一底定，迨未忍生灵涂炭，遽诉之于兵戎。虽柄国不满百日，而吾五大民族所受赐者，已靡有涯涘；固不独成功不居，其高尚纯洁之风，为斯世矜式已也。今当先生解临时大总统职任之日，本院代表全国，有不能已于言者。民国之成立也，先生实抚育之；民国之发扬光大也，尤赖先生牖启而振迅之。苟有利于民国者，无间在朝在野，其责任一也。卢斯福解职总统后，周游演述，未尝一日不拳拳于阿美利加合众国，愿先生为卢斯福，国人馨香祝之矣。

孙中山欢谢议员，鞠躬告退。各议员再表决临时政府地点，准将南京临时政府，移往北京，南京仍为普通都会。

由袁总统任命前陆军总长黄兴为南京留守，控制南方军队，一面召唐绍仪回京。唐以交通一席不便兼理，复提出施肇基总长交通，交参议院议决，得多数同意，乃电请袁总统任命。十部总长已完全无缺，唐总理遂邀同王宠惠等，启程北行。惟陈其美曾为沪军都督，自请后行，闻他醉心杨梅，所以长愿南居。唐不能相强，即日北去。参议院各议员，亦于四月二十九日联翩赴都。副总统黎元洪亦请解大元帅职，另由袁总统改任，属领参谋总长事。所有前清总督巡抚各名目，一律改为都督。内而政府，外而各省，总算粗粗就绪。

惟蒙、藏两部一时尚不暇办理，但由袁总统派员赍书，劝令取消独立，拥护中央。是时英、俄两国，方眈眈逐逐，谋取蒙、藏为囊中物。活佛喇嘛毫无见识，一任外人播弄，徒凭袁总统一纸空文，岂即肯拱手听命，就此安静吗？都为后文埋线。袁总统也明知无益，不得已敷衍表面，暗中却用着全力，注意内部的运用。第一着是裁兵，第二着是借债，这两策又是连带的关系。看官试想，各省的革命军，东也招募，西也招集，差不多有数十百万，此时中央政府完全成立，南北已和平了事，还要这冗兵何用？况袁总统心中，日日防着南军，早一日裁去，便早一日安枕。裁兵原是要策，但老袁是从片面着想，仍未免借公济私。但是着手裁兵，先需银钱要紧，南京临时政府已单靠借债度日，苏路借款、招商局借款、汉冶萍公司借款，共得五六百万，到手辄尽；又发军需八厘公债票一万万元，陆续凑集，还嫌不敷。唐绍仪南下组阁，南京政府已承认撤销，惟所有一切欠款，须归北京政府负担，南京要二三百万，上海要五十万，还有武昌一方面，也要一百五十万，都向唐总理支取，说是历欠军饷，万难迁延。唐总理即致电北京，嗣得老袁复电，并不多言，只令他便宜行事。无非要他借外债。急时抱佛脚，不得不向外国银行，低头乞贷，于是四国银行团，遂仗着多财善贾的势力，来做出借巨款的主人翁。

什么叫作四国银行团呢？原来清宣统二年，清政府欲改良币制及振兴东三省实业，拟借外款一千万镑。英国汇丰银行、法兰西银行、德华银行、美国资本团，合资应募，彼此订约，称为四国银行团。嗣经日、俄两国出头抗议，交涉尚未办妥，武昌又陡起革命军，四国银行，中途缩手，只交过垫款四十万镑，余外停付。至民国统一，袁世凯出任临时总统，他本是借债能手，料知上台办事，非钱不行，正欲向银行团商借。巧值四国公使应银行团请求，函致老袁，愿输资中国，借助建设，惟要求借款优先权。老袁自然乐从，复函慨许，且乞先垫款四十万镑，以应急需，过后另议。银行团即如数交来，会唐绍仪以南方要求，无术应付，也只好电商四国银行团，再乞垫款，数约一千五百万两。南方需求总数，不过五六百万两，乃乞借须加二倍，可见民国伟人，多是乱借乱用。

银行团却也乐允，惟所开条件，既要担保，又要监督，还要将如何用法，一一录示。唐绍仪以条件太苛，不便迁就，遂另向华比银行，商借垫款一百万镑。比利时本是西洋小国，商民亦没甚权力，不过艳羡借款的利息，有意投资，遂向俄国银行及未曾列入团体的英法银行互相牵合，出认借款，议定七九折付，利息五厘，以京张铁路余利，作为抵押。唐绍仪接收此款，遂付南京用费二百三十万两，武昌一百五十万两，上海五十万两，其余统携至北京。不消几日，就用得滑塌精光，又要去仰求外人了。如此过去，何以为国。

哪知四国公使已来了一个照会，略言："唐总理擅借比款，与前时袁总统复函，许给借款优先权，显然违背，即希明白答复"等语。袁总统心中一想，这是外人理长，自己理短，说不出什么理由，只得用了一个救急的法儿，独求美公使缓颊，并代向英、德、法三国调停。美公使还算有情，邀了唐总理，同去拜会三国公使。唐总理此时也顾不得面子，平心息气的，向各使道歉，且婉言相告道："此次借用比款，实因南方急需，不得不然。若贵国银行团等，果肯借我巨资，移偿比款，比约当可取消。唯当时未及关照，似属冒昧，还求贵公使原谅。"英、德、法三使，还睁着碧眼，竖着黄须，有意与唐为难，美公使忙叽里咕噜地说了数语，大约是替唐洗刷，各使才有霁容，惟提出要求三事：一是另订日期，向四国银行团道歉；二是财政预算案，须送各国备阅；三是不得另向别国，秘密借款。唐总理一一承认，各公使最后要求，是退还比款，取消比约二语，也由唐总理允诺，才算双方解决，尽欢而散。

袁总统兀坐府中，正待唐总理返报，可巧唐总理回来，述及各使会议情形，袁总统道："还好还好，但欲取消比约，却也有些为难哩。"唐总理道："一个比国银行，想总不及四大银行的声势，我总教退还借款，原约当可取消。"袁总统点头道："劳你去办就是了。"唐总理退出，即电致华比银行，欲取消借款原约。

比国商民，哪里肯半途而废？自然反唇相讥。唐总理出尔反尔，安得不免人讥骂？唐氏无可奈何，只得仍托美公使居间，代为和解，美使与英、德、法三国，本是一鼻孔出气，不过性情和平，较肯转圜。并非格外和平，实是外交家手段。他既受唐氏嘱托，遂与英、法两使商议，浼他阻止与比联合的银行，绝他来源，一面与比使谈判，逼他停止华比银行的借款。比公使人微言轻，自知螳臂当车，倔强无益，乐得买动美使欢心，转嘱比商取消借约。比商虽不甘心，怎奈合股的英法银行已经退出，上头又受公使压力，不得已自允取消，但索还垫款一百万镑。唐总理乃与银行团接续会议，请他就六星期内，先贷给三千五百万两，以后每月付一千万两，自民国元年六月起，至十月止，共需七千五百万两，俟大借款成立，尽许扣还。不意银行团狡猾得很，答称前时需款，只一千五百万两，此番忽要加添数倍，究属何用？遂各举代表出来，竟至唐总理府中，与唐面谈。

唐总理当即接见，各代表开口启问，便是借款的用途。唐总理不假思索，信口答道："无非为遣散军队，发给恩饷哩。"各代表又问及实需几何，唐复答道："非三千万两不可。"各代表又问道："为何要这么样多？"唐总理道："军队林立，需款浩繁，若要一一裁并，三千万尚是少数，倘或随时酌裁，照目前所需，得了三五百万，也可将就敷衍哩。"这数语是随便应酬的口吻，偏各银团代表疑他忽增忽减，多寡悬殊，中国之受侮外人，往往为口头禅所误。不禁笑问道："总理前日曾借过比款一百万镑，向何处用去？"唐将付给南京、上海、汉口等款额一一说明，并言除南方支付外，尽由北京用去。各代表又道："贵国用款，这般冒滥，敝银行团虽有多款，亦不便草率轻借，须知有借期，必有还期，贵国难道可有借无还吗？"应该责问。唐总理被他一诘，几乎说不出话来。德华银行代表即起身离座道："用款如此模糊，若非另商办法，如何借得？"唐总理也即起立道："办法如何？还请明示。"德代表冷笑道："欲要借款，必须由敝国监督用途，无论是否裁兵，不由我国监督，总归没效。"唐总理迟疑半晌道："这却恐不便呢。"各代表都起身道："贵总理既云不便，敝银行团亦并非定要出借。"一着凶一着，一步紧一步。言毕，悻悻欲行，唐总理复道："且再容磋商便了。"各代表一面退出，一面说着道："此后借款事项，也不必与我等商量，请径向敝国公使，妥议便了。"数语说完，已至门外，各有意无意的鞠了一躬，扬长竟去。借人款项，如此费力，何不自行撙节？

唐总理非常失望，只好转达袁总统，袁总统默默筹划，又想了一计出来。看官道是何计？他想四国银行团既这般厉害，我何不转向别国银行暂去乞贷呢？此老专用此法。计划已定，便暗着人四处运动，日本正金银行、俄国道胜银行居然仗义责言，出来辩难。他说："四国银行团既承政府许可，愿出借款，帮助中国，亦应迁就一点，为何率尔破裂？此举太不近人情了。"这语一倡，英、美两公使不免恐慌。暗想日、俄两国从中作梗，定是不怀好意，倘他承认借款，被占先着，又要费无数唇舌。只此借款一项，外人已各自瞩目，况比借款事，较为重大呢。当下照会临时政府，愿再出调停，袁总统也觉快意，只自己不便出面，仍委唐总理协议。唐总理惩前毖后，实不欲再当此任，只是需款甚急，又不好不硬着头皮，出去商办，正在彷徨的时候，凑巧有一替身到来，便乘此卸了肩仔，把一个奇难的题目交给了他，由他施行。系何人？系何人？正是：

> 会议不堪重倒脸，
>
> 当冲幸有后来人。

欲知来者为谁，且至下回说明。

孙中山遵约辞职，不可谓非信义士，与老袁之处心积虑，全然不同，是固革命史中之翘楚也。或谓中山为游说家，非政治家，自问才力不逮老袁，因此让位，是说亦未必尽然。顾即如其言以论中山，中山亦可谓自知甚明，能度德，能量力，不肯丧万姓之生命，争一己之权位，亦一仁且智也。吾重其仁，吾尤爱其智。以千头万绪芬如乱丝之中国，欲廓清而平定之，谈何容易？况财政奇窘，已达极点，各省方自顾不遑，中央则全无收入，即此一端，已是穷于应付，试观袁、唐两人之借债，多少困难，外国银行团之要挟，又多少严苛，袁又自称快意，在局外人目之，实乏趣味，甫经上台，全国债务，已集一身，与其为避债之周报，何若为辟谷之张良，故人谓中山之智，不若老袁，吾谓袁实愚者也，而中山真智士矣。

第十一回　商垫款熊秉三受谤
拒副署唐少川失踪

却说国务总理唐绍仪，正因借款交涉，受了银行团代表的闷气，心中非常懊恼，凑巧来了一个阁员，看官道是何人？便是新任财政总长熊希龄。

希龄字秉三，湖南凤凰厅人，素有才名，时人呼为熊凤凰，此时来京任职，当由唐总理与他叙谈，把借款的事件，委他办理。熊亦明知是个难题，但既做了财政总长，应该办理这种事情，逶无可逶，当即允诺。唐总理遂函告银行团，略说："借款办法，应归财政总长一手经理。"银行团复词照允，于是与熊总长开始谈判。熊总长颇有口才，凭着这二寸不烂的慧舌，说明将来财政计划，及大宗用途与偿还方法，统是娓娓动人。

银行团代表允先付垫款若干，再议大借款问题，惟遣散军队时，仍须选派外国军官，共同监督。说来说去，仍是咬定监督二字，外人之不肯少让，可见一斑。经熊总长再三辩论，再四磋商，方议定中外两造，各派核计员，每次开支，须由财政部先备清单，送交核计员查核，核计员查对无误，双方签押，始得向银行开支。惟银行团只允先付三百万两，分作南北暂时垫款，支放军饷，但亦须由洋关税司，间接监视，以昭信实。至大借款问题，须俟伦敦会议后解决，看官！你想这三百万两小借款，既须由核计员查对，又须由税务司监视，核计员与税务司统是洋人参入，显见得洋人有权，中国无权。临时政府两手空空，也顾不得什么利害，只好饮鸩止渴，聊救目前。借债者其听之！当下由熊总长至参议院，与各议员开谈话会，讲论此事。议员聚讼纷纭，未曾表决。熊总长返至内阁，即受总统总理密嘱，与银行团草定垫款合同共七章，嗣为参议院闻知，即提出质问。唐总理与熊总长不得不据情答复。略云：

垫款为借款之一部分，拨付垫款三百万，又为垫款中之一部分，既非正式借款，即不应有此条件。无如该团以拨付垫款，既已逼迫，伦敦会议又未解决，深恐我得款后，或有翻悔，故于我急于拨款之际，要求载入七条于信函之后，当因南北筹饷，势等燃眉，本总理总长迫于时势，不得不循照旧例，两方先用信函签字拨款，所拨之三百万两，不过垫款之一部分，为暂时之腾挪，且信函草章，并无镑价折扣利息抵押之规定，不能即谓为合同，故于签字以前，未及提出交议，还希原谅！此复。

参议员接此复文，仍有违言，大致以此项条件，虽系草章，就是将来商订正式合同的根据，若非预先研究，终成后患；乃复提出请愿书，要求总统提出草合同，正式交议。袁总统允准，遂将草合同赍交参议院，咨请议决。议员会议三日，各怀党见，没甚结果。唐总理熊总长再出席宣言，略谓："垫款条件，参议院未曾通过，伦敦会议，亦无复信，虽尚有磋商的机会，惟外人能否让步，实无把握。贵院能先对大纲，表示同意，再行指出应改条文，本总理等必当尽力磋商，务期有济。"各议员一律拍掌，表示赞成。

于是共同讨论，絮议了好多时，方由议长宣布意见，谓："垫款一节，既属目前要需，不能不表示同意。但所开草合同七条，如所订核计员查对，及税务司监视，有损国权，应由政府与银行团再行磋商，挽回一分是一分，不必拘定某条某句，使政府有伸缩余地，当不致万分为难了。"唐、熊两人巴不得参议院中，有此一语，遂将彼此为国的套语，敷衍数句，即行去讫。

过了数天，由江南一方面，来了两角文书，一角是达总统府，一角是交参议院，内称："垫款章程，不但监督财政，直是监督军队，万不可行，应即责令熊总长取消草约，一面发行不兑换券，权救眉急，并实行国民捐，组织国民银行，作为后盾"等语。书末署名，乃是南京留守黄兴。接连是江西、四川等省，均通电反对。袁总统置之度外，参议院也作旁观，只有这位熊凤凰，刚刚凑着这个时候，不是被人咒骂，就是惹人讥评。做财政总长的趣味，应该尝些。他愤无可泄，也拟了一个电稿，拍致各省道：

希龄受职，正值借款谈判激烈，外人要求请派外国武官监督撤兵，会同华官点名发饷，并于财政部内选派核算员，监督财政，改良收支，两次争论，几致决裂，经屡次驳议，武官一节，乃作罢论，然支发款项，各银行尚须信证，议由中政府委派税司经理。至核算员，则议于部外设一经理垫款核算处，财政部与该团各派一人，并声明只能及于垫款所指之用途，至十月垫款支尽后，即将核算处裁撤，此等勉强办法，实出于万不得已，今虽拨款三百万两，稍救燃眉，然所约七款大纲，并非正式合同，公等如能于数月内设法筹足，或以省款接济，或以国民捐担任，以为后盾，使每月七百万之军饷，有恃无恐，即可将银行团垫款借款，一概谢绝，是正希龄之所日夕期之也。希即答复！

各省长官接到熊总长这般电话，都变做反舌无声，就是大名鼎鼎的黄留守，也变不出这么多银子，前时所拟方法，统能说不能行，要他从实际上做来，简直是毫无效果，因此也无可答复，同做了仗马寒蝉。近时人物，大都如此，所以无一足恃。熊总长复上书辞职，经袁总统竭力慰留，始不果行。再与银行团磋议，商请取消核计员及税司监视权，银行团代表以垫款期限，只有数月，且俟伦敦会议后，如何解决，再行酌改云云。看官听着！这伦敦会议的缘起，系是四国银行团借英京伦敦为会议场，研究中国大借款办法及日、俄加入问题。

小子于前回中，曾说日俄银行出来调解，他的本旨，并非是惠爱我国，但因地球上面，第一等强国，要算英、法、俄、美、日、德六大邦，英、法、美、德既集银行团，日、俄不应落后，所以与四国团交涉，也要一并加入。强中更有强中手。四国团不便力阻，只得函问中政府，愿否日、俄加入。中政府有何能力，敢阻日、俄，况是请他来的帮手，当然是答一"可"字。哪知俄人别有用意，以为此项借款不能在蒙古、满洲使用，自己方可加入。明明视满、蒙为外府。日本亦欲除开满洲，与俄人异议同词。各存私意。四国团当然不允，且声言："此次借款，发行公债，应由本国银行承当，英为汇丰银行，法为汇理银行，德为德华银行，美为花旗银行，此外的四国银行及四国以外的银行，均不得干预。"这项提议，与日、俄大有妨碍，日、俄虽加入银行团，发行债票，仍须借重四国指定的银行，与未加入何异，因此拒绝不允，会议几要决裂了。法国代表从中调停，想做和事佬，怂恿五国银行团代表由伦敦移至巴黎，巴黎为法国京都，当由法代表主席。法代表亦自张势力。磋商月余，俄国公债票得在俄比银行发行，日本公债票得在日法银行发行。至日、俄提出的满、蒙问题，虽未公认，却另有一种条件订就，系是六国银行团中，有一国提出异议，即可止款不借，此条明明为日、俄留一余地，若对于中国，须受六银行监督，须用盐税抵押。

彼此议定，正要照会中国，适中政府致书银行团，再请垫款三百万两，否则势不及待，另筹他款，请勿见怪。银行团见此公文，大家疑为强硬，恐有他国运动，即忙复书承认，即日支给。也受了中国的赚，但得握债权，总占便宜。中政府复得垫款。及挨过了好几天，六国银行团遂相约至外交部，与外交总长陆征祥晤谈，报告银行团成立。越日，又与陆、熊两总长开议借款情形。陆总长已探悉巴黎会议，所定条件，厉害得很，遂与熊总长密商，只愿小借款，不愿大借款，熊总长很是赞成，当下见了银行团代表，便慨然道："承贵银行团厚意，愿借巨款，助我建设，但敝国政府，因债款已多，不敢再借巨项，但愿仿照现在垫款办法，每月垫付六百万两，自六月起，至十月止，仍照前约办理便了。"看官！你想六国银行团，为了中国大借款，费尽唇舌，无数周折，才得议妥，谁料中国竟这般拒绝，反白费了两月心思，这班碧眼虬髯的大人物，哪肯从此罢休，便齐声答道："贵政府既不愿再借巨款，索性连垫款也不必了。索性连六百万垫款，也还了我吧。"陆、熊两总长也自以为妙计，那外人的手段，却来得更辣。陆总长忙答辩道："并非敝国定不愿借，但贵银行团所定条件，敝国的人民决不承认，国民不承认，我辈也无可如何，只好请求垫款，另作计划罢了。"银行团代表见语不投机，各负气而去。

陆、熊两总长以交涉无效，拟与唐总理商议一切。唐总理已因病请假，好几日未得会叙，两人遂各乘马车，径至唐总理寓所。名刺方入，那阍人竟出来挡驾，且道："总理往天津养病去了。"去得突兀。两人不禁诧异，便问道："何日动身，为何并不见公文？"阍人只答称去了两日，余事一概未知，两人方怏怏回来。

看官！你道这唐总理如何赴津，当时京中人士统说是总理失踪，究竟他是因病赴津呢？还是另有他事？小子得诸传闻，唐总理的病，乃是心病，并不是什么寒热，什么虚痨。原来唐总理的本旨，以中国既行内阁制，所有国家重政，应归国务员担负责任，因此遇着大事，必邀同国务员议定，称为国务会议。偏偏各部总长意见不同，从唐总理就职后，开了好几次国务会议，内务总长赵秉钧未见到会，就是陆海军总长，虽然列席，也与唐总理未合，只有教育总长蔡元培、司法总长王宠惠、农林总长宋教仁，与唐总理俱列同盟会，意气还算相投。又有工商次长王正廷，因陈其美未肯到京，署理总长也与唐不相反对。交通总长施肇基与唐有姻戚关系，自然是水乳交融。此外如外交总长陆征祥，是一个超然派，无论如何，总是中立。财政总长熊希龄是别一党派，异视同盟会，为了借款问题，亦尝与唐总理龃龉。恐非全为党见。唐总理已是不安，而且总统府中的秘书员、顾问员，每有议论，经总统承认后，又必须由总理承认，方得施行，否则无效，那时这班秘书老爷，顾问先生，都说总统无用，全然是唐总理的傀儡。

看官！试想这野心勃勃的袁项城，岂肯长此忍耐，受制于人？况前此总理一职，有意属唐，无非因唐为老友，足资臂助，乃既为总理，偏以背道分驰，与自己不相联属，遂疑他为倾心革党，阴怀猜忌。其实唐本袁系，不过为责任内阁起见，未肯阿谀从事，有时与老袁叙谈，辄抗争座上，不为少屈。老袁左右，每见唐至，往往私相告语道："今日唐总理，又来欺侮我总统吗？"后来断送老袁的生命，也是若辈酿成。

一夕，唐谒老袁，两下里争论起来，老袁不觉勃然道："我已老了，少川，你来做总统，可好吗？"唐本粤人，字少川，老袁以小字呼唐，虽系老友习惯，然此时已皆以总统总理相呼，骤呼唐字，明明是满腹怒意，借此少泄，语意尤不堪入耳，气得唐总理瞠目结舌，踉跄趋出，乘车回寓。冤冤相凑，距总统府约数百步，忽遇卫队数十人，拥护一高车驷马的大员，吆喝而来。唐车趋避稍迟，那卫队已怒目扬威，举枪大呼道："快走！快走！不要恼了老子。"

唐不待说毕，忙呼车夫让避。至大员已过，便问车夫道："他是何人？"车夫道："他是大总统的拱卫军总司令段大人。"唐总理笑道："是段芝贵吗？我还道是前清的摄政王。"牢骚之至。既而回至寓中，不由得自叹道："一个军司令，有这么威风，我等身为文吏，尚想与统率海陆军的大总统，计较长短，正是不知分量了。我明日即行辞职，还是归老田间罢。"乐得见几。继又暗忖道："我友王芝祥，将要到京，来做直隶都督，他一到任，我的心事已了，便决计走吧。"

原来北通州人王芝祥，曾为广西藩司，广西独立，芝祥为桂军总司令，率兵北伐。及至南京，南北已经统一，唐绍仪南下组阁，旧友重逢，欢然道故，自不消说。直隶代表谷钟秀等，时在南京，愿举芝祥为本省都督，浼唐入白袁总统。唐返京，即与老袁谈及，袁已面许，乃电促芝祥入京。唐总理正待他到来，所以有此转念。过了数日，芝祥已在江南，遣还桂军，入京候命。唐总理与王见面，自然入询老袁，请即任王督直，发表命令。哪知袁总统递示电文，乃是直隶五路军界反对王芝祥，不令督直。又是老袁作怪。唐总理微哂道："总统意下如何？"袁总统皱眉道："军界反对，如何是好；我拟另行委任便了。"唐总理道："军人干涉政治，非民国幸福。"老袁默然不答。唐总理立即辞出，到了次日，即由总统府发出委任状，要唐总理副署盖印。唐总理取过一瞧，系命王芝祥仍返南京，遣散各路军队，不由得愤愤道："老袁欺人太甚，既召他进京，又令他南返，不但失信芝祥，并且失信直人，这等乱命，我尚可副署吗？"言已，即将委任状却还，不肯副署。嗣闻老袁竟直交王芝祥，芝祥即往示唐总理。唐总理益愤懑道："君主立宪国，所发命令，尚须内阁副署，我国号称共和，仍可由总统自主吗？我既不配副署，我在此做什么？"芝祥去后，即匆匆收拾行囊，待至黎明，竟出乘京津火车，径赴津门去了。小子有诗咏唐总理道：

> 辞官容易做官难，
> 失职何如谢职安。
> 双足脱开名利锁，
> 津门且任我盘桓。

唐总理赴津后，如何结果，且看下回说明。

本回叙述垫款，为下文善后大借款张本。外款非不可借，但今日借债，明日借债，徒为一班武夫所垄断，满贮囊橐，逍遥自在，铁血之光，化作金钱之气，徒令全国人民，迭增担负。读史至此，转叹革命伟人，日言造福，不意其造祸至于如此也。袁总统心目中，且以依赖外债为得计，意谓外债一成，众难悉解，受谤者他人，而受益者一己，方将尽以英镑、美元、马克、法郎为资料，买收武夫欢心，拥护个人权力，亦知上下争利，不夺不餍乎？唐总理就职，未及百日，即与老袁未协，飘然径去，唐犹可为自好士，然一番奔走，徒为袁总统做一傀儡，唐其未免自悔欤？

第十二回　组政党笑评新总理
嗾军人胁迫众议员

却说唐绍仪既赴天津,方具呈辞职,呈文中亦不说什么,但说:"因感风寒,牵动旧疾,所以赴津调治,请即开职另任"云云。袁总统当发电慰留,并给假休养,暂命外交总长陆征祥代任总理,一面遣秘书长梁士诒,赴津劝驾。唐决意辞职,再具呈文,托梁带回。袁已与唐有嫌,还愿他做什么总理,不过表面上似难决绝,因做了一番挽留的虚文,敷衍门面。唐已窥袁肺腑,怎肯再来任事?老袁以为情义兼尽,由他自去,随即批准呈文,改任总理。

相传唐驻津门数月,乘舟南归,途中遇刺客黄祯祥,为唐察破,幸得免刺。唐问系何人所使,祯祥爽然道:"我与君并无宿仇,今日奉极峰命,来此行刺,但看君来去坦白,我亦不忍下手,否则已早行事,恐君亦未能免祸呢。"此人尚有天良。唐乃答道:"你既存心良善,我也不必深究,只烦你寄语极峰,休要行此鬼蜮伎俩。他欲杀人,人亦将杀他,冤冤相报,莫谓天道无知呢。"老袁果闻言改过,当不致有日后事。祯祥唯唯自去,唐始安然南下,语且休表。

且说国务总理一职,因唐已辞去,当然需人接任,袁总统属意陆征祥,仍援《临时约法》第三十四条,提出参议院,求议员同意。陆字子欣,江苏上海人,曾为广方言馆毕业生,嗣奉调出洋,才气飙发,为历任公使所倚重,不数年洊升参赞,继充荷兰公使,又继任海牙平和会专使。至民国第一次组阁,因他是外交熟手,遂召他回国,令为外交总长。陆性和平,且无一定的党派,因此老袁欲令他继任。这时候的参议院中,议长林森回籍,副议长王正廷署理工商次长,两人统已出院,乃改举奉天吴景濂为议长,湖北汤化龙为副议长,议员约数十人,却分做好几党。据政治家研究,以为外洋立宪国,没一国不有政党,没一国不有数政党,因为国家的政要,容易为一偏所误,所以政治家各张一帜,号召徒党,研究时政,彼有一是非,此亦有一是非,从两方面剖辩起来,显出一个真正的是非,方可切实履行,故外人有愈竞愈进的恒言。从前满清预备立宪,我国人已模仿外洋,集会结社,成一政党的雏形,什么宪友会,什么宪政实进会,已是风行一时。到了民国初造,最彰明较著的党员,就是革命党,革命党的起手,便是同盟会。同盟会中的重要人物,第一个是孙文,称作总理,第二个是黄兴,称作协理,其次即为宋教仁、汪兆铭等,统是会中的干事员。自革命告成,会中人变为政党,宣布党纲,共有九条:(一)是完成行政统一,促进地方自治;(二)是实行种族同化;(三)是采用国家社会政策;(四)是普及义务教育;(五)是主张男女平权;(六)是励行征兵制度;(七)是整理财政,厘定税则;(八)是力谋国际平等;(九)是注重移民开垦事业。依这九大党纲看来,俨然有促进大同的气象。

其后有浙人章炳麟、苏人张謇发起的统一党,还有宪友会化身的国民协进会,以及湖北人主动的民社,共计三部分,或是前清的硕学通儒,或是前清的旧官故吏,起初是各行各志,后来并合为共和党,也有一种党义,略分三则:(一)是保持全国统一,取国家主义;(二)是以国家权力,扶持国民进步;(三)是应世界大势,以平和实利立国。这三条党义,隐隐与同盟会反对,时人称同盟会为民权主义,共和党为国权主义。未几,又有统一共和党出现,即由滇人蔡锷、直人王芝祥等组织而成,他有十余条党纲:(一)是划定行政区域,实谋中央统一;

（二）是厘定税则，务期负担公平；（三）是注重民生，采用社会政策；（四）是发达国民经济，采用保护贸易政策；（五）是画一币制，采用金本位制；（六）是整顿金融机关，采用国家银行制度；（七）是振兴交通，速设铁道干线；（八）是实行军国民教育，促进专门学术；（九）是振奋海陆军备，采用征兵制度；（十）是保护海外移民，励行实边开垦；（十一）是普及文化，融合国内民族；（十二）是注重外交，保持国家对等权利。统观这十二条党纲，是国权与民权俱重，介在同盟会共和党的中间，仿佛是折衷主义，但总与两党若合若离。

参议院中的议员，就是由这三党中选举出来。当时参议院内，除西藏议员尚未选派外，共一百二十一席，同盟会共和党，各得四十余席，统一共和党，也得三四十人。一百二十一席中，分了三个党派，若四万万人，不知要多少党派。此次由袁总统提出陆总理，同盟会中极端反对，自在意中，惟共和党人已受袁总统笼络，愿表同意，且代为运动，把统一共和党员也联为一致，因此全院投票，只同盟会议员否决，余皆投同意票。陆总理得多数赞成，当即通过。隔了一宿，即有大总统命令发出，特任陆征祥为国务总理。唐内阁变为陆内阁，所有从前的国务员，因与唐氏有连带关系，提出辞职。交通总长施肇基第一个上辞职书（是唐氏戚属的关系），袁总统立即批准，教育总长蔡元培、司法总长王宠惠、农林总长宋教仁、未到任的工商总长陈其美，及署长王正廷，依次辞职（是唐氏同党的关系）。袁总统概不慰留，一律准请，财政总长熊希龄见阁员多半辞去，也不好恋栈，照例递呈辞职，偏亦邀老袁批准，只得卸职退闲（熊虽与唐氏绝无关系，但亦非袁系人物，故准他辞职）。独内务及陆海军三部总长，依然就任，寂无变动。个中情由，不言而喻。

袁总统乃另索夹袋中人物，提交参议院议决，财政总长拟任周自齐；司法总长拟任章宗祥；教育总长拟任孙毓筠；农林总长拟任王人文；工商总长拟任沈秉坤；交通总长拟任胡维德，先将名单发交陆总理，令至参议院宣布，征求同意。陆总理不置可否，唯命是从，唐组织阁员，半由唐氏自己主张，至陆氏组阁，已全属老袁授意。当即乘了马车，至参议院。

全院议员共表欢迎，总道他是历任外交，必多经验，且才名卓越，应有特别政见，因此大家起敬。待陆登演说坛时，拍手声与爆竹相似，噼噼啪啪的有好几千声，到了声浪渐息，大家都凝神注意，侧着耳朵儿，恭聆伟论。形容尽致。

哪知陆总理是善英语，不擅长国语，数典忘祖，中国的西学家，每蹈此弊。开口时已吱吱咯咯，说不出什么话儿，至表述阁员的时候，他却发出大声道："有了国务总理，断不可无国务员，若国务员没有才望，单靠着一个总理，是断断不能成事的。鄙人忝任总理，自愧无才，全仗国务员选得能干，方可共同办事，不致溺职，现已拟有数人，望诸君秉公解决。譬如人家做生日，也须先开菜单，拣择可口的菜蔬，况是重大的国务员呢。"说至此，全院并没有拍掌声，只听有人嬉笑道："总理迭使外洋，惯吃西餐，自然留意菜单，我等都从乡里中来，连鱼翅海参，都是未曾尝过，晓得什么大菜。"这边的笑语未绝，那边的笑语又起，复说道："想是总理的生辰，就在这数日内，我等却要登堂祝寿，叨光一餐。想总理府中的菜单，总是预先拣择，格外精美哩。"挖苦太甚。陆总理并非痴聋，听到这等讥评，不觉面红耳赤，暗想："外人何等厉害，却没有这般嘲笑，今到此地，偏受他们奚落，这真是出人意料呢。"事非经过不知难。当下无意演说，竟自下台，勉强把名单取出，交给议长，自己垂头丧气，踱出院门，乘舆竟去。总算跳出是非门。

各议员由他自行，并没有一人欢送，反大家指手画脚，说短论长，统说："民国初立，草昧经营，全靠有才干的总理，才能兴利除弊，今来了这等人物，要做总理，此外还有何望？"同盟会员格外愤激,便道:"我等原是不赞成的,不知同院诸君,何多投同意票,莫非已受他买嘱吗?"共和党及统一共和党,听了"买嘱"二字,自然禁受不起,便与同盟会员争闹起来,霎时间全院鼎沸,几成一个械斗场。好一班大议员。议长吴景濂见秩序已乱,慌忙出来禁止,并摇铃散会,大众方一哄而散。

次日,复开会表决国务员,仍用投票的老法儿取决可否。及开箧审视,纯是不同意票。同盟会员又出席道:"今日同院诸君,完全投不同意票,显见得人心未泯,公论难逃。但总理已经任命,就是易人提出,恐仍是这等腐败人物,果欲改弦易辙,必须釜底抽薪,劾去老陆方好哩。"

大众颇也赞成,遂提出弹劾总理案,公拟一篇咨文,送入总统府,老袁置诸高阁,陆征祥过意不去,呈请辞职。老袁不许,只另拟了几个人物,再交参议院议决,财政总长改拟周学熙;司法总长改拟许世英;教育总长改拟范源濂;农林总长改拟陈振先;工商总长改拟蒋作宾;交通总长改拟朱启钤;因恐参议院仍未通过,先遣人讽示议员。果然各议员不肯赞同,仍然拒绝,老袁智虑深沉,并没有一点仓皇,暗地里却布置妥当。不到一日,军警两界,遍布传单,大约说是:"内阁中断,急切需人,参议院有意为难,反令我辈铁血铸成的民国,害得没政府一般,若长此阻碍政治,我等只有武力对待的一法。"这数语一经传布,都城里面,又恐似前次的变乱,吓得心胆俱裂。就是参议院中,也递入好几张传单,竟要请一百多个议员,统吃卫生丸。这议员是血肉身躯,哪一个不怕弹丸?镇日里缩做一团,杜着门,裹着足,连都市上也不敢出头。只有这些肝胆,何如不做议员。

老袁暗暗欣慰,一面办好十多桌盛席,邀参议员入府宴会。始用硬力,继用软功,真好手段。各议员不好坚拒,又不敢径去。大众密议多时,方公决了一个"谢"字。袁总统料他胆怯,遂遣秘书长梁士诒往邀,各议员见梁到来,才敢应允。出院时由梁前导,大家鱼贯后随,一同到总统府。此时的梁财神,好似护法韦驮。袁总统也出来周旋,殷勤款待,到了就席的时候,却令梁秘书长等相陪,自己踱了进去。酒过数巡,由梁秘书长略略叙谈,表明总统微意,各议员哪敢再拒?自然唯唯连声,到了酒酣席散,又见袁总统出谈,说了几句费心的套话,各议员很是谦恭,并表明谢忱,乃一齐告别。徒令老袁暗笑。

越宿,复投票表决阁员,除蒋作宾一人外,得多数同意。嗣又由总统府提出刘揆一,充任工商总长,又经参议院通过,遂俱正式任命,陆内阁乃完全成立了。惟陆征祥以日前被嘲,未免惭忿,因托病请假,自入医院,不理政务。自此国家重事,均由总统府取决,从前的国务会议,竟移至总统府去了。总统权力,日以加长。同盟会员为军人所逼,不得已通过总理及阁员,但心中总是不服,未免发生政论,谓军警不应干预政治,且遍咨各省都督,浼他进陈利弊。袁总统乃颁发通令二道,一是劝诫政党,一是谕禁军警,本旨在注重前令。由小子次第录出。其劝诫政党云:

民国肇造,政党勃兴,我国民政治之思想发达,已有明征,较诸从前帝政时代,人民不知参政权之宝贵者,何止一日千里。环球各国,皆恃政党,与政府相须为用,但党派虽多,莫不以爱国为前提,而非参以各人之意见。我国政党,方在萌芽,其发起之领袖,亦皆一时人杰,抱高尚之理想,本无丝毫利己之心,政见容有参差,心地皆类纯洁。惟徒党既盛,统系或歧,两党相持,言论不无激烈,深恐迁流所及,因个人之利害,忘国事之艰难。方今民国初兴,尚未巩固,倘有动摇,则国之不存,党将焉附?无论何种政党,均宜蠲除成见,专趋于国利民福之一途。若乃怀挟阴私,激成意气,习非胜是,飞短流长,藐法令若弁髦,以国家为孤注,将使灭亡之祸，于共和时代而发生。揆诸经营缔造之初心，其将何以自解？兴言及此，忧从中来。凡我国民，务念阋墙御侮之忠言，懔同室操戈之大戒，折衷真理，互相提携，忍此小嫌，同扶大局，本大总统有厚望焉！此令。

又谕禁军警云：

军人不准干预政治，迭经下令禁止在案，凡我军人，自应确遵明令，以肃军律。闻近日军界警界，仍有干涉政治之行为，殊属非是。须知军人为国干城，整军经武，目不暇接，岂可旷弃天职，越俎代庖，若挟持武力，率意径行，万一激成风潮，国家前途，曷胜危险？至警界职在维持治安，尤不应随声附和，致酿衅端。除令陆军内务两部传谕禁止外，特再申告诫，其各守法奉公，以完我军警高尚之人格！此令。

看官阅此两令，当时总以为言言金玉，字字珠玑，哪知袁总统的本意，却自有一番作用，小子也到民国五年，才知老袁命令，隐喻轻重呢。正是：

掩耳盗铃成惯技，

盲人瞎马陷深池。

袁总统已胁服议员，又有一番手段，遣散各方军队，巩固中央政权，欲知详情，再阅下回。

"政党"二字，利害参半，若为智识单简，血气未定之人物，一经结党，必予智自雄，利未获而害先见。故政党之名，行于文化优美之国，或可收竞争竞进之效，否则难矣。我国人民，罕受教育，道德学问，多半短浅。致以政党之名，反为枭雄所利用，其反对者适受其侮弄而已。若夫内阁改组，易唐为陆，尚为老袁之过渡人物，袁之进步在此，政党之退步亦在此，逐回细阅，耐人寻味不少云。

第十三回　统中华釐订法规
征西藏欣闻捷报

　　却说民国初造的时候,独立各省,军队林立,一省的都督,差不多有三五人,江南越加纷扰。苏州都督程德全是官僚革命,总算从前清蜕化而来;还有上海都督陈其美、镇江都督林述庆、清江都督蒋雁行、扬州都督徐宝山,统是独张一帜,好似多头政治一般。至南北统一,南京临时政府已移往北京,南方的军队应归裁并。袁总统即命前陆军总长黄兴留守南京,办理撤兵事宜;且派遣王芝祥助黄为理。于是各镇都督,次第撤销,黄留守也办理就绪,当即电请销职。袁总统却复令缓撤,并派陆军次长蒋作宾驰往商办。先遣王芝祥,继遣蒋作宾,纯是老袁的做作。嗣因黄去志甚坚,再电解职,乃派江苏都督程德全到宁接收;并令黄留守计日来京,商议政要;且因孙中山游历各省,到处演说,鼓吹民生主义,也未免有些尴尬,遂亦致电相邀,令他入都备询。一面正式任命各省都督,兹将民国元年七月以后的都督姓名,列表如左:

　　　直隶都督冯国璋
　　　奉天都督赵尔巽
　　　吉林都督陈昭常
　　　江苏都督程德全
　　　江西都督李烈钧
　　　福建都督孙道仁
　　　湖南都督谭延闿
　　　河南都督张镇芳
　　　陕西都督张凤翙
　　　新疆都督杨增新
　　　广东都督胡汉民
　　　云南都督蔡锷
　　　黑龙江都督宋小濂
　　　安徽都督柏文蔚
　　　浙江都督朱瑞
　　　湖北都督黎元洪兼领
　　　山东都督周自齐
　　　山西都督阎锡山
　　　甘肃都督赵惟熙署
　　　四川都督尹昌衡
　　　广西都督陆荣廷
　　　贵州都督唐继尧署

　　这二十二省的都督,有易任的,有仍旧的,有几个是革命前的老官僚,有几个是革命后的新统领，这也不必细表。

袁总统又规定任官等级，援例公布，凡最高职员，如国务总理，暨各部总长及各省都督等，均称特任。特任以下，分作九等，一二等为简任官，三四五等为荐任官，六七八九等为委任官。又制定勋章等级，大勋章为总统佩带，上刻日月星辰山龙华虫宗彝藻火粉米黼黻十二章，其下亦分作九等，均刻嘉禾，第以绶色为别。陆海军勋章，独用白鹰文虎两种，亦分作九等，视绶色为等差。勋章以外，又有勋位，大勋位为首，依次至勋五位为止。余如国务院官制及各部官制，一一酌定，次第颁行。所有国徽，除以五色旗为国旗外，海军仍用青天白日旗，陆军曾用十八星旗，至此加列一星，变作十九星旗，商旗适用国旗，就是五色旗。所有礼节，男子礼为脱帽鞠躬，大礼三鞠躬，常礼一鞠躬，寻常相见，只用脱帽礼。女子礼大致相同，惟不脱帽，专行鞠躬礼。另订衣冠仪式，绘图晓示，惟军人警察，另有特别礼仪，不在此限。

陆军官制分三等九级，上等称将官，中等称校官，初等称尉官，各分上中少三级，军士分上士中士下士，兵卒分上等兵一等兵二等兵，军队编制，每步兵十四人为一棚，三棚为一排，三排为一连，四连为一营，三营为一团，二团为一旅，二旅为一师，把前清镇协标队的名目，一律改称。师即镇，旅即协，团即标，营即队。海军官制，略有同异，如军医军需造械造舰等官，有总监主监上监中监少监等名目，与陆军不同。编制法以舰为别，亦与陆军异制。他如学校系统，分作四级，首大学，次中学，又次为高等小学，最下为小学。后改称国民学校。

小学校四年毕业，高等小学校，三年毕业，中学校四年毕业，大学本科，三年或四年毕业，预科三年。旁系为师范学校，及实业学校，专门学校，大致为四年或三年毕业。

至若法院规则，分作四级三审，大理院为法院最高机关，下为高等审判厅、地方审判厅、初级审判厅，是为四级，由初级审判厅起诉，不服判决，得控诉地方厅，地方厅的判决，再或不服，得上告高等厅；高等厅判决，已成定案，不得再诉大理院。惟自地方厅起诉，不服判决，得经高等厅至大理院，是为三审。所应由初等厅起诉，或由地方厅起诉，法律上另有规定，不暇絮述。但诉讼条规，有刑事民事二种，刑事条件，是被告应该惩罚，不得不求国家惩罚，所以亦称为公诉。民事条件，是被告未必犯罪，但侵害个人利益，请求司法官代判赔偿，所以又称为私诉。刑法分主刑及从刑，主刑分五等，死刑最重，次为无期徒刑，又次为有期徒刑，又次为拘役为罚金。从刑分二等，（一）是褫夺公权，（二）是没收。这种制度，统是行政上司法上的关系，一般人民，应该晓得大略，小子不能不粗举大纲。是谓通俗教育。

还有立法机关，是共和国中最要的根本，从前由代表会组织参议院，是创始的暂行规模，此时国家统一，应由参议院改为国会，且《临时约法》中第五十三条，曾有限十个月内，召集国会的明文,袁总统不能违约,参议院也不能缓议,因此逐日开会,议决国会组织法及参议院众议院议员选举法。国会组织法共二十二条,大要用两院制,便是参议院及众议院。参议院议员由各省省议会选出,每省十名。蒙古选举会得选出二十七名,西藏选举会得选出十名,青海选出三名,中央学会也得选出八名,华侨得选出六名,共二百九十四人。众议院议员由各地人民选举,每人口满八十万,得选一议员,人口多寡不一,议员也多寡不等,拟定直隶省四十六名,奉天省十六名,吉林省十名,黑龙江省十名,江苏省四十名,安徽省二十九名,江西省三十五名,浙江省三十八名,福建省二十四名,湖北省二十六名,湖南省二十七名,山东省三十三名,河南省三十二名,山西省二十四名,陕西省二十一名,甘肃省十四名,新疆省十名,四川省三十五名,广东省三十名,广西省十九名,云南省二十二名,贵州省十三名,蒙古二十七名,西藏十名,青海三名,共五百九十五人。参议员任期六年,每二年改选三分之一,众议员任期三年。两院议员的职权,一是建议,二是质问,三是查办官吏纳贿违法的请求,四是政府咨询的答复,五是人民请愿的受理,六是议员逮捕的许可,七是院内法规的制定。至若预算决算,及议定宪法,概由两院合办。两院议员,须各有过半数出席,方得开议,议案须得过半数同意,方得决定,可否同数,由议长取决。每岁会期,计四个月,若大事不及裁决,得以展期,这是国会组织法的大略。

惟两院议员的选举,统用单记名投票法,从多数取决。参议员由省议会选举会选出,毋庸细表,众议员由人民公选,分选举及被选举两种资格,选举人专属民国国籍的男子,年满二十一岁以上,备有四项资格的一项,才有选举权。看官道是哪四项资格呢?一是年纳直接税二元以上;二是值五百元以上的不动产,蒙、藏、青海得以动产计算;三是在小学校以上毕业;四是与小学校以上毕业的资格。被选举人亦属民国国籍的男子,惟年龄须满二十五岁以上。蒙、藏、青海更须通晓汉语。若适罹刑法褫夺公权,及宣告破产,并有精神病,吸鸦片烟,与不识文字,均不得有选举权及被选举权。现在陆海军充役的军人,与在征调期间的续备军人,现任行政司法及巡警,或僧道及其他宗教师,均停止选举权及被选举权。蒙、藏、青海惟军人停止选举权及被选举权,余项不用此例。小学校教员,各学校肄业生,停止被选举权。办理选举人员,于选举区内,亦停止被选举权。又分初选复选两项手续,初选以县为选举区,当选人名额,定为议员名额的五十倍,复选合若干初选区为选举区,即以初选的当选人为选举人,被选人却不以初选当选人为限。每届选举,无论初选复选,各设监督员。初选监督以各该区的行政长官充任,复选监督以全省的行政长官充任。蒙、藏、青海,只一次选举,不分初选复选。这是两院议员选举法的大略。还有省议会议员选举法,大致与众议院议员选举法略同。

各项选举法,经参议员议决,咨送袁总统,袁总统当即公布,且由内务部规定选举区,一一颁示。正在筹备进行,非常忙碌的时候,忽由四川都督尹昌衡连电报称西藏乱耗,影响全局,自请督师西征。袁总统准如所请,命他出征西藏,所有川督印信,暂交胡景伊护理。尹督遂率二千五百人,向西出发,浩荡前进。想步年羹尧后尘。先是清光绪末年,西藏教主达赖喇嘛曾入京觐见,受封为西天大善自在佛,并加诚顺赞化名号。会值光绪帝与慈禧太后先后逝世,达赖讽经超荐,效劳了好几日。两宫安葬,达赖回藏,为俄人所诱,有意生乱,清廷将他削去封号,用兵撵逐,并命驻藏大臣,另立达赖喇嘛。这事尚未就绪,中国已起革命军。退位的达赖,手下有一参谋,系俄国人,素得达赖信任,前曾为达赖所遣,往俄京圣彼得堡,传递密约事件,此次闻内地各省,大半独立,遂极力为达赖谋覆西藏。达赖乃回入藏境,逐去清廷简放的官吏，也居然独立起来，且欲尽杀驻藏的汉人。亏得陆军统领钟颖，率兵至拉萨，竭力保护，镇压藏番，达赖始不敢妄动。

川督尹昌衡从权委任，令钟颖为西藏行政使。后来华兵与藏人屡生冲突，英兵以保护侨商为名，进兵藏边，尹督遂电告北京，请任钟颖为办事长官，俾专责成。袁总统即如言任命。但藏番总歧视华人，随你钟长官威权并用，始终不肯就范。华兵在拉萨开会，登场演说，不知如何得罪了藏人，竟致两造决裂，激动兵戈。藏人各处响应，把华兵困住拉萨，一面分道扬镳，西侵后藏，东寇里塘。后藏的江亚，竟被陷没。里塘在打箭炉西，虽为驻藏大臣往来驿道，奈与四川省会，相距遥远，守兵寥寥无几，猝遇藏人到来，慌忙敛兵固守，飞书乞援，谁知远水难救近火，镇日里待援未至，只好弃了里塘，奔还内地。藏人既将里塘占去，复乘势欲夺巴塘，川边大震。尹都督乃自请出师，奉命允准，并加授镇抚使。

尹遂率军西征，途次接巴塘捷报，心下稍慰。又行了两三日，克复里塘的喜信也由探马报到。原来边军统领顾占文，因里塘失守，加意防备，四处派遣心腹，暗探藏人消息。到了七月初旬，探得藏人出攻巴塘，分两路进兵，一队从大路攻击，扬旗呐喊，堂堂皇皇，一队从小路潜行，越山过岭，似偷鸡吊狗一般。藏人颇也知兵。那时顾统领察破诡谋，当即将计就计，阳遣兵截住大路，自己却带着精锐，至小路旁看定要隘，分兵四伏。藏人那里防着，只从崇山峻岭中绕越而来。大众争先恐后，毫无纪律，那边有几十人，这边也有几十人，但凭着两只脚，随路乱走，将到大朔山侧，天色将晚，遥望前面，只有参天的古木，遍地的蔓草，隐隐衔着一个夕阳，掩映满山秋色。此时也无暇浏览，但蓄着一股锐气，急行上前，暗想越过了山，便是巴塘，好在沿途平稳，并没有华兵拦阻，此去出其不意，攻其无备，眼见得巴塘要隘，唾手得来。

正在趾高气扬的时候，猛听得一声号炮，震得山谷俱鸣，木叶乱下，大众齐声叫道："不好了！不好了！"言未毕，已见华兵四处杀来，枪声噼啪不绝，无从躲避。大众顾命要紧，觅路四窜。巴塘也不要了。不意窜到东边，竟遇着一阵枪弹，晕倒了好多人，折回西边，又碰着一队华兵，恶狠狠地过来，好像饿鹰逐鸡，猛虎噬羊，稍稍失手，便被他打倒地上，生擒活缚的拖了过去。有几个仗着蛮力，拼命突围，总算死了一半，逃了一半。顾统领乘胜追赶，顺着路竟到里塘，里塘已虚若无人，当由顾军踹入，立将里塘收复。正拟出击大路上的藏兵，可巧藏人已闻小路败报，跟跄逃还。顾统领麾军杀出，吓得藏人没路乱跑，大路上的官军同时赶到，一场合剿，杀死藏人数百名，只有命不该绝的藏人，才得逃脱。

顾统领即遣人告捷，当由尹都督接着，非常欣慰，遂至打箭炉驻节。打箭炉系四川西徼，为川藏往来孔道，清季已改为康定府治，藩汉杂居，相安成俗。尹都督就此驻扎，免不得游览风景，极目遐天；偶然见了许多蛮女，丑的丑，妍的妍，两两相较，有几个姿色秀媚的蛮姝，越觉得天然丰韵，面不粉而白，口不脂而红，眉不黛而翠，更有一种苗条态度，楚楚可人，或在藤峡棘穴旁，招集三数姊妹花，着吉莫小鞋，低唱蛮歌，高扬巾帕，飘飘乎若神仙中人。看官！你想这豪宕不羁的尹都督，哪能不牵入情丝，触生美感，当下搜采数姝，令充下陈，几乎把这蚕丛路，变做了莺栖林。乐不思蜀。小子有诗咏道：

犹花媮草也风流，
别有柔情足解忧。
自古英雄多好色，
小蛮尚在且勾留。

藏事未了，鄂中又出有异国。待小子下回续叙。

民国初年，为釐定法规时代，公布各法，自有专书，非本书所应殚述。但本书亦寓通俗教育，所有普通各法规，为一般人民所应略晓者，固不得不粗举一斑，揭而出之，俾阅者得助见闻，正灌输知识之嚆矢也。国会组织法，及各议员选举法，不略蒙藏，政府固为统一藩部起见，而著书人即随笔叙下，写入藏事，此又为文字中绾合之法。尹都督自请征藏，俨然有终军请缨气象，而一逢蛮女，即取充下陈，虽情场花月，无玷英雄，而于军纪上不无妨害，寓讥于褒，作者其固有隐旨乎！

第十四回　张振武赴京伏法　黎宋卿通电辩诬

却说各省的军队，自经袁总统通电裁并，给饷遣散，往往游骑无归，所在谋变。有几处尚未裁遣，即已秘密开会，再图革命，如南京驻扎的赣军、苏州的先锋三营、滦州的淮军马队、山条省城的防兵、奉天大北关外的旧混成协第三标、安徽北门外的先锋队第一营，芜湖屯驻的卢军、滁州第一团七八两连兵士，陆续哗变，幸经各处长官，立时剿抚，均归平定。

惟湖北为革命军发起地，余风未泯，喜动恶静，不但乱兵生事，甚至司令军官等，亦屡思自逞，尝谋独立。兵犹火也，不戢自焚，古人之所以三致意者在此。襄阳府司令张国荃，不服省垣编制，擅杀调查专员周警亚，拥兵为乱，经黎都督元洪派兵兜剿，国荃方自知不敌，窜向郧阳，沿途劫掠，蹂躏了好几处；复由官兵追剿，方才散逸。既而军官祝制六、江光国、滕亚纲等人又煽惑军界，托词改革政治，谋推翻军政民政二府，破坏各司，幸被黎都督察觉，即调集近卫军及警察分头缉捕，将祝、江、滕三人拿获，并搜出檄文布告、文书名册、徽章令旗、传单愿书等项，证据昭然，三犯无可抵赖，遂申行军律，一概枪毙。越日，复在汉口法租界搜获乱党多名，黎都督不欲深究，惟出示剀切劝告，并将搜出名册，立即销毁，免得株连。

未几，又报省城兵变，第一镇二协三标军士，因刘协统勒令退伍，遂致大哗，统至军械房抢夺子弹，且击毙军官二名。楚望台军械所守兵，亦闻声响应，持械出所，拦守通湘、起义二城门。黎都督闻警，亟饬各军飞往弹压，把乱兵尽行围住，一面派唐、黄两参谋，偕同黎统制，步入围中，剀切劝导，嘱将首犯指出，余均免罪，并允将刘协统撤换。乱兵方唯唯应命，当场指出首犯陈兆鳌，由黎统制饬兵缚住，讯实正法。

黎都督经此数变，自然格外小心，日夕侦察，旋闻军务司副司长张振武及将校团团长方维，潜蓄异志，煽乱各军，前次祝制六、滕亚纲的变乱，亦由张、方二人主动，遂不动声色，宣召二人入署，嘱他调查边务。二人当面不好违慢，只得唯命是从。黎都督送客出厅即密电到京，拍致袁总统。袁总统亦即复电，任张振武为蒙古调查员，张、方是心腹至交，当密商了两三次，初意欲逗留鄂中，嗣因黎都督再三促行，虽明知他是调虎离山的计策，也一时不敢发难，便向督署辞行。不怕他不入死路。黎都督当命方维随往，适合张振武本意，遂邀同方维启程北上。

嗣复潜自回鄂，更邀将校十三人，一同到京，仍与方维聚会，就京城前门外西河沿旅馆寓宿。甫隔一宵，方维等在寓安居，张振武却入城游览。不意时方晌午，突有军警百余人，闯入旅馆，径至方维寓室，辟门竟入，方维惊问何事，一语未终，已是铁链上头，将他锁住。将校等各思抗拒，当由来兵与语道："君等无罪，罪止张、方。但奉命邀君同往，一经质证，保可无事，若君等定要反抗，莫怪枪弹无情。"语至此，各拔出手枪，向将校对着，作欲击状。将校等莫不畏死，忙说是情愿同行。方维还要喧嚷，军警等毫不理睬，但将他牵入内城，拘禁军政总执法处。其余将校分别解交外城军政执法两局。张振武尚在未知，正思回寓午餐，徐步从前门出来，刚刚望着城闉，不图兜头来了军官，猝然问道："你是张振武吗？"振武方应声称"是"。那军官已将他扭住，更有兵弁过来，把他两手反缚，他连声诘问情由，军官答称："奉令前来，拿你到总执法处，你到后自有分晓。"振武无法可施，只好由他迁往。及至军政总执法处，见方维也被拘禁，越觉惊慌，正思详问颠末，那执法官已传令上堂。振武且走且呼，口中连称冤枉，但见执法官高坐堂上，拍案喝道："休要瞎闹！你自己犯法，尚称冤枉吗？"振武道："我等所犯何罪？"执法官道："有黎都督电文到来，我读与你听，你且仔细听着！"黎电从此处叙出，前文妙有含蓄。语毕，即朗读黎电道：

张振武以小学教员，赞成革命，起义以后，充当军务司副司长，虽为有功，乃怙权结党，桀骜自恣，赴沪购枪，吞蚀巨款。当武昌二次蠢动之时，人心惶惶，振武暗中煽惑将校团，乘机思逞，幸该团员深明大义，不为所惑。元洪念其前劳，屡与优容，终不悔改，因劝以调查边务，规划远谟，于是大总统有蒙古调查员之命。振武抵京后，复要求发巨款设专局，一言未遂潜行返鄂。观此数语，见得京、鄂两处已密布侦探，将张、方二人行踪，探得明明白白，张、方自己尚如睡在梦中。本书前文亦未尽说明，至此方才揭出。飞扬跋扈，可见一斑。近更蛊惑军士，勾结土匪，破坏共和，倡谋不轨，狼子野心，愈接愈厉，假政党之名义，以遂其影射之谋，借报馆之揄扬，以掩其凶顽之迹，排解之使，困于道途，防御之士，疲于昼夜。风声鹤唳，一夕数惊。赖将士忠诚，侦探敏捷，机关悉破，泯祸无形，吾鄂人民，胥拜天使，然余孽虽歼，元憝未殄，当国害未定之秋，固不堪种瓜再摘；以枭獍习成之性，又岂能迁地为良？元洪爱既不能，忍又不可，回腹荡气，仁智俱穷，伏乞将张振武立予正法，其随行方维，系属同恶相济，并乞一律处决，以昭炯戒。此外随行诸人，有勇知方，素为元洪所深信，如愿归籍者，请就近酌给川资，俾归乡里，用示劝善罚恶之意。惟振武虽伏国典，前功固不可没，所部概属无辜，元洪当经纪其丧，抚恤其家，安置其徒众，绝不敢株累一人。皇天后土，实闻此言。元洪茕然一身，托于诸将士之手，阘茸尸位，抚驭无才，致令起义健儿，夷为罪首，言之赧颜，思之雪涕，独行踽踽，此恨绵绵。更乞予以处分，以谢张振武九泉之灵，尤为感祷。临颍悲痛，不尽欲言。

读毕，又宣布袁大总统命令，略云：

查张振武既经立功于前，自应始终策励，以成全人。乃披阅黎副总统电陈各节，竟渝初心，反对建设，破坏共和，以及方维同恶相济。本总统一再思维，诚如副总统所谓爱既不能，忍又不可，若事姑容，何以慰烈士之英魂？不得已即著步军统领军政执法处总长，遵照办理。此令。

命令宣毕，吓得张、方两人面如土色，没奈何哀求道："这是黎副总统冤诬我的，还求总长呈明总统，乞赐矜全。"执法官微笑道："令出如山，还有什么挽回，想你两人总有异谋，所以黎副总统电请大总统正法的。"言罢，即将两人绑出，同时枪毙。尚有将校十三人，一律释出，给发川资，仍令回鄂。十三人得了性命，即日离京南下，自不消说。惟张、方系革命党人，党员闻他正法，不免兔死狐悲，遂相率哗噪，声言："张振武功大罪轻，就使逆谋昭著，亦当就地处决，何必诱他入京，立置死地，这明是内外暗合，有意苛求。"当时有杀非其道，杀非其时，杀非其地，共计三大诘难，电达全国。黎副总统几成怨府，也令秘书员撰成通电数篇，陆续发布。最后这一篇，洋洋洒洒，约有千余言，小子不忍割爱，录述如下。其文云：

连日函电纷驰，诘难群起，前电仓促，尚未详尽。报告政府书，复未赍到，诚恐远道不察，真相愈湮，敢重述梗概，为诸公告。张振武初充军务司副长。汉阳失败，托词购枪，留函径去。当命参议丁复生，追至上海，配定式样，只限购银二十万两，乃擅拨买铜圆银四十万，仅购废枪四千支，子弹四百万，机关枪三十六枝，子弹二百万，枪械腐窳，机件残缺，有物可查，设有战事，贻害何堪设想？且除买械二十六万余外，另滥用浮报三十二万，无账二万，尚借谭君人凤五万，陈督复来电索款，均系不明用途，有账可稽，罪一；南北统一，战事告终，振武由沪返鄂，私立将校团，遣方维往各营勾串，募集六百余人，每名二十元，鄂军屡次改编，该团始终不受编制，兵站总监兵六大队，已预备退伍，伊复私收为护卫队，拥兵自卫，罪二；二月二十七日，串谋煽乱，军务部全行推倒，伊复独任方维，要挟留任，复谋杀新举正长曾广大，经元洪访查得实，始将三司长悉改顾问，罪三；冒充军统，黉夜横行，护卫队常在百人以外，沿途放枪，居民惶恐，每至都督府，枪皆实弹，罪四；护卫队屡遭解散，抗不遵命，复擅抢兵站枪支粮饷，藐无法纪，罪五；强调铁路立中小火轮，勾串军队，黉夜来往，罪六；暗煽义勇团长梅占鳌，增加营数，诱命石龙岩往联领事团，许事成任为外交司长，该员等不为所动，谋遂无成，罪七；革命后广纳良女为姬妾，内嬖如夫人者，将及十人，叶某及鲁某，皆女学生，复伙串某报鼓吹，颠倒黑白，破坏共和，罪八；民国公校开校，当众演说，革命非数次不成，流血非万万人不止，摇动国本，骇人听闻，罪九；亲率佩枪军队，逼迫教育司，勒索学款，挟之以兵，罪十；令逆党方维，勾串已革管带李忠义，及军界祝制六、滕亚纲、姜国光、谢玉山、刘起沛、朱振鹏、江有贵、黄耀生，暨汉口土匪头目王金标，分设机关，密谋起事，并另举标统八人，伊为原动，大众皆知，虽名册已焚，祝、滕正法，刘、朱尚寄监可质，罪十一；机关破露，移恨孙武，复密遣四十人，分途暗杀，罪十二；前次所购机关枪弹，除湖北实收外，近证之蓝都督报告，接济之账，尚匿交机关枪多枝，子弹三万粒，私藏利械，图谋不轨，罪十三；此次电促赴京，实望革心向善，乃叠据侦探报告，伊以委命未下，复图归鄂，密遣党羽，预归布置，复查悉函阻将校团，不得退伍，武汉一隅，关系全局，三摘已稀，岂堪四摘！罪十四；此外索款巨万，密济党援，朘削公家，扰乱秩序，种种不法，不胜枚举。元洪荐充大总统高等军事顾问，并有蒙古调查员之命，无非追录前功，冀挽将来，犹复要索巨款，议设专局，又在上海私文屯垦事务所，月索千余圆，凡此诸端，或档案具在，或实地可查，揭其本末罪状，实属无可宽容。诸公老成谋国，保卫治安，素为元洪所钦佩，倘使元洪留此大憝，贻害地方，致翻全局，诸公纵不见责，如苍生何？

顾或有谓杀非其地，杀非其时，杀非其道者，责以法理，夫复何辞？然此中委曲，尚有万不获已之衷，为诸公未悉者。武昌当革命之余，丁裁兵之会，地势冲繁，军心浮动，振武暗握重兵，潜伏租界，一经逮捕，立召干戈，既祸生灵，更酿交涉，操切偾事，谁尸其咎？况北京为民国首都，万流仰镜，初非邻省，更异敌邦，明正典刑，昭示天下，揆诸名义，似尚无妨，此不获已者一；振武席军务长之余焰，凭将校团之淫威，取精用宏，根深蒂固，投鼠忌器，人莫敢撄，卷土重来，拥兵如故，狼子野心，更无纪极，前此以往，杀既不敢，后此以往，杀更不能，千里毫厘，稍纵即逝，先此不谋，噬脐何及？况谋叛民国之犯，果有确据，随时皆可掩捕，此不获已者二；振武分遣党羽，密布机关，奸谋败露，应命赴京，更怀疑惧，居则佩刀盈室，出则荷枪载途，京鄂之使，不绝于道，心机巨测，消息灵通，一电遥飞，全国窥变，联电请求，举兵要挟，虽有国典，亦无所施，况振武现参军政，遥领兵权，绳以军法，洵为允当，且北京军事裁判，尚未完全，南中军法会议，已非一次，询谋佥同，始敢出此，此不获已者三。

元洪数月以来，踌躇再四，爱功忧乱，五内交縈，回肠九转，忧心百结，宁我负振武，无振武负湖北，宁取负振武罪，无取负天下罪，刲臂疗身，决蹱卫命，冒刑除患，实所甘心。夫汉高、明太，皆以自图帝业，屠戮功臣，越践、吴差，皆以误信谗言，戕害善类，藏弓烹狗，有识同悲。至若怀先就戮，史不论其寡恩，君集被擒，书不原其战绩，刬共和之国，同属编氓，但当为民国固金瓯，不当为个人保铁券。元洪念彼前劳，未忍悉行诛罚，安此反侧，复未稍事牵连，遂致日前两电，词多含蓄，迹似虚诬，又何怪诸公义愤之填胸，而责言之交耳也？伏思元洪素乏丰功，忝窃高位，爱民心切，驭将才疏，武汉蠢动，全楚骚然，商民流离，市廛凋敝，损失财产，几逾巨万，养痈成患，责在藐躬，亡羊补牢，泣将何及？洪罪一也；洪与振武，相从患难，共守孤城，推食解衣，情同骨肉,乃恩深法弛,背道寒盟,瘏口罔闻,剖心难谅,首义之士,忍为罪魁,同室弯弓,几酿巨祸,洪实凉德,于武何尤? 追念前功,能无陨涕,洪罪二也;国基初定,法权未张,凡属国民,应同维护,乃险象环生,祸机迫切,因养指失肩之惧,为枉寻直尺之谋,安一方黎庶之心,解天下动庸之体,反经行政,贻人口实,洪罪三也。有此三罪,十死难辞,纵诸公揆诸事实,鉴此苦衷,曲事优容,不加谴责,犹当踢天蹐地,愧悔难容;况区区此心,不为诸公所谅乎? 溯自起义以来,戎马仓皇,军书旁午,忘餐废寝,忽忽半年,南北争议,亲历危机,蒙藏凶顽,频惊霾耗;重以骄兵四起,伏莽潜滋,内谨防闲,外图排解;戒严之令,至再至三,朽索奔驹,幸逾绝险。积劳成疾,咯血盈升,俯仰世间,了无生趣。秋荼尚甘,冻雀犹乐,顾瞻前路,如蹈深渊,自时厥后,定当退避贤路,仁待严谴,倘有矜其微劳,保此迟暮,穷山绝海,尚可栖迟,汉水不波,方城如故,虽死之日,犹生之年。世有鬼神,或容依庇,百世之下,庶知此心。至张振武罪名虽得,劳勋未彰,除优加抚恤,赡其母使终年,养其子使成立外,特派专员,迎柩归籍,乞饬沿途善为照料,俟灵柩到鄂,元洪当躬自奠祭,开会哀悼,以慰幽魂。并拟将该员事略,荟蕞成书,请大总统宣示天下,俾晓然于功罪之不掩,赏罚之有公,斗室之内,稍免疚心。泉台之下,或当瞑目。临风悲结,不暇择言,瞻望公门,尚垂明教!

这电发出,张振武罪状确凿,就是他的同党,也不能替他强辩,渐渐的群喙屏息了。小子有诗叹道:

> 有功宜赏罪宜诛,
> 不杀奸人曷无辜?
> 试看鄂中传电后,
> 胪陈劣迹岂全诬?

谣言既靖,京鄂无惊,前总统孙中山由沪赴京,又有一番热闹的情形,且至下回再叙。

张振武首犯也,方维从犯也,张、方二人之被杀,后人多归狱袁、黎,亦以袁为主动,黎为被动。然观黎督通电,则张振武之劣迹昭彰,固有应杀之罪。方维虽附和党同,宜从末减,然除恶未尽,适为后患,杀之亦是也。他人徒阿徇所好,必以袁好杀,黎滥杀,目为寻仇诬隙,顾何以黎电传布,历述振武十四罪状,而他人不能为之一一辩驳乎? 周公杀管、蔡,且无损元圣之名,于袁、黎乎何尤焉? 故本回全录黎电,以见张、方之当诛,不得以此强诬袁、黎,论人必公,吾于此书见之。

第十五回　孙黄并至协定政纲　陆赵递更又易总理

却说孙文卸职后，历游沿江各省，到处欢迎，颇也逍遥自在。嗣接袁总统电文，一再相招，词意诚恳，乃乘车北上，甫到都门，但见车站两旁，已是人山人海，拥挤不堪。几乎把这孙中山吓了一惊。嗣由各界代表，投刺表敬，方知数千人士，都为欢迎而来。他不及接谈，只对了各界团体，左右鞠躬，便已表明谢忱。那袁总统早派委员，在车站伺候，既与孙文相见，即代达老袁诚意，并已备好马车，请他上舆。孙文略略应酬，便登舆入城。城中亦预备客馆，作为孙文行辕。孙文住了一宿，即往总统府拜会。袁总统当即出迎，携手入厅。彼此叙谈，各倾积愫。一个是遨游海外的雄辩家，满望袁项城就此倾诚，好共建共和政体；一个是牢笼海内的计谋家，也愿孙中山为所利用，好共商专制行为。两人意见，实是反对，所以终难融洽。因此竭力交欢，几乎管、鲍同心，雷、陈相契，谈论了好多时，孙文才起身告别。次日，袁总统亲自回谒，也商议了两三点钟，方才回府。嗣是总统府中，屡请孙中山赴饮，觥筹交错，主客尽欢，差不多是五日一大宴，三日一小宴的模样。好一比拟，就老袁一方面，尤为贴切。席间所谈，无非是将来的政策。

老袁欲任孙为高等顾问官，孙文慨然道："公系我国的政治家，一切设施，比文等总要高出一筹，文亦不必参议。但文却有一私见，政治属公，实业属文，若使公任总统十年，得练兵百万，文得经营铁路，延长二十万里，那时我中华民国，难道还富强不成吗？"孙中山亦未免自夸。袁总统掀髯微笑道："君可谓善颂善祷。但练兵百万，亦非容易，筑造铁路二十万里，尤属难事，试思练兵需饷，筑路需款，现在财政问题，非常困难，专靠借债度日，似这般穷政府，穷百姓，哪里能偿你的志愿呢？"孙文亦饶酒意，便道："天下事只怕无志，有了志向，总可逐渐办去。我想天下世间，古今中外，都被那'银钱'二字，困缚住了。但银钱也不过一代价，饥不可食，寒不可衣，不知如何有此魔力？假使舍去银钱，令全国通用钞票，总教有了信用，钞票就是银钱，政府不至竭蹶，百姓不至困苦，外人亦无从难我，练兵兵集，筑路路成，岂不是一大快事吗？"袁总统徐徐答道："可是吗？"

孙文再欲有言，忽有人入报道："前南京黄留守，自天津来电，今夕要抵都门了。"袁总统欣然道："克强也来，可称盛会了。"克强系黄兴别号，与孙文是第一知交，孙文闻他将到，当然要去会他，便辍酒辞席，匆匆去讫。袁总统又另派专员，去迓黄兴。至黄兴到京，也与孙中山人都差不多的景象，且与孙同馆寓居，更偕孙同谒老袁，老袁也一般优待，毋庸絮述。惟孙、黄性情颇不相同，孙是全然豪放，胸无城府，黄较沉毅，为袁总统所注目，初次招宴，袁即赞他几经革命，百折不回，确是一位杰出的人物。袁之忌黄，亦本于此。黄兴却淡淡地答道："推翻满清，乃我辈应尽的天职，何足言功？惟此后民国，须要秉公建设方好哩。"袁又问他所定的宗旨，黄兴又答道："我国既称为民主立宪国，应该速定宪法，同心遵守，兴只知服从法律，若系法律外的行为，兴的行止，唯有取决民意罢了。"后来老袁欲帝，屡称民意，恐尚是受教克强。老袁默然不答。黄兴窥破老袁意旨，也不便再说下去。

到了席散回寓，便与孙文密议道："我看项城为人，始终难恃，日后恐多变动，如欲预为防范,总须厚植我党势力,作为抵制。自唐内阁倒后,政府中已没有我党人员,所恃参议院中,还有一小半会中人,现闻与统一共和党双方联络,得占多数,我意拟改称国民党,与袁政府相持。袁政府若不违法,不必说了,倘或不然,参议院中得以质问,得以弹劾,他亦恐无可奈何了。"黄兴却亦善防,哪知老袁更比他厉害。孙文绝对赞成。当由黄兴邀集参议员,除共和党外,统与他暗暗接洽。于是同盟会议员及统一共和党议员,两相合并,共改名国民党。一面且到处号召,无论在朝在野,多半邀他入党。

袁总统正怀猜忌,极思把功名富贵笼络孙、黄两人先时已授黄兴为陆军上将,与黎元洪、段祺瑞两人同日任命,且因孙文有志筑路,更与商议一妥当办法,孙意在建设大公司,借外债六十万万,分四十年清还。袁总统面上很是赞成,居然下令,特授孙文筹划全国铁路全权,一切借款招股事宜,尽听首先酌夺,然后交议院议决、政府批准等情。嗣复与孙、黄屡次筹商,协定内政大纲八条,并电询黎副总统,得了赞同的复词,乃由总统府秘书厅通电宣布。其文云:

民国统一,寒暑一更,庶政进行,每多濡缓,欲为根本之解决,必先有确定之方针。本大总统劳心焦思,几废寝食,久欲联合各政党魁杰,捐除人我之见,商榷救济之方。适孙中山、黄克强两先生先后莅京,过从欢洽,从容讨论,殆无虚日,因协定内政大纲;质诸国院诸公,亦翕然无间。乃以电询武昌黎副总统,征其同意,旋得复电,深表赞成。其大纲八条如下:

(一)立国取统一制度。(二)主持是非善恶之真公道,以正民俗。(三)暂时收束武备,先储备海陆军人才。(四)开放门户,输入外资,兴办铁路矿山,建置钢铁工厂,以厚民生。(五)提倡资助国民实业,先着手于农林工商。(六)军事外交财政司法交通,皆取中央集权主义;其余斟酌各省情形,兼采地方分权主义。(七)迅速整理财政。(八)竭力调和党见,维持秩序,为承认之根本。

此八条者,作为共和、国民两党首领与总揽政务之大总统之协定政策可也。各国元首与各政党首领,互相提携,商定政见,本有先例。从此进行标准,如车有辙,如舟有舵,无旁挠,无中专,以阻趋于国利民福之一途,中华民国,庶有豸乎!此令。

政纲既布,孙文以国是已定,即欲离京,便向袁总统辞行,启程南下。独黄兴尚有一大要事,不能脱身,因复勾留都门,稽延了好几日。看官!道是何事?原来陆总理征祥,屡次请假,不愿到任,袁总统以总理一职,关系重大,未便长此虚悬,遂与黄兴谈及,拟任沈秉坤为国务总理,否则或用赵秉钧。注意在赵。沈曾为国民党参议,黄兴因他同志,颇示赞成。旋与各党员商议,各党员言:"沈初入党,感情未深,且系过渡内阁,总理虽是换过,阁员仍是照旧,若为政党内阁起见,须要全数改易,方可达到目的,若只得一孤立无助的总理,济什什么事?"黄兴听到这番言语,很觉有理,遂搁过沈秉坤,提及赵秉钧。赵是个极机警的朋友,当唐绍仪组阁时,他一面巴结袁总统,一面复讨好唐总理,竟投入同盟会中,做一会员。有此机变,所出后成宋案。黄兴明知他是个骑墙人物,但颇想因这骑墙二字,令他两面调停,免生冲突,所以也有意异他上台。中了人家的诡计。各党员恰表赞同,乃共同议决,由黄兴转告老袁,袁得此信息,暗暗心喜,遂将赵秉钧的大名开列单中,赍交参议院,表决国务总理的位置。院中议员,国民党已占了大半,还有一小半共和党,就使反对赵秉钧,也何苦投不同意票,硬做对头,因此投票结果,统是"同意"二字,只有两票不同意。这两票可谓独立。总理决议覆咨袁总统,袁总统即正式任命,所有阁员,毫不变动。惟外交总长,初拟陆总理自兼,至此陆已解职,另选一个梁如浩,也得由参议院通过,令他任职。

黄兴乘势遍说各国务员，邀入国民党。司法总长许世英、农林总长陈振先、工商总长刘揆一、交通总长朱启钤，均填写入国民党愿书。教育总长范源濂本隶共和党，至是闻黄兴言，左右为难，乃脱离共和党籍，声明不党主义。财政总长周学熙亦赞成国民党党纲，唯一时未写愿书。黄兴又进告袁总统，劝他做国民党领袖。看官！你想这老袁心中，本与国民党有隙，令他入党，分明是一桩难事，但又不好当面决绝，左思右想，得了一个法儿，先遣顾问官杨度入党，阴觇虚实。

那杨度别号皙子，籍隶湖南，是个有名的智多星。他在前清时代，戊戌变法，常随了康有为、梁启超等，日谈新政，康、梁失败，亡命外洋，他也逃了出去，与康、梁等聚作一堆，开会结社，鼓吹保皇。到了辛亥革命，乘机回国，得人介绍，充总统府的顾问。特别表明，为后文筹安会张本。他仗着一张利口，半寸机心，在总统府中厮混半年，大受老袁赏识。就是从前蔡使到京，猝遭兵变，也是杨皙子暗中主谋，省得老袁为难。此番又受了老袁密嘱，令入国民党，他比老袁还要聪明，先与国民党中人往来交际，讨论党纲。国民党员抱定一个政党内阁主义，杨度矍然道："诸君的党纲，鄙人也是佩服，但必谓各国务员，必须同党，鄙意殊可不必。试想一国之间，政客甚多，有了甲党，必有乙党，或且有丙党丁党，独中央政府，只一内阁，如必任用同党人物，必难久长。用了甲党，乙党反对，用了乙党，甲党反对，还有丙党丁党，也是不服。胶胶扰扰，争讼不休。政策无从进行，机关必然迟滞，实是有弊少利，还须改变方针为是。"国民党员不以为然。杨度又道："诸君倘可通融，鄙人很愿入党，若必固执成见，鄙人也不便加入呢。"国民党员不为所动，竟以"任从尊便"四字相答。杨度乃返报袁总统，袁总统道："且罢，他有他的党见，我有我的法门，你也不必去入他党了。"用软不如用硬。

黄兴闻老袁不肯入党，却也没法，只在各种会所，连日演说，提倡民智。袁总统尝密遣心腹，伪作来宾，入旁听席，凡黄兴所说各词，统被铅笔记录，呈报老袁。老袁是阳托共和，阴图专制，见了各种报告，很觉得不耐烦，嗣后见了黄兴，晤谈间略加讥刺。就是赵内阁及各国务员，形式上虽同入国民党，心目中恰只知袁总统，总统叫他怎么行，便怎么行，总统叫他不得行，就不得行，所以总统府中的国务会议，全然是有名无实。后来各部复派遣参事司长等，入值国务院，组织一委员会。凡国务院所有事务，都先下委员会议，于是国务总理及国务员，上承总统指挥，下受委员成议，镇日间无所事事，反像似赘瘤一般。想是乐得快活。

时人谓政党内阁，不过尔尔。黄兴也自悔一场忙碌，毫无实效，空费了一两月精神，遂向各机关告辞，出都南下。及抵沪，沪上各同志联袂相迎，问及都中情形，兴慨然道："老袁阴险狠鸷，他日必叛民国，万不料十多年来，我同胞志士，抛掷无数头颅，无数颈血，只换了一个假共和，恐怕中华民国从此多事，再经两三次革命，还不得了呢。"黄克强生平行事，未必全惬舆情，但逆料老袁，确有特识。各同志有相信的，有不甚相信的，黄兴也不暇多谈，即返长沙县省亲。湘中人士拟将长沙小南门改名黄兴门，黄兴笑道："此番革命，事起鄂中，黎黄坡系是首功，何故鄂中公民未闻易汉阳门为元洪门呢？"辩驳甚当，且足解颐。湘人无词可答。不料过了两日，"黄兴门"三字，居然出现，兴越叹为多事。会值国庆日届，袁总统援议院议决案，举行典礼，颁令酬勋。

孙文得授大勋位，黄兴得授勋一位，嗣复命兴督办全国矿务，兴又私语同志道："他又来笼络我呢。"正是：

> 雄主有心施驾驭，
> 逸材未肯就牢笼。

黄兴事且慢表，下回叙国庆典礼，乃是民国周年第一次盛事，请看官再阅后文。

　　孙、黄入京，为袁总统延揽党魁之策，袁意在笼络孙、黄，孙、黄若入彀中，余党自随风而靡，可以为所欲为为，不知孙、黄亦欲利用老袁，互相联络，实互相猜疑。子舆氏有言："至诚而不动者，未之有也，不诚而能动者，亦未之有也。"袁与孙、黄，彼此皆以私意交欢，未尝推诚相待，安能双方感动乎？黄克强推任赵内阁，尤堕老袁计中，赵之入国民党，实为侦探党见而来，各国务员亦如之，黄乃欲其离袁就我，误矣。总之朝野同心，国必治，朝野离心，国必乱，阅此回可恍然于民国治乱之征矣。

第十六回 祝国庆全体胪欢 窃帝号外蒙抗命

却说武昌起义的时期，为阴历辛亥年八月十九日，就是阳历十月十日，民国既改用阳历，应以十月十日为纪念日。袁总统当将是案咨询参议院，经各议员议决，以阳历十月十日为国庆日。南京政府成立，系阳历正月一日，北京宣布共和，系阳历二月十二日，两日为纪念日，均举行庆典。每岁届国庆日（即双十节），应举行各事如下：

（一）放假休息。

（二）悬旗结彩。

（三）大阅。

（四）追祭。

（五）赏功。

（六）停刑。

（七）恤贫。

（八）宴会。

民国元年十月十日，国庆期届，即举行庆祝礼，是日改大清门为中华门，门外高搭彩楼一座，内悬清隆裕太后退位诏旨，赵总理秉钧派内外两厅丞，作为代表，行中华门开幕礼。各署各团体代表均到场庆祝，兴高采烈，旗鼓扬休。一面在祈年殿建设祭坛，追祭革命诸先烈，由赵总理代表总统，临坛主祭。祭仪概照新制，祭文仍仿古体，其文云：

维民国元年十月十日，临时大总统袁世凯，谨遣代表赵秉钧，具牺牲酒醴，致祭于革命诸先烈曰："荆高之殁，我武不扬，沉沉千载，大陆无光。时会既开，国风不变，帝制告终，民豪聿见，神皋万里，禹迹所区，谁无血气，忍此濡需？矫首仰天，龙飞海啸，雷震电激，日月清照。蹉跎不遂，委骨荒垆，壮心未已，毅魄长留，嗟我新民，毋忘前烈！煜煜国徽，自由之血。革故既终，鼎新伊始，灵爽既昭，晶哉君子！尚飨。"

祭毕退班，再由袁大总统亲行阅兵礼。兵队共到一万二千名，拱卫军六千，禁卫军三千，游缉队一千，补充队一千，就总统府门外设台。袁总统戎服佩刀，登台兀立，所有陆军总长以下，统在台下站定。各军士由东辕进，从西辕出，行列井井，毫不凌乱。历一时许，各队俱已过去，袁总统方才下台，入府休息。各员均退至国务院，国务院中设茶话会，就厅前搭一彩棚，饰以松柏，下列几案数十，茶点齐备。参议院议员、各行政机关上级官吏、各省代表、中外新闻记者及京城著名绅董等，均就席与会。就是各国公使及外宾，亦乘兴参观。还有内蒙古活佛章嘉及甘珠尔瓦两呼图克图（呼图克图为大喇嘛名号，亦作胡克图，蒙、藏、青海皆有之）时适来京谒见总统，因亦得列入会中。

可巧天朗气清，日高秋爽，宾僚联翩戾止，端的是国门集祜，全体胪欢。既而日光晌午，客兴犹浓，院中备有午席，便请大众同餐，饮的是旨酒，吃的是佳肴，虽称是寻常筵席，计算代价，差不多要费千金。里面虽是奇穷，外面总要阔绰。午后席散，宾僚陆续回去，那军警两界，却来继续宴会，夜餐又有数十席，统吃得醉饱欢呼，无情不惬。

前门外的琉璃厂工艺局一带地方,独辟一个共和纪念会场,乃是革命党人发起,会场左右门及正门,均扎松花牌楼,场内亦有彩棚数处,内设陈列馆、运动场、演剧场等。陈列馆内的物品,系革命时的图印旗帜、衣服关防文件及诸烈士生前死后的照相。运动场内,施演竞走诸技。

演剧场内,所演皆革命新剧。场中并设祭坛,供祀诸先烈牌位。最精雅的,是用五彩扎成,叠起一座黄鹤楼,高接云表,蔚为大观。无非皮相。除初十日正式会外,复继续开会两日。十一日章嘉活佛到会,令随从喇嘛讽经,追荐先烈。夜间有会员组织提灯会,备办各种花灯,募集青年童子,提灯出游,前导军乐,后护马队。先至中华门行鞠躬礼,嗣由大街直赴天坛,适四川公会,亦制成方式白灯,上书川省诸先烈姓名,同时并至。双方至天坛会齐,大放烟火。霎时间烟焰冲霄,就火光里面,现出各种革命战剧,仿佛枪林弹雨,依稀楚界汉河。大众见所未见,诧为奇逢,无论男女老幼,一时麇集,几乎满城不夜,举国若狂,小子也说不胜说。

惟袁总统以民国创造,煞费经营,除追祭先烈外,所有留在的伟人,理应旌赏,特授前总统孙文,副总统黎元洪大勋位,唐绍仪、伍廷芳、黄兴、程德全、段祺瑞、冯国璋,均勋一位,孙武勋二位,给国务总理一等嘉禾章,各部总长二等嘉禾章。外如各省都督民政长及民国有功人士,都酌给勋章,或陆军衔秩有差。只闻赏功,未闻恤贫,总是百姓吃亏。且以武昌为起义地,特派代表朱庆澜,先日赴鄂,致祭先烈。参议院代表汤化与朱同行。

既到武昌,巧值各省都督也有代表派来,就前清万寿宫改设会场,踵事增华,不亚首都。但见场中陈设,光怪陆离,彩楼广筑,四围组不老之松,巨额高悬,数字织长青之柏,还有五色电灯,五彩花朵,掩映增光排叠成锦,中供诸烈士牌位,由各代表排班致祭。黎副总统早派代表蔡济民主持一切,祭礼告备,先后宣读祭辞,全场行三鞠躬礼。至奏过军乐,才行散班,统赴宴会场就宴。

还有一种特别的纪念,系是从前受伤的军士,尚在病院养病,至是令各穿军服,佩挂黄绫,标明姓氏,及某战受伤,伤在某处等字样,舁以彩扎椅轿,导以军乐,游行全城,俾士民参观,感念不忘。黎副总统又有一篇演说辞,浼蔡济民在场宣读,大致是:“共和未奠,责在后死。”说得非常痛切,小子因纸短言长,不遑弹述,看官欲览全文,请向黎副总统文牍中随时披阅,好在坊间都有专书出售,不烦小子费手了。

武昌以外,要算上海,此外各省,亦无不同时庆祝,随处悬着五色旗,各地挂着五彩灯,都道是五族一家,普天同庆。极盛难继,为之奈何?哪知西藏的独立并未取消,外蒙古的独立,非但不肯取消,且居然在库伦地方设立政府,推哲布尊丹巴为帝,改元共戴,立起一个蒙古帝国来。蒙古立国,成吉思汗有灵,恰也心慰,可惜国不成国,几同瞎闹。这哲布尊丹巴系是何人?就是外蒙教主,居住库伦,向来扬名中外的活佛。活佛本没有什么枭雄,而且双目失明,差不多是个无知动物,不是活佛,直是死佛。惟他的妻室扣肯儿具有三分姿色,心中又是多生一窍,格外比蒙人聪明。就中有个亲王杭达多尔济,素出入活佛帐中,与佛妻扣肯儿很是莫逆。大约是结欢喜缘。扣肯儿轰动活佛,把政权委任杭达,杭达得了重权,遂主张联络俄人,反抗中国。俄政府正窥伺蒙古,得了这个消息,格外心欢,当将国中土产,遗赠活佛及杭达,连扣肯儿处也特地进送一份。活佛等自然惬意,便遣杭达至俄京,道达谢忱。俄政府又甚表欢迎,至杭达返至库伦,巧值武汉革命,当即怂恿活佛,宣布独立,并逐去清办事大臣三多。

辛亥年十一月十日，活佛哲布尊丹巴在库伦举行正式即位礼，自称皇帝，建元共戴，比袁皇帝著了先鞭。也仿袭前清官制，分设各都，并置内阁总理。总理一缺，本拟任杭达亲王，因杭达通晓外事，改任外部，别用松彦可汗为总理。松彦可汗本名海珊，系东蒙喀尔沁旗人，曾犯案奔俄，熟习俄语，嗣至库伦，为杭达所引用，又令陶什陶总统军事。陶什陶系东三省著名胡匪，东省悬赏缉捕，他遁入俄境，辗转至库伦，杭达闻他善战，因荐握军权。此外还有图什公、崔大喇嘛、达赖贝子、那木萨赖公等，分掌部务。统是一班好角色。并聘俄员里斯克拂为军事顾问官，寻复延俄人马司哥顿为财政顾问官，一切措置，唯俄是从。一面派人游说各旗，劝令附和外蒙，喀尔喀四部本归活佛管辖，当然服从。唯内蒙、东蒙、西蒙诸王公，与中国感情较密，尚未肯尽附外蒙。

杭达亲王闻中国革命，将还罢手。南北有议和消息，恐和议成后，必加诘责，不如预先布置，结俄为援，当下呈明活佛，自充正使，另派奚林丹定亲王为副，带了贡献物品，起程赴俄。俄政府闻他到来，格外厚待，特派外部人员萨沙诺夫殷勤招接，并导他谒见俄皇。俄皇下座慰劳，握手言欢。杭达即敬献金佛一尊，名马十头，作为贽仪。蒙古地图，何不尽行献出？俄皇收受后，再命外交大臣陪他筵宴。席间谈及外蒙独立情形，当由杭达当面请求，一是要俄国接济军械，二是要俄国借给款项。萨沙诺夫一一承认，且愿为代致中国，通告北京政府，提出蒙古独立，不准中国干涉。杭达喜欢得了不得，恨不得在萨沙诺夫前拜跪下去，磕着几个响头，还是向扣肯儿前磕头，却赠你特别禁脔。若对俄外部磕头，简直是要你的命。于是谢了又谢。萨沙诺夫果有信实，一俟杭达等离俄，即电致驻华俄使，转达北京政府，提出三大要求，列款如下：

（一）中国许蒙古完全行政主权。（二）蒙古地方，中国不得驻兵设官及开垦。（三）抚慰此次服兵之华人。

这时候的中华民国，方在草创，南北尚未统一，自然无暇答复。至袁世凯就任总统，杭达已回库伦，当由蒙古国内阁大臣名义，电达北京，布告正式独立，并贺袁总统就任。袁总统得电后，两复活佛，劝令取消。活佛也两复发总统，一说是业经自主，如何取消？二说是请商诸邻邦，杜绝异议。袁总统以"邻邦"二字，分明是指俄罗斯，拟俟内事初定，再与俄人协商。哪知活佛一方面，竟煽动西蒙各旗，攻占科尔多，复嗾使东蒙各旗，攻占呼伦城，且沟通科尔沁右翼前旗札萨克郡王乌泰，称兵内犯，侵扰洮南府。袁总统乃飞饬东三省各都督，派兵出剿。一场鏖战，始将乌泰逐窜索伦山，随即下令革去乌泰世爵，另任镇国公衔鹏束克，署理札萨克。

惟对于内外蒙古，仍用羁縻手段。国庆期内，内蒙活佛章嘉与甘珠尔瓦呼图克图翊赞共和，入京觐见；袁总统特别优待，即加封章嘉徽号，用"宏济光明"四字，且准他沿用前辈所得黄轿九龙座褥，并赏穿带媵貂褂，特给银一万圆。甘珠尔瓦呼图克图也得邀封"圆通善慧"名号，赏穿带媵貂褂，赏银与章嘉活佛同例。内蒙各旗，总算被袁总统笼络住了。袁总统又令蒙藏事务局总裁贡桑诺尔布，致书内外蒙古及前后西藏劝他归附民国，同造共和。前藏达赖喇嘛恰也乖巧，暗思尹昌衡驻扎川边，巴塘、里塘等处得而复失，不如暂行答复，阳奉阴违为是，当下复函通款，声言内附。当经袁总统还给封号，仍封为诚顺赞化西天大善自在佛。接连是东蒙古十旗王公，也函复政府，愿发起蒙旗会议，解释共和真理，藉泯猜嫌。袁总统闻报，特派蒙古科尔沁亲王，兼任参议员阿穆尔灵圭及吉林都督陈昭常、东三省宣抚使张锡銮，相偕赴会，会所在长春道署，各旗王公陆续到来，统共得四十人。会议了三四天，当由政府三委员，提出意见如下：

（一）请各王公赴各本旗劝慰，力陈五族共和之利益。（二）请内外蒙务即取消独立。（三）如能效忠民国，或从事宣慰，蒙古早日取消独立者，由政府格外奖叙。（四）请各王公宣告民国对于蒙古固有权利，概不剥夺。（五）凡蒙古所借外债，均归民国担保归还。

五条以外，还有议案十条，亦开列下方：

（甲）蒙边要隘地点，许政府派兵镇驻。（乙）蒙王无论向何国借款，非经中央政府允准，不得实行。（丙）取消独立后，请大总统颁发特别优待蒙人条件。（丁）蒙人不准私将产业抵押外人，以保领土。（戊）蒙人举办新政，准由政府许可。（己）创办华蒙联合会，以敦感情。（庚）组织蒙文报，以开民智。（辛）蒙人改用五色国旗，以符国体。（壬）蒙人应遵民国法律。（癸）蒙人练兵所需枪械，概由各省都督代购，不准私运。

各旗王公，均表同情。政府三委员返报袁总统，满望从此进行，得将蒙、藏两大部收归宇下，实践五族一家的本旨。不意十一月九日，竟由驻京俄使，来了一个照会，说是正式通告。外交部接着，慌忙展阅，不瞧犹可，瞧着这照会中的全文，几把那外交总长梁如浩，吓得瞠目伸舌，险些儿成了痴呆病。小子有诗叹道：

> 莫言世界尽强权，
> 胜负只争一着先。
> 试忆中西交涉事，
> 昧机多半是迁延。

毕竟照会中有何紧要，且至下回交代。

民国第一届国庆日，举行祝典，号称极盛，自是而后，逐年减色，至民国四年双十节，袁氏欲行帝制，竟停止庆祝宴会。外人谓吾中国人，只有五分钟热诚。即以逐年之国庆日观之，已可觇华人程度。彼美利坚之七月四日，法兰西之七月十四日，全国庆祝，迄今犹昔，何吾国人之有初鲜终，一至于此乎？若夫蒙、藏两区为英、俄二国所拨弄，向背靡常，反复不一，而袁氏且只事羁縻，仍袭用前清迁延政策。迨至一纸飞来，全国惊诧，始悔前此因循之失计，不亦晚乎？特揭之以做将来。

第十七回

示协约惊走梁如浩
议外交忙煞陆子欣

却说驻京俄使，致照会与外交部，看官！道是何等公文？乃是数条俄蒙协约。其文云：

前因蒙人全体宣告，决意欲保存其国于历史上原有之治体，故华官华军被迫退出蒙古境外，哲布尊丹巴被推为蒙古人之君主。前此之中蒙关系，于是断绝。现在怀念以上所述之事，并念俄、蒙人民历年彼此和好之睦谊，且鉴于正确指定俄、蒙通商之必要，兹由全权俄使廓索维慈，与各全权蒙使，订定下开各款：

（一）俄政府愿帮助蒙古，俾得保存其所设之自治制度，与主有蒙古人军队之权利，及不许华兵入其领土，华人殖居其地之权利。

（二）蒙古君主与蒙古政府，仍往日之旧愿，于其主有之境内，准俄民与俄国商务，享附约内开之各种权利利益，又允此后他国人民之在蒙古者，如给以权利，不得多过俄民所享有者。

（三）倘蒙古政府，鉴于有与中国及其他别国，订立条件之必要，此项新约，无论如何，不得侵犯本约及附约内开各款，非有俄政府之允许，亦不得修正之。

（四）本协约自画押日起，发生效力。

据这四条约文，简直是将蒙古地方完全为俄人势力圈，并与中华民国绝对脱离关系，还有附约十七条，更将蒙古种种利益，统为俄人所享有，小子本不愿再录，因关系国际上的大交涉，并以后迭经磋议，俄人终未肯取消协约，以致外蒙问题，始终未有结果，这是我中华民国的国耻，不能不录述全文。我国民听者！附约云：

第一条，俄人在所有蒙古各地，得自由居住移动，并经理商务制作及其他各事项。且得与各个人各货行及俄国、蒙古、中国暨其他各国之公私处所往来，协定办理各事。

第二条，俄人无论何时，将俄国、蒙古、中国暨其他各国出产制作各货运出运入，免纳出入口各税，并自由贸易。无论何项税课捐，概免交纳。

第三条，俄国银行，得在蒙古开设分行，与各个人各处所各公司会社，办理各种款目事项。

第四条，俄人可用现钱买卖货物，或互换货物，并可商明赊欠。惟蒙古各王旗，及蒙古官帑，不能担负私人借款。

第五条，蒙古政府不得阻止蒙人、华人与俄人往来，约定办理各种商业；并不得阻止其在俄人处服役。又蒙古域内，无论何种公私公司会社，或各处所，各个人，皆不得有商务制作专卖权。惟未定此约以前，已得蒙古政府许可，于定限未满前，仍得保存其权利。

第六条，俄人得在蒙古境内，约定期限，租买地段，建造商务制作局厂，或修筑房屋铺户货栈，并租用闲地开垦耕种，惟不得以之作谋利之举。即买而转卖，所谓投机事业者是。此种地段，必须按照蒙古现有规例，与蒙古政府妥商拨给。其教务牧场地段，不在此例。

第七条，俄人得与蒙古政府协商，关于享用矿产森林渔业，及其他各事业。

第八条，俄国政府得与蒙古政府协商，向须设领事之处，派设领事。

第九条，凡有俄国领事之处，及有关俄国商务之地，均可由俄国领事，与蒙古政府协商，设立贸易圈，以便俄人营业居住，且专归领事管辖。无领事之处，归俄国各商务公司会社之领袖管辖。

第十条，俄人得自行出款，于蒙古各地及自蒙古各地至俄国边各地，设立邮政，运送邮件货物。此事与蒙古政府协商办理，如需在各地设立邮站，以及别项需用房屋，均须遵照此约第六条定章办理。

第十一条，俄国驻蒙古各领事，如需转递公件，遣派信差，或别项公事需用时，可用蒙古台站，惟一月所用马匹，不过百只，骆驼不过三十只，可勿给费。俄领事及他办公员，亦可由蒙古台站行走，偿给费用。其办理私事之俄人，亦得享此利益，惟应偿费用，须与蒙古政府商定。

第十二条，凡自蒙古域内，流至俄国境内各河，及此诸河所受之河流，均准俄人航行，与沿岸居民贸易。俄政府且帮助蒙古政府，整理各河航路，设置各项需用标识等事。蒙古政府当遵照此约定章，于此河沿岸，拨给停船需用地段，以为建筑码头货栈，及预备柴木之用。

第十三条，俄人于运送货物，驱送牲只，得由水陆各路行走，并可商允蒙古政府，由俄人自行出款，建筑桥梁渡口，且准其向经过桥梁渡口之人，索取费用。

第十四条，俄人牲只于行路时，得停息喂养，如停留多日，地方官并须于牲只经过路程，及有关牲只买卖地点，拨给足用地段，以作牧场。如用牧场过三月之久，即须偿费。

第十五条，俄国沿界居民，向在蒙古地方，割草渔猎，业经相沿成习。嗣后仍照旧办理，不得稍有变更。

第十六条，俄人与蒙人、华人往来，约定办理之事可用口定，或立字据，其立约之人，应将契约送至地方官查验，地方官见有窒碍，当从速通知俄领事，互商公判。总之关于不动产事件，务当成立约据，送往蒙古该管官吏，及俄国领事处，虽验批准，始生效力。如遇有争议，先由两造推举中人，和平解决，否则由会审委员会判决。会审委员会，分常设临时两项，常设会审委员会，于俄领事驻在地设置之，以领事或领事代表及外蒙古政府之代表，有相当阶级者组织之。临时会审委员会，于未设领事之处，酌量事件之紧要，始暂开之。以俄领事代表，及被告居留或所属蒙旗之蒙古代表组织之。会审委员会可招致蒙人、华人、俄人为会审委员会之鉴定人。会审委员会之判决，如关于俄人者即由俄领事执行，其关于蒙人、华人者，由被告所属或所居留之蒙王执行之。

第十七条，本约自盖印日起，即发生效力，约章用俄、蒙两文作成二份，互行盖印，在库伦互行交换。

外交总长梁如浩模模糊糊地看了一会，也无暇一一研究，只觉得满纸俄人，不但中国不在话下，就是外蒙古人，也一点儿没有主权，不禁呆呆地发了一回怔。继思如此大事，不先不后，偏在自己任内，闹出了这等案件，教我如何办理？当下搔头挖耳地想了多时，竟转忧为喜道："有了！有了！"外部人员起初见他毫无主意，嗣闻得"有了！"两字，想他总有一番大经济、大政策，是以君子之腹，度小人心。只是不好动问，背地里瞧他行动。他却不慌不忙，取了俄使的通告，径向总统府中去了。已经成见在胸，自可不必着忙。

过了两天，都门里面，并不见梁总长的踪迹，旁人还猜他在总统府中，密商对俄方法，谁知他已托病出都，竟另寻一安乐窝，闭户自居。那总统府中，只有一纸辞职书，说是："偶抱采薪，不能任事，请改命妥员继任"等语。亏他想了此计。袁总统付诸一笑，遂另简相当人物，百忙中觅不出人才，惟前任国务总理陆征祥是个外交熟手，还好要他暂时当冲，因再令赵总理秉钧提交参议院表决。各议员闻俄、蒙交涉正在紧迫，也一时不便否认，况除陆征祥外，并没有专对能员，不得已表示同意。前此否认国务总理，今此承认外交总长，彼议员自问，恐亦当失笑也。于是陆征祥复受任为外交总长办理俄、蒙交涉。方拟好对俄照会，不承认俄蒙协约，遣人递往俄国公使馆，忽接到热河都统昆源急电，开鲁县被蒙匪攻入，全城失守了。

原来开鲁县在热河北境，旧系内蒙古阿鲁、科尔沁、东西札鲁特三旗地，自清光绪季年，收入版图，改为直隶属县，此次东札鲁特协理官保扎布受外蒙古煽惑，勾结东西札鲁特、科尔沁各旗，攻占开鲁，驱逐汉民，且纵兵焚杀，惨无人道。热河都统昆源飞电乞援，袁总统即派姜桂题率领毅军十四营，驰往援剿，一面令外交总长陆征祥速与俄使交涉。看官！你想俄政府方恋恋外蒙，出兵内犯，怎肯出尔反尔，取消俄蒙协约，把外蒙送还中华呢？俗语所谓猫口里挖鳅。他自与外蒙活佛订约后，外蒙的军队要依官教练，外蒙的国交要俄官主持，外蒙的土地作为借款的抵押，外蒙矿产归俄公司开采，外蒙兵饷归俄银行发放；还要设统监，逐华侨，割让乌梁海一带，种种要索，得步进步。哲布尊丹巴帝号自娱，毫无知识，所任用的杭达多尔济，甘心卖国，把俄人要约各条，有允诺的，有不允诺的，始终是恳俄人援助，且派陶什陶简亲精锐，充作先驱，并拟定四路进兵，一路沿科布多阿尔泰山，直犯新疆，一路由东蒙廓尔罗斯，直犯吉、黑，一路向绥远、归化，直犯山西，一路向热河直冲北京，四路中以吉黑热河为主队，蒙兵不足，借用俄兵。螳螂捕蝉，不知黄雀之乘其后。开鲁失守，便是进兵热河的嚆矢。袁总统既派毅军北征，复命参谋陆军两部筹划防守事宜，并饬东三省边防及西域边防，与东蒙、西蒙、中蒙各处边防，一律戒严。此时奉天都督赵尔巽已辞职回京，想亦与梁如浩同意。当命宣抚使张锡銮续任，会同吉、黑两督整备军队，俟春暖冰融，酌量进行。嗣因内蒙古乌兰察布盟，偶有烦言，乃再由国务院申喻蒙旗道：

现在五族联合组织新邦，务在体贴民情，敷宣德化，使我五族共享共和之福。前据绥远城将军张绍曾电呈乌兰察布盟扎萨克等来文，以共和为扰害蒙古，抛弃佛教，破坏游牧，请民国内务部嗣后关于饬令遵行新政怪异各事件，暂行停止等语。查优待蒙回藏民族条件第七条，蒙、回、藏原有之宗教，听其信仰，是宗教申明信仰，何有抛弃之事？第二条保护原有私产，是产业申明保护，何有破坏游牧之事？又参议院议决公布待遇蒙古条例第一条，中央对于蒙古行政机关，不用殖民等字样，第二条各蒙古王公原有之管辖治理权一律照旧，是皆重在维持蒙古原有权利，何有扰害之事！又原电该盟呈内指除藩属名称为混乱蒙人种族一节，查宣布共和，迭经申明联合汉、满、蒙、回、蒙五大族为中华民国，名为蒙族何有诬为混乱？至不用理藩字样者，所以进为平等，免致待遇偏畸，中央刻又复封达赖，振兴黄教，各呼图克图来京及助顺者均加进封号，优予礼赉，蒙、回王公之赞同共和者亦并优晋爵秩，民国优待蒙、回、藏各族，崇重宗教，实有确征，无非欲同我太平，安生乐业。唯该盟原呈，既多有误会，自应赶为宣播，以释群疑，即由国务院将优待蒙、回、藏各族条件，待遇蒙古条例，及复封达赖扎赉各呼图克图优进各王公爵秩等公布命令，译成各体合璧文字，刊刻颁发各旗各城，榜示晓谕，俾众周知。

岁月蹉跎，年关将届，中央政府为了俄蒙问题，尚忙碌不了，叠开总统府会议、国务院会议，自袁大总统以下及所有国务员，谈论了好几天，筹划不出什么妙计。最苦恼的是外交总长陆子欣，他既要想出议案，复要对付外使，焦思竭虑，瘏口哓音。小子当日，曾闻陆总长提

议方法,共分甲乙两项如左:

(甲)对于俄蒙协约之交涉,共分四条:

(一)蒙古为中国领土,无与外国缔结条约之权。

(二)库伦为外蒙之一部分,不能代表全蒙。

(三)活佛专掌宗教,无与外人交涉之权。

(四)取消俄蒙协约,另订中俄条约。

(乙)对于中俄交涉之提议,共分八条:

(一)蒙古之领土权,完全属于中华民国。

(二)除前清时代已有之大员三人外,民国不再添派官吏。

(三)民国得屯兵若干,保护该处官吏。

(四)民国为保护侨居该处华人起见,得酌置警察队于该处。

(五)将蒙古各官有之牧场,分赠蒙古王公,以示优待之意。

(六)各国人不得在蒙古驻屯各种团体,且不得移民。

(七)蒙古若未经民国许可,不得自由开垦开矿筑路。

(八)蒙古与他国所订协约,一概作为无效,此后蒙古若未得民国政府同意,所缔之约,亦皆不能发生效力。

陆总长提议后,大众相率赞成,正拟往会俄使,开始谈判,不意驻京英使复递照会至外交部,催复日前要求条件。怪不得梁如浩逃走。正是:

　　朔漠方愁尘雾黯,

　　欧风又卷海涛来。

毕竟英使照会,为着何事,待至下回表明。

本回详录俄蒙协约,为国际上交涉之要案,即为国耻中重大之问题。相传俄、蒙交涉酝酿已久,民国元年九月间,我国政府中,已有主张提出抗议者,外交总长梁如浩方才就任,托言事未确实,延不果行,迨协约发表,乃潜身出走,上书辞职,身任外交者果如是乎?既而俄、库相连发兵东犯,袁总统虽遣师防剿,而仍抱定一羁縻政策,名为慎重,实亦迁延。外交以兵力为后盾,徒恃一总长陆子欣,其果能折衡樽俎乎?民国初造,已泄沓如此,可为一叹!

第十八回　忧中忧英使索复文　病上病清后归冥箓

　　却说俄蒙交涉，尚无头绪，英公使又来一照会，催索要求条件。看官不必细猜，便可知是西藏交涉了。先是英国驻京公使曾奉到英政府训令，向中政府提出抗议书，外交总长梁如浩得过且过，并没有放在心里，因此未曾答复。至此英使又来催逼，俄要规取蒙古，英自然觊觎西藏。乃由外交部检出原书，内开五大条件云：

　　（一）中国不得干涉西藏之行政，并不得于西藏改设行省。

　　（二）中国政府不得派无限制之兵队，驻扎西藏各处。

　　（三）英现已认定中国对于西藏有宗主权，应要求中国改订新约。

　　（四）英政府前曾遵据条约，特设通信机关，后经中国军队擅行截断，以杜绝印藏之交通。

　　（五）如中国政府不承认以上各条件，英国政府亦绝不承认中华民国之新共和政府。

　　陆征祥览毕全文，暗想五条件中，只第三四条，尚可答辩，此外三条，关系甚是重大，虽比俄蒙协约稍为简单，但欲争回西藏领土权，亦很费事。况中俄交涉，正当紧急，专顾一面，尚恐不及，偏又来了这道催命符，这正所谓祸不单至呢。当下皱着双眉，踌躇了好一会，才到总统府中，呈明袁总统。袁总统方阅外电，面上恰含有三分喜容，一见陆征祥入内，便起身邀坐，征祥行礼毕，尚未开口，袁总统已笑语道："日前科布多全境，已报克复，今又得热河来电，开鲁县也克复了。"说毕，即将电文递示。陆征祥接过一瞧，无非是各军会攻，毙匪颇众，余匪败走，复将开鲁克复等情。随笔带过蒙事，是省文之法。因将电文复缴案上，随答袁总统道："东西蒙尚称得手，外蒙或容易办理，但英使又来要求藏事，为之奈何？"袁总统道："日前有抗议书到来，我已与英使朱尔典说明，俟俄、蒙交涉就绪即当酌商，难道今又来催逼吗？"袁与英使朱尔典氏交好颇密，故借口中叙出。陆征祥闻言，便即取出照会，呈与袁总统详阅。袁总统阅毕，便道："他既如此催逼，我不能不答复了。明日开国务会议，酌定复词，可好吗？"征祥唯唯而出。次日复至总统府，各国务员也陆续到来，会议半日，方裁决答复各词，大致如下：

　　（一）中国按照一千九百零六年之中英西藏条约，除中国外，其他国皆无干涉西藏内政之权，今谓中国无干涉西藏内政之权，理由甚无根据。至于改设行省一事，为民国必要之政务，各国既承认中华民国，即不能不承认中国改西藏为行省。况中国对于西藏，并无即时改设行省之意，此中颇有误会。惟现在中国认定不许其他一切外国，干涉西藏之领土权及其内政。

　　（二）查中国并无派遣无限制军队驻扎西藏之事。惟按照一千九百〇八年之通商条约，英国以市场之警察权及保护印、藏交通委任于中国，故中国于西藏紧要各处，当然派遣军队。

　　（三）中英关于西藏之交涉，已经两次订立条约，一切皆已规定明确，今日并无改订新约之必要。

（四）中国政府从前并无有意断阻英、藏交通之事，以后更当加意保护，断不阻碍英、藏交通。

（五）承认中华民国是另一问题，不能与西藏问题，并为一谈，深望英国先各国而承认中华民国。

复书发出，交付英使馆，英使朱尔典氏当去呈报英政府，一时未有复文。中国政府乐得眼前清净。嗣由川边镇抚使尹昌衡来电，报称：川边肃清。政府诸公越觉心慰。袁总统也放下了心，好安稳过年了。怎奈蒙、藏两区，风潮暗紧，哲布尊丹巴原顽抗如故，就是达赖喇嘛，已复原封，心下尚是未足，也想与库伦活佛同做皇帝。皇帝是人人要做，怪不得汉高有言，今而知皇帝之贵。外蒙得此消息，乘机遣使，到了西藏，先拟迎达赖至库，共商独立事情。达赖不肯应允，乃协议彼此联络，双方称帝。当订定蒙藏协约九条，其文云：

（一）西藏国皇帝达赖喇嘛，承认蒙古构成独立国，且将一千九百十一年十一月九日所宣言之黄教首领哲布尊丹巴喇嘛，认为蒙古国皇帝。

（二）蒙古皇帝哲布尊丹巴喇嘛，承认西藏构成独立国，且承认达赖喇嘛为西藏国皇帝。

（三）蒙、藏两国和衷共济，互行咨询，以讲求黄教繁荣之方法。

（四）蒙、藏两国将来若有内忧外患时，互相援助，永矢不渝。

（五）两国政府对于游历领土之公私人，互相设法保护。

（六）两国政府自由贸易产物及家畜，从新设立商业机关。

（七）所有商业上债权，以政府及商业机关所承认者，定为有效。若未经允许而争讼者，两国政府决不考察。但缔结本条约以前之买卖，暨因本条约第七条结果被损害者，按照政府所规定，可以要求代偿。

（八）若将本条约再行修订时，由两国简派代表，预先规定日期及地点，以便协商。

（九）本条约自签约之日起，发生效力。

下文署明年月日，一是西藏子岁十二月四日，一是蒙古共戴二年十二月四日。原来西藏仍沿用阴历，民国元年，岁次壬子，所以西藏称为子岁。外蒙古已建年号，所以直书共戴二年。外国新闻纸上已是刊录全文，明明白白，中国政府尚谓未得确实报告，且过了新年，再作区处。于是全国舆论多抱不平，有几省激烈的将士，也欲投袂请缨，通电全国，主张武力解决；今日说要征蒙，明日说要征藏，甚至招兵募饷，枕戈待命，那袁总统却从容镇静，不肯轻动；且令国务院电饬各省将吏，严戒躁率。又抬出总统名义，申令各都督，教他防范军人，毋惑浮言。

当时热心边事的人物，统说袁总统专务羁縻，太属畏葸，其实老袁方面，也自有一种难处。自从六国银行团，与熊总长等会议借款，始终无效，连每月垫款数百万两，也未肯照允，借款谈判，竟至中止。熊希龄旋即辞职。袁总统虽已照准，乃命经理借款事宜，与继任总长周学熙等，向六国团声明别借，另外设法，暗托顾问洋员莫理逊，赴英运动，借到伦敦债款一千万镑，议定本年交三百万镑，明年交七百万镑。以盐课作押，利息五厘，因此政府用款才有来源，勉强度日，否则民国下半年如何过日，连我也生疑了。惟借款陆续到手，即陆续用去，一些儿没有余积，哪里来的闲款，可拨付军饷征剿蒙、藏？这是袁总统自知为难，也似哑子吃黄连，说不出的苦衷，看官也须原谅三分呢。

熊希龄既办到借款，尚是留住都门，待至年暮，袁总统因热河紧急，恐昆源无能，办不下去，当将昆源召还，改任熊为热河都统，熊即告辞去讫。转瞬间已是民国二年，元旦这一日，系南京临时政府成立的纪念日，各处机关，统行休假，除悬旗结彩外，却也没有什么大典。南京成立政府，与北京却是无涉。过了数日，唯将各海关监督、各省司长及司法筹备处长，任用了许多人员。又改府州厅为县，划一各省行政官厅、警察官厅，以及文官任免法、文官考试法与惩戒甄别各法，并外交官服制、陆海军服制，蒙、回、藏王公爵章等件，公布了许多规则。小子也不胜记忆，但略述数项名目，算作随录，挂一漏万，看官休笑。

惟山西观察使张士秀及旅长李鸣凤，盘踞河东，居然拥兵自卫，潜谋独立，经都督阎锡山委任南桂馨为河东筹饷局长，并令解散该处军队，劝导张、李二人。张、李不肯从命，反将南桂馨拘住严行拷掠。阎督闻报，即电报中央，经袁总统派委第一旅长孔繁蔚前往接管军队。张、李复抗不承认，竟将孔旅长逐出。张士秀自为民政长，李鸣凤自为都督，于年内宣言独立。袁总统乃饬参谋、陆军两部派兵往剿，正月初旬，由陆军部派驻保定第六旅长鲍贵卿，及驻潼关统领赵倜，各率所部军前往河东。

看官！试想这河东一隅能有多大凭借？张、李二人，能有多大本领？螳臂当车，自不量力。后来赵军一到，张、李知不能抗，束手归命，被赵统领拘禁起来押解进京，褫职治罪，便算了案。河东事关系稍大，所以随事插入。就是蒙古问题，经陆总长提出议案，与俄使商榷一番，并无效果。不过双方议定，各不进兵，再期磋商就范，免至决裂。

一天过一天，已到二月十二日了，这日为北京政府成立期，也曾由参议院议决，作为纪念日。各衙署放假休息，自不消说，惟袁总统纪念旧勋，特授梁士诒、胡惟德、姜桂题、段芝贵等，均勋二位；谭学衡、熙彦、王占元、曹锟、陈光远、李纯、倪嗣冲等，均勋三位；吴景濂、汤化龙等，一第嘉禾章；那彦图、张勋等，亦一等嘉禾章；杨度、阮忠枢、叶恭绰等，二等嘉禾章。无非因声北统一，著有勋绩，所以酌量酬庸。

又越三日，系阴历正月十日，为清隆裕太后万寿节，袁总统特遣梁士诒为道贺专使，赍送藏佛一尊及联额数幅，并总统放大相片一座，相片上署"袁世凯敬赠"五字。这是何意？前用军役导着，后由梁士诒乘着黄舆，昂然前进，直至乾清门前，方才下舆，徐步入内，至上书房。清总管内务府大臣世续出来迎接，导入乾清宫正门，殿宇依然，朝仪已改。梁财神至此，未知有今昔之感否？隆裕太后端坐殿上，两旁虽有侍女护着，并清室近支王公两旁站立，怎奈望将过去，只觉得一片萧飒气象，更兼隆裕后形容憔悴，带着好几分病容，见了梁士诒，尤不禁触目心伤，几乎忍不住两行珠泪。梁士诒却从容不迫，行了三鞠躬礼，又呈递国书，内称："大中华民国大总统，谨致书大清隆裕太后陛下，愿太后万寿无疆。"（前见某报中，载着慈禧太后万寿时，把"无疆"之"疆"字，训作"疆土"之"疆"，不料至此，竟成实践）。隆裕太后答词，由世续代诵，略称："万寿庆辰，承大总统专使致贺，感谢实深"云云。

世续念一句，隆裕太后泪下一行，等到世续念毕，隆裕太后的面上，已不啻泪人儿一般。梁士诒亦看不过去，当即退出。嗣闻隆裕太后瞧着袁世凯相片，益觉怨恨交集，恸哭了一昼夜。次日即卧床不起。原来隆裕太后自诏令退位后，心中悒悒不欢，尝谓："孤儿寡妇，千古伤心，每睹宫宇荒凉，不知魂归何所"等语。袁总统曾否闻知？以此积成肝郁，尝患呕逆。至民国二年正月中，胸腹更隆然高起，日渐肿胀，经御医佟质夫、张午樵二人诊治，稍觉轻减。二月十五日御殿受贺，起初却还有些兴致，嗣见梁使到来，用着外国使臣觐见礼节，免不得悲从中来。且宗室王公大臣，多半避匿，不肯入贺，既无赏赐，又无优差，贺他做什么？殿中不过寥寥数人。看官！你想人非木石，到这地步，能不格外伤心吗？古人说得好："忧劳所以致疾"，况隆裕太后已有旧恙，自然愁上加愁，病中增病。或谓："万寿节内，天气晴暖,宫中所用薰炉,热气太高,感受炭气,因致病剧。"

其实隆裕后致死原因,并不是伤热症,却是袁总统送她归阴的。直言不讳。徐世昌尚为清室太保,因监督崇陵工程(崇陵即清德宗陵),久在京外,此次闻故后病笃,乃入宫谒见,且力辞太保职务。隆裕后再三慰留,甚至哽咽不能成声了。徐亦陪了三四点老泪,至退出后,即往谒袁总统,备陈清后病重形状。袁总统再属徐为代表,入宫慰问,隆裕后闻了"袁总统"三字,几似勾命的无常,阿哟一声,昏晕过去。好容易叫她醒来,尚是喘个不住。徐世昌瞧这情形反一时不能脱身,只好与世续、绍英提议隆裕后身后处置,一面叫入宣统帝,令他侍立床侧。二月二十一日,隆裕后已是弥留,到了夜间,回光返照,开眼瞧见宣统帝在侧,不觉呜咽道:"汝生帝王家,一事未喻,国已亡了,母又将死,汝尚茫然,奈何奈何?"说至此,喉间又哽咽起来,好一歇复发最后的凄声道:"我与汝要永诀了。沟渎道涂,听你自为,我不能再顾你了。"言讫,已不能言。世续入省数次,但见隆裕后双目直视,口中很想说话,偏被痰塞住喉中,只用手指着宣统帝,眼眶间尚含泪莹莹,霎时间阴风惨栗,烛焰昏沉,有清末代的隆裕太后,竟两眼一翻,撒手归天去了。陆续写来,不忍卒读。小子有诗叹隆裕太后道:

> 孤儿寡妇总心伤,
>
> 到死犹流泪两行;
>
> 让国终存亡国恨,
>
> 徒劳后史费评章。

清后已逝,一切丧葬事宜,待小子下回再表。

蒙事方迫,藏事随之,一波未平,一波又起,难以袁总统之雄鸷,陆总长之才辩,卒不能屈服英、俄,弱国无外交,良可痛慨。若隆裕太后之病逝,实为袁总统一人逼死。石勒谓大丈夫行事当磊磊落落,不宜效曹孟德、司马仲达,欺人孤儿寡妇,狐媚以取天下,袁总统其有愧斯言乎?总之对内勇,对外怯,为中国人之陋习。阅蒙、藏诸要约而不变色者,凉血动物是也。阅隆裕太后之病逝,而不伤心者,吾谓与凉血动物,相去亦无几耳。

第十九回 竞选举党人滋闹
斥时政演说招尤

却说清隆裕太后病逝，乾清宫内当然料理丧仪，大殓后停枢体元殿。清宫内瑾、瑜、珣、瑨四妃于前晚闻信，均欲进宫询问，因神武门已闭，竟不得入。翌晨方得进宫，见故后遗骸已在体元殿停灵，并不哭泣，且指遗骸道："你也有今日吗?"无非妇女心肠。言讫后，向世续等问话，多方诘责，百般挑剔。世续等莫名其妙，徒嗟叹了好几声。还有一班小太监，乘着丧乱机会，纷纷搬运珍宝物件，连夜不绝。世续也弹压不住，穷极计生，便声言道："袁总统已派段芝贵入宫，他系军人，看你等这般纷扰，将要军律从事呢。"宫监们听到此语，方渐平静，但检点宫中失物，约已值价洋十万元。世续一面治丧，一面请袁总统派员入宫，帮同料理。袁总统乃派荫昌、段芝贵、孙宝琦、江朝宗、言敦源、荣勋等数人，前往帮办，并命国务院发出通告二则，依次录述如下：

据清室内务府总管报称，二月二十二日丑时，隆裕皇太后仙驭升遐等语，当经派员查检，医官曹元森张仲元等所开脉方，俱称虚阳上升，症势丛杂，气壅痰塞，至二十二日丑时，痰壅薨逝。敬维大清隆裕皇太后，外观大势，内审舆情，以大公无我之心，成亘古共和之局，方冀宽闲退处，优礼长膺，企图调摄无灵，宫车晏驾。此四语好似挽联。追思至德，莫可名言。凡我国民，同深痛悼。除遵照优待条件，另行订议礼节外，特此通告!

兹值大清隆裕皇太后之丧，遵照优待条件，以外国君主最优礼待遇，议定各官署，一律下半旗二十七日，左腕围黑纱。即民国制定丧礼。自二月二十二日始，至三月二十日止，以志哀悼，特此通告!

此外派员致祭，复令各部院长官，亦亲往祭奠，并开国务院特别会议，查照优待清室条例，所有崇陵未完工程，应如制妥修，需用经费，均由中华民国支出。隆裕后祔葬崇陵，更兼赞助共和，有功民国，一切丧葬礼节，务须从优，费用归民国担任。会议已定，提交参议院，当然通过。自是清宣统帝归瑾、瑜两太妃抚育，后事如何，后文再行记录，暂且慢表。隆裕后赞成共和，不忍以养人者害人，可算聪明妇女，故于病逝时，特别加详。

且说国会组织法及各议员选举法，已公布多日，元年残腊，袁总统发布正式召集国会令，令曰：

正式国会召集之期，依照约法，以十个月为限。民国元年八月，业将国会组织法，暨参议院众议院议员选举各法，公布施行在案。民国正式国会，为共和建设所关，本大总统躬承我国民付托之重，迭经饬由国务总理内务总长督令筹备国会事务局，及各该参议院议员选举监督，众议院议员选举总监督，选举监督等，分别妥速筹备。并先后制定参议院众议院各选举日期令，俾各依限进行。自约法施行以来，现已十个月届满，据国务总理内务总长呈具筹备国会事务局呈称："众议院议员复选举，除据报延展各省分外，余均于民国二年一月十日遵令举行，其参议院议员选举，亦将次第遵令举行"等语，本大总统深维我中华民国缔造之艰难，夙夜兢兢，未敢以临时期内，稍涉暇逸。兹幸国会议员已如法选出，亟应依照约法，下令召集。自民国二年一月十日正式开会召集令发布之日起，限于民国二年三月以内，所有当选之参议院议员,及众议院议员,均须一律齐集北京,俟两院各到有总议员过半数后,即行同时开会。至关于国会开会之筹备事项,应由国务总理内务总长督饬筹备国会事务局,速为筹备完全。共和政治之良否,政府固有完全之责任,而尤以正式国会为筦枢。一德一心,共图盛业,斯则本大总统代表我汉、满、蒙、回、藏五大民族,所馨香祷祝以求之者也。此令!

又令各省行政长官,定期召集省议会议员,其文云:

各省省议会议员选举法,业经本大总统于民国元年九月公布施行,嗣复制定省议会议员第一届选举日期令,迭饬各该选举总监督,依限办理在案。现在各省省议会议员复选举,除据报延期各省分外,余均遵令举行,自应饬由各省行政长官,分别召集,为此通令各该省行政长官,自令到之日起,即先行发布省议会议员召集令,凡复选未经据报延期各省分,限于民国二年二月十日以前召集。其已经据报延期各省分,限于该省省议会议员复选举行后,由该省行政长官,酌定日期召集,各该省议会议员,均一律依令齐集省城,俟该省议会到有总议员三分之二以上时,即行开会。开会之翌日,即先举行参议员选举,以重要政。此令!

这两令公布后,各省办理选举事宜,有几区已了手续,有几区尚在未了,唯因党派不同,竞争甚烈,或用强力胁迫,或用金钱买嘱,或用情面恳托,选举人受这三种运动,不管他是什么党派,只好依着投票,有时强力相等,金钱相等,情面相等,反使选举人左右为难,往往因投了甲票,未投乙票,投了丙票,未投丁票,甲丙果然被选,乙丁竟致向隅,于是乙丁不肯罢休,当场哗扰,甚至强夺投票匦,或捣毁投票所,搅得他秩序紊乱,票纸散失,令他再行选举,非运动到手,总不甘心。当议决选举法时,亦曾料到此着,将选举诉讼事件,及选举犯罪条例,尽行规定,预为防范;偏中国是个章程国,形式上很觉严密,实际上绝少遵行,以致选举风潮,屡见叠出。中国人之无公德心,于此可见。说将起来,令人可叹。

看官试想!选举法为什么设立?原是国成民主,应归人民立法,但人民很多,不是个个能立法的,又不是个个好去立法的,由是令选举代表,拣出几个熟习政治、晓得利弊的人物,使他当选,作为全国或全省的立法员,凡是众望所归,定然有些才识,这是外洋立宪国的良法,偏被我中国仿行,第一届选举,便生出无数情弊。袁政府得此报告,因严命遵守法律,且令初复选监督,摘录刑律第八章,关于妨害选举之罪各条,揭示投票所,又就投票所周围,临时增派警兵,保持秩序,后来举正式总统,便用军警强迫,虽是老袁专制手段,也是各议员自己所致。各选举区,才得稍稍平静,只暗地里仍然运动,各立党帜,各争党权。

其时国民党最占多数,次为共和党,另外又有两党出现,一叫作民主党,一叫作统一党。俗语说得好:"寡不敌众",民主统一两党,新近组织,人数尚少,敌不过国民党,就是共和党人,也不及国民党的多数,因此国会议员,至总选举后,多半是国民党当选。袁总统最忌国民党,探得参众两院中,国民党议员,占得十分的六七,逆料将来必受牵制,遂想出密谋,将国民党中的翘楚,赏他一颗卫生丸,免得他来作怪,这真古人所谓釜底抽薪的计策。痛乎言之!

看官你道何事?待小子续叙出来。前任农林总长宋教仁卸职后,为国民党理事,主持党务,他本是湖南桃源人,字遁初(亦作钝初),别号桃源渔父。十二岁丧父,家甚贫窭,因有志向学,肄业武昌文普通学堂。在校时已蓄革命思想,联结同志,嗣被校长察觉,把他斥退,他遂筹借银钱,游学东洋。适值孙文、黄兴等组织同盟会,遂乘势入为会员,襄办民报,鼓吹革命。后与黄兴等潜入中国,一再举事,均遭失败,乃定议在湖北发难,运动军队,计日大举。武昌起义，实受革命党鼓吹，他便是党中健将，奔走往来，不辞劳苦，卒告成功。至孙文回国，设立南京政府后，曾受任为法制院院长，凡临时政府法令多是他一手编成。继念南北未和，终难统一，乃偕蔡元培、汪兆铭等同赴北京，迎袁南下。会值京津兵变，袁不果行，仍就职北京。唐绍仪出组内阁，邀他为农林总长，经参议院通过，就职不过两月，唐内阁猝倒，遂连带辞职。他经此阅历，已窥透老袁心肠，决意从政党入手，四处联络，把共和统一党员，引入同盟会中，携手联盟，同组为国民党，当由党员共举为党中理事。既而回籍省母，意欲退隐林泉，事亲终老，偏偏党员屡函敦劝，促他再往北京，维持党务。他本是个年少英雄，含着一腔热血，叠接同党来函，又不禁意气飙发，跃跃欲动；况自二次组阁，新人物多半退闲，满清官僚，死灰复燃，袁总统的野心，已渐渐发现出来，所有政府中一切行动，统不能慰他心愿。

看官！你想这牢骚抑郁的宋先生，尚肯忍与终古吗？略述宋渔父历史，笔下亦隐含愤慨。正拟别母启程，江南国民党支部，因南方当选国会议员，将启程北上，电请他到宁一行，筹商善后意见，他即匆匆摒挡行车，别了母妻，抽身而去。从此与家长诀。道出沪上，闻教育总长范源濂辞职回杭，他欲探悉政府详情，即由沪至杭，与范相晤，范约略与谈，已不胜感愤。嗣范约与作十日游，遂出钱塘门，涉西湖，登南高峰，东望海门，适见海潮汹涌，澎湃而来，即口占五绝二首道：

> 日出雪礏滑，山枯林叶空。
> 徐寻屈曲径，竟上最高峰。
> 村市沈云底，江帆走树中。
> 海门潮正涌，我欲挽强弓。
> 此诗大有寓意。

游杭数日，余兴未尽，催电交来，乃别范返沪，由沪至江宁。时民国二年三月九日，江南国民党支部开会欢迎。借浙江会馆为会场，会员共到三千余人。都督程德全到会为主席，程因口疾未愈，托人代为报告。略谓："宋君从事革命，已有多年，所著事迹，谅诸君应已洞鉴。此次宋君到此，本党特开会欢迎，请宋君发表政见，与诸君共同研究"云云。报告已毕，即由宋登台演说，大众除拍掌欢迎外，统静心听着，并由记录员一一笔述。宋所说的是俗语，记录员所述的是文言，小子将文言照录如下：

民国建设以来，已有二载，其进步与否，改良与否，以良心上判断，必曰不然。当革命之时，我同盟诸同志，所竭尽心力，为国家破坏者，希望建设之改良也。今建设如是，其责不在政府而在国民。我同盟会所改组之国民党，尤为抱极重之责任，断无破坏之后，即放任而不过问之理。

现在政府外交，果能如民意乎？果能较之前清有进步乎？吾欲为诸君决断曰："不如民意之政府，退步之政府。"今次在浙江杭州，晤前教育总长范源濂君，范云："蒙事问题，尚未解决，政府每日会议，所有磋商蒙事者云，与俄开议乎，与俄不开议乎二语。"夫俄蒙协约，万无听其迁延之理，尚何开议不开议之足云？由此可见，政府迄今并未尝与俄开谈判也。各报所载，皆粉饰语耳。如此政府，是善良乎？余断言中华民国之基础，极为摇动，皆现在之恶政府所造成者也。今试述蒙事之历史：当民国未统一时，革命摇乱，各国皆无举动，盖庚子前，各强皆主分割，庚子后，各强皆主保守，即门户开放、机会均等、领土保全之主义。此外交方针，各强靡不一致，此证之英日同盟、日美公文、日俄、日清、英俄等协约，可明证也。

故民国扰攘间，各强并无举动，时吾在北京，见四国银行团代表，伊等极愿贷款与中国，且已垫款数百万镑，其条件亦极轻，不意后有北京兵变之事，四国团即取消前约，要求另议。自后内阁常倒，兵变迭起，而外人遂生觊觎之心矣。去年俄人致公文于外交部，谓："库伦独立，有害俄人生命财产，请与贵国协商库事。"外交部置之不答，而俄与库自行交涉，遂成协约。至英之与西藏，亦发生干涉事件，现袁总统方以与英使朱尔典有私交，欲解决之，此万无效也。盖蒙事为藏事之先决问题，蒙事能决，则藏事将随之能决。若当俄人致公文与外交部时，即与之磋商，必不致协约发现也。此后之外交，宜以机会均等为机栝，而加以诚意，庶可生好结果。

内政方面，尤不堪问。前清之道府制，竟然发现；至财政问题，关于民国基础，当岁原议一万万镑，合六万万两。以一万万两，支持临时政府及善后诸费，余五万万两，充作改良币制，清理交通，扩充中央银行，处理盐政，皆属于生利之事业。及内阁两次改组后，而忽变为二千五百万镑，主其议者，盖纯以为行政经费，其条件尤为酷虐。一盐政当用外人管理，到期不还，盐政即归外人经管，如海关例，盐债为唯一之担保品，今欲定为外人管理，则不能再作他次抵押，将来之借款，更陷困难。且用途尽为不生利之事业，幸而未成，万一竟至成立，则国家之根本财政，全为所破坏矣。

现正式国会将成立，所最纷争之要点，为总统问题，宪法问题，地方问题。总统当为不负责任，由国务员负责，内阁制之精神，实为共和国之良好制也。国务员宜以完全政党组织之。混合超然诸内阁之弊，既已发露，毋庸赘述。唐内阁为混合内阁，陆内阁为超然内阁。宪法问题，当然属于国会自订，毋庸纷扰。地方问题，则分其权之种类，而为中央地方之区别，如外交、军政、司法、国家财政、国家产业及工程，自为中央集权，若教育、路政、卫生、地方之财政、工程产业等，自属于地方分权，若警政等，自属于国家委任地方之权。凡此大纲既定，地方问题，自迎刃而解。惟道府制，即观察使等官制，实为最腐败官制，万不能听其存在。现在国家全体及国民自身，皆有一牢不可破之政见，曰维持现状，此语不通已极，譬如一病人已将危急，医者不进以疗病药，而仅以停留现在病状之药，可谓医生之责任已尽乎？且自维持现状之说兴，而前清之腐败官制、荒谬人物，皆一一出现。故维持现状，不啻停止血脉之谓，吾人宜力促改良进步，方为正当之政见也。

余如各项实业交通农林诸政，不遑枚举，聊举一愚之词，贡诸同志。

总计演说时间，约两小时，每到言语精当处，拍手声传达户外。及宋已下坛，又有会中人物，亦登坛演说数语，无非说是："宋君政见，确切不移。"转瞬日暮，当即散会。

驻宁数日，又复莅沪，随处演说，多半指斥时政，滔滔数万言。致死之由。北京即有匿名书，驳他演说各词。复有北京救国团出现，亦通电各省，斥他荒谬。统是袁政府主使。他又一一辩答，登报答复。未几来了袁总统急电，邀他即日赴京，商决要政。时人还道老袁省悟，将召宋入京，置诸首揆。就是他自己思想，亦以为此次北行，定要组成政党内阁，不负初衷，乃拟定三月二十日，由沪上启行，乘车北上。是时国会议员，次第赴京，沪宁车站中，已设有议员接待室。宋启行时，适在晚间十时许，沪上各同志相偕送行。就是前南京留守黄兴，亦送至车站，先至议员接待室中，小憩片时。至十时四十分，火车已呜呜乱鸣，招客登车，宋出接待室，与黄兴等并行至月台，向车站出口处进行。甫至剪票处，猛闻豁拉一声，骨碌碌地一粒弹子，从宋教仁背后飞来，不偏不倚，穿入胸中。正是：

　　　诅意沪滨遭毒手，

哪堪湘水赋招魂。

未知宋教仁性命如何，且至下回续叙。

　　乡举里选，昉自古制，而后世不行，良由古时选举，已多流弊，后人不得不量为变通，非好事蔑古也。至近十余年间，因各国选举法之盛行，遂欲则而傚之，岂今人之道德，远胜古昔耶？观民国第一届选举，已是弊端百出，各党中人，往往号召同志，竞争选举，实则良莠不齐，多半口与心违。揣其愿望，除三数志士外，无非欲扩张势力、把持权利而已。宋教仁为国民党翘楚，观其行迹，颇热心政治，不同贪鄙者之所为。江宁演说，语多精到，然锋芒太露，英气未敛，言出而众怨随之，卒受刺于暴徒之手。读是回，乃叹先圣讷言之训，其垂戒固深且远也。

第二十回　宋教仁中弹捐躯
应桂馨泄谋拘案

却说宋教仁由沪启行,至沪宁铁路车站,方拟登车,行到剪票处门口,忽背后来了一弹,穿入胸中,直达腰部。宋忍痛不住,即退靠铁栅,凄声语道:"我中枪了。"正说着,又闻枪声两响,有二粒弹子,左右抛掷,幸未伤人。站中行客顿时大乱。黄兴等也惊愕异常,慌忙扶住宋教仁,回出月台,急呼车站中巡警,速拿凶手。哪知四面一望,并没有一个巡士。但见外面有汽车一乘,也不及问明何人,立即扶宋上车,嘱令车夫加放了汽,送至沪宁铁路医院。至站外的巡警到来,宋车已去,凶手早不知去向了。当时送行的人,多留住站中,还望约同巡士,缉获凶手;一面电致各处机关,托即侦缉。只国民党干事于右任送宋至医院中。

时将夜半,医生均未在院,乃暂在别室少待,宋已面如白纸,用手抚着伤处,呻吟不已。于俯首视他伤痕,宋不欲令视,但推着于首,流泪与语道:"我痛极了,恐将不起,为人总有一死,死亦何惜,只有三事奉告:一是所有南北两京及日本东京寄存的书籍,统捐入南京图书馆。二是我家本来寒苦,老母尚在,请克强与君,及诸故人替我照料。三是诸君仍当努力进行,幸勿以我遭不测,致生退缩,放弃国民的责任。我欲调和南北,费尽苦心,不意暴徒不谅,误会我意,置我死地,我受痛苦,也是我自作自受呢。"直言遭难,古今同慨。于右任自然允诺,且勉强劝慰数语。

未几医生到来,检视伤处,不禁伸舌,原来宋身受伤,正在右腰骨稍偏处,与心脏相近。医生谓伤势沉重,生死难卜,惟弹已入内,总须取出弹子,再行医治。当经于右任承认,即由院中看护士昇宋上楼,至第三层医室,解开血衣,敷了药水,用刀割开伤痕,好容易取出弹子,弹形尖小,似系新式手枪所用。宋呼痛不止,再由医生注射止痛药水,望他安睡。他仍宛转呻吟,不能安枕,勉强挨到黎明,黄兴等统至病室探问,宋教仁唏嘘道:"我要死了。但我死后,诸公总要往前做去。"热诚耿耿。黄兴向他点头,宋复令黄报告中央,略述己意。由黄代拟电文,语云:

北京袁大总统鉴:仁本夜乘沪宁车赴京,敬谒钧座,十时四十五分,在车站突被奸人自背后施枪,弹由腰上部入腹下部,势必至死。窃思仁自受教以来,即束身自爱,虽寡过未获,从未结怨于私人。清政不良,起任改革,亦重人道,守公理,不敢有一毫权利之见存。今国基未固,民福不增,遽尔撒手,死有余恨。伏冀大总统开诚心,布公道,竭力保障民权,俾国家得确定不拔之宪法,则虽死之日,犹生之年,临死哀言,尚祈鉴纳!

稿已拟定,黄兴即出病室,着人发电去了。嗣是沪上各同志,陆续至病院探望,宋皱眉与语道:"我不怕死,但苦痛哩。出生入死,我几成为习惯,若医生能止我痛苦,我就死吧。"各同志再三劝慰,宋复瞑目道:"罢了罢了,可惜凶手在逃,不晓得什么人,与我挟着这等深仇?"是极痛语。各人闻言,统觉得酸楚不堪,遂与医士熟商,请多延良医,共同研究。于是用电话徧召,来了西医三四人,相与考验,共言肠已受伤,必须剖验补修,或可望生。于右任乃语同人道:"宋君病已至此,与其不剖而死,徒增后悔,何如从医剖治罢。"各人踌躇一番,多主开割,于是再昇宋至第二层割诊室,集医生五人,共施手术。医生只许于右任一人临视，先用迷药扑面，继乃用刀解剖，取出大肠，细视有血块淤积，当场洗去，再看肠上已有小穴，急忙用药线缝补，安放原处，然后将创口兜合，一律缝固，复将迷药解去。宋徐徐醒来，仍是号痛，医生屡用吗啡针注射，冀令神经略静，终归乏效，且大小便流血不止，又经医生检视，查得内肾亦已受伤，防有他变。

延至夜间，果然病势加重，两手热度渐低，两目辄向上视。黄兴、于右任等均已到来，问宋痛楚，宋转答言不痛，旋复语同人道："我所欲言，已尽与于君说过，诸公可问明于君。"语至此，气喘交作，几不成声。继而两手合作十形，似与同人作诀别状；忽又回抱胸际，似有说不尽的苦况。黄兴用手抚摩，手足已冰，按脉亦已沉浮，问诸医生，统云无救，惟顾宋面目，尚有依依不舍的状态。黄兴乃附宋耳与语道："遁初遁初，你放心去吧，后事总归我等担任。"宋乃长叹一声，气绝而逝，年仅三十二岁。惟两目尚直视未瞑，双拳又紧握不开。

一班送死的友人，相向恸哭。前沪军都督陈其美亦在座送终，带哭带语道："这事真不甘心，这事真不甘心！"大家闻了此语，益觉悲从中来，泣不可抑。待至哭止，彼此坐待天明，共商殡殓事宜，且议定摄一遗影，留作纪念。未几鸡声报晓，晨光熹微，当即饬人至照相馆，邀两伙到来，由黄兴提议先裸尸骸上身，露着伤痕，拍一照片。至穿衣后，再拍一照，方才大殓。此时党员毕集，有男有女，还有几个日本朋友，也同来送殓。衣衾棺椁，统用旧式。越日，自医院移棺，往殡湖南会馆。来宾及商团军队，共到医院门首，拥挤异常。时至午后，灵柩发引，一切仪仗，无非是花亭花圈等类，却也不必细述。惟送丧执绋，及护丧导灵，人数约至二三千名，素车白马，同遵范式之盟，湘水吴江，共洒灵均之泪。会值潇潇春雨，凛凛悲风，天亦同哀，人应齐哭，这也不在话下。

惟自凶耗传布，远近各来函电，共达沪上国民党交通部，大致在注意缉凶，兼及慰唁。袁总统亦叠发两电，第一电文云：

上海宋钝初先生鉴：阅路透电，惊闻执事为暴徒所伤，正深骇绝。顷接哿电（哿字是韵母，为简文计，即以韵母某数，作日子算），方得其详。民国建设，人才至难，执事学识冠时，为世推重，凡稍有知识者，无不加以爱护，岂意众目昭彰之地，竟有凶人，敢行暗杀，人心险恶，法纪何存？惟祈吉人天相，调治平复，幸勿作衰败之语，徒长悲观。除电饬江苏都督、民政长、上海交涉使、县知事、沪宁铁路总办，重悬赏格，限期缉获凶犯外，合先慰问。

越日致第二电，系由上海交涉使陈贻范，已电达宋耗，乃复致唁词云：

宋君竟尔溘逝，曷胜浩叹！目前紧要关键，唯有重悬赏格，迅缉真凶，彻底根究。宋君才识卓越，服务民国，功绩尤多，知与不知，皆为悲痛。所有身后事宜，望即会同钟文耀（即沪宁铁路总办）妥为料理。其治丧费用，应即作正开销，以彰崇报。连录二电，亦具微意。

自是江苏都督程德全、民政长应德闳，通电地方官一体协拿，限期缉获。上海县知事及地方检察厅，统悬赏缉捕。黄兴、陈其美等又函致公共租界总巡卜罗斯（英国人），托他密拿，如得破案，准给酬劳费一万元。沪宁铁路局亦出赏格五千元。沪上一班巡警及所有中外包探，哪个不想发些小财？遂全体注意，昼夜侦缉。天下无难事，总教有心人，渐渐的探出踪迹来了。先是宋教仁在病院时，沪宁铁路医院忽得一奇怪邮信，自上海本部寄发，信外署名系铁民本支部发八字，信内纯是讥嘲语。略云：

钝初先生足下：鄙人自湘而汉而沪，一路欢送某君，赴黄泉国大统领任。昨夜正欲与某君晤别，赠以卫生丸数粒，以作纪念，不意误赠予君，实在对不起了。虽然，君从此亦得享千古之幸福了。因某君尚未赴新任，本会同人，昨夜曾以巨金运动选举，选举结果，则君最占优胜，每票全额五千元，故同人等请君先行代理黄泉国大统领，俟某君到任后，自当推举你任总理。肃此恭祝荣禧，并颂千古！救国协会代表铁民启。

看这函中文字，已见得此案凶犯，不止一人，且仍匿迹租界中。函内"误赠"二字，实系乱人耳目。所云某君，亦并非有特别指定，意在恫吓国民党中要人，令勿再为政党竞争。或谓国民党首领就是孙、黄二人，是时孙文正往游日本，只黄兴留沪，函中所云某君，分明是暗指黄兴，也未可知。总之，此案为政治关系，无与私怨，当日的明眼人，已窥测得十分之五了。故作疑案。

二十三日晚间，上海租界中，正在热闹的时候，灯光荧荧，车声辘辘，除行人旅客外，所有阔大少红倌人等，正在此大出风头，往来不绝，清和坊、迎春坊一带尤觉得车马盈途，众声聒耳。这一家是名娼接客，卖笑逞娇，那一家是狎客登堂，腾欢喝彩。还有几家是贵人早降，绮席已开，不是猜拳喝酒，就是弹唱侑宾，管弦杂沓，履舄纷纭。

突来了红头巡捕数名，把迎春坊三四弄口，统行堵住。旋见总巡卜罗斯与西探总目安姆斯特郎，带着巡士等步入弄中，到了李桂玉妓馆门首，一齐站住。又有一个西装人物，径入妓馆，朗声呼问。当由龟奴接着，但听得"夔丞兄"三字。龟奴道："莫非来看应大老吗？"那人向他点头，龟奴又道："应老爷在楼上饮酒。"那人不待说毕，便大踏步上楼，连声道："应夔丞君！楼下有人，请你谈话。"座上即有一人起立，年约四十余岁，面带酒容，隐含杀气，便答言："何人看我？"那人道："请君下楼，自知分晓。"于是联步下楼，甫至门首，即由卜总巡启口道："你是应夔丞吗？去！去！去！"旁边走过巡士，即将应夔丞牵扯出来，一同至总巡房去了。这一段文字，写得异样精彩。

这应夔丞究是何人？叙起履历，却也是上海滩上，大名鼎鼎的角色。他名叫桂馨，却有两个头衔，一是中华民国共进会会长，一是江苏驻沪巡查长，家住新北门外文元坊，平素很是阔绰，至此何故被捕？原来就是宋案牵连的教唆犯。画龙点睛。宋案未发生以前，曾有一专售古玩的贩客，姓王名阿法，尝在应宅交易，与应熟识有年。一日，复至应家，应取出照片一张，令他审视，王与照片中人绝不相识，顿时莫名其妙。应复言："欲办此人，如能办到，酬洋千元。"王阿法是一个捐客，并不是暗杀党，哪里能做这般事？当即将照片交还，惟心中颇艳羡千金，出至某客栈，巧遇一友人邓某，谈及应事。邓系辽东马贼出身，颇有膂力，初意颇愿充此役，继思无故杀人，徒自增罪，因力却所请。两下里密语多时，偏被栈主张某所闻，张与国民党员素有几个认识，遂一一报知。国民党员乃诘邓及王，王无可隐讳，乃说明原委，且言自己复绝，并未与闻。当由国民党员嘱他报明总巡，一俟破案，且有重赏。

这王阿法又起了发财的念头，遂径至卜总巡处报告。卜总巡即饬包探侦察，返报应在迎春坊三弄李桂玉家，挟妓饮酒。总巡乃亲自出门，领着西探总目等，往迎春坊，果然手到擒来，毫不费力。应桂馨到了此时，任他如何倔强，只好随同前往。到了捕房内，冷清清的坐了一夜。

翌日天明，由卜总巡押着应桂馨，会同法捕房总巡，共至应家，门上悬着金漆招牌，镂刻煌煌大字，便是江苏巡查长公署及共进会机关部字样。"巡查长"三字，是人人能解，共进会名目，就是哥老会改设。哥老会系逋逃薮，中外闻名，应在会中做了会长，显见得是个不安分的人物。卜总巡到了门前，分派巡捕多人，先行把守，入室检查，搜出公文信件甚多，一时不及细阅，统搬入箧内，由法总巡亲手加封，移解捕房。一面查验应宅住人，除该家眷属外，恰有来客数名，有一个是身穿男装的少妇，有一个是身着新衣、口操晋音的外乡人，不伦不类，同在应家，未免形迹可疑，索性将所有男客尽行带至法捕房，所有女眷，无论主客，一概驱至楼上小房间中，软禁起来，派安南巡捕看守。

原来上海新北门外，系是法国租界，所有犯案等人，应归法巡捕房理值，所以英总巡往搜应家，必须会同法总巡。英人所用的巡役，是印度国人，法人所用的巡役，是安南国人。解释语亦不可少。至应宅男客到捕房后，即派人至沪宁车站，觅得当时服役的西崽，据言："曾见过凶手面目，约略可忆。"即邀他同入捕房，将所拘人犯，逐一细认，看至身着新服口操晋音的外乡人，不禁惊喜交集，说出两语道："就是他！就是他！"吓得那人面如土色，忙把头低了下去。小子有诗叹道：

　　昂藏七尺好身躯，
　　胡竟甘心作暴徒？
　　到底杀人终有报，
　　恶魔毒物总遭诛。

毕竟此人为谁，容至下回交代。

宋教仁为国民党翘楚，学问品行，均卓绝一时，只以年少气盛，好讥议人长短，遂深触当道之忌，遽以一弹了之。吾为宋惜，吾尤为国民党惜。曷为惜宋？以宋负如许之不羁才，乃不少晦其锋芒，储为国用，而竟遭奸人之暗杀也。曷为惜国民党？以党中骤失一柱石，而余子之学识道德，无一足与宋比，卒自此失败而不克再振也。若应夔丞者，一偾薄小人耳，为鬼为蜮，跰蹁犹耻之，彼与宋无睚眦之嫌，徒为使贪使诈者所利用，甘心戕宋，卒之阴狡之谋，漏泄于一贩客之口，吾谓宋死于应，为不值，应败于贩夫，亦不值也。然于此见民国前途，殊乏宁日矣。

第二十一回　讯凶犯直言对簿　延律师辩讼盈庭

却说沪宁车站的西崽，审视捕房人犯，指出凶手面目。那人不禁大骇，把头垂下，只口中还是抵赖，自言："姓武名士英，籍隶山西，曾在云南充当七十四标二营管带。现因军伍被裁，来沪一游，因与应桂馨素来认识，特地探望，并没有暗杀等情。"法总巡哪里肯信，自然把他拘住。但武士英既是凶手，何故未曾逃匿，却在应宅安居呢？说将起来，也是宋灵未泯，阴教他自投网中，一命来抵一命。可为杀人者鉴。

原来武士英为应所使，击死宋教仁，仍然逃还应家。应桂馨非常赞赏，即于二十三日晚间，邀他至李桂玉家，畅饮花酒。此外还有座客数名，彼此各招名妓侍宴。有一李姓客人，招到妓女胡翡云。胡妓甫到，才行坐定，即有中西探到来，将应桂馨拘去。座客闻到此信，统吃了一大惊。内有武士英及胡翡云，越加慌张。武士英是恐防破案，理应贼胆心虚，那胡翡云是个妓女，难道也助应逼凶吗？小子闻得胡应交情，却另有一番缘故。

应素嗜鸦片，尝至胡妓家吸食。他本是个阔绰朋友，缠头费很不吝惜，胡妓得他好处，差不多有万金左右，因此亲密异常，仿佛是外家夫妇。此日胡妓应召，虽是李客所征，也由应桂馨代为介绍。李客闻应被拘，遂语胡妓道："应君被拘，不知何事？卿与他素有感情，请至西门一行，寄语伊家，可好吗？"李客不去，想亦防有祸来。胡妓自然照允。武士英亦插嘴道："我与她同去吧。"自去寻死。于是一男一女，起身告辞，即下楼出弄，坐了应桂馨原乘的马车，由龟奴跨辕，一同到了应宅。方才叩门进去，那法租界中西探二十余名，已由法总巡电话传达，说是由英总巡转委，令他们至应宅看管。他们乘着开门机会，一拥而入，竟将前后门把守，不准出入。

胡翡云头戴瓜皮帽儿，梳着油松大辫，身穿羔皮长袍，西缎马褂，仿效男子装束，前回所说的男装女子，就是该妓。解明前回疑团。她与武士英同入应宅，报明桂馨被拘，应家女眷还道是因她惹祸，且问明武士英，知她是平康里中人，越加不去睬她。她大是扫兴，回出门房，欲呼龟奴同去，偏为西探所阻，不令出门，她只得兀坐门房，也是冷清清的一夜。总算是遥陪应桂馨。次日，英法两总巡俱到，见门房内坐着少妇，不管她是客是主，竟驱她同上楼房，一室圈禁。胡翡云叫苦不迭，没奈何捱刻算刻；就是饮食起居，也只与应宅媪婢，聚在一处。真叫作平地风波，无辜受苦哩。受了应桂馨许多金银，也应该吃苦几日。

又过了一天，法总巡带了西探三名，华捕四名，并国民党员一人，又到应宅搜查，抄得极要证物一件，看官道是何物？乃是五响手枪一柄，枪内尚存子弹二枚，未曾放出，拆验枪弹，与宋教仁腰间挖出的弹子样式相同，可见得宋案主凶，已经坐实，无从抵赖了。主凶还不是应桂馨，请看下文便知。是日下午，即由法国李副领事、聂谳员，与英租界会审员关炯之及城内审判厅王庆愉，列坐会审。凶犯武士英上堂，起初不肯供认，嗣经问官婉言诱供，乃自言本姓本名，实叫作吴福铭，山西人氏，曾在贵州某学堂读书，后投云南军伍，被裁来沪，偶至茶馆饮茶，遇着一陈姓朋友，邀我入共进会。晚上，同陈友到六野旅馆寓宿，陈言应会长欲办一人。我问他有何仇隙，陈言："这人是无政府党，我等将替四万万同胞除害，故欲除灭那厮，并非有什么冤仇。"我尚迟疑不决。次日，至应宅会见应会长，由应面托，说能击死该人，名利双收，我才答应了去。到行刺这一日，陈邀我至三马路半斋夜餐，彼此酒意醺醺，陈方告诉我道："那人姓宋，今晚就要上火车，事不宜迟，去收拾他方好哩。"说毕，即潜给我五响手枪一柄。陈付了酒钞，又另招两人，同叫车子到火车站，买月台票三张。一人不买票，令在外面看风。票才买好，宋已到来，姓陈的就指我说："这就是宋某。"后来等宋从招待室出来，走至半途，我即开枪打了一下，往后就逃。至门口见有人至，恐被拘拿，又从朝天放了两枪，飞奔出站，一溜风回到应家，进门后，陈已先至，尚对我说道："如今好了，已替四万万同胞除害了。"应会长亦甚赞我能干，且说："将来必定设法，令我出洋游学。"我当将手枪缴还陈友，所供是实。问官又道："你行刺后，曾许有酬劳否？"武言："没有。"问官哼了一声，武又道："当时曾许我一千块洋钱，但我只拿过三十元。"问官复道："姓陈的哪里去了？叫什么名字？"武答道："名字已失记了。他的下落，亦未曾知道。"问官命带回捕房，俟后再讯。所获嫌疑犯十六人，又一一研讯，内有十一人略有干连，未便轻纵，余五人交保释出，还有车夫三人，也无干开释。

　　法总巡复带同探捕等复搜应宅，抄出外国箱及中国箱各一只，内均要件，亦饬带回捕房。越宿，再行复讯。又问及陈姓名字，武士英记忆一番，方说出"玉生"两字，余供与昨日未符，但说："与应桂馨仅见一面，刺宋一节，统是陈玉生教导，与应无涉等情。"这明是受应嘱托。问官料他狡展，仍令还押。胡翡云圈住应宅，足足三日三夜，亏得平时恩客纪念前情，替她向法捕房投保，才得释放。翡云到处哭诉，说是三日内损失不少，应大老曾许我同往北京，他做官，我做他家小，好安稳过日，哪知出此巨案，我的命是真苦了。这且搁过不提。

　　且说应桂馨被押英捕房，当下卜总巡禀请英副领事，会同谳员聂榕卿，开特别公堂审问，且令王阿法与应对质，应一味狡赖。英副领事乃将应还押，俟传齐见证，再行复讯。王阿法著交保候质。是时江苏都督程德全，以案关重大，竟亲行至沪，与黄兴等商量办法。孙文亦自日本闻警，航归沪渎，大家注意此案，各在黄公馆中，日夕研究。陈其美亦曾到座，问程督道："应桂馨自称江苏巡查长，曾否由贵督委任？"程德全道："这是有的。"黄兴插口道："程都督何故委他？"程德全半晌道："唉！这是内务部洪荫芝，就是洪述祖所保荐的。"黄兴点头道："洪述祖吗？他现为内务部秘书，与袁总统有瓜葛关系（为老袁第六妾之兄，故黄言如此，详情悉见后文），我知道了。这案的主因，尚不止一应桂馨呢。"程德全道："我当彻底清查，免使宋君含冤。"黄兴道："但望都督能如此秉公，休使元凶漏网，我当为宋渔父拜谢哩。"说着，即起向程督鞠躬。程督慌忙答礼，彼此复细谈多时，决定由交涉使陈贻范函致各国总领事及英法领事，略言："此案发生地点，在沪宁火车站，地属华界，所获教唆犯及实行犯，均系华籍，应由华官提讯办理，请指定日期，将所有人犯，及各项证据解交"等情。陈函交去，英领事也有意承认，唯因目前尚搜集证据，羽党尚未尽获，且俟办有眉目，转送中国法庭办理，当将此意答复。

　　陈交涉使也无可如何，只好耐心等着。法领事以应居文元坊，属法租界管辖，当提应至法廨会审。英领事不允，谓获应地点，在英租界中，须归英廨审讯，万不得已，亦宜英法会同办理。华人犯法，应归华官办理；且原告亦为华人，案情发生又系华地，而反令英法领事，互夺裁判权，令人感喟无穷。法领事乃允将凶犯武士英，转解至公共租界会审公堂，听候对质。当由法捕房派西捕五人，押着武士英，共登汽车，送至公廨。

　　武身穿玄色花缎对襟马褂，及灰色羊皮袍，头戴狐皮小帽，由两西探用左右手铐，携下汽车,入廨登楼,静候传讯。武并无惧色,反自鸣得意道:"我生平未曾坐过汽车,此次为犯案,却由会审公堂,特用汽车迎我,也可算得一乐了。"送你归天,乐且无穷。那应桂馨愈觉从容,仗着外面的爪牙,设法运动,且延请著名律师,替他辩护。于是原告工部局代表,有律师名叫侃克;中政府代表,由程都督延聘到堂,亦有律师,名叫德雷斯;被告代表且有律师三人,一名爱理司坦文,一名沃克,一名罗礼士。这许多律师,没一个不是西洋人。临审时,应武两犯虽曾到庭,问官却不及讯问,先由两造律师,互相辩驳,你一句,我一语,争论多时,自午后开审,到了上灯,律师尚辩不清楚,还有什么工夫问及应武两犯,只好展期再讯。武仍还押法捕房,应亦还押英捕房。至第二次开审,宋教仁的胞叔宋宗润自湘到沪,为侄申冤,也延了两个律师,一名佑尼干,一名梅吉益,也统是西人,律师越请越多了。无非畀西人赚钱。

　　嗣是审讯一堂,辩诘一堂,原告只想赶紧,被告只想延宕,就是应武二犯,今朝这么说,明朝那么说,也没有一定的口供,应且百计托人,往法捕房买嘱武士英,叫他认定自己起意,断不致死,并以某庄存银,允作事后奉赠。

　　武遂翻去前供,只说杀宋教仁乃我一人主见,并没有第二人,且与应并未相识,日前到了应家,亦只与陈姓会面。陈名易山,并非玉生。及问官取出被抄的手枪,令武认明,武亦答云:"不是,我的手枪曾有七响,已抛弃在车站旁草场上面。"至问他何故杀宋,他又说:"宋自尊自大,要想做国务总理,甚至想做总统,若不除他,定要二次革命,扰乱秩序,我为四万万同胞除害,所以把他击死。他舍去一命,我也舍去一命,保全百姓,却不少哩。"只此数语供词,已见得是政府主使。问官见他如此狡辩,转诘应桂馨。应是越加荒诞,将宋案关系推得干干净净。那时未得实供,如何定案?程德全、孙文、黄兴等,乃决拟搜集书证,向法捕房中,索取应宅被搜文件。法捕房尚未肯交出,忽国务院来一通电,内述应桂馨曾函告政府,说是近日发现一种印刷品,有监督议院政府,特立神圣裁判机关的宣告文,词云:

　　呜呼!今日民国,固已至危险存亡之秋,方若婴孩,正当维护哺养,岂容更触外邪?本机关为神圣不可侵犯之监督议院政府之特别法庭,凡不正当之议员政党,必以四万万同胞公意,为求共和幸福,以光明公道之裁判,执行严厉正当之刑法,使我天赋之福权,奠定我庄严之民国。今查有宋教仁莠言乱政,图窃权位,梁启超利禄熏心,罔知廉耻,孙中山纯盗虚声,欺世误国,袁世凯独揽大权,有违约法,黎元洪群小用事,擅作威福,赵秉钧不知政治,罔顾责任,黄克强大言惑世,屡误大局;其余汪荣宝、李烈钧、李介人辈,均为民国神奸巨蠹。内则动摇国本,贻害同胞,外则激起外交,几肇瓜分。若不加惩创,恐祸乱立至,兹特于三月二十日下午十时四十分,将宋教仁一名,按照特别法庭,于三月初九日,第一次公开审判,由陪审员蒋圣渡等九员,一致赞同,请求代理法官叶义衡君判决死刑。先生即时执行,所有罪状,另行宣布,分登各报,以为同一之宋教仁儆,以上开列各人,但各自悛悔,化除私见,共谋国是而裕民生,则法庭必赦其既往,其各猛醒凛遵!切切此谕。

　　这电文传到沪上,杯弓蛇影,愈滋疑义。无非是乱人耳目。既而国民党交通部又接得匿名信件,约有数通,多半措辞荒谬,不值一笑。内有一函略通文墨,节录如下:

　　敬告国民党诸君子!自内阁一翻,尔党形势,亦甚支绌矣。讵图不自销匿,犹生觊觎,教仁樗材,引类招朋,冀张其政党内阁之说,吾甚惑焉。夫吾人所欲甘心于尔党者,承宗(指孙)与道周(指黄)二人。一濂乌足?(指宋。)然非先诛濂,恐无以做余子,爰遣奇士试其锋,设诸子悔祸有心,幡然改计,吾又何求?倘其坚抱政党内阁之旨,谬倡平民政治之说,则炸弹手枪，行将遍及。水陆江海，坑尔多人，人纵不恤其私，犹不思既称巨子，当建伟业，苟留此身，终有树立。管夷吾不羞小节，曷不师之？至侈言议员多出尔党，南方不少民军，试问军警干涉之单朝传，参议员夕皆反舌，汉阳师徒之锋少挫，黄司令已遁春申（此四语全是老袁得意事，已不啻自供招状）。凡此秽迹，独非尔党往日之事乎？总之殷鉴未遥，前车宜鉴，此时苟避匿以让贤，他日或循序而见举。诸子方在青年，顾不必叹河清也。吾人素乐金革，死且不厌，非欲效孔璋之檄，暴人罪状，乃姑说生公之法，冀感顽石。久闻尔党济济，当有达材，试念忠告，匆作金夫！

统观全书，无非是设词吓迫的手段，蛛丝马迹，隐隐可寻，大家揣测起来，已知戕宋一案，与袁政府大有关系。

并由法捕房传出消息，所抄应宅文件，内与洪述祖往来信札，恰是很多。又经程都督邀同应民政长，共至沪上调查，电报局中取应犯送达北京电稿，一一校译，不但与洪述祖通同一气，就是国务总理赵秉钧，也与应时常通信，电文多从密码，且有含糊影响等词。程应两人又会同地方检察厅长陈英，仔细研求，展细寻译，那密码中的语意，已十得七八，乃电致内务部，请将洪述祖拘留，事关嫌疑，须押至备质等语。谁知洪述祖已闻风飏去，部复到沪，又由程督电呈袁总统，请他饬令严拿。袁总统也居然下令，略言："内务部秘书洪述祖，携带女眷一人，乘津浦车至济南，由济南至浦口。此人面有红斑黑须，务饬地方官一体严拿！"其实是一纸空文，徒掩耳目，那阴谋诡计的洪杀坯，早已跑到青岛，托庇德胶州总督宇下，安心享福去了。谁令飏去，隐情可知。

此外有自北京来沪的人物，什么侦探长，什么勤务督察长，统说是考查宋案而来，亦未尝为宋尽力。恐是为应尽力。最注目的，是总统府秘书长梁士诒及工商总长刘揆一，匆匆南下，又匆匆北去。刘与孙黄见了一面，返至天津，称疾辞职。或谓刘已洞悉宋案真相，不愿在恶政府中，再行干事，以此托故求归。彼此聚讼，疑是疑非，且不必说。惟程应孙黄等人，屡与领事团交涉，要求交出凶犯及一切证据。北京的内务部司法部也电饬陈交涉使，嘱："援洋泾浜租界权限章程，凡中国内地发生事件，犯人或逃至租界，捕房应一体协缉，所获人犯，仍由中国官厅理处等情。照此交涉，定可将此案交归华官，依法办理"云云。陈贻范接到此文，自然与英法领事，严重交涉。英法两领事却也无从推诿，只好将全案人犯及证件，移解华官。当由上海检察厅接收，把凶犯严密看管。才过数天，即由看守所长呈报，凶手武士英即吴福铭，竟在押所暴死了。正是：

为恐实供先灭口，

只因贪利便亡身。

欲知武士英身死情形，待至下回分解。

武士英一傀儡耳，应桂馨亦一傀儡也，两傀儡演剧沪滨，而主使者自有人在。武固愚矣，应焉得为智乎？不惟应武皆愚，即如洪述祖赵秉钧辈，亦不得为智者。仁者不枉杀，智者不为人利用而枉杀人。何物枭雄，乃欲掩尽天下耳目，唛嫠噬人耶？应犯所陈神圣裁判机关宣告文，夹入袁黎诸人，显是欺人之计。至若匿名揭帖之发现，借刺宋以诬孙黄，同是一手所出，故为此以使人疑，一经明眼人窥透，盖已洞若观火矣。故本回叙述，虽似五花八门，要无非一傀儡戏而已。傀儡傀儡，吾嫉之，吾且惜之！

第二十二回

案情毕现几达千言
宿将暴亡又弱一个

却说凶手武士英，自从西捕房移交后，未经华官审讯，遽尔身死，这是何故？相传武士英羁押捕房，自服磷寸（即自来火柴头），因致毒发身亡，当由程都督应民政长等，派遣西医，会同检察厅所派西医，共计四人，剖验尸身，确系服毒自尽。看官试想！这武士英是听人主唆，妄想千金，岂肯自己寻死？这服毒的情弊，显系受人欺骗，或遭人胁迫，不得已致死呢。但是他前押捕房，并未身死，一经移交，便遭毒手，可见中国监狱不及西捕房的严密，徒令西人观笑，这正是令人可叹了。

闲文少叙。且说程德全、应德闳等，与检察厅长陈英连日检查应犯文件，除无关宋案外，一律检出，公同盖印，并拍成影片，当下电请政府，拟组织特别法庭，审讯案犯，当经司法部驳还。孙文、黄兴等闻得此信，便请程应两长官，将应犯函件中最关紧要，载入呈文，电陈政府。程应不能推辞，即一一列入，电达中央道：

前农林总长宋教仁被刺身故一案，经上海租界会审公堂，暨法租界会审公堂，分别预审暗杀明确，于本月十六十七两日，先后将凶犯武士英即吴福铭，应桂馨即应夔丞，解交前来，又于十八日由公共租界会审公堂，呈送在应犯家内，由英法总巡等搜获之凶器，五响手枪一枝，内有枪弹两个，外枪弹壳两个，密电本三本，封固函电证据两包，皮箱一个，另由公共租界捕房总巡，当堂移交在应犯家内搜获函电之证据五包，并据上海地方检察厅长陈英，将法捕房在应犯家内搜获之函电证据一大木箱，手皮包一个，送交汇检。

当经分别接收，将凶犯严密看管后，又将前于三月二十九日，在电报沪局查阅洪应两犯最近往来电底，调取校译，连日由德全、德闳，会同地方检察厅长陈英等，在驻沪交涉员署内，执行检查手续。德全、德闳均为地方长官，按照公堂法律，本有执行检查事务之职权，加以三月二十二日，奉大总统令，自应将此案证据逐细检查，以期穷究主名，务得确情，所有关系本案紧要各证据，公同盖印，并拍印照灯，除将一切证据，妥慎保存外，兹特撮要报告。

查应犯往来电报，多用应川两密本。本年一月十四日，赵总理致应犯函："密码送请验收，以后有电，直寄国务院可也"等语。外附密码一本，上注国务院，应密，民国二年一月十四日字样。应犯于一月二十六日，寄赵总理，应密，径电，有"国会盲争，真象已得，洪回面详"等语。二月一日，应犯寄赵总理，应密，东电，有"宪法起草，以文字鼓吹，主张两纲，一除总理外，不投票，一解散国会。此外何海鸣、戴天仇等，已另筹对待"等语。二月二日，应犯寄程济世转赵总理，应密，冬四电，有"孙、黄、黎、宋，运动极烈，民党忽主宋任总理，已由日本购孙黄宋劣史，警厅供钞，宋犯骗案，刑事提票，用照辑印十万册，拟从横滨发行"等语。

又查洪述祖来沪，有张绍曾介绍一函，洪应往来案件甚多，紧要各件撮如下：二月一日，洪述祖致应犯函，有"大题目总以做一篇激烈文章，乃有价值"等语。二月二日，洪致应犯函，有"紧要文章，已略露一句，说必有激烈举动，弟须于题前径密寄老赵，索一数目"等语。二月四日，洪致应犯函，有"冬电到赵处，即交兄手，面呈总统，阅后色颇喜，说弟颇有本事，既有把握，即望进行等语，兄又略提款事，渠说将宋骗案及照出之提票式寄来，以为征信。

弟以后用川密与兄"等语。二月八日，洪致应犯函，有"宋辈有无觅处，中央对此，似颇注意"等语(辈字又似案字)。二十一日，洪致应犯函，有"宋件到手，即来索款"等语。二月二十二日，洪致应犯函，有"来函已面呈总统总理阅过，以后勿通电国务院，因智赵字智庵。已将应密电本交来，恐程君不机密，纯令归兄一手经理。请款务要在物件到后，为数不可过三十万"等语。应犯致洪述祖："川密，蒸电有八厘公债，在上海指定银行，交足六六二折，买三百五十万，请转呈，当日复"等语。三月十三日，应犯致洪函，有"民立报馆名，系国民党所设。记遯初在宁之说词，读之即知其近来之势力及趋向所在矣。事关大计，欲为釜底抽薪法，若不去宋，非特生出无穷是非，恐大局必为扰乱"等语。三月十三日，洪述祖致应犯："川密，蒸电已交财政总长核办，偿止六厘，恐折扣大，通不过，毁宋酬勋位，相度机宜，妥筹办理"等语。三月十四日，应犯致洪述祖："应密，寒电有梁山匪魁，四处扰乱，危险实甚，已发紧急命令设法剿捕之，转呈候示"等语。三月十七日，洪述祖致应犯："应密，铣电有寒电到，债票特别准何日缴现领票，另电润我若干，今日复"等语。三月十八日，又致应犯："川密，寒电应即照办"等语。三月十九日，又致应犯电，有"事速照行"一语。三月二十日，半夜两点钟，即宋前总长被害之日，应犯致洪述祖:川密，号电有二十四分钟所发急令，已到达，请先呈报"等语。三月二十一日，又致洪："川密，个电有号电谅悉，匪魁已灭，我军无一伤亡，堪慰，望转呈"等语。三月二十三日，洪述祖致应犯函，有"号个两电均悉，不再另复，鄙人于四月七号到沪"等语。此函系快信，于应犯被捕后，始由邮局递到。津局曾电沪局退回，当时沪局已将此送交涉员署转送到德全处(各函洪称应为弟，自称兄)。

又查应犯家内证据中，有赵总理致洪述祖数函，当系洪述祖将原函寄交应犯者，内赵总理致洪函，有"应君领纸，不甚接头，仍请一手经理，与总统说定方行"等语。

又查应自造监督议院政府神圣裁判机关简明宣告文，誊写本共四十二通，均候分寄各处报馆，已贴邮票，尚未发表，即国务院宥日据以通电各省之件，其余各件，容另文呈报，前奉电令，穷究主名，必须彻底讯究，以期水落石出，似此案情重大，自应先行撮要，据实电陈。

除武士英一犯，业经在狱身故，由德全等派西医会同检察厅所派西医四人剖验，另行电陈，应桂馨一犯，迳经电请组织特别法庭，一俟奉准，即行开审外，余电闻。

这电去后，袁总统并未复电，连国务总理赵秉钧，也不闻答辩一辞。总统总理俱已高枕卧着，还要答复什么？于是上海审判厅开庭，传讯应犯，应犯仍一味狡赖。是时两造仍请律师，改延华人，原告律师金泯澜到庭要求，必须洪述祖、赵秉钧两人来案对簿，方得水落石出，洞悉确情。乃由检察厅特发传票，令洪、赵两人来沪质审。看官！你想洪述祖已安居青岛，哪肯自来投网？至若堂堂总理赵秉钧，更加不必说了。惟各处追悼宋教仁，如挽词演说等类，多半指斥政府，就是沪上各报纸，也连日讥弹洪赵，并及袁总统。赵秉钧自觉不安，呈请辞职，奉令慰留，宋案遂致悬宕，应犯仍羁狱中，惟所有株连的人物，讯系无辜，酌量取保开释。

国民党中，以老袁祖护洪赵，想从根本上解决，不单就宋案进行，正在大家筹议，忽北京又来一凶讯，前镇军统领加授陆军上将衔林述庆，又暴卒于京都山本医院中。国民党又弱一个。

林述庆表字颂亭，福建人，曾在陆军学堂毕业，清季任南京三十六标第一营管带，有志革命，入为同盟会会员。辛亥夏，调驻镇江，武昌起义，上海光复，他亦率军响应，为上海声援，嗣被举为镇军都督，创立军政府，招集长江清舰队十余艘，助攻江宁，直扑天保城，猛攻七昼夜，身先士卒，亲冒矢石，卒将岩城据住。至江宁城破，又首先入城，各军共服他勇敢，推为南京都督，严饬军纪，不准滋扰。既而总司令徐绍桢入城，即固辞督篆，让位畀徐。自统军出驻临淮关，预备北伐，日夕绸缪。南京临时政府，任他为总制北伐各军。未几南北统一，决意归田，居闽数月，由袁总统策令，授陆军中将，旋加上将衔，召他进京，充总统府高等军事顾问。他已怀着功成身退的念头，复电告辞，嗣复得黎副总统来电，劝他北上，且说："国家多难，蒙事日亟，壮年浩志，幸勿销沈，请再为国立功，俟内外乂安，方可息肩"等语。数语也不啻催命符。这电一来，顿令血战英雄，跃然复起；遂摒挡行李，登程北上。既见袁总统，谈及蒙古问题，决意主战。在老袁的意思，无非是笼络人才，欲使天下英雄，尽入彀中，可以为所欲为，并不是决意征蒙，特地起用，故将委他重权。所以前席陈词，反多逆耳，表面上虽支吾过去，心理上却妒忌起来。他见老袁不甚合意，遂辞出总统府，本思即日南旋，因念外蒙风云，日迫一日，既已跋涉至京，应该做些事业，立些功名，当下奔走都门，号召同志，组织征蒙团及军事研究社，一面再上呈文，自请征蒙，袁总统束诸高阁，并不批答。同志举他为筹边会副会长，他暂住数日，旋即去职，另与王芝祥、孙毓筠等，建设国事维持会，把一种忧国的思想，随时流露，无论诗酒游宴及到会演说，统是慷慨激昂，饶有贾长沙、陈同甫的态度。又蹈宋渔父覆辙。怎奈袁总统是最忌名豪，遇着关心政治、痛论时弊的人物，第一着是设法笼络，第二着是用计歼灭，宋教仁已催归冥箓，还有宋教仁第二，哪里肯听他自由呢？

四月初八日，林允梁士诒邀请，赴将校俱乐部会宴；酒酣耳热，畅谈衷曲，免不得醉后忘情，论及时事。今夕只可谈风月，谁教你论及时事？及至兴尽归来，便觉畏寒，次日加剧，即至山本医院调治，将过一星期，忽满身绽起红泡，泡破即流血不止，四肢都是奇痛，次日病势尤笃，延请中外名医，入院诊视，大都束手无策。勉强捱延了一天，红泡变成紫色，未几又转成黑色，小便溺血，霎时弥留。孙毓筠适在侧探病，林握孙手，太息道："国势危险，一至于此，本想与诸公同心协力，保持国家，怎奈二竖为灾，竟致不起。"言至此，不禁涕泪满颐。孙尚再三劝慰，林又呜咽道："甫逾壮年，即要去世，我不过做了半个人，徒呼负负，君须为我遍告同志，努力支持为要。"孙又问及家事，他竟不能再言，奄然而逝。死后七窍流血，浑身皆黑，仿佛是中毒情形，享年亦只三十二岁。与宋渔父年龄适符，真是无独有偶。当由国事维持会员，替他成殓，讣告全国。其文云：

北京国事维持会本部孙毓筠、王芝祥、杨曾蔚、温寿泉，致黎副总统各都督并各师长旅长，各党本部，国事维持会支部，及孙中山、黄克强两先生各报馆电。本会理事林君述庆，体质坚强，志愿弘毅，比来尽瘁国事，未尝告劳，忽于本月初十日，感患痘症，即入山本医院诊治，病势险恶，药石无灵，竟于十五夜子刻长逝。林君十年前，在江南军界，提倡革命，备历艰险，百折不挠；前年九月，在镇江举义，联合各军，光复金陵，厥功最伟。南北统一后，自请解职，高风亮节，海内同钦。乃天不佑善人，竟罹暴疾，赍志以终。

当此国基未固，人才消乏之秋，逝者如斯，将谁与支撑危局？泰山梁木，同人等悲不自胜，现定于二十六日，在湖厂会馆开追悼大会，特通电告哀。凡我同志，谅无不失声一恸，但林君身后萧条，经毓筠等为之料理成殓，灵柩暂厝城外广慧寺中，如蒙赐赙，请寄东安门外本会本部事务代收，并以奉闻。

林去世后，时人多疑他中毒，特至山本医院访问病状。据医生言："林自十三日入院，十五夜逝世，病名叫做天然痘。"访员又谓："死后惨状，究是何因？"医言："病菌有强弱，林君所染，系最强的病菌，冲裂血管，因致七窍流血，至若遍身皆黑，是染疫致死的常例，不足为奇。"访员又道："照此说来，林君的病症，果非中毒吗？"医生微笑道："林死后，来院访问，不止一人，统疑林是中毒。林症甚凶，种种谣言，原是难免，惟确系痘症，并无他项可疑的事情。即如陆军部方君，乃自美国归来的中医，多人诊断，统无异词，是已无可疑余地了。"小子以为死无对证，究竟中毒与否，也不敢妄断。以不断断之。惟稽勋局长冯自由呈请政府，说他"勋劳卓著，现在京病故，请即照本局规则，优给恤金年金，并请将事迹宣付史馆立传"，总算邀老袁批准照行。小子有诗叹道：

> 赏功罚恶本常经，
> 谁料无辜受暗刑？
> 自古人生谁不死，
> 狂遭毒手目难暝。

宋、林相继逝世，京中正齐集议员，行国会开幕礼，一切详情，容后再表。

据程督应民政长电文，是戕宋一案，实由政府造意，已无疑义。即是以推，是林之暴亡，不为无因。刺死一宋，又毒死一林，亦何其辣手耶？或谓汉高、明太，得国以后，皆屠戮功臣，欲为子孙除害，不得不尔。讵知此系专制时代之君主，容或有是惨剧，业已承认共和，国成民主，正当推诚布公，与天下以更新之机，何苦为此鬼蜮情形，草菅人命乎？否则不愿民主，竟作君主，长枪大戟与反对者相角逐，成即帝王，败为寇贼，亦英雄豪杰之所为。且糜烂一时，治平百载，亿兆人或当忍此剧痛，交换太平。宁必不可，而竟出此下策，以求逞于一朝，卒之亦同归于尽，人谓其智，吾笑其愚！

第二十三回　开国会举行盛典
违约法擅签合同

却说中华民国的国会，自元年冬季，由袁总统颁布正式召集令，至是国会议员，统已选出，会集京都，准于二年四月八日，行国会第一次开会礼。

参议院本有房屋，仍在原所设立，众议院乃是新筑，规模颇觉宽敞，足容千人。因此参议院议员，统至新筑的众议院中，静待开会。当由筹备国会事务局员，先行报告国会成立，参议员报到，共一百七十七人，众议员报到，共五百人，虽尚未达全数，已有大半到场，应如期行开会礼。当下高悬国旗，盛列军乐，自国务总理以下，凡所有国务员，尽行莅会。还有政府特派员，亦来襄礼。各人统至国旗下面，向国徽行三鞠躬礼。当推议员中年齿最长的杨琼，为临时主席，宣读开会词。词云：

维中华民国二年四月八日，为我正式国会第一次开院之辰。参议院众议院各议员，集礼堂，举盛典，谨为词以致其忱曰：视听自天，默定下民，亿兆有与于天下，权舆不自于今人。帝制久敝，拂于民意，付托之重，乃及多士。众好众恶，多士赴之；众志众口，多士表之。张弛敛纵，为天下控；缓急疾徐，为天下枢。兴歙废歙，安歙危歙，祸福是共，功罪之尸，能无惧哉？呜呼！多难兴邦，惕厉蒙嘏，当兹缔造，敢伸吾吁。愿我一国，制其中权，愿我五族，正其党偏。大穰旸雨，农首稷先。士乐其业，贾安其廛，无政不举，无隐不宣。章皇发越，吾言洋洋。遐听远慕，四邻我藏。旧邦新命，悠久无疆。凡百君子，孰敢怠荒？

宣读已竟，应由袁总统宣告颂词，偏这一日，袁总统说有要务，无暇到会，只遣秘书长梁士诒来做代表，赍致颂词。第一届国会开幕，老袁即告回避，其厌弃国会之心，已属了然。梁乃宣读颂词道：

中华民国二年四月八日，我中华民国第一次国会，正式成立，此实四千余年历史上莫大之光荣，四万万人亿万年之幸福。世凯亦国民一分子，当与诸君子同深庆幸，念我共和民国，由于四万万人民之心理所缔造，正式国会，亦本于四万万人民心理所结合。则国家主权，当然归之国民全体。但自民国成立，迄今一年，所谓国民直接委任之机关，事实上尚未完备。今日国会诸议员，系由国民直接选举，即系国民直接委任，从此共和国之实体，借以表现，统治权之运用，亦赖以圆满进行。诸君子皆识时俊杰，必能各抒谠论，为国忠谋，从此中华民国之邦基，益加巩固，五大族人民之幸福，日见增进。同心协力，以造成至强大之民国，使五色国旗，常照耀于神州大陆，是固世凯与诸君子所私心企持者也。谨致颂曰："中华民国万岁！民国国会万岁！"

颂词读毕，大礼告成，国务总理国务员及政府特派员，统行辞去，各议员亦出了会场。依据《临时约法》第二十八条，将前时参议院解散，因即至参议院中，行解散礼。是日美利加州的巴西国，电达国务院，承认中华民国，都下人士，欢欣鼓舞，统说是："民国创造，立法机关，至此成立，巴西承认民国，又适当国会成立的日期，为列强公认的先声，真是内治外交，渐臻完善，我中华民国的声威，将从此照耀神州，应了袁大总统的颂词呢。"人心无不望治，独有三数强有力者，尚在思乱，真是没法。两院议员，兴高采烈，统要选举正副议长，作为全无如议员共分四党,一是国民党,一是共和党,一是民主党,一是统一党,各党员都想争长,哪一党肯落人后?国民党人数最多,几有压倒两院的气势,余三党不肯降服,势必与国民党为仇。民主党为前清时代老人物,如各省谘议局及联合会人员,统共凑集,多是有些闻望,含有民党性质,与政府不相为谋。统一党是最近组织,就是袁政府手下健将,实不啻一政府党。至若共和党缘起,小子已于一三回中表过,他本抱定国权主义,与国民党人向居反对地位。三党宗旨,虽是不同,但仇视国民党的心理,却是一致,因此互相联结,渐渐地合并拢来,加以统一党帮助政府,隐受袁氏密嘱,吸合余党,张大势力,得与国民党相抗,甚至欲推倒国民党。国民党昂然自大,哪知暗地密谋?开会这一日,统一党议员,尚不过二三十人,过了数天,议员陆续到来,补足全额,问将起来,多是统一党人员,几增至一百有余。自是众议院内,三党合并,与国民党声势相等。惟参议院中,还是国民党员占着多数。为了两院议长问题,运动至二十日,选举至两三次,方将议长选出。参议院的议长,是直隶人张继,本属国民党;众议院的议长,是湖北人汤化龙,本属民主党。国民党一胜一败。副议长一席,参议院中选定王正廷,众议院中选定陈国祥,倒也不在话下。

惟两院竞选议长的时候,袁总统趁他无暇,竟做了一种专制的事件,未经交议,骤行签字,于是两院议员,发生异议,议员与政府反对,议员又与议员反对,胶胶扰扰,几闹得一塌糊涂。看官道是何事?原来就是银行团的大借款。自伦敦借款贷入后,六国银行团啧有烦言,以盐课已抵还前清庚子年赔款,不应再抵与伦敦新借款,嗣经外交部答复,略言:"前清所抵赔款的盐税,彼时每年所收,只一千二百万两,现已增至四千七百五十万两,是除一千二百万两外,羡余甚多。前为旧额,今为新增,两无妨碍。"六国银行团乃再拟磋商,袁总统正苦无钱,巴不得借款到来,可济眉急。运动正式总统,原是要紧。因嘱财政总长周学熙申议借款事宜,拟将原议六万万两减作二万万。银行团复要求四事:(一)从前垫款,暨现今大借款,应将中国全国盐务抵押,聘用洋人管理,除还本付利外,倘有余款,仍听中国自由支用。(二)中政府应请借款银团指定洋员,在财政商办处,期限五年,凡关财务岁入等事,须备政府顾问。(三)中政府应自行聘用洋人,与财务商办处代表洋人,于取银票面签字,随时取用借款,并聘用稽核专门洋人若干,稽核借款账目,分别公布中外,又借款兴办实业,应用银团所认为适当专门洋人,监理事业。(四)银行既代中国出售巨款债票,若票卖完,中政府不得另借他款,以致市面牵动。

这四条要请前来,周学熙因他条件过严,特开国务院会议,自拟借款大纲五条,提交参议院议决。大纲五条列下:

第一条 中国自行整顿盐务,惟制造盐厂及经收盐税之处,中国可酌量自聘洋人,帮同华人办理。所收盐税,可交存于最妥实之银行,以备抵还借款之本息。

第二条 借款用途,以经参议院议决之款目为准则,其表面之签字,应由财政总长自委一中国人,与六国团代表一人,会同签字。

第三条 稽核账目之事,归入中国审计院办理。中国对于借款一部分之用帐,可兼备华洋文册据,华洋员同押。

第四条 中国以后兴办实业,如需借款,只可商聘洋技师,按照普通合同办理。

第五条 此项借款债票,未售完之前,倘中国续借款项,如六国团条款与别家相同,可先尽六国团承办。但在本合同以前所订之借款合同条件,仍得继续进行,不受本条件拘束。

参议院议员看到这种条件，共说此是政府报告文，并非特别提案，有什么紧要，定需会议？嗣因周总长一再催迫，乃将五条大纲逐一研究。尚可照此进行，无大损害，遂一律认可了事。谁知已堕入计中。周学熙复与银行团会议数次，始终无效。幸伦敦借款，逐月得数十万镑，还可勉强支持，所以挨延过去。哪知英使竟来一照会，声言如民国元年终日，中国不将从前赔款借款，一概解清，决将作抵的厘税厘金等，实行收没。好借人债者其听之！俄使亦主张同意，幸法使康悌及日本银行代表小田切转圜，与中政府重开谈判。当由英使代表银行团，向赵总理周总长提出数条：(一)要委定办理借款的专员；(二)要取消伦敦新借款的优先权。新借款条约中，载有中政府如需借款，本银行团与别团所开之条件相同，应得有优先权。赵周两人转报老袁，袁总统即委周为办理借款专员，一面与伦敦新银行团，取消优先权成约。伦敦新银行团，怎肯应允，周却想出妙法，要求伦敦新银行团于元年期内，再借一千万镑，还要将明年应付的七百万镑并在年内拨付，才好偿还一切欠款，毋庸与六国商借。且债票宜速即销完，免与他团借债有碍，否则请将明年二月应付的二百万镑，尽年内付讫，其余五百万作罢，打消前约，并取消优先权，由中国予以赔偿。

看官！你想这种论调，明明是强人所难，伦敦新银行团一时交不出这么巨款，又经英政府与他反对，处处掣肘，只得承认后一层办法。周总长乃与他磋商赔款的数目，无非畀他续给二百万镑中，多了一个折扣。*总是中国吃亏。*一面与六国银行团正式开议，自元年十一月二十七日起，至十二月下旬，大致就绪，借额本定二千万镑，因伦敦新借款中，减去五百万镑，须转向六国银行团添借，乃拟定为二千五百万镑，共计二十一款。最紧要的，是第二款、第五款、第六款、第十四款、第十七款五条。第二款是指定用途；第五款是声明盐务稽核处办法；第六款是盐款未足以前，应加入他项，为暂时抵押品；第十四款是支款时，应照新定审计处规则办理；第十七款是续借或另借的限制。此外都是普通条件，大约是利息折扣等类。当由国务总理赵秉钧运动参议院议员，商定秘密会议，借人款项，何须秘密。再令财政总长周学熙到院报告，但将紧要条件交议，余只以普通二字含混过去，并无原文。议员已心心相印，还有什么反对。惟第五款须用华洋稽核员，汪议员荣宝提议，谓："本款可无删改，最为上策，否则作为附件；万一银行团不肯照允，亦只可随便将就罢了。至如普通条件，亦未尝详诘全文，但把毋庸表决四字，作为全院通过的议案。"*无论要件与非要件，总教随便通过，民国何必需此参议员。*

周总长即报告袁总统，老袁自然惬望，将要与银行团订约签字。忽银行团以欧洲金融偶遭紧急，须要加添利息，原议五厘，现要再加半厘。袁总统以吃亏太甚，又暂从迁延；另咨各国公使，要求赔款欠款等，一概展期，约有三种办法，或展期一年，或将积欠数目，作为短期公债，分五年清还，或俟大借款成立后，才行清偿。照会交去，俄公使首先拒绝，简直是无一承认。法使与俄使本是一鼻孔出气，当然不从。独英使朱尔典氏赞成末项，愿归入大借款下划付，各公使俱挟私见，并非英使爱我，不然，何以前日要悉数归还耶？并代为疏通俄法二使，决从此议。俄法二使已无违言，英使又函致中政府，先须聘定洋员，充任稽核，由六国公使通告六国团，然后借款合同，方可签押。于是由周总长出面，聘定洋员三名，一系意人，一系德人，一系丹麦人。法使又出来作梗，谓："意大利丹麦两国，并未列入银行团，在银行团中洋员，只一德人，既已拟聘非银行团的洋员，何为延及德人？若延及德人，何以不聘我法人？且未聘及英俄美日人？"中政府又是一个漏洞，多被法使指摘。这数语照会政府，政府又撞了一鼻子灰，只好另提出再借问题，申告银行团。嗣美公使复出来调停，谓："中国只聘一人为会办，由银行团推举，另用各国洋员为顾问，毋庸列入合同。既免纷竞，又易办到。"周总长很表赞成，奈五国公使不肯允诺，须各国各用一人，美使调停无效，竟电达本国，欲退出银行团，美总统威尔逊氏竟如美使意见，宣布远近。略云：

美国资本团，曾应政府之请，加入中国借款，今复询问本政府，如仍愿该团加入，须明白申请，始允遵行。本政府以该借款条件，近于干涉中国行政之独立，且其中之抵押品及办法，陈废苛重，若本政府从而怂恿，则负责无有已时，实有背吾美立国主义。本政府不愿负此责任，决议不再提出申请，惟愿以合于中国自由进化，不背吾美素行主义之方法，扶助中华民国，凡可以裨益寓华美民之法制，本政府当竭力赞助也。特此宣言！

自此书宣布后，五国银行团经一极大的打击，共疑美国脱离团体，必为单独行动起见，将来中国利益恐被美国占尽，不由得惊上加惊，忧上加忧，甚至自相疑忌，竟欲解散。各公使顾全利益，亟命银行团自相联合，将承借股份，重行支配，且把要求条件，稍示让步。袁政府款待甚殷，也顾不得什么主权，除聘定德人为国债局员外，改聘英人为盐务稽核员；并用法人俄人为审计顾问官。双方会议，渐得允洽，利息仍照前五厘，债票价格，拟定百分之九十，由银行团扣去六成，付与中国净额，实得百分之八十四。利息在二分以上，较诸民间进出，还要加倍。期限定四十七年，还本由第十一年起，每年递还总额，至第四十七年偿清，合同上仍二十一款。条文琐碎，不及细载。

袁总统不再交议院议决，即令国务总理赵秉钧、外交总长陆征祥、财政总长周学熙，于四月二十四日，在草合同上签字。越二日，在正合同上签字，又因急急需用，不及待各国发售债票，先向银行团商明，垫款二百万镑，另订垫款合同，利息七厘，即在大借款项下，尽先拨还。千波万折的大借款，至此成立，共计二千五百万镑，约合华币二万五千万元。小子有诗叹道：

不为埃及即波斯，
监督重重后悔迟。
何故枭雄专借债？
甘将国柄付人持。

借款已定，两议院俱未接洽，忽由袁总统发一咨文，传达议院，各议员共同瞧着，免不得惊诧起来。究竟咨文如何说法，且待下回表明。

国会初次成立，各议员即互生党见，至如举一议长，且需二三十日，倘政府中有重大议案，试问将议至何日，方可表决乎？议员如此倾轧，实为老袁所窃笑，而大借款即自此进行，未经议院表决，骤行签字，袁已目无国会矣。然袁之玩弄议员，固不啻掌中小儿，而对诸外人，则亦未免为所玩弄。且以此款巨息重之款项，经千波万折而成，乃由彼任意挥霍，毫不顾惜，一人之耗用无穷，四万万人之负担亦无穷，言念及此，窃不禁痛恨交并矣。

第二十四回　争借款挑是翻非　请改制弄巧成拙

却说袁总统既得大借款，所有订约签字诸手续，已经告竣，乃咨参众两议院，请他备案，国会是议案处，如何变作备案处。其文云：

临时大总统咨：本年四月二十六日，据国务总理赵秉钧、外交总长陆征祥、财政总长周学熙呈称：窃维六国银行团借款，先后磋商，已逾一年，上年九月间，曾经国务会议，拟定借款大纲，于十六十七两日，赴参议院研究同意，以为进行标准，唇焦舌敝，往复磋磨。直至岁杪，合同条议，大致就绪，当于十二月二十七日，出席参议院，先将特别条件，逐条表决，复将普通条件，全体表决，经均通过，正拟定期签字，该团忽以原议五厘利息，借口巴尔干战事，欧洲市场银根奇紧，要求增加半厘，只得暂行停议。惟是赔洋各款，积欠累累，一再愆期，层次商展，追呼之迫，等于燃眉，百计筹维，无可应付。数月来他项借款，悉成画饼，美国既已出团，而其余五国，仍未变易方针，大局岌岌，朝不保夕，既无束手待毙之理，复鲜移缓就急之方。近接各省都督来电相迫，如江苏程都督电，毋局于一时之毁誉，转为万世之罪人，安徽柏都督电，借款监督，欠款亦监督，毋宁忍痛须臾，尚可死中求活等语，尤为痛切。迫不得已，而赓续磋商，尚幸稍有进步，利息一节，该银行团允仍照改为五厘，其他案件，亦悉如十二月二十七日通过参议院之原议。事机万变，稍纵即逝，四月二十二日，奉大总统命令，五国银行团借款合同，任命赵秉钧、陆征祥、周学熙，全权会同签字，此令。等因，遵于二十四日，与该银行团双方签订草合同，复于二十六日，签订正合同，彼此分执存照，以免复生枝节。理合将华洋文合同各照备二份，并附用途单二份，呈请大总统鉴核，俯赐咨交议院查照备案，以昭信守等情。查此项借款条件，业于上年十二月二十七日，由国务总理暨财政总长，赴前参议院出席报告，均经表决通过，并载明参议院议事录内，自系当然有效，相应咨明贵院查明备案可也。此咨。

两院议员看到这项咨文，都生惊异。参议院中是国民党声势最盛，专防袁政府违法擅行，此次遇着此案，不待再议，即复咨政府，谓："大借款合同，未经临时参议院议决，违法签字，当然无效。"众议院于五月五日开会，质问政府，请他解释理由。是时国务总理赵秉钧，以宋案既犯嫌疑，大借款又同签字，万不能免国会的攻击，即于五月一日，决然辞职，径赴天津。袁总统也知他微意，给他假期，暂令段祺瑞代理。

段任陆军总长，本与外交财政不相干涉，至如签字命令，更觉是没有关系，不过已代任国务总理，无从趋避，只好出席答复。众议员当面责问，段言："财政奇绌，无法可施，不得已变通办理，还请诸君原谅！"各议员哗然道："我等并非反对借款，实反对政府违法签约，政府果可擅行，何需议院！何需我等！"原是无须你等。段亦不便强辩，只淡淡地答道："论起交议的手续，原是未完，论起财政的情形，实是困极，鄙人于借款问题，前不与闻，诸君不要怪我；如可通融办理，也是诸君的美意，余无他说了。"还是忠厚人口吻。言毕自去。

众议员聚议纷纭，或说应退还咨文，或说应弹劾政府，有一小半是拥护政府，不发一言，当由议长汤化龙提出承认不承认两条，付各议员投票表决，结果是不承认票，有二百十九张，承认票只五十三张。想总是统一党人所投。因即决议，不承认这大借款，拟将咨文退还。惟统一党系政府私人，暗替政府设法，与共和党民主党密商数次，劝他承认。两党尚觉为难，袁总统默揣人情，多半拜金主义，遂阴嘱统一党员，用了阿堵物，买通两党。果然钱可通灵，两党得了若干好处，遂箝住口舌，不生异议，且与统一党合并为一，统名进步党。想是富贵的进步，不是政治的进步。只国民党议员，始终不受笼络，再三争执。进步党由他喧哗，索性游行都市，流连花酒，把国事撇诸脑后。得了贿赂，乐得使用。

国会中出席人数，屡不过半，只好关门回寓，好几日停辍议事。国民党忍无可忍，乃通电各省都督民政长，请他主持公论，勿承认政府借款。进步党也电致各省，说是："政府借款，万不得已，议院中反抗政府，不过一部分私见，未足生效。"就是财政总长周学熙，又电告全国，声明大借款理由，略言："政府借款，实履行前参议院议决的案件，未尝违背约法。"于是循环相攻，争论不已。各省都督民政长，有袒护政府的，有诋斥政府的，惟浙江都督朱瑞，有一通电，颇中情理。小子浙人，尚记在脑中，请录与看官一阅。电词云：

窃维共和国家，主权在民，国会受人民之委托，为人民之代表，畀以立法之权，使其监督政府。其责至重，其位弥尊。吾国肇建以后，几历艰难，始克睹正式国会之成立，国内人民，罔不喁望。盖以议院为一国大政所自出，凡政府之措施，必依院议为证据，两院幸已告成，则凡关于国家存亡荣悴诸大问题，皆可由院一一解决，以副吾民之意。

自开会以来，所议者为借款一事，轩然大波，迄今未已。夫借用外债，关系国家之财政，国民之负担，其为重要，何俟申论？国会诸君，注意于兹，卓识可佩。惟是国基未固，时艰日亟，借款以外之重要事项，尚不一而足，有等于此者，且有远甚于此者，例如选举总统、制定宪法诸事，皆急待讨论，未可搁延，今以借款一案，争论不休，致使尺寸之时光，骎骎坐逝，揆诸时势，似有未宜。且借款一事，据院内宣言，并不反对，所研究者惟在此次政府之签约，是否适法。夫欲知政府之签约，是否适法，但须详查前参议院之议事录，并证诸前参议院当事之议员，自可立为解决，无待烦言。此数语亦袒护政府。乃各持所见，异说蜂起，甲派以之为违法，乙派则以之为适法，迷离惝恍，闻者惊疑。且丙党议员通电，谓："政府违法签约，已经多数表决，勿予承认"，而丁党议员来电，则谓："不承认政府签约之议，并未经多数通过，不能生效。"于是此方朝飞一电，谓彼党故事推翻，而彼方复夕出一文，谓此党横加诬罪。一室自起干戈，同舍俨同敌国，非仅骇域中之观听，亦虑贻非笑于外人。以国会居民具尔瞻神圣庄严之地，而言词之杂出如此，其何以慰人民属望之殷耶？

尤有不能已于言者，院内之事件，须于院内解决之，不特法理之当然，亦为各国之通例。若夫院内之事，而求解决于院外，瑞诚不敏，未之前闻。应该驳斥。今两院议员诸君，以借款一事，纷纷电告各省都督民政长，意将诉诸公论，待决国人，在诸君各有苦衷，当为举世所谅，第各都督民政长，或总师干，或司民政，与国会权责各殊，不容干越，虽敬爱议院诸君，而欲稍稍助力，法律具在，其道无由。窃以院内各党，对于国家大事，允宜力持大体，取协商之主义，若惟绝对立于相反地位，则不能解决之事件，将继此而日出不穷。

今日之事，特其嚆矢耳。夫院内之问题，而院内不能解决之，虽微两院诸君之诉告，窃虑将有院外之势力，起而解决之者。以院内之事，而以院外势力解决之，法宪荡然，国何以淑？循是以往，则国内之事，行见为国外势力所主宰矣。诚然，诚然。神州倘遂沦胥，政党于何托足？皮之不存，毛将安附？以我两院诸君之英贤明达，爱国如身，讵忍出此乎？

窃愿两院诸君，念人民付托之殷挚，民国缔造之艰难，国会地位之尊崇，讨论大事，悉以爱国为前提,手段力取平和,出言务求慎重,各捐客气,开布公心。庶几国本不摇,国命有托,内无阋墙之举,外免豆剖之忧,则我全国父老子弟,拜赐无既矣。瑞身膺疆寄,职有专司,对于国会事件,本应自安缄默,第既辱两院诸君雅意相告,瑞赋性戆直,情切危亡,用敢以国民资格,谨附友朋忠告之谊,略贡愚者一得之言。修辞不周,尚希亮察!

这道通电,虽是骑墙派的论调,但议案是立法根本,本与行政官无涉,如何要都督民政长出去抗议,这正是多此一举呢。各都督中,惟江西都督李烈钧、安徽都督柏文蔚、广东都督胡汉民,索隶国民党籍,闻政府违法借款,极力指斥。国民党议员,仗着三督声威,纷争益盛,不但驳政府违法,并摘列合同内容严酷的条件,谓为亡国厉阶,决不承认。无如政府既联络进步党,与国民党抗衡,众议院连日闭会,反致另外议案,层叠稽压。各省拥护政府的都督,又电告议院,斥他负职,国民党自觉乏味,乃与进步党协商,但教政府交议,表面上不侵害国会职权,实际上亦未始不可委曲求全,否则全院议员,俱蒙耻辱等语。进步党员独谓借款签字,已成事实,即使交议,亦是万难变更,不如姑予承认,另行弹劾政府,方为正当,国民党也无可奈何,只好模棱过去,承认了案。惟参议院强硬到底,终不肯承认借款,袁政府竟不去睬他,一味地独行独断,随时取到借款,即随时支付出去,乐得眼前受用,不管日后为难。

当时有一个湖北商民,名叫裴平治,他于宋案及大借款期内,默窥袁总统行为,无非是帝王思想,若乘此拍马吹牛,去上一道劝进表,得蒙老袁青眼,便是个定策功臣,从此做官,从此发财,管教一生吃着不尽。见地甚高,可惜还早一些。计划已定,只苦自己未曾通文,所有呈文上的说法,如何下笔,想了一会,竟一语也写不出,猛然想到有个知己朋友,是个冬烘先生,平日谈论起来,尝说要真命天子出现,方可太平,他既怀抱这种经济,定能做这种绝好文字,当下就去拜访,果然一说就成。那冬烘先生,颇知通变达权,却把"皇帝"两字,不肯直说,只把暂改帝国立宪,缓图共和政体两语,装在呈文上面,以下便说总统尊严,不若君主,长官命令,等于弁髦,本图共和幸福,反不如亡国奴隶,曷若酌量改制等语。却是一个老作手。最后署名,除裴平治外,又捏造几个假名假姓,随列后面。这便叫作民意。

裴得了呈文,忙跑至邮政局中,费了双挂号的信资,寄达北京。自此日夕探望,眼巴巴地盼着好音,就是夜间做梦,俨然接到总统府征车,来请他作顾问员。一日早晨,尚在半榻间沉沉睡着,忽有一人叫着道:"裴君!裴先生!不好了,袁总统要来拿你了。"裴平治被他唤醒,才答道:"袁总统来请我吗?"还是未醒。那人道:"放屁!是要拿你,哪个来请你?"裴平治道:"我不犯什么罪,如何要来拿我?敢是你听错不成?"那人道:"你有无呈文到京?"裴平治道:"有的。"那人便从袋中取出新闻纸,掷向床上道:"你瞧!"裴乃披衣起床,擦着两眼,看那新闻纸,颠倒翻阅,一时尚寻不着,经来人检出指示,乃随瞧随读道:

共和为最良之政体,治平之极轨,中国共和学说,酝酿于数千年前,只以压伏于专制之威,未能显著。近数十年来,志士奔呼,灌输全国,故义师一举,遂收响应之功,洵为历史上之光荣,环球所敬叹。本大总统受国民付托之重,就职宣誓。深愿竭其能力,发扬共和之精神,涤荡专制之瑕秽,永不使帝制再见于中国,皇天后土,实闻此言。仿佛是猪八戒罚咒。乃竟有湖北商民裴平治等,呈称:"总统尊严,不若君主,长官命令,等于弁髦,国会成立在即,正式选举,关系匪轻,万一不慎,全国糜烂,共和幸福,不如亡国奴隶,曷若暂改帝国立宪,缓图共和"等语。谬妄至此,阅之骇然。本大总统受任以来,自维德薄能鲜,夙夜兢兢,所以为国民策治安求幸福者,心余力绌,深为愧疚。而凡所设施,要以国家为前提,合共和之原则,当为全国人民所共信。不意光天化日之下,竟有此等鬼蜮行为,若非丧心病狂,意存尝试,即是受人指令,志在煽惑。如务为宽大,置不深究,恐邪说流传,混淆观听,极其流毒,足以破坏共和,谋叛民国,何以对起义之诸人,死事之先烈?何以告退位之清室,赞成之友邦?兴言及此,义愤填膺,所有裘呈内列名之裘平治等,著湖北民政长严行查拿,按律惩治,以为猖狂恣肆,干冒不韪者戒。此令!

裘平治一气读下,多半是解非解,至读到严行查拿一语,不由得心惊胆战,连身子都战栗起来,便道:"这……怎么好?怎么好?"末数语也未及看完,便把新闻纸掷下,复卧倒床上,杀鸡似的乱抖。谁叫你想做官发财?还是来人从旁劝道:"三十六计,走为上计,袁总统既要拿你,你不如急行走避,或到亲友家躲匿数天,看本省民政长曾否严拿,再作计较。"裘平治闻言,才把来人仔细一望,乃是一个经商老友,才嘘了一口气道:"承兄指教,感念不浅,但外面的风声,全仗你留意密报,我的家事,亦望老友照顾,后有出头日子,当重重拜谢呢。"那人满口应允,裘平治忙略略收拾,一溜烟地逃去了。后来湖北省中,饬县查拿,亦无非虚循故事,到了裘家数次,觅不着裘平治;但费了几回酒饭费,却也罢了。这是善体上意。小子有诗叹道:

> 一介商民敢上呈,
> 妄图富贵反遭惊。
> 从知祸福由人召,
> 何苦营营逐利名。

裘平治终未缉获,袁总统亦无后命,那参议院中,又提出一种弹劾案来。毕竟弹劾何人,容至下回分解。

违法签约,司马昭之心,路人皆知。为国会议员计,力争无效,不如归休,微特进步党趋炎附势,为识者所不齿,即如国民党员,叫嚣会场,无人理睬,天下事可想而知,尚何必涸迹都门,甘作厌物耶?朱督一电,未必无私,而指摘议员,实有独到处,特录之以示后世,著书人之寓意深矣。裘平治请改政体,实存一希倖之心而来,经作者描摹尽致,几将肺肝揭出,袁总统通令严拿,原不过欺人耳目,然裘商已几被吓死矣。是可为热衷者戒!

第二十五回　烟沉黑幕空具弹章　变起白狼构成巨祸

却说河南地方,是袁总统的珂里,袁为项城县人氏,项城县隶河南省,从前鄂军起义,各省响应,独河南巡抚宝棻,是个满洲人,始终效顺清廷,不肯独立,学界中有几个志士,如张钟瑞、王天杰、张照发、刘凤楼、周维屏、张得成、冯广才、徐洪禄、王盘铭等,极思运动军警,光复中州。嗣被宝棻侦悉,密遣防营统领柴得贵,带着营兵,把所有志士,一律拘获,陆续枪毙。外县虽几次发难,亦遭失败。惟嵩县人王天纵,素性不羁,喜习拳棒,尝游日本横滨,遇一女学生毛奎英,为湖南世家子,一见倾心,愿附姻好,结婚后,携归砀山,共图革命。叙及王天纵,不没毛奎英,是寓男女平权之意。乃招集徒党,日加训练,每遇贪官污吏,常乘他不备,斫去几个好头颅,里人称为侠士,清廷目为盗魁。

宣统三年七月,曾有南北镇会剿的命令,统领谢宝胜,亲率大兵,与王天纵鏖战数次,终不能越砀山一步。既而武昌事起,黎都督派人至砀山,约为声援。豫省诸志士又奔走号呼,举他为大将军,他即整旅出山,往洛阳进发。沿途招降兵士数千人,声势大振。

嗣接陕西都督急电,以潼关失守,邀他往援,他又转辖西上,夺还潼关,再回军进河南界,拔阌乡,下灵宝、陕州,直达渑池,适清军云集,众寡悬殊,两下里血战六昼夜,不分胜负。忽得南北议和消息,有志士刘粹轩、姬宗羲、刘建中及护兵徐兴汉等,愿冒险赴敌,劝导清军反正,谁知一去不还,徒成碧血。清军复巧施诡计,竟臂缠白布,手执白旗,托词投诚,驰入王军营内,捣乱起来。王猝不及防,慌忙退兵,已被杀死二千多人,几至一蹶不振。幸退屯龙驹寨,重行招募,再图规复,方誓众东下,逾内乡、镇平各县,得抵南阳,闻清帝退位确信,乃按兵不动。寻因宛城一带,兵匪麕集,随处劫掠,复出为荡平,暂驻宛城。未几,袁总统已就职北京,饬各省裁汰军队,就是王天纵一军,亦只准编巡防两营,余均遣散。王乃酌量裁遣,退宛驻浙。插此一段,实为王天纵着笔。

惟河南巡抚宝棻不安于位,当然卸职归田,继任的便是都督张镇芳。镇芳是老袁中表亲,向属兄弟称呼,袁既做了大总统,应该将河南都督一缺,留赠表弟兄,也是他不忘亲旧的好意。语中有刺。怎奈张镇芳倚势作威,专务脧削,不恤民生,渐致盗贼蜂起,白日行劫,所有掳掠奸淫等情事,每月间不下数十起,报达省中。那老张全不过问,但在卧榻里面,吞云吐雾,按日里与妻妾们练习那小洋枪、水洋炮的手段。也算是留心军政。全省人民,怨声载道,无从呼吁。长江水上警察第一厅厅长彭超衡,目睹时艰,心怀不忍,乃邀集军警学各界,列名请愿,胪陈张镇芳六大罪案,请参议员提前弹劾。请愿书云:

为请愿事:河南都督张镇芳到任经年,凡百废弛,其种种劣迹,不胜枚举,特揭其最确凿者六大罪状,为贵院缕陈之:

(一)摧残舆论。河南处华夏之中心点,腹地深居,省称光大,正赖舆论提倡,增进人民知识,而张镇芳妄调军队,逮捕自由报主笔贾英夫,出版自由,言论自由,皆约法所保障,该督竟敢破坏约法,其罪一。

(二)甘犯烟禁。洋烟流毒,同胞沉沦,民国成立,首悬厉禁,皖之焚土,湘之枪毙,鄂之游街，普通人民，均受制裁，而镇芳横陈一榻，吞吐自如，不念英人要挟，交涉棘手，倚仗威势，醉傲烟霞，其罪二。

（三）纵军养匪。河南土匪蜂起，民不堪命，镇芳手握重兵，不能克期肃清，亦属养匪殃民，况复纵抚标亲军在许、襄骚扰，巡防第一第八两营，在汝、川、襄、叶等处，私卖军火，与匪通气，兵耶匪耶，同一病民，其罪三。

（四）任用私人。李时灿侵蚀学款，反对共和，人咸目为大怪物，迭经各界攻击，而镇芳初任之为秘书，继荐之长教育，恐学界有限脂膏，难填无穷欲壑；且反对共和之贼，厕身教育，不过教人为奴隶，为牛马，仕林前途，无一线光明，其罪四。

（五）蔑视法权。镇芳有保护私宅卫队百名，系伊甥带领，倚乃舅威势，因向项城县知事关说私情，未准其请，胆敢带领卫队，捣毁官署，殴辱知事。夫知事一县之如官，行政之代表，伊甥竟以野蛮对待，而镇芳纵容不究，弁髦法令，其罪五。

（六）草菅人命。袁寨炮队曾拿获形迹可疑之人七名，送项城县讯问，供系谢保胜溃军，并无他供。迨后病毙一名，逃脱二名。所有樊学才四名，仍然在押。朱春芳硬指为伊子朱树藩枪毙案中要犯，串通议员夏五云，贿赂张镇芳，竟下训令，饬项城知事，不问口供，枪毙樊学才四名，军民冤之。夫专制时代无确实口供，尚不轻斩决，而镇芳唯利是图，竟以三字冤狱，枉毙人命，其罪六。

综以上六罪，皆代表等或出之目睹，或调查有据者也。素仰贵院代表全国，力主公论，不侵强权，是以代表羁住他乡，不忍乡里长此蹂躏，为三千万人民呼吁请命，伏祈贵院提前弹劾，张贼早去一日，则人民早出水火一日，不胜迫切待命之至。须至请愿者。

参议员览到此书，未免动了公愤，河南议员孙钟等，遂提出查办案，当由大众通过，寻查得六大罪案，凿凿有据，乃实行弹劾，咨交政府依罪处罚。看官！你想张都督是总统表亲，无论如何弹劾，也未能动他分毫；又兼袁总统是痛恨议员，随你如何说法，只有"置不答复"四字，作为一定的秘诀。张镇芳安然如故，河南的土匪，却是日甚一日，愈加横行。鲁山、宝丰、郏县间，统是盗贼巢穴，最著名的头目，叫作秦椒红、宋老年、张继贤、杜其宾及张三红、李鸿宾等，统是杀人不眨眼的魔王。就中有个白狼，也与各党勾连，横行中州。

闻说白狼系宝丰县人，本名阆斋，曾在吴禄贞部下做过军官。吴被刺死，心中很是不平，即日返里，号召党羽，拟揭竿独立。会因南北统一，所谋未遂，乃想学王天纵的行为，劫富济贫，自张一帜。无如党羽中良莠不齐，能有几个天良未昧，就绿林行径中，做点善事；况是啸聚成群，既没有什么法律，又没有什么阶级，不过形式上面，推白为魁，就使他存心公道，也未能一一羁勒，令就约束，所以东抄西掠，南蹿北突，免不得相聚为非，成了一种流寇性质。可见大盗本心，并非欲蹂躏乡间，其所由终受恶名者，实亦为党羽所误耳。于是白阆斋的威名，渐渐减色，大众目为巨匪，号他白狼。大约说他与豺狼相似，不分善恶，任情乱噬罢了。

白狼有个好友，叫作季雨霖，曾为湖北第八师师长，前曾佐黎都督革命，得了功绩，加授陆军中将，赏给勋三位。民国二年三月初旬，湖北军界中，倡立改进团名目，分设机关，私举文武各官，遍送传单证据，希图起事，推翻政府，嗣由侦探查悉，报知黎都督，由黎派队严拿，先后破获机关数处，拘住乱党多名，当下审讯起来，据供是由季雨霖主谋。黎即饬令拘季，哪知季已闻风远飏，急切无从缉获，由黎电请袁总统，将季先行褫职，并夺去勋位，随时侦缉，归案讯办。袁总统自然照准，季雨霖便作为逃犯了。当时改进团中，尚有熊炳坤、曾尚武、刘耀青、黄裔、吕丹书、许镜明、黄俊等，皆在逃未获，余外一班无名小卒，统自鄂入汴，投入白狼麾下。

白狼党羽愈多，气焰越盛，所有秦椒红、宋老年、李鸿宾等人，均与他往来通好，联络一气。会闻舞阳王店地方，货物山积，财产丰饶，遂会集各部，统同进发。镇勇只有百余名，寡不敌众，顿时溃散。各部匪遂大肆焚掠，全镇为墟，复乘夜入象河关，进掠春水镇。镇中有一个大富户姓王名沧海，积赀百余万，性极悭吝，平居于公益事，不肯割舍分文，但高筑大厦，厚葺墙垣，自以为坚固无比，可无他虑。这叫作守财奴。贫民恨王刺骨，呼他为王不仁，秦宋诸盗，冲入镇中，镇民四散奔匿，各盗也不遑四掠，竟向王不仁家围住。王宅阖门固守，却也有些能耐，一时攻不进去。秦椒红想了一策，暗向墙外埋好火药，用线燃着，片刻间天崩地塌，瓦石纷飞，王氏家人，多被轰毙。群盗遂攻入内室，任情掳掠，猛见室中有闺女五人，缩做一团，杀鸡似的乱抖。秦椒红、李鸿宾等哪里肯放，亲自过去，将五女拉扯出来，仔细端详，个个是弱不胜娇，柔若无骨，不禁大声笑道：“我们正少个压寨夫人，这五女姿色可人，正是天生佳偶呢。”语未毕，但听后面有人叫道：“动不得！动不得！”秦李二人急忙回顾，来者非谁，就是绿林好友白狼。秦椒红便问道：“为什么动不得？”白狼道：“他家虽是不良，闺女有何大罪？楚楚弱质，怎忍淫污，不如另行处置吧。”强盗尚发善心。李鸿宾道：“白大哥太迂腐了。我等若见财不取，见色不纳，何必做此买卖？既已做了此事，还要顾忌什么？”说至此，便抢了一个最绝色的佳人，搂抱而去，这女子乃是沧海侄女，叫作九姑娘。秦椒红也拣选一女，拖了就走，宋老年随后趋至，大声道：“留一个与我吧。”全是盗贼思想。白狼道：“你又来了，我辈初次起事，全靠着纪律精严，方可与官军对垒，若见了妇女，便一味淫掠，我为头目的，先自淫乱，哪里能约束徒党呢？”又易一说，想是因前说无效之故，但语皆近理，确不愧为盗魁。宋老年道：“据你说来，要我舍掉这美人儿吗？”白狼道：“我入室后，寻不着这王不仁，想是漏脱了去，我想将这数女掳去为质，要他出金取赎，我得了赎金，或移购兵械，或输作军饷，岂不是有一桩大出息？将来击退官军，得一根据，要掳几个美人儿，作为姬媵，也很容易呢。”无非掳人勒赎，较诸秦李二盗，相去亦属无几。宋老年徐徐点首道：“这也是一种妙策，我便听你处置，将来得了赎金，须要均分呢。”白狼道：“这个自然，何待嘱咐。”说毕，便令党羽将三女牵出，自己押在后面，不准党羽调戏，宋老年也随了出来。那时秦李两部，早已抢了个饱，出镇去了。

白狼偕宋老年，遂向独树镇进攻。途次适与秦李二盗相遇，乃复会合拢来，分占独树北面的小顶山及小关口，谋攻独树镇。时南阳镇守使马继增，闻王店春水镇，相继被掠，急忙率队往援，已是不及，复拟进蹑群盗，适接第六师师长李纯军报，调赴信阳，乃将镇守使印信交与营务处田作霖，令他护理，自赴信阳去讫。田闻独树有警，星夜往援，分攻小顶山小关口，一阵猛击，杀得群盗七零八落。白狼、李鸿宾先遁，宋老年随奔，秦椒红祖背跳骂，猛来了一粒弹子，不偏不倚，正中头部，自知支持不住，急令部匪挟着王氏女，滚山北走。官军奋勇力追，毙匪甚众。秦椒红虽得幸免，怎奈身已受伤，不堪再出，便改服农装，潜返本籍养病。不意被乡人所见，密报防营，当由防兵拿住送县，立处死刑。难为了王氏女。独白狼匿入母猪峡，与李鸿宾招集散匪，再图出掠，且挈着王氏三女，勒赎巨金。王氏父女情深，既知消息，不得已出金取赎。悖入悖出，已见天道好还，且尚有一女一侄女，陷入盗中，不仁之报，何其酷耶？白狼既得厚资，复出峡东窜，击破第三营营长苏得胜，径趋铜山沟。

团长张敬尧，奉李纯命，往截白狼，不意为白狼所乘，打了一个大败仗，失去野炮二尊，快枪百余枝,饷银六千圆,过山炮机关枪弹子,半为狼有。于是狼势大炽,左冲右突,几不可当,附近一带防军,望风生惧,没人敢与接仗,甚至与他沟通,转好坐地分赃,只苦了数十百万人民,流离颠沛,逃避一空。小子有诗叹道:

> 茫茫大泽伏崔苻,
> 万姓何堪受毒逋。
> 谁总师干驻河上,
> 忍看一幅难民图。

张督闻报,才拟调兵会剿,哪知东南一带,又起兵戈,第六师反奉调南下。究竟防剿何处,待至下回再详。

王天纵与白阆斋,两两相对。一则化盗为侠,一则化侠为盗,时机有先后,行动有得失,非尽关于心术也。即以心术论,王思革命,白亦思革命,同一革命健儿,而若则以侠著,若则以盗终,天下事固在人为,但亦视运会之为何如耳。虽有智慧,不如乘势,诚哉是言也。惟都督张镇芳,尸位汴梁,一任盗贼蜂起,不筹剿抚之方,军警学各界,请愿参议院,参议院提出弹劾案,而袁总统绝不之问,私而忘公,坐听故乡之糜烂,是张之咎已无可辞,袁之咎更无可讳矣。于白狼乎何尤?

第二十六回　暗杀党骈诛湖北
讨袁军竖帜江西

却说国会成立以后，就是大借款案、张镇芳案接连发生，并不见政府有何答复，少慰人意；他如戕宋一案，亦延宕过去，要犯赵秉钧、洪述祖等，逍遥法外，都未曾到案听审。京内外的国民党，统是愤不可遏，跃跃欲动，恨不得将袁政府，即日推倒。奈袁政府坚固得很，任他如何作梗，全然不睬；并且随地严防，密布罗网，专等国民党投入，就好一鼓尽歼。

相传赵秉钧为了宋案，到总统府中面辞总理，袁总统温言劝慰道："梁山渠魁，得君除去，实是第一件大功。还有天罡地煞等类，若必欲为宋报仇，管教他噍无遗种呢，你尽管安心办事，怕他什么？"处心积虑，成于杀也。赵秉钧经此慰藉，也觉放下了心，但总未免有些抱歉，所以托病赴津。那国民党不肯干休，明知由老袁暗地保护，格外与袁有隙，两下里仇恨愈深。

忽京中来了女学生，竟向政府声明，自言姓周名予傲，系受黄兴指使，结连党人，潜进京师，意欲施放炸弹，击死政府诸公；转念同族相残，设计太毒，因此到京以后，特来自首；并报告运来炸弹地雷硫黄若干，现藏某处。政府闻报，立派军警往查，果然搜出若干军火，并获乱党数名，当命监禁待质；一面由北京地方检察厅，转饬沪上法官，传黄兴来京对质，命令非常严厉，一些儿不留余地。这也是可疑案件，黄兴欲击毙当道，何故遣一女学生，令人不可思议。黄兴自然不肯赴京。南方传讯赵秉钧，北方传讯黄兴，先后巧对，何事迹相类若此。

既而上海制造局发一警电，说道五月二十九日夜间，忽来匪徒百余人，闯入局中，图劫军械，幸局中防备颇严，立召夫役，奋力抵敌，当场击败匪徒，擒住匪官一名，自供叫作徐企文。看官记着！这夜风雨晦暝，四无人迹，徐企文既欲掩他不备，抢劫军火，也应多集数百名，为什么寥寥百人，便想行险侥幸呢？想是熟读《三国演义》，要想学东吴甘兴霸百骑劫曹营故事。况且百余个匪徒，尽行逃去，单有首领徐企文却被擒住，这等没用的人物，要想劫什么制造局。灯蛾扑火，自取灾殃，难道世上果有此愚人吗？离离奇奇，越发令人难测。政府闻这警耗，竟派遣北军千名，乘轮来沪，并由海军部特拨兵舰，装载海军卫队多名，陆续到了沪滨，所有水陆人士，统是雄赳赳的身材，气昂昂的面目，又有特简的总执事官，系是袁总统得力干员，曾授海军中将，叫作郑汝成。大名鼎鼎。下如陆军团长臧致平、海军第一营营长魏清和、第二营营长周孝骞、第三营营长高全忠等，均归郑中将节制，仿佛是大敌当前，即日就要开仗的情形。都是徐企文催逼出来。

过了数天，袁总统又下命令，著将江西都督李烈钧、安徽都督柏文蔚、广东都督胡汉民，一体免职，另任孙多森为安徽民政长，兼署都督事，陈炯明为广东都督，江西与湖北毗连，令副总统黎元洪兼辖。这道命令，颁发出来，明明是宣示威灵，把国民党内的三大员，一律摔去，省得他多来歪缠，屡致掣肘。当时海内人士，已防他变，统说三督是国民党健将，未必肯服从命令，甘心去位，倘或联合一气，反抗政府，岂不是一大变局？偏偏三督寂然不动，遵令解职，江西、安徽、广东三省，平静如常。

惟湖北境内，屡查出私藏军械等件，并有讨贼团、诛奸团、铁血团、血光团等名籍，及票布旗帜，陆续搜出。起初获住数犯，统是被诱愚民及小小头目，后来始捕获一大起，内有要犯数名，就是刘耀青、黄裔、曾尚武、吕丹书、许镜明、黄俊等人，讯明后，尽行枪毙。未几，在武昌城内，亦发现血光团机关，派兵往捕，该犯不肯束手，齐放手枪炸弹，黑烟滚滚，绕做一团，官兵猝不及防，却被他击死二人，伤了一人。嗣经士兵愤怒，一齐开枪抵敌，方杀入密室，枪毙几个党犯，有五犯升屋欲逃，又由兵士穷追，打死一名，捉住三名。当下在室内搜出文件关防，及所储枪弹等类，共计四箱，一并押至督署，由黎亲讯，立将犯人斩首。及检阅箱内文据，多半与武汉国民党交通部勾连，就是在京的众议员刘英及省议员赵鹏飞等，亦有文札往来，隐相联络。黎副总统遂派兵监守国民党两交通部，凡遇出入人员与往来信件，均须盘诘检查，两部办事人已逃去一空，几乎门可罗雀了。

既而襄河一带，如沙场、张家湾、潜江县、天门县、岳口、仙桃镇等处，次第生变，次第扑灭。某日，黎督署中，有一妙年女子，入门投刺，口称报告机密。稽查人员见她头梳高髻，体着时装，足跤革鞋，手携皮夹，仿佛似女学生一般，因在戒严期内，格外注意，遂先行盘诘一番，由女子对答数语，免不得有支吾情形。稽查员暗地生疑，遂唤出府中仆妇，当场搜检，那女子似觉失色，只因孤掌难鸣，不得不由他按搁。好一歇，已将浑身搜过；并无犯禁物件，惟两股间尚未搜及，她却紧紧拿住，岂保护禁脔耶？经稽查员嘱告仆妇，摸索裤裆，偏有沉沉二物，藏着在内。女子越发慌张，仆妇越要检验，一番扭扯，忽从裤脚中漏出两铁丸，形状椭圆，幸未破裂。看官不必细问，便可知是炸弹了。诡情已著，当然受捕，由军法科讯鞫，那女子却直供不讳，自称："姓苏名舜华，年二十二，曾为暗杀铁血团副头目，此次来署，实欲击杀老黎，既已被获，由你处治，何必多问。"倒也爽快。当下押往法场，立即处决，一道灵魂，归天姥峰去了。

嗣又陆续获到女犯两名，一叫周文英，拟劫狱反牢，救出死党，一叫陈舜英，为党人钟仲衡妻室，钟被获受诛，她拟为夫报仇，投入女子暗杀团，来刺黎督，事机不密，统被侦悉，眼见得俯首受缚，同死军辕。实是不值。嗣复闻汉口租界，设有党人机关，即由黎副总统再行遣兵往拿，一面照会各领事，协派西捕，共同查缉，当拘住宁调元、熊越山、曾毅、杨瑞鹿、成希禹、周览等，囚禁德法各捕房，并搜出名册布告等件，内列诸人，或是议员，或是军警，就是从前逃犯季雨霖，亦一并在内，只"雨霖"二字，却改作"良轩"，待由各犯供明，方才知晓。黎副总统乃电告政府，请下令通缉，归案讯办。曾记袁政府即日颁令道：

据兼领湖北江西都督黎元洪电陈乱党扰鄂情形，并请通缉各要犯归案讯办等语。此次该乱党由沪携带巨资，先后赴鄂，武汉等处，机关四布，勾煽军队，招集无赖，约期放火，劫狱攻城扑署，甚至时在汉阳下游一带挖掘盘塘堤，淹灌黄、广等七县，不惜拼掷千百万生命财产，以逞乱谋，虽使异种相残，无此酷毒。

经该管都督派员，在汉口协同西捕，破获机关，搜出账簿名册旗帜布告等件，并取具各犯供词，证据确凿，无可掩饰。查该叛党屡在鄂省谋乱，无不先时侦获，上次改进团之变，未戮一人，原冀其革面洗心，迷途思返，乃竟鬼蜮为谋，豺狼成性，以国家为孤注，以人命为牺牲，颠覆邦基，灭绝人道，实属神人所共愤，国法所不容。本大总统忝受付托之重，不获为生灵谋幸福，为寰宇策安全，竟使若辈不逞之徒，屡谋肇乱，致人民无安居之日，商廛无乐业之期，兴念及此，深用引疚，万一该乱党乘隙思逞，戒备偶疏，小之遭荼毒之惨，大之酿分割之祸，将使庄严灿烂之民国，变为匪类充斥之乱邦，谁为致之？孰令听之。本大总统及我文武同僚，将同为万古罪人，此心其何以自白？夷考共和政体，由多数国民代表，议定法律，由行政官吏依法执行，行不合法，国民代表，得而监督之，不患政治之不良。现国会既已成立，法律正待进行，或仍借口于政治改良，不待国会议定，不由国会监督，簧鼓邪词，背驰正轨，惟务扰乱大局，以遂其攘夺之谋，阳托改革之名，其实绝无爱国与政治思想。种种暴乱，无非破坏共和，凡民国之义，人人均为分子，即人人应爱国家，似此乱党，实为全国人民公敌。默念同舟覆溺之祸，缅维新邦缔造之艰，若再曲予优容，姑息适以养奸，宽忍反以长乱，势不至酿成无政府之惨剧不止。所有案内各犯，除宁调元、熊越山、曾毅、杨瑞鹿、成希禹、周览，已在汉口租界德法各捕房拘留，另由外交部办理外，其在逃之夏述堂、王之光、季良轩即季雨霖、钟勖庄、温楚珩、杨子鬯即杨王鹏、赵鹏飞、彭养光、詹大悲、邹永成、岳泉源、张秉文、彭临九、张南星、刘仲州等犯，著该都督民政长将军都统护军使，一体悬赏饬属严拿，务获解究，以彰国法而杜乱萌。此令！

此令一下，湖北各军界，格外严防，按日里探查秘密，昼夜不懈，黎副总统亦深居简出，非遇知交到来，概不接见，府中又守卫森严，暗杀党无从施技。只民政长夏寿康及军法处长程汉卿两署内，迭遇炸弹，幸未伤人。还有高等密探张耀青，为党人所切齿，伺他出门，放一炸弹，儿成齑粉；又有密探周九璋，奉差赴京，家中母妻子女，都被杀死，只剩一妹逸出窗外，报告军警，到家查捕，已无一人，但有尸骸数堆，流血盈地。自是防备愈密，查办益严，所有讨贼诛奸铁血血光各团，无从托足，遂纷纷窜入江西。

江西都督一缺，自归黎元洪兼任后，黎因不便离鄂，特荐欧阳武为护军使，贺国昌护民政长，往驻江西。除照例办事外，遇有要公，均电鄂商办。嗣由党人日集，谣言日多，江西省议会及总商会，恐变生不测，屡电到鄂，请黎莅任。这时候的黎兼督，不能离武昌一步，哪里好允从所请，舍鄂就赣呢？

会九江要塞司令陈廷训，连电黎副总统，极言："九江为长江要冲，匪党往来如织，近闻挟持巨金，来此运动，克期起事，恳就近速派军队，及兵轮到来，藉资震慑"等语。黎副总统亟遣第六师师长李纯率师东下，一面密报中央，请再增兵江西，藉备不虞。袁总统即命李纯为九江镇守使，并陆续调遣北军，分日南下。哪知护军使欧阳武偏电达武昌，声言："赣地各处，一律安靖，何用重兵震慑？现在北军分据赛湖、青山、瓜子湖一带，严密布置，断绝交通，商民异常恐慌，请即日撤回防兵，且乞转达中央，务期休兵息民"云云。黎得此电，不禁疑虑交并。这种把戏，一时却看他不懂。只好覆慰欧阳，说明陈司令告急，因派李司令到浔，既据称赣省无事，当调李回防，但船只未到，军队未回以前，仍希转饬浔军，并地方商民，毋徒轻信谣言，致生误会为要。这电文甫经发出，不意陈廷训又来急电，说："由湖口炮台报告，前督李烈钧带同外人四名，于七月八日晚间，乘小轮到湖口，会同九十两团，调去工程辎重两营，勒令各台交出，归他占据，并用十营扼住湖口，分兵进逼金鸡炮台，且有德安混成旅旅长林虎等，亦向沙河镇北进，闻为李烈钧后援。事机万急，火速添兵。"

看这数语，与欧阳武所报情形，迥然不同，弄得黎副座莫名其妙。又电诘欧阳武，等他复电，竟有一两日不来。独镇守使李纯却有急电请示，据言："李烈钧已占住湖口炮台，宣告独立。前代理镇守使俞毅及旅长方声涛，团长周璧阶等，俱潜往湖口，与李联兵，驻扎德安的林虎，亦前应李众，乱机已发，未敢骤退，请训示遵行。"那时江西兼督黎副总统已经瞧破情形，飞电令李纯留驻九江，毋即回军，复电致政府，详报护军镇守两使情状。政府即严诘欧阳武，欧阳武复电到来，略言："李烈钧确到湖口，九十两团，虽为所用，幸两团以外，各处军队，未经全变。现已连日调集南昌，并开两团往湖口，竭力支持，荷蒙知遇，当誓死图报"云云。政府复据情电鄂，黎兼督又是动疑，忽传到讨袁军檄文，为首署名，就是总司令李烈钧，接连列名的，乃是都督欧阳武、民政长贺国昌、兵站总监俞应鸿等，所说大旨，无非是痛詈老袁。黎亦瞧不胜瞧，但就紧要数语，仔细一阅，略云：

民国肇造以来，凡我国民，莫不欲达真正目的。袁世凯乘时窃柄，帝制自为；灭绝人道，而暗杀元勋，弁髦约法，而擅借巨款。金钱有灵，即舆论公道可收买，禄位无限，任腹心爪牙之把持。近复盛暑兴师，蹂躏赣省，以兵威劫天下，视吾民若寇仇，实属有负国民之委托，我国民宜亟起自卫，与天下共击之！

黎阅至此处，将来文掷置案上，暗暗叹道："老袁却也专制，应该被他讥评，但他们恰也性急。前年革命，生民涂炭，南北统一，仅隔一年，今又构怨弄兵，无论袁政府根地牢固，一时推他不倒，就是推倒了他，未必后起有人，果能安定全国，徒令百姓遭殃，外人干涉。唉！这也是何苦生事呢！我只知保全秩序，不要卷入漩涡，省得自讨苦吃罢。"好算明见。正筹念间，李烈钧又有私函到来，接连是黄兴、柏文蔚等，也有电文达鄂。黎俱置之不理，未几，得九江镇守副使刘世钧要电，请催李纯速攻湖口，又未几，得欧阳武通电，说："由省议会公举，权任都督，且指北军为袁军，说他无故到赣，三道进兵，具何阴谋？赣人愤激得很，武为维持大局计，不得不暂从所请"云云。又未几，得李纯急电，已与林虎军开战了。正是：

　　帷幕不堪长黑暗，

　　萧墙又复起干戈。

欲知李林两军胜负，容待下回表明。

是回为二次革命之发端，见得正副两总统，内外统筹，联为一体，专防国民党起事。周予儆之自首，得票传黄兴到京，所以抗宋案也；徐企文之攻制造局，得输运陆海军至沪，所以争先着也。赣皖粤三都督，尽令免官，所以报争款之怨，而弱党人之势也。一步紧一步，一着紧一着，此是袁总统无上兵略，而黎副总统即默承之，党人不察，徒号召党羽，散布鄂省，令几个好男女头颅，无端轻送。至图鄂不成，转而图赣，曾亦闻李纯已至，北军南来，要险之区，俱已扼守，尚有何隙可乘耶？或谓三督在位，尚有兵权，何不乘免官令下之时，联合反抗，宣告独立，乃迟至卸职以后，再行发难，毋乃太愚。是不然。袁政府既能撤除三督，宁不能防备三督？三督正因老袁之注意，姑为此寂然不动，遵令解职，待事过境迁，乃跃然而起，掩其不备。彼以为老袁已弛戒心，而谁料老袁之防，转因此而愈切。十面埋伏，专待项王。袁之计何其巧乎？故予谓周予儆、徐企文辈，实皆受袁之指使，试悉心钧考之，当知予言之非诬矣。

第二十七回　战湖口李司令得胜　弃江宁程都督逃生

却说旅长林虎，本与李烈钧同党，李至湖口，早已暗招林虎，令率军前来援助。林即率众北行，逾沙河镇，直赴湖口，偏被九江镇守使李纯派兵堵住。至此见李纯一军，实是要着。李烈钧明知李纯前来，是个劲敌，早运动欧阳武，迫他撤回。李纯不肯回师，更兼北京政府及武昌黎兼督，都饬他留驻防变，所以养兵蓄锐，专待林虎到来，与他角斗。林虎既到湖口，怎肯罢休，便直逼李纯军营，开枪示威，李纯手下的兵弁，已是持枪整弹，静候厮杀，猛闻枪声隆隆，即开营出击。两下交战多时，不分胜负，各自收兵回营，相持不退。当由李纯分电告警，越日，即电传袁总统命令云：

前据兼领湖北江西都督事黎元洪，先后电称："据九江要塞司令陈廷训电，因近日乱党挟带巨资，前来九江湖口，运动煽惑，约期举事，恳请就近酌派军队，赴浔震慑，即经派兵前往；嗣据江西护军使欧阳武电阻，已谕令前往军队预备撤回各营等语；兹又据黎兼督暨镇守使李纯，先后电陈，李烈钧带同外国人四名，于本月八号晚乘小轮到湖口，约会九十两团团长。调去辎重工程两营，勒令各台交出，归其占领，以各营扼扎湖口，遍布要隘，分兵进逼金鸡炮台。德安之混成旅，并向沙河镇进驻。该镇南之赣军队，突于十二日上午八点钟开枪向我军进攻，且以湖口地方，宣布独立等情"，阅之殊深骇异。李烈钧前在江西，拥兵跋扈，物议沸腾，各界纷纷吁诉，甚谓李烈钧一日不去，赣民一日不安。本大总统酌予免官，调京任用，所以曲为保全者，不为不至。且为赣省计、深恐兴师问罪，惊扰良民，故中央宁受姑息之名，地方冀获救安之庆。

不意递谋叵测，复潜至湖口，占据炮台，称兵构乱，谓非背叛民国，破坏共和，何说之辞？可见陈廷训电称运动煽惑，约期举事，言皆有据。似此不爱国家，不爱乡土，不爱身家名誉，甘心畔递，为虎作伥，不独主持人道者所不忍言，实为五大民族所共弃。值此边方多故，应付困难，虽全国协力同心，犹恐弗及，而乃幸灾乐祸，倾覆国家，稍有天良，宁不痛愤？李烈钧应即褫去陆军中将并上将衔，著欧阳护军使及李镇守使设法拿办，其胁从之徒，自愿解散，概不深究，如或抗拒，则是有心从递，定当痛予诛锄。并著各省都督民政长，剀切晓谕军民，共维秩序，严加防范。本大总统既负捍卫国民之职任，断不容肇乱之辈，亡我神州。凡我军民，同有拯溺救灾之责，其敬听之！此令。

李纯阅罢，当将命令宣示军士，军士愈加愤激，即于是日夜间，摩拳擦掌，预备出战。到了天晓，一声令发，千军齐出，好似排山倒海一般，迫入林虎军前。林虎亦麾军出迎，你枪我弹，轰击不休，自朝至午，尚是死力相搏，两边共死亡多人，林军伤毙尤众。看看日将西昃，李军枪声益紧，林军子弹垂尽，任你著名闽中的林虎，也不能赤手空拳，亲当弹雨，只好下令退兵。这令一下，部众慌忙走，遂致秩序散乱，东奔西散，好似风卷残云，顷刻而尽。

李纯督军追了一程，方才回营，当即宣布告捷，时袁总统已任段芝贵为第一军军长，整队南下，来助李纯，归黎副总统节制，并命为宣抚使，与欧阳武等妥筹善后事宜。欧阳武已自做都督，岂老袁尚在未知？黎闻此令，当将欧阳武情状，据实电达中央，袁总统又下通令道：

共和国民，以人民为主体，而人民代表，以国会为机关。政治不善，国会有监督之责，政府不良，国会有弹劾之例。大总统由国会选举，与君主时代子孙帝王万世之业，迥不相同。今国会早开，人民代表，咸集都下，宪法未定，约法尚存，非经国会，无自发生监督之权，更无擅自立法之理，岂少数人所能自由起灭？亦岂能因少数人权利之争，掩尽天下人民代表之耳目？此次派兵赴浔，迭经本大总统及副总统一再宣布，本末了然。何得信口雌黄，藉为煽乱营私之具？今阅欧阳武通电，竟指国军为袁军，全无国家观念，纯乎部落思想，又称蹂躏淫戮，庐墓为墟等情，九江为中外杂居之地，万目睽睽，视察之使，络绎于途，何至无所闻见？陈廷训之告急，黎兼督之派兵，各司其职，堂堂正正，何谓阴谋？孤军救援，何谓三道进兵？

即欧阳武蒸日通电，亦云李烈钧到湖口，武开两团往攻等语，安有叛徒进踞要塞，而中央政府，该管都督，撤兵藉寇之理？岂陈廷训、刘世均，近在九江之电不足凭，而独以欧阳武远在南昌之电为足信？岂赣省三千万之财产，独非中华民国之人民？李纯所率之两团，独非江西兼督之防军？欧阳武以护军使不足，而自为都督，并称经省会公举，约法具在，无此明条；似此谬妄，欺三尺童子不足，而欲欺天下人民，谁其信之？

且与本大总统防乱安民之宗旨，与迭次之命令，全不相符。捏词诬蔑，称兵犯顺，视政府如仇敌，视国会若土苴，推翻共和，破坏民国，全国公敌，万世罪人，独我无辜之良民，则奔走流离，不知所届，本大总统心实痛之。若非看到后来，则此等命令，真若语语爱民。本大总统年逾五十，衰病侵寻，以四百兆人民之付托，茹苦年余，无非欲黎民子孙，免为牛马奴隶。此种破坏举动，本大总统在任一日，即当牺牲一切，救国救民，现在正式选举，瞬将举行，虽甚不肖，断不至以兵力攘权利。总统已是囊中物，安得不争？况艰辛困苦，尤无权利之可言。由总统过渡，即成皇帝，安得谓无权利？副总统兼圻重任，经本大总统委托讨逆，责有攸归，或乃视为鄂赣之争，尤非事实。仍应责成该兼督速平内乱，拯民水火，各省都督等同心匡助，毋视中华民国为一人一家之事，毋视人民代表为可有可无之人。你不如此，谁敢如此？我五大族之生灵，或不至断送于乱徒之手。查欧阳武前日电文，词意诚恳，与此电判若两人，难保非金壬挟持，假借民意，俟派员查明，再行核办。此令！

令甲迭下，战衅已开，林虎军已经败走，李烈钧尚据湖口。段芝贵率兵南下，会同李纯军，一同进攻。黎副总统又拨楚豫、楚谦、楚同各兵舰，共赴九江，且委曹副官进解机关炮八尊，快枪五十支，子弹十万粒，径达军前，接济军需。看官！你想湖口一区，并非天险，李烈钧孤军占据，随在可危，怎禁得袁黎交好，用了全力搏狮的手段，与他对待呢。李烈钧自取败征。黄兴、柏文蔚、陈其美等，急欲援应李烈钧，分头起事，黄图江宁，柏图安徽，陈图上海。为牵制袁军计，当湖口交战这一日，黄兴已自上海到浦口，运动江宁第八师，闯入督署，胁迫程德全，即日独立，手中各执后膛枪，矗立如林，气势汹汹，嚣张得了不得。程德全未免心慌，但又无从趋避，只好按定心神，慢腾腾地走将出来问明何事。军士举了代表，抗言袁违约法，迹同叛国，应请都督急速讨袁，驱除叛逆等语。程德全迟疑半晌，方道："诸君意思，亦是可嘉，但也须计出万全，方好起事，目下尚宜静待哩。"言未已，蓦见有一革命大伟人，跟跄趋入，竟至程都督前，跪将下去，程都督猝不及防，还疑是一时看错，仔细一瞧，确是不谬，当即折腰答礼。

看官道来人为谁？就是前南京留守黄兴。突如其来。两人礼毕起来，方由程督问明来意。黄兴一面答话，一面流泪，无非是决计讨袁的事情。欲为伟人，必须具一副急泪。程督暗想，我今日遇着难题了，不允不能，欲允又不可，看来不如暂时让他，待我避至沪上，再作区处。计划已就，便对黄兴道："克强先生，有此大志，不愧英雄。但兄弟自惭老朽，眼前且有小恙，不能督师，这次起事，还是先生在此主持，我情愿退位让贤，赴沪养疴哩。"黄兴闻了此言，恰也心喜，假意地谦逊一回，至程德全决意退让，便直任不辞。程遂返入内室，略略摒挡行李，带了卫队数名，眷属数名，竟与黄兴作别，飘然而去。跳出是非门，最算聪明。黄兴便占据督署，总揽大权，除宣布独立外，凡都督应行事件，均由黄一手办理。

陈其美、柏文蔚等，闻兴已经得手，随即独立。陈在上海设立司令部，悬帜讨袁，柏由上海至临淮关，亦张起讨袁旗来。又是两路。又有长江巡阅使谭人凤及徐州第三师师长冷遹，均有独立消息，警报与雪片相似，纷达北京。袁总统即任张勋为江北镇守使，倪嗣冲为皖北镇守使，并特派直隶都督冯国璋为第二军军长，兼江淮宣抚使，指日南行。又恐两议院国民党员，导入党人，扰及都门，因特召卸任总理赵秉钧，命为北京警备地域司令官，陆建章为副，防护京师。前情后案，一笔勾销，赵秉钧又可出头。适程德全到沪，电达京师，报称江宁被逼情形。袁总统即指令程德全道：

据国务院转呈江苏都督程德全十七日电称："十五日驻宁第八师等各军官，要求宣布独立，德全旧病剧发，刻难揹拄，本日来沪调治。"又应德闳电称："率同各师长移交都督府"等语。该都督有治军守土之责，似此称病弃职，何以对江苏人民？姑念该都督从前保全地方，舆情尚多感戴，此次虽未力拒逆匪，而事起仓促，与甘心附逆者，迥不相伴。应德闳因事先期在沪，情亦可原。该逆匪等破坏性成，人民切齿，现在江西、山东两路攻剿，擒斩叛徒甚多，湖口指日荡平。张勋前队已抵徐州，著程德全、应德闳，即在就近地方，暂组军政民政各机关行署；并著程德全督饬师长章驾时等，选择得力军警，严守要隘，迅图恢复。

一面分饬各属军警，暨商团民团，防范土匪，保护良民。该都督民政长职守攸关，务当维系人心，毋负本大总统除暴安良之本旨。一俟大兵云集，即当救民水火，统一国家。该都督民政长，尚有天良，其各体念时艰，勉期晚盖！此令。

程应两人接到此令，就在上海租界中，暂设一个临时机关，办理事件。越宿即有江宁传来急报，南京四路要塞总司令吴绍璘、讲武堂副长蒲镮、要塞掩护第二团教练官程凤章等，统被黄兴杀死。程应复联衔电达，袁总统即命将黄兴所受职位，一概褫去，连柏文蔚、陈其美二人，亦照例褫夺。并饬冯国璋、张勋两军，赶即赴剿，又有通令一道云：

前南京留守黄兴，自辞卸汉粤川路督办后，回沪就医，本月十二日，忽赴南京第八师部，煽惑军队，迫胁江苏都督程德全，同谋作乱。程德全离宁赴沪，黄兴捏用江苏都督名义，出示叛立，自称讨袁军总司令，其与湖口李逆烈钧电，有"江苏宣布独立，足为公处声援"之语。又迭派叛军攻击韩庄防营，遣其死党柏文蔚，盗兵临淮，陈其美图占上海，唆使吴淞叛兵，炮击飞鹰兵舰，在宁戕杀要塞总司令吴绍璘，讲武堂副长蒲镮，要塞掩护团教练官程凤章等多人，并在沪声言外人干涉，亦所不恤，必欲破坏民国，糜烂生民而后快。逆迹昭著，豺虎之所不食，有昊之所不容。查黄兴亡命鼓吹，本以改良政治为名，乃凶狡性成，竟于已经统一之国家，甘心分裂，自南京留守取消以后，屡遣叛徒，至武汉起事不成；又遣暗杀党至京行刺被获，侵蚀南京政府公款，以纠合暴徒，私匿公债票数百万，派人运动各省军队，政府虽查获证据，未经宣布，冀其良心未死，或有悔悟迁善之一日，乃政府徒蒙容忍之名，地方已遭蹂躏之祸，该黄兴、陈其美、柏文蔚等，明目张胆，倒行逆施，各处商民，怨恨切骨，函电纷纷，要求讨贼。比闻金陵城内，焚戮无辜，又霸占交通机关，敲诈商人财物，草菅人命。因一己之权利，毒无限之生灵，播徙流离，本大总统恻然心痛，凡我军民怒目裂眦，著冯国璋、张勋迅行剿办叛兵，一面悬赏缉拿逆首。其胁从之徒，有擒斩黄兴以自赎者，亦予赏金。自拔来归者，勿究前罪。本大总统但问顺逆，不问党类，布告远迩，咸使闻知。

是时冯国璋、张勋等，奉令登程，先后南下。张勋越加奋勇，星夜向徐州进发，他因辛亥一役，被南军驱出南京，时时怀恨，此次公报私仇，恨不得插翅南飞，把一座金陵城，立刻占住。一到韩庄，正与黄兴派来的宁军，当头遇着，他即麾令全军，一齐猛击，宁军也不肯退让，枪炮互施。两军酣战一昼夜，杀伤相当，恼动了张勋使（张勋已加勋位，故称勋使），怒马出陈，自携新式快枪，连环齐放，麾下见主将当先，哪一个还敢落后？顿时冲动宁军，奋杀过去。宁军气力渐疲，不妨张军如此咆哮，竟有些遮拦不住，渐渐地退倒下来。阵势一动，旗靡辙乱，眼见得无法支持，纷纷败走。张勋追至利国驿，忽接到邮信一函，展开一阅，内云：

张军统鉴：江苏、江西，相率独立，皆由袁世凯自开衅端，过为已甚。三都督既已去职，南方又无事变，调兵南来，是何用意？俄助蒙古，南逼张家口，外患方亟，彼不加防，乃割让土地与俄，而以重兵蹂躏腹地，丧乱国民，破坏共和，至于此极，谁复能堪？九江首抗袁军，义愤可敬，一隅发难，全国同声。公外察大势，内顾宗邦，必将深寄同情，克期起义。呜呼！

世凯本清室权奸，异常险诈，每得权势，即做好愿。戊戌之变，尤为寒心。前岁光复之役，复愚弄旧朝，盗窃权位，继以寡妇可欺，孤儿可侮，既假其名义以御民军，终乃取而代之。自入民国，世凯更无忌惮，阴谋满腹，贼及太后之身；贿赂塞途，转客皇室之费。世凯不仅民国之大憝，且为清室之贼臣，无论何人，皆得申讨。公久绾军符，咸重宇内，现冷军已在徐州方面，堵住袁军，公苟率一旅之众，直捣济南，则袁军丧胆，大局随定，国家再造，即由我公矣。更有陈者：兴此次兴师，唯以倒袁为目的，民贼既去，即便归田。凡附袁者，悉不究问。军国大事，均让贤能。兴为此语，天日鉴之，临颍神驰，伫望明教。江苏讨袁总司令黄兴叩。

张勋阅毕，把来书扯得粉碎，勃然道："我前只知有清朝，今只知有袁总统，什么黄兴，敢来进言？混账王八！我老张岂为你诱惑吗？"确肖口吻。遂命兵士暂憩一宵，明日下令出战。到了晚间，忽由侦卒走报，徐州第三师冷遹，来接应叛军了。张勋道："正好，正好，我正要去杀他，他却自来寻死了。"小子有诗咏张勋道：

> 奉令南行仗节旄，
> 乃公胆略本麃豪。
> 从前宿怨凭今泄，
> 快我恩仇在此遭。

欲知此后交战情形，且至下回续叙。

李烈钧发难江西，已落人后，黄兴、柏文蔚、陈其美等，更出后著，如弈棋然，彼已布局停当,而我方图进攻,适为彼所控制耳。袁恐九江之乱,先遣李纯以镇之;防上海之变,更派郑汝成以堵之;张勋扼江北,倪嗣冲守皖北,已足制党人之死命;加以段芝贵、冯国璋之南下,为夹击计,前可战,后可守,区区内讧,何足惧耶?且所遣诸人,无一非心腹爪牙,而又挟共和之假招牌,保民之口头禅,笼络军民,安有不为所欺者?彼李烈钧、黄兴、柏文蔚、陈其美等,威德未孚,布置未善,乃欲奋起讨袁,为第二次之革命,适足以取败耳。惟程德全之弃江宁,尚为袁所不料,袁于此亦少下一着,袁殆尚有悔心乎?

第二十八回　劝退位孙袁交恶　告独立皖粤联镳

却说徐州第三师师长冷遹，闻宁军败退利国驿，忙调兵赴援，凑巧与张勋相遇。当下交战一场，还没有什么损失，不意总兵田中玉，引济南军来助张勋，两路夹攻，杀得冷军左支右绌，只好弃甲曳兵，败阵下去。张田合兵追赶，正值徐州运到兵车，在利国驿车站下车，来援冷遹，冷遹回兵复战，又酣斗多时，才将张、田两军击退。张军田军，分营驿北，冷遹收驻驿南。次日张勋军中，运到野炮四门，即由张勋下令，向冷军注射，这炮力非常猛烈，扑通扑通的几声，已将冷营一方面，弹得七零八落，冷遹还想抵敌，偏值一弹飞来，不偏不倚，正中胁前，那时闪避不及，弹已穿入胁内，不由得大叫一声，晕倒地上；经冷军昇了就逃，立即四散。张勋见冷营已破，方令停炮，所有驿南一带，已经成为焦土，连车站都被毁去。当由张军乘胜直进，竟达徐州，徐城内外，已无敌踪，一任老张占住。辫帅大出风头。

这时的九江口，北兵大集，宣抚使段芝贵与李司令纯会商，用四面合攻计策，包围湖口，一面出示招抚，劝令叛军归诚，不念既往。李烈钧孤军驻着，几似身入瓮中，非常危险，好几次出兵进击，统被北军杀败。团长周璧阶见势已危急，竟向北军投诚，烈军愈加惶迫，飞向各处乞援。宁沪一带讨袁军，方公举岑春煊为大元帅，欲借岑老三宿望，号召各省，从速响应，岑模棱两可，起初欲由沪赴宁，嗣闻徐浔两处均已失败，也弄得进退两难。国民党首领孙文，恐党人一败，无从托足，亦思借前此重名，怂恿各省独立，当有通电拍发道：

北京参议院众议院国务院各省都督民政长各军师旅长鉴：江西事起，南京各处，依次响应，一致以讨袁为标帜，非对于国家而脱离关系，亦非对于北方而瞵异感情，仅欲袁氏一人，辞大总统之职，并不惜牺牲其生命以求达之。大势至此，全国流血之祸，系于袁氏之一身。闻袁决以兵力对待，是无论胜败，而生民涂炭，必不可免，夫使袁氏而未违法，东南此举，谁为左袒？今袁氏种种违法，天下所知，东南人民，迫不得已，以武力济法律之穷，非唯其情可哀，其义亦至正。且即使袁氏于所谓违法，有以自解，亦决不至人民反对，遍六七省；人民心理之表见，既已如是，为公仆者，即使自问无愧，亦当谢职以平众怒，微论共和政体，即君宪国之大臣，亦不得不以人民好恶为进退。有如去年日本桂太郎公爵，以国家柱石，军人领袖，重出而组织内阁，只以民党有所不满，即悠然引去，以明心迹。大臣风度，固宜如是，何况于共和国之人民公仆，为人民荷戈以逐，而顾欲流天下之血，以保一己之位置武！使袁氏而果出此，非惟贻民国之祸，亦且腾各国之笑。回忆辛亥光复，清帝举二百余年之君位，为民国而牺牲，当时袁氏实主其谋，亦以顾念大局，不忍生灵久罹兵革，安有知为人谋而不知自谋者？更忆当时，文受十七省人民之付托，承乏临时大总统，闻北军于赞成共和之际，欲举袁氏以谋自安，文即辞职，向参议院推荐袁氏，当时固有责文徇国民之意，而不顾十七省人民付托之重者。然文之用心，不欲于全国共和之时，尚有南北对峙之象，是以推让袁氏，俾国民早得统一。由是以观，袁不宜借口于部下之拥戴，而拒东南人民之要求，可断言矣。诸公维持民国，为人民所倚赖，当此存亡绝续之际，望以民命为重，以国危为急，同向袁氏劝以早日辞职，以息战祸，使袁氏执拗不听，必欲牺牲国家人民，以成一己之业，想诸公亦必不容此祸魁。文于此时，亦唯有从国民之后，义无反顾。临电无任迫切之至！孙文叩。

又电致袁总统云：

北京袁大总统鉴：文于去年北上，与公握手言欢，闻公谆谆以国家与人民为念，以一日在职为苦。文谓国民属望于公，不仅在临时政府而已，十年以内，大总统非公莫属，此言非第对公言之，且对国民言之。自是以来，虽激昂之士，于公时有责言，文之初衷，未尝少易。何图宋案发生，证据宣布，愕然出诸意外，不料公言与行违，至于如此。既愤且懑，而公更违法借款，以作战费，无故调兵，以速战祸，异己既去，兵衅仍挑，以致东南军民，荷戈而起，众口一词，集于公之一身。意公此时，必以平乱为言，姑无论东南军民，未叛国家，未扰秩序，不得云乱，即使云乱，而酿乱者谁？公于天下后世，亦无以自解。公之左右，陷公于不义，致有今日，此时必且劝公，乘此一逞树威雪愤。此但自为计，固未为国民计，为公计也。清帝辞位，公举其谋，清帝不忍人民之涂炭，公宁忍之？公果欲一战成事，宜用于效忠清帝之时，不宜用于此时也。说者谓公虽欲引退，而部下牵掣，终不能决。然人各有所难，文当日辞职，推荐公于国民，固有人责言，谓文知徇北军之意，而不知顾十七省人民之付托。

文于此时，迄不为动，人之进退，绰有余裕，若谓为人牵掣，不能自由，苟非托辞，即为自表无能，公必不尔也。为公仆者，受国民反对，犹当引退，况于国民以死相拼？杀一不辜，以得天下，犹不可为，况流天下之血，以从一己之欲？公今日舍辞职外，绝无他策。昔日为任天下之重而来，今日为息天下之祸而去，出处光明，于公何憾？公能行此，文必力劝东南军民，易恶感为善意，不使公怀骑虎之虑。若公必欲残民以逞，善言不入，文不忍东南人民久困兵革，必以前此反对君主专制之决心，反对公之一人，义无反顾，谨为最后之忠告，惟裁鉴之！孙文叩。

看官！试想这袁总统世凯，是想把中华民国，据为一人的私产，子孙万代，世世传将下去，岂肯中道退位，听那孙文的言语。况且赣徐告捷，民党失败，正好乘此机会，将这等反对人物，一股脑儿驱杀出去，他好威福自专，造成一个大袁氏帝国，孙文、黄兴等人无权无势，硬想与他作对，转弄成螳斧当车，不自量力，区区几百个电文，济甚么事？反足令老袁暗笑呢。

果然电文一达，威令重来，撤销孙文筹办铁路全权，此外不置一词。好似不值答复。还有蔡元培、汪兆铭、唐绍仪等，冒冒失失，也电请老袁退位，袁总统乃答辩数语，略言："按照约法，及所宣誓言，须待正式总统选定，始能退位，不能照三数人私见，冒昧行事。"旋复下一通令，洋洋洒洒，一两千言，小子因他言不由衷，不愿详录。但记得文中要语，很有几句好笔仗，大致谓："受事之日，父老既以此完全统一国家，托诸藐躬，受代之时，藐躬当以此完全统一国家，还诸父老，是用雪涕誓师，哀矜执讯，岂用黩武？实以完责。一俟凶愍荡平，国基奠定，行将自劾以谢天下"等语。大众见此通令，总道他语语真诚，言言痛切。而且正式总统，未知谁人？民国初造，元气未复，孙黄等无端发难，酿成南北战争，甘为戎首，真是何苦？所以一般人士都望这次乱事，迅速荡平，各省都督，也多詈孙、黄为乱党，李烈钧、柏文蔚等为国贼，情愿荷戈前驱，为袁效力，比那辛亥革命，直不啻天渊远隔呢。大家都睡在鼓中。

唯安徽署督孙多森，接到江宁独立消息，颇为骇异。寻复得下关来电，谓："宁已独立，公自忖无军事学识，可将都督一席，仍让柏公。公如无反对意思，尚可公认为省长"云云。当下密电江宁，探问虚实。嗣得电复，果属确凿，并劝令即日独立。乃请省议会议长，及各军官到公署集议。大众以宁皖相连，宁既生变，皖先当灾，不如随声附和，维持现状为是。

中华传世藏书

中国历代通俗演义

民国演义（上）

二九七

孙本袁总统心腹，到了这个地步，亦拿不住一定主意，只好说是未曾统军，不便督师。众议推师长胡万泰为都督，孙仍任民政长，宣布独立。并任宪兵营长祁耿寰，为讨袁总司令。

芜湖旅长龚振鹏，且先日揭独立旗，脱离中央关系，龚本瞧不起孙胡，所以省城尚未独立，他先独立起来。但皖省财政奇绌，饷项无着，芜湖独立，名义上虽是讨袁，心目中却是要钱。探得大通督销局，所存盐款，不下数十万金，便乘着黑夜，拔营尽起，齐向大通进发。督销局中的办事人员，已都到黑甜乡里，去做好梦，一声炮响，局门洞开，芜兵明火执仗，一拥而入，吓得全局司事，从睡梦中惊醒，只在被窝里乱抖，不知是什么盗贼。那芜兵却不要人物，专要金银，四处寻觅，得了一个铁箱，立即打开，里面藏着，却有一大束钞票，几十包银圆，喜得芜兵眼笑眉开，你抢我夺，不到几分钟，已是搬得精光，呼啸一声，陆续出局。到了局外，忽有营兵前来拦截，差不多有二三百名。芜兵钱财到手，兴致勃然，当下勇气百倍，把手中所携的快枪，一齐放出，击死来兵一大半。有几个脚长手长的，急奔了去。芜兵方扬长回营。原来大通督销局附近，本有一营兵防守，骤闻局中有变，急来救护，哪知吃了一场大亏，冤冤枉枉的丧了若干性命，只剩了几十人，逃回省中，报明孙胡两人。

省城兵备本虚，骤闻此警，惶急万分，孙又不愿独立，自思身入阱中，性命难保，不如赶紧逃避，乃薙发易服，步行出城，想是从曹阿瞒处学来。竟乘兵舰下驶去了。胡万泰闻孙失踪，也是立脚不牢，索性也背人私逃。省城无主，越加扰乱，经军商学各界会议，暂推祁耿寰护理都督，兼民政长。祁恐人心不服，遍贴通告，只说是奉柏总司令所委，暂行代理。甫经接印视事，已有旅长柴宝山出来反抗。祁知不为众所容，也即逃去。

柴宝山等正议改推都督，忽报柏文蔚到来。胡万泰亦随柏回省，乃出城欢迎，导柏入城。柏本在临淮关，自闻省城鼎沸，乘势南下，途次适遇胡万泰，遂相偕同行。一入省城，遂自任都督，兼掌民政长，调集军队，抵抗北军。孙多森逃至上海，电告北京。略称："被逼离皖，恳即另任都督，讨平乱党。"袁总统即将讨皖事务责成倪嗣冲。倪是老袁旧部，自然奋力报效，督兵进攻去了。

安徽以外，又有粤东都督陈炯明，亦响应宁、皖、赣各军，宣告独立。陈炯明本与孙黄同党，闻黄兴已实行讨袁，即亲赴议会，演说袁总统罪状，拟即日出师北伐等语。议会中尚依违两可，不甚赞同。陈炯明勃然大怒，竟拔佩刀出鞘，掷置案上，声言不肯用命，立杀无赦。议员等被他一吓，那个敢轻试刀锋，只好唯唯从命。炯明回署，即自称粤总司令，派兵往宁、赣等处，援助黄兴、柏文蔚等。但因兵饷缺乏，迫令远近商人助饷，各商辎铢必较，怎肯无故出钱，畀他弄兵逞志？遂陆续电达政府，请速发兵南征，保救商民。袁总统遂命龙济光为广东镇抚使，乃弟龙觐光为副，两龙本驻扎粤边，就近派剿，较为便捷；一面下一通令道：

迭据新加坡槟榔屿侨商，广州总商会，香港澳门各政党各行业商民人等，屡电称："本月十八日，都督陈炯明在议会拔刀，威逼议员，宣告独立，乞派兵挽救，速讨逆贼"等语。情形迫切，众口一词。广东经兵燹之后，疮痍未复，迭饬各师旅长等，严守秩序，保卫地方。不意陈炯明狼子野心，背国叛立，粤人水深火热，泣血椎心，披阅电文，不忍卒读。各该商民深明大义，任侠可风。陈炯明祸国祸乡，竟敢通电各省，措辞狂悖，罪不容诛，应即褫去广东都督职官，并撤销陆军中将暨上将衔，着龙济光饬各师旅长，派兵声讨，悬赏拿办。其被胁之徒，但能立功自拔，概勿深究！此令。

此外还有湖南、福建二省亦相继独立。湖南都督谭延闿，福建都督孙道仁，本持中立态度无意决裂，怎奈军界欲起应孙、黄，同时胁迫。湖南举师长蒋翊武为总司令，福建举师长

许崇智为总司令,害得谭孙两督,无法可施,只好暂时从众,也张起讨袁旗来。最后是重庆师长熊克武,亦宣示独立。正是:

> 彼让此争徒自扰,
>
> 南征北讨几时休。

以上所述,独立的省份,计不下五六省,袁政府遣兵派将,日夕不遑,倒也忙碌得很。欲知成败,且看下回。

语有云:"不可与言而与之言,失言。"孙文之劝袁退位,毋乃贻失言之讥乎?袁氏野心勃勃,宁肯退位?彼方为一网打尽之谋,而孙实堕其术,徒令撤销全权,目为乱党。假使袁氏后日,效曹操之欲为周文王,不思南面称帝,则假面目终未揭破,孙、黄遁逃海外,终为民国罪人,几何而不为天下笑也。柏文蔚、陈炯明辈,亦未免躁率取戾,意气之不可用事也如此。

前车覆,后车鉴,愿执此书以告来者。

第二十九回

郑汝成力守制造局
陈其美战败春申江

却说袁政府派兵南下，首先注意是宁、赣两路。李烈钧已入围中，虽有欧阳武等遥应南昌，已被北军遮断，宣抚使段芝贵及总司令李纯，步步进逼，还有陆军中将王占元及海军次长汤芗铭，会同水陆各军，同时进攻。旅长马继增、鲍贵卿等，奉段芝贵等派遣，分道攻击。马军从新港一带，率兵猛进，连夺要隘，占领灰山。湖口西炮台忙开炮轰击马军，马军仗着锐气，直薄炮台，前仆后继，冒烟冲突，又有外面军舰，连放巨炮，终将炮台轰破，守台各兵除倒毙外，尽行逃去，马军遂占住西炮台。鲍军由海军掩护，从官牌夹渡，至湖口东岸，与李烈钧部众激战，大获胜仗，乘势进据钟山，扑攻东炮台。可巧西炮台攻毁，东炮台知不可守，立即溃散。李烈钧势穷力蹙，遂弃了湖口，乘舟逸去。总计李烈钧起事，偶得偶失，先后不过十多日，湖口一带，已完全归入北军了。

袁总统闻捷大喜，即发犒赏银十万元，赍交段芝贵量功颁赏；并称："天不佑逆，人皆用命，得此骤胜。恐是天夺之鉴，并非助彼除敌。并饬悬赏缉获李烈钧，所有商民，应责成段芝贵设法安抚，以副救民水火的本旨。"满口仁慈。又因陆军少将余大鸿、参谋汤则贤，前时奉公至赣，道经湖口，为李烈钧部将何子奇所拘，一并杀害，投尸江流，应特别抚恤，并在受害地方，建祠旌忠"云云。段芝贵等自然照办，一面从湖口南下，往捣南昌去讫。

这时候的沪军总司令陈其美，已连攻制造局，三战三北，纷纷退至吴淞口。原来江宁独立，传檄各属，陈其美同时响应（已见上文）。外如松江军队，蠢然思逞，即推钮永建为总司令，招添新军，挑选精壮，派统领沈葆义、田嘉禄等为师团各长，先行开往沪南，与北军决战。一到龙华，即在制造分厂门外，开了一阵排枪，先声示威，嗣即整齐军队，陆续进厂，厂中没人抗拒，当由松军检点火药子弹等箱，贴上封条，并在厂前高悬白旗，嘱令厂长等严加防守，即刻拔队赴沪。

制造局督理陈榥与海军总司令李鼎新，正接黄兴急电，请调北军离局，免致开衅，当已据实电达北京，请示办理。忽闻龙华药厂又被松军占领，顿露惊慌景象，所有全局办事员及工匠役夫等，走避一空。陈督理与李总司令筹商，急切不得良法，可巧郑汝成到来，见这情形，遂向李鼎新道："此处警卫全军，大总统本责成海军总司令，完全节制，现在枪械均足，又有兵舰驻泊，足资防守，应该如何对付，当由总司令发布命令，未便一味游移。"李鼎新迟疑半响，方道："昨已电达政府，请示办理了。"郑汝成又道："依愚见想来，政府命公留此，当然要公防护，就是汝成奉命前来，也应助公一臂，何必待着复电，再行筹备。明日有了复音，当不出我所料。"李鼎新复道："兵不敷用，奈何？"汝成道："不瞒公说，我已有电到京，请速派兵到此，尽可无虑。"李鼎新尚是愁容满面，只恐缓不济急。汝成又道："昨日沪上领事团，已有正式通告，无论两方面如何决裂，不能先行动手，否则外人生命财产，应归先行开战一方面，担任保险。我处有此咨照，那边应亦照行，想一时不致打仗，不过有备无患，免得临时为难。"李鼎新尚是踌躇，汝成不觉急躁道："汝成今日与公定约，公守军舰，我守这局，若乱党来攻，我处对敌，公须开炮相助。成败得失，虽难逆料，但能水陆同心，未必不操胜着呢。"历叙郑汝成谋划，确是有些智略，故二次革命之平定，当以江西李纯、上海郑汝成为首功。但为袁尽力，还是有掩盛名。李鼎新方才欣允，彼此约定，李即到海筹军舰中，自行筹备，这且慢表。

且说陈其美树帜讨袁，就在上海南市设一总司令部办事机关，所有旧部人员，次第到来，分任职务。且四处发出通告，遍贴街衢，大旨以起兵讨袁，义不得已，在沪商民，一应保护，并饬各营约束军队，严查匪类，另颁六言告诫，申定斩首等律，揭示军民人等，一体知悉。华界人民多数搬入外国租界，期避兵锋。吴淞炮台官姜文舟也受陈怂恿，宣布独立，划定战线，照会外国领事，一切军舰商舶，不得在战线内下椗，无论何人，亦不得入战线以内。战祸将开，风声日紧。至松军一到，自龙华药厂起，至日晖桥止，悉数布置，遍地皆兵。陈其美复商同商会董事李平书，令为保安团长，以王一亭为副，管理民政，保卫自安。上海城内各公署，无兵无饷，怎敢反抗陈其美，只好随声附和，独有郑汝成驻守制造局及海军各舰，不受陈其美运动。

北军逐日南来，统在局内屯驻，听郑汝成节制，局中原有的巡警卫队，俱被汝成遣出，免得生变。陈其美闻这消息，料他是个好手，不便轻敌，即与李平书、王一亭熟商，拟出三万金赆送北军，教他让给制造局。李平书本与郑汝成相识，便把这副担子挑在自己身上，邀同王一亭往制造局，入见郑汝成，略说："北军兵单孤立，南军四路合围，眼见这制造局要被南军夺去。平书为息战安民起见，已与陈其美商洽，愿馈北军三万金，统为赆仪，劝他北返。"说至此，猛听得一声呵斥道："我郑汝成奉大总统命令，来守此局，你奉何人命令，敢来逐我出境？我若不念旧交，先将你的头颅，枭示局门，为叛党鉴。混账糊涂，快与我滚出去罢！"李、王两人碰了这个大钉子，不禁面目发赤，仓皇退出，返报陈其美。陈乃决意开战，调集南军，拟专攻制造局，可巧驻宁福字营司令刘福彪将部众编作敢死队，带领至沪，与陈其美晤商，愿为攻击制造局的先锋。其美大喜，即令为冲锋队。还有镇江军、上海军及驻防枫泾的浙江军，一股脑儿凑将拢来，约有三四千人。镇、沪两军本无叛志，因黄兴借着程督名义，调拨该军，不得不奉命来前。浙江本未独立，所派枫泾防兵，实是防御沪党，不意为陈其美买通，也拨遣一队，助攻制造局。再加松江钮永建军、福字营的敢死队，共计得七千五百人，于七月二十二日夜间，由总司令陈其美发令，一律会齐，三路进攻，一攻东局门，一攻后局门，一攻西栅门。东局门最关紧要，即用敢死队猛扑过去。先放步枪一排，继即抛掷炸弹，蜂拥前进。局中早已预备，即开机关枪对敌，敢死队也用机关枪击射，相持不退。局内复续发步枪，继以巨炮，响震全沪，会西栅门外，又复起火，后局门外，亦起枪声，郑汝成分军堵御，连击不懈。

正在两军开战的时候，海筹军舰的李司令遵约开炮，向东西两面轰击，东轰镇军，西轰浙军，大半命中，镇、浙两军本无斗志，立即溃散。只有松军沪军及敢死队数百名，尚是死抗，未肯退回。转瞬间天已黎明，北军运机关炮过山炮等，一齐开放，松、沪军始不能支，逐渐退去。北军出局追击，因敢死队乱掷炸弹，异常猛烈，才停住不追。敢死队却自死了多人，总计敢死队六百五十名，战了一夜，伤亡了一大半。刘福彪大呼晦气，闷闷不已。

到了晚间，由吴淞炮台官姜文舟，拨调协守炮台的镇江军一营，到了上海，又由陈其美下令，再攻制造局，各军仍然会集，依了老法儿，三路并进，连放排枪，北军并不还击，直待敌军逼近，方将枪炮尽行发出，打得南军落花流水，大败而逃。刘福彪义愤填膺，当下收集溃兵，休息数小时，至二十四日午后，运到枪关大炮，猛攻制造局。

北军亦开炮还击，福彪冒险直进，不防空中落下一弹，穿入左臂，自觉忍痛不住，只好逃往医院，向医求治去了。部下的敢死队，只剩了一二百人，无人统辖，统窜至北门外。

北门地近法界，安南巡捕奉法总巡命令，严行防守，偶见败军窜入，即猛放排枪一阵，把他击回，转入城内，抢劫估衣等店数家，由南码头凫水逃生，慌忙逸去。敢死队变作敢生队。

是日，有海舰一艘入口，满载华人，仿佛似铁路工匠模样。及抵沪登岸，统入制造局，外人才知是北军假扮，混过吴淞。局中得此生力军，气势愈盛。惟松军司令钮永建，迭接败报，即亲率部众二千名，直至沪南。郑汝成闻有松军续到，索性先发制人，立派精锐五百名，出堵松军。两下相见，无非是枪炮相遗。奋斗多时，互有伤亡，惟北军系久练劲旅，枪无虚发，松军渐觉不支，向西退去。北军方拟追袭，忽由侦卒走报，后面又有叛党来攻，乃急急回军，退入西栅。松军返身转来，复向西栅攻击，北军严行拒守。既而后面又迭起炮声，有一千余人新到，夹攻制造局。

看官道此军何来？乃是讨袁总司令陈其美由苏调来的第三师步兵，他由闸北河道，坐驳船到沪，随带机关枪炮，却也不少，所以一到战地，即枪炮迭施，隆隆不绝。北军并不与敌，只有海军舰上，开炮相击，亦没有什么猛烈。苏军大胆前进，甫逼局门，不料背后猝闻巨响，回头一望，弹来如雨，不是击着面部，就是击着身上，接连有好几十人，中伤仆地。苏军料知中计，急忙退避。时已昏暮，月色无光，不觉仓皇失措，那局内又迭发巨炮，前后夹攻。大众逃命要紧，顿致自相践踏，纷纷乱窜。原来郑汝成闻苏军到来，即遣精兵百人，带着机关炮，埋伏局后，俟苏军逼近局门，伏兵即在苏军背后开起炮来，局中亦应声出击，遂吓退苏军，狂跑而去。西栅门外的松江军尚在猛扑，更有学生军六十名，力斗不疲，几把西栅攻入，凑巧军舰上开一大炮，正射着学生军，轰毙学生三四十人，余二十人不寒而栗。没奈何携枪败走，松军为之夺气。北军正击退苏军，并力与松军激战，松军死亡甚众，他只好觅路逃走；途次又被法兵拦住，令缴军械，始准放行。该军无法，乃将枪杆军装，一齐抛弃，才得走脱二十名。学生军逃至徐家汇土山湾，困乏不堪，为慈母院长顾某所见，心怀矜恻，各给洋五元，饬令速返故里。惟所携枪械，当令交下。学生称谢去讫。自二十二日晚间开战，至二十五日，南军进攻制造局，已经三战三北，死的死，伤的伤，逃的逃，不复成军。亏得红十字会慈善为怀，除逃兵外，所有尸骸，代为收殓，所有伤兵，代为收治，总算死生得所，稍免残惨。但商民经此剧战，已是流离颠沛，魂上九霄了。

陈其美迭接败报，不得已招集散兵，令赴吴淞效力。惟前时临阵先溃，有逃兵二十四名，押往地方检察厅，此次散兵拟赴吴淞，即向检察厅索还被押兵士，以便偕行。厅长也算见机，立命释出，不意散兵闯入厅署，持枪威吓，竟将所有讼案缴款及存案物件，抢掠一空。该厅所属，有模范监狱，曾羁住宋案要犯应桂馨，至此也联络监犯，大起扰乱。狱宫吴恪生力难震慑，先偕应出狱，各犯亦乘势脱逃。城内秩序大乱，巡警亦无法拦阻。地方审判厅长索性将看守所中男女各犯，一齐释出，令他自去逃生。各犯都欢天喜地的携手同去。是时程都督德全及民政长应德闳，驻沪已一星期，惊魂甫定，且闻党人多已失败，乃联名发电，作为通告。其文云：

德全德薄能鲜，奉职无状，光复以来，唯以地方秩序为主，以人民生命财产为重，保卫安宁，别无宗旨。不图诚信未孚，突有本月十五日宁军之变，维时事起仓促，诚虑省城顷刻糜烂，不得不忍一时之苦痛，别做后图。苦支两日，冒死离宁。十七日抵沪后，即密招苏属旧部水陆军警，筹商恢复。众情愤激，询谋佥同，连日规划进行，布置均已就绪，兹于本月二十五日,即在苏州行署办事。近日沪上战事方剧,居民震骇,流亡在道,急宜首先安抚,次第善后,并在上海设立办事处,酌派人员就近办理。德阀遵奉中央命令,亦即在沪暂行组织行署,以便指挥各属,筹保卫而策进行。窃念统一政府,自成立以来,政治不良,固无可讳。惟监督之权,自有法定机关,讵容以少数之人,据一隅之地,诉诸武力,破坏治安?看他语意,全是首鼠两端。德全与黄兴诸人,虽非夙契,亦托知交,每见辄谆谆以国家大局为忠告。我未之闻。即党见之异同,个人之利害,亦皆苦口危言,无微不至。乃自赣军肇衅,金陵响应,致令德全两年辛苦艰难,经营积累,所得尺寸之数,隳于一旦。哀我父老,嗟我子弟,奔走呼号,流离琐尾,泣血椎心,无以自赎。德全等不知党派,不知南北,但有蹂躏我江苏尺土,扰乱我江苏一人,皆我江苏之同仇,即德全之公敌。区区之心,唯以地方秩序为主,以人民生命财产为重,始终不渝,天人共鉴。一俟乱事敉平,省治规复,即当解职待罪,以谢吾苏。敬掬愚诚,惟祈公鉴!程德全、应德阀叩。

自程督通电后,沪上绅商已知陈其美不能成事,乃就南北两方面,竭力调停,要求罢战。且硬请陈司令部迁开南市,移至闸北。陈其美忿气满胸,声言欲我迁移,须将上海城内一概焚毁,方如所请。红十字会长沈敦和前清时为山西道员,曾婉却八国联军,一意保护商民,晋人称他为朔方生佛。至此访陈其美,再三磋商,陈乃勉强允诺。适江阴遣来援兵二千余名,为陈所用,陈又遣令攻局。并雇用沪上流氓及东洋车夫,悉数助战。流氓车夫,也出风头。偏局中无懈可击,更兼外面军舰,用了探海电灯,瞭照交战地点,测准炮线,猛击敌军。敌军冲突多时,一些儿没有便宜,反枉送了许多性命。自二十五日夜半,战至天明,一律遁去。陈其美方死心塌地,将总司令部机关迁至闸北,只有钮永建倔强未服,尚欲誓死一战,到了二十八日,号召残军,且延聘日本炮兵,做最后的攻击。这次猛战,比前四次尤为剧烈,不但轰击制造局,并且轰击兵舰,炮弹所向,极有准则,竟把海筹巡洋舰,击一窟窿,就是守局的北军,也战死不少。北军未免着急,竟将八十磅的攻城大炮,接连开放,飞弹与飞蝗相似,打死钮军无数。

流氓尽行溃散,钮军也立脚不住,仍一哄儿散去。沪局战事,方才告终。小子时寓沪上,曾口占七绝一首云:

> 风声鹤唳尽成兵,
> 况复连宵枪炮声;
> 我愧无才空击楫,
> 江流恨莫睹澄清。

郑汝成既战胜南军,连章报捷,北京袁政府,又有一番厚赉,容至下回表明。

上海宣告独立,除英美法租界外,只有一制造局,尚奉中央。孤危之势,可以想见,乃得郑汝成以守护之,卒能血战数日,战败敌军,是知用兵全在得人,得人则转危为安,不得人,虽兵多势盛无益也。犹忆前清拳匪之役,京中如载漪、董福祥等,用全力以攻使馆,不能损彼分毫,有识者知其必败。陈其美集数处之兵,攻一制造局,三战三北,甚至用流氓车夫为战士,欲以儿戏故技,恐吓北军,试思此时与袁军开仗,非清末可比,尚能以虚声吓退敌人乎?强弩之末,且不能穿鲁缟,况本非强弩,安能不折?是陈其美之弄兵,毋亦一董福祥之流亚欤?彼粗莽如刘福彪辈,徒有匹夫之勇,更不足道矣。

第三十回

占督署何海鸣弄兵
让炮台钮永建退走

却说袁总统闻沪上起衅，屡遣北兵至沪，助守制造局，且令郑中将汝成及海军司令李鼎新，协力固守，如有将士应乱图变，立杀无赦等语。郑汝成本服从中央，立将此令宣布，又调开原有警卫军，专用北军堵御。果然内变不生，外患尽却，当即连章报捷。袁总统即任郑为上海镇守使，并加陆军上将衔，颁洋十万元，奖赏守局水陆兵士。两个十万元，压倒赣、沪军，其如债台增级何？郑汝成遵令任职，一面将赏洋分迄。嗣闻沪上败军都逃至吴淞口，炮台官姜文舟已经遁去，由要塞总司令居正管辖。居正与陈其美等统同一气，自然收集败军，守住炮台。松军司令钮永建与福字营司令刘福彪，先后奔到吴淞，与居正一同驻守。郑汝成、李鼎新等因吴淞为江海要口，决意调遣水陆军队，往攻该处，嗣闻海军总长刘冠雄由袁总统特遣，领兵南下，来攻吴淞炮台，于是待他到来，再议进取。暂作一结。

且说黄兴在宁，闻赣、徐、沪三路人马屡战屡败，北军四路云集，大势已去，暗想此时不走，更待何时，当下号令军中，只说要亲往战地，自去督战，但却未曾明言何处。

七月二十八日夜半，与代理都督事章梓改服洋装，邀同日本人做伴，各手持电灯一盏，至车站登车，并拨兵队一连，护送出城，既到下关，赏给护送兵士洋二百元，兵士排队举枪，恭送黄兴等舍车登舟。俟他鼓轮下驶，才行回城。黄兴到了上海，拟与孙文、岑春煊等，商议行止。哪知上海领事团已转饬会审公廨，总巡捕房访拿乱党数人：第一名就是黄兴，余如李烈钧、柏文蔚、陈其美、钮永建、刘福彪、居正等，统列在内。还有工部局出示，驱逐孙文、岑春煊、李平书、王一亭等，不准逗留租界，害得黄兴无处栖身，转趋吴淞口，与钮永建、居正会晤，彼此流涕太息。当由钮永建叙及：孙文、岑春煊俱已南走香港，陈其美亦不能驻沪，即日当迁避至此。黄兴道："全局失败，单靠这个吴淞炮台，尚站得住吗？"钮永建道："在一日，尽一日的心，到了危险的时节，再作计较。"黄兴又未免嗟叹。在钮营内暂住一宵，辗转思维，这孤立的炮台，万不足恃，不如亡命海外，况随身尚带有外国钞票，值数万金，足敷川资，怕他什么。主见已定，安安稳稳的游历睡乡，至鸡声报晓，魂梦已醒，他即起身出营，也不及与钮永建告辞，竟携着皮包，趋登东洋商船，航海去了。

看官！这讨袁总司令黄兴，是与袁世凯有仇，并非与领事团有隙，为何上海租界中也要拿他，他不得不航海出洋呢？原来旅京军界，恰有通电缉拿黄兴，袁总统愈觉有名，遂商榷驻京各国公使，转令上海租界，一体协拿。小子曾记得军界通电云：

大总统副总统各省都督各使各军长旅长鉴：黄兴毫无学问，素不知兵，然屡自称总司令，俨然上级军官。凡为军人者，皆应有效死疆场之精神，而黄兴从前于安南边境，屡战屡逃，其后广州之役，汉阳之役，其同党多力战以死，而黄兴皆以总司令资格，闻炮先逃，其同党之恨之者，皆曰逃将军。其人怯懦畏死，可想而知。其以他人性命为儿戏，又极可恨。此次乘兵谋叛，彼非不知兵力不足以敌中央，不过其胸中有一条三十六计走为上计之秘诀，一旦事机不妙，即办一条跑路，而其同谋作乱者，则任其诛锄杀戮，不稍顾恤，其不勇不仁，一至于此。苟非明正典刑，不足惩警凶逆。我军各处将领，于并力攻剿之外，并当严防黄兴逃走，多设侦探，密为防范，无使元凶逃逸，以贻他日生民之患。旅京各省军界人同叩。

黄兴去宁，南京无主，师长洪承点亦已遁走，代理民政长蔡寅吁请第八师长陈之骥、第一师长周应时、要塞司令马锦春、宪兵司令茅乃封、警察厅长吴忠信及宁绅仇继恒等，集议维持秩序，当议决七事：（一）取消独立字样；（二）通告安民；（三）电请程都督回宁；（四）电请程都督电达中央各省，转饬各战地一律停战；（五）电请由沪筹措军饷来宁；（六）军马暂不准移动，城内不准移出城外，城外不准移入城内；（七）军警民团责成分巡保卫城厢内外。七事一律宣布，人心稍定。当派参谋盛南苕、军务课长王楚二人，往迎程督。地方团体，亦举仇继恒代表迎程。

哪知程督不肯回宁，且因第一师长洪承点已经出走，特派杜淮川继任。其时宁人已公举旅长周应时，接统第一师，当有电知照程督。程不但不肯下委，反将周应时的旅长，亦一并取消。于是军民不服，复怀变志。

及杜淮川到任，正值张勋、冯国璋二军由徐州而来，杜即往固镇欢迎。忽有沪上民权报主笔何海鸣，带领徒党百余人，闯入南京，竟占据都督府，宣布程德全、应德闳罪状，出示晓谕，恢复独立，只百余人，便可入城胡行，江宁城中的军吏，管什么事？自称为讨袁总司令。黄兴之后，不意又有此人。正在组织司令部，第八师长陈之骥方才到署，何海鸣降阶迎接。陈之骥笑语道："何先生！有几多饷银带来？"目的全在饷银，无怪扰乱不已。何答道："造币厂中，取用不尽。"之骥又道："有兵若干？"所恃惟兵，所畏亦惟兵。何复道："都督的兵，就是我的兵。"之骥便回顾左右道："这厮乱党，真是胆大妄为，快与我捆起来。"你前时何亦欢迎黄兴？左右闻命，立将何海鸣拿下，又将何党数十人，亦一并拘住。之骥复指何海鸣道："此时暂不杀你，候程都督示谕，再行定夺。"于是将何海鸣等，羁禁狱中，再出示取消独立，全城复安。

既而南京地方维持会，向闻张辫帅大名，恐他军队到来，入城蹂躏，乃与商会妥议，公举代表，渡江谒冯军使，求保宁人生命财产，不必再用武力；且请转商张军，幸毋入城。冯军使国璋任职宣抚，却也顾名思义，准如代表所请，一一允诺。代表即日回宁，转告陈之骥，之骥亦亲往谒冯，接洽一切。不意第一师闻之骥出城，竟去抢劫第八师司令部，与第八师交哄起来。第八师仓促遇变，敌不住第一师，一拥而出。第一师放出何海鸣，引至督署，复宣告独立起来。第一师如此行为，定是受何党运动。城内商民又吓得魂飞天外，大家闭市，连城门也通日阖住。何遂设立卫戍司令，并委任参谋各职，及旅团军官，又是一番糊糊涂涂新局面。仿佛戏场。阖城绅商，急得没法，只好邀集军人会议。怎奈军人纷纷索饷，声言有钱到手，便可罢休。是时宁城已罗掘一空，急切不得巨款，没奈何任他所为。何海鸣却用使贪使诈的手段，哄诱第一第八两师，扼守要害，有将来安乐与共等语。两师被他所惑，愿遵号令，只第八师的三十团不肯附和，由何勒令缴械，资遣回籍。自是南京又抵抗北军，冯、张两使，率军到宁，免不得又启战争了。这皆是程督所赐。

且说海军总长刘冠雄督领水师南下，因吴淞口被阻，绕道浦东川沙东滩登陆，迁道至沪，暂驻制造局，会晤郑汝成、李鼎新等，修舰整队，决意进攻吴淞炮台。当于八月一日，密令海筹、海圻各军舰，驶抵吴淞，距炮台九英里许，开炮轰击，炮台亦开炮相答。居正亲自在台督战，约一小时，未分胜负，两下停炮。越二日又有小战，由海圻兵舰，连开数炮，炮台亦还击多门，寻即罢战。又越三日，复由海圻、海容、海琛三舰，齐击炮台，有数弹击中台内土墙，泥土及黑烟飞腾空中。台上稍受损伤，连放巨炮相答，三舰又复驶回。

原来刘总长因吴淞一带留有居民，如用猛烈炮火，不免毁伤住宅，且探悉炮台守兵，饷需缺乏，军无斗志，不如静待敌变，然后一举可下，所以数次攻击，无非鸣炮示威，并未尝实行猛扑；一面转致程督德全，速劝吴淞炮台居正等，反正效力。居正、钮永建未肯听从，独刘福彪颇有异图，拟将炮台奉献，如何作敢死队头目？事被居正察悉，遂开炮轰击刘军，刘福彪仓皇溃遁，转投程督，情愿效劳。刘总长冠雄得悉情形，遂调齐海陆大军，合作围攻计划。口外海军由刘自为总司令，口内舰队由李鼎新为总司令，江湾张华浜方面，派遣陆军进攻，由郑汝成为总司令，三路驰击，大有灭此朝食的形势。远近居民，逃避一空，就是沪渎一方面，距吴淞口四十余里，也觉岌岌可危，惊惶不已。

红十字会长沈敦和，特挽西医柯某，乘红十字会小轮，驰赴战地，拟劝钮永建等罢兵息争。适钮永建据住宝山城，暂设司令部机关，居正因钮知兵，已让与全权，钮遂为吴淞总司令。柯医借收护伤兵为名，竟冒险入宝山城，投刺司令部，进见钮永建。钮问及伤兵若干，柯叹道："尸骸遍地，疮痍满目，商业凋敝，人民流离，几至暗无天日，公系淞人，独不为家乡计吗？"钮亦太息道："事已至此，弄得骑虎难下，就是有心桑梓，奈爱莫能助，如何是好？"柯遂进言道："公非自命为讨袁司令吗？袁未遇讨，故乡的父老子弟，已被公讨尽了。公试自问，于心安否？"单刀直入。钮不禁失声道："然则君今到此，将何以教我？"柯答道："现赣、宁、湘、皖诸省，都被北军占了胜者，近日四路集沪，来攻吴淞，将军虽勇，究竟寡不敌众，难道能持久不败吗？从前百战百胜的项霸王，犹且垓下遇围，不能自脱，今日的吴淞，差不多与垓下相似，今为公计，毋效项王轻生，不如全师而退，明哲保身。并且淞、沪生灵亦免涂炭，一举两得，想尊意当亦赞成。"语语中人心坎，哪得不令人服从？钮闻言心动，徐徐答道："君言甚是。北军如能不杀我部下，我岂竟无人心，忍使江东父老，为我遭劫吗？"柯即答道："公何不开一条件，交给与我，我当往谒刘总长，冒险投递，就使赴汤蹈火，亦所不辞。"钮乃亲书条约，函封授柯，且语柯道："我与刘总长颇有交情，劳君为我介绍，致书刘公，别人处不必交他。"柯连声应诺，告辞出城，当下仍登小轮，驶赴海圻军舰。正值炮弹纷飞，两造酣战，柯即手执红十字旗，摇动起来，指示停战。

两下炮声俱息，柯乃得登海圻舰中，与刘总长协商。刘总长颇觉心许，遂将舰队驶回，复与李、郑两司令商议了两小时，彼此允洽。柯遂返报沈敦和，一面驰书宝山，请钮践言。钮覆称如约，柯即于八月十三日，率救护队入宝山城，四面察看，已无兵士。及至司令部中，钮已他去，只留职员四人，与柯交接，并出钮所留手书，由柯展阅，书云：

永建无状，负桑梓父老兄弟，罪大恶极，百身莫赎。前席呈词，畅闻明训，甘践信约，不俟驾临，率卫队三百人，退三十英里。炮台已饬竖海军旗，以坚北军之信。钮永建临行走笔。

柯医阅罢，即返身至吴淞口，张着红十字旗，至炮台前，所有军官兵士等，除居正远飏外，已尽遵钮永建密令，归服北军，遂一齐欢迎柯医，且将炮闩脱卸，炮门向内，枪支尽释。柯复为奖劝数语，大家悦服。柯乃亲登炮台，竖起红十字旗，旋见海圻各舰，率鱼雷艇入口，派五十人登台。外如海筹各舰，亦陆续驶来，共计八艘，悉数停泊炮台前。原守各军，擎枪示敬。刘总长立即传令，每门派水兵四人把门，余扎重兵分道防守。原有守将守兵，仍准协同守护，候大总统命令，再行核办。乃将红十字旗卸下，易用海军旗，当易旗时，全体军队均向红十字旗行三呼礼道谢。柯医与救护员等及水陆军合拍一照，留作弭兵的纪念，然后分途散去。柯医不愧鲁仲连。

刘总长即电告吴淞恢复情形，适值长江查办使雷震春及陆军二十师师长潘矩楹，奉中央命令，带兵到沪，由郑镇守使接着，详述吴淞规复，雷、潘等自然欣慰。惟雷、潘两人南下，本拟助攻吴淞炮台，及闻炮台已复，乃电呈袁总统，候令遵行。嗣得复电，命刘冠雄兼南洋巡阅使，雷震春为巡阅副使，所有潘矩楹部下全师，仍令归雷节制，出发江宁助剿。雷乃带领潘军，乘轮上驶去了。郑汝成送别雷、潘后，复接袁总统电令，严拿陈其美、钮永建、居正、何嘉禄等人，郑乃复分饬侦探，密查钮等踪迹，期无漏网。那时陈、居等或匿或逃，无从缉获，只钮永建卖让炮台，由宝山退据嘉定，尚拟募兵防守。为久占计，当由海军司令李鼎新及旅长李厚基，两路进击，钮永建始出走太仓，自知事不可为，竟乘美国公司轮船，飘然出洋。陈其美、居正等也陆续航海，统到外洋避难。既而李烈钧自南昌出走，柏文蔚自安庆出走，辗转出没，结果是亡命外洋。就是欧阳武、陈炯明等，亦皆因政府悬赏缉拿，狼狈遁去。小子有诗咏道：

> 倏成倏败太无常，
> 直把江淮做戏场。
> 毕竟谁非与谁是，
> 好教柱史自评量。

欲知各党人出走详情，待至下回续叙。

徒以成败论人，原为一孔之见，不足共信，但如黄兴之所为，有奋迅心，无坚忍力。若程督德全，毋乃类是。至钮永建攻制造局不下，退据吴淞，犹能固守十余日，其毅力实可钦敬。独惜袁氏早存排除异己之见，在浔事未发之前，于沪、宁方面，已预为设防，致令未克成功，良可慨已！

第三十一回　逐党人各省廓清　下围城三日大掠

　　却说段芝贵、李纯等，既夺还湖口，即乘胜直捣南昌。适李烈钧收集败军，退守吴城，吴城系新建县乡镇，距南昌省城一百八十里，烈钧到此，即遣党人魏斯昊、曾经等，赴省城勒逼民财，输作军饷。省中商民，怨苦得了不得，统詈欧阳武勾引乱党，扰乱南昌，且因北京已传达命令，撤销欧阳武护军使，归段宣抚使李镇守使严行拿办。欧阳武不能安居，方拟出走，又值李烈钧的败信，陆续报到，他即收拾细软，一溜烟地遁去。哪知去了一个新都督，又来了一个老都督，老都督为谁？看官不必细问，就可晓得是李烈钧。李烈钧节节败退，竟至南昌，甫到城外，即令城外居民立即迁移，意欲坚壁清野，实行扼守。南昌商民越加惊慌，统说是李军入城，抗拒官军，势必全城糜烂，玉石俱焚，不得已浼商会总董，速派代表，往说李军，情愿集洋三十万圆，为李军寿，请他不要入城。当由烈钧允诺，收了银圆，移师万家浦，驻扎候战。李纯率同水陆各军，踊跃前来，烈钧下令迎击，免不得枪弹互施，无如兵已屡败，不能再振，一经战斗，好似秋风陨箨，旭日凌霜，烈钧支持不住，索性向南远窜。余众或逃或降，弄得干干净净。收束赣乱，且为前回补笔。李纯乃收军进城，出示安民，当下通电北京及各省道：

　　本月十八日，我军水陆进攻南昌，于聂家窑、罗口、高桥，与匪激烈战斗，其水道一股，击沉匪船七只，毙匪四百余人，俘获二十余人，陆路一股，毙匪六七百人，招降四营。余夺获小火轮三只，步枪五千余枝，山炮六尊。我军两路，共阵亡官兵数名，受伤一百余名，于是日晚完全占领南昌。我军入城，各界极表欢迎，现在一面安抚商民，一面分队追击溃匪，俾早全赣肃清，以安大局而慰廑系。特闻！李纯叩。

　　南昌既闻克复，安庆又报肃清。原来柏文蔚率同胡万泰，入据安庆，即在城外遍布兵队，严防倪军。寻闻倪嗣冲已攻克寿州，复下正阳关，直逼省城，胡万泰忽起变心，竟离了柏文蔚，自张一帜，且揭示柏文蔚五罪，函致议会商会，逐柏他去。统是一般墙头草。议会商会乃公举代表数人，劝柏退让，柏已形神俱丧，没奈何应允出城，径趋芜湖。胡万泰即取消独立，并亲赴九江，往谒段芝贵。不谒倪而谒段，想是与段有交。段委他收复大通、芜湖等处，另派旅长鲍贵卿往守安庆，段意亦不甚信胡。一面电告倪嗣冲。是时政府命令，已将安徽民政长兼署都督孙多森免官，特任倪嗣冲为安徽都督，兼民政长，催他晋省。倪乃电致胡万泰，说是不日就道，先派马统领联甲，率所部各营来省，一切军事计划，可与该统领商酌办理。胡即回省待马，并派旅长顾琢塘，带兵三营，往剿大通、芜湖等处，再与鲍贵卿商议，亦令他统率三营，前往接应。顾至大通，击逐乱兵，转攻芜湖，柏文蔚又自芜湖转赴南京，只留龚振鹏一军，夺力抗敌。顾琢塘、鲍贵卿等，先后到芜，相持未下。会马联甲已到安庆，复调旅长柴宝山，助攻芜湖，龚振鹏自知不敌，乃率众遁去。芜湖独立，亦从此消灭了。

　　倪嗣冲安心至省，改任胡万泰为参谋长，把他师长一职取消，惟替他请命中央，给了二等文虎章，才算安了胡心。自此安徽平靖如常，不消细述。收来皖乱，亦是补叙之笔。福建都督孙道仁，闻赣、皖相继失败，马上转风，归罪许崇智，把他驱逐，即取消独立。当时袁总

统已派员查办,既得取消独立的消息,便据实呈复,曾由袁总统下令道:

前据福建独立,当即饬员确切查明,兹据复称都督孙道仁,素明大义,倾向中央,惟师长许崇智,纠合乱党,冒孙道仁之名,妄称独立等情。查江宁乱党,冒程德全之名,安徽乱党,冒孙多森之名,均通称宣告独立。其实程德全、孙多森,并未与闻。闽省事同一辙,似此奸徒窃冒,眩惑观听,扰害治安,实属罪不容诛。著孙道仁督饬所部,迅平乱事,重悬赏格,将许崇智及其私党,严拿惩办,以伸法纪。仍责成该都督维持地方秩序,毋稍疏忽!此令。

孙道仁奉令后,益服从中央,解散讨袁同盟会,闽中也算无事。但闽、粤是毗连省份,闽省取消独立,粤东自受影响。第二师师长苏慎初,遂撵逐陈炯明,宣布取消独立。全城燃炮鸣贺,商会举苏为临时都督,方拟视事,忽军警不服,另举第一师长张我权为都督,苏即辞去。北京袁政府特任龙济光督粤,兼职民政长。龙遂督军东下,径赴省城。途次复接袁总统命令,以苏、张两师长各争权利,擅自督粤,着饬革军官军职,交龙济光认真查办,借儆效尤。当下传令至省,苏早远飏,张亦潜遁,军民等开城欢迎。龙即入城受任,粤东又安静了。闽、粤事也依次结束。

唯湖南军界,举蒋翊武为总司令,倡言北伐,首拟攻取荆、襄,开一出路,遂调动澧州、常德一带军队,进击荆属石首、公安二县。当由黎兼督元洪,檄令荆州镇守使丁槐,率兵抵御。湘军连战皆败,仍旧遁回。丁槐以职守所在,未便穷追,湖南独立如故。既而武昌城内的湖南旅馆,又隐设机关,暗图起事,复被侦探报告黎督,捕戮了好几十人,内多湖南派来的秘党,明枪暗箭,始终无效。黎兼督以湘、鄂相连,湘省多事,终为鄂患,乃至书湖南都督谭延闿,劝他撤销独立。谭复书极为圆滑,略言:"独立并非本意,不过为军界所胁,暂借此名,保护治安。鄂、湘唇齿相依,决不自相残杀,现已竭力防乱,静图报命"等语。及赣事失败,北军将移师南向,蒋翊武自知惹祸,偕死党唐蟒等,微服潜逃。就是长江巡阅使谭人凤,也先机遁去,湖南又平。

于是长江上下游,除熊克武据重庆外,只有江南一区,尚由何海鸣占住,未肯罢手。却似硬汉。何委唐辰为省长,刘杰为警察厅长,唐、刘常语人道:"做一刻算一刻,也管不到什么成败呢。"何海鸣也存此想,不过北军尚未合围,且乐得统领孤军,做了几日总司令,逞些威风,也不枉一生阅历。苦我民耳!况金陵虎踞龙盘,素称险固,就使北军如何威武,也一时不能夺去,所以昂然自若,并不畏缩。冯、张二使先派师长张文生、徐宝珍等,陆续进攻,鏖战数日,未能得手,反被狮子山上的大炮,击毙了好几百人。徐师长部下,如团长赵振东,连长黄得胜、王建德等,先后阵亡。连徐师长亦受微伤,抱病回扬。张勋闻报大愤,亲率全队渡江,且檄调沪上各兵舰,赴宁会攻。当下水陆夹击,得将紫金山占住,紫金山系江宁保障,既由张军占领,城中倒也恐慌起来。何海鸣只能笔战,不能兵战,特商同兵队,另举张尧卿为都督,统兵扼守。

张勋饬军扑天保城,把守军驱散,完全占领;乘胜攻雨花台,并由张勋自开条款,劝何海鸣等速降。适值柏文蔚已到江宁,城中复得一助(应上文),暗遣宁军出城,抄出张军背后,掩袭天保城,击伤张军多名,复将天保城夺去。这事恼动了张辫帅,再催冯军渡江助战。徐宝珍病已痊愈,也即重临战地,续用巨炮烈弹,扑击天保城,由徐亲自督战,锐气无前,杀退宁军,又把天保城攻克。可巧冯军前队,亦渡江南来,齐集聚宝门外,拟攻雨花台。张、徐两军亦进遍太平、朝阳两门。宁军更迭出战,都被击退。城外尸骸累累,不及掩埋,又经赤日熏蒸,臭烂扑鼻,真个是神人共恫,天地皆愁。张尧卿触目惊心,情愿卸职,将都督印信,让与柏文蔚。柏以兵单饷绌，不肯担任，经何海鸣从旁婉劝，勉强应允。但城中守兵，伤一个，少一个，城外的北军，却连日运至，昼夜围攻。紫金山及天保城的炮弹，纷纷向城内击射，似急风暴雨一般，猛不可当。城内兵民，一经触着，无不伤亡。何海鸣尚抖擞精神，镇日巡查，不敢少懈。怎奈军饷无着，按天向商会追索。

看官！你想此时北兵压境，商旅不通，还有什么现银，供他使用？只因被逼不过，今朝凑集千元，明朝摒挡百元，移解督署，终不敷用。柏文蔚睹这情形，已知朝不保暮，且登城四望，强敌如林，不觉唏嘘太息，忧惧交并，便下城语何海鸣道："北军大队已到，将次合围，炮火又烈，城中乏饷，兵不应命，这是必败的情景，看来此城是万不可守了。"何海鸣勃然道："海鸣愿誓死守此，城存与存，城亡与亡。"言未毕，旁立张尧卿亦插口道："万一此城被陷，张勋入城，尚可与他巷战，并有炸弹队，可制敌命，想不至一败涂地呢。"柏文蔚默然不答，但摇首示意。越宿，即带领随从军队，潜出南门遁去。临行时仅留一函界何海鸣道："金陵困守，终非久计，弟已出南门去了，君好自为之！"何海鸣见了此函，知他去意已坚，不再挽回，改推韩恢为都督，申誓死守。

既而冯国璋军、雷震春军，一齐到来，四面包围。雷军攻聚宝门，冯军攻水西门、旱西门，张军攻太平门，徐军攻仪凤门，还有下关停泊的兵舰，亦分两面助攻，枪声满地，炮火遮天，阖城绅商，统吓得魂不附体，只得仍举代表，劝何海鸣等让城，何及第八师兵士索银洋十万元，以八万助饷，二万作川资。可怜绅商已计穷力竭，一时筹不出十万金，再用全城公民名义，致书韩、何，略谓："若果筹款解散军队，自应陆续措交，或需补助军饷，亦应择地出城备战，不能闭城不出，使城内数十万生命，同归于尽。逐日搜括，人道何在？天理何存？"云云。何见书援笔批道："打一天要饷一天，打一年要饷一年，要活同活，要死同死，宁为共和死，不为专制活。"这批传出，大家又气又笑，顿时全城罢市，店门外面，多写着"本店收歇，人死财绝"八字。军士还疑他反抗，索性拣择殷实商民，斩门直入，抢掳一空。绅商急得没法，只好再浼商会代表，与何海鸣熟商，愿如前约筹赠十万元，令他退出江宁。何海鸣乃愿为担保，总教有了银钱，无论退让与否，决不骚扰居民，商会即次第挪集，次第缴入，果然钱可通灵，得免抢劫。

到了八月二十九日，北军攻城益急，张勋又开受抚条件，招降何海鸣，何仍置之不理。张尧卿托词募兵，混出城外，韩恢亦避匿不见。海鸣见已垂危，只催令商会缴齐款项，以便出走。商会已缴过七万，尚缺三万金，实是急切难办，不得已宽约数天，何海鸣乃将所有兵队，移扎城南，专等解款到手，便好一麾出城，避开死路。挨到九月一日，款项尚未缴齐，北军已经攻入，江宁城垣，被大炮轰开数丈，张、雷二军，首先拥进，分占富贵山、狮子山、北极阁及朝阳、太平各门。何海鸣尚率军来争，奈各无斗志，不过瞎闹片时，旋即溃遁。何亦驰出南门，飞蹿而去，性命总算逃脱，后来也航海出洋，与一班亡人逋客，同作外国侨民去了。

张、雷二军就在城上遍插红旗，他也无暇追敌，竟借了搜剿的名目，挨门逐户，任情突入，见有箱笼等物，用刀劈开，无论银饼纸币，及黄白钗钿，统是随手取来，塞入怀中。就是裘衣缎服，也挑取几件，包裹了去。倘或有人出阻，不是一刀，就是一枪。最可恨的，是探室入幕，遍觅少年妇女，一被瞧着，随即搂抱过来，强解衣带，污辱一番。宁人只望北军入城，可以解厄，不意火上添油，比前此何军在日，还要加几层淫凶，尤其是蓝衣辫发的悍卒，更属无所不为，于是大家眷属，多逃至西人教堂内，求他保护，西人颇加怜惜，允为收留。当时青年闺秀，半老徐娘，也顾不得抛头露面，相率奔入教堂 可奈堂狭人多，容不住许多妇女，先到的还好促膝并坐,后到的只有挨肩立着。是时天气尚炎,满堂挤着红粉,有汗皆流,无喘不娇,还防辫兵闯入,敢行无礼,偏辫兵不惜同胞,只畏异族,但至教堂外面,遥望窃视,究不敢进尝一脔。为渊驱鱼,为丛驱雀。此外是要杀就杀,要夺就夺,要抢就抢,要奸就奸,初一日已是淫掠不堪,初二日尤为厉害,至初三日简直是明目张胆,把民家商店的箱箧,尽行搬掠,甚至幼辈老媪,也受他糟蹋一顿,总算是一视同仁,嘉惠同胞的盛德。有几个受害捐生,有几个见机殉节,香消玉碎,尽化冤魂,叶败花残,无非惨状。想当初扬州十日,嘉定三屠,也不过这般血幕呢!小子有诗慨道:

> 几经世变酿兵戈,
> 猿鹤虫沙可奈何?
> 蒿目六朝金粉地,
> 那堪三日走淫魔。

张、雷二军,淫掠三日,方有飞骑入城,申明军律,严禁骚扰。这人奉谁命令,且看下回分解。

利不百,不变法,功不十,不易俗,以清季之政令不纲,激成革命,一时之意气用事者;均以革命为无上美名,趋之若鹜。洎乎清帝退位,成为民国,而人民所受之痛苦,较前尤甚。利不胜弊,功不补患,盖已皆视革命为畏途矣。李烈钧、柏文蔚、黄兴诸人,推倒满清,方期享革命之幸福。而偏为袁世凯之违法专权,于是重起革命,动兵十数万,兴师六七省,但未达数旬,即成瓦解。以视辛亥之役,适得其反。斯盖一由民心厌乱,不愿再遭惨剧,一由未能明察袁氏之真相,致彼为倡而此未和,党人反成孤立,俄顷即败耳。

第三十二回　尹昌衡回定打箭炉　张镇芳怯走驻马店

却说张、雷二军，入南京城，淫掠三日，方有军令到来，严禁骚扰，违令者斩。初三日傍晚，雷副使进城。淫掠少减。又越日，迎入张大帅，兵士俱遵约束，不敢胡行。当时江宁人民，疑张暗示兵士，劫淫三日，其实张在城外，并非没有军令，不过所有部众，阳奉阴违。至抢劫两日后，外国医院内，有一个马林医生，伤心惨目，乃至城外报告张勋，劝令尊重人道，严申军诫。张尚谓属部不致如此，惟派兵官入城弹压，再颁禁令。这时全城居户，已经十室九空，所有妇女人等，或死或逃，掠无可掠，淫无可淫，自然应令即止了。

冯国璋亦率军进城，当即会同张勋、刘冠雄、雷震春等，联衔告捷，去电朝发，复电暮来。当奉袁总统命令云：

据江北镇抚使张勋、江淮宣抚使冯国璋、长江巡阅使刘冠雄、副使雷震春电攻克江宁情形，并督饬军队搜剿余匪等语。前因乱党黄兴等潜赴金陵，煽诱军队，迫胁独立。当饬张勋、冯国璋分路督兵南下，会合进攻，迨大军进克徐州，黄兴闻风潜逃，叛军反正，本大总统因不忍地方人民惨罹锋镝，特饬程德全从宽收抚，免烦兵力，贻祸生灵。旋据程德全电称："八月八日，乱党何海鸣赴宁，再谋独立，业经击退。乃第一八两师，复被煽惑，何海鸣为伪总司令。又因第三十一团不肯附

逆，互相激战，秩序大乱，请饬张勋、冯国璋速进，并派兵舰赴宁"各等情。随饬张勋督率所部，会合第四师进讨。该叛兵凭险抵抗，复敢先开炮轰击，各军连日血战，紫金山、天保城诸要隘，次第占领。八月二十五日，攻入朝阳门，匪军囊沙叠垒，阻碍进行，相持数日，柏逆文蔚，复率大股匪军助守，随由冯国璋、刘冠雄督饬陆海军队，分头进攻，雷震春率兵援击。三十一日，各军约会前进。越日，张勋督队，首先架梯登城，会合第四师，分克朝阳、洪武、通济等门。第三师支队，由太平门攻入，进克狮子山，占领下关等处，第五师支队，攻克神策门。混成第二十九、二十团相继入城，分占富贵、骆驼等山，进据北极阁。雷震春会合第四师占领雨花台，由南门攻入，匪势不支，纷纷溃逃，擒斩无算。遂于九月一号，克复江宁。该使等调度有方，各将士踊跃用命，旬余之内，克拔坚城，良堪嘉奖。张勋晋授勋一位，冯国璋给予一等文虎章，刘冠雄特授以勋二位，雷震春特授以勋三位，用彰劳勋。其余出力人员，由该使查明请奖。伤亡官兵，分别优恤。被难商民，妥筹安抚，一面严捕乱党各首要，务获惩治，仍督饬各军队，查剿溃匪，肃清余孽，以靖地方。此令。

接连又有二电，一是程德全免去江苏都督官，一是任命张勋为江苏都督。张勋喜如所

愿,甚为快慰。惟江宁百姓,受了张军的荼毒,无从控诉,只好向隅暗泣。偏有日本商人三名,也被杀害,且有被掠情事;日本岂肯干休,当向政府严重交涉,一要政府谢罪,二要严办凶犯及该管官,三要重金抚恤及悉数赔偿。袁总统忙令李盛铎南下,查明情形,酌量赏恤;并饬张勋速查凶手,从严治罪;其约束不严的军官,立即参办。一面向日使道歉,日使又谈及江宁惨状,百姓遭难,要外人代言,尚说是共和时代,适令人笑。袁总统乃复下令道:

自赣、宁倡乱以来,中央除暴救民,不得不派兵征讨。惟是行军首重纪律,所有各路军队,经过及驻扎处所,无论中外商民,生命财产,均须一律保护。其已被匪扰地方,目击疮痍,至可惨痛,尤应加意保卫,以重人道而肃军规。倘有残杀无辜,及肆意骚扰情事,不特败坏军人名誉,且大背本大总统救民水火之苦心。军律森严,断难宽贷。著各统兵大员,严申诚令,认真稽查!如敢违犯,立按军法从事,并将约束不严之该管官,分别参办,毋稍徇纵。此令。

这令一下,张勋也稍觉不安,且因冯军入城,秋毫无犯,宁人多慕冯怨张,免不得传入张勋耳中。于是张大帅也易威为爱,特派宣慰员十余人,挨门逐户,各去道歉,且出示晓谕军民,凡有收藏人民衣物等件,明抢劫,如何说是收藏?限三日内缴至商会,逾限不缴,查出以军法从事。

越日,即有衣物抛弃路隅,由团防界交商会。商会令失主认领,哪知所有各件,统是敝衣粗服,旧铜烂铁,不值多少钱文。小户人家出去检认,还有几件寻着;富家大户遣人往查,仍然一物没有,只好赤手空回。猫口里挖鳅,十得一二,已是幸事,还想什么完璧?冯国璋、刘冠雄两人,又奉命回任,雷震春代任巡阅使。江苏民政长改任韩国钧,应德闳免官,并督办皖北、江北剿匪事宜,东南一带,暂时敉平。话分两头。

且说四川陆军第三师师长熊克武,响应东南,占据重庆,宣告独立,本拟顺流而下,联络湘军,进窥湖北,不意湘军已取消独立,湖北边防,亦很坚固,几乎无隙可乘,乃遣弟克刚,偕党徒多人,携款至鄂,运动宜昌、施南军队。行经巴东县,为驻防该处第十团二营军队所获。营长殷炯即电达施、宜稽查使马骧云,又由马转报黎元洪。黎即复电,饬马讯实正法,于是克刚以下,统归冥府。未曾占一便宜,先把乃弟送终。是时袁总统闻熊克武已变,命黎调军西征,且会合滇、黔、湘三省,助剿重庆。川督胡景伊又遣兵出击,区区一个熊克武,怎敌得住五省人马,只好电告川省,自请求和。川督勒令交出乱首,方准代为调停,克武不从,乱首就是自己,叫他交出什么?川军遂进逼重庆。黔督唐继尧亦派旅长黄毓成,率混成协一队援川。熊克武孤危得很,四处派人运动,终乏效果,只有川边经略使尹昌衡部下,充任军法局长张煦,被熊勾结,背尹起事。尹昌衡正出师驻边,留张煦驻丹巴县,照顾饷械。张煦竟鼓众应熊,自称川边大都督北伐司令,以第一团团长赵城为副都督,第二团团长王明德为招讨使,即将所部两营,及渝中党羽三千余众,编成混成旅,自丹巴兼程返泸,攻入观察使颜镡署中,劫掠一空。颜镡走免,尹昌衡的父母及一妹一妾,尚留寓泸城,均被张煦软禁起来。一面致书昌衡,迫令反抗中央,声言如不见从,当将他全家屠戮。

昌衡闻警,即率领数骑,驰回泸城,行近泸定桥,偏被张煦派兵截住,昌衡望将过去,该兵管带,系是周明镜,便大呼道:"周管带,你如何反抗中央?"周明镜见是尹昌衡,却也不敢抗拒,便挺身上前,行过军礼,才答道:"都督此来,莫非尚未闻独立吗?"昌衡道:"我正为独立而来,须知螳斧当车,不屈必折,试想东南数省,彼也讨袁,此也北伐,今闻已统归失败,难道我川省一隅,尚独立的住吗?昌衡是本省人,做本省官,不忍我故乡父老,旧部弟兄,同归于尽，所以孤身来此，与诸君一白利害，听我今日，否亦今日，请你等自酌！"语颇动人。周明镜徐徐答道："都督嘱咐，敢不听从，请都督入营少憩。"昌衡便驰入军营，又谕兵士道："弟兄们来此当兵，在家的父母妻孥，都是期望得很，今朝望你做队长，明朝望你做团长，此后还望你连步升官，显扬门阀，岂可为了一时意气，自投死路，不顾家室。就是为义愤计，今日的事情，与前日亦大不相同，前日是满人为帝，始终专制，不得已起革命军；今日是共和时代，总统是要公举，做了总统，也是定有年限，任满便要卸职。况现在的袁总统，还是临时当选，不是正式就任，就是他违法行事，也不过几月而止，大家何苦发难，弄得身家两败。而且五省人马，相逼而来，眼见得众寡不敌，徒死无益，空落得父母悲号，妻孥痛泣呢。"说至此，几乎哽咽不能成声，泪亦为之随下。好一张口才，好一副容态。兵士闻言，不由得被他感激，统是垂头暗泣，莫能仰视。昌衡又朗声道："我言已尽于此，请弟兄们自行酌夺，从尹立左，从张立右。"居然欲摹效古人。大众都趋往左侧。

昌衡即发令东进，并将所说的大意，录述成文，到处张贴。行了五里，正到泸定桥，适值赵城、王明德率兵前来，扼住桥右。昌衡乃命周明镜出马晓谕，力陈利害。已有替身，不必再行冒险。赵城、王明德不肯服从，即命部众开枪，哪知部众已经离心，多是面面相觑，不肯举手。至赵、王再行下令，部众竟驰过了桥，投入昌衡军中。昌衡饬令归伍，拟督领过桥，不意骤雨倾盆，天复昏黑，从众声嘈杂中，猛听得有特别怪响，好似天崩地塌一般，急忙饬前队探视，反报桥梁木板，已被敌人拆断了。是时急雨少霁，昌衡即饬兵众修搭桥梁，渡桥追敌，且分三路搜寻。

到了翌晨，竟得拿住两个要犯，就是副都督赵城招讨使王明德，昌衡本是熟识，也不暇细问，竟将他两人斩首，枭示军前。当下赴至泸城，那川边大都督北伐司令张煦，已是逃之夭夭，不知去向了。幸亏父母家属，不曾被害，总算骨肉团圆，阖家庆幸。昌衡复悬赏万金，饬拿张煦，张煦不杀昌衡家属，还是顾念旧情，胡必悬赏缉拿，不肯稍留余地。一面电达北京，详陈泸城肇乱及戡定情形。当由袁总统复电道：

前因川边泸城逆首张煦倡乱，业经饬令通缉，兹复据川边经略使尹昌衡电，续陈该逆详情，尤堪痛恨。该逆历受荐拔，充当要职，竟敢不顾大局，公然背叛，响应熊逆克武，捏令回泸，私称独立，攻扑观察使署，击散卫兵，劫质该经略父母家属，迫之为逆。抢劫商民，逼迫文武，带匪在泸定桥拦截攻击。使非该经略单骑驰入，劝导官兵，去逆效顺，则边局何堪设想。张煦应将所得陆军上校少将衔四等文虎章，一律褫革，各省务饬速缉，无论在何处拿获，即讯明就地惩办。该经略定乱俄顷，殊堪嘉尚，所请严议之处，仍予宽免。该处地方陡遭劫害，眷念商民，愍焉如捣，务望绥辑拊循，毋令失所，用副禁暴安民之意。此令。

张煦遁去，川边已靖，熊克武失了臂助，愈加惶急。黔抚派遣的黄毓成有意争功，不肯落后，遂步步进逼，转战直前，历拔綦江、熊家坪诸要隘，进捣重庆，川军亦自西向东，按程直达。黄毓成闻川军将到，昼夜攻扑，熊克武料难固守，竟夜开城门，潜自逃生。黔军一拥入城，除揭示安民外，立即电京报捷。

袁总统自然心慰，免不得照例下令，令曰：

据贵州援川军混成旅旅长黄毓成电称，重庆克复等情，殊为嘉慰。此次熊逆克武倡乱，招诱匪徒，四出攻掠，蹂躏惨虐，殆无人理。该旅长督率所部，自入川境以来，与逆匪力战，先复綦江，进取熊家坪诸要隘，直抵重庆，匪徒惊溃，熊逆潜逃，地方收复，实属谋勇兼优，劳勤卓著。黄毓成应特授勋五位。此外出力员弁，一律从优奖叙，务令安抚商民，维持秩序，将地方善后事宜,商承四川都督胡景伊,妥为办理,期使兵燹遗黎,咸歌得所。师干所至,无犯秋毫,用副伐罪吊民之意。此令。前云救民水火,此又云伐罪吊民,老袁已自命为汤武矣,此即帝制发生之兆。

未几,又命黄毓成署四川重庆镇守使,川境亦一律肃清,这便叫作癸丑革命,不到两月,完全失败,所有革命人士,统被袁政府斥为乱党,下令通缉,其实都已远飏海外,借着扶桑三岛,作为逋逃渊薮去了。

此外有河南新蔡县宣布独立,为首的叫作阎梦松,不到数日,即由省城派兵进攻,斗大孤城,支持不住,徒落得束手就擒,饮枪毕命。又有浙江省的宁波地方,由宁台镇守使顾乃斌,联络知事沈祖绵,及本地人前署浙江司法筹备处处长范贤方,倡言独立,响应民军,至赣、宁失败,顾等见风使帆,急将独立取消。时浙江都督朱瑞与顾乃斌稔有感情,代顾呈请,顾竟得邀宽免。范、沈二人,归地方官严缉,幸早远飏,免及于祸,甬案也算了结。

是时柳州巡防营统领刘古香,被帮统刘震寰胁迫独立,设立北伐司令,募军起事。经广西都督陆荣廷,飞调军队进剿,当有驻柳税务局长黄肇熙,团长沈鸿英,密约内应,俟各军进攻,即开城纳入,当场格杀刘古香,刘震寰遁去,先后不过五日,已雾尽烟消了。

独河南省内的白狼,本与党人不相联络,宗旨也是不同,只因黄兴据宁,却派人与他商议,约他一同讨袁,如得成事,即推他为河南都督,并给他军械及现银二万两,白狼势力愈厚,更兼河南各军,纷纷迁调他处,防剿民党,他益发横行无忌。田统领作霖献计张督,拟三路兜剿,张督不从,只信任旅长王毓秀,命为剿匪总司令,所有汝南一带防营,统归节制。王毓秀素不知兵,但知纵寇殃民,讳败为胜,因此白狼东驰西突,如入无人之境。还有什么会匪,什么捻股,什么叛兵,均纠合一气,专效那白狼行为,掳人勒赎,所掠男女,称为肉票,一票或值千金,或值万金,随家估值,贵贱不一,惟遇着娇娃,总须由盗目淫污过了,方准赎还。璧已碎了,赎去何用?河南妇女,尚仍旧俗,多半缠足,一遇乱警,娇怯难行,可怜那良家淑女,显宦少艾,不知被群盗糟蹋了多少。缠足之害,可为殷鉴。而且到处焚烧,惨不忍睹。张督镇芳还讳莫如深,经河南议员彭运斌等,质问政府,方由老袁电饬张督,勒限各军平匪。张镇芳无可推诿,没奈何出城誓师,拟向驻马店进发。

白狼闻张督亲自督师,急忙招集悍党,会议行止。党目宋老年主战,尹老婆主退,独谋士刘生攘臂直前道:"我等起事,已阅两年,名为劫富济贫,试问所济何人?徒令桑梓疾首,今惟速擒磔镇芳,谢我两河,然后南下皖、宁,联合民党,再图北伐,何必郁郁居此,苦我豫人。"此子颇具大志,可惜名字未传。白狼尚是迟疑,复由樊某卜易,南向西向俱吉,惟返里大凶。嗣后白狼之死,果蹈凶谶。狼意乃决,遂分悍党为三队,潜伏驻马店北面,专待张督到来。甫半日,果闻汽笛鸣鸣,轮机辘辘,有快车自南而至。前队的伏盗望将过去,见车内统是官军,料知张督已至,一时急于争功,不待快车到站,便大放枪炮,遥击车头。那时烟霾蔽天,响声震地,吓得车内的张镇芳魂不附体,幸亏卫队营长张砚田急忙勒车倒退,疾驶如飞。群盗追了一程,那快车已去得远了,乃退还驻马店。白狼顿足叹道:"为何这般性急,竟失去张镇芳?"言毕,尚懊恨不已,嗣是率众东行,越西平、汝南、确山,进陷潢川、光山等县,乘势驰入皖境,捣破六安,拟由庐和下江宁;旋闻民党皆溃,第二师师长王占元,且约皖军堵击,不由得太息道:"我久闻黄兴大名,谁知他是百战百逃,不堪一试,直与妇人何异,能成什么大事呢?"乃返身东行,窜入湖北去了。张督镇芳自被群盗吓退,一溜烟逃回省城,料知匪党难平,遂乞假进京。豫督一缺,改为田文烈署理。小子有诗咏张镇芳道:

管领中州已数春，
况兼守土是乡亲。
如何坐纵潢池盗，
全局罗殃反脱身？

　　白狼未平，袁总统也不遑顾及，唯一意的筹备私事，演出许多花把戏来，且看下回方知。

　　借尹昌衡口中，叙述二次革命之非计，盖斯时袁政府之真相未露，伪共和之局面犹存，徒欲以三数人之言论，鼓动亿兆人之耳目，谈何容易？尹昌衡片言而周明镜倒戈，黄毓成一至而熊克武出走，正如新蔡、宁波、柳州诸处，倏起倏灭，尤觉无谓，是岂不可以已乎？且白狼一匪徒耳，名为劫富济贫，而一无实践，扰攘二载，毒遍中州，黄兴急不暇择，且欲联络之，是尤计之失者也。

第三十三回

遭弹劾改任国务员
冒公民胁举大总统

却说赣、宁起事的时候,曾由袁总统运动国会,请他提出征伐叛党的议案。那时参议院院长张继,已受国民党连带的嫌疑辞职而去。此外国民党议员,因赣、宁起事,屡战屡败,害得大家没有面目,你也出京,我也回籍,于是国民党失势,进步党愈占胜者。

袁政府本利用进步党,进步党也愿受指使,遂由汪荣宝、王敬芳两议员提出议案,咨请政府。大致说是:“临时政府,曾按照约法,组织正当机关,此外有潜窃土地,私立名号,与政府反抗,就是背叛民国,为四万万人公敌。政府为维持国家生存起见,应适用严厉方法,对待乱党。本议院代表民意,建议如右,相应咨大总统查照施行”云云。两个议员,即可代表民意,若一位大总统,应该做民意代表了。

袁总统得此议案,越觉冠冕堂皇,竟饬北京检察厅,传讯国民党议员,谓:“黄兴是否党魁?党中人如与联络,应由政府取缔,否则由党人自行宣布,立将黄兴除名。”国民党议员无法可施,只好开会公决。有几个自愿脱党,有几个自愿去职,方在危疑交迫的时候,忽发现一种秘密条件,系是四月内的事情,至七月间才行宣露,为两院议员所得闻。

看官道是什么秘事?原来大借款未成立以前,政府却向奥国斯哥打军器公司,密借款项三千二百万镑,约合华币三千二百万元,实收额系是九二,担保品乃是契税,利息六厘。约中并附有特别条件,须以借款半数,由公司承购军械。赣军事未曾发生,已先借款购械,且严守秘密,老袁毕竟多智。双方早已签押,政府却讳莫如深,一些儿不露痕迹。等到百日以后,方由外人间接说起,传入议员耳内。议员闻这消息,无论是进步党与非进步党,统说政府违法,不得不向政府质问。政府无词可辨,只有搁起不答的一法。偏议员不肯罢休,接连递交质问书,那时政府无可抵赖,不得已实行承认。议员不便弹劾袁总统,只好弹劾国务员。

是时国务总理由陆军总长段祺瑞暂代,所有奥款交涉,尚在从前赵秉钧任内,与段无干;且因革命再起,军事彷徨,段任陆军总长,调遣兵将,日无暇晷,已由袁总统提出熊希龄继任国务总理,咨交两院议决。熊隶进步党,当然经议院通过,遂正式下令,调熊入京,任为国务总理。熊亦直受不辞,竟卸了热河都统的职任,来京组阁,适值借款外露,质问以后,继以弹劾,国务员乘势辞职,袁总统亦乘势照准,于是外交总长陆征祥、财政总长周学熙、司法总长许世英、农林总长陈振先、交通总长朱启钤,均免去本官,教育总长范源濂、工商总长刘揆一,早已辞去,部务由次长代理,未曾特任。内务总长一缺,本由赵秉钧兼管,赵去职改官后,亦只由次长暂代。惟陆军总长段祺瑞、海军总长刘冠雄,专司军政,于借款上无甚关系,所以自问无愧,绝不告辞。梳栉明白。

熊凤凰既经上台,改组阁员,当下与袁总统商议,除陆海军两总长一时不能易人,仍请段祺瑞、刘冠雄二人照旧连任外,外交拟任孙宝琦,内务拟任朱启钤,教育拟任汪大燮,司法拟任梁启超,农林拟任张謇,交通拟任周自齐,财政由熊自兼。即由袁总统提交议院,得多数同意,遂一一任命,只工商总长一缺,急切不能得人。特命张謇暂行兼任。张字季直,系南通州人，前清状元出身，向称实业大家，兼任工商，却也没人指摘，熊内阁便算成立了。

袁总统心中，以进步党本受笼络，偏亦因奥款发现，出来作梗，显见得两院议员，统是靠不住的人物，欲要自行威福，必撤销这等议院，方可为所欲为。洞见肺腑之谈。但此时不好双管齐下，只能一步一步地去做，先将国民党挟除，再图进步党未迟。乃通饬各省，如有国民党机关，尽行撤除；并因江西、广东、湖南三省议会，附和乱党，勒令解散，一面派遣侦骑，暗地探缉。适有众议院议员伍汉持，原籍广东，因受国民党嫌疑，愤然出京，行至天津，突被侦骑拿去，说他私通叛党，牵入军署，当即杀死。还有众议院议员徐秀钧，已回江西原籍，也被军人拘住，无非是罪关党恶，处死了案。就是参议院院长张继，也有通令缉拿，亏得他先机远引，避难海外，才得保全生命，溷迹天涯。袁总统又借着湖南会匪为口实，限制各省人民集会结社，特下一通令道：

湘省会匪素多，自叛党谭人凤设立社团改进会，招集无赖，分布党羽，潜为谋乱机关，于是案集如鳞之巨匪，皆各明目张胆，借集会自由之名，行开堂放票之实，以致劫案迭出，民不聊生。贻害地方，何堪设想。其余尚有自由党人道会、环球大同民党诸名目，同时发生举动均多谬妄。着湖南都督一律查明，分别严禁解散，以保公安。至此等情形，尚不止湖南一处，并着各省都督民政长，一体查禁。须知人民集会结社，本有依法限制之条，如有勾结匪类，荡轶范围情事，尤为法律所不容，切勿姑息养奸，致贻隐患。此令。

看官至此，稍稍有眼光的，已知袁总统心肠，是要靠着战胜的机会，变共和为专制，所有反对人物，统把他做匪类对待。从此民党中人，销声匿迹，哪一个敢向老虎头上去搔痒呢？惟一班袁氏爪牙，统想趁此时机，攀龙附凤，恨不得将袁大总统即日抬上御座，做个太平天子，自己也好做个佐命功臣。可奈老袁的总统位置，还是临时充选，不是正式就任，倘或骤然劝进，未免欲速不达，就是袁总统自己，也未便立刻照允呢。袁氏果欲为帝，吾谓不若早为，何必踌躇。于是大家议定，请国会先举正式总统，把袁氏当选，然后慢慢儿地尊他为帝。

两院议员已都怕惧袁政府声威，乐得敲起顺风锣，响应国门。只是大总统已须选出，大总统选举法，还未曾制定，这却不得不急事研究，先将选举法宣布，方好选举正式总统。先是国会开幕，曾有先举总统后定宪法的计划，但参考西洋各国，多半是宪法规定，才举大总统，若要倒果为因，理论上殊说不过去，因此拟先定宪法，后举总统。两院中的议员，便组织两个特别机关，一个是宪法起草委员会，一个是宪法会议，草创的草创，讨论的讨论，彼此各有专责，正在筹议进行。偏值赣、宁乱事，生一波折，好容易平定内讧，改造时势，议员为势所迫，幡然变计，遂于九月五日，由众议院开会投票，解决先举总统的问题。至开箧检视，赞成先举总统的，有二百十三票，不赞成的只有一百二十六票。再由参议院公决，也是赞成先举总统。是即上文所云敲顺风锣。乃复开两院联合会，商立大总统选举法。

原来总统选举法，本属宪法中一部分，宪法未曾制定，先将选举法提出另订，又是一种困难问题，但既有意迎合，索性通融到底，便决定由宪法起草委员会，草成宪法一部分的总统选举法。旋经宪法会议，各无异言，遂于十月四日，将总统选举法全案，宣布出来。其文如下：

中华民国宪法会议，谨制定大总统选举法，并宣布之。

大总统选举法

第一条　中华民国人民，完全享有公权，年满四十岁以上，并住居国内满十年以上者，得被选举为大总统。

第二条　大总统由国会议员,组织总统选举会选举之。

前项选举,以选举人总数三分二以上之列席,用无记名投票行之,得票满投票人数四分三者为当选。但两次投票,无人当选时,就第二次得票较多者二名决选之,以得票过投票人数之半者为当选。

第三条　大总统任期五年,如再被选,得连任一次。

大总统任满前三个月,国会议员,须自行集会,组织总统选举会,行次任大总统之选举。

第四条　大总统就职时,须为左列之宣誓。

余誓以至诚遵守宪法,执行大总统之职务,谨誓。

第五条　大总统缺位时,由副总统继任,至本任大总统任满之日止。

大总统因故不能执行职务时,以副总统代理之。

副总统同时缺位时,由国务院摄行其职务,同时国会议员,于三个月内,自行集会,组织总统选举会,行次任大总统之选举。

第六条　大总统应于任满之日解职,如届期,次任大总统尚未选出,或选出后,尚未就职,次任副总统亦不能代理时,由国务院摄行其职务。

第七条　副总统之选举,依选举大总统之规定,与大总统之选举,同时行之。但副总统缺位时,应补选之。

附则　大总统之职权,当宪法未制定以前,暂适用临时约法关于临时大总统职权之规定。

总统选举法,既经宣布,即于十月六日依选举法定例,组织总统选举会,借宪法会议议场,选举正式总统。第一次投票,袁世凯得票最多,只投票人数不满四分之三,作为无效。第二次投票,仍不足法定人数,虽票上多书"袁世凯"三字,终归无效。参议院议长已改选王家襄,因两次投票徒费手续,乃邀集两院议员,密与语道:"我看目下的时势,非举项城为总统恐不得了。况项城左右,统思乘此立功,推他为帝,据我愚见,不如速举项城为正式总统,免得君权复活。诸君洞明时局,谅也不以为谬呢。"恐仍由袁氏授意。各议员随口应允,到了第三次投票,还是袁世凯、黎元洪二人各占多数。再援照选举法第二条说明,行决选法。正拟写票投匦,忽有无数人士拥入议场,服饰鲜明,形容威赫,差不多如军队一般。经会长问明来由,大众齐声道:"我等统是公民团,来观盛举,今日推选正式大总统,关系重大,总统贤良,统是诸君所赐,若选出一个不满人望的总统,将来国家扰乱;全是诸君的罪过,哼哼!我公民团是不应许的。与其后日遭灾,何如今日审慎。如或所举非人,诸君不得出议院一步,先此通告,休要见怪!"明明是袁氏团,竟自称为公民,无怪来强奸民意。数语说毕,遂轩眉抵掌的环绕拢来,竟把会场内议员,包围至数十匝。简直是十面埋伏。众议员睹这情形,已窥透政府作用,没奈何各握住了笔,草草书"袁世凯"三字,投入匦中。待至检票唱名,自然票票是袁世凯,遂当场呼出,袁世凯当选为中华民国正式大总统。这十数字声浪,传将出来,便有好几万人的应声,回答转去,应声中恰是"大总统万岁"五字。

看官不必细问,便可知是公民团的应声了。公民团欢呼以后,一齐退出,又仿佛是得胜班师的情景。能够强迫议员,应推莫大功劳。越日,选举副总统,一次投票,即举出黎元洪。得票满法定人数,也没有什么公民团来院强迫了。选举告终,当由国务院即日通电,布告全国道:

武昌黎副总统、各省都督、民政长、将军、都统、副都统、办事长官、经略使、镇边使、宣抚使、镇守使、宣慰使鉴：本日国会组织总统选举会，依法选举，临时大总统袁公，当选为大总统，特此通告，希转知省议会，并通电所属各县，一体知照。国务院印。

又由外交部长孙宝琦照会驻京各公使道：

为照会事：中华民国二年十月六日，经国民议会，依大总统选举法选举大总统，兹据议长报告，现任临时大总统袁世凯，当选为中华民国大总统，定于十月十日行就职礼。相应照会贵署理公使大臣、署理大臣查照，即希转达贵国政府可也。须至照会者。

这次袁总统正式莅任，一切礼节，已由国务院预先订定，"预先"二字，亦用得妙。格外隆备。正是：

　　政客低头甘听令，
　　枭雄得志又登台。

欲知袁总统就职情形，且至下回再阅。

熊凤凰就任总理，当时有人才内阁之称，其实袁总统意中，第借熊为过渡人物，并非实行信任，熊氏亦何苦身当其冲乎？况解散议会，杀害议员，种种违法举动，已露端倪，而熊氏适丁其时，将来为袁氏受过，已可预料。凤兮凤兮，何见几之不早也？至选举正式总统，再三迎合，尚受军队胁迫，若有洁身自好之议员，应亦先机远引，而乃甘入漩涡，沁沁伣伣，为国民羞，毋亦自轻声价耶？总之人生行事，多为利禄所误，恋恋于利禄中，必有当断不断之忧，迨至后来结果，仍然身名两隳，悔不可追，嗟何及乎！

第三十四回 踵事增华正式受任
争权侵法越俎遣员

却说中华民国二年十月十日，正值国庆令节，全国行庆祝礼，又经袁总统正式莅任，越觉锦上添花，喜气洋溢。老袁强迫选举，正为此日。当由国务院通告礼节，定于十月十日上午十时，前称国庆为双十节，此次应改呼三十节。大总统正式就职于太和殿。这太和殿的规模，很是弘敞，从前清帝登基以及元旦诞辰，受百官朝贺，统在这殿中行礼，袁总统就此受任，分明是代清受命的意思。一语道破。

是日，殿中已洒扫清洁，布置整齐，陈设华丽，一班伺候人员，早已穿好大礼服，趋向殿前，按班鹄立。好容易待至十时，方见大礼官入殿，导着一位龙骧虎步的袁总统，徐步而来。两旁奏起国乐，铿锵杂沓，谐成一片；接连是殿门外面，远远的鸣炮宣威，共计一百〇一响。袁总统步上礼台，中立南向。侍从各官，联步随登，站立左右，国乐暂止。侍从官捧进誓词，由袁总统宣读告终，即有庆祝官趋至北面，行谒见礼，向袁总统一鞠躬，袁总统倒也答礼。侍从官再进宣言书，袁总统又照书宣读。读毕，庆祝官再行庆祝礼，向袁总统三鞠躬。袁总统也答礼如仪，乐又再作。掌仪官引导庆祝官退就接待室，大礼官引导袁总统还休息室，乐复暂止。既而大礼官出殿，接引外宾入礼堂，序次排立，复请袁总统出莅礼堂，南向正立。乐奏三成，袁总统再就礼台，由外交总长孙宝琦，邀同各国公使及参随各员，至礼台前，行鞠躬礼，袁总统也鞠躬相答。

领衔公使代表外交团宣读颂词，满口是爱皮西提，经翻译员译作华文，方可作为本书的词料。词云：

君现被举中华民国大总统，本领衔公使代表外交团，来述庆贺之忱。新政体建设以来，此为第一次集会于中国正式庆日，借此各国公使，请大总统深信所祝，于此选举君为正式大总统，能为中国开始一新幸福时代之先步，且恪守条约及各项成例，不但能维持中国之平和，保持民国政府之稳健，并能保国内富饶之发达。各国于此举亦利助成，依中国情形如是，定望各本国政府与贵国政府，所有今日幸结接洽，将必日益亲密，谅于此情。各国公使，必承大总统贵重协助，外交团于今日欣祝大总统政治丕益，大总统福躬康乐！

领衔公使读毕颂词，袁总统亦亲诵答词道：

今日贵公使以本大总统被选为中华民国大总统，代表各公使惠临称贺，并承贵公使以被选正式总统，为中国开始新幸福之先步，致辞推许。本大总统感谢之忱，实为无量。本大总统深愿履行条约，循守成例。与友邦敦睦，为唯一之基础，前在临时政府期内，固已早有明证，此后尤当竭其绵力，俾本国政府，与贵各国政府联络之感情，恳笃之交谊，日益亲密，有加无已。本大总统以保持和平，秩序发达，经济信用，为作新宗旨，贵各国公使热诚赞助，乐观厥成。本大总统深信彼此睦谊，即为他日永久不渝之征也。顺祝贵各国暨贵各公使绥福无疆！

袁总统读一句，翻译员亦译述一句，随读随译，一气读完。各公使均表满意，即率参随各员，复向袁总统鞠躬。袁总统答礼毕，各公使再行私觐礼，由大礼官依次引见，个个与袁总统握手，继以鞠躬。袁总统一一答礼，外交团退赴接待室。大礼官又导入清室代表世续，与袁总统相见，所有礼节及彼颂此答，大致与各国公使相同。世续退后，大礼告成，伺候各官，循例三呼，国乐以外，杂以军乐，仿佛有凤凰来仪，百兽率舞景象。引用《虞书》，妙不可阶。袁总统缓步下台，退至休息室小憩。

约一小时，陆军总长段祺瑞戎服趋进，请袁总统莅天安门阅兵；袁总统又嘱外交总长孙宝琦，邀请各国公使及清室代表，同往校阅。各公使等自然乐从，于是袁总统前行，各公使等后随，还有一班伺候官员，鱼贯而出，统至天安门。门前早有座位设着，袁总统坐中，外宾坐左，陆军外交等坐右，一声令下，万卒齐来，先向上座参见，行过军礼，然后按着步伐，排齐行伍，把平时练习的技术，当场试演，俨然得心应手，纯熟无比。各公使却也称赏，袁总统格外嘉慰，越觉得笑容可掬，满面春风。骄态已露。至阅兵礼毕，座客尽散，袁总统即由天安门外，乘着礼车，返总统府去了。

到了下午，由总统府颁发命令，世续、徐世昌、赵秉钧，俱特授勋一位。世续系清室代表，如何也授勋一位。朱瑞、蔡锷、胡景伊、唐继尧、阎锡山、张凤翙、张锡銮、倪嗣冲、张镇芳、周自齐、陈宧、汤芗铭，均授勋二位。蒋尊簋、孙毓筠、庄蕴宽，均授勋三位。张绍曾、陆建章，均授勋四位。屈映光授勋五位。王家襄、章宗祥，均给予一等嘉禾章。王家襄身为议员，得给嘉禾章，可见前回拟举袁氏，寓有隐衷。林长民、张国淦、施愚、王治馨、治格，均给予二等嘉禾章。顾鳌给予三等嘉禾章。荫昌给予一等文虎章。赵惟熙、陈昭常、宋小濂、张广建、唐在礼、张士钰、袁乃宽、李进才、江朝宗，均给予二等文虎章。总算赏赉优渥，内外蒙恩。

还有一种可喜的事件，自美洲各国，承认中华民国后，欧洲诸国尚是彷徨却顾，不肯遽认，至此闻正式总统，已经就任，于是俄、法、英、德、奥、意、日本及比、丹、葡、荷、瑞、挪等国，各于袁总统莅位这一日，赍致外交部照会，承认中华民国，愿敦睦谊；且由内务部农林部工商部交通部，特颁通告，凡公共游玩等所，一律开放三日，任人游览，免收券费，大约是与民同乐的意思。均为后文改图帝制伏笔。嗣是黎副总统及各省都督、民政长、将军、都统、副都统、办事长官、经略使、镇边使、宣抚使、镇守使、宣慰使等，无不上书肃贺，各表欢忱。又由国务院电达武昌，道贺黎副总统正式就职。各省官吏亦通电致贺。是时黎元洪已辞去江西兼督，保荐李纯署任，唯督鄂如故。他本是随遇而安，无心营兢，正式副总统一职，得不足喜，失不足忧，所以人家贺他，他只淡淡地答谢数语，也并没有什么隆礼举行，只是吾行吾素罢了！黎之卒得保身，全亏是著。

且说大总统选举法自宪法会议议决，即直接宣布，并未经过袁政府手中。当时袁总统未免懊恼，以为国会专制，连自己的公布权都被夺去，将来制定宪法，均须由国会取决，事事不能自主，反做一个傀儡，如何了得。但因正式就职的期间，已预定在国庆日，倘或为此争议，势必选举延迟，辜负此良辰佳节，岂不可惜？自己尚未当选，已预定就职期间，真可谓满志踌躇。所以暂时容忍，就援照国会咨文，将总统选举法全案，刊登政府公报，即日宣布。至就任以后，遂咨照宪法会议，争回公布权，统共不下二千言，由小子节录如下：

为咨行事，查临时约法第十九条，内载参议院之职权，一、议决一切法律案；又第五十四条，内载中华民国之宪法，由国会制定；又第二十二条，内载参议院议决事件，咨由临时大总统公布施行，又第三十条，内载临时大总统公布法律各等语。凡此规定，均属前参议院在约法上议决法律，及制定宪法之职权范围。民国议会成立以来，依国会组织法第十四条之规定，民国宪法未定以前，临时约法所定参议院之职权，为民国议会之职权，则民国议会，无论系议决法律事件,抑系制定宪法事件,皆应以临时约法暨国会组织法所定程序为准,实无丝毫疑义。

乃本年十月五日,准宪法会议咨开:大总统选举法案,业于十月四日,经本会议议决宣布,并公决送登政府公报,为此钞录全案,咨达大总统,即希查照饬登等因前来。本大总统当以民国议会,前经议决,先举总统,后定宪法,系为奠定民国国基起见。本月四日,宪法会议议决大总统选举法案,来咨虽仅止声明议决宣布,并公决送登政府公报等语,显与临时约法暨国会组织法规定不符。然以目前大局情形而论,内忧外患,纷至沓来,友邦承认问题,又率以正式总统之选举,能否举行为断,是以接准来咨,未便遽以临时约法及国会组织法相绳,因即查照来咨,命令国务院饬局照登。惟此项咨达饬登之办法,既与约法上之国家立法程序,大相违反。若长此缄默不言,不惟使民国议会,蒙破坏约法之嫌,抑恐令全国国民,启弁髦约法之渐。此则本大总统于宪法会议之来咨,认为于现行法律及立法先例,俱有未妥,不敢不掬诚以相告者也。

查民国立法程序,约法暨国会组织法,定有明文,一为提案,二为议决,三为公布,断未有但经提案议决,而不经公布,可以成为法律者,大总统选举法案,若为法律之一种,则依据临时约法第二十二条第三十条之规定,当然应由大总统公布。若为宪法之一部,则依据临时约法第五十四条之规定,虽应由民国议会制定,然制定权行使之范围,仍应以国会组织法第二十条之起草权,第二十一条之议定权为标准,断不能侵及于临时约法第二十二及第三十条之公布权。宪法会议,以此项宣布权,乃竟贸然行使,其蔑视本大总统之职权,关系犹小,其故违民国根本之约法,影响实巨。本大总统此次饬局照登,设我国民起而责以放弃职权之咎,固属百喙莫辞,而我最高立法机关,乃置现行约法及国会组织法于不顾,竟使本大总统不得不出于放弃职权之一途,恐亦非代表国民公意者所应出此也。何不早说?岂至此方才省悟乎?况民国肇造,二年于兹,宪法未施行以前,约法之效力,与宪法等。民国元年,前参议院议决临时约法时,业于是年三月十一日,咨送临时大总统公布有案。而临时约法第五十六条,并定有本约法自公布之日施行各明文。夫与宪法效力相等之约法,既经前参议院议决咨送大总统公布于前,则依照民国立法之先例,无论此次议定之大总统选举法案,或将来议定之宪法案,注意在此条。断无不经大总统公布,而遽可以施行之理。

总之民国会议,对于民国宪法案,只有起草权及议定权,实无所谓宣布权,此为国会组织法所规定,铁案如山,万难任意摇动。究竟本月五日来咨所称饬登之大总统选举法案,是否即应依照约法公布施行之规定办理?将来民国会议制定宪法案,应否依照国会组织法第二十条第二十一条之规定,以起草议决为限。事关立法权限,亟应咨询国会,从速答复,相应咨行贵会查照,依法办理可也。此咨。

宪法会议中接到此咨,统说是直接宣布,系各国通例,原毋庸经过总统手续;且因宪法草案,正在裁定,大家悉心斟酌,忙碌得很,也无暇特别开议,答复总统。老袁静待两日,并不见有复文,遂欲越俎代谋,特饬国务院派员干涉。适值宪法起草委员会,开宪法草案三读会,突有八人陆续趋入,据言奉大总统令,来会陈述意见,并赍达总统咨文,请宪法会议查照施行。看官你道这八人为谁?就是施愚、顾鳌、饶孟任、黎渊、方枢、程树德、孔昭焱、余荣昌八人。一面递交咨文,由会中人员公阅,其文云:

查国会组织法,载民国宪法案,由民国会议起草及议定,迭经民国议会,组织民国宪法起草委员会,暨特开宪法会议。本大总统深唯我中华民国开创之苦,建设之难,对于关系国家根本组织之宪法案，甚望可以早日告成，以期共和政治之发达。唯查临时约法，载明大总统有提议增修约法之权，诚以宪法成立，执行之责，在大总统，宪法未制定以前，约法效力，原与宪法相等，其所以予大总统此项特权者，盖非是则国权运用，易涉偏倚。且国家之治乱兴亡，每与根本大法为消息，大总统既为代表政府总揽政务之国家元首，于关系治乱兴亡之大法，若不能有一定之意思表示，使议法者得所折衷，则由国家根本大法所发生之危险，势必酝酿于无形，甚或补救之无术，是岂国家制定根本大法之本意哉？本大总统前膺临时大总统之任，一年有余，行政甘苦，知之较悉，国民疾苦，察之较真。现在既居大总统之职，将来即负执行民国议会所拟宪法之责，苟见有执行困难，及影响于国家治乱兴亡之处，势未敢自己于言。况共和成立，本大总统幸得周旋其间，今既承国民推举，负此重任，而对于民国根本组织之宪法大典，设有所知而不言，或言之而不尽，殊非忠于民国之素志。兹本大总统谨以至诚对于民国宪法，有所陈述，特饬国务院派遣委员施愚、顾鳌、饶孟任、黎渊、方枢、程树德、孔昭焱、余棨昌前往，代达本大总统之意见：嗣后贵会开议时，或开宪法起草委员会，或开宪法审议会，均希先期知照国务院，以便该委员等随时出席陈述。相应咨明贵会，请烦查照可也。此咨。

会中人员阅毕，便语八委员道："民国立法，权在国会，不受行政部干涉。诸公来此，未免违法，还请转达总统，收回成命。"八委员齐声道："大总统尚有咨文在此，请诸君再阅，便可分晓。"言毕，又递交咨文一纸，由众议员续览一周，都不觉摇起头来。小子有诗咏袁总统道：

　　到底雄心未肯降，

　　议围先遣五丁撞。

　　乃翁自命非凡品，

　　国会从今莫语咙。

欲知咨文中如何说法，容待下回再详。

前半回叙袁氏正式就职，尽举当时礼节，揭出纸上，见得袁总统威仪烜赫，比前临时总统，已觉不同，即隐为后文帝制伏笔。后半回选录两咨文，无非为推倒共和，改图专制张本。袁氏以国家宪法，定诸国会，一切不能自主，所以力争公布权，并遣八委员干涉立法，曾亦思今日之中华，固已为民主国体乎？既曰民主，则主权应操之于民，总统不过一公仆耳，乌得妄争主权耶？总之袁氏为帝之心，憧扰于中而不能自已，一经诸事顺手，便逐渐发现出来，作者不肯轻轻放过，故有闻必录，无隐不扬，若徒以抄胥目之，盖亦误矣。

第三十五回　拒委员触怒政府　借武力追索证书

却说众议员阅读袁总统咨文，又是长篇大论，洋洋洒洒的数千言，大致以《临时约法》，有好几条不便照行，须亟加修正。小子录不胜录，但记得当时有一清单，提出增修约法草案，就中有应修正者三条，应追加者二条，特照录如下：

应修正者三条。

（一）《临时约法》第三十三条临时大总统得制定官制官规，但须提交参议院议决。

（修正）大总统制定官制官规。

（二）《临时约法》第三十四条临时大总统得任免文武职员，但任命国务员及外交大使，须得参议院议员同意。

（修正）大总统任免文武职员。

（三）《临时约法》第三十五条临时大总统经参议院之同意，得宣战媾和及缔结条约。

（修正）大总统宣战媾和及缔结条约。

应追加者二条。

（一）大总统为保持公安防御灾患，于国会闭会时，得制定与法律同效力之教令。

前项教令，至次期国会开会十日内，须提出两院，求其承认。

（二）大总统为保持公安防御灾患，有紧急之需用，而不及召集国会时，得以教令为临时财政处分。

前项处分，至次期国会开会十日内，须提出众议院，求其承诺。

是时宪法草案已拟定十一章一百十三条，大旨已定，不便变更。况且袁总统提出各条件，全然是君主立宪国的法例，与民主立宪，毫不相容。

看官！你想这宪法起草委员及宪法会议中人，肯一一听命老袁，委曲迁就吗？当下即向施愚、顾鳌等八人道：“本会章程，宪法读草，只许国会议员列席旁听，此外无论何人，不得入席。今诸君来此，欲代大总统陈述意见，更与会章不符，本会但知遵章而行，请诸君自重。”施愚等再欲有言，那会员等已不去理睬，只管自己读法去了。施愚等奉命而来，趾高气扬，偏遭了这场白眼，扫尽面上光采，叫他如何不气？如何不恼？原是禁受不起。随即退出院中，回报袁总统，除陈述情形外，免不得添入数语，作为浸润。袁总统半晌道：“我自有法，你等且退。”施愚等唯唯趋出，隔了一天，即由国务院发出袁总统电文，通告各省都督民政长，反对宪法草案，略云：

制定宪法，关系民国存亡，应如何审议精详，力求完善。乃国民党人，破坏者多，始则托名政党，为虎作伥，危害国家，颠覆政府，事实俱在，无可讳言。

此次宪法起草委员会，该党议员居其多数，阅其所拟宪法草案，妨害国家者甚多。特举其最要者，先约略言之：立宪精神，以分权为原则，临时政府，一年以内，内阁三易，屡陷于无政府地位，皆误于议会之有国务员同意权，此必须废除者；今草案第十一条，国务总理之任命，须经众议院同意，第四十三条，众议院对于国务院，为不信任之决议时，须免其职，比较临时约法，弊害尤甚。各部总长，虽准自由任命，然弹劾之外，又有不信任投票一条，必使各部行政，事事仰承意旨。否则国务员即不违法，议员喜怒任意，可投不信任之票，众议员数五百九十六人，以过半数列席计之，但有二百九十九人表决，即应免职，是国务员随时可以推翻，行政权全在众议员少数人之手，直成为国会专制矣。自爱有为之士，其孰肯投身政界乎？

各部各省，行政事务，范围甚广，行政实依其施行之法，均得有相当之处分，今草案第八十七条，法院依法律，受理民事刑事行政及其他一切诉讼云云，是不遵约法，另设平政院，乃使行政诉讼，亦隶法院，行政官无行政处分之权，法院得掣行政官之肘，立宪政体，固如是乎？国会闭会期间，设国会委员会，美国两院规则内有之，而宪法上并无明文；今草案第五条，规定国会委员会，由参众两院选出四十人，共同组织之，会议以委员三分二以上列席，三分二以上同意决之，而其规定之职权，一咨请开国会委员会，一闭会期内，国务总理出缺时，任命署理，须得委员会同意，一发布紧急命令，及财政紧急处分，均须经委员会议决。此不特侵夺政府应有之特权，而仅四十委员，但得二十余人之列席，与十八人之同意，便可操纵一切，试问能否代表两院意见，以少数人专制多数人，此尤侮蔑立法之甚者也。文武官吏，大总统有任命之权，今草案第一百八、九两条，审计员由参议院选举之，审计院长，因审计员互选之云云。审计员专以议员组织，则政府编制预算之权，亦同虚设，而审计又用事前监督，政府直无运用之余地。国家岁入岁出，对于国会，有预算之提交，决算之报告，既予以监督之权，岂宜干预用人，层层束缚，以掣政府之肘？综其流弊，将使行政一部，仅为国会附属品，直是消灭行政独立之权。近来各省省议会，掣肘行政，已成习惯，倘再令照国会专制办法，将尽天下文武官吏，皆附属于百十议员之下，是无政府也。值此建设时代，内乱外患，险象环生，各行政官力负责任，急起直追，犹虞不及，若反消灭行政一部独立之权，势非亡国灭种不止。推你为帝，想国必不亡，种必不灭。此种草案，既有人主持于前，自必有人构成于后，设非借此以遂其破坏倾覆之谋，何至于国势民情，梦梦若是，但你也未必昭昭，奈何？征诸人民心理，既不喟然，即国法律家，亦都訾驳，本大总统忝受付托之重，坚持保国救民之宗旨，确见此等违背共和政体之宪法，影响于国家治乱兴亡者极大，何敢缄默不言？

临时约法，临时大总统有提议修改约法之权，又美国议定宪法时，华盛顿充独立殖民地代表第二联合会议议长，虽寡所提议，而国民三十万人出众议员一人之规定，实华盛顿所主张。法国制定宪法时，马克马洪被选为正式大总统，命外务大臣布罗利，向国民会议提出宪法案，即为法国现行之原案。此法、美二国第一任大总统与闻宪法之事，具有先例可援。用特派员前赴国会陈述意见，以期尽我保国救民之微忱。草案内谬点甚多，一面已约集中外法家，共同讨论，仍当随时续告。各该文武长官，同为国民一分子，且各负保卫治安之责，对于国家根本大法，利害与共，亦未便知而不言。务望逐条研究，共抒谠论，于电到五日内，迅速条陈电复，以凭采择。

原来宪法草案的内容，袁总统已探听得明明白白，他因所定草案，仍然由《临时约法》脱胎，不过增修字句，较为详备，并没有特别通融，所以极力反对。各省都督民政长，本是行政人员，当然不能立法，老袁并非不晓，但既为民选的总统，未便悍然自恣，不得不借重官吏，要他出来作梗，反抗立法机关，庶几借口有资，得以压倒国会。借刀杀人，是他惯技。各省都督民政长，见老袁正在得势，哪个不想望颜色，凑便逢迎？于是你上一篇电陈，我达一篇电复，或说是应解散国民党，或说是应撤销国民党议员，或说是应撤销草案，及解散起草委员会。就中有几个袁氏心腹，简直是主张专制，说是："国会议员，与逆党通同一气，莠言煽乱，颠倒黑白，不如一律解散，正本清源"云云。贡媚献谀，无所不至。袁总统接到这等电文，喜得心花怒开，忙邀入国务总理熊希龄及各部长等，商议撤销议员等事宜。

熊总理等依违两可，乃由袁总统决定，分条进行，先命解散国民党，及撤销国民党议员，于十一月四日下令道：

据警备司令官汇呈查获乱党首魁李烈钧等，与乱党议员徐秀钧等，往来密电数十件，本大总统逐加披阅，震骇殊深。此次内乱，该国民党本部，与该国民党国会议员，潜相构煽，李烈钧、黄兴等，乃敢据地称兵，蹂躏及于东南各省，我国民生命财产，横遭屠掠，种种残酷情事，事后追思，犹觉心悸，而推原祸始，实觉罪有所归。

综核伊等往来密电，最为我国民所痛心疾首者，厥有数端：一该各电内称李逆烈钧为七省同盟之议，是显以民国政府为敌国；二中央派兵驻鄂，纯为保卫地方起见，乃该各电内称国民党本部，对于此举，极为注意，已派员与黄兴接洽，并电李烈钧速防要塞，以备对待，是显以民国国军为敌兵；三该各电既促李逆烈钧以先发制人，机不可失，并称黄联宁、皖、孙连桂、粤、宁为根据，速立政府，是显欲破坏民国之统一而不恤；四该各电既谓内讧迭起，外人出而调停，南北分据，指日可定，是显欲引起列强之干涉而后快。凡此乱谋，该逆电内，均有与该党本部接洽，及该党议员一致进行，并意见相同各等语，勾结既固，于是李逆烈钧，先后接济该党本部巨款，动辄数万，复特别津贴该党国会议员以厚资。是该党党员及该党议员，但知构乱以便其私，早已置国家危亡，国民痛苦于度外，乱国残民，于斯为极。

本大总统受国民付托之重，既据发现该国民党本部，与该党议员勾结为乱各重情，为挽救国家之危亡，减轻国民之痛苦计，已饬北京警备地域司令官，将该国民党京师本部，立予解散，仍通行各戒严地域司令官各都督民政长，转饬各该地方警察厅长及该管地方官，凡国民党所设机关，不拘为支部分部交通部，及其他名称，凡现未解散者，限令到三日内，一律勒令解散。嗣后再有以国民党名义，发布印刷物品，公开演说，或秘密集会者，均属乱党，应即一体拿办，毋稍宽纵。至该国民党国会议员，既受李逆烈钧等，特别津贴之款，为数甚多，原电又有与李逆烈钧，一致进行之约，似此阳窃建设国家之高位，阴预倾覆国家之乱谋，实已自行取消其国会组织法上所称之议员资格，若听其长此假借名义，深恐生心好乱者，有触即发，共和前途之危险，宁可胜言？况若辈早不以法律上之合格议员自居，国家亦何能强以法律上之合格议员相待？应饬该警备司令官，督饬京师警察厅，查明自江西湖口地方倡乱之日起，凡国会议员之隶籍该国民党者，一律追缴议员证书徽章。一面由内务总长，从速行令各该选举总监督暨初选举监督，分别查取本届合法之参议院众议院议员候补当选人，如额递补，务使我庄严神圣之国会，不再为助长内乱者所挟持，以期巩固真正之共和，宣达真正之民意。该党以外之议员，热诚爱国者，殊不乏人，当知去害群即所以扶持正气，决不致怀疑误会，借端附和，以自贻曲庇乱党之嫌。该国民党议员等回籍以后，但能湔除自新，不与乱党为缘，则参政之日月，仍属甚长，共和之幸福，不难共享也。

除将据呈查获乱党各证据，另行布告外，仰该管各官吏，一体遵照。此令。

这令下后，不特国民党议员惊愕异常，就是别党议员，也有兔死狐悲的感慨，拟援据议院法，凡议员除名，须经院议决定一条，与政府辩驳。还有新行组织的民宪党，系拥护宪法草案，抵制政府干涉，共说袁总统能战胜兵戎，不能战胜法律，誓共同心力，与宪法为存亡，彼此抖擞精神，要与袁政府辩论曲直。已经迟了。哪知迅雷不及掩耳，就是下令这一日，下午四时，军警依令执行，往来如梭，彻夜不绝。看官道是何因？乃是向国民党议员各寓中，追缴证书徽章。议员稍一迟疑，便经那班丘八老爷，拔出手枪，指示威吓。天下无论何人，没有不爱惜生命，欲要生命保全，不得不将证书徽章，缴出了事。到了夜半，已追索得三百五十多件，汇交政府。哪知老袁意尚未足，再令将湖口起事前，已经脱党人员，亦饬令勒缴证书徽章。军警们不敢少懈，只好再去挨户搜索，敲门打户，行凶逞威。直到天光破晓，红日高升，方一齐追毕，又得八十余件，乃回去销差。不意政府又复下令，叫他监守两院大门，依照追缴证书徽章的议员名单，盘查出入。凡一议员进院，必须经过查问手续，确是单内未列姓名，方准进去。

看官！你想议院章程，必须议员有过半数列席，方得开议，起初追缴国民党议员证书徽章，尚止三百多件，计算起来，不过两院中的三分之一，及续行追缴八十余人，两院议员，已去了一半，照院章看来，已不足法定人数，如何开会议事？袁氏之所以必须续追，原来为此。因此立法部的机能，全然失去。就是命令中有递补议员一语，各省候补当选人，也相率视为畏途，不敢赴京。国会遂不能开会，徒成一风流云散的残局了。袁政府煞是厉害，见国民党议员，变不出什么法儿，索性饬令各省将省议会中的国民党议员亦一并取消，小子有诗叹道：

> 大权在手即横行，
> 约法何能缚项城？
> 数百议员齐俯首，
> 乃公原足使人惊。

欲知袁政府后事，且至下回续表。

八委员之被拒，为国会正当之举动，狡如老袁，岂见不到此？彼正欲借此八委员，以尝试国会，无论被拒与否，总有决裂之一日，业已战胜敌党，宁不能战胜国会乎？追解散国民党，及追缴证书徽章，强权武力，陆续进行，于是拥护袁氏之进步党议员，亦抱兔死狐悲之感，欲起而反抗之，然已无及矣。观袁氏之令出如山，军警亦奉行唯谨。通宵追索，翌晨毕事，袁氏之威势，真炙手可热哉！然以力假仁，得霸而止，仁且未假，欲横行以逞己志，难矣。请看今日之域中，毕竟谁家之天下？

第三十六回　促就道副座入京
避要路兼督辞职

却说袁总统既削平异党，摧残议院，事事称心，般般顺手，当然有笼压全国，唯我独尊的气势。唯因云南都督蔡锷，于二次革命时，拟联合黔、桂等省，居间调停，主张两方罢兵，凭法理解决。事为袁氏所忌，遂召他入京，令黔督唐继尧兼署。还有湖南都督谭延闿及福建都督孙道仁，曾附和独立，图抗中央，虽事后取消，归罪他人，也不过是掩耳盗铃的计策，瞒不住老袁心目。袁总统遂将他免职，把湖南都督一缺，特任了汤芗铭，福建都督一缺，令海军总长刘冠雄兼代，后来且将这缺裁去，只设一民政长罢了。

三督既去，此外都俯首帖耳，不敢异词，只有国会中议员，还因法定人数，屡次缺席，未免啧有烦言。袁总统特创一新例，挑选了几个有名人物，组成议事机关，叫作政治会议，老袁既有言莫予违之意，何必设此机关，致多累赘。会长派任李经羲，又有梁敦彦、樊增祥、蔡锷、宝熙、马良、杨度、赵惟熙七人，同作襄议员，再由国务总理举派二人，每部总长举派一人，法官二人，蒙藏事务局，酌派数人，各省都督民政长，亦酌派数人，集中议政，算作国会的替身。一面授意各省长官，令他倡议遣散议员，取消国会，于是副总统兼领湖北都督事黎元洪，邀集各省都督民政长等，联名电致袁总统道：

大总统钧鉴：共和国家，以法治为归宿，当破坏之后，亟宜为建设之谋，所有应行法治，千端万绪，虽急起直追，犹恐不及。民国初创，以参议院为立法机关，而成立年余，制定法案，寥寥无几，唯以党争闻于天下，适为建设之障碍，绝无进行之计划。中外士庶，乃移易其渴望之心，属诸国会，以为国会既成，必可将各项法制，依次制定。不意开会七阅月，糜币数百万，而于立法一事，寂然无闻，欲仅如前参议院尚能立东鳞西爪之法，而亦不可得。民国前途，岂堪久待？盖因各议员被举之初，别有来由，多非人民公意之所推定，谓为代表，夫将谁欺？其有爱国思想者，固不乏人，而争权利，徇党见，置国家存亡人民死活于不顾者，反占优势。且人数过多，贤者自同寒蝉，不肖者如饮狂水，余旨盲从朋附，烟雾障天，虽有善者，或徒唤奈何，宁与同尽。上下两院，性质相同，无术调剂，因之立法成绩，毫无进步，中外援为诟病，国家日益贴危。上无道揆，下无法守。赖我大总统以救国为己任，毅然刚断，将乱党议员资格，一律取消，令候补当选人，以次挨补。顾候补人员，与前次人员，资格相同，无论一时断难如额，即使如额，而八百余人，筑室道谋，仍恐议论多而成功少。现在国本初定，重要法案，何止数百件？由今之道，以七阅月而未立一法，虽迟以百年，亦复何济？而强邻环伺，破产在即，岂从容高论之秋？我不自谋，必有起而代我者，欲不为人之牛马奴隶，何可得耶？元洪等行政人员，亦国民一分子，国苟不存，身于何有？苟利于国，遑论其他，用敢联名恳切大总统始终以救国为前提，万不可拘文牵义，以各国长治久安之成式，施诸水深火热之中华。

历考中外改革初期，以时势造法律，不以法律造时势。美为共和模范，而开国之始，第一次宪法，即因束缚政府，不能有为，遂有费拉德费亚会议修正之举。是役也，全体会员，无不有政治之经验，其会议之所议决，多轶出原有宪法范围以外，而自操制定宪法之全权，论者不诋为违法，先例具在，可为明征。现在政治会议，已经召集，与美国往事由各州推举之例正同，请大总统饬下国务院，咨询各员以救国大计，若众意咸同，则共和政体之精神，即可因兹发轫。即例以南京政府以十四省行政官代表之参议院，其完缺大相悬殊，正与华盛顿修正宪法，若合一辙。元洪等承乏地方，深知民人心理，痛恶暴乱之议员；各国论调，亦极公允，我大总统何所顾忌而不为之所？文明国议员，无论何党，皆以扶持本国为宗旨，断无以破坏阻挠为能事者。现在国民党议员，悉经解散，其余稳健议员，素知自爱，闻已羞与哙伍，愤欲辞职。虽欲固结，已属无从。留此少数之人，既无成立之希望，应请大总统给资回籍，另候召集。各议员皆明达廉洁，决不恋恋于五千元之岁俸，而浮沉于不生不灭之间，以误国家大计。狂夫之言，圣人择焉，伏乞鉴核施行，民国幸甚！

副总统兼领湖北都督事黎元洪、署湖北民政长吕调元、直隶都督冯国璋、直隶民政长刘若曾、奉天都督署吉林都督张锡銮、奉天民政长许世英、吉林民政长齐耀琳、吉林护军使孟恩远、黑龙江护军使兼署民政长朱庆澜、江苏都督张勋、江苏民政长韩国钧、江北护军使蒋雁行、安徽都督兼署民政长倪嗣冲、署江西都督李纯、江西民政长汪瑞闿、浙江都督朱瑞、署浙江民政长屈映光、福建民政长汪声玲、署湖南都督兼理民政长汤芗铭、署山东都督靳云鹏、署山东民政长田文烈、河南都督张镇芳、河南民政长张凤台、山西都督阎锡山、山西民政长陈钰、陕西都督张凤翔、署陕西民政长高增爵、护理甘肃都督兼护民政长张炳华、新疆都督兼署民政长杨增新、四川都督胡景伊、署四川民政长陈廷杰、护理川边经略使颜镗、广东都督龙济光、署广东民政长李开佚、广西都督陆荣廷、广西民政长张鸣岐、贵州都督兼署云南都督唐继尧、云南民政长李鸿祥、贵州民政长戴戡，同叩。

看官阅此电文，已见得各省长官，统是仰承意旨，不消细述。惟黎元洪系起义首领，本意在推翻专制，建设共和，此次袁总统摧残国会，明明欲恢复专制，如何也随声附和，反领衔电达呢？古语说得好，"识时务者为俊杰"，大众既赞成袁氏，他亦不便硬行出头，与袁反对，乐得同流合污，做一个与时浮沉的俊杰呢。

不意通电未几，即来了参议院院长王家襄，口称奉总统密令，邀副总统入京，面商要略。黎元洪也不推辞，立将任中各项文书，委任民政长暂管，草草地收拾行装，随王北上，尚恐部下有变，佯言因公渡江，事毕返署，所以出城就道，行踪诡秘，连黎氏左右，也未尝预知情事。待至黎已到京，方闻袁总统下令，有云兼领湖北都督事黎元洪，因公来京，著段祺瑞暂代兼领湖北都督事。当时中外人士，莫明其妙，共疑政府有何大事，必须这黎副总统到京呢。嗣由小子底细调查，方知黎氏入京，段氏出镇，统含有特别关系，不是无故调动的。说来话长，待小子叙述出来。

原来袁氏倚黎、段为左右手，黎长参谋，段长陆军，遇事必内外筹商，谋定后动。黎、段亦矢忠矢慎，不敢有违，所以二次革命，黎为外护，段为中坚，终能指日荡平，肃清半壁。袁总统得此奇捷，未免顾盼自豪，尝语左右道："我略用武装，约叛党相见，不到两月，尽已平定，论起功力，不在拿翁下。拿翁即法国拿破仑。惟拿翁自恃武功，觊觎大宝，改变民主，再行帝政，我虽很加羡慕，但不欲轻效拿翁，致蹈覆辙呢。"自知甚明，何后来利令智昏？左右等唯唯如命，未敢妄赞一词，就中有一位跃跃欲逞的贵公子，听到此言，便迎机而入，婉进讽词，老袁掀髯笑道："汝欲我做皇帝吗？但为事必三思后行，倘或骑梁不成，反输一跌，岂不是欲巧反拙吗？"意在言外。于是这位贵公子，垂首告退。

看官道此人为谁？说是袁总统的长公子克定。袁总统有一妻十五姜，子十五，女十四，惟长子克定为正室于氏所出,机警不亚乃父,幼时除读书外,辄好武事,及弱冠后出洋,赴德国留学,卒业陆军学校,至是归国已久,常思化家为国,一展所长。居然想做唐太宗。凑巧民国成立,乃父得为总统,他便想趁这机会,劝父为帝,好把一座锦绣江山,据为袁氏私产,偏乃父不肯遽为,日日延挨过去,自思光阴易过,何时得达目的? 踌躇再四,无可为计,猛然想到故友阮忠枢,与段祺瑞向称莫逆,段握陆军重任,倘得他鼓吹帝制,号召军民,那时便容易成功了。

当下着人去招阮忠枢,忠枢为袁氏门下士,素与克定往来,一闻传召,立刻驰至。两下相见,当由克定嘱托一番,他即转往国务院,见段在列,乘间密语。谁料段不待词毕,便厉声道:"休得妄言! 休得妄言!"阮撞了一鼻子灰,返报克定克定暗暗怀恨。段又出语人道:"项城屡次宣言,誓不为帝,克定痴心妄想,一味瞎闹,岂不可笑?"这数语传入克定耳中,愈令懊恼,遂与袁乃宽密谋,挤排段氏。乃宽与克定同姓不宗,平时殷勤趋奉,颇得老袁欢心,遂认老袁为叔父行,小袁为兄弟行。这是姓袁的好处。老袁屡加拔擢,累任至陆军次长,凡段氏一切行为,乃宽无不洞悉,所以吹毛索瘢,得进谗言。老袁虽然聪明,怎奈一个令子,一个爱侄,日事絮聒,免不得将信将疑。段祺瑞素性坦率,未曾防着,只知效忠袁氏,有时袁总统与谈湖北军情,赞美黎元洪,祺瑞独说黎仁柔有余,刚断不足,袁亦叹为知言。黎氏生平颇合此八字品评。既而袁克定以段不助己,变计联黎,复遣人示意元洪,元洪不肯相从,所答论调,与段略同。克定乃密结爪牙,撺掇老袁,调黎入京,出段镇鄂,一是软禁元洪,缓缓地令他熔化,一是驱开祺瑞,急急的撤他兵权。煞是好计。黎、段非无知识,但立人檐下只好低头奉令,一往一来,仆仆道途,同做个现成傀儡罢了。黎元洪倒也见机,一经入京,便上书辞职,袁总统即日照准,不过温语答复,竭力敷衍。彼此情词斐亹,可歌可诵,小子不忍割爱,一并照录。曾记黎元洪的呈文道:

敬呈者:窃元洪屡蒙觐颜,仰承优遇,恩逾于骨肉,礼渥于上宾。推心则山雪皆融,握手则池冰为泮。驰惶靡措,诚服无涯。伏念元洪忝列戎行,欣逢鼎运,属官吏播迁之众,承军民拥戴之殷。王陵之率义兵,坚辞未获,刘表之居重镇,勉负难胜。洎乎宣布共和,混一区夏,荷蒙大总统俯承旧贯,悉予真除。良以成规久圮,新制未颁,不得不沿袭名称,维持现状。元洪亦以神州多难,乱党环生,念瓜代之未来,顾豆分而不忍。思欲以一拳之石,暂砥狂澜,方寸之材,权搘圮厦,所幸仰承伟略,乞助雄师,风浪不惊,星河底定,获托威灵之庇,免贻陨越之羞。盖非常之变,非大力不能戡平,无妄之荣,实初心所不及料也。夫列候据地,周室所以凌迟,诸镇拥兵,唐宗于焉翦灭。六朝玉步,蜕于功人,五代干戈,贻自骄将。偶昧保身之哲,遂丛误国之愆。灾黎填于壑而罔闻,故国入于宫而不恤,远稽往乘,近览横流,国体虽更,乱源则一,未尝不哀其梗,憯莫惩嗟。前者章水弄兵,钟山窃位,三边酬诸异族,六省定为同盟,元洪当对垒之冲,亦尝尽同舟之谊。乃罪言弗纳,忠告罔闻,袁此苦心,竟逢战祸,久欲奉还职权,借资表率,只以兵端甫启,选典未行,暂忍负乘致寇之嫌,勉图扶杖观成之计。孤怀耿耿,不敢告人,前路茫茫,但薪救国。今有列强承认,庶政更新,洗武库而偃兵,敞文园而弭教。处四海困穷之会,急起犹迟,念两年患难之场,回思尚悸。论全局则须第一统,论个人则愿乞余年,倘仍恃宠长留,更或陈情不获,中流重任,岂忍施于久乏之身? 当日苦衷,亦难襮诸无稽之口,此尤元洪所冰渊自惧,寝食难安者也。伏乞大总统矜其愚悃,假以闲时,将所领湖北都督一职,明令免去。元洪追随钧座,长听教言,汲湖水以澡心,撷山云而链性。幸得此身健在,皆出解衣推食之思,倘使边事偶生,敢忘擐甲执兵之报。

伏门待命，无任屏营！谨呈。

袁总统的覆书，也是俪黄妃紫，绮丽环生。词云：

来牍阅悉。成功不居，上德若谷，事符往籍，益叹渊衷。溯自清德既衰，皇纲解纽，武昌首义，薄海风从，国体既更，嘉言益著。调停之术，力竭再三，危苦之词，书陈累万。痛洪水猛兽之祸，为千钧一发之防，国纪民彝，赖以不坠。赣、宁之乱，坐镇上游，匕鬯不惊，指挥若定。吕梁既济，重思作楫之功，虞渊弗沈，追论搞戈之烈。凡所规划，动系安危，伟业丰功，彪炳寰宇。时局初定，得至京师，昕夕握谭，快倾心膈。襄、鄂英姿，获瞻便坐。逖、琨同志，永矢毕生。每念在莒之艰，辄有微管之叹，楚国宝善，遂见斯人。迭据面请，免去所领湖北都督一职，情词恳挚，出于至诚，未允施行，复有此牍。语长心重，虑远思深，志不可移，重违其意，虽元老壮猷，未尽南服经营之用，而贤者久役，亦非国民酬报之心，勉遂谦怀，姑如所请。国基初定，经纬万端，相与有成，期我益友，嗣后凡大计所关，务望遇事指陈，以匡不逮。昔张江陵尝言："吾神游九塞，一日二三。"每思兹语，辄为敬服。前型具在，愿共勉之！此覆。

覆词以外，即老老实实下一令道："兼领湖北都督事黎元洪呈请辞职，黎元洪准免本官。"正是：

> 功狗未喋先缚勒，
>
> 飞禽已尽好藏弓。

鄂督已更，又免去张勋本官，改任为长江巡阅使，另调冯国璋都督江苏，赵秉钧都督直隶，是何用意，容待小子下回表明。

黎之于袁，可谓竭尽所事，始终不二者矣。癸丑之役，微黎阴助北军，则安能顺流无阻，先发制人？甚至撤销国会之议，黎亦不恤曲徇袁意，领衔电请，黎之忠袁如是，而袁独潜图帝制，甘心舐犊，遣人南下，召黎入京，阳加优礼，阴即软禁，好猜至此，而欲望人心之不解体，其可得乎？虽然，黎欲见好于袁，而卒为袁所卖，假使袁得永年，黎岂终能免祸乎？吾阅此回，殊不禁为黎氏惜焉。

第三十七回

罢国会议员回籍
行婚礼上将续姻

却说张勋本党附袁氏,从前袁世凯任直督时,奉清廷命募练新军,所有冯、段一班人物,统是练军中的将弁,张勋亦尝与列,受袁节制。所以张勋平日,除清廷皇帝外,只服从一袁项城。辛亥革命,张勋退出南京,虽是孤城受困,敌不住江浙联军,但也由老袁授意,为此知难而退。癸丑革命,张又为袁尽力,督兵南下,战胜异党,攻入南京,老袁特任他为江苏都督,明明是报功的意思。补叙明白。但张勋为人,粗鲁中含着血性,他自念半生富贵,统由清朝恩典,不过因时势所趋,无法保全清朝,没奈何推戴老袁,老袁只做总统,不做皇帝,还是有话可说,并非篡逆一流,为此仍然效命,唯背后的辫发,始终不肯薙去,却是不忘清室的标示。弃旧事新,已成通习,张辫帅犹怀旧德,我说他是好人。但老袁却为此一着,有些疑忌张勋,预恐帝制一行,他来反对,所以将他撤去督篆,调任散职,特令冯出督江,赵出督直,作为南北洋的羽翼。自是京都内外,统已布置妥当,就好慢慢儿地变更政体,开拓皇图,偏这两院议员,尚是睡在梦中,搜据一张没用的临时约法,指摘政府,迭加质问。真是盲人。那国务院讨厌得很,索性简捷了当地答复数语。

看官道如何说法?他说:"两院议员,既不足法定人数,当然停议,何能提出质问书?况大总统救焚拯溺,扶危定倾,确是当今第一位人杰,是非心迹,昭然天壤,更不便绳以常例"等语。简直视为汤、武。议员争他不过,只好将就过去。

一日又一日,已是民国第三年元旦,总统府中,热闹异常,外宾内吏,均去觐贺,差不多有九天阊阖,万国衣冠的盛仪。袁总统又把五等勋位及九等嘉禾文虎各章,给赏了若干功狗,算作良辰令节的点染品。受惠感德的人,讴歌不绝。独有人民向隅。转眼间过了十日,忽由袁总统颁下一令道:

本日政治会议,呈覆救国大计咨询一案,据称:前兼领湖北都督黎元洪等原电,修正宪法一节,若指约法而言,应于咨询增修约法程序案内,另行议覆,其对于国会现有议员,给资回籍,另候召集一节,应请宣布停止两院现有议员职务,并声明两院现有议员,既与现行国会组织法第十五条所载总议员过半数之规定不符,应毋庸再为现行国会组织法第二条暨第三条之组织。至如何给资之处,应由政府迅速筹划施行。是否回籍,可听其便,政府毋庸问及等语。本大总统详加披阅,该会议议覆各节,与该前兼领都督黎元洪等,救国苦心,深相契合。原呈所陈大要,以为非速改良国会之组织,无以勉符尊重国会之公心,洵属度时审势,正当办法。

查两院现有议员,既与现行国会组织法第十五条所载总议员过半数之规定不符,应即依照政治会议议决宣布停止议员职务,毋庸再为现行国会组织法第二条暨第三条之组织。所有民国议会,应候本大总统依照约法,另行召集,此次停止职务各议员,由国务总理财政总长,迅将如何给资之处,筹划施行,余如该会议所陈办理。至两院现有议员,自宣布停止职务之日起,既均毋庸再为国会组织法第二条暨第三条之组织,一应两院事务,应由内务总长督饬筹备国会事务局,分别妥筹办法,免滋贻误,以副本大总统尊重国会之初意。此令。

还有一篇布告，是详述黎元洪等电请原文，及政治会议中呈覆，无非说是约法不良，议员未善，应全体撤换，改新国会等情。其实是骗人伎俩，借此取消立法机关，免得节外生枝，牵掣行政，哪里还肯再行召集呢？政治会议诸公，自李经羲以下，也有一两个明白事理，阴怀愤恨，但看到黎元洪等原电，及老袁交议情形，已知木已成舟，不如顺风使帆，博得个暂时安稳；只晦气了这班议员，平白地丢去岁俸五千圆，徒领了几十元川资，出都回籍去了。双方挖苦。

是时袁大公子克定，默观乃父所为，明明是与自己的希望一同进行，黎既软禁，段又外调，所有阻碍，已经摔去，但只少一个位高望重的帮手，终究是未能圆满。他又与段芝贵商议，想去笼络江苏都督冯国璋。冯国璋的势力不亚段祺瑞，联段不可，转而联冯，也是一条无上的秘计。段芝贵的品行，清史上已经表见，他是揣摩迎合的圣手，敏达圆滑的智囊。既蒙袁公子垂询，便想了一条美人计来，与袁公子附耳数语。袁公子大喜过望，便托他竭力作成。看官试掩卷猜之，愈加趣味。段芝贵应命去讫。

原来袁总统府中，有一位女教授，姓周字道如，乃是江苏宜兴县人。她的父亲，曾做过前清的内阁学士。这女士随父居京，曾入天津女师范学校，学成毕业，雅擅文翰，喜读兵书，嗣因中途失怙，情愿事母终身，矢志不嫁。怎奈宦囊羞涩，糊口维艰，亲丁只有一弟，虽曾需次都门，也未能得一美缺，所以这位周小姐，不能不出充教席，博衣食资。袁总统闻她才学，特延入府中，充为女教员，不特十数掌珠，都奉赞执弟子礼，就是后房佳丽，亦多半向她问字，愿列门墙。袁三夫人闵氏（或云金氏），系高丽人，与周女士尤为投契，朝夕相处，俨同姊妹。书窗闲谈，偶及婚嫁事，三夫人笑语道："吾姊芳龄，虽已三十有余，但望去不过二十许人，摽梅迨吉，秾李余妍，奈何甘心辜负，落寞一生呢？"周女士年龄借此叙过。周女士道："前因老母尚存，有心终事，今母已弃养，我又将老，还想什么佳遇？"三夫人道："姊未免失察了。男婚女嫁，自古皆然，况太夫人已经仙逝，剩姊一身，漂泊无依，算什么呢？"这一席话，说得周女士芳心暗动，两颊绯红，不由得垂头叹息。三夫人又接着道："我两人分属师生，情同姊妹，姊有隐衷，尽可表白，当代为设法，玉成好事。"周女士方徐徐道："我的本意，不愿做孟德曜，但愿学梁夫人，无如时命不齐，年将就木，自知大福不再，只好待诸来生了。"三夫人道："哪里说来！当代觅蕲王，慰姊凤愿，何如？"周女士默默无言。

三夫人匆匆别去，即转告袁总统，袁亦愿做撮合山，但急切未得佳偶，因此权时搁起。可巧冯国璋在京，有时至总统府中，晤商要公，偶见一丰容盛鬋的周女士，不觉啧啧叹美，讶问何人，袁总统触起旧感，即语国璋道："这是宜兴周女士，现在我处充女教习，博通经史，兼识韬钤，闻汝丧偶有年，我当为汝作伐，聘她为继室，倒也是一场佳话呢。"好一个冰上人。国璋答道："总统盛意，很是感佩，但国璋正室虽丧，尚有姬妾数人，豚儿亦已长大，自问年将半百，恐难偶此佳丽，为之奈何？"口中虽这般说，心中却早默认。袁总统道："周女士的年龄，差不多要四十岁了，与汝相较，亦不过相距十岁，你既如此说法，我待商诸周女士，再行定议便了。"国璋称谢而退。

未几，国璋出督江宁，各大吏祖饯都门，恭送行旌，段芝贵时亦在座，席间谈及周女士事，国璋掀髯笑道："讲到容貌两字，亦未必赛过西子、王嫱，可是人家学问，实在高出我一个武夫，我年已及艾，还有什么不满意的事？不过这胡子还长得住否，实在是一个大问题。"得意语。言毕，鼓掌大笑，众亦随作笑声。段芝贵却从旁凑趣道："当日刘备娶孙夫人，洞房中环列刀枪，把刘备吓得倒退，冯公虽统兵有年，若好事果成，雌威不可不防哩。"国璋复笑道：

"言为心声，段君想是惧内，自己有了河东狮，尽管小心奉承，不要向他人代虑呢。"大家诙谐一番，兴阑席散。越宿，国璋即别友出都，自行赴任去了。段芝贵记在心里，适逢克定垂询，遂将现成的美人计，敬谨奉献。

一日，至总统府，便乘间禀明袁总统，袁总统道："我亦早有此想哩，只因国事倥偬，竟致忘怀，但两造的意思，究未知是否赞同？"段芝贵道："得大总统与他撮合，哪有不情愿之哩？况两造感及玉成，将来总统有所指使，还怕他不内外效顺吗？"袁总统频频点首。明人不必细说。一俟段芝贵退出，即嘱三夫人去做说客。三夫人笑着道："我已早代为说妥了。"袁总统即致函冯国璋，请践原约。国璋本已有心，自然返报如命，且择于民国三年一月十九日，行成婚礼。

到了一月十二日，袁总统即遣公子克定，及三夫人率领周家姻族，及主婚代表等，送周女士南下江宁。江宁铁路特备花车欢迎，沿路排列兵队，气象巍然。下关、江口一带，热闹异常。轮渡码头，悬灯结彩，并有松柏牌楼一座，上悬匾额，署"大家风范"四大字。两旁分列楹联，左首八字，是"天上神仙，金相玉质"。右首八字，是"女中豪杰，说礼明诗"。待周女士等渡江而来，各乘大轿入江宁城，当以鼓楼前交涉局为坤宅，门前亦设着松枝牌楼，特用五色电灯，盘出"福共天来"四大字。宅中陈设一新，尤觉光怪陆离，色色齐备。室中环列武装兵队，层层拥护，又特置布篷岗位数十所，屯驻警察，刀枪森耀，与昼间日光、夜间灯影，掩映生辉。都督府中人员，又稔知新人尚武，多派军服侍者，窗前堦下，荷枪鹄立，端的是文经武纬，灿烂盈门。极力描摹。到了十八日下午二时，移置妆具，由坤宅启行至都督府，前导军乐，引以红绸彩门，横书四字为"山河委佗"，左右对联，上为"扫眉才子，名满天下"，下为"上头夫婿，功垂江南"，闻说为旅宁同乡所送。此外尚有直隶女师范学校与高等女子小学教习学生，以及周女士闺友所赠诗章叙文颂词对联词曲，均用玻璃屏装饰，约计数十具。余如箱椟物件，却尚简朴，荆钗布裙，想见高风不比那小家妇女，专从服饰上着想哩。好女不穿嫁时衣，想周小姐深得此旨。

越日，即为婚期，坤宅因交涉局与都督府相去太远，移驻都督府西首花园内，专候冯都督亲迎。时当午后，冯都督着上将礼服，佩挂勋章，乘舆出辕，由大总统代表人、介绍人及司仪人、迎亲人等，拥着彩舆，并排着全副仪仗，偕冯都督同至坤宅。护兵杂沓，军乐喧阗，冯都督降舆入室，行过了亲迎礼，略用茶点，先行告别。过一小时，即由送亲人等，送彩舆至都督府，三星在户，百两迎门。司仪员先登礼堂，请冯都督出来，一面请新娘降车。舆门开处，但见一位华装炫饰，胡天胡地的女娇娃，姗步下舆，身穿玄青色贡缎绣着八团五彩花的礼衣，下系绣金酒花的大红裙，宫额齐眉，遍悬珠勒，后面披着粉红纱，约长丈许，有侍女两人持着两端，随步而前。红纱上设一彩结，置于发顶，前悬两球，适垂前额，借以覆面。既入礼堂，与冯都督并肩立着，行文明结婚礼式，男女宾东西站立，先由大总统代表赍读颂词，新郎新娘遣人代诵答词，继由男女宾分致颂词，新郎新娘又遣人诵答如仪。司仪员乃唱新郎新娘行鞠躬礼，两下里对向鞠躬，至再至三，夫妇礼成。当由两新人对着代表介绍，鞠躬致谢。代表人、介绍人，依次答礼，然后男女亲族，各行相见礼，无非是按着尊卑，相向鞠躬。男女宾又各行贺礼，两新人亦依礼相答。笙簧并奏，鸾凤和鸣，两新人归入洞房，宾朋等俱退出礼堂，各至客厅中，欢宴喜酒去了。自此洞房叶好，合卺共牢，说不尽的枕席风光，描不完的伉俪恩爱。小子且作诗一首，作为本回的结束。诗云：

　　一番趣事话风流，

尽有柔情笔底收。

为问江南新眷属，

可将月老记心头？

袁克定等送亲毕事，相率返京，欲知后事，再阅下回。

　　立法机关，是民主国最要条件，此而可以停止，是已举民主政体，完全推翻，奚待筹安设会；洪宪纪元，方为鼓吹帝政乎？老袁行于上，小袁行于下，联黎联段，俱难生效，不得已转联老冯，周女士道如，守北宫婴儿之节，乃必为冯作伐，牵入政治漩涡中，枕席风光，虽饶趣味，然揆诸周女士之初志，毋乃未免渝节欤？一条美人计，究用得着否，试看后文便知。

第三十八回　让主权孙部长签约
失盛誉熊内阁下台

却说袁总统密图帝制,专从内政上着手,日事变更,亦无暇顾及外交,就中蒙、藏风云迄未解决,前藏达赖喇嘛屡生异图,办事长官钟颖亦连电乞援。袁总统饬令滇、蜀各军相继进征,不妨英兵亦陆续入藏。驻华英使且向袁政府抗议,谓中国若增兵藏境,英政府非但不承认民国,且将派兵助藏,令他独立。**全是强权。** 袁总统无法对待,只好停止滇、蜀各军,一面与达赖电商,撤还驻藏兵队,全藏应承认中国的宗主权。达赖总算照允。嗣是川、藏边境,暂息兵戈。尹昌衡亦奉召入京,撤去兵权。旋因尹擅纳蛮女,滋扰川边,竟加他罪名,拘禁起来,结果是褫职了案。**总是一个刻薄手段。**

还有俄蒙协约,前经外交总长陆征祥与俄使辩论数次,只争得一个领土权,另订中俄协约六条,并将俄蒙协约中所称附约十七条,作为中俄协约的附件,字句略加修改,所有"外蒙古政府"字样,均改为"外蒙古地方官"字样,算是保存国权的要点。当时政府曾提出国会,征求同意,众议院多进步党,赞助政府,权予通融;参议院多国民党,排斥政府,竟致否决。旋因赣、宁变起,不遑顾及此事。至民党失败,国会已成残局,俄使库朋斯齐,且提出协约四条,较原定六条,尤为严酷。库匪又连番南下,时来寻衅,防边各兵,屡与战争,互有胜负。会外交总长已改任孙宝琦,不得已与俄使交涉,另订协约五款,可巧国会停止,得由袁政府独断独行,款约如下:

(一)俄国承认中国在外蒙古之主权。

(二)中国承认外蒙古之自治权。

(三)中国承认外蒙古人享有自行办理自治外蒙古之内政,并整理本境一切工商事宜之专权。中国允许不干涉以上各节,是以不将兵队派驻外蒙古,及安置文武官员,且不办殖民之举。唯中国可任命大员,偕同应用属员,暨护卫队,驻扎库伦,此外中国政府,亦可酌派专员,驻扎外蒙古地方,保护中国人民利益,但地点应按照本文件第五款商订。俄国一方面,担任除各领事署拥卫队外,不于外蒙古驻扎兵队,不干涉此境内之各项内政,并不在该境有殖民之举动。

(四)中国声明承受俄国调处,按照以上各款大纲,以及一九一二年十月二十一日俄蒙商务专条,明定中国与外蒙古之关系。

(五)凡关于俄国及中国在外蒙古之利益,暨各该处因现势发生之各问题,均应另行商订。

此外又由外交总长孙宝琦照会俄使,另加声明道:

照得签订关于外蒙古问题之声明文件,本总长奉有本国委任,以政府名义,向贵公使声明各款如下:

(一)俄国承认外蒙古土地为中国领土之一部分。

(二)凡关于外蒙古政治土地交涉事宜,中国政府,允与俄国政府协商,外蒙古亦得参与其事。

（三）正文第五款所载随后商订事宜，当由三方面酌定地点，派委代表接洽。

（四）外蒙古自治区域，应以前清驻扎库伦办事大臣、乌里雅苏台将军及科布多参赞大臣所管辖之境为限。唯现在因无蒙古详细地图，而各处行政区域，又未划清界限，是以确定外蒙古疆域，及科布多、阿尔泰划界之处，应按照声明文件第五款所载，日后商定。

以上四款，相应照会贵公使查照，须至照会者。

照会去后，俄使也不复答复，是否承认，无从悬揣。不过外蒙古一部分，已不啻告朔饩羊，名存实亡了。

老袁也没甚顾惜，但教皇帝做得成功，就是割去若干土地，亦所甘心，所以俄约告成，他尚喜慰，以为朔漠一带，免多顾虑，从此好一心一意的，改革内政，求吾大欲。当下令政治会议诸公，于立法机关以外，特设一造法机关，法可自造，何用机关。为增修约法，及各种法案的基础。议长李经羲以下，希旨承颜，即议定一约法组织条例，呈经袁总统裁夺，申令公布。凡约法会议的议员，仍参用选举方法，选举区划取都会集中主义，选举资格取人才标准主义，所以选举会只限都会。京师选举会只准选出四人，选举监督就是内务总长充任。各省选举会，每省只准选出二人，由各省民政长充选举监督；蒙藏青海联合选举会只准选出八人，由蒙藏事务局总裁充选举监督。全国商会联合会选举会只准选出四人，由农商总长充选举监督。选举人及被选举人，资格很严。选举人分四等：（一）曾任或现任高等官吏，通达治术；（二）由举人以上出身，夙著闻望；（三）在高等专门学校三年以上毕业，研精科学；（四）有万元以上财产，热心公益。被选举人只分三等：（一）曾任或现任高等官吏，确有成绩；（二）在中外专门学校，习过法律政治学，三年以上毕业，或曾由举人以上出身，通晓法政，确有心得；（三）硕学通儒，著述宏富，确有实用。这三项人当选以后，还须经过中央审查会，查系合格，方得给予证书，实任约法会议议员，正副议长，由议员互选，各置一人。遇有议决事件，必咨请总统裁可，才得公布。政府且得派员出席，发表意见，唯以不得加入议决为限。这等条例，明明是限制民意，集权政府，一时不便擅作威福，就借这非驴非马的法子，掩饰过去。还是多事。

寻又修正法制局官制，订定法律编查会规则，统是责成官长，不采公议。未几，又取消地方自治制。曾记民国三年二月三日，有一通令云：

地方自治，所以辅佐官治，振兴公益，东西各国，市政愈昌明者，则其地方亦愈蕃滋。吾国古来乡遂州党之制，啬夫乡老之称，聿启良规，允臻上理，要皆辨等位以进行，绝非离官治而独立，为社会谋康宁，绝非为私人攘权利。乃近来迭据湖北、河南、直隶、甘肃、安徽、山东、山西等省民政长电呈，佥以各属自治会，良莠不齐，平时把持财政，抵抗税捐，干预词讼，妨碍行政，请取消改组等语，业经先后照准在案。

兹又续据热河都统姜桂题，电称承德县头沟乡议事会，私设法庭，非刑拷讯。湖南都督汤芗铭，电称湘省各级自治机关，密布党徒，暗中勾结，当乱党叛变，各会职员，跳荡诪张，或污伪命，自任中坚。且平时弁髦法令，鱼肉乡民，无所不至，请即行解散，以清乱源。山东民政长田文烈等，电称栖霞县乡民，因上下两级自治会，平日私受诉讼，滥用刑罚，积怨酿变，聚众围城，业已派队弹压。吉林民政长齐耀琳，呈称长春县议事会议决，不按法定人数，违反省行政官命令，把持税务，非法苛捐，冒支兼薪，并对于外交重事，公然侮辱。贵州民政长戴戡，电称黔省自治机关，由多数暴民专制，动称民权，不知国法，非廓清更始，庶政终无清肃之时。浙江民政长屈映光，电称浙省自治会，侵权违法，屡形自扰，请停止进行，另订办法各等情,本大总统深维致治之道,贵在无扰,革命以来,吾民两丁困厄,满目疮痍,每一念及,愀焉如捣。

似此蚊法乱纪之各自治机关,若再听其盘踞把持,滋生厉阶,吏治何由而饬?民生何由得安?著各省民政长通令各属,将各地方现设之各级自治会,立予停办,所有各该会经管财产文牍,及另设财务捐务公所等项,由各该知事接收保管。会员中如有侵蚀公款公物者,应彻底清查,按律惩办。其从前由各该会擅行苛派之琐细杂捐,诸凡不正当之收入,并著各该县知事,详晰查报内务部,酌量核定。至于自治不良,固由流品滥杂,亦由从前立法未善,级数太繁,区域太广,有以致之。著内务部迅将自治制度,从新厘订,务以养成自治人才,巩固市政基础,为根本之救治,庶符选贤与能之古旨,渐进民治大同之盛轨。其自治制未颁定以前,各该地方官,尤宜慎选公正士绅,委任助理,自治会员中,亦不乏贤达宿望,并宜虚衷延访,勤求民隐,不得误会操切,致违本大总统惩除豪暴,保乂良善之本意。此令。

地方自治既已取消,各省都督民政长又推赵秉钧领衔,呈请将各省议会议员,一律停止职务。恐仍由老肃授意。袁总统复有所借口,又续下一令道:

据署直隶都督赵秉钧署直隶民政长刘若曾等电称,各省议会成立,瞬及一年,于应议政事,不审事机之得失,不究义理之是非,不权利害之重轻,不顾公家之成败,唯知怀挟私意,壹以党见为前提。甚至当湖口肇乱之际,创省会联合之名,以沪上为中心,作南风之导火,转相联络,胥动浮言。事实彰明,无可为讳。有识者洁身远去,谨愿者缄默相安。议论纷纭,物情骇诧,而一省之政治,半破坏于冥冥之中。推求其故,盖缘选举之初,国民党势力,实占优胜,他党与之角逐,一变而演成党派之竞争,于是博取选民资格者,遂皆出于党人,而不由于民选。虽其中富于学识,能持大体者,固不乏人,而以扩张党势,攘夺权利为宗旨,百计运动而成者,比比皆是。根本既误,结果不良。现自国民党议员奉令取消以来,去者得避害马败群之谤,留者仍蒙薰莸同器之嫌。议会之声誉一亏,万众之信仰全失。微论缺额省份,当选递补,调查备极繁难,即令本年常会期间,议席均能足额,而推测人民心理,利国福民之希冀,全堕空虚。一般舆论,佥谓地方议会,非从根本解决,收效无期;与其敷衍目前,不如暂行解散,所有各省省议会议员,似应一律停止职务,一面迅将组织方法,详为厘定,以便另行召集,请将所陈各节,发交政治委员会议决等语。该都督所陈各节,自系实情,应如所请,交政治会议共同议决,呈候核夺施行。此令。

看官!你想政治会议诸公,都是一班明哲保身的人物,就时论势,已觉得各省议会,存立不住,索性撤掉了他,使老袁得称心如愿,因此呈覆上去,只说各省电呈,实是不错。袁总统非常快活,遂名正言顺地将各省议会取消了。自是民意机关,摧残殆尽,就是司法一部分,也说因财政艰难,将初级审检厅,尽行裁去,并归县知事带管,于是行政权扩充极大,官僚派乘时得位,复借几种古圣先王的政治,缘饰成文,曲为迎合,如祭天祀孔制礼作乐等议论,盛倡一时。袁总统一一照准,说什么对越神明,说什么尊崇圣道。大祀典礼,概用拜跪,大有希踪虞夏,凌驾汉唐的规范。东施效颦,适形其丑。

惟内阁总理熊希龄,起初是一往无前,颇欲展施抱负,造成一法治国,所以一经就任,便草就大政方针宣言书,拟向国会宣布。偏偏国会停止,变为政治会议,熊复将大政方针,交政治会议审定。政治会议诸公,以内阁将要推倒,还有什么责任内阁政策,可以施行,随即当场揶揄,加以讥笑。京内外人士,又因袁总统种种命令,多半违法,熊总理不加可否,一一副署,既失去官守言责的义务,有何面目职掌首揆,侈谈政治?从此第一流内阁的名誉,又变做落花流水,荡灭无遗。熊亦心不自安,提出辞职呈文,极力请去。何不早去?迟了数日,反害得声名涂地。袁总统批示挽留,只准免兼财政,另调周自齐署财政总长,仍兼代陆军总长,所有交通总长一缺,命内务总长朱启钤兼理。熊希龄决计告退,再行力辞,袁总统乃准免本宫,令外交总长孙宝琦,兼代理国务总理。司法总长梁启超、教育总长汪大燮,因与熊氏有连带关系,依次辞职。袁复改任章宗祥为司法总长,蔡儒楷为教育总长,余部暂行照旧。小子有诗咏熊凤凰道:

> 不经飞倦不知还,
> 凤鸟无灵误出山。
> 古谚有言须记取,
> 上场容易下场难。

前内阁既倒,熊希龄相率出都,忽有一急电到总统府,说有一现任都督,竟致暴毙了。究竟何人暴亡,俟下回再行揭载。

中国兵力,战强俄则不足,平库伦则有余,当库伦独立之日,正民国创造之时,设令乘南北统一,即日发兵,远征朔漠,内以掩活佛之不备,外以制俄焰之方张,则库伦不足平,而俄入自无由置喙矣。乃专为自谋,竟忘外患,因循久之,卒致俄人着着进行,不惜弃外蒙办瓯脱地,与彼定约。夫老袁既欲取威定霸,何对于外人,畏葸若此?而对内则又悍然不顾,肆行无忌,自国会停止后,而地方自治,而省议会,诸民意机关,如秋风之扫落叶,了无孑遗。然凤凰身为总理,不能出言匡正,且又恋栈不去,以视唐少川辈,有愧色矣。一失足成千古恨,熊亦自知愧悔否耶?

第三十九回 逞阴谋毒死赵智庵 改约法进相徐东海

　　却说暴病身亡的大员，并非别人，乃是现任直隶都督赵秉钧。秉钧本袁氏心腹，自袁氏出山后，一切规划，多仗秉钧参议，及晋任国务总理，第一大功，便是谋刺宋教仁一案。他尝指示洪述祖，勾结应夔丞，实为宋案中的要犯。至赣、宁失败，民党中人，统已航海亡命，把这一桩天大的案件，无形打消，应夔丞也从上海监狱中乘机脱逃。应在上海匿迹数月，不便出头，自思刺宋一案，有功袁氏，不如就此北上，谒见老袁，料老袁纪念前功，定必给界优差，还我富贵。但自己与老袁未曾相识，究不便直接往见，凑巧赵秉钧调任直隶总督，正好浼他介绍，作为进身地步。一函密达，旋得好音，赵秉钧已替他转达老袁，召使北上，于是这钻营奔走的应桂馨，遂放心安胆，整备行装，乘津浦火车北上。既至天津，与秉钧相见，秉钧很是优待，一住数日，宾主言欢，彼此莫逆。应欲进谒总统，当由赵用电话，先向总统府接洽，然后送应出署，且派卫队送至车站，待应上车北驶，卫队方回署消差。

　　不到半日，忽由京津路线的车站，传达紧急电话，到了直督署中，报称应夔丞被刺死了。赵秉钧得此消息，吃一大惊，急忙复电，问系何人大胆，敢尔行凶？现在曾否拿住凶手？不料回电又来，说系凶手势大，不便拿讯。赵秉钧闻到此语，已瞧料了十分之九，只因良心上忍不过去，乃复传电话至总统府，向袁总统直接问话。袁总统直接答复，但有"总统杀他"四字。秉钧又向电话中传声道："自此以后，何人肯为总统府尽力。"连呼数声，简直是没人答应，秉钧亦只好掷下电筒，咨嗟不已。并非叹惜应夔丞，实是叹惜自己。原来袁总统惯使阴谋，仿佛当年曹阿瞒，有宁我负人，毋人负我的意思。他想应果来京，如何位置？不如杀死了他，既免为难，又可灭口，遂阴遣刺客王滋圃，乘了京津火车，直至津门，与应在车中相见，但说是奉总统命，特来欢迎。应夔丞快慰得很，哪里还去防备。不料到了中途，啪的一声，竟送应一颗卫生丸，结果了他的性命，车中人夫相率惊惶，王滋圃竟抬出"总统"二字，作为护盾。

　　当时京畿一带，听得袁总统大名，仿佛与神圣一般，哪个敢去多嘴？惟应夔丞贪慕荣利，害得这般收场，徒落得横尸道上，遗臭人间。渔父有知，应在泉下自慰曰："应该如此"。赵秉钧自应被刺后，免不得暗暗悔恨，抑郁成疾，好几日不能视事，便电向总统府中，去请病假。袁总统自然照准，且饬遣一个名医，来津视疾。秉钧总道他奉命来前，定是高手，便令他悉心诊治，依方服药，谁知药才入口，便觉胸前胀闷；过了半时，药性发作，满身觉痛，腹中更觉难熬，好似绞肠痧染着，忽起忽仆，带哭带号，急思诘问来医，那医生已出署回京。秉钧自知中毒，不由得恨恨道："罢了罢了。"说到两个"罢"字，已是支持不住，两眼一翻，呜呼毕命。好至阎王殿前，与宋教仁、应夔丞、武士英等一同对簿。死后的情形，甚是可怕，四肢青黑，七孔流血，比上年林述庆死状，还要加重三分。

　　当下电讣中央，袁总统谈笑自若，只形式上发了一道命令，说他如何忠勤，给金治丧，算作了事。看官不必细问，便可知秉钧中毒，仍与应夔丞被刺一样的遭人暗算，不过夔丞被刺，是完全为宋案关系，杀死灭口；秉钧中毒，一半是为着宋案，一半是为着帝制。先是秉钧在京,尝恨东南党人,迭加诘责,曾语袁总统道:"名为元首,常受南人牵制,正足令人懊恨,不如前时统领北洋,尚得自由行动呢。"袁总统点首无言。袁大公子克定疑他言外有意,隐讽老袁为帝,所以密谋禅袭,首先示意秉钧,不料秉钧竟不赞成。克定亦从此挟嫌,至龔丞刺死,遂向老袁前进谗,说他怨望。袁信以为真,适秉钧命数该绝,生起病来,遂暗嘱医生,赴津治病,投药一剂,即将秉钧活活治死,真个是杀人猛剂,赛过刀锯呢。话休烦叙。

且说约法会议,组织告成,于三月十八日开会,推孙毓筠为议长,施愚为副议长,把民国元年的《临时约法》,逐条修改,一意地尊重主权,铲除民意,一面设平政院及肃政厅,规复前朝御史台规制,并组织海陆军大元帅统率办事处,将全国海陆兵柄,一股脑儿收集中央,于是召段祺瑞回京供职,另遣段芝贵署理湖北都督。是时白狼正驰突楚、豫、扰均州,窜浙川,勾结余党孙玉章、时家全、王成敬等,攻破荆紫关,意图西向。袁总统既召祺瑞回京,复令他沿途缉匪,助剿白狼,这明是忌他督鄂,迫令交卸,又不愿他速回陆军本任,特令逗留京外,免来作梗。至护军使赵倜等大将白狼逼入西北,阵毙悍匪千余人,白狼势焰已衰,然后段祺瑞返入京师,再任陆军总长。这时候的约法会议,已经修正约法,由袁总统核定,照例公布了。

新约法共计十章,分列六十八条,就中所有文字,实是袁氏潜图帝制的先声,小子不能不录,约法如下:

第一章　国家

第一条　中华民国由中华人民组织之。

第二条　中华民国之主权,本于国民之全体。

第三条　中华民国之领土,依从前帝国所有之疆域。

第二章　人民

第四条　中华民国人民无种族阶级宗教之区别,法律上均为平等。

第五条　人民享有下列各款之自由权:

(一)人民之身体,非依法律,不得逮捕拘禁审问处罚;(二)人民之住宅,非依法律,不得侵入或搜索;(三)人民于法律范围内,有保有财产及营业之自由;(四)人民于法律范围内,有言论著作刊行,及集会结社之自由;(五)人民于法律范围内,有居住迁徙之自由;(六)人民于法律范围内,有信教之自由。

第六条　人民依法律所定,有请愿于立法院之权。

第七条　人民依法律所定,有诉讼于法院之权。

第八条　人民依法律所定,有诉愿于行政官署及陈诉于平政院之权。

第九条　人民依法律所定,有愿任官考试及从事公务之权。

第十条　人民依法律所定,有选举及被选举之权。

第十一条　人民依法律所定,有纳税之义务。

第十二条　人民依法律所定,有服兵役之义务。

第十三条　本章之规定,与海陆军法令,及纪律不相抵触者,军人适用之。

以上数条,多用法律二字,其时国会已废,即下文所定之立法院,后且未闻建设,徒以命令为法律,朝三暮四,民无适从,何民权之足言?

第三章　大总统

提大总统于立法院之前,见得行政势力,重于立法。

第十四条　大总统为国之元首,总揽统治权。

第十五条　大总统代表中华民国。

第十六条　大总统对国民之全体负责任。

第十七条　大总统召集立法院,宣告开会停会闭会。

第十八条　大总统提出法律案及预算案于立法院。

第十九条　大总统为增进公益,或执行法律,或基于法律之委任,发布命令,并得使发布之。但不得以命令变更法律。

第二十条　大总统为维持公安,或防御非常灾害,事机紧急,不能召集立法院时,经参政院同意,得发布与法律有同等效力之教令,但须于次期立法开会之始,请求追认。若立法院否认时,即失其效力。

第二十一条　大总统制定官制官规,并任免文武职官。

第二十二条　大总统宣告开战媾和。

第二十三条　大总统为陆海军大元帅,统率全国陆海军,并定陆海军之编制及兵额。

第二十四条　大总统接受外国大使公使。

第二十五条　大总统缔结条约,但变更领土,或增加人民负担之条款,须经立法院同意。

第二十六条　大总统依法律宣告戒严。

第二十七条　大总统颁给爵位勋章,并其他荣典。

第二十八条　大总统宣告大赦特赦减刑复权,但大赦须经立法院同意。

第二十九条　大总统因故去职,或不能视事时,副总统代行其职权。

第四章　立法

第三十条　立法以人民选举之议员组织立法院行之(立法院之组织,及议员选举方法,由约法会议议决之)。

第三十一条　立法院之职权如下:

(一)议决法律;(二)议决预算;(三)议决或承诺关于公债募集及国库负担之条件;(四)答复大总统咨询事件;(五)收受人民请愿事件;(六)提出法律案;(七)提出关于法律及其他事件之意见,建议于大总统;(八)提出关于政治上之疑义,要求大总统答复;但大总统认为须秘密者,得不答复之;(九)对于大总统有谋叛行为时,以总议员五分四以上之出席,出席议员四分三以上之可决,提起弹劾之诉讼于大理院。

第三十二条　立法院每年召集之会期,以四个月为限,但大总统认为必要时,得延长其会期,并得于闭会期内,召集临时会。

第三十三条　立法院之会议,须公开之,但经大总统之要求,或出席议员过半数之可决时,得秘密之。

第三十四条　立法院议决之法律案,由大总统公布施行。

第三十五条　立法院议长副议长,由议员互选之,以得票过投票总数之半者为当选。

第三十六条　立法院议员于院内之言论及表决,对于院外不负责任。

第三十七条　立法院议员,除现行犯及关于内乱外患之犯罪外,会期中非经立法院许可,不得逮捕。

第三十八条　立法院法由立法院自定之。

第五章 行政

第三十九条 行政以大总统为首长,置国务卿一人赞襄之。

第四十条 行政事务,置外交、内务、财政、陆军、海军、司法、教育、农商、交通各部分掌之。

第四十一条 各部总长依法律命令,执行主管行政事务。

第四十二条 国务卿、各部总长及特派员,代表大总统出席立法院发言。

第四十三条 国务卿、各部总长有违法行为时,受肃政厅之纠弹,及平政院之审理。

第六章 司法

第四十四条 司法以大总统任命之法官,组织法院行之。

第四十五条 法院依法律独立,审判民事诉讼,刑事诉讼,但关于行政诉讼,及其他特别诉讼,各依其本法之规定行之。

第四十六条 大理院对于第三十一条第九款之弹劾事件,其审判程序,别以法律定之。

第四十七条 法院之审判,须公开之,但认为有妨害安宁秩序,或善良风俗者,得秘密之。

第四十八条 法官在任中,不得减俸或转职,非依法律受刑罚之宣告,或应免职之惩戒处分,不得解职。

第七章 参政院

第四十九条 参政院应大总统之咨询审议重要政务(参政院之组织,由约法会议议决之)。

第八章 会计

第五十条 新课租税,及变更税率,以法律定之(现行租税,未经法律变更者,仍旧征收)。

第五十一条 国家岁出岁入,每年度依立法院所议决之预算案行之。

第五十二条 因特别事件,得于预算内预定年限,设继续费。

第五十三条 为备预算不足,或于预算以外之支出,须于预算内设预备费。

第五十四条 下列各款之支出,非经大总统同意,不得废除或裁减之:(一)法律上属于国家之义务者;(二)法律之规定所必需者;(三)履行条约所必需者;(四)海陆军编制所必需者。

第五十五条 为国际战争或戡定内乱,及其他非常事变,不能召集立法院时,大总统经参政院之同意,得为紧急财政处分。但须于次期立法院开会之始,请求追认。

第五十六条 预算不成立时,执行前年度预算。会计年度既开始,预算尚未议定时亦同。

第五十七条 国家岁出岁入之预算,每年经审计院审定后,由大总统提出报告书于立法院,请求承诺。

第五十八条 审计院之编制,由约法会议议决之。

第九章 制定宪法程序

第五十九条 中华民国宪法案,由宪法起草委员会起草(委员会以参政院所推举之委员组织之,人数以十名为限)。

第六十条 中华民国宪法案,由参政院审定之。

第六十一条　中华民国宪法案,经参政院审定后,由大总统提出于国民会议议决之(国民会议之组织,由约法会议议决之)。

第六十二条　国民会议,由大总统召集并解散之。

第六十三条　中华民国宪法,由大总统公布之。

第十章　附则

第六十四条　中华民国宪法未施行以前,本约法之效力,与宪法等(约法施行前之现行法令,与本约法不相抵触者,保有其效力)。

第六十五条　中华民国元年所宣布之清帝辞位后优待条件,清皇族待遇条件,满蒙回藏各族待遇条件,永不变更其效力。

第六十六条　本约法由立法院议员三分二以上,或大总统提议增修,经立法院议员五分四以上之出席,出席议员三分二以上之可决时,由大总统召集约法会议增修之。

第六十七条　立法院未成立以前,以参政院代行其职权。第六十八条 本约法自公布之日施行,民国元年三月十一日公布之临时约法,于本约法施行之日废止。

旧约法既废,新约法施行,便靠着三十九条新例,请出一位老朋友来,做了国务卿,看官道是谁人? 就是清末的内阁协理徐世昌。抬出他的旧官衔,未免太刻。徐字菊人,东海人氏,世人叫他徐东海。他与袁总统系是故交,民国新造,他虽未曾登场,尚是留住都门,隐备老袁顾问,至此奉到袁总统命令,起初是上书告辞,只说是年衰力绌,难胜巨任,后经孙宝琦、段芝贵两人替总统代为劝驾,备极殷勤,那时这位徐菊老,幡然心动,也不暇他顾,居然来做国务卿了。当下将国务院官制,一律取消,特就总统府设一政事堂,由国务卿赞襄政务,承大总统命令,监督政事堂事务,国务卿以下,分设左右两丞,左丞任了杨士琦,右丞任了钱能训,并设五局法制局,机要局,铨叙局,主计局,印铸局。一所,各置长官,又选入参议八员,与议政事,这明明是置相立辅,惟王建国的意思。正是:

> 浊世复逢新魏武,
>
> 泥人又见老徐娘。

国务卿以外,还有各部总长,亦略有更动,容待下回叙明。

应夔丞之被刺,与赵秉钧之暴亡,虽系由老袁辣手,然亦未始非赵、应之自取。杀人,何事也? 与人无仇,而甘受主使,置人于死,我杀人人亦杀我,人能使我杀人,安知不能使人杀我? 相去不过一间,赵秉钧特未之思耳。若废止旧约法,施行新约法,实是借此过渡,接演帝制。徐东海阅世已久,应烛几先,何苦受袁氏羁縻,甘居肘下耶? 我为徐东海语曰:"太不值得。"

第四十回　返老巢白匪毙命
守中立青岛生风

却说各部总长，由袁总统酌量任命，外交仍孙宝琦，内务仍朱启钤，财政仍周自齐，陆军仍段祺瑞，海军仍刘冠雄，司法仍章宗祥，农商仍张謇，惟教育总长改任了汤化龙，交通总长改任了梁敦彦。大家俯首听命，毫无异言。袁总统又特下一令道：

现在约法业经公布施行，所有现行法令，及现行官制，有无与约法抵触之处，亟应克日清厘，著法制局迅行，按照约法之规定，将现行法令等项，汇案分别修正，呈候本大总统核办。在未经修正公布以前，凡关于呈报国务总理等字样，均应改为呈报大总统；关于各部总长会同国务总理呈请字样，均应改为由各部总长呈请；关于应以国务院令施行事件，均改为以大总统教令施行。余仍照旧办理。此令。

据这令看来，大总统已有无上威权，差不多似皇帝模样，就是特任的国务卿，也是无权无柄，只好服从总统，做一个政事堂的赘瘤，不过总统有令，要他副署罢了。令出必行，还要什么副署。嗣是一切制度，锐意变更，条例杂颁，机关分设，就中最注目的法令，除新约法中规定的审计院，参政院，次第组织外，还有什么省官制，什么道官制，什么县官制，每省原有的民政长改称巡按使，得监督司法行政，署内设政务厅，置厅长一人，又分设总务、内务、教育、实业各科，由巡按使自委掾属佐理。道区域由政府划定，每道设一道尹，隶属巡按使，所有从前的观察使，一律改名；县置知事，为一县行政长官，须隶属道尹。且各县诉讼第一审，无论民事刑事，均归县知事审理。打消司法独立。至若各省都督，也一概换易名目，称为将军。都督与将军何异？无非因旧有名目，非经袁氏制定，所以有此更张。又另订文官官秩，分作九等：（一）上卿，（二）中卿，（三）少卿，（四）上大夫，（五）中大夫，（六）少大夫，（七）上士，（八）中士，（九）少士。不称下而称少，是何命意。此外又有同中卿、同上大夫、同少大夫、同中士、同少士等名称，秩同本官（少卿得以加秩，称为同中卿，故有同中卿之名。同上大夫以下，可以类推）。他如各部官制，亦酌加修正，并将顺天府府尹改称京兆尹。所有大总统公文程式、政事堂公文程式及各官署公文程式，尽行改订。一面取消国家税地方税的名目。

什么叫作国家税、地方税？国家税是汇解政府，作为中央行政经费，地方税是截留本地，作为地方自治经费。此次袁氏大权独揽，已命将地方自治制废撤无遗，当然取消地方税，把财政权收集中央，而且募兵自卫，加税助饷，新创一种验契条例，凡民间所有不动产契据，统要验过，照例收费；又颁三年国内公债条例，强迫人民出赀，贷与政府；还有印花税，烟酒税，盐税等，陆续增重，依次举行。民间担负，日甚一日，叫他向何处呼吁？徒落得自怨自苦罢了。

五月二十六日，参政院成立，停止政治会议，特任黎元洪为院长，汪大燮为副院长，所有参政人员，约选了七八十人，一大半是前朝耆旧，一小半是当代名流。袁总统且援照新约法，令参政院代行立法权，黎元洪明知此事违背共和，不应充当院长，但身入笼中，未便自由，只好勉勉强强的担个虚名儿，敷衍度日，院中也不愿进去，万不得已去了一回，也是装聋作哑,好像一位泥塑菩萨,静坐了几小时,便出院回寓去了。也亏他忍耐得住。袁总统不管是非,任情变法,今日改这件,明日改那件,头头是道,毫无阻碍,正在兴高采烈的时候,又接到河南军报,剧盗白狼已经击毙,正是喜气重重,不胜庆幸,究竟白狼被何人击死?说来话长,待小子详叙出来:

　　白狼自击破紫荆关,西行入陕,所有悍党,多半随去,只李鸿宾眷恋王九姑娘,恣情欢乐,不愿同行,王成敬亦掠得王氏两女(此非王不仁女),左抱右拥,留寓宛东。当时白狼长驱入陕,连破龙驹寨、商县,进陷蓝田,绕长安而西,破盩屋,复渡渭陷乾县,全陕大震。河南护军使赵倜急由潼关入陕境,飞檄各军会剿,自率毅军八营,追击白狼。白狼侦得消息,复窜踞郿县,大举入甘肃,甘省兵备空虚,突遭寇警,望风奔溃,秦州先被攻入,伏羌、宁远、醴县,相继沦陷,回匪会党,所在响应,啸聚至数万人。白狼竟露布讨袁,斥为神奸国贼,文辞工炼,相传为陈琳讨曹,不过尔尔。居然大出风头。

　　嗣闻毅军追至,各党羽饱囊思归,各无斗志,连战皆败,返窜岷、洮。白狼乃集众会议,借某显宦宅为议场,狼党居中,南士居左,北士居右,其徒立门外。白狼首先发言道:"我辈今日,势成骑虎,进退两途,愿就诸兄弟一决。有奇策,可径献。赞成者击掌,毋得妄哗!"当有马医徐居仁,曾为白狼童子师,即进言道:"清端郡王载漪,发配在甘,可去觅了他来,奉立为主,或仍称宣统年号,借资号召。"此策最愚。言已,击掌声寥寥无几。白狼慨然道:"满人为帝时,深仁如何,虐待如何,都与我无干。但他坐他的朝,我赶我的车,何必拉着皇帝叫姊夫,攀高结贵呢。"旁边走过一个独只眼,绰号白瞎子,也是著名悍目,大言道:"还不如自称皇帝罢,就使不能为朱元璋,也做一个洪秀全。"此策却是爽快,然理势上却万不能行。狼党闻言,多半击掌。南士北士,无一相应。狼之谋士,且反对帝制。白狼笑道:"白家坟头,也没有偌大气脉,我怎敢做此妄想?"颇还知足。谋士吴士仁、杨芳洲献议道:"何不入蜀?蜀称天险,可以偏安,且前此得城即弃,实非良策,此后得破大城,即严行防守,士马也得安顿休息,养精蓄锐,静待时机,何必长此奔波呢?"为白狼计,要算上策。南士北士,全体击掌。惟狼党狼徒,相率寂然。芳洲又道:"富贵归故乡,楚霸王终致自刎;且樊生占易,返里终凶,奈何忘得了?"白狼瞿然道:"汝言极是,我愿照行。"语未毕,但听门外的狼徒齐声哗噪道:"就是到了四川,终究也要回来,不如就此回去罢。"士仁再欲发言,狼徒已竟拾砖石,纷纷投入,且哗然道:"白头领如愿入川,尽请尊便,我等要回里去了。"恶贯已盈,不归何待?白狼连声呵止,没人肯听,乃恨恨道:"都回去死吧。"乃径向东行。回匪会党,沿途散归,就是南北谋士,也知白狼不能成事,分头自去。狼众又各顾私囊,与白狼分道驰还。人心一散,便成瓦解。

　　白狼怏怏不乐,行至宁远、伏羌,遇着官军,再战再败,白瞎子等皆战死,惟白狼且战且走,驰入郿县,又被赵调追至,杀毙无

算；转向宝鸡，又遭张敬尧截击；遁至子午谷，复被秦军督办陆建章攻杀一阵，那时白狼收拾残众，硬着头皮，突出重围，走镇安，窜山阳。鄂督段芝贵、豫督田文烈，飞檄各军堵剿，部令且悬赏十万元，购拿白狼。白狼越山至富水关，倦极投宿，睡至夜半，忽闻枪声四起，慌忙起床，营外已尽是官军，眼见得抵敌不住，只好赤身突围，登山逃匿，官军乘势乱击，毙匪数百人。比明，天复大雾，经军官齐鸣号鼓，响震山谷，匪势愈乱，纷纷坠崖。

看官道这支官兵，是何人统带？原来就是巡防统领田作霖。作霖奉田督命令，调防富水，随带不过千余人，既抵富水关附近，距匪不过十余里，闻镇嵩军统领刘镇华，驻扎富水镇，乃重资募土人，令他致函与刘，约他来日夹攻，土人往返三次，均言为匪所阻，不便传达。作霖正在惊疑，忽有一老翁携榼而来，馈献田军，且语作霖道："从前僧亲王大破长发贼于此，此地有红灯沟、红龙沟两间道，可达匪营，若乘夜潜袭，定获全胜。"乡民苦盗久矣。作霖大喜，留老翁与餐，令为乡导。黄昏已过，即令老者前行，自率军随后潜进。老翁夜行如昼，此老殆一瘾君子。及至狼营，即由作霖传令，分千人为左右翼，冲突进去。果然狼营立溃，大获胜仗。嗣因兵力单弱，不便穷追，候至天明，令军士击鼓，作为疑兵。连长鞠长庚率左翼抄出山北，巧遇镇嵩军到来，正要上山擒狼，哪知毅军尾至，错疑镇嵩军为匪，开炮轰击。镇嵩军急传口号，禁止毅军，毅军攻击如故，恼动了刘镇华，竟欲挥众反攻。白狼乘隙遁去。至田作霖驰至，互为解释，各军复归于好，那白狼已早远飏了。

但狼众经此一战，伤亡甚众，及遁至屈原冈，白狼检点党羽，不过三四千人。杨芳洲喟然道："初入甘省，三战三胜，一行思归，四战四败。昔楚怀王不用屈原，终为秦掳，目今我等亦将被掳了。"白狼亦长叹道："诸兄弟固强我归，使我违占愎谏，以至于此，尚有何言？"乃与宋老年等，再行东窜。赵调、田作霖二军，昼夜穷追，迭毙狼众。

至临汝南半闸街东沟，与白狼相遇，飞弹击中狼腰，狼负伤入搭脚山，手下只百余人，又被官军围攻，越山北遁，返至原籍大刘庄，伤剧而亡。狐死正首邱，岂狼死亦复如是？党夥七人，把尸首掩埋张庄，狼有叔弟二人，知尸所在，恐被株连，潜向镇嵩军呈报。民国四年八月五日，分统张治功，掘斩狼首。特载年月日，为了结白狼一案。只说是派人投匪，乘间刺毙。对镇华忙据词电陈，袁总统喜出望外，即下令嘉奖。哪知赵调的呈文又复到来，声称白狼毙命情形，实系因伤致死，并非张治功部下击毙，田作霖、张敬尧禀报从同，乃再下令责罚张治功，褫去新授的少将衔及三等文虎章。刘镇华代为谎报，亦撤销新授的中将衔及勋五位，以示薄惩。所有余匪，着各军即日肃清。究竟白狼如何致死，尚没有的确凭证，无非是彼此争功罢了。论断甚是。这时候的王成敬、李鸿宾，已被防营拿住，一体正法。王氏二女得生还，王九姑娘已生有子女各一人，也在匪穴中拔出，送还母家。王沧海扑杀九姑娘的子女，将她改嫁汝南某富翁，作为继室。王沧海毕竟不仁。某富翁甘娶盗妇，想也是登徒子一流。段青山、尹老婆、孙玉章等，统遭击毙。只张三红就抚陆军，宋老年流入陕境，往投旅长陈树藩，缴枪五十枝，得为营长。三年流寇，至是铲除，可怜秦、陇、楚、豫的百姓，已被他蹂躏不堪了。谁责其咎。

袁总统以剧寇荡平，内政问题又复顺手，越加痴心妄想，要立子孙帝王万世的基业。但默念东西各邦，只承认中华民国，不承认中华帝国，倘或反对起来，仍不得了，再四图维，想出一法，拟腾出巨款，延聘几个外人，充总统府顾问员，将来好教他运动本国，承认帝制。可惜款项无着，所有国家收入，专供行政使用，尚嫌不足，哪里能供给客卿？于是又从筹款上着想，弛广东赌禁，设鸦片专卖局，又创行有奖储蓄票洋一千万元，储蓄票本，当时允三年后偿还,至今分毫无着,各省援以为例,仿造各种奖券,散卖民间,祸尤甚于赌博鸦片。作法于凉,弊将若何？真是令人慨叹。一面向法国银行商量,乞借法币一万五千万法郎,情愿加重利息,并让给钦渝铁路权。自广东钦州,至四川重庆。款既到手,乃聘用日本博士有贺长雄及美国博士古德诺等,人为顾问,加礼优待,正思借他作为导线,不料欧洲一方面,起了一个大霹雳,竟闹出一场大战争来。这场大祸,本与中国没甚关系,不过五洲交通,此往彼来,总不免受些影响。从理论上说将起来,欧洲各国,注力战争,不遑顾及中华,我中华民国,若乘他多事的时候,发愤为雄,静图自强,岂不是一个绝好机会？偏这袁总统想做皇帝,一味地压制人民,变革政治,反弄得全国骚扰,内讧不休,这正是中华民国的气运,不该强盛呢！绝大议论,声如洪钟！

　　且说欧洲战争的原因,起自奥、塞两国的交涉,奥国便是奥地利,与匈牙利合为一国,地居欧洲东南部,塞国便是塞尔维亚,在匈牙利南面,为巴尔干半岛中一小国。奥、塞屡有龃龉,暗生嫌隙,会当西历一千九百十四年,即中华民国三年六月二十八日,奥国太子费狄南至塞国斯拉杰夫境内,被塞人泼林氏刺死。泼林氏实为祸首。奥皇闻这消息,怎肯甘休,当即严问塞国,要他赔偿生命,并有许多条件,迫塞承认,塞本弱小,不肯履行,奥遂向塞国致哀的美敦书(即战书),与他决裂。塞亦居然宣战,俄国亦下动员令,出来助塞。奥与德为联盟国,便请德帮助,抵制俄国。德皇维廉二世夙具雄心,遂欲借此机会,战胜各国,雄长地球,当下出抗俄国,与俄宣战。法国与俄国又夙缔同盟,当然助俄抗德,德复与法宣战,法、德两国的中间,夹一比利时国,向由列强公认,许他永久中立,此次德欲攻法,向比假道,比人不许,德军竟突入比境。英国仗义宣言,要求德皇尊重比利时中立,德皇全然不睬。那时英国亦欲罢不能,只好对德宣战。于是英、俄、法、塞四国,与奥、德两国,互动干戈,角逐海陆,争一个你死我活。日本与英联盟,也与德绝交。独美国宣告中立,其余各国,亦尚守中立态度,不愿偏袒。中国积弱已久,只好袖手旁观,严守局外中立,当由袁总统下令道:

　　我国与各国,均系友邦,不幸奥、塞失和,此外欧洲各国,亦多以兵戎相见,深为惋惜。本大总统因各交战国与我国缔约通商,和好无间,此次战事,于远东商务,关系至巨,且因我国人民,在欧洲各国境内,居住经商,及置有财产者,素受各国保护,并享有各种权利,故本大总统欲维持远东平和,与我国人民所享受之安宁幸福,对于此次欧洲各国战事,决意严守中立。用特宣布中立条规,凡我国人民,务当共体此意,按照本国所有现行法令条约,以及国际公法之大纲,恪守中立义务。各省将军巡按使,尤当督率所属,竭力奉行,遵从国际之条规,保守友邦之睦谊,本大总统有厚望焉。此令。

　　中立条规,共计二十四条,无非是对着交战国,各守领土领海界限,不相侵犯。所有彼此侨寓的兵民,不得与闻战事。各交战国的军队军械及辎重品,不得运至中国境内,否则应卸除武装,扣留船员。这系各国中立的通例,中国亦不过模仿成文,无甚标异。造法机关,只能对内,不能对外。只中国山东省境内,有一青岛,素属胶州管辖。光绪二十四年,因曹州教案,戕杀德国二教士,德国遂运入海军,突将青岛占去。嗣经清政府与他交涉,把青岛租借德国,定九十九年的租约,然后了案。此番德人与各国开战,日本与德绝交,遂乘机进攻青岛,谋为己有。

　　看官！你想青岛是中国领土,德人只有租借权,德既无力兼顾,应该归我国接收,如何日人得越俎代谋呢？袁总统一心称帝,有意亲日,竟任他发兵东来,袖手作壁上观。日人遂破坏我国中立,从胶州湾两岸进兵。小子有诗叹道:

大好中原任手挥，

如何对外昧先机；

分明别有私心在，

坐使东邻炫国威。

日本恃强弄兵，袁总统挟权胁民，彼此各自进行，又惹出种种祸事。天未厌乱，事出愈奇，小子演述至此，禁不住伤心起来，暂时且一搁笔。后文许多事实，待至下回续述，看官少安毋躁；小子即日赓续，再行宣布。

吾尝谓"权利"二字，误人不浅。白狼之甘心为盗，扰攘至三载，蹂躏至四五省，卒至恶贯满盈，身首异处，谁误之？曰"权利"二字误之也。袁总统之热心帝制，不惮冒天下之大不韪，举误国病民诸弊政，陆续施行，谁误之？曰"权利"二字误之也。即如欧洲之大战争，震动全球，牵率至十余国，鏖斗历四五年，肝脑涂地，财殚力痡，亦何莫非"权利"二字误之耶？呜呼权利！吾阅此，吾不忍言。

第四十一回　谋世袭内府藏名　恋私财外交启衅

前回书中叙到欧战发生,中国宣告中立,日本兴兵至胶州湾,攻打德国租占的青岛。青岛原有德兵驻扎,约不过一二千人,明知众寡不敌,守不住这个青岛,但若拱手让人,殊不甘心。胶州总督系管辖青岛的德将,职守所在,当即下令拒敌。德人虽败,勇力可嘉。日本兵舰未能直入胶州湾,遂由龙口登岸,进兵潍县西境,抄入青岛背后,以便腹背夹攻。惟龙口、潍县等处,完全是中国领土,日兵进境,明是侵犯中立条规,袁政府与他交涉,他只自由行动,不肯撤回,但说是攻取青岛,仍为中国帮忙,俟得青岛后,当完全交还中国。

看官!你想天下人有这等侠义吗?同是中国人,尚且争权夺利,互阋不休,况中日不相联属,怎肯把处心积虑的青岛谋取到手,还要完璧归赵呢?透彻之至。袁总统聪明过人,岂有不晓得的道理?惟势力既不及日本,更想仰仗日人,赞助帝制,那时只好模糊过去,不过与日人划一战线,让他数十里中立地面,听令出入,战线以外,不得运兵。日人得了运兵路径,已是心满意足,当与袁政府约定,仗着一股锐气,夹攻青岛。德兵多方防守,相持至三月有余,两造伤亡,恰也不少。毕竟德人势孤力弱,弄得饷尽援绝,无法可施,不得已悬旗乞降,好好一个青岛,由德人经营十多年,建筑完固,至此国际纷争,竟被日人乘间占去了。

袁总统也无心过问,按日里收揽大权,规复专制,所有新颁章程,又增添了若干条。就中有立法院组织法及地方自治试行条例,名目上是改良旧制,维持共和,其实是徒有虚名,掩饰人目。当时有一个在京人员宋育仁,居然倡议复辟,欲请出宣统帝来,仍登大宝。为文武二圣人先声。会被袁总统闻知,即下一申令,说他邪词惑众,紊乱国宪,着即驱逐回籍。就是王闿运、劳乃宣等,主张君主立宪,袁总统尚满口共和,自谓帝王总统,均非所愿。谁知他口是心非,暗地里却着着进行,到了三年十二月终旬,先改定大总统选举法,公布出来,录述如后:

大总统选举法

第一条　有中华民国国籍之男子,完全享有公权,年满四十岁以上,并居住国内满二十年以上者,有被选举为大总统资格。

第二条　大总统任期十年,得连任。

第三条　每届行大总统选举时,大总统代表民意,依第一条所定,敬谨推荐有被选举为大总统资格者三人。

前项被推荐者之姓名,由大总统先期敬谨亲书于嘉禾金简,钤盖国玺,密贮金匮于大总统府,特设尊藏金匮石室尊藏之。

前项金匮之管钥,大总统掌之。石室之管钥,大总统及参政院院长国务卿分掌之,非奉大总统之命令,不得开启。

第四条　大总统选举会,以下列各员组织之:

一　参政院参政　互选五十人。

二　立法院议员　互选五十人。

前项各款之互选，用记名连记投票法，以得票较多数者为当选，由内务总长监督之。

届组织大总统选举会，立法院在闭会期内时，以在京议员之名次在前者五十人，为大总统选举会会员。

第五条　大总统选举会，由大总统召集，于每届选举期前三日以内组织之。

第六条　大总统选举会，以参政院议场为会场，以参政院院长为会长。

参政院院长，如系副总统兼任，或有其他事故时，以立法院议长为会长。

第七条　选举大总统之日，大总统敬谨将所推荐有被选举为大总统资格者之姓名，宣布于大总统选举会。

第八条　大总统选举会，除就被推荐三人投票外，得对于现任大总统投票。

第九条　选举大总统，以会员四分之三以上到会，用记名单名投票法。得票满投票人总数三分之二以上者为当选。若皆不足当选票额时，就得票多数之二人行决选，以得票较多数者为当选。

第十条　每届应行选举大总统之年，参政院参政，认为政治上有必要时，得以三分之二以上之同意，为现任大总统连任之议决，由大总统公布之。

第十一条　大总统任期未满，因故去职时，应于三日内组织大总统临时选举会。

临时选举未举行前，大总统职权，由副总统依约法第二十九条之规定代行之。如副总统同时因故去职，或现不在京，及有其他事故，不能代行时，由国务卿摄行其职权。但第三条第一项第二项所规定之职权，不得代行或摄行。

第十二条　届行临时选举之日，由代行或摄行大总统之职权者，咨行大总统临时选举会会长，指任会员十人，监视开启尊藏金匮石室，恭领金匮到会，当众宣布。就被推荐三人中，依九条之规定，投票选举。

第十三条　现任大总统连任，或当选大总统继任，均应于就职时，为下列之宣誓。

余誓以至诚遵守宪法，执行大总统之职务，谨誓。

宪法未公布施行以前，前项誓词，须声明遵守约法。

第十四条　副总统之任期，与大总统同。任满时，由连任或继任之大总统推荐有第一条资格者三人，准用选举大总统之规定行之。

第十五条　本法自公布日施行。（本法施行之日，中华民国二年十月五日所宣布之大总统选举法废止之。）

依这选举法看来，是大总统一任十年，且得连任，或一次或两次三次，并未明定限制。试想做了大总统，已是年满四十，人生上寿，不过百年，若连任数次，便是终身为大总统了（释明上文第一、二、七、八、十三各条）。后任的大总统，须由前任的大总统推荐三人，署名金简，密贮金匮，将来选举后任大总统时，除对于现任大总统，得票选举连任外，只有金简中所写的姓名，可以选举，此外不能厕入，照此制度，明明是总统得以世袭，如袁总统有子十余人，他若写着三个儿子的姓名，藏将起来，俟后任选举，总要把他三个儿子中，选出一人，否则唯有老袁永远活着，仍归他连任下去，别人是永世无望了。小子曾记前清雍正年间，雍正帝订立储法，默选储君，书名纳匣，藏在正大光明殿额的后面。袁总统做过前清大员，想是熟悉掌故，所以把雍正成制，抄袭了来。以袁总统比雍正帝，阴鸷相似，而胆略尚恐未逮。还有一篇告令，说明改正选举法，实为总统绝续时，预防争乱起见，小子也似信非信，只好付诸阙如。惟总统选举法,既已改定,袁总统应如法照行,他便就意中所爱的三人,书藏金匮,或说是黎元洪、徐世昌及袁大公子克定,或说是克定、克文、克良、克端等类,统是袁家公子。大约此说近是。但袁总统素好秘密,书藏时无人在旁,只由他一手做成,因此外人无从知晓,不过凭虚推测罢了。

隔了两天,复定出国玺条例。国玺分作三项,一为中华民国玺,凡遇国家大典礼大政事及国际交换国书等项,应用此玺;二为颁爵袭职,及封赠册轴等所用,叫作封策之玺;三为给予勋位勋章,及其他荣典文书等所用,叫作荣典之玺。此外加大总统印,陆海军大元帅印,一时不便称玺,仍然沿称为印,附入国玺条例中。改印为玺,非帝制而何?

光阴似驶,又是民国四年,元旦觐贺等礼仪,且不必说。惟袁总统把新颁官制,策令群僚,授徐世昌为上卿,杨士琦、钱能训为中卿,赵尔巽、李经羲加上卿衔,各部总长,除陆海军两部外,并授中卿,独章宗祥、汤化龙,资望稍轻,以少卿加中卿衔,梁士诒、周树模、汪大燮、贡桑诺尔布等,均授中卿,董康、庄蕴宽等,均授少卿。他如文官加给嘉禾章,武官加给文虎章,或酌授勋位,无非是施泽如春,有加无已的至意。语带双敲。一面令教育部整饬学校,提倡忠孝节义,所有小学校中,应读论、孟二书。列入科目,不得废经。一面颁附乱自首特赦令,凡在民国三年十二月前,所有附乱人等,或被胁,或盲从,均得向地方行政官署,悔罪自首,当由地方行政官呈请大总统特赦,给予免罪证书,回籍营业。总算皇恩浩荡。

是时白狼已平,余匪肃清,就是民党中人,亦无隙可乘,只有假借文字,诋毁老袁,也没有什么效力。欧洲各国,日务战争,旧有中外交涉,尽行搁置,无暇向中国寻隙,美国虽守中立,未曾与战,但距华较远,又素抱和平宗旨,与中国没甚龃龉。只有东邻日本,眈眈在侧,自攻取青岛后,屯兵不撤,日夕绸缪,不但青岛领土权,被他占去,就是青岛街市上,所有营业行政等权,亦归日人占领。袁总统得此消息,不由得吃了一惊。

看官道是何故?原来青岛中有一德华银行,前由德人经理,老袁曾存着巨款,约计二千万马克(马克,德币名),预备将来恢复帝制,提出使用。此次闻日人干涉营业,恐他囫囵吞去,无从追索,岂不是白费金钱,破坏好事?领土权可以抛弃,私款是万难割舍的!当下情急智生,亟通牒英、德、日三国,宣告撤销山东战域,牒文内列着三种理由,一是青岛战事,现已完毕,二是胶、莱、龙口各处情形,已甚安靖,三是中国应设兵防海,阻禁匪徒侵入胶、莱各处作乱,为此三大要件,不能不要求日本撤兵。

哪知牒文才发,日本政府却已有照会到来,他的照会中,却含混说着道:"君有大志,何必亲近德意志,难道我大日本帝国,就不能作一帮手吗?"隐隐约约,确是妙文!袁总统接阅照会,巧巧碰入心坎,踌躇了好一会,便邀请顾问员有贺长雄、西坂大佐等,秘密商议一番,托他电达本国政府,极力赞助;一面电嘱驻日公使陆宗舆,疏通日本内阁。

那时日本内阁首相名叫大限重信,他本是个勋戚旧臣,外交能手,既得了这个消息,便视为奇货可居,当下提出元老院,议决二十一条件,向袁要索,作为日后的报酬。未曾出力帮助,先已要索酬金,求人者其鉴诸。看官曾否阅过清史?当中日战争以前,老袁曾任朝鲜公使,彼时屡与日本反对,遂酿成中日战事,害得丧师失律,割地赔款,才行了案。日人中岛端氏,且于民国二年冬季,著有《支那分割的命运》一书(日人称中国为支那),内述袁氏秘史,种种揶揄,几笑他一钱不值,难道老袁毫不记忆,毫无闻见,反欲向他求助吗?若非利令智昏,何至于此?古语说得好:"人必自侮,然后人侮。"袁氏为帝制起见,竟惹出二十一件大要挟来,小子有诗叹道:

欲成王道贵无私，

知白何如守黑时。

只手难遮天下目，

欺人反使别人欺。

毕竟二十一条件，说的什么？待小子下回表明。

总统与皇帝，原是不同，但据袁氏之总统选举法，是已得任终身总统，且为世袭总统矣，与皇帝几无区别，宁必称帝而后快乎？总之袁氏心目中，全然不脱俗念，念兹在兹，曰惟帝制，释兹在兹，亦曰惟帝制。夫既欲为帝，即自称为帝可也，何必鬼鬼祟祟，向人求助，反为东邻所轻视乎？呜呼袁氏！为了帝制二字，憧扰胸中，欲为帝则恐人反对，不为帝又难餍私心，人欲胜，天理泯，而心力为之交疲矣。人谓袁氏智，袁氏其果智乎哉！

第四十二回　廿一款恃强索诺　十九省拒约联名

却说日本政府议决二十一条件，电致驻华日使。日使叫作日置益，接奉政府文件，即于民国四年一月十八日，亲至总统府，谒见老袁，彼此行过了礼，略叙寒暄，日置益便从袖中取出文件，当面呈递。

袁总统接阅一周，不禁皱起眉来，摇首数次，口中却支吾道："这……这等条件，未免太酷，教敝国如何承认？"日置益从旁冷笑道："敝国上下，素疑总统为排日派，今始知言不虚传了。"故意翻跌。袁总统忙答辩道："敝国与贵国，是最近邻邦，同种同文，理应格外亲善，况我自受任总统，更思借重邻谊，作一臂助，为什么说我排日呢？"情见乎词。日置益笑了又笑道："总统既有意结好，何不将敝国要求，完全承认，借明亲善的本心？"口中有力。袁总统皱着眉道："这事我不便做主，我是民国的总统，不是帝国的元首，可以随便签约的。"若为帝国元首，难道把中国领土，完全送日吗？日置益复道："总统大志，敝国亦已深悉，倘或此次条约，总统不愿允从，非但有碍总统利益，就是为中国计，亦觉岌岌可危。即如中国乱党，多半寓居敝国，现正竭力进行，敝政府虽未表同情，但若总统不肯从敝国要求，敝国即不能限制乱党，后事如何，非敝政府所能悬揣。窃谓为总统利益计，为中政府利益计，总统必须允诺，否则敝国疑总统不肯顾全邦交，或更提出严厉条件，亦未可知，还请总统三思！"数语是暗攻袁氏阴私，纯用威吓手段。袁总统迟疑半晌，方道："且与外交总长商议，再行答复。"日置益方起身告别。

隔了两天，日置益又访会外交总长孙宝琦，仍提交要求条件，且语孙总长道："这事为两国利益起见，须守极端秘密，幸勿将条件内容，泄露别国。"孙总长问是何意，日置益正色道："敝国人民，多言贵国用远交近攻的政策，亲近英、美，排斥敝国，所以极力反对，敝政府为顾全邦交起见，不忍决裂，为此命本驻使特进忠告，慎守秘密，毋得漏言。"袁氏惯用秘密，日本即以"秘密"二字作为要求，夫是谓之自取。孙总长无词可驳，只得唯唯如命，惟答言所交条件，应俟与总统熟商，方可定夺。日置益订明后会，告辞而去。

看官！试想日本既野心勃勃，要求至二十一条件，何妨明目张胆，为什么要守秘密呢？原来日本雄长亚东屡思并吞中国，奈因列强互峙，致多牵掣，眼看这锦绣江山，不能由他吞去，此次趁着欧洲战争，及袁总统谋帝乞助的时候，正好暗度陈仓，硬迫中国允约。等到他国闻知，生米已做成熟饭，干涉也来不及了，这正是倭人的妙计！

孙总长既接收条件，当向总统府请示。袁总统乃召集国务卿等，先开秘密会议，大家看到条件，统是面面相觑，不敢发言。独段祺瑞愤然道："这项条件，绝对是不能承认，不如却还了他，省却许多疑义。"是激烈派。袁总统嗫嚅道："我国积弱得很，倘若一条不依，定致邦交决裂，酿成战衅，这却如何是好？"徐世昌方接口道："折冲樽俎，责在外交，应由孙总长往会日使，婉言解释，表明为难情形，要他改换条约，方便磋商。"是持重派。孙宝琦闻到此言，暗暗心急，忙向袁总统道："宝琦不才，恐难胜任，请大总统另简才能，宝琦情愿辞职。"这是无上的善策！袁总统顾宝琦道："你若解职，何人可代？"孙宝琦答道："不如陆子欣。"袁总统徐徐点首，并语徐世昌道："且叫陆子欣出去当冲，何如？"徐世昌随口赞成，旋即散会。

越日，即调任孙宝琦为审计院长，改任陆征祥为外交总长。陆征祥也拟告辞，经袁总统召他入府，温言劝勉，并有许多密嘱，乃不得不勉为所难，即日就职，当下照会日使，约定二月二日，在外交部迎宾馆开非正式会议。外交总长陆征祥次长曹汝霖及翻译各官，先行守候。过了午牌，方见日本公使日置益，带着参赞书记官，到了迎宾馆，两下开议。陆征祥词甚简单，但请日置益转达日本政府，改换条文。日置益不肯照允。曹汝霖方插嘴道："贵公使洞明时势，晓达政体，应知中国已成民主国，政府是国民的公仆，若果遽允要求，必致激起国民反对的风潮，将来双方均有不便，还请审慎为是。"日置益微哂道："中外人士，哪个不晓得袁总统独揽大权？今日为了两国交涉，反把国民作为后盾，岂非可笑？"乐得奚落。曹汝霖被他一驳，几乎无可解嘲，还是陆征祥接口道："敝国若承认贵国条件，岂不要惹起他国交涉？但望贵国顾全友谊，休使敝国为难，敝国当深感厚情。"日置益又答道："陆总长对此谈判，是否担任全权？抑须请示总统？"陆总长道："今日与贵公使开谈，前已声明为非正式会议，不过先行讨论罢了。"日置益道："此项交涉，本驻使屡奉本国训令，要求贵国即予同意，今日既非正式会议，应请贵总长请命总统，速开正式谈判，以便早日解决，本驻使亦可复命销差了。"言至此，即起身离座道："明日再会。"随与参赞书记官等，扬长去了。

过了三日，日置益复至外交部，与陆总长谈判多时，毫无结果，日置益乃去。嗣是又隔十多天，彼此未曾晤谈。看官道是何因？原来英、法、俄各国，曾与日本订立协约，在欧战期内，日本不得独谋利益，此次日本与中国交涉，当然要据约质问。日政府答复各国，只开了十一条件，还有十条严重的条文，一律瞒住。日置益闻这消息，所以暂时搁着，不来催促，至日政府答复各国后，复至外交部反复劝诱，陆总长等仍不承认，到了三月三日会议，已是第六次了。日置益气焰汹汹，对着陆总长道："本驻使与贵总长磋商，已经数次，迁延至一月有余，仍然是茫无头绪，莫非轻视敝国不成？即如条文中第一款，就是山东方面的问题，请速承认原案，将历年中德条约范围以内的权利，一概转给敝国，另订中日山东条约，了结目前的要案。"陆征祥淡淡答道："山东问题，应俟欧战解决，再行提议，今尚不便。"说到"便"字，日置益已跃起道："这话未免欺人了！眼前要案，尚待迁延，岂他国理应尊重，我日本独可轻蔑吗？"陆总长正思答辩，日置益掉头不顾，悻悻径去。强国公使，如是！如是！

次日，日本政府才将二十一条件通告欧洲列强，大致说是："中日议约，中国全无诚意，因此追加条件，严重交涉"云云。自有此番通告，于是日本二十一条件登在外国新闻纸上。我国辗转译出，才识条件内容的真相。事关国耻，特全录原文如下：

中华民国四年一月十八日，日本公使日置益提出条件原文：分五号二十一款。

（第一号）

日本国政府及中国政府，互愿维持东亚全局之和平，并期将现在两国友好善邻之关系，益加巩固，兹议定条款如下：（一）中国政府允诺日后日本国政府拟向德国政府协定之所有德国关于山东省所得各种权利利益让与等项，概行承认。（二）中国政府允诺凡山东省内，并其沿海一带土地及岛屿，概不让与或租与他国。（三）中国政府允准日本建造由烟台或龙口接连胶济路线之铁路。（四）中国政府允诺为外国人居住贸易起见，从速自开山东省内各主要城市，作为商埠。其应开地方，另行协定。

（第二号）

日本国政府及中国政府，因中国向认日本国在南满洲及东部内蒙古，享有优越地位，兹议定条件如下：(一)两订约国互相协定,将旅顺、大连租借期限,并南满洲及安奉两铁路期限,均展至九十九年为期。(二)日本国臣民在南满洲东内蒙古,盖造商工业应用之房厂,或为耕作,可得其需要土地之租借权,或所有权。(三)日本国臣民得在南满洲东内蒙古,任便居住往来,并经营商工业等各项生意。(四)中国政府允将在南满洲及东内蒙古各矿开采权。至于拟开各矿,另行商订。(五)中国政府允于下开各项,先经日本国政府同意,然后办理。(甲)在南满洲及东内蒙古,允准他国人建造铁路,或为建造铁路向他国借用款项之时。(乙)将南满洲及东内蒙古各项税课作抵,向他国借债之时。(六)中国政府允诺如在南满洲及东内蒙古,聘用政治财政军事各顾问教习,必须先向日本国政府商议。(七)中国政府允将吉长铁路办理经营事宜,委任日本国政府,其年限自本年画押日起,以九十九年为期。

(第三号)

日本国政府及中国政府,因现在日本国资本家,与汉冶萍公司有密切关系,愿增进两国共同利益,兹议定条款如下：(一)两缔约国互相约定,俟将来相当机会,将汉冶萍公司作为两国合办事业,并允如未经日本国政府同意,所有属于该公司一切权利产业,中国政府,不得自行处分,亦不得使该公司任意处分。(二)中国政府允准,所有属于汉冶萍公司各矿之附近矿山,如未经该公司同意,一概不准该公司以外之人开采。并允此外有所措办,无论直接间接,对该公司恐有影响之举,必须先经该公司同意。

(第四号)

日本国政府及中国政府,为切实保全中国领土之目的,兹订立专条如下：中国政府允准,所有中国沿岸港湾及岛屿,概不让与或租与他国。

(第五号)

(一)在中国中央政府,须聘用有力之日本人,充为政治财政军事等各顾问。(二)所有在中国内地所设日本病院寺院学校等,概允其土地所有权。(三)向来中日两国,屡起警察案件,酿成争衅,故须将必要地之警察,作为中日合办,或在此等地方之警察官署,聘用多数日本人,筹划改良中国警察机关。(四)由日本采办一定数量之军械(譬如在中国政府所需军械之半数以上)。或在中国设立中日合办之军械厂,聘用日本技师,并采买日本材料。(五)允将接连武昌,与九江、南昌路线之铁路,及南昌、杭州间与南昌、潮州间之铁路权,许与日本国。(六)在福建省内筹办铁路矿山及整顿海口(船厂在内),如需外国资本之时,先向日本国协议。(七)允认日本人在中国有布教之权。

如上所述,第一号分四款,是谋吞山东,第二号分七款,是谋占南满洲及东部内蒙古,第三号分二款,是谋并汉冶萍公司,第四号专件及第五号七款,简直是要将中国主权,让与日本,不啻为日本的保护国了。总括数语,以便国民记忆。

中国人民,多至四百余兆,虽有一大半愚弱,究竟还有几个热心的志士、勇敢的国民,一经览到二十一条件,群以为亡国惨兆,就在目前,于是奔走呼号,力图挽救,有刺血上书的,有断指演说的,有情愿毁家纾难,储金救国的;什么抵制日货,什么组织民团,闹得全国不安,差不多有天翻地覆的景象。就是外国舆论,亦多诋斥日本,说他非理要求。独袁总统高坐中央,从容自若,今日授几个卿大夫,明日颁几条新法例,几似确有把握,毫不张皇。

至三月五日以后,外交总长陆征祥等,邀日置益至署,开正式谈判。日置益咆哮如故,经陆总长等低首下心,愿将条款中第(一)(二)(三)号,酌量承认。日置益尚未肯干休。各省人民,热度愈高,每日驰电到京,争请拒约。袁总统尚电饬各省官吏,令他严加取缔,所有议约事件，誓当力争，不轻承认。外交部亦电达各省，略言："日本条款，正在严重交涉，不肯放弃主权"等语。无如条约让步的消息，已约略传将出来，各省将军巡按使亦有些忍耐不住，便由江苏将军冯国璋联络十九省将军，一一具衔，电达中央。略云：

日款发生，亡国预兆。国家既处如此危险之地位，国璋等对于中华民国，同膺捍卫之责，义不容袖手旁观，一任神州之陆沈，且天下兴亡，匹夫有责，国璋等分属军人，必尽其军人救国之天职，凡欲破坏吾国领土之完全者，吾辈军人，必以死力拒之。诚能若此，何至亡国。中国虽弱，但其国民尚能披衿奋起，以身殉国，所望大总统与政府，群起严词拒绝，勿稍畏葸，我军民等当始终为后盾也。乞鉴察！

又电致外交部云：

中日交涉发生，各省人民，具爱国热心，纷纷电请拒绝，暨呈递条陈意见书者，计先后二百余起，不闻贵部一置可否于其间。在无知人民，议论纷纭，谓政府讳莫如深，甘心媚外。惟是外交公例，有应守秘密之义务，贵部核议之事件，固未便宣布国内，在大部为国家代表，当交涉之冲，任交涉大事，应如何上保主权，下顾舆情，折冲樽俎，化干戈为玉帛，以慰京外人民之希望。迭据贵部宣言，亦明明自命为鞠躬尽瘁，严重交涉，不肯放弃主权之利。国璋等闻言之下，钦佩莫名，乃何以按之事实，迥不相同？全案尚未了结，而权利之丧失，已复不少，下此更不忍言。且国际交涉，为何等事？此次要索条件，又为何等事？岂得轻图一时之省事，贻中国将来莫大之隐忧？如果丧失主权，则日后国家沦于附属，所以为民国前途危，为大部当局惜，而不能无疑焉。目前讨论条件，尚可以口舌力争，为杜弊防患之本，如使条约成立，则将来日人之照约行为，尚不知有何能力，足以制止？况在修正期限之时，岂容一味退让？想大部办理交涉之初，具何等毅力苦心，以情理度之，必不出此。

然责备贤者，春秋之义，以大部之明，或不至堕日人术中，质其条约上之精神，以为我允其要求，彼当为我保全领土之完全。然以中国水陆之广大，纵有事故，日人有何兵力，足以保我而无失？现邦交素睦，尚为此极酷烈之要求，一有微劳，势必无以复加，而问罪立至。用敢不揣冒昧，备词质问，并联合各省，联络防务，为外交后盾，望勿畏强御，按以公法，权以公理，和平解决，是所厚望。至内容如何办法，仍乞秘密示知，不胜翘企之至！

此外如长江巡阅使张勋及广东惠州镇守使龙觐光等，亦均通电政府，决请拒约。还有陆军总长段祺瑞，且因中央电达各省，愤然主战。正是：

强权世界无公理，
民国干城有武夫。

欲知袁总统如何主张，且至下回续叙。

日本公使日置益，提出二十一条件，不交我国外交部，竟面递袁总统，是已可见日人之用心，为袁氏称帝之交换条件，故直接与老袁交涉，不必依国际公法，须与外交部磋议也。迨袁氏以条件严酷，乃执"外交部"三字以相饷，而日使至外交部，即有秘密之嘱告。"秘密"此二字中，非含有极大关系欤？且日使嘱守秘密，而老袁果唯命是从，双方会议数次，而全国人士，尚未知条件之内容，迨经外报宣布，舆论哗然，即官僚派人，亦多极力反对。试观十九省将军之联衔拒约，见得人心未死，公道犹存，为老袁计，不即当看风转舵，临崖勒马耶？乃及此而犹不悟，而袁氏真愚矣，而日人之威吓胁迫，乃因此而益甚矣。呜呼衰哉！是正民国之气数！

第四十三回　榻前会议忍辱陈词
　　　　　最后通牒恃威恫吓

却说十九省将军及张巡阅使、龙镇守使等，联电中央，力请拒约。袁总统不得不答，当有复电宣布文：

电呈均悉。立国于此风云变态无常之世界，必具有一种自立不挫之精神，有自立不挫之精神，人虽谋我，焉能亡我？民国肇造，如初生之孩，资人扶助，庶无颠倒之患。各省将军受任以来，皆能以拥护共和为己任，热诚爱国为前提，洵民国之幸也。本大总统受国民之付托，唯有鞠躬尽瘁，死而后已，对于国家存亡重要之关系，讵敢忽略？仍是欺人语。日来中外对于中日交涉，尤多猜疑，忐忑不安，国民爱国之热诚，于此可见。惟天下自有公理，无论如何艰难解决之问题，持以公理，自能剖决。如金虽坚，炼之以火，未有不熔。但天下之大患，防不胜防，往往防之于此而漏之于彼，今日危难，不止一端，要惟同心相济，合力进行。而保护外人，尤宜谨慎，我尽东道之谊，斯无衅隙之生，误会消灭，国交巩固，各将军勿为疑似之言所动，是所至盼！

越数日，又有一告诫的电文云：

近来关于中日交涉，政府接到各省将军及师长等电报多起，均有所献替。此项电文，具征公忠。唯该将军既属军职，自应专致力于军事，越俎代谋，实非所宜。现在政府正殚精竭能，以解决此目前所遇之问题，虽不敢谓事事能取信于国民，但国家之利益，断无不保护唯谨。该将军等正宜尽心军事，不必兼顾外交。须可令尔秘密卖国！如有造谣生事者，仰该将军协同地方官禁止，至要勿误！

此外又有数电，无非说是："中日协商，渐就和平，可无他虞。各将军巡按使，总宜劝谕人民，持以镇静，一俟交涉解决，自当宣布内容"云云。就是外交部总次长，亦有公电传达，略称："前后会议，已历多次，现日使已允将条件寄回政府，请示修正，暂停谈判。昨至十三次会议，知全案确已修正，当即通融磋商，以期和平解决。京中报纸及外间谣传，统属无凭，必待全案公布，是非乃定"等语。各省大吏及全国志士，接阅此等电文，才把一种激昂奋勇的气概，稍稍恬退。究竟日本是否让步，政府能否力争，大家还是疑信参半。

嗣经交涉了结，才识当时会议的情形，由小子依次演述。自初次谈判以迄第七次谈判，彼此争辩，茫无头绪。至第八次会议，乃是三月九日，谈判进行，逐条讨论。陆总长征祥先提出第一号第一条，须俟至欧战平定，加入讲和大会，再行定议。且声言中国政府如承认第一条，须以交还胶澳为对待条件。日使日置益道："我国用兵胶澳，损失颇多，理应如何解决？"陆征祥答道："自贵国用兵青岛，敝国人民，损失甚巨，应向贵国索偿，难道还转加敝国吗？且战事已平，所有税关邮电，应照向来办法办理，军用铁路电线，即行撤废，租界外军队，先行撤回。到胶济交还时，租界留兵，亦应尽行撤去。"日置益微笑道："有这许多条件吗？现且暂从缓议。请问这第一号第二条，是否允诺呢？"议入第二条。陆征祥道："第二条吗？敝国允自行声明，不将山东沿海及岛屿让与他国。"日置益道："第三条呢？"入第三条。陆征祥道："第三条所说烟、潍或龙潍铁路，倘德国允抛弃借款权利，当先向贵国资本家商借；就是第四条商埠问题，敝国允自行添开罢了。"第三、四条，接连表过。日置益道："第一号共计四款，据贵总长意见，当转达敝国政府，请示定夺。惟第二号的条件，须完全允诺为是。"陆总长道："旅顺、大连湾的租借期，及南满洲的铁路权，前清已有成约，当可商量。惟安奉铁路，与该数处情形不同，不能援以为例。"议及第二号第一条。日置益忿然道："旅顺、大连等处，不过连类带及，此条注意，实为安奉铁路，若安奉铁路的租借期不肯允诺，何容向贵国要求？"陆总长再三辩论，日置益只是不从，嗣且攘臂起座道："此条不允，无须别论，当决诸兵力便了！"又肆恫喝。曹汝霖插口道："贵公使何必动怒，总可和平议决。"日置益道："这条不允，那条又不允，教我如何答复政府？且敝国上下，愤激得很，如不达目的，就使劳师费饷，亦所不惜。本驻使为全国代表，若事事通融，岂不要受全国唾骂吗？"

陆总长到了此时，只得答应下去。日置益方才复座，问及第二三条。陆总长道："南满洲可添开商埠，贵国人民，可与敝国合办农垦公司，若欲内地杂居，及土地所有权，是与我主权有碍，贵国政府，向来声言保全中国领土，此条件似违初意。"日置益道："我国并不要占你土地，不过令人民营业，较为便利罢了。"明是殖民，何得谓非占我领土？曹次长又应声道："如贵国人民，欲杂居内地，须归敝国管辖，贵国应撤回领事裁判权。"日置益又复摇首。陆征祥道："且先议下文各条。"撇过第二条，转入第四、五、六、七各条。第四条的开矿权，除已探勘及开采各区，准可通融，唯须按照中国矿业条例办理，第五条略加更改，如敝国需借款造路，或抵借外债，可先向贵国资本家商议。第六条南满洲的顾问，尽先聘用贵国人，东部内蒙古，殊不适用。第七条吉长铁路，应改为全路借款，重订合同。"日置益闻言，又勃然道："第二号的要点，实在二、三两条，余外尚是枝叶，贵政府不允照办，敝政府万难容忍。就是这第三号的汉冶萍公司问题，与敝国人民有密切关系，倘贵政府倡言充公，或提议国有，或借第三国为抵制，实与敝国投资家，生出无穷危险，贵国亦须绝对承认此约，方免后虑。"陆征祥道："敝国政府，当声明不充公，不国有，不借用第三国外资，可好吗？"说明第三号第一条。日置益道："第二条应如何解决？"陆征祥道："这条是又碍领土权，不便承认。"日置益复道："第四号第五号呢？"陆征祥迟疑半晌道："均不便承认。"撇去第四、五两号。日置益向外一望，天色已暮，便道："贵国太无诚意，看来此事是难了呢。"言毕，即起身别去。

过了一两日，闻日政府调集海军，准备出发，一面借换防为名，增派陆兵至山东、奉天，大有跃跃欲试的形势。袁政府未免心慌，只得质问增兵理由，再请日置益商议，迭经三次，无非为南满洲、东内蒙及汉冶萍公司诸条件，双方仍然未决。日置益乘马驰回，马忽跃起，竟将日置益掀下地来。亏得马夫将马带住，日置益才保全性命，但左足已是受伤，由仆役异入使馆，卧床呻吟去了。人不如马。袁总统闻日使受伤，当遣曹次长汝霖向日本使署问疾，备极殷勤，日置益总算道谢，并言："日政府已停止派兵，只中政府须顾全邦交，毋再固执"等语。曹汝霖又道："贵公使近患足疾，且待痊后再商。"日置益道："敝国政府，日望贵国允诺，令我急速办了，我适患伤足，病不能行，还请贵政府原谅，会议地点，改至敝署方好哩。"曹汝霖道："且请示总统，再行报命。"于是珍重而别。

越二日，日置益请参赞小幡为代表，至外交部为非正式会议，且约至日使署续议期间。陆总长以为未便，小幡不从，乃订定三月二十三日，开第十三次会议。届期陆、曹二人同往日本使馆。日置益尚高卧未起，两人忍气吞声，不得已至病榻前，与日置益晤商，世人称为榻前会议，便是此举。可耻！可叹！

日置益坐在床上，向陆总长道："本驻使已奉政府训令，第一号准示通融，第二号应一律求允,但敝政府为友谊起见,亦格外让步。内地杂居的日人,可服从中国警章税课,唯须由救国领事承认;若关于土地诉讼等项,可由两国派员会审;土地所有权,改为永租。这是已让到极点,不能再让了。"承情之至。陆征祥再请修正,日置益频频摇首,且要求三四五号允诺。陆征祥告辞道:"且回去陈明总统,再议何如?"日置益点首示允。嗣后复在榻前会议两次,至日置益足疾渐愈,稍能起行,又在日使馆会议三次,都是因南满洲问题,中国允日人选采矿产九处,且开放满洲商埠,供日人贸易,并允杂居置地,惟关系诉讼案件,应归华官办理。日置益未肯允从。

转瞬间已是四月六日,日置益足疾痊愈,乃重至外交部会议,所议仍为南满洲杂居问题,终未解决。越二日,又来会议,提出第五号问题。陆征祥因关系主权,婉辞谢绝。又越二日,复开会议,仍要求解决第五号问题。陆征祥答言:"贵国军械精良,不能受条约拘束,余难置议"云云。日置益终不肯让。至四月十三日及十五日,复要索东蒙问题,应由中国予以南满相同的利益。陆征祥初未肯允,嗣允在东蒙开辟数处,日置益终未满意。临行时,且谓:"讨论已毕,不消再议,本驻使当详复政府,候令施行罢了。"这已是第二十四次会议。自散会后,停议了八九天,至二十六日下午,日置益复气宇轩昂,乘着马车,径至外交部,由陆总长等迎入。日置益大言道:"现奉本政府训令,将所有全案,已加修正,若贵国再不允从,也毋庸多谈了。"说至此,即取出日本政府修正案,递交陆总长,当由陆总长接阅,但见纸上写着:

第一号

(第一款)仍前。(第二款)改为换文(彼此互换,因称换文)。中国政府声明凡在山东省内,并其沿海一带土地及各岛屿,无论何项名目,概不让与或租与他国。(第三款)修正。中国政府允准自行建造由烟台或龙口接连胶济路线之铁路,如德自愿抛弃烟潍铁路权之时,可向日本资本家商议借款。(第四款)修正。中国政府允诺为外国人居住贸易起见,从速自开山东省内合宜地方为商埠。(附属换文)所有应开地点及章程,由中国政府自拟,与日本公使预先决定。

第二号

(第一款)仍前。惟附属换文,旅顺、大连租借期,至民国八十六年,即西历一千九百九十七年为满期。南满铁路交还期,至民国九十一年,即西历二千零二年为满期。其原合同第十二款所载开车之日起,三十六年后,中国政府可给价收回一节,毋庸置疑。安奉铁路期限,至民国九十六年,即西历二千零七年为满期。(第二款)修正。日本臣民在南满洲为盖造商工业应用之房厂,或为经营农业,可得租赁或购买其须用地亩。(第三款)仍前。惟附带声明。

前二款所载之日本国臣民,除须将照例所领护照向地方官注册外,应服从由日本国领事官承认警察法令及课税。至民刑诉讼,日本人为被告,归日本国领事官,中国人为被告,归中国官吏各审判。彼此均得派员到堂旁听。但关于土地之日本人,与中国人民事诉讼,按照中国法律及地方习惯,由两国派员共同审判。俟将来该地司法制度完全改良之时,如有关于日本国臣民之民刑一切诉讼,即完全由中国法庭审理。(第四款)改为换文。中国政府允诺日本国臣民在南满洲左开各矿,除已探勘或开采各矿区外,速行调查选定,即准其探勘或开采。在矿业条例确定以前,仿照现行办法办理。(一)奉天省本溪县牛心台石炭矿,本溪县田什付沟石炭矿,海龙县杉松岗石炭矿,通化县铁厂石炭矿,锦县暖池塘石炭矿,辽阳县起至本溪县止，鞍山站一带铁矿。（二）吉林省南部，和龙县彩龙、岗石炭矿，吉林县缸窑石炭矿，桦甸县夹皮沟金矿。（第五款）第一项改为换文。中国政府声明，嗣后在东三省南部需造铁路，由中国自行筹款建造。如需外款，中国允诺先向日本国资本家商借。第二项改为换文。中国政府声明，嗣后将东三省南部之各种税课（除已由中央政府借款作押之关税及盐税等类）作抵，由外国借款之时，须先向日本资本家商借。（第六款）改为换文。中国政府声明，嗣后如在东三省南部聘用政治财政军事警察外国各顾问教官，尽先聘用日本人。（第七款）修正。中国政府，允诺以向来中国与外国资本家所订之铁路借款合同规定事项为标准，速从根本上改订吉长铁路借款合同。将来中央政府，关于铁路借款附于外国资本家，以致现在铁路借款合同事项为有利之条件时，依日本之希望，再行改订前项合同。（中国对案第七款）关于东三省中日现行各条约，除本协约另有规定外，一概仍旧实行。关于东部内蒙古事项：（一）中国政府，允诺嗣后在东部内蒙古之各种税课作抵，由外国借款之时，须先向日本国政府商议。（二）中国政府允诺嗣后在东部内蒙古需造铁路，由中国自行筹款建造，如需外款，须先向日本国政府商议。（三）中国政府允诺为外国人居住贸易起见，从速自开东部内蒙古合宜地方为商埠。其应开地点及章程，由中国自拟，与日本国公使商妥决定。（四）如有日本国人及中国人愿在东部内蒙古合办农业及附设工业时，中国政府应行允准。

第三号

修正。日本国与汉冶萍公司之关系人，极为密切，如将来该公司关系人与日本资本家商定合办，中国政府，应即允准。又中国政府允诺，如未经日本资本家同意，将该公司不归国有，又不充公，又不准使该公司借用日本国以外之外国资本。

第四号

修正。按左开要领，中国自行宣布，所有中国沿岸港湾及岛屿，概不让与或租与他国。换文。对于由武昌联络九江、南昌路线之铁路，又南昌至杭州及南昌至潮州之各铁路之借款权，如经明悉他外国并无异议，应将此权许与日本国。（换文第二案）对于由武昌联络九江、南昌路线之铁路，又南昌至杭州及南昌至潮州之各铁路之借款权，由日本国与向有关系此项借款之他外国，直接商妥以前，中国政府应允将此权不许与他外国。换文。中国政府允诺凡在福建省沿岸地方，无论何国，概不允建设造船厂军用蓄煤处海军根据地，又不准其他一切军务上施设；并允诺中国政府，不以外资自行建设，或设施上开各事。

第五号

改为陆总长言明如下：（一）嗣后中国政府认为必要时，应聘请多数日人为顾问。（二）嗣后日本国臣民，愿在中国内地，为设立学校病院，租赁或购买地亩，中国政府应即允准。（三）中国政府，日后在适当机会，遣派陆军武官至日本，与日本军事当局，协商采办军械，或设立合办军械厂之事。日置益公使言明如下：关于布教权问题，日后应再行协议。

陆总长阅毕全文，便向日置益道："我看这修正案中，有几件还应酌商，最难承认的，是原文第五号，改为本总长言明。本总长前请撤销五号，不便开议，经贵公使要求说明理由，方由本总长约略说及，提出数条，声明不便允诺的情形。今贵政府修正案，断章取义，误为言明，本总长碍难承认。"日置益道："这已是敝国政府最后的修正，务请允诺。如果全体同意，敝政府即可交还胶济了。"仍是诱迫。陆总长道："这非本总长所能专擅。"日置益道："请即转达贵总统，指日答复为要。"陆总长点首示允，日置益起身去了。

是夕，即闻山东、奉天两方面，又有日本派兵到，且有日本军舰，游弋渤海口外，人心惶惑，谣言益盛。经袁总统与陆总长等会议，复再行让步，承认数条，拒绝数条，至第五号仍完全拒绝。当于五月一日提交日使，并说明无可再让的理由。日置益道："是否最后答复？"陆总长道："这已是最后答复了。"日置益狞笑道："照敝国的修正案，贵政府尚难承认，我国将行最后的手段了。请贵政府莫怪！"陆总长也无可置辞，彼此告别。不料日本果然厉害，竟提出最后通牒来了。这最后通牒，差不多是哀的美敦书（即战书译文）。小子有诗叹道：

　　　　前车已覆后车师，

　　　　来日大难只自知。

　　　　试看扶桑最后牒，

　　　　挟强胁弱竟如斯。

　　欲知最后通牒的详情，请至下回再阅。

　　本回叙中日交涉之经过情形，历写口头辩论，及书面修正，简而能赅，不烦不漏，可为国民前车之鉴。且于外交总次长，忍辱状态，及日使日置益威吓手段，亦演写大略，跃然纸上。即如袁总统告诫电文，亦录叙篇首，中国不幸，遭此难题，极宜披示国民，共图抵制，而彼此鬼鬼祟祟，一私索，一私许，是何理由？岂民主国之政策，应如是乎？袁政府不足责，而吾国民之怯弱不振，或虚骄无能，亦当乘此反省，毋再蹈覆辙为也。

第四十四回　忍签约丧权辱国
倡改制立会筹安

却说日本政府，因中国未肯承认全案，竟用出最后手段，胁迫袁政府。自陆总长提交最后答复后，日本下动员令，宣言关东戒严。驻扎山东、奉天的日兵，预备开战，渤海口外的日舰，亦预备进行，各埠日商，纷纷回国，似乎即日决裂，各国公使亦多至外交部署中，探听消息，劝政府和平解决，幸勿开战。强国总帮助强国。袁总统却也为难，惟面上犹持一种镇静态度。总教皇帝做得成，余事固无容过虑。五月六日，由日使派人到外交部，提出一种警告书，内言非完全承认日本修正案，决提交最后通牒。袁政府不能决答，当于是日夜间，遣曹次长汝霖，用个人名义，访会日使，商议交涉，又承认了好几款。日置益不允。俟曹汝霖回署后，即于次日下午，由日置益带同馆员，至外交部迎宾馆，晤见陆曹两人，亲递最后通牒。牒文写着：

今回帝国政府，与中国政府所以开始交涉之故，一则欲谋因日德战争所发生时局之善后办法，一则欲解决有害中日两国亲交原因之各种问题，冀巩固中日两国友好关系之基础，以确保东亚永远之和平起见，于本年一月向中国政府交出提案，开诚布公，与中国政府会议，至于今日，实有二十五回之多。其间帝国政府，始终以妥协之精神，解释日本提案之要旨，即中国政府之主张，亦不论巨细，倾听无遗。何时倾听，我未之见。其欲力图解决此提案于圆满和平之间，自信实无余蕴。自信已深，何肯退让？其交涉全部之讨论，于第二十四次会议，即上月十七日，已大致告竣。帝国政府统观交涉之全部，参酌中国政府议论之点，对于最初提出之原案，加以多大让步之修正，于同月二十六日，更提出修正案于中国政府，求其同意。同时且声明中国政府对于该案如表同意，日本政府即以因多大牺牲而得之胶州湾一带之地，于适当机会附以公正至当之条件，以交还中国政府。五月一日，中国政府对于日本政府修正案之答复，实与帝国政府之预期全然相反。且中国政府对于该案，不但毫未加以诚意之研究，且将日本政府交还胶州湾之苦衷与好意，亦未尝一为顾及。查胶州湾为东亚商业上军事上之一要地，日本帝国，因取得该地，所费之血与财，自属不少。

既为日本取得之后，毫无交还中国之义务。然为将来两国国交亲善起见，竟拟以之交还中国。何其客气？而中国政府不加考察，且不谅帝国政府之苦心，实属遗憾。中国政府不但不顾帝国政府关于交还胶州湾之情谊，且对于帝国政府之修正案，于答复时要求将胶州湾无条件交还，并以日德战争之际，日本国于胶州湾用兵所生之结果，与不可避之各种损害，要求日本担任赔偿之责，其他关系于胶州湾地方，又提出数项要求，且声明有权加入日德讲和会议。明知如胶州湾无条件之交还，及日本担负因日德战争所生不可避之损害赔偿，均为日本所不能容忍之要求，而故为要求。且明言该案为中国政府最后之决答，因日本不能容认此等之要求，则关于其他各项，即使如何妥商协定，终亦不觉有何等之意味，其结果此次中国政府之答复，于全体全为空漠无意义。且查中国政府对于帝国政府修正案中，其他条项之回答，如南满洲及东部内蒙古，就地理上政治上商工利害上，皆与帝国有特别关系，为中外所共认。此种关系，因帝国政府经过前后两次之战争，更为深切。然中国政府轻视此种事实，不尊重帝国在该地方之地位，即帝国政府，以互让精神，照中国政府代表所言明之事，而拟出之条项，中国政府之答复，又任意改窜，使代表者之陈述，成为一篇空言，或此方则许，而彼方则否，致不能认中国当局者之有信义与诚意。此段直是训令。

至关于顾问之件，学校病院用地之件，兵器及兵器厂之件，与南方铁道之件，帝国政府之修正案，或以关系外国之同意为条件，或只以中国政府代表者之言明，存于记录，与中国主权与条约，并无何等之抵触。然中国政府之答复，唯以与主权条约有关系，而不应帝国政府之希望。帝国政府因鉴于中国政府如此之态度，虽深惋惜，几再无继续协商之余地，然终眷眷于维持极东平和之帝国，务冀圆满了结此交涉，以避时局之纷纠，于无可忍之中，更酌量邻邦政府之情意，将帝国政府前次提出之修正案中之第五号各项，除关于福建互换公文一事，业经两国政府代表协定外，其他五项，可承认与此次交涉脱离，日后另行协商。因此中国政府，亦应谅帝国政府之谊，将其他各项，即第一号第二号第三号第四号之各项，及第五号中关于福建省公文互换之件，照四月二十六日提出之修正案所记载者，不加以何等之更改，速行应诺帝国政府。兹再重行劝告，对此劝告，期望中国政府至五月九日午后六时为止，为满足之答复，如到期不受到满足之答复，则帝国政府，将执认为必要之手段。合并声明。

陆曹两人，共同阅毕，不由得发了一怔，几乎目瞪口呆。怪他不得。还是曹汝霖口齿较利，便对日置益道：“五号中所说五项，应即脱离，究竟是哪五项呢？”日置益道：“就是聘用顾问，学校病院租用地，以及中国南方诸铁路，与兵器及兵器厂，暨日本人布教权。这五项允许脱离，容后协商便了。”“容后协商”四字，又是后来话柄。陆征祥道：“敝国与贵国，素敦睦谊，难道竟无协商的余地吗？”日置益道：“通牒中已经说明，敝政府不能再让。就使本驻使有意修正，也是爱莫能助了。”乐得客气。说毕即行。

曹汝霖随送道：“贵驻使是全国代表，凡事尚求通融一点。”日置益稍稍点头。到了次日，又至外交部中，递交说明书，内开七款如下：

（一）除关于福建省交换公文一事之外，所谓五项，即指关于聘用顾问之件，关于学校用地之件，关于中国南方诸铁路之件，关于兵器及兵器厂之件，及关于布教权之件是也。

（二）关于福建省之件，或照四月二十六日日本提出之对案，均无不可。此次最后通牒，虽请中国对于四月二十六日日本所提出之修正案，不加改订，即行承诺，此系表示原则。至于本项及（四）（五）两项，皆为例外，应特注意。

（三）以此次最后之通牒要求之各项，中国政府倘能承认时，四月二十六日对于中国政府关于交还胶州湾之声明，依然有效。

（四）第二号第二条土地租赁或购买，改为暂租或永租，亦无不可。如能明白了解，可以长期年限。且无条件而续租之意，即用商租二字亦可。又第二号第四条，警察法令及课税承认之件，作为密约，亦无不可。

（五）东部内蒙古事项，中国于租税担保借款之件，及铁道借款之件，向日本政府商议一语，因其南满洲所定之关于同种之事项相同，皆可改为向日本资本家商议。又东部内蒙古事项中商埠一项，地点及章程之事，虽拟规定于条约，亦可仿照山东省所定之办法，用公文互换。

（六）日本最后修正案第三号中之该公司关系人，删除关系人三字，亦无不可。

（七）正约及其他一切之附属文书，以日本文为正，或可以中日两文皆为正文。

日置益递交此书，也不再置一词，匆匆去讫。袁总统即召集要人，连夜会议，未得要领。越日上午，续议一切，亦不能决定。至下午二时，又召集国务卿左右丞各部总长，及参政院长黎元洪，并参政熊希龄、赵尔巽、梁士诒、杨度、李盛锋等，开特别会议。由陆总长先行报告，然后袁总统出席开议。大众计无所出，惟陆海军总长与参政中的激烈人物，尚主张拒绝，宁可决裂。袁总统只沉着脸，淡淡地答道："山东、奉天一带，已遍驻日兵，倘或交涉决裂，他即长驱直入，我将如何对待？实力未充，空谈何益？与其战败求和，不若目前忍痛，从前甲午的已事，非一般鉴吗？"试问甲午之衅，谁实启之？今乃甘心屈辱，想是一年被蛇咬，三年怕烂稻草。徐世昌亦接着道："越能忍耻，才得沼吴，现在只可和平了事，得能借此交涉，返求自强，未始不可收效桑榆呢。"语虽近是，无如全国上下，未肯卧薪尝胆奈何？大众闻言，不敢主战，随即多数赞成，决定承认。当由袁总统饬令备文答复，复经再三讨论，方拟定复文，派外交部员施履本，赍交日使查阅。日置益尚要求第五项下，添入"日后协商"四字，且言万不能省。施履本不能与辩，带还原书，乃再行改正。其文云：

中国政府为维持远东和平起见，允除第五项五款，应俟日后另议外，所有第一、二、三、四项各款，及第五项关于福建交换文书之件，照日本二十六日修正案，及通牒中附加七条件之解释，即日承诺，俾中日悬案，从此解决，两国亲善，益加巩固。中政府爰请日使择日惠临外交部，整理文字，以便早日签订。此复。

复文缮就，即于五月九日，由陆总长征祥、曹次长汝霖，赴日本使馆，当面送交。还要亲手送去，真正可怜。过了一天，日使日置益赴外交部答谢。至十五日，日置益复至外交部迎宾馆，开条约会议，无非是照日本修正案，加入七条件解释，及各项来往照会，共同订定，作为中日合约。到了二十日，两造文书，统已办齐，乃商定二十五日，在外交部迎宾馆，彼此签字。约中署名，一面是大日本国大皇帝特命全权公使从四位勋二等日置益，一面是大中华民国任命中卿一等嘉禾勋章外交总长陆征祥，互相比较，荣辱何如？共计正文三份，换文十三件，换文即照会。小子前已叙录约文，看官即可复阅，毋庸一一重述了。应用简笔。袁总统恐丧失权利，或致众愤，除密电各省将军巡按使，劝令维持秩序，静图自强外，又下令约束军民云：

环球交通，凡统治一国者，莫不兢兢于本国之权利。其权利之损益，则视其国势之强弱以为衡。苟国内政治修明，力量充足，譬如人身血气壮硕，营卫调和，乃有以御寒暖燥湿之不时，而无所侵犯。故有国者诚求所以自强之道，一切疲玩之惰气，与虚骄之客气，有邱山之损，而无丝毫之益，所宜引为大戒。

我中国自甲午、庚子两启兵端，皆因不量己力，不审外情，上下嚣张，轻于发难，卒至赔偿巨款，各数万万，丧失国权，尤难枚举。当时深识之士，咨嗟太息于国之将亡，使其上下一心，痛自刻责，涤瑕荡垢，发愤为雄，犹足以为善国，乃事过境迁，恬嬉如故，厝火积薪之下，而寝处其上，酣歌恒舞，民怨沸腾，卒至鱼烂土崩，不可收拾。予以薄德，起自田间，大惧国势之已濒于危，而不忍生民永沦浩劫，寝兵主和，以固吾圉。民国初建，生计凋残，含垢忍辱，与民休息，而好乱之辈，又各处滋扰，为虎作伥。予以保国卫民，引为责任，安良除暴，百计维持。不幸欧战发生，波及东亚，而中日交涉，随之以起。外交部与驻京日本公使，磋商累月，昨经签约，和平解决。所有经过困难情形，已由外交部详细宣告，双方和好，东亚之福，两祸取轻，当能共喻。虽胶州湾可望规复，主权亦勉得保全，然南满权利，损失已多，创巨痛深，引为惭憾。己则不竞，何尤于人？我之积弱召侮，事非旦夕，亦由予德薄能鲜，有以致之。顾谋国之道，当出万全，而不当掷孤注，贵蓄实力，而不贵骛虚声。

近接各处函电，语多激烈，其出自公义者，固不乏人，亦有未悉实情，故为高论，置利害轻重于不顾，言虽未当，心尚可原。乃有倡乱之徒，早已甘心卖国，而于此次交涉之后，反借以为辞，纠合匪党，诪张为幻，或谓失领土，或谓丧主权，种种造谣，冀遂其煽乱之私。此辈平日行为，向以倾覆祖国为目的，而其巧为尝试，欲乘国民之愤慨，借簧鼓以开衅，极其居心，至为险很。责人不责己，如公道何？若不严密防范，恐殃及良善，为患地方，尤恐扰害外人，牵动大局。着各省文武各官，认真查禁，勿得稍涉大意，致扰治安。倘各该地方，遇有乱徒借故暴动，以及散布传单，煽惑生事，立即严拿惩办，并随时晓谕商民，切勿受其愚惑。至于自强之道，求其在我，祸福无门，唯人自召。群策群力，庶有成功。仍望京外各官，痛定思痛，力除积习，奋发进行。我国民务扩新知，各尽义务，对于内则父诏兄勉，对于外则讲信修睦，但能惩前毖后，上下交儆，勿再因循，自可转弱为强，权利日臻巩固。切不可徒逞血气，任意浮嚣，甲午、庚子，覆辙不远，凡我国民，其共戒之！此令。

此外又有外交部通电，陈述交涉经过状况，及颁布条约全文，声言："征祥身任外交，奉职无状，一片爱国愚忠，未能表白于天下，特恳请大总统立予罢斥，另选贤能，以补前愆"云云。参政院长黎元洪，亦发一长电除自己引咎外，兼责典兵大吏，平日观望，且愿辞去参谋总长一职。还有陆军总长段祺瑞，复电言"始终主战，奈各部长及参政院诸公，多半主和，口众我寡，致蒙此耻，已呈请辞职避贤，免至积垢"等语。其他书函杂沓，不胜枚举，总之是民国以来第一种国耻，全体吏民，须时时记着，卧薪尝胆，发愤图存，我中华民国前途，或尚不至灭亡呢。大声疾呼，愿国民热度，勿再效五分钟！

自国家经此一蹶，总道袁总统惩前毖后，开诚布公，把一副鬼鬼祟祟的手段，尽行改变，一心一意的整顿起来。就是那当道诸公，也应激发天良，力图振奋，效那范蠡、文种的故事，生聚教训，徐图兴复。谁知总统府中，愈觉沉迷，京内外的文武官吏，依旧是攀龙附凤，颂德歌功，前时要求变政的人物，已尽作反舌鸟，呈请辞职的达官，又仍做寄生虫，转眼间桐枝叶落，桂树花荣，北京里面，竟倡出一个筹安会来。慨乎言之。这筹安会的宗旨，是主张变更国体，会中的发起人，乃是几个不新不旧、亦新亦旧的大名角，顿时惹起风潮，闹得四万万人民昏头磕脑，也不知怎样才好。小子有诗叹道：

> 亡羊思补已嫌迟，
> 何事彼昏尚不知？
> 怪象日增名巧立，
> "筹安"二字向谁欺。

究竟这班大名角，是何等样人？待小子下回表明。

五九国耻之由来,孰使之?袁氏使之也。袁氏欲借日本以利己,日本即借袁氏以利国,出尔反尔,咎有攸归。观袁氏之约束军民,有云祸福无门,唯人自召。吾谓袁氏不必责人,第返而自责可耳。不然,约已成,权已丧,勉图补苴且不遑,尚欲潜图帝制为耶?观筹安会之发生,而袁氏之甘心媚外,其情弊愈不可掩矣。

第四十五回　贺振雄首劾祸国贼
罗文干立辞检察厅

　　却说筹安会发起，共有六人，这六人为谁？第一个姓杨名度，第二个姓孙名毓筠，第三个姓严名复，第四个姓刘名师培，第五个姓李名燮和，第六个姓胡名瑛。杨度是前清保皇党中翘楚，与康有为、梁启超等向是好友，革命以后，复夹入民党里面，嗣复得老袁信任，充参政院的参政。孙毓筠是革命健儿，辛亥一役，曾在安徽地方，出过风头，癸丑后，组织政友会，与国民党脱离关系，也充参政院参政的头衔。严复是素通英文，兼长汉文，从前翻译西书，很有名望，因他是福建侯官县人，尝呼他为严侯官，此次袁总统创设参政院，采访通才，就把他网罗进去。刘师培前名光汉，博通说文经学，上海《国粹丛报》中，尝见他的著作，确是有些根底，袁总统也特地招徕，命他参政。李燮和乃陆军中将，革命时攻打南京，他曾与列。还有一个胡瑛，尝随宋教仁厮混几年，不知何故变志，也投入袁氏幕中。各叙履历，回应上文不新不旧亦新亦旧二语。这六人结做寅僚，镇日里聚首一堂，不是谈风月，就是论时事。可巧总统府中，有一位外国顾问官，系是美国有名的博士，叫作古德诺，他倡出一篇大文，历言民主政体不及君主政体。何不条陈本国，乃来倡导中国耶？杨度见了此文，得着依据，正好随声附和，借酬宠遇，当与孙毓筠、严复等五人，秘密商量，乘此出点风头，做一回掀天震地的事业。孙毓筠、严复等相率赞成，大家靠着十年芸窗的工夫，互凑几句强词夺理的文字，不到半日，已将宣言书及入会章程统行拟定，其词云：

　　我国辛亥革命之时，国中人民，激于情感，但除种族之障碍，未计政治之进行，仓促之中，创立共和国体，于国情之适否，不及三思。一议既倡，莫敢非难，深识之士，虽明知隐患方长，而不得委曲附从，以免一时危亡之祸，故清室逊位，民国创始，绝续之际，以至临时政府正式政府递嬗之交，国家所历之危险，人民所感之困苦，举国上下，皆能言之，长此不国，祸将无已。近者南美中美二洲共和各国，如巴西、阿根廷、秘鲁、智利、犹鲁卫、芬尼什拉等，莫不始于党争，终成战祸。葡萄牙近改共和，亦酿大乱，其最扰者，莫如墨西哥，自参亚士逊位之后，干戈迄毋宁岁，各党党魁，拥兵互竞，胜则据土，败则焚城，劫掠屠戮，无所不至，卒至五总统并立，陷国家于无政府之惨象。我国亦东方新造之共和国，以彼例我，岂非前车之鉴乎？美国者，世界共和之先达也，美人之大政治学者古德诺博士，即言世界国体，君主实较民主为优，而中国则尤不能不用君主国体，此义非独古博士言之也，各国明达之士，论者已多，而古博士以共和国民，而论共和政治之得失，自为深切明著，乃亦谓中美情殊，不可强为移植。彼外人轸念吾国者，且不惜大声疾呼，以为吾民忠告，而吾国人士，乃反委心任运，不思为根本解决之谋，甚或明知国势之危，而以一身毁誉利害所关，瞻顾徘徊，惮于发议，将爱国之谓何？国民义务之谓何？我等身为中国人，民国之存亡，即为身家之生死，岂忍苟安默视，坐待其亡？用特纠集同志，组成此会，以筹一国之治安。将于国势之前途，及共和之利害，各摅所见，以尽切磋之义，并以贡献于国民。国中远识之士，鉴其愚诚，惠然肯来，共相商榷，中国幸甚。发起人杨度、孙毓筠、严复、刘师培、李燮和、胡瑛。

附筹安会章程

第一条　本会以发挥学理,商榷政论,以供国民之研究为宗旨。

第二条　愿充本会会员者,须具入会愿书,由本会会员四人以上之介绍,理事长之认可。

第三条　本会置理事六人,由发起人暂任,并互推理事长一人,副理事长一人。

第四条　本会置名誉理事若干人,参议若干人,由理事长推任。

第五条　本会置干事若干人,由理事推任之,其事务之分配,随时酌定。

事务所暂设北京石驸马大街。

宣言书及章程统已备齐,当即推杨度为理事长,孙毓筠为副,严复、刘师培、李燮和、胡瑛四人为理事,就在预定地点设立事务所,新开场面,悬起一块招牌,就是"筹安"三大字。

京内人民还是莫名其妙,看那筹安会招牌,只道国中果然出了伟人,能把这风雨飘摇的民国,筹划得安安稳稳,倒也是千载一时的盛遇。后来看到宣言书,才识会中宗旨,要想改革国体,把袁大总统舁上台去,做一个革命大皇帝,于是一传十,十传百,统说这个筹安会,是产出皇帝的私窠子,将来是凶是吉,尚难分晓。

正在疑义未定的时候,那京中已是警吏如林,不准他街谈巷议,稍一漏言,便牵入警局,请他坐在拘留所中,多则几十天,少亦三五天,小百姓营业要紧,自然不敢多言,免滋祸祟。想袁氏应曰,余能弭谤矣,乃不敢言。有一班痴心妄想的人物,纷纷入会,都想做点投机事业,希图后来富贵。还有京内的新闻纸,什么《民视报》,什么《亚细亚报》,统为筹安会鼓吹,煌煌大字,逐日照登。

隔了几日,忽由《顺天时报》中载出一篇贺振雄上肃政厅呈文,略云:

为扰乱国政,亡灭中华,流毒苍生,贻祸元首,恳请肃政厅长代呈大总统,严拿正法,以救灭亡而谢天下事。

窃闻天下兴亡,匹夫有责,奸奴误国,人得而诛,我古神州四千余载,君主相传,干戈扰攘,万民涂炭,四海疮痍,稽披历史,至为寒心。自唐、虞揖让,天下讴歌,暨汤、武征诛,人民杀伐,国毋宁岁,民无安时。七雄相并,五霸竞争,秦吞六国,汉约三章,王莽出,光武兴,曹操称雄,司马逞智,南北六朝,梁、唐五代,陈后主,隋炀帝,武则天,安禄山,宋太祖,元世宗,明朱氏,清觉罗,各代君主,而今安在? 唯留祸害,传染中华。自古愚人,相争相夺,称帝称王,因一时昏迷不悟,徒博眼前虚荣,而遗子孙实祸,诚可怜而可哀也。在昔闭关时代,相争相夺,犹是一家,今则环海交通,群雄眈视,一召灭亡,万劫难复。叔宝余无心肝,何至于此?

吾民国共和创造,未及五载,而沙场血渍,腥臭犹闻,人民痛苦,呻吟未已,我大总统手创共和,力任艰巨,四年以来,宵衣旰食,剑寝履皇,维持国政,整理军务,削平内乱,亲睦外交,不知耗多少心血,费几许精神,始克臻此治理。现方筹备国会,规定法院,整饬吏治,澄肃官方,唯日孜孜,不遗余力,民生国计,渐有秩序,四年之间,国是已经大定。内外官吏,诚能以国家为前提,辅弼鸿猷,绥厥中土,国力日见其发展,国基日见其巩固。而谓吾中国不适于共和,不能不用君主政体,真狗彘不食之语也。吾敢一言以告我同胞曰:有吾神圣文武之袁大总统,首任一期,规模即已大备,若得连任,国政即可完全,不十年间,我中华民国共和程度,必能驾先进之欧美,称雄地球。况我大总统高瞻远瞩,硕画伟谋,既铲除四千余载专制之淫威,开创东亚共和之新国,不独人民颂祷馨香,铜像巍峨,即世界各国,亦莫不钦仰其威信。何物妖魔，竟敢于青天白日之下，露尾现形，利禄薰心，荧惑众听，尝试天下，贻笑友邦。窥若辈之倒行逆施，是直欲陷吾元首于不仁不义之中，非圣非贤之类，蹈拿破仑倾覆共和，追崇帝制之故辙，贻路易十六专制魔王流血国内之惨状，其用心之巧，藏毒之深，喻之卖国野贼，白狼枭匪，其计尤奸，其罪尤大。

呜呼！国之将亡，必有妖孽，妖孽者谁？即发起筹安会之杨度、孙毓筠、严复、刘师培、李燮和、胡瑛诸贼也。振雄生长中华，伤心大局，明知若辈毒势弥漫，言出祸至，窃恐覆巢之下，终无完卵，与其为亡国之奴，曷若作共和之鬼，故敢以头颅相誓，脑血相溅，恳请肃政厅长，代呈我大总统，立饬军政执法处，严拿杨度一干祸国贼等，明正典刑，以正国是，以救灭亡，以谢天下人民，以释友邦疑义。元首幸甚！国民幸甚！谨上。

越宿，又有一篇李诲上检察厅呈文，亦登载《顺天时报》，但见上面录着：

为叛逆昭彰，摇动国本，恳准按法惩治，以弭大患事。窃维武汉首义，全国鼎沸，我大总统不忍生灵涂炭，出肩艰巨，不数月间，清室退位，以统治权授之我大总统，组织政府，定为共和国体。人心之倾向，于以大定，南北统一，当时我大总统就职宣言，曾经郑重声明，不使帝制复活。迨正式政府成立，世界友邦，遂次第承认。

民国三年五月公布中华民国约法，我大总统又谓谨当率我百职有司，恪守勿渝。三年十一月，宋育仁等倡为复辟之谬说，我大总统又经根据约法，严切申诫。国体奠定，既已炳若日星，薄海人民，方幸有所托命，虽内忧外患，尚未消弭，而我大总统雄才大略，硕画宏谟，期以十年，何患我国家不足比肩法、美？乃国贼孙毓筠、杨度、严复、刘师培、李燮和、胡瑛等，组织筹安会，其发词中，以共和国体，不适于吾国民情，历引中美南美诸邦，以共和酿乱之故，指为前鉴，主张变更国体，昌言无忌，似此谬种流传，乱党必将乘机煽动，势必危及国家，万一强邻伺隙，利用乱党之扰乱，坐收渔人之利，而祸何堪设想。当国体既定之后，忽倡此等狂瞽之说，是自求扰乱，与暴民甘心破坏，结果无殊。虽自诩忠爱，实为倡乱之媒，其罪岂容轻恕？赣、宁之乱，虽为暴民专制之征，而我大总统命将出师，期月之内，一律肃清。迨今暴徒敛迹，政治悉循轨道，此岂中南美诸邦之所可企及？安得以此颠破共和。

夫国体原无绝对的美恶，恒视时势为转移，吾国今后国体，果当何若，固不能谓其永无变更。但一日在共和国体之下，即应恪守约法，不能倡言君主，反对共和，以全国家之纲纪。且共和国家以多数之国民组织而成，即迫于时势之需要，有改弦更张之日，则国体之选择，当然由代表民意之机关，以大多数人民心理之所向决之。事势之所至，自然而然，绝非少数妄人，所能轻议。今大总统德望冠于当世，内受国会之推戴，外受列强之承认，削平内乱，巩固国交，凡所以对内对外，不敢稍避险阻者，无非欲保全国家。今轻议变更国体，万一清室之中，或有一二无知之徒，内连乱党，外结强邻，乘机主张复辟，陷我大总统于至困难之地位，而国家亦将随之倾覆，该国贼等虽万死不足以蔽其辜。

伏查三年十一月二十四日申令有云，"民主共和，载在约法，邪词惑众，厥有常刑。嗣后如有造作谰言，著书立说，及开会集议以紊乱国宪者，即照内乱罪从严惩办，以固国本而遏乱萌。"明令具在，凡行政司法各机关，允宜一体遵守。今杨度、孙毓筠等，倡导邪说，紊乱国宪，未经呈报内务部核准，公然在石驸马大街，设立筹安会事务所，传布种种印刷物，实属弁髦法纪，罪不容诛。检察厅代表国家，有拥护法权惩治奸邪之责，若竟置若罔闻，则法令等于虚设，法之不存，国何以立？诲凛匹夫有责之义，心所谓危，不敢安于缄默，用特据实告发，泣恳遵照民国三年十一月二十四日申令，立将杨度、孙毓筠等按照内乱罪，从严惩治，以弭大患。国民幸甚！民国幸甚！

　　看官，你道这贺振雄、李诲两人，是何等出身？原来两人都籍隶湖南，贺振雄曾加入革命，颇有文名，至是留寓都门，不得一官，因此郁愤得很，特借这筹安会，畅骂一番，借发牢骚。李诲是李燮和族弟，与燮和志趣不甚相合，所以也上书弹劾，居然有大义灭亲的意思。两人先后进呈，眼巴巴地望着消息，且各抄录数份，分送各报馆。哪知《民视报》《亚细亚报》中，非但不登载原文，反各列一条时评，冷嘲热讽，讥笑他不识时务，迂谬可笑。确是迂儒，确是谬论。只有《顺天时报》，照文登录，一字不遗。想是挂外国招牌。过了一日，筹安会的门首，竟站着许多警兵，荷枪鹄立，盘查出入，似替那会中朋友竭力保护。贺振雄无权无力，只好闷坐寓中，长吁短叹。独李诲是曾任湖南省议员，且因他族兄列居显要，平时与京中大老，颇相往来，于是复上书内务部道：

　　孙毓筠等倡导邪说，紊乱国宪，公然在石驸马大街，设立筹安会事务所，如其遵照集会结社律，已经呈报大部，似此显违约法，背叛民国之国体，大部万无核准之理，如其未经呈报大部核准，竟行设立，藐视法律，亦即藐视大部，二者无论谁属，大部均应立予封禁，交法庭惩治。顷过筹安会门首，见有警兵鹄立，盘查出入，以私人之会所，而有国家之公役，为之服务，亦属异闻。若云为稽查而设，则大部既已明知，乃竟置若罔闻，实难辞玩视法令之责。去岁宋育仁倡议复辟，经大部递解回籍，交地方官察看。以此例彼，情罪更重，若故为宽纵，何以服人？何以为国？为此急不择言，冒昧上呈。

　　这呈文送入内务部，好几天不得音信，依然似石沉大海一般，唯闻总检察厅长罗文干，却挂冠去职，挈领眷属，出京回籍去了。原来罗文干身任厅长，平时颇守公奉法，备著廉勤，及闻筹安会设立，已骂杨度等为误国贼，有心讦发。可巧李诲的呈文又复递入，他读一句，叹一语，至读完以后，竟愤激得了不得，到司法部中，去谒司法总长章宗祥，略叙数语，便将李诲原呈奉阅。

　　章宗祥披览后，忽而皱眉，忽而摇首，到了看毕，向罗文干冷笑道："这等文字，睬他什么？"罗文干听了此语，不禁还问道："总长以筹安会为正当吗？"章宗祥道："国家只恐不安，能筹安了，岂不是我辈幸福？"罗文干越忍耐不住，又道："他是鼓吹帝制的。"章宗祥道："我与你同任司法，老实对你说，你我只自尽职务罢了。昨日内务总长朱桂老（朱启钤字桂莘）也曾说李诲多事，把他呈文撕毁。罗兄，你想这事可办吗？"李诲呈内务部文，就章宗祥口中叙明。说得罗文干哑口无言，迟了半晌，方答出一个"是"字。随即告辞归寓，踌躇了一夜，竟于翌晨起床，缮就一封因病告假书，着人送至办公处，一面收拾行囊，整备启行。等到乞假邀准，遂带着眷属数人，黄夜出京，飘然自去。小子有诗赞道：

举世昏昏我独醒，

出都从此避膻腥。

试看一棹南归日，

犹见清风送客亭。

罗厅长去后，在京各官，有无变动情形，且至下回再叙。

读贺振雄呈文，令人一快，读李诲呈文，令人愉快。贺呈在指斥筹安会，骂得淋漓酣畅，令杨度等无以自容，足为趋炎附势者戒。李呈则引证袁氏申令，阳斥筹安会，隐攻袁总统，非特杨度等闻而知愧，即老袁闻之，亦当忆念前言，不敢自悖。然而杨度等之厚颜如故，袁总统之厚颜亦如故，即达官显宦，俱置若罔闻，几不识廉耻为何事。于此得一罗厅长，能翻然不滓，引身自去，较诸彭泽辞官，尤为高洁。斯世中有斯人，安得不极力表扬，为吾国民作一榜样耶？

第四十六回

情脉脉洪姨进甘言
语詹詹徐相陈苦口

却说罗文干辞职后，帝制风潮，愈演愈盛。筹安会兴高采烈，大出风头，都中人士争称杨度等六人为筹安六君子，他亦居然以君子自命，按日里放胆做去。看官！试想这六君子有何能力，敢把这创造艰难的民国，骤变为袁氏帝国？难道他不管好歹，不计成败，一味儿的鲁莽行事吗？小子于前数十回中，早已叙明袁氏心肠，隐图帝制，还有袁公子克定，主动最力，想看官谅俱阅悉。此次杨度等创设筹安会，明明是袁氏父子嗾使出来，所以有这般大胆，但就中还有一段隐情，亦须演述明白，可为袁氏秘史中添一轶闻。*别开生面，令人刮目。*

老袁一妻十五妾，正室于氏，即克定生母，性颇端谨，克定欲劝父为帝，曾禀白母前，请从旁怂恿，不意被母谯呵，且密戒老袁，休信儿言。*老袁有此妇，小袁有此母，却也难得。*急得克定没法，转去求那庶母洪姨。洪姨是老袁第六妾，貌极妍丽，性尤狡黠，最得老袁宠爱，看官若问她母家，乃是宋案正凶洪述祖的胞妹。洪述祖字荫芝，幼年失怙，家世维艰，幸戚友介绍，投身天津某洋行写字间，作练习生。他资质本来聪明，一经练习，便觉技艺过人，洋行大班爱他敏慧，特擢充跑街一席。适老袁奉清帝旨，至小站督练新军，需办大批军装，述祖福至心灵，便设法运动，愿为承办。袁乃姑令小试，所办物品，悉称袁意，嗣是有所购置，尽委述祖。述祖遂得与袁相接，曲意承颜，无微不至。袁亦非洪不欢，竟命他襄办军务。既而述祖因发给军饷，触怒某标统，标统系老袁至亲，入诉老袁，极谈彼短，老袁未免动疑，欲将述祖撤差。述祖闻此音耗，几把魂灵儿吓去，后来想出一法，把同胞妹子盛饰起来，送入袁第，只说是购诸民间，献侍巾栉。*美人计最是上招。*老袁本登徒后身，见了这个粉妆玉琢的美人儿，哪有不爱之理？*到口馒头，拿来就吞，*一宵枕席风光，占得人间乐趣。

是时洪女年方十九，秀外慧中，能以目听，以眉视，一张樱桃小口，尤能粲吐莲花，每出一语，无不令人解颐。袁氏有时盛怒，但教洪女数言，当即破颜为笑，以故深得袁欢，擅专房宠。起初还讳言家世，后来竟自陈实情，老袁不但不恼，反称述祖爱己，愈垂青睐。*爱屋及乌，理应如此。*总计袁氏诸妾，各以入门先后为次序，洪女为袁箧室，已排在第六人，本应称她为六姨，老袁诫令婢仆，不准称六姨太，只准称洪姨太，婢仆等怎敢忤旨，不过戏洪为红，叫她作红姨太罢了。

洪姨亦知人戏己，阴慝老袁，袁即欲斥退婢仆，偏洪姨又出来解劝，令婢仆仍得留着，婢仆等转怨为德，易戏为敬，因此袁氏一门，由她操纵，无不如意。克定知洪姨所言，父所乐从，遂入洪姨室，语洪姨道："母知我父将为皇帝吗？"*开口便呼姨为母，确是洪姨太。*洪姨不禁避座道："公子如何呼妾为母，妾何人斯？敢当此称？"克定道："我父为帝，我当承统，将来当以母后事姨，何妨预称为母。"洪姨复逊谢道："妾为君家一姬人，已属如天之福，何敢再作非分想？公子此言，恐反折妾的寿数，妾哪里承当得起？"克定道："我果得志，决不食言。"说至此，即向洪姨跪下，行叩首礼。洪姨慌忙跪答，礼毕皆起。克定又道："我父素性多疑，若非从旁怂恿，尚未肯决行帝制，还请母为臂助，方得成功。"*又是一个母字，我想洪姨心中，应比吃雪加凉。*洪姨道："这事不应操切，既承公子嘱委，当相机进言，徐图报命。"克定大喜，又连呼几声母娘，方才退出。

这时候的洪姨太，已是喜出望外，便默默地想了一番，打定主意，以便说动老袁。每届老袁退休，絮絮与谈前史事，老袁笑道："你不要做女博士，研究什么史料？"洪姨装着一番媚容，低声语袁道："妾有所疑，故需研究。"老袁道："疑什么？"洪姨道："汉高祖，明太祖，非起自布衣吗？"老袁应声道："是的。"洪姨微笑道："他两人起自布衣，犹得一跃为帝，似老爷勋望崇隆，权势无比，何不为子孙计，乃甘作一国公仆，任他举废吗？"用旁敲侧击法，转到本题，确是一个女说客。老袁闻言，不由得心中一动，便道："我岂不作此想？但时机未至，不便骤行。"洪姨道："胜会难逢，流光易逝，老爷年近六十，尚欲有待，究竟待到何时？"老袁默然不答，只以一笑相还。是夜，便宿在洪姨寝室，喁喁密语，竟至夜半，方入睡乡。

翌日起床，出外办公，宣召杨度入对。杨度不知何事，急忙进谒，但见老袁揽镜捻须，一时不便惊动，静悄悄地立在门侧，至老袁已转眼相顾，方近前施礼。老袁命他旁坐，悄语道："共和二字，我实在不能维持，你何不召集数人，鼓吹改制？"杨度愕然，半响才答道："恐怕时尚未至。"英雄所见略同。老袁又问道："为什么呢？"杨度道："现在欧战未了，日本第五项要求虽暂撤回，仍旧伺机欲动，我国若有所变更，将惹起外人注目，倘日本复来作梗，为之奈何？"老袁捻须笑道："日本果欲要挟，何事不可为口实，你亦太多虑哩。"杨度又道："就使日本不来反对，也须预筹款项，才得行事。"老袁道："这个自然，你明日再进来吧。"杨度奉命而出。

老袁复踱入内室，见众妾在前，好似花枝招展，环绕拢来，不由得自言自语道："从前咸丰帝玩赏四春，我今日却有十数春哩。"众姨尚不知何解，独洪姨上前，竟跪称万岁。老袁一面扶起，一面大笑道："我未为帝，呼我万岁尚早呢！"洪姨道："势在必行，何必迟疑。"老袁又笑问道："你可说出充足的理由吗？"洪姨道："理由是极充足了，万岁爷在前清时代，已位极人臣，今出为民国元首，威足服人，力足屈人，赣、宁一役，就是明证。今若上继清朝，立登大宝，哪个敢来反抗？这是从声势上解释，已无疑义，若讲到情理上去，也是正当。前日隆裕后使清帝退让政权，另组共和政体，到今已是三年，我国未尝盛强，且日多变乱，是共和政体，当然是不适用。万岁爷果熟察时变，默体舆情，实行君主立宪，料国民必全体赞成，且与隆裕后当日让位的初衷，亦未尝相件，何必瞻前顾后，迟迟不行呢？况现在欧战未定，各国方自顾未遑，日本交涉，又已办了，万岁爷乘此登基，正是应天顺人的时候，此机一失，后悔何追。"巧言如簧，委婉动人。老袁听她一番议论，煞是中意，又见她笑靥轻盈，娇喉宛转，越觉得无语不香，无情不到，恨不得拥她上膝，亲一回吻，叫她一声乖乖。只因碍着众人面目，但笑向洪姨道："算了，你真可谓女辩士了。"众妾见了此态，也乘风吹牛，叫着几声万岁，老袁还不屑理她，一心一意的爱那洪姨，是夜又在洪姨处留宿。想为她奏对称旨，颁赏特别雨露去了。

且说杨度既奉密令，即于次日复入总统府，当由袁总统接见，面交发款凭条二纸，计数二十万两。杨度领纸出来，款项既有了着落，又得古德诺一篇文字，作为先导，便邀集孙毓筠、严复等人，开会定章，悬牌开市。贺振雄、李海等未识隐情，还要上呈文，劾六君子，真是瞎闹，反令杨度等暗中笑煞。嗣后闻贺振雄落魄无聊，反将他笼络进去，用了每月六十金薪水，雇他做筹安会中办事员。英雄末路，急不暇择，也只好将就过去。但前日吠尧，此日颂舜，人心变幻，如此如此，这也是民国特色了。拜金主义，智士所为，休要笑他。惟世道人心，究未尽泯，有几个受他牢笼，有几个仍然反对，旧国会议员谷钟秀、徐傅霖等，在上海发起共和维持会，周震勋、邹稷光等在北京发起治安会，接连是古伯荃上《维持中华民国意见书》，梁觉、李彬、刘世骈诸人，又纷纷弹劾筹安会员，朝阳鸣凤，相续不休。

还有参政严修，系老袁数十年患难至交，闻帝制议兴，不禁私叹道："我不料总统为人，竟尔如此。近来种种举动，令我越看越绝望了。"及筹安会发生，谒袁力阻，情词恳挚，几乎声泪俱下。老袁亦为动容，随即答道："究竟你是老朋友，他们实在胡闹，你去拟一道命令，明日即将他们解散便了。"严修唯唯而退，次日持稿请见，为总统府中司阍所阻。严修谓与总统有约，今日会谈，阍人大声道："今晨奉总统命，无论何人，概不传见，请明日进谒罢。"想又为洪姨所阻。严修恍然大悟，即日乞假去了。

又有机要局长张一麐，也是袁氏十余年心腹幕友，此次亦反对帝制，力为谏阻，谓帝制不可强行，必待天与人归。老袁不待说完，便问何谓天与，何谓人归？张一麐道："从前舜、禹受禅，由天下朝觐讼狱，统归向舜、禹所在处，舜、禹无可推辞，不得已入承大位，这是孟子曾说过的，就是'天与人归'一语，孟子亦曾解释明白，不待一麐赘陈。"老袁点首道："论起名誉及道德上的关系，我决不做皇帝，请你放心。"尚知有名誉道德，想是孟子所谓平旦之气。一麐接口道："如总统言，足见圣明，一麐今日，益信总统无私了。"言毕辞出，同僚等或来问话，一麐还为老袁力辩，且云："杨度等设立筹安会，无非是进一步做法，想是借此题目，组织一大权宪法，若疑总统有心为帝，实属非是，总统已与我言过了，决意不做皇帝呢。"哪知已被他骗了。

众人似信非信，又到徐相国府中探问消息。凑巧肃政史庄蕴宽从相国府中出来，与众人相遇，彼此问明来意。庄蕴宽皱着眉道："黑幕沉沉，我也是窥他不透，诸君也不必去问国务卿了。"大众齐声道："难道徐相国也赞成帝制吗？"庄蕴宽道："我因李海、梁觉等屡进呈文，也激起一腔热诚，意欲立上弹章，但未知极峰意见，究竟如何，特来问明徐相国。偏他是吞吞吐吐，也不是赞成帝制，又不是不赞成帝制，令我愈加迷茫，无从摸他头脑。"大众道："我等且再去一问，如何？"庄蕴宽道："尽可不必。我临行时，已有言相逼，老徐已允我去问总统了。"大众听到此语，方才散归。

看官，你道这国务卿徐世昌，究竟向总统府去也不去？他与老袁系多年寅谊，平素至交，眼见得袁氏为帝，自己要俯伏称臣，面子上亦过不下去，况此次来做国务卿，也是朋情难却，勉强担任，若拥戴老袁，改革国体，非但对不住国民，更且对不住隆裕后、宣统帝。不过他是气宇深沉、手段圆滑的人物，对着属僚，未肯遽表己意，曲毁老袁，所以晤着庄蕴宽，只把浮词对付，一些儿不露痕迹，老官僚之惯技。待送庄氏出门，方说一句进谒总统的话头，略略表明意见。是日午后三下钟，即乘舆出门，往谒袁总统。既到总统府，下车径入。老袁闻他到来，当然接见。两下分宾主坐定，谈及许多政治，已消磨了好多时，渐渐说到筹安会，徐世昌即逼紧一句道："总统明见究竟是民主好吗？君主好吗？"老袁笑着道："你以为如何是好？"还问一句，确是狡狯。徐世昌道："无论什么政体，都可行得，但总须相时而动，方好哩。"老袁道："据你看来，目下是何等时候？"徐世昌道："以我国论，适用君主，不适用民主。但全国人心，犹倾向民主一边，因为民国创造，历时尚短，又经总统定变安民，只道是民主的好处，目下且暂仍旧贯，静观大局如何，再行定议。"语至此，望着老袁面色，尚不改容，他索性尽一忠告道："杨度等组织筹安会，惹起物议，也是因时候太早，有此反抗呢。"老袁不禁变色道："杨度开会的意思，无非是研究政体，并未实行，我想他没甚大碍，那反对筹安会的议论，实是无理取闹，且亦不过数人，岂就好算是公论吗？况我的本意，并不想做什么皇帝，就是这总统位置,也未尝恋恋,只因全国推戴,不能脱身,没奈何当此责任,否则我已五十七岁了,洹上秋水,随意消遣,可不好吗?"还要骗人。徐世昌道:"辱承总统推爱,结契多年,岂不识总统心意?但杨度等鼓吹帝制,外人未明原委,还道是总统主使,遂致以讹传讹,他人不必论,就是段芝泉等;随从总统多年,相知有素,今日亦未免生疑,这还求总统明白表示,才能安定人心。"这数语好算忠谏。老袁勃然道:"芝泉吗?他自中日交涉以来,时常与我反对,我亦不晓得他是什么用意。他若不愿做陆军总长,尽可与我商量,何必背后违言,你是我的老友,托你去劝他一番,大家吃碗太平饭,便好了。"言毕,便携去茶碗,请徐饮茶。

前清老例,主人请客饮茗,便是叫客退出的意思,徐世昌居官最久,熟练得很,当即把茶一喝,起身告辞。为此一席晤谈,顿令这陆军总长段祺瑞退职闲居,几做了一个嫌疑犯。小子有诗叹道:

> 多年友谊不相容,
> 只为枭雄好面从。
> 尽说项城如莽操,
> 谁知尚未逮谦恭。

欲知段总长退职情形,待至下回续表。

历朝以来诸元首,多自子女误之,而女嬖为尤甚。盖床第之官,最易动听。加以狐媚之功,莺簧之巧,其有不为所惑者几希?袁氏阴图帝制,已非一日,只以运动未成,惮于猝发,一经洪姨之怂恿,话语中入心坎,情不自己,计从此决,于是良友之言,无不逆耳,即视若腹心之徐相国,亦不得而谏止之。长舌妇真可畏哉!一经著书人描摹口吻,更觉甘言苦口,绝不相同,甘者易入,苦者难受,无怪老袁之终不悟也。

第四十七回 袁公子坚请故军统 梁财神发起请愿团

却说段祺瑞自督鄂还京，虽仍任陆军总长，兵权已被大元帅摘去，他已怏怏不乐，屡欲辞职，至中日交涉，又通电各省，屡次主战，袁总统已加猜忌，至是闻徐世昌言，决意去段，只一时想不出替身，犹在踌躇未决。忽见长子克定自门外趋入，向他禀白道："筹安会中已通电各省，现已得几处复电，很加赞成，想此后办事，当不致有意外呢。他的原电交儿带来奉阅，爷可一瞧。"说着，便从袖中取出电稿，双手捧呈，但见起首列着，统是各省长官的头衔，接连是某某商会，某某教育会，某某联合会，以及蒙古、青海、西藏等处，极至华侨处，亦俱列着。入后方叙及正文，插入筹安通电，笔法一变。词云：

本会宗旨，原以讨论君主民主，何者适于中国。近月以来，举国上下，议论风起。本会熟筹国势之安危，默察人心之向背，因于日昨投票议决，全体一致，主张君主立宪。盖以立国之道，不外二端，首曰拨乱，次曰求治，今请递其次序，先论求治，次论拨乱。专制政体，不能立国于世界，为中外之公言；既不专制，则必立宪，然共和立宪，与君主立宪，其义大异。君主国之宪政程度，可随人民程度以为高下，故英、普、日本，各不相同。共和国则不然，主权全在人民，大权操于国会，乃为一定不移之义，法、美皆如是也。若人民智识，不及法、美，而亦握此无上之权，则必嚣乱纠纷，等于民国二年之国会，不能图治，反以滋乱，若矫而正之，又必悬共和之名，行专制之实，如我国现行之总统制，权力集于元首一人，斯责任亦集于元首一人。即令国会当前，亦不能因责任问题，弹劾元首，使之去位。一国中负责任者，为不可去位之人，欲其政治进步，乌可得也？故中国而行前日之真共和，不足以求治，中国而行今日之伪共和，更不足以求治。只此二语，颇中肯綮。

唯穷乃变，惟变乃通，计唯有去伪共和，行真君宪，开议会，设内阁，准人民之程度，以定宪政，名实相符，表里如一，庶几人民有发育之望，国家有富强之机，此求治之说也。或曰："民权学说，不必太拘，即共和，亦可准人民程度，以定宪政，何必因此改为君主。"不知政党不问形式如何，但使大权不在国会，总谓之伪共和。因恋共和之虚名，不得已而出于伪，天下岂有以伪立国，而能图存之理？又况祸变之来，并此伪者亦必不能保存，何以故？君主国之元首，贵定于一，共和国之元首，贵不定于一，即不能禁人不争。囊者二次革命，即以竞争元首而成大乱，他日之事，何独不然？无强大之兵力者，不能一日安于元首之位，数年一选举，则数年一竞争，斯数年一战乱耳。彼时宪法之条文，议员之笔舌，枪炮一鸣，概归无效。所为民选，变为兵选，武力不能相下，斯决之于相争。墨西哥五总统并立之祸，必试演于东方。中原瓦解，外力纷乘，国运于兹，斩焉绝矣。未来之祸，言之痛心，即令今日定一适宜之宪政，纲举目张，百度俱理，他日一经战乱，势必扫荡无遗，国且不存，何云宪政？

救亡之法，唯有废除共和，改立君主，屏选举之制，定世袭之规，使元首地位，绝对不可竞争，将不定于一者，使定于一。是则无穷隐祸，概可消除，此拨乱之说也。本会以为谋国之道，先拨乱而后求治，我国拨乱之法，莫如废民主而立君主，求治之法，莫如废民主专制，而行君主立宪，此本会讨论之结果也。谨以所得布告于军政学商各界，及全体国民。筹安会。

老袁阅罢，掷置案旁，且沉着脸道："这等书呆子，徒然咬文嚼字，有什么功效？你以为各省军官，复电赞成，还道是天大的喜事？哪知我的身旁，如统领陆军的段祺瑞，尚且不肯助我，你想此事可能成功吗？"克定正恨着老段，便道："陆海军权，已归属大元帅，谅老段亦无能为力，摔去了他，便易成事。"老袁道："我正为此踌躇，因恐把段撤去，继任非人，岂不要酿成兵变？"克定道："何不邀王聘卿出来，聘卿资格，较段为优，得他任陆军总长，何患军人不服？"老袁道："你说固是，倘他不肯出来，奈何？"克定道："待儿子亲往一邀，定当劝他受任。"老袁道："很好，你且去走一遭罢。"

看官，你道王聘卿是何等人物？他名叫士珍，与段同为北洋武备学生，惟段籍安徽，王籍直隶，籍贯不同，派系遂因之互异。前清时，士珍官阶高出段上，嗣与段先后任江北提督，有王龙段虎的名称。惟当小站练兵时，王、段两人同为老袁帮办，因此与袁氏亦有旧谊。至清帝退位后，士珍却无意为官，避居不出。既已高卧东山，不应再为冯妇。

此次克定奉命，径乘了专车，至正定县中，向王宅投刺，执子侄礼，谒见士珍。士珍不意克定猝至，本拟挡驾，转思克定远道驰至，定有要公，不能不坦怀相见。克定抱膝请安，士珍殷勤答礼，彼此坐定，先叙寒暄，继及国事。寻由克定传述父命，请他即日至京，就任陆军总长。士珍忙谢道："芝泉任职有年，阅历已深，必能胜任。若鄙人自民国以来，四载家居，无心问世，且年力亦日就衰颓，不堪任事，还乞公子转达令尊，善为我辞。"克定道："芝泉先生现因多病，日求退职，家父挽留不住，只得请公出代，为恐公不屑就，特命小侄来此劝驾，万望勿辞。"段未有疾，克定偏会说谎，想是从乃父处学来。士珍只是不从，克定再三劝迫，一请一拒，谈论多时。士珍复出酒肴相待，兴酣耳热，克定重申父命，定要士珍偕行。士珍道："非我敢违尊翁意，但自问老朽，不堪受职，与其日后旷官，辜负尊翁，何如今日却情，尚可藏拙。"克定喟然道："公今不肯枉驾，想是小侄来意未诚，此次回京，再由家父手书敦请便了。"未几席散，克定遂告别返都，归白老袁，又由老袁亲自作书，说得勤勤恳恳，务要他出来相助。

克定休息一宵，次日早起，复赍了父书，再行就道，往至士珍家。士珍素尚和平，闻克定又复到来，不敢固拒，重复出见。克定施礼毕，即恭恭敬敬地呈上父书，由士珍展阅，阅毕后，仍语克定道："尊翁雅意，很是感激，我当作书答复，说明鄙意，免使公子为难。"克定不待说毕，即突然离座，竟向士珍跪下，前跪洪姨，此跪士珍，袁公子双膝，未免太忙。急得士珍慌忙搀扶，尚是扯他不起，便道："老朽不堪当此重礼，请公子快快起来！"克定佯作泣容道："家父有命，此番若不能劝驾，定要谴责小侄。况国事如麻，待治甚急，公即不为小侄计，不为家父计，亦当垂念民生，一为援手呢。"责以大义，可谓善于说辞。说着时，几乎要流下泪来。士珍见此情状，不好再执己意，只得婉言道："且请公子起来，再行商议。"克定道："老伯若再不承认，小侄情愿长跪阶前。"于是士珍方说一"诺"字，喜得克定舞蹈起来，忙即拜谢，起身后，士珍乃与订定行期，克定即回京复命。越日，即由老袁下令，免段祺瑞陆军总长职，以王士珍代任。士珍亦于此日到京，入见老袁，接篆履新了。千呼万唤始出来。

老袁既得了王士珍，军人一方面，自以为可免变动，从此无忧，独财政尚是困难，所有运动帝制及组织帝制等事，在在需钱，非有大富翁担负经费，不能为所欲为。左思右想，尚在徘徊，凑巧有一位大财神登台，演一出升官发财的拿手戏，于是金钱也有了，袁老头儿也可以无恐了。

惟这大财神何姓何名？看官可记得前文叙过的梁士诒吗？如梁山泊点将，又是一个登台。梁本为总统府内秘书长，足智多才，能探袁氏私隐，先意承欢，所以老袁非常器重。他遂结识了几个要人，召集了若干党羽，更仗那神通机变的手段，把中央政府的财政权，一股脑儿收入掌握。历届财政总长，无论何人，总不能脱离梁系，都中人士遂赠他一个绰号，叫作梁财神。但梁系粤人，附梁的叫作粤派，另有一派与他对峙，乃是皖派首领杨士琦。杨为政事堂左丞，势力颇大，联络多数旧官僚，与粤派分竖一帜，互相排挤。老袁素性好猜，忽而信梁，忽而信杨，杨既得志，梁渐失势，秘书长一职，竟至丢去。嗣又以搜括财政，不能无梁，复召为税务督办，梁仍靠着财力，到处张权。忽交通部中闹出一件大案来，牵连梁财神，梁正无法解免，常想寻个机会，迎合袁意，省得受罪，适闻老袁为财政问题，有所顾虑，他遂乘虚而入，愿将帝制经费，一力承当。

看官！你道梁士诒绰号财神，果有若干私财，肯倾囊取出，替袁氏运动帝制吗？无非从百姓身上，想出间接搜括的手段，取作袁氏用费，就算是理财能手。财神亦徒有虚名，究不能点石成金。但袁氏生平挥霍，视金钱若泥沙，什么国民捐，什么救国储金，什么储蓄票价，还有种种苛税，种种借款，多被取用，消耗殆尽。此次梁财神出筹巨款，究从何处下手呢？原来京城里面，本有中国、交通两银行，归政府专办，平时信用，倒还不失，梁为罗括现款起见，竟令两银行滥发纸币，举所有准备金，多运入袁氏库中，供袁使用。老袁倒也不顾什么，但教有款可筹，便视为财政大家，佐命功臣，因此待遇梁士诒，比从前做秘书长时还要优渥，所有参案的关系，早已无形消灭了。

梁士诒复进见老袁，献上一条妙计，乃是"民意"二字。老袁愕然道："你也来说民意吗？糊涂似费树蔚，昨来见我，亦说是要顾全民意，究竟'民意'二字，是怎么解释？我驳斥了数语，他竟悻悻出去，弃职回籍，若非是克定的连襟，我简直是不肯恕他呢。"士诒不慌不忙，从容说道："总统所说的费树蔚，是否任肃政史？"老袁答了一个"是"字。士诒道："树蔚所说，是顾全民意，士诒所说，是利用民意，同是'民意'两字，用法却有不同呢。"老袁听了，不由得点首道："燕孙毕竟聪明，能言人所未言。"我说你也毕竟聪明，能识燕孙隐语（燕孙即士诒表字）。士诒道："就借这'民意'二字，号召天下，不怕天下不从。"老袁道："谈何容易。"士诒道："据鄙意看来，亦没有什么难处。"老袁道："计将安出？"士诒道："总统今日，只管反对帝制，照常行事。士诒愿为总统效力，一面联络参政院，令作民意代表的上级机关，一面另设公民团，令作民意代表的下级机关，上下联合，民意便可造成。据士诒所料，不消数月，便可奏效。"老袁道："我也并不欲为帝，无非因时局艰难，稍有举动，即遭牵制，你前日做过秘书长，所有外来文件，想亦多半过目，能有几件事不被反对吗？我现在所居的地位，差不多是骑虎难下，做也不好，不做也不好呢。"士诒道："似总统英明圣武，何事不可为，要做就做，何必多疑。"一吹一唱，煞是好看。老袁道："这便仗你帮忙呢。"士诒忙起身离座，应了几个"是"字，随即辞出，返至寓中，密请沈云霈、张镇芳、那彦图等到寓，会议了半日。沈云霈等统是赞成。

士诒又想了妙法，语沈云霈道："足下系参政的翘楚，参政院中，目下已代行立法院，便是一个完全的民意机关，得足下提倡起来，怕不是全体一致吗？"联合沈云霈便是此意。沈云霈道："彼此都为公事，自当尽力。""公"字应撤去右边。士诒又向张镇芳道："公系贵戚，应比鄙人格外热心，我想现在的事情，最好是组织公民请愿团，无论官学商工，及男女长幼，统好入会，京内作总机关，外省作分机关，越多越好，不怕帝制不成。"张镇芳道："闻筹安会中，现亦这般办法，向各省去立分会了。"士诒道："要做皇帝，就做皇帝，还要说什么筹安，空谈学理。俗语说得好，'秀才造反，一世不成'。这就是筹安会的定评。我等设立公民团，竟从请愿入手，岂不是直接痛快吗？"要想盖煞筹安会，所以极力批驳。沈云霈等齐声道："梁公卓见，的是高人一着，我们就这么办去，只这会长须借重梁公。"士诒道："会长一席，我却不能承认，不瞒诸公说，我是要内外兼筹，未便专任一事，还请诸公原谅。"张镇芳道："照此说来，请何人做会长？"士诒道："沈公责无旁贷，副会长就请张、那二公担任，便好了。"沈云霈道："会长须由会员全体推举，兄弟亦不便私相承认。"士诒捻着几根胡髭微微笑道："不是士诒夸口，士诒要举老沈，会员敢另举他人吗？"势焰可畏。云霈道："且待开会再议。"士诒道："明后日就可开会了。"言讫，数人复闲谈片时，一同散去。

过了两日，士诒已邀集若干会员，寻个公共处所，开起成立大会来。开会结果，举定沈云霈为会长，张镇芳、那彦图为副会长，文牍主任举了谢桓武，梁鸿志、方表为副，会计主任举了阮忠枢，蒋邦彦、夏仁虎为副，庶务主任举了胡璧城，权量、乌泽声为副，交际主任举了郑万瞻，袁振黄、康士铎为副。大家各认定职任，协力进行。当由文牍员拟定宣言书，由会长等鉴定。正要刊布，忽闻有一位御干儿，从湖北回京，也来协助帝制。正是：

到底义儿应尽义，

且看功狗互争功。

欲知来者为谁，俟小子下回报名。

王聘卿退归原籍，家居不出，是民国中一个自爱人物，偏袁公子一再固请，至于情不能却，再出为陆军总长。似为友谊起见，不应加咎，但泄柳闭门，干木踰垣，隐士风徽，何等高尚。若徒徇私谊，转违公理，毋乃所谓不揣其本而齐其末者？冯妇下车，难免士笑，王聘老殆有遗憾欤？梁财神之品格本出王氏下，而智谋则过之，以如此机变才，倘加以德性，何难立大业于生前，贻盛名于身后，乃热心富贵，不惜为袁氏作伥，身名两裂，何苦乃尔？总之利禄二字，最足误人。能打破此关，方不致与俗同污，王聘卿且如此，而梁财神无论矣。

第四十八回　义儿北上引侣呼朋

词客南来直声抗议

却说上回所叙的御干儿，看官道是何人？就是当时署理鄂督的段芝贵。又是一个大名鼎鼎的人物。芝贵履历，前文亦已见过，为何叫他作御干儿呢？说来又是话长。小子援有闻必录的老例，把大略演述出来：

相传老袁当小站练兵时，芝贵官衔，尚不过一个候补同知。他在直隶听鼓，未得差遣，抑郁无聊，意欲投效老袁麾下，挽某当道替他吹嘘。老袁虽然收录，仍然置诸闲散，不给优差。适阮忠枢为袁幕僚，总司文案，芝贵遂与他结识，求为汲引。忠枢替他想一方法，教他秘密进行，定可得志。

看官道是何事？原来天津地方平康里，蓄艳颇多，韩家班尤为著名，阮忠枢备员军署，每当文牍余暇，辄邀二三友人，往韩家班猎艳，曾与歌妓小金红，结不解缘。小金红有一姊妹行，叫作柳三儿，色艺冠时，高张艳帜。阮得瞻丰采，也暗暗称羡，会老袁招阮私宴，醉后忘形，偶询及平康人物，阮即以柳三儿对。袁颇欲一亲颜色，只以身作达官，不便访艳。前清时犹有此碍，以视今日何如？当下与阮密商，拟乘夜阑人静时，微服往游。阮愿做导线，即与袁约定时间，届期先往韩家班，与柳三儿接洽，待到夜半，果见老袁易服而来，由阮呼三儿出见，佳丽当前，令人刮目。经老袁仔细凝视，果然是当代尤物，风韵绝伦。三儿亦眉挑目逗，卖弄风骚。月上柳梢头，人约黄昏后，差不多似此情景。两下倾心，一见如故。既而华筵高张，欢宴终夕，比至天明，袁偕阮返，犹觉余情未忘。嗣是暇辄过从，倍加恩爱，本欲替她脱籍，因恐纳妓招谤，或干吏议，所以迟迟未决。

阮忠枢窥透隐情，遂叫段芝贵代为赎身，间接献纳，不怕老袁不堕入彀中，格外青睐。芝贵得此教益，即依计而行，黄金朝去，红粉夕来，又有阮为绍介，潜送袁寓。柳三儿得为袁氏四姨太，段芝贵亦竟获优差，由袁下札，委任全军总提调，杨翠喜之献奉，想亦由此策脱胎。袁、段情谊，日久愈亲。每日早起，段又必诣袁问安，老袁戏语芝贵道："我闻人子事亲，每晨必趋寝门问安，汝非我子，何必如此。"芝贵道："父母生我，公栽培我，两两比较，恩谊相同，如蒙不弃，顾作义儿。"乐得攀援，莫谓小段无识。老袁听到此语，不免解颐一笑。芝贵只道袁已承认，竟拜倒膝前，呼袁为父。老袁推辞不及，口中虽说他多事，但已受了四拜，仿佛是认作干爷了。

后来老袁被谴，芝贵亦为杨翠喜事，挂名参案，革职回籍（见《清史》）。至清室已覆，袁为总统，他自然重张旗鼓，又复上台，癸丑革命，平乱有功，旋即出督武昌，继段祺瑞后任。此次闻京中倡言帝制，就赶忙离了湖北，只说是入觐总统，拼命驰来。当下邀集朱启钤、周自齐、唐在礼、张士钰、雷震春、江朝宗、吴炳湘、袁乃宽、顾鳌等，密议鼓吹帝制，与筹安会分帜争功。可巧公民请愿团已经发现，料知梁财神势力不小，只好合拢一起，较为妥当。梁财神闻芝贵进京，亦知他是有名的义子，将来要升做御干儿，不得不与他周旋，融成一片。两情不谋而合，况是彼此熟识，一经会面，臭味相投，当即互相借重，定名为请愿联合会。那时请愿团的宣言书已经印就，由段芝贵等审视，见书面写着道：

民国肇建,于今四年,风雨飘摇,不可终日。父老子弟,苦共和而望君宪,非一日矣。自顷以来,二十二行省及特别行政区域,暨各团体,各推举尊宿,结合同人,为共同之呼吁,其书累数万言,其人以万计,其所蕲向,则君宪二字是已。政府以兹事体大,亦尝特派大员,发表意见于立法院,凡合于巩固国基,振兴国势之请,代议机关,所以受理审查以及于报告者,亦既有合于吾民之公意,而无悖于政府之宣言,凡在含生负气之伦,宜有舍旧图新之望矣。惟是功亏一篑,则为山不成,锲而不舍,则金石可贯。同人不敏,以为吾父老子弟之请愿者,无所团结,则有如散沙在盘,无所权商,则未必造车合辙。又况同此职志,同此目标,再接再厉之功,胥以能否联合进行为断。用是特开广座,毕集同人,发起全国请愿联合会,议定简章,凡若干条。此后同心急进,计日程功,作新邦家,慰我民意,斯则四万万人之福利光荣,非特区区本会之厚幸也。

末附有请愿联合会章程,共十一条,条文如下:

第一条　本会以一致进行,达到请愿目的为宗旨。

第二条　凡已署名请愿者,皆得为本会会员。

第三条　本会设职员如左:(一)会长一人,副会长二人,由会员中公举之。(二)理事若干人,由会员公推之。

但各团体请愿领衔者,当然为本会理事。(三)参议若干人,由会长及全体职员会公推之。(四)干事分为文牍会计庶务交际四科,各科主任干事一人,余干事若干人,由会长副会长合议推任之。

第四条　会长代表本会,主持办理本会一切事务。

第五条　副会长辅助会长,办理本会一切事务。会长有事故,副会长得代理之。

第六条　理事随时会商会长,办理本会特别要务。

第七条　参议随时建议本会,赞理一切会务。

第八条　干事商承会长,分科执行本会一切事务,其各科办事细则另定之。

第九条　本会开会,分为两种:(一)职员会得由会长随时召集之,(二)全体大会,遇有特别事故时,由会长召集之。

第十条　本会设事务所于安福胡同。

第十一条　本会章程,如有认为不适当时,得开大会,以过半数之议决修改之。

段芝贵等阅毕,便道:"正副会长,可曾举定吗?"梁士诒即申述沈云霈为会长,张镇芳、那彦图为副会长,余如文牍会计庶务交际等员,亦一一说明。段芝贵道:"甚好,就照此进行罢。我即拟返鄂,凡事应由诸公偏劳。"梁士诒道:"这也不必过谦,但参议干事等员,尚须推选若干人。"段芝贵道:"章程中应由会长等主持,但请沈会长与在会诸公推选便是。"沈云霈时亦在座,忙接口道:"这也须大家斟酌。但会名既称为全国联合,应该将各省官民,招集拢来,愈多愈妙。此事颇要费时日呢。"段芝贵笑道:"沈先生你真太拘泥了。各省官吏,哪一个不想上达?但用一个密电,管教他个个赞成。若是公民请愿,也很是容易,只叫各省官吏,用他本籍公民的名义,凑合几个有声望的绅士,联名请愿,便好算作民意代表了。老先生,你道真要令四万万人,悉数请愿吗?"好简捷法子。梁士诒道:"这话还是费事。依愚见想来,在京官僚,多是各省的阔佬,若教他列名请愿,并把自己的亲戚朋友,添上几十百个名儿,便可算数。难道他们的亲友,因未曾通知,定要来上书摘释吗?"说毕,哈哈大笑。梁财神的妙法,又进一层。段芝贵道:"话虽如此,但各省长官的推戴书,却也万不可少。还有各处报纸,乃是鼓吹舆情的机关,先须打通方好哩。"梁士诒诒道:"香岩兄(段芝贵字香岩),你是个长官巨擘,何妨作各省的领袖。"段芝贵忙回答道:"兄弟已密电各省将军,联衔请愿,惟复电尚未到齐,一俟组合,自当恭达上峰,只办事须有次序,先请改行君宪,后乃上书推戴,方是有条不紊呢。"梁士诒道:"这个自然。若讲到报纸一节,京报数家,已多半说通,只有上海一方面,略费手续,现极峰已派人往沪,买嘱各报,并拟向上海设一亚细亚分馆,专力提倡。天下无难事,总教现银子,还怕什么?"大家统鼓掌赞成。会议已毕,又由正副会长推选参议干事数人。经彼此认定,方才散去。段芝贵入觐老袁已不止一次,所有秘密商议,也不消细述,等到大致就绪,方出京还鄂去了。

嗣是以后,请愿书即联翩出现,都递入参政院。参政院中已由沈云霈运动成熟,自然陆续接收。参政院长黎元洪本心是反对帝制,但自己已被软禁,不便挺身出抗,只好假痴假聋,随他胡乱。那时梁士诒、杨度等,已先后到总统府中,报告若干请愿书。老袁很是欣慰,意欲令黎院长汇书进呈,好做民意相同的话柄。当下嘱托梁士诒等,往说黎元洪。黎元洪不肯照允,且上书辞参政院长及参谋总长兼职。经政事堂批示,不准告辞。是时武昌督军段芝贵已与各省将军联衔,电请变易国体,速改君主。这边方竭力请愿,那边忽现出一篇大文章,冷讽热刺,硬来作对。看官道是何人所作?乃是当代大文豪,即前任司法总长梁启超。梁自司法总长卸任,又由老袁任他为币制总裁,继复令入参政院参政。他见老袁热心帝制,不愿附和,即辞职出京,到了上海,即撰成一篇煌煌的大文,题目叫作《异哉所谓国体问题者》,综计不下万言。小子录不胜录,曾记有一段紧要文字,脍炙人口,特断章节录如下:

盖君主之为物,原赖历史习俗上一种似魔非魔的观念,以保其尊严。此种尊严,自能于无形中发生一种效力,直接间接以镇福此国。君主之可贵,其必在此。虽然,尊严者,不可亵者也。一度亵焉,而遂将不复能维持。譬诸范雕土木偶,名之曰神,异诸阆殿,供诸华龛,群相礼拜,灵应如响,忽有狂生,拽倒而践踏之,投诸溷牏,经旬无朕,虽复异取以重入殿龛,而其灵则已渺矣。譬喻新颖。自古君主国体之国,其人民之对于君主,恒视为一种神圣,于其地位,不敢妄生言思拟议,若经一度共和之后,此种观念,遂如断者之不可复续。

试观并世之共和国,其不患共和者有几?而遂无一国焉能有术以脱共和之轭,就中唯法国共和以后,帝政两见,王政一见,然皆不转瞬而覆也,则由共和复返于君主,其难可想也。我国共和之日,虽曰尚浅乎,然酝酿之则既十余年,实行之亦既四年。当其酝酿也,革命家丑诋君主,比诸恶魔,务以减杀人民之信仰,其尊严渐亵,然后革命之功,乃克集也。而当国体骤变之际,与既变之后,官府之文告,政党之宣言,报章之言论,街巷之谈说,道及君主,恒必以恶语冠之随之,盖尊严而入溷牏之日久矣。今微论规复之不易也,强为规复,欲求畴昔尊严之效,岂可更得?

是故吾独居深念,亦私谓中国若能复返于帝政,庶易以图存而致强,而欲帝政之出现,唯有二途:其一则今大总统内治修明之后,百废俱兴,家给人足,整军经武,尝胆卧薪,遇有机缘,对外一战而霸,功德巍巍,亿兆敦迫,受兹大宝,传诸无穷;其二经第二次大乱之后,全国鼎沸,群雄割据,剪灭之余,乃定于一。夫使出于第二途耶,则吾侪何必做此祝祷?果其有此,中国之民,无孑遗矣,而戡定之者,是否为我族类,益不可知,是等于亡而已。独至第一途,则今正以大有为之宜,居可有为之势,稍假岁月,可冀旋至而立有效,中国前途一线之希望,岂不在是耶?故以为吾侪国民之在今日,最勿生事以重劳总统之廑虑,俾得专精壹志,为国家谋大兴革,则吾侪最后最大之目的,庶几有实现之一日。今年何年耶? 今日何日耶? 大难甫平,喘息未定,强邻胁迫,吞声定盟,水旱疠蝗,灾区遍国,嗷鸿在泽,伏莽在林,在昔哲后,正宜撤悬避殿之时,今独何心? 乃有上号劝进之举。夫果未熟而摘之,实伤其根,孕未满而催之,实戕其母,吾畴昔所言中国前途一线之希望,万一以非时之故,而从兹一蹶,则倡论之人,虽九死何以谢天下? 愿公等慎思之!

《诗》曰:"民亦劳止,汔可小息。"自辛亥八月迄今,未盈四年,忽而满洲立宪,忽而五族共和,忽而临时总统,忽而正式总统,忽而制定约法,忽而修改约法,忽而召集国会,忽而解散国会,忽而内阁制,忽而总统制,忽而任期总统,忽而终身总统,忽而以约法暂代宪法,忽而催促制定宪法。大抵一制度之颁行,平均不盈半年,旋即有反对之新制度起而推翻之,使全国民彷徨迷惑,莫知适从,政府威信,扫地尽矣。今日对内对外之要图,其可以论列者,不知凡几,公等欲尽将顺匡救之职,何事不足以自效? 何苦无风鼓浪,兴妖作怪,徒渍国民视听,而贻国家以无穷之戚也。

如上所述,十成中仅录一二,已说得淋漓爽快,惹起国民注目,老袁高坐深宫,或尚未曾闻知,那梁士诒、杨度等人,已见到梁任公(启超号任公文)这篇文字,关系甚大,虽欲设法驳斥,奈总未能自圆其说,足以压倒元、白。于是京城里面,也把梁任公大文,彼此传诵,视作圣经贤传一般,渐渐地吹入老袁耳中。老袁恨不得将梁启超当即捉来,赏他几粒卫生丸,只一时不好发作,意欲悬金为饵,遣人暗刺,又急切觅不到聂政、荆卿。黄金也有失色的时候,莫谓钱可通神。没奈何与梁士诒等商量,先令参政院汇呈请愿书。至请愿书已上,却派左丞杨士琦到参政院宣言,发表政见,竟反对帝制起来。小子有诗叹道:

　　　分明运动反推辞,

　　　作伪心劳只自知。

　　　南让者三北让再,

　　　许多做作亦胡为?

毕竟杨士琦如何宣言,待至下回说明。

　　文字之感人大矣哉! 然亦有一言而令人感者,有数百言而终不足令人感者,盖情理二字,为之关楗耳。试观上回所录之筹安会宣言书,与本回之请愿联合会宣言书,毫无精彩,绝不足醒阅者之目。及梁任公所撰之文,仅录一斑,已觉奕奕生光,百读不厌,虽由文笔之明通,亦本理由之充足,故虽有御干儿之权力,及大财神之声势,反不敌一挂冠失职之文士。或谓任公之文,尚有保皇口吻,仍未脱前日私见,斯评亦似属允当。然观其譬喻之词,与推阐之语,实属颠扑不破,似此新旧互参之论说,无论何人,当莫不为之感动,是真一转移人情之妙笔也。惜乎言长纸短,犹未尽录原文耳。

第四十九回

竞女权喜赶热闹场
征民意咨行组织法

却说杨士琦奉袁总统命，到了参政院，发表政见。参政院诸公也未识他如何宣言，有几个包打听的人物，似已晓得士琦来意，是代表总统宣言，不愿赞成帝制的。是日黎院长元洪亦得此消息，特来列席。诸参政亦都依席就位，专待士琦上演说台，宣讲出来。士琦既上演说台，各席拍掌欢迎，毋庸细表。但见士琦取出一纸，恭恭敬敬地捧读起来，应该如此。其辞道：

本大总统受国民之付托，居中华民国大总统之地位，四年于兹矣。忧患纷乘，战兢日深。自维衰朽，时虞陨越，深望接替有人，遂我初服。但既在现居之地位，即有救国救民之责，始终贯彻，无可委卸，而维持共和国体，尤为本大总统当尽之职分。近见各省国民，纷纷向代行立法院请愿，改革国体，于本大总统现居之地位，似难相容。然本大总统现居之地位，本为国民所公举，自应仍听之国民。且代行立法院，为独立机关，向不受外界之牵掣，今大总统固不当向国民有所主张，亦不当向立法机关，有所表示。唯改革国体，于行政上有绝大之关系，本大总统为行政首领，亦何敢畏避嫌疑，缄默不言？以本大总统所见，改革国体，经纬万端，极应审慎，如急遽轻举，恐多窒碍。本大总统有保持大局之责，认为不合时宜。至国民请愿，不外乎巩固国基，振兴国势，如征求多数国民之公意，自必有妥善之上法。且民国宪法，正在起草，如衡量国情，详细讨论，亦当有适用之良规，请贵代行立法院诸君子深注意焉。

杨士琦一气读完，当即退下演坛，仍归代表座席。黎元洪起向士琦道："大总统的宣言书，确有至理。"刚说到一"理"字，梁士诒已起立道："大总统的意思，无非以民意为从违，现在民意是趋向君宪，要大总统正位定分，所以纷纷请愿；本院主张，亦应当尊重民意呢。"说至此处，但听一片拍掌声，震响全院。黎元洪反说不下去，只好退还原座，默默无言。仍做泥菩萨。沈云霈接入道："大总统既有宣言书，本院自当宣布，倘国民仰体总统本意，不来请愿，也毋庸说了，如或请愿书仍然不绝，还须想出一个另外法儿，作为最后的解决。否则群情纠纷，求安反危，如何是好？"梁士诒道："依愚见想来，不如速开国民会议，以便早日解决。"沈云霈道："国民会议，初选才毕，恐一时赶办不及呢。"仍是忠厚人口吻。士诒先向他递一眼色，然后申词解释道："事关重大，若非经国民会议，大总统亦不便轻易承认哩。"尚是伪言，休被瞒过。大众又多半拍掌，总算全院通过。杨士琦告辞而去，黎院长怏怏出门，乘车自回，余人陆续散归。

不到数天，请愿团又次第发生，除筹安会及公民请愿团外，还有商会请愿团，北京商会的发起人叫作冯麟霈，上海商会发起人叫作周晋镳。教育会请愿团自北京梅宝玑、马为珑等发起，北京社政进行会自恽毓鼎、李毓如发起，甚至北京人力车夫及沿途乞丐，也居然举出代表，上书请愿，这真是想入非非，无奇不有。

又有一个妇女请愿团，发起人乃是安女士静生。雌风又大振了。这安女士是何等名媛，也来赶热闹场？小子事后调查，她是个山东峄县人氏，表字叫作慈红，幼读诗书，粗通笔墨,及长,颇有志交游,不论巾帼须眉,统与她往来晋接。而且姿色秀媚,言态雍和,所有闻名慕色的人物,一通謦欬,无不倾倒,并替她极力揄扬,由是安名日噪。当民国创造时,她尝高谈革命,鼓吹共和,如平权自由等名词,都是她的口头禅。她又自言曾游历外洋,吸入新智识,将来女权发达,定当为国效劳,可惜今尚有待,无所展才云云。为全国女学生写影。旁人听到此言,愈觉惊羡。庸耳俗目,无怪其然。未几,北上到京,充任某女校校长,至帝制发生,她以为时机可乘,也拟邀合京中女学校学生,组织一妇女请愿团。有人诘她忽言民主,忽言君主,前后悬殊,不无可鄙。她却嫣然一笑道:"我等身当新旧过渡时代,断不能与世界潮流,倒行逆施。我有时赞成民主,有时赞成君主,实是另具一番眼光。随时判断,能识时务,方为俊杰,迂儒晓得什么呢。"见风使帆,原是紧要。当下遂至交民巷中,觅了一间古屋,悬出一块木牌,上写"中国妇女请愿会"七字,并刊行一篇小启,颇说得娓娓可听。究竟是她手笔,抑不知是谁捉刀,小子也不必细查,但见她小启云:

吾侪女子,群居喋寂,未闻有一人奔走相随于诸君子之后者,而诸君子亦未有呼醒痴迷醉梦之妇女,以为请愿之分子者。岂妇女非中国之人民耶?抑变更国体,系重大问题,非吾侪妇女所可与闻耶?查《约法》向载中华民国主权在全国国民云云,既云全国国民,自合男女而言,同胞四万万中,女子占半数,使请愿仅男子而无女子,则此跛足不完之请愿,不几夺吾妇女之主权耶?女子不知,是谓无识,知而不起,是谓放弃。夫吾国妇女智识之浅薄,亦何可讳言?然避危求安,亦与男子同此心理,生命财产之关系,亦何可任其长此抛置,而不谋一处之保持也?静生等以纤弱之身,学识谫陋,痛时局之扰攘,娈妇徒忧,幸蒙昧之复开,光华倍灿,聚流成海,撮土为山,女子既系国民,胡可不自猛觉耶?用是不揣微末,敢率我女界二万万同胞,以相随请愿于爱国诸君子之后,姊乎妹乎!盍兴乎来!发起人安静生启。

自这小启传布后,倒也有数十个女同志,联翩趋集,当拟定一篇请愿书,呈入参政院。惟妇女手续,未免少缓,因此请愿亦稍落人后了。接连又有妓女请愿团出现,为首的叫作花元春。好一个名目,应作花界领袖。花元春是京中阔妓,与袁大公子为咂臂交,大公子尝语元春道:"他日我父践天子位,我当为东宫太子,将选汝入宫,充作贵人,比诸沦迹风尘,操这神女生涯,谅应好得多哩。"闲置宫中,有什么好处?元春微哂道:"妾系路柳墙花,怎得当贵人重选?但大公子既为大阿哥,如蒙不弃贱陋,得充一个灶下婢,也光荣得多了。"大公子喜甚,自是鸨母鸨儿等,均呼他为大阿哥,大公子亦直受不辞。会各处请愿团,先后竞集,不下数十处,袁大公子遂嘱花元春,发起妓女请愿团,借备一格。花元春自命时髦,乐得借这名目,出点风头,当向大公子乞得缠头,浼人撰了一篇稿子,刊发出去,遍散勾栏中。各妓女都向元春问讯,元春道:"车夫乞丐,也都集会请愿,我姊妹们虽陷入烟花,难道比车夫乞丐还不如吗?况袁皇帝登极,纪念我们亦有微劳,当亦特沛恩施,岂非一纸书可抵万金吗?"众妓闻言,喜欢无似,且闻她结交大公子,应有好消息微示,这种机会,千载一时,如何不赞成呢?当即推元春领名,托平时相识的文士,著成一篇请愿书,也投入参政院去了。花花色色,无不完备。

参政院收集请愿书,又是数十件,重复开会,集众议事。黎院长告假不到,由副院长汪大燮主席。开议后,意见不一,有说的应提前召集国民会议,有说的应另筹征求民意妥善办法。两下里议论分歧,当由汪大燮决定,将两说统行存录,咨送政府,请总统自择。大众倒也赞成,汪大燮即提出两种议案,备好咨文,赍递政府。越日得总统咨复,当提交国民会议,征求正确民意。这复文既到参政院,当有一个参政员顾鳌,出来反对道:"我是主张另筹办法,不主张国民会议的,试思国民会议,是民国约法机关,不应解决国体。且国民会议,人数无多,也不得谓为多数真正民意,无论对内对外,均是不相宜的。"言毕趋出,即往访沈云霈,申述成见。云霈道:"我原说过国民会议是不甚妥当的,燕孙主张此说,我亦只好依议。"如云霈言,足见财神势力。顾鳌道:"我们同去见他,何如?"云霈应允,遂与偕行。

既至梁士诒寓所,投刺入见。士诒迎入客厅,顾鳌即自述来意,士诒哈哈大笑道:"我岂不知国民会议,是不能解决国体问题的?但总统既有命令,组织国民会议办法,应该将此层题目,先行做过,方不致自相矛盾。巨六兄(巨六即顾鳌字),你是个法律大家,谓国民会议,不宜解决国体,他人没有你的学问,总道是国体问题,当然属诸国民会议,否则设此何用。"一个乖过一个。子霈道:"今总统已有咨复,说是要提交国民会议,你想国民会议的议员,尚需复选,辗转需时,恐今年尚不能到京开会呢。"梁士诒道:"我有一个极妙的方法,现且不必发表,但教

沈君就请愿联合会名义,要求参政院中,另订征求民意机关,且批驳国民会议为不合法,那时参政院总要续行开会,我好在会席间宣布意见。照我办法,今年内定可请极峰登位呢。"还想卖点秘诀,财神惯使机巧。沈云霈笑道:"我却依你,看你有法无法。"梁士诒道:"你且瞧着,决不欺你。"沈、顾二人,因即告别。

沈云霈即属文牍员,撰成最后请愿文,要求参政院另议办法,并说国民会议,未便解决国体。这篇文字,赍达参政院,院中又要开会议决,黎院长仍然告假,免不得耽延一天。哪知请愿书陆续递入,都主张另订办法,副院长汪大燮本是个通变达权的智士,明知老袁意思迫不及待,遂不俟黎院长销假,就召集诸人开会。梁士诒首先到院,沈云霈、顾鳌、杨度、孙毓筠等依次到来,当由汪大燮报告,说明接收请愿书件数,并言请愿书中,一致赞成另订征求民意办法。

梁士诒起座道:"最好是开国民大会,就把国民会议议员初选当选人,选出国民代表,决定国体,一则范围较广,二则手续不烦,岂非是一举两得吗?"原来是这个秘计。杨度忙抢着道:"梁参政所言甚是,不过由初选当选议员,选出国民代表,来京开议,仍需时日,这还该想一变通办法。"梁士诒道:"何妨由各省当选人,在本籍自由投票,似此征求民意,既普及国民全体,且免得远道濡迟,这是最好没有的了。"确是妙法。大众齐拍掌道:"好极,好极。"顾鳌道:"这也应拟定一个组织法,由本院咨请施行。"法律家所言,处处不离一法字。梁士诒道:"这个自然。"主席汪大燮亦插入道:"这须先推起草委员,拟定国民代表组织法,方可咨送政府。"梁士诒道:"这会名叫国民代表大会,会里的章程,就叫作国民代表大会组织法,可好吗?"大众又拍手赞成。当下由主席推定起草委员,共计八人,便是梁士诒、汪有龄、施愚、陈国祥、江瀚、王助廉、王树枬、刘若曾八大参政。八人认定起草,便即散会。不到三天,梁士诒等即到参政院,递交国民代表大会组织法的稿子,共十七条,由主席宣读后,又经诸人审

查,略行参改,把十七条减为十六条,条文列下:

第一条　关于全国国民之国体请愿事件,以国民代表大会,代表国民全体之公意决定之。

第二条　国民代表,以记名单名投票法选举之,以得票比较多数者为当选。

第三条　国民代表大会,以左列当选人组织之:(一)各省各特别区域之代表人数,以其所辖现设县治之数为额;(二)内外蒙古三十二人;(三)西藏十二人;(四)青海四人;(五)回部四人;(六)满、蒙、汉八旗二十四人;(七)全国商会及华侨六十人;(八)有勋劳于国家者三十人;(九)硕学通儒二人。

第四条　各省及各特别行政区域之国民代表,由国民会议各县选举会初选当选之复选选举人,及有复选被选资格者选举之。

第五条　蒙、藏、青海、回部之国民代表,由国民会议蒙、藏、青海联合选举会之单选选举人选举之。

第六条　满、蒙、汉八旗之国民代表,由国民会议中央特别选举会,八旗王公世爵世职之单选选举人选举之。

第七条　全国商会及华侨之国民代表,由国民会议中央特别选举会,有工商实业资本一万元以上,或华侨在国外,有商工实业资本三万元以上者之单选选举人选举之。

第八条　有勋劳于国家者之国民代表,由国民会议中央特别选举会,有勋劳于国家者之单选选举人选举之。

第九条　硕学通儒之国民代表,由国民会议中央特别选举会,硕学通儒,或高等专门以上学校三年以上毕业,或与高等专门以上学校毕业有相当资格者,或在高等专门以上学校,充教员二年以上者之单选选举人选举之。(第五条至本条第一项之单选选举人,以依法经由全国选举资格审查会审查合格者为限。)

第十条　国民代表选举监督,依左列之规定:(一)各省以各该最高级长官,会同监督;(二)各特别行政区域地方,以该最高级长官监督之;(三)第三条第二、三、四、五款,以蒙藏院总裁监督之;(四)第三条第六、七、八、九款,以内务总长监督之。

第十一条　选举国民代表场所设于监督所在地,届选举日期,就报到之选举人由监督召集之,举行选举。(各省各特别行政区域,遇有必要情形,该监督得以关于国民代表选举事项,委托各县知事行之。)

第十二条　选举国民代表日期,由各监督定之。

第十三条　国民代表决定本法第一条事件,以记名投票结果,由各该监督报告代行立法院,汇综票数,比较其决定意见,定为国民代表大会之总意见。(前项之票纸,应于开票报告后,封送代行立法院备案。)(决定国体投票日期,由各监督定之。)

第十四条　决定国体投票之标题,由代行立法院议决,咨行政府,转知各监督于投票日,宣示国民代表。

第十五条　依本法所定,关于选举投票之筹备事宜,由办理国民会议事务局办理。

第十六条　本法自公布日施行。

这便是国民代表大会组织法全案,经全院通过,即添入一篇咨文,送交政事堂去了。这一咨有分教:

假托民权更国体,

揭开面具见雄心。

未知袁总统曾否照允，容至下回再详。

　　前半回写安静生，下半回写梁士诒，余人皆宾也。安静生发起妇女请愿团，谓能识时务，方为俊杰。梁士诒则秘密设法，务使帝制之底成，是殆皆希宠求荣，投机营利者。夫礼时为大，能乘时而奋发，未始非一智士；然一存私见，则虽有时可乘，亦无非为揣摩迎合之流，不足为豪杰士。况袁氏之潜图帝制，固知其不可而为之者耶？民国成立，迄今未安，甚至日濒危险，盖由权利思想，中入人心，无论男妇，统挟一干利之念以行事，而于是气节扫地，廉耻道丧，国事从此泯棼矣。可悲可叹！

第五十回

逼故宫劝除帝号
传密电强胁舆情

却说袁总统接到参政院咨文，好似一服清凉散，把这盼望帝制的热心，安慰了许多，当命秘书员草定命令，颁布出来。有云：

参政院代行立法院，咨称：本院前据各直省各特别行政区域，内外蒙古、青海、回部、前后藏、满洲八旗公民、王公，暨京外商会、学会、华侨联合会等，一再请愿改革国体，当经本会开会议决，将请愿书八十三件，咨送政府，并建议根本解决之法，或提前召集国民会议，或另筹征求民意妥善办法。叠准大总统咨复，以国民会议议员复选报竣为期，以征求正确民意为准，以从宪法上解决为范围，具见大猷制治，精一执中，曷胜钦佩。而自本院咨送八十三件请愿书以后，复有全国请愿联合代表沈云霈等，全国商民冯麟霈，全国公民代表阿穆尔灵圭等，中国回教俱进会，回族联合请愿团，暨回疆八部代表王常等，哈密、吐鲁番回部代表马吉符等，锡林郭勒盟代表程承铎等，云南迤西各土司总代表邓汇源等，新疆、蒙、回全体王公代表，暨宁夏驻防满蒙代表杨增炳等，北京二十区市民董文铨等，北京社政进行会恽毓鼎等，南京学界丁伟东等，贵州总商会徐治涛等，筹安会代表杨度等，暨全国商会联合会蔚丰厚各处票商等，前后请愿前来，咸以为中国二千余年，以君主制度立国，人民心理，久定一尊，辛亥以后，改用共和，实于国情不适，以致人无固志，国本不安，诚由共和制度，元首以时更替，国家不能保长久之经划，人民不能定专一之趋向。兼之人希非分，祸机四伏，或数年一致乱，或数十年一致乱，拨乱尚且不遑，政治何由可望？南美、中美十余国，坐此扰攘，几无宁岁，而墨西哥为尤甚。四稔纷竞，五年相残，人民失业，伤亡遍地，前车之覆，可为殷鉴。

我国迭经变故，元气未复，国家政治，亟待进行，人民生计，亟待苏息，唯有速定君主立宪，以期长治久安，庶几法律与政治，互相维持，国基既以巩固，国势亦以振兴，全国人民，深思熟虑，无以易此。即外国之政治学问名家，亦多谓中国不适共和，惟宜君宪，足见人心所趋，即真理所在。全国人民，迫切呼吁，实见君主立宪，为救国良图，必宜从速解决，而国民会议，开会迟缓，且属决定宪法机关，国体未先决定，宪法何自发生？非迅速特立正大之机关，征求真确之民意，不足以定大计而立国本。再三陈请，众口一词。本院初以建议在前，复经大总统咨复，办法已定，不敢轻易变更。而舆论所归，呼吁相继，本院尊重民意，重付院议，佥谓兹事重大，自未便拘常法以求解决。

国家者，国民全体之国家也，民心之向背，为国体取舍之根本。惟民意既求从速决定，自当设法提前开议，以顺民意，与本院前次建议，所谓另筹妥善办法，以昭郑重者，实属同符。即与我大总统咨复，所谓国家根本大计，不得不格外审慎者，尤相胎合。谨按约法第一章第二条中华民国主权，本之国民全体，则国体之解决，实为最上之主权，即应本之国民之全体，兹议定名为国民代表大会，即以国员会议初选当选人为基础，选出国民代表，决定国体。似此则凡直省及特别区域，满、蒙、回、藏均有代表之人。征求民意之法，普及国民全体，以之决大计而定国本，庶可谓正大机关。而真确之民意，可得而见，较之国民会议为尤进也。兹据《约法》第三十一条之规定，于十月六日开会，议决国民代表大会组织法，经三读通过。现在全国人民，亟望国体解决，有迫不及待之势，相应抄录全案，并各请愿书，咨请大总统迅予宣布施行等因。除将代行立法院议定之国民代表大会组织法公布外，特此布告，咸使闻知。此令。

又令云：

参政院代行立法院，议定国民代表大会组织法，特公布之，此令。

这令一下，老袁已心满意足，料得皇帝一席，稳稳到手，便将民国四年的双十节，停止国庆纪念庆祝宴会；一面召梁士诒、江朝宗二人，入总统府秘密会议室，嘱咐了许多语言，叫他作为专使，即日去走一遭。两人唯唯听命，就去照办。看官道是何事？乃是令两人去逼清宫，撤去清帝名号，来做那袁皇帝的臣仆。第一出逼宫，早已演过，此时要演第二出了。

自隆裕皇太后病逝后，清宫里面，内事由瑾、瑜二太妃主持，外事由世续、奕劻、载澧等办理。宣统帝尚是幼年，除随着陆润庠、伊克坦等讲读汉、满文字外，无非踢皮球、滚铁圈，习那小孩子的玩意儿，晓得什么大事；不过表面上存着帝号，满族故旧尚称他一声万岁。其实是宫廷荒草，荆棘铜驼，回首当年，已不胜黍离之感。袁氏若果明睿，试看清室模样，应亦灰心帝制。幸亏皇室经费，还得随时领取，聊免饥寒。不意梁士诒、江朝宗两人，一文一武，奉着袁氏的命令，竟来胁迫清室，逼他撤销帝号。世续接着与两人晤谈起来，世续依据优待条件，当然拒绝。恼动了江朝宗，竟用着威武手段，攘臂奋拳，似要赏他几个五分头，吓得世续倒退几步。还是梁士诒从旁解劝，教江朝宗不要莽撞，且请世续禀明两太妃，允否候复。财神脸总讨人欢。世续见梁士诒放宽一着，自然随声附和，说是禀过太妃，再行报命。两人方才回来，到总统府复旨。

老袁静待数日，不闻答复，正要遣原使催猜，忽见梁士诒报道："清庆王奕劻病殁了。"老袁道："何日逝世，我没有闻他生病，为何这般速死？"士诒道："闻他前日为废帝事件，入宫商议，大家哭作一团，想这老头儿伤心过甚，回家呕血，气竭身亡。"老袁道："莫非他拥护清室，不肯撤销帝号吗？"士诒道："他愿否撤销帝号，尚未曾探悉底细。"老袁道："我只教溥仪小子撤销帝号，并不要抄他老头儿家产，伤心什么？"想是以己度人。士诒道："这也怪他不得。"老袁道："为什么呢？"士诒道："从前清帝退位，曾订有优待条件，说明清帝名号，仍不变更，今要他撤销帝号，未免有碍前约，帝号可废，将来各种条文，均恐无效，岂不要令他闷死吗。"老袁道："天无二日，民无二王，我若为帝，难道溥仪尚得称帝吗？"士诒道："主子明鉴，天下事总须逐渐进行，现在令清室撤销帝号，不如令清室推戴主子，他既协同推戴，俟主子登了大宝，然后令他撤销帝号，那时名正言顺，还怕他反抗不成？"老袁闻言，不禁起座，抚士诒的右肩道："你真是个智囊，赛过当年诸葛了。"士诒慌忙谢奖，几乎要磕下头去。老袁把他扶住，又密与语道："这也要仗你去疏通呢。"士诒道："敢不效力。"定策首功，要推此人。老袁又商及国民代表大会一事，士诒道："这可令办理国民会议事务局，密电各省，指示选举及投票方法，定可全体一致，毋须过虑。"老袁点首，士诒乃退。

这办理国民会议事务局长，就是顾鳌，闻着这个消息，忙与梁士诒拟定秘密办法，禀明老袁，依次发电，通告各省将军巡按使，最关紧要的，约有数电，小子特摘录如下：

各省将军巡按使鉴：(中略)查关于国民会议议员初选机宜，前经本局密电，申明办法，请转饬各初选监督照办在案，想各该初选监督，当能体会入微，善为运用。

目下情势，较前尤为紧要，应请贵监督迅即密饬所属各初选监督，对于该县之初选当选人，应负完全责任，尽可于未举行初选之前，先将有被选资格之人，详加考察，择其性行纯和，宗旨一贯，能就范围者，预拟为初选当选人，再将选举人设法指挥，妥为支配，果有窒碍难通，亦不妨隐加以无形之强制，庶几投票结果，均能听我驰驱。且将来选举国民代表，及选举国民会议议员，自可水到渠成，不烦缕解，此事实为宣布选举之最要关键，务希飞电各初选监督，缜密照办，其无通电地方，应即迅用密饬，加急星夜飞递，以免贻误。如实有赶办不及之处，即将初选酌量延期数日，亦无不可。倘或敷衍竣事，致令鱼目滥竽，则重咎所归，实在各该初选监督。再查国民代表选举，在各省系以各该最高级长官，会同监督之，此后凡关于国民代表选举事宜，如系军政同城，希即妥协密商办理，并饬知各该初选监督，一体遵照为要。

办理国民会议事务局印。

这道密电，已将选举方法指示明白。还有将国民代表大组织法中有关运用各条，分别密示。开列如下：

（一）本法第一条所称国体请愿事件，以国民代表大会决定之等语。查此次国体请愿，其请愿书不下百起，请愿人遍于全国，已足征国民心理之所同，故此次所谓以国民代表大会决定云者，不过取正式之赞同，更无研究之隙地。将来投票决定，必须使各地代表，共同一致，主张改为君宪国体，而非以共和君主两种主义，听国民选择自由。故于选举投票之前，应由贵监督暗中物色可以代表此种民意之人，先事预备，并多方设法，使于投票时，得以当选，庶将来决定投票，不致参差。

（二）本法第二条，国民代表以记名单名投票法选举之，以得票比较多数者为当选等语。查此项代表，虽由各选举人选出，而实则先由贵监督认定。本条取记名单名主义，既以防选举人之支吾，且以重选举人之责任。

惟既取多数当选主义，则必须先事筹维。贵监督应于投票之先，将所有选举人，就其所便，分为若干部分，随将预拟之被选举人，按各部分一一分配之，何部分选举何人，何人归何部分选举，均各于事前支配妥协，各专责成。更于投票时派员监视，更分别密列一单，密令照选，庶当选者，不致出我范围。

（三）本法第四条，各省各特别行政区域之代表，由国民会议各县选举会初选当选之复选选举人，及有复选被选资格者选举之等语。查本条所称复选选举人，与复选被选资格，实系两种资格，并非谓一人须兼有此两条件，本局曾于另电解释在案。本局之规定，其精神亦系为各监督留伸缩之微权。如果选举人报到甚少，不足以昭示大公，则由贵监督自行遴选合于复选被选资格之人，以充其数，庶决定投票日期，不致多所为难。

（四）本法第十一条，所称届选举日期，就报到之选举人，由监督召集之，举行选举等语。查本条之规定，系因此次决定国体，事关国家大计，初选举行以后，即不可过为迟延，故届选举日期，只就报到之选举人召集投票，而不及员额之限制。且各选举人人数过少，各监督尚可援本法第十条后段之规定，以增其额数。惟形式上必须力求普遍，庶于此次设立国民代表大会之真意相符。

（五）本法第十二条，选举国民代表日期，由各监督定之等语。查此项选举，必须运动成熟，而后可以举行，预定时期，反多窒碍，故由各监督自定，以期伸缩自如。

惟此项选举，事关国本，不能不力取整齐。若各省日期，过于悬绝，不特将来代行立法院咨行投票，难于汇综，而全国各瓯，参差不齐，亦不足以耸新观听。应请贵监督将办理此事情形，随时电知本局，以便通盘筹酌，免误事机。特此电闻，即希查照。办理国民会议事

　　这时候的筹安会、联合请愿会，都已成为明日黄花，上下一心，专注意国民代表大会，就中最占势力的，要算梁财神。财神应到处欢迎。因联合请愿会及国民代表大会，统由他一力造成，所以他的一言一动，差不多是老袁代表。即如沈云霈、张镇芳、那彦图等，无一非附骥成名，时人称为十三太保，就是小子四十八回中所述，两派凑合的首领十三人。惟筹安六君子，除杨度、孙毓筠依附梁财神，尚有余焰外，余子已渐渐失势，就是筹安会门首，也没人过问，几可张罗。杨度看不过去，把"筹安会"三字的招牌取消了他，换了一个宪政协进会的牌号，悬将出来。大众厌故喜新，还道杨晳子多才多艺，又有什么好法儿，免不得再去结好。后来探悉内容，仍是换汤不换药，自又掉转了头，从热闹中钻营去了。小子有诗叹道：

　　　　万恶都从无耻来，
　　　　朝秦暮楚算多才。
　　　　如何鼎革维新后，
　　　　尚集蝇蛆酿祸胎？

　　钻营自钻营，恬退自恬退，有好几个袁氏私交，不愿在帝制漩涡中，厮混过去，竟先后递呈辞职书。欲知姓甚名谁，俟至下回报闻。

　　国民代表大会，开手组织，即停止国庆日庆祝，并遣梁、江二人，至清宫迫除帝号，老袁岂自知死期将至，迫不及待，急欲窃帝号以自娱，如当日吴三桂之所为耶？庆亲王奕劻，为清室罪臣，即为袁氏功人，老袁闻其已死，绝不怜念，卖主者可援为殷鉴。本回虽随笔叙入，已可于言外见意。至梁财神之见识，尤高出老袁，袁不若新莽，而梁则过于刘歆，至若操纵选举，指示机宜，几欲令全国舆情，都入财神掌握。财神之才力，固可谓不弱矣，特无如天人之未与何也？

第五十一回　遇刺客险遭毒手　访名姝相见倾心

却说袁政府盛倡帝制,有几个老成练达的人物,料知帝制难成,先后递呈辞职书,出都自去。第一个便是李经羲,第二个便是赵尔巽,第三个便是张謇,这三位大老,统是袁氏老朋友,张謇与老袁,且有师弟关系,小子走笔至此,更不得不特别表明。忘师蔑友,越见得利令智昏。

袁总统世凯,籍隶项城,系前清河道总督袁甲三侄孙,侍郎保恒侄儿,父名保庆,也曾为江南道员。世凯少时,尝应童子试于陈州,府试考列前十名,到了院试,督学为瞿鸿机,见他试文中不守绳墨,摈斥不录,世凯引为大恨。闻李鸿章总督直隶,即往投天津,执世家子礼,投刺进谒。李接见后,颇加赏识,给他差委。保恒得知消息,遂往见鸿章道:“舍侄跅弛不羁,后恐败事,幸毋重用。”鸿章微哂道:“尔何故轻觑尔侄?我看尔侄功名,将来定出尔我之上呢。”保恒乃退。两人所见,俱有特识。嗣是鸿章晤着世凯,奖励中兼寓劝勉,颇欲他陶冶成材,奈他是少年傲物,不肯就范。适吴军门长庆,驻师朝鲜,与袁氏向系世好,因此世凯复弃李投吴,吴又与语道:“尔尚年少,应先读书,我幕府中多名士,尔可去问业,借聆教益。”世凯无奈,只好唯唯从命。

看官!你道吴幕中是何等名流?一是海门周家禄,一就是通州张謇。周见世凯文字,颇多奖词,独张謇不稍假借,批示从严。世凯又郁郁不乐。后来入跻显要,竟任直督,尝延周入幕,与张竟不通闻问。至清廷创议变法,世凯力请立宪。张乃致书与论宪政,始通款好。至是世凯为民国总统,张入任农商总长,新例上似分主辅,旧谊上总属师生。叙入袁张历史,具有关系。自从帝制风潮,日益澎湃,张却怀着旧交,入内规谏。偏偏忠言逆耳,反碰了一鼻子灰,那时无可恋栈,不如掉转了头,你走你的阳关道,我走我的独木桥,就是李经羲、赵尔巽二人,也明知多言无益,索性归休。大家同一思想,遂密检行囊,混出京城,到了都门外面,方遣人赍送辞职书,婉言告别。只有国务卿徐世昌,一时不便脱身,权且捱延过去。

谁知都城里面的新闻,愈出愈奇,忽传段祺瑞有被刺情事,急遣人探听消息,回报段幸无恙,不过略受虚惊,所有刺客,也不知来历,无从究诘了。世昌暗暗点头,嗟叹不已。原来段祺瑞解职闲居,因恐为袁所忌,仍然留住都门,蛰伏不出。他素性向喜弈棋,除昼餐夜寝外,唯与一二知己,围棋消遣。某夕风雨凄清,旅居岑寂,他在书斋中兀坐,未免郁闷,随手就书架上,检出一本棋谱,借着灯光,留神展阅。约有一二小时,不觉疲倦起来,正思敛书就寝,忽听窗外的风声,愈加猛烈,灯焰也摇摇不定,几乎有吹灭形状,那门帘也无缘无故的揭起一角,仿佛有一条黑影,从隙窜入。说时迟,那时快,他身边正备着手枪,急忙取出,对着这条黑影儿,扑地一响,这黑影儿却闪过一边,接连又是一响,那黑影儿竟向床下进去了。人耶?鬼耶?他至此反觉惊疑,亟捻大灯光,从门外唤进仆役,入室搜寻,四觅无人。又由他自掌洋灯,从床下一照,不瞧犹可,瞧着后,不禁猛呼道:“有贼在此!”仆役等便七手八脚,向床下牵扯,好容易拖了出来,却是一个热血模糊的死尸,大家统乱叫道:“怪极!怪极!”再从尸身上一搜，只有手枪一支，余无别物。祺瑞亦亲自过目，勉强按定了神，踌躇半响，才语仆役道："拖出去吧，明晨去掩埋便了。"仆役不知就里，各絮语道："这个死尸，不是刺客，便是大盗，正宜报明军警，彻底查究为是。"祺瑞道："你们晓得什么？现在的时势，多一事不如少一事，这死尸是为了金钱，甘心舍命，我今日还算大幸，不遭毒手。明晨找口棺木，把他掩埋，自然没事，倘有人问及，但说我家死了一仆，便好了结。大家各守秘密，格外加谨，此后有面生的人物，不许入门。如违我命，立加惩处，莫谓我无主仆情。"办法很是。仆役等方将死尸拖出院中，祺瑞申嘱仆役，不准多说，方携灯归寝去了。此夕想亦未必卧着。

翌日，仆役等奉命施行，舁出尸棺，就义冢旁掩埋了事。大家箝住了口，不敢多嘴。但天下事总不免走漏风声，段寓内出了此案，不消两三日，已传遍都中，惟刺客不知何人，从明眼人推测出来，已知他来历不小，暗地为段氏庆幸，且佩服段氏处置。段祺瑞经了此险，越发杜门谢客，遵时养晦，连几个围棋好友，也不甚往来了。过了数日，且托辞养病，趋至西山，觅室静处，不闻朝事。老袁还阴怀猜忌，密嘱爪牙，侦探他的行动。嗣闻他闭户独居，没甚变端，才稍稍放心。

惟山东将军靳云鹏，素附段氏，段既去职，靳失内援，遂南结江苏将军冯国璋，为自卫计。当时谣诼繁兴，竟说靳为段氏替身，冯靳相结，不啻冯段相连，渐渐地传入老袁耳中，于是忌段忌靳，并及冯。内饬长子袁克定，自练模范军，抵制段氏，外借换防为名，调陆军第四师第十师屯驻上海，第五师中的一旅，驻扎苏州；安武军的第一路，倪嗣冲属部。驻扎南京，无非是防冯为变，预加钤制的意思。防东不防西，仍是失着。

还有一位铁中铮铮的大人物，厕身参政，通变达权，惹起袁氏注目，日加疑忌，险些儿埋没英雄，坑死京中，这人非别，就是前云南都督蔡锷。锷自云南卸任，奉召入京。袁总统优礼有加，每日必召入府中，托言磋商要政，其实是防他为变，有意钤束。锷亦恐遭袁忌，自敛锋芒，每与老袁晤谈伪作呆钝，且自谓年轻望浅，阅历未深，除军学上略知一二外，余均茫昧，不识大体。老袁故意问难，锷亦假作失词，谁料老袁却善窥人意，暗地笑着，尝语左右道："松坡（蔡锷字）的用心，也觉太苦了。古人说得好：'大智若愚，大巧若拙'，他想照此行事，自作愚拙，别人或被他瞒过，难道我亦受他蒙蔽吗？"既是解人，何不推诚相与？左右凑趣道："谁人不愿富贵，但教大总统给他宠荣，哪一个不知恩报恩哩。"老袁点首无言，嗣是格外优待，送予重职，初任为高等军事顾问，又兼政治会议议员及约法议员，更任将军府将军，继复为陆海军统率处办事员，又充全国经界局督办，并选为参政院参政。满拟把各项荣名，各种要任，笼络这滇南人杰，偏他是声色不动，随来随受，得了一官，也未尝加喜，添了一职，也未尝推辞，弄得袁总统莫名其妙。

一日，复召锷入府，语及帝制，锷即避座起立道："锷初意是赞成共和，及见南方二次革命，才知我国是不能无帝，当赣、宁平定后，锷已拟倡言君主，变更国体，因鉴着宋育仁已事，不敢发言，今元首既有此志，那正是极好的了，锷当首表赞成。"老袁听到此语，好似一服清凉散，吃得满身爽快，但转念蔡锷是革命要人，未必心口如一，乃出言诘锷道："你的言语，果好作真吗？如好作真，为什么赣、宁起事，你尚欲出作调人，替他排解呢？"这一问颇是厉害。锷随口答道："彼一时，此一时，那时锷僻处南方，离京很远，长江一带，多是民党势力范围，锷恐投鼠忌器，不得不尔，还乞元首原谅！"老袁听了，拈须微笑，随后与他说了数语，方才送客。这位聪明绝顶的蔡松坡，自经老袁一番诘问，也捏着一把冷汗，亏得随机答应，遮盖过去，免致临时为难。但羁身虎口，总未必安如泰山，归寓以后，满腹踌躇，自悔当时入京，未免鲁莽,几不啻自投罗网,窜入阱中。况随身又带着家眷,若要微服脱逃,家眷势必遭害,左思右想,无可奈何,忽自言自语道:"呆了,呆了,孙膑遇着庞涓,足被刖了,还能脱身自由,我负着七尺壮躯,一些儿未曾亏缺,难道就不能避害吗?"言毕,复想了一会,打定主意,方得安枕。

自此以后,遇着一班帝制派的人物,往往折节下交,起初与六君子十三太保等,统是落落难合,后来逐渐亲昵,反似彼此引为同调,连六君子十三太保也觉是错怪好人,自释前嫌,遂组织一个消闲会,每当公务闲暇,即凑合拢来,饮酒谈心。

某夕,酒后耳热,大家乘着余兴,复谈起帝制来,蔡锷便附和道:"'共和'两字,并非不良,不过我国人情,却不合共和。"说至此,即有一人接口道:"松坡兄!你今日方知'共和'二字的利害吗?"蔡锷闻声注视,并非别人,就是筹安会六君子的大头目,姓杨名度,表字晳子。当下应声道:"俗语有云:'事非经过不知难'。蘧伯玉年至五十,才觉知非,似锷仅踰壮年,已知从前错误,自谓颇不弱古人,晳子兄何不见谅?"杨度又道:"你是梁任公的高足,他近日已做成一篇大文,力驳帝制,你却来赞成皇帝,这岂不是背师吗?"蔡锷又笑应道:"师友是一样的人伦,从前晳子兄与梁先生,是保皇会同志,为什么他驳帝制,你偏筹安,今日反将我诘责,我先要诘问老兄,谁是谁非?"以矛刺盾,巧于辞令。杨度还欲与辩,却经旁座诸友替他两面解嘲,方彼此一笑而罢。

小子叙述至此,又不能不将梁、蔡两人,说明一段师生旧谊。原来蔡锷系湖南宝庆县人,原名艮寅,字松坡,髫年丧父,侍母苦读,十四入邑庠,施至省城时务学校肄业。这时务学校,便是新会人梁启超所创办,梁见他聪慧能文,很加器重,他复喜读兵书,有志军学,尝自谓当学万人敌,不应于毛锥中讨生活。以此梁愈称赏,目为高弟。至戊戌变政,时务学校辍业,锷复借资往沪,就业南洋公学,毕业后,回至湖南,适唐才常遥应孙文,举义汉口,他颇与唐同志,竟去入党。不幸事机被泄,唐被逮戮,没奈何遁迹海外,径往东瀛。巧值梁在日本主撰新民丛报,闻高弟到来,殷勤接待,并为筹集学费,令入日本陆军学校。校中多中国人,半系膏粱子弟,见他衣服陋劣,均嗤为寠人子,他亦不屑与较,唯一意求学。嗣是益通战术,到了卒业以后,复航海西归,闻前时唐氏案中,未被株连,遂放着胆趋至广西,投效戎行,得为下级军官,历著成绩。时李经羲正巡抚广西,调入抚署,一见倾心,即任为军事参谋,兼练军学堂总办。一切筹划,无不建功。嗣随李调任云南,就新军协统的职任。云南起义,因大众公推,进为都督,送李出省,临别依依。蔡松坡有再造共和之功,故补述履历,应亦从详。

此次杨度诘问,尚是未释疑团,经他从容辩驳,反觉他理直气壮,无瑕可指。惟杨度尚是未服,慢慢地检出一张纸儿,递给蔡锷道:"你既赞成帝制,应该向上头请愿,何不签个大名?"蔡锷接过一看,乃是一张请愿书,便道:"我在总统面前,已请愿过了,你要我签个名儿,有何不可?"遂趋至文案旁,提俎湖南毛笔,信手一挥,写了蔡锷两字,又签好了押,还交杨度,大家见他这般直爽,争推他是识时俊杰,夸奖一番。是乃不入耳之谈。蔡锷复道:"锷是一介武夫,素性粗鲁,做到哪里,便是哪里,不似诸君子思深虑远,一方面歌功颂德,一方面忧谗畏讥,反被人家笑做女儿腔,有些儿扭扭捏捏呢。"奚落得妙。杨度道:"你何苦学那刘四,无故骂人,你既不喜这女儿腔,为何也眷恋着小凤仙呢?"

大众闻了"小凤仙"三字,多有些惊异起来,正欲转问杨度,但听蔡锷回应道:"小凤仙吗?我也不必讳言,现在京中的八大胡同,车马喧阗,昼夜不绝,无论名公巨卿,统借它为消遣地,就是今日在座诸公,恐也没一个不去过的。但我去赏识小凤仙,也是与众不同,小凤仙的脾气，人家说她不合时宜，其实她也是呆头呆脑，不惯作妓女腔，与人不合，与我却情性相投，所以我独爱她呢。"杨度笑着道："这叫作情人眼里出西施哩。"大众道："看不出这位松坡兄，也去管领花丛，领略那温柔滋味。"蔡锷也微笑道："人情毕竟相同，譬如诸公赞成帝制，我也自然从众。古圣有言：好德如好色。难道诸公好去猎艳，独不许我蔡锷结识一妓吗？"对杨度言如彼，对大众言如此，绝妙口才。大众复道："准你，准你，但你既赏识名妹，应该做一东道主，公请一杯喜酒。"语未毕，杨度又接口道："应设两席，一是喜酒，一是罚酒。"蔡锷道："如何要罚？"杨度道："行动秘密，有碍大公，该罚不该罚？"蔡锷道："'秘密'二字，太言重了，难道我去挟妓，定要向尊处请训。况你已经得知，如何算得秘密？不如缓一两天，公请一席罢。"大众拍手赞成，是时酒兴已阑，杯盘狼藉，便陆续离席，次第散归。

　　看官！欲知小凤仙的情由，小子正好乘间一叙。小凤仙是浙江钱塘县人，流寓京师，堕入妓籍，隶属陕西巷云吉班，相貌不过中姿，性情却是孤傲，所过人一筹的本领，是粗通翰墨，喜缀歌词，尤生成一双慧眼，能辨别狎客才华，都中人士，或称她为侠妓。蔡锷软禁京都，正具醇酒妇人计策，破掉那袁政府的疑心，既闻小凤仙侠名，遂易服为商贾装，至云吉班探访。小凤仙出来相见，便识他为非常人，略略应酬，即询及职业。蔡锷诡言业商，小凤仙嫣然道："休得相欺，奴自坠入火坑，接客有年，未尝有丰采似君，令人钦仰，今日可谓仅见斯人了。"几不亚梁红玉。蔡锷道："都门繁盛，游客众多，王公大臣，不知凡几，公子王孙，不知凡几，名士才子，不知凡几，我贵不及他，美不及他，才不及他，怎得谓仅见斯人？"凤仙摇首道："如君所言，均非奴意。试思举国萎靡，国将不国，贵乎何有？美乎何有？才乎何有？奴独重君，因君面目中有英雄气，不似那寻常人士，醉生梦死呢。"妓寮中有此特色，不愧仙名。蔡锷闻言，暗暗称奇，但恐为袁氏指使，未便实告，只好支吾对付。小凤仙竟叹息道："细观君态，外似欢娱，内怀郁结，奴虽女流，倘蒙不弃，或得为君解忧，休视奴为青楼贱物呢。"蔡锷非常激赏，但初次相见，究未敢表示真相，经小凤仙安排小酌，陪饮数觞，乃起座周行，但见妆台古雅，绮阁清华，湘帘縠几，天然美好，回睇红颜，虽未甚妩媚动人，却另具一种慧秀态度，会被小凤仙瞧着，迎眸一笑，蔡锷颇难以为情，掉转头来，旁顾箱箧上面，庋阁卷轴，堆积如山，信手展阅，多是文士赠联，乃指小凤仙道："联对如许，何联足当卿意？"小凤仙道："奴略谙文字，未通三昧。但觉赠联中多是泛词，不甚切合，君系当世英雄，不知肯赏我一联否？"蔡锷慨允不辞。当由小凤仙取出宣纸，磨墨濡毫，随即镇纸下笔，挥染云烟，须臾即写好一联，但见联语云：

> 不信美人终薄命，
> 　古来侠女出风尘。

　　小凤仙瞧这一联，很是喜慰，便连声赞好；且云"美人侠女"四字，未免过誉。蔡锷不与多说，随署上款，写了"凤仙女史粲正"六字，再署下款。凤仙忙摇手道："且慢！奴有话说。"蔡锷停住了笔，听她道来。究竟凤仙所说何词，且至下回分解。

段祺瑞为袁民心腹，相知有年，徒以帝制之反抗，至欲置诸死地，刺客之遣，非袁氏使之，谁使之欤？本回所述，虽未明言主使，而寓意自在言中，段氏之不遭毒手，正老天之使袁自省耳。袁氏不悟，复忌及蔡锷，杀之不能，乃欲縻之，縻之不足，乃更宠之。曾亦思自古英雄，岂宠縻所得羁縻乎？徒见其心劳日拙而已。然如蔡锷之身处漩涡，不惜自污，以求有济，亦可谓苦心孤诣，而小凤仙之附名而显，尤足为红粉生色。巾帼中有是人，已为难得，妓寮中有是人，尤觉罕闻。据事并书，所以愧都下士云。

第五十二回　伪交欢挟妓侑宴
假反目遣眷还乡

却说蔡锷停住了笔，静听小凤仙的话儿。小凤仙却从容道："上款蒙署及贱名，下款须实署尊号。彼此溷迹都门，虽贵贱悬殊，究非朝廷钦犯，何必隐姓埋名，效那鬼蜮的行径。大丈夫行事当磊磊落落，若疑我有歹心，天日在上，应加诛殛。"袁皇帝专知罚咒，凤儿莫非学来。蔡锷乃署名松坡，掷笔案上。小凤仙用手支颐，想了一会，竟触悟道："公莫非蔡都督吗？"蔡锷默然。小凤仙道："我的眸子，还算不弱，否则几为公所绐。但都门系腥膻地方，公何为轻身到此？"蔡锷惊异道："这话错了，现在袁总统要做皇帝，哪一个不想攀龙附凤，图些功名？就是女界中也组织请愿团，什么安静生，什么花元春，统趁势出点风头，我为你计，也好附入请愿团，借沐光荣，为什么甘落人后呢？"小凤仙嗤地一笑，退至几旁，竟尔坐下。蔡锷又道："我说如何？"小凤仙却正色道："你们大人先生，应该攀龙附凤，似奴命薄，想什么意外光荣，公且休说，免得肉麻。"蔡锷又道："你难道不赞成帝制吗？"小凤仙道："帝制不帝制，与奴无涉，但问公一言，三国时候的曹阿瞒，人品何如？"蔡锷道："也是个乱世英雄。"小凤仙瞅着一眼道："你去做那华歆、荀彧罢，我的妆阁中，不配你立足。"锦心绣口，令人拜倒。蔡锷道："你要下逐客令了，我便去休。"言毕，即挺身出外。小凤仙也不再挽留，任他自去。蔡锷返寓后，默思：烟花队中，却有这般解人，真是令人钦服；我此次入京，总算不虚行了。

过了两天，又乘着日晨时候，往访小凤仙，凤仙见了，却故作嗔容道："你何不去做华歆、荀彧，却又到这里来？"蔡锷道："华歆呢，荀彧呢，自有他人去做，恐尚轮我不着。"小凤仙又道："并不是轮你不着，只恐你不屑去做，你也不用瞒我呢。"可见上文所述，都是以假对假。蔡锷笑着道："我也曾请愿过了，恐你又要讥我为华歆、荀彧呢。"小凤仙道："英雄做事，令人难测，今日为华歆、荀彧，安知他日不为陈琳？"蔡锷一听，不由得发怔起来。小凤仙还他一笑道："奴性粗直，顶撞贵人，休得见怪。"蔡锷道："我不怪你，但怪老天既生了你，又生你这般慧眼，这般慧舌，这般慧心，为何坠入平康，做此卖笑生涯？"言至此，但见英宇轩爽的女张仪，忽变了玉容寂寞的杨玉环，转瞬间垂眉低首，珠泪莹莹。蔡锷睹此情状，不禁嗟叹道："好个梁红玉，恨乏韩蕲王。"小凤仙哽咽道："蕲王尚有，恨奴不能及梁红玉。"说到"玉"字，已是泣不成声，竟用几作枕，呜呜咽咽地哭起来了。蔡锷被她一哭，也觉得无限感喟，陪了几点英雄泪。

凑巧鸨母捧茗进来，还疑是凤仙又发脾气，与客斗嘴，连忙放开笑脸，向锷说道："我家这凤儿，就是这副脾气不好，还望贵客包涵。"口里说着，那双白果眼睛，尽管骨碌碌地看那蔡锷上下不住。无非是要银钱。蔡锷窥透肺肝，便道："你不要来管我们。"一面说，一面已从袋中取出一个皮夹，就皮夹内检出几张钞票，递给鸨母道："统共是一百元，今天费你的心，随便办几个小碟儿，搬将进来，我就在此夜餐，明天我要请客，你可替我办一盛席，这洋钱即可使用哩。"鸨母见了钞币，好似苍蝇叮血一般，况他初次出手，便是百圆，正是一个极好的主顾，便接连道谢，欢天喜地地去了。

此时小凤仙已住了哭，把手帕儿揩干眼泪，且对着蔡锷道："你明日要请何人？"蔡锷约略说了几个，小凤仙道："好几个有名阔佬，可惜……可惜！"蔡锷道："可惜什么？"小凤仙道："可惜我不配做当家奴。"蔡锷道："我有我的用意，你若是我的知己，休要使着性子。"小凤仙不待说完，便道："这便是我们该死，无论何等样人，总要出去招接。"说至此，眼圈儿又是一红。蔡锷道："不必说了，我若得志，总当为你设法。"小凤仙又用帕拭泪道："不知能否有这一日？我只好日夜祷祝哩。"蔡锷正欲问她履历，适鸨母已搬进酒肴，很是丰盛，鸨母又随了进来，装着一副涎皮脸儿，来与蔡锷絮聒，一面且谆嘱凤仙道："你也有十六七岁了，怎么尽管似小孩子，忽笑忽哭，与人怄气。"小凤仙听到此语，就溜了蔡锷两眼。蔡锷便向鸨母道："你不要替她担愁，你有事尽管出去，不必在此费神。"鸨母恐蔡锷惹厌，乃不敢多嘴，转身自去。到了门外，尚遥语小凤仙道："你要殷勤些方好哩，休得慢客，若缺少什么菜蔬，只管招呼便是了。"无非是钞票的好处。

小凤仙应了数声。蔡锷待她去远，竟屏退侍儿，立起身来，把门阖住。小凤仙道："关了门儿，成什么样？"蔡锷随答道："闭门推出窗前月，吩咐梅花自主张。"于是两人对酌，小语喁喁，复由蔡锷问及小凤仙履历，凤仙自言本良家子，因父被仇人陷害，乃至倾家破产，鬻己为奴，辗转入勾栏。起初负着志气，不肯接客，经鸨母再三胁迫，方与鸨母订约，客由自择，每月以若干金奉母。鸨母拗她不过，乃任她所为。不过随时监督，偶或月金不足，才与她唠叨数语罢了。小凤仙述毕，又不知流了若干泪珠，后复转询蔡锷意旨。蔡锷道："来日方长，慢慢儿总好说明。"小凤仙懊恼起来，竟勃然变色道："公尚疑我吗！"语甫毕，竟忍痛一咬，嚼舌出血，喷出席上道："奴若泄君秘密，有如此血。"仿佛《花月痕》中的秋痕。蔡锷道："这又是何苦呢。我已知卿的真诚了，但属垣有耳，容待后言。"小凤仙乃徐徐点首，待至酒兴已阑，方由小凤仙启门，叫进两碗稀饭，蔡锷喝了几口，即便放下，当由侍儿绞给手巾，揩过了脸，随身掏出计时表仔细一阅道："时不早了，我要回寓哩。"小凤仙慨然道："儿女情肠，容易消磨壮志，我也不留你了。"至理名言，不意出于妓女。蔡锷道："明日复要相见哩。"小凤仙向他点头，锷即出门去了。

次日傍晚，又复到云吉班，由小凤仙接着，即问酒席有无备就，小凤仙道："已预备停当了，敢问贵客可邀齐否？"蔡锷道："即刻就来。"小凤仙即令鸨奴等整设桌椅，办齐杯箸，一刹那间，电灯放光，四壁荧荧，外面已有车马声蹴踏而来。蔡锷料知客至，正要出迎，但听得一人朗声道："松坡，你真是个诚实的君子，今宵践言设席哩。"蔡锷望将过去，乃是参政同僚顾鳌，便答道："巨六兄！你首先到来，也是全信，也好算一个诚实人哩。"语毕，便导引入室。小凤仙也出来应酬，顾鳌正要称赏，接连便是杨度、孙毓筠、胡瑛、阮忠枢、夏寿田等数人，陆续报到，由蔡锷一一导入。

杨度见了小凤仙，眼睁睁地看了一会，小凤仙反不好意思起来，只望蔡锷身边，闪将过去。蔡锷也已觉着，笑语杨度道："你想是认错了，这是小凤仙，不是小赛花。"阮忠枢即插嘴道："人家已吃醋了，暂子还要眈眈似贼，做什么呢？"杨度方转向忠枢道："不信这个俏女郎，偏能笼络大蔡做一个藏文仲，真是匪夷所思。"蔡锷道："狗口里无象牙，你何为被小赛花所迷，演出一出《穆柯寨》？"插入谐语，随笔成趣。胡瑛道："我等是来吃喜酒，并不是来讨便宜，大家省说几句，还是事归正传为是。"于是相将入座。蔡锷随道："梁公为了何事，到此时还不见来？"杨度笑道："想是赴海龙王处借宝去了。"话未说完，外面已有人传入道，梁大人到了。财神爷到来，应另具一番笔墨。蔡锷忙自出迎。大家亦一律起座，但见硕大无朋的梁财神，大摇大摆地踱将进来，脸上已含着三分酒意，对着诸人道："我与敝友谈心，多饮几杯，累得诸君久待，抱歉异常。"大家都谦辞相答。因台面已经摆齐，遂公推梁士诒坐了首席，财神居首，煞有寓意。余人依齿坐定，蔡锷乃坐了主席，招呼龟奴，呈上局票。各人都依着熟识的名妓，写入票中，独杨度握住了笔，想了一会，大家都道："皙子敢是怕羞，为何不写小赛花？"杨度不睬，随下笔写一"花"字，大众又道："写错了，写错了，'花'字在下，为何翻转头来？"正说着，杨度已接写"元春"二字。大众又道："这是袁大公子的禁脔，花界请愿团的首领，哪肯轻易到来？"杨度道："我去叫她，自然就来。"蔡锷亦凑趣道："元春不至，怎显得这位杨大人？"一是筹安会的领袖，一是请愿团的领袖，彼此同志，应当就征。待至列坐写齐，方交与龟奴，随票征召去了。

小凤仙即携着酒壶，各斟一杯状元红。梁财神发言道："我等在此吃喜酒，恐蔡夫人又在寓吃冷醋，我却要请教松坡，如何调停？"杨度道："这又是松坡的故事了，我也微闻一二。"蔡锷道："男儿做事，宁畏妇人？"梁财神道："这也休说！对着外面如此硬朗，一入闺中，恐闻了狮吼，便弄得没主张，或转向床前作矮人呢。"蔡锷愤然道："梁公且看！我不是这般庸懦，已准备与她离婚。"顾鳌道："你是结发夫妻，为什么无缘无故，说起离婚两字来？若归我判断，简直不准。"胡瑛复插入道："列位同来贺喜，为何说这扫兴话？且蔡君新得美人，正是燕尔的时候，我们应猜拳吃酒，贺他数杯呢。"孙毓筠、夏寿田等齐声赞成，遂由胡瑛开手，与蔡锷猜了数拳。余人挨次轮流，互有输赢。

刚刚轮完，只听门帘一响，走进了好几个粉头，各打扮得异样鲜妍，仿佛如花枝儿一般，钗光鬓影，脂馥粉香，正是目不胜接，鼻不胜闻。各粉头均依着相识，在后坐下，独杨度所叫的花元春还是未到。蔡锷笑道："这花姑娘想又请愿去了，皙子今日恐要倒霉呢。"杨度道："想不至此。"胡瑛道："还不如再行猜拳，既贺了蔡松坡，也须续贺凤姑娘。况她的姊妹们，来此不少，何不叫她敬酒呢？"小凤仙连忙推辞，胡瑛不从，当更摆好台杯，令各粉头猜拳。顿时呼五喝六，一片清脆声，震彻耳鼓，钗钏亦激得铿锵可听。小凤仙输了几拳，饮得两颊生红，盈盈春色，蔡锷恐她不胜酒力，便语小凤仙道："你素不善饮，我与你代几杯罢。"梁财神接口道："不准，不准。"说着时，外面已报："花小姐到了。"足见声价。杨度喜慰非常，几欲出座欢迎，大众也注目门外，但见一个很时髦的丽姝，大踏步跨进门槛，见首席坐着梁财神，便先蹴至梁座旁，略弯柳腰，微微一笑道："有事来迟，幸勿见罪。"不向杨座前道歉，独至梁座前告罪，写尽妓女势利。梁亦拈须一笑，她乃慢慢地走至杨度身旁，倚肩坐下。杨度笑问道："你有什么贵干？"元春即接口道："无非为着请愿事，与姊妹们续议进行，若非你来召我，我简直要告假呢。"杨度闻了此言，似觉得格外荣宠，连面上都奕奕有光。大家听了"请愿"二字，又讲到帝制上去，如何推戴，如何筹备，各谈得津津有味。蔡锷也附和了数语。孙毓筠向杨度道："我等拳已轮遍，只有花小姐未曾轮过了。"杨度道："阿哟，我几忘记了。"一心佐命，怪不得他失记。花元春却也见机，便伸出玉手，与全席猜了一个通关，复与小凤仙猜了数拳，略憩片刻，便起身告辞，径自去了。梁财神目送道："怪不得她这样身价，将来要备选青宫。今日到此，想还是皙子乞求来的。"杨度把脸一红，只托言酒已醉了。蔡锷随招呼进饭，一面令小凤仙斟酒一巡，算是最后的敬礼。大众饮干了酒，饭已搬入，彼此随意吃了半碗，当即散座。有洗脸的，有吸烟的，又混乱了一阵，各粉头陆续归去。自梁财神以下，也依次告归。

蔡锷一一送出，仍返至小凤仙室中。小凤仙道："这等大人先生，有几个含着国家思想，令我也不胜杞忧哩。"蔡锷道："天下兴亡，匹夫有责，这为我辈男子说的，与汝等何干？"小凤仙正色道："我辈与汝辈何异？你莫非存着男女的界限，贵贱的等级吗？但我闻现在世界，人人讲平等，说大同，既云平等，还有什么男女的界限？既云大同，还有什么贵贱的等级？你曾做过民国都督，岂尚未明此理？真正可笑。"蔡锷笑道："算我又说错了，又被你指斥哩。"言毕欲行，小凤仙道："夜已深了，不如在此权宿一宵。"蔡锷道："我不如回去的好。"正要出房，那鸨母已抢入道："我有眼无珠，不识这位蔡大人，现问明蔡大人的车夫，方才知晓，现已将车夫打发回去，定要蔡大人委屈一夜呢。"言至此，便将蔡锷苦苦拦住，锷乃返身入房，鸨母随入，向小凤仙道："你也瞒得我好，今日贵客到临，我才料这位大人，不在人下，亏得问明车夫，方知来历。凤仙，我今年正月中，与你算命，曾说你是有贵人值年，不意竟应着这位蔡大人身上呢。"蔡锷对她一笑，她复接连是大人长，大人短，说个不了，惹得蔡锷讨厌，便道："我就在此借宿，劳你费心一日，差不多到两点钟了，请去安睡罢！"鸨母乃去。未几，即令龟奴搬入点心数色，蔡锷复道："我已饱了，你们尽管去睡吧！"龟奴去后，小凤仙掩户整衾，不消细说，这一夜间，两人密叙志愿，共倾肺腑，锦帐绾同心之蒂，红绡证啮臂之盟，苏小小得遇知音，关盼盼甘殉志士，这真所谓佳话千秋了。

且说蔡锷自结识小凤仙，时常至云吉班戏游，连一切公务，都搁置起来。袁氏左右免不得通报老袁，袁总统叹道："松坡果乐此不倦，我也可高枕无忧，但恐醉翁之意不在酒，只借此过渡，瞒人耳目呢。"适长子克定在侧，即向他嘱咐道："闻他与杨皙子等日事征逐，你等或遇着了他，不妨与他周旋，从旁窥察。此人智勇深沉，恐未必真为我用，我却很觉担忧呢。"枭雄见识，确是高人一筹。克定唯唯从命。老袁又密遣得力侦探，随着蔡锷，每日行止，必向总统府报告。蔡锷早已觉着，索性花天酒地，闹个不休。并且与梁士诒商量，拟购一大厦，为藏娇计。凑巧前清某侍郎，赋闲已久，将挈眷返里，愿将住屋出售，梁即代为介绍，由锷出资购就。侍郎已去，锷即庀工鸠材，从事修葺，并索梁第的花园格式，作为模范，日夜监工，孜孜不倦。梁士诒密告老袁，老袁尚疑信参半，防闲仍然未懈。蔡锷乃再设一法，与娘子军商议密谋。

看官可记得上文离婚的说话吗？蔡夫人吃醋一语，不过是梁士诒戏言，蔡锷竟直认不讳，且云已准备离婚。其实蔡夫人并非妒妇，不过因蔡锷涸迹勾栏，劝他保身要紧，不应征逐花丛。锷佯为不从，与妻反目，蔡夫人却不解，还是再三规劝。锷越发负气，简直是要与决裂。蔡夫人不敢违抗，只好向隅暗泣，自嗟薄命。

一夕，蔡锷归寓，已过夜半，仆役等统入睡乡。只有夫人候着，锷一进门，酒气醺醺，令人难受。他夫人忍耐不住，又婉语道："'酒色'二字，最足戕性，幸君留意，毋过沉溺。"蔡锷道："你又来絮聒了，我明日决与你离婚。"夫人涕泣道："君为何人？乃屡言离婚吗？妾虽愚昧，颇明大义，岂不知嫁夫随夫，从一而终？况君尚没有三妻四妾，妾亦何必怀妒，不过因君体欠强，当知为国自爱，大丈夫应建功立业，贻名后世，怎好到酒色场中，坐销壮志呢。"好夫人。蔡锷听了，不禁点首。随即出室四瞧，已是寂静得很，毫无声息，乃入室闭户，与夫人并坐，附耳密语，约莫有一两刻钟，夫人哑然失笑道："我不会唱新剧，奈何教我作伪腔？"蔡锷道："我知卿诚实，所以前次龃龉，不得不这般做作。现在事已急了，若非与卿明言，卿真要怪我薄幸。试想我蔡锷辛苦半生，赖卿内助，得有今日，岂肯平白地将你抛弃？不过卿一妇人，尚知为国，我难道转不如卿吗？且醇酒妇人，无非为了此着，还乞卿卿原谅！"夫人道："至亲莫若夫妇，你至今日，才自表明，你亦未免太小心了。古人云：'出家从夫。'妾怎得不从君计？"不愧为蔡氏妇。蔡锷起座，向夫人作了一揖，夫人道："你又要做作了。"是夜枕席谈心，格外亲昵，彼此统嘱咐珍重，才入黑甜。

翌晨，蔡锷起来，盥洗已毕，即乘车赴经界局，召集属吏，议派员分至各省，调查界线，草议就绪，略进早膳，复赶车至总统府，投刺求见。侍官答言总统未起，锷故意作懊丧状，且语侍官道："我有要事面陈，倘总统起来，即烦禀报，请立传电话，召我到来。"传官应诺，锷乃自去。既而老袁起床，侍官自然照禀，老袁即命达电话，传至蔡寓。忽得回报云："蔡将军与夫人殴打，捣毁什物不少，一时不便进言，只好少缓须臾。"老袁闻这消息，正在怀疑，可巧王揖唐、朱启钤进谒，即与语道："松坡简直同小孩子一般，怎么同女眷屡次吵闹。汝两人可速往排解，问明情由。"

王、朱二人奉命，径诣蔡宅，但见蔡锷正握拳舒爪，切齿痛骂。蔡夫人披发卧地，满面泪痕，室中所陈品物，均已掷毁地上，破碎不全。装得真像。他二人趋入，婉言劝解，蔡锷尚怒气未平，向着二人道："我家直闹得不象了，二公休要见笑！试想八大胡同中，名公巨卿，足迹盈途，我不过忙里偷闲，到云吉班中去了几次，这个不贤的妇人，一天到晚，与我争论，今日更用起武来，敲桌打凳，毁坏物件，真正可恶得很，我定要收拾这婆娘，方泄我恨。"说至此，尚欲进殴夫人。王、朱二人慌忙拦阻，且道："夫妻斗嘴，是寻常小事，为何斗成这种样儿？松坡！你也应忍耐些，就是尊夫人稍有烦言，好听则听，听不过去，便假作痴聋便了，如何与妇女同样见识？"随语蔡寓婢媪道："快扶起你太太来。"婢媪等方走近挽扶，蔡夫人勉强起来，带哭带语道："两位大人到此，与妾做一证人，妾随了他已一二十年，十分中总有几分不错，谁料他竟这般翻脸无情？况妾并不要什么好吃，什么好穿，不过因他沉溺勾栏，略略劝诫，他竟宠爱几个粉头，要将妾活活打死，好教那恩爱佳人，进来享福！两公试想，他应该不应该呢？"两人口吻似绘，想就是床第中预备了来。王揖唐忙摇手道："蔡夫人，你亦好少说两句罢。"蔡夫人道："我已被他尽情痛殴，身上已受巨创，看来我在此地，总要被他打死，不如令我回籍，放条生路。况他朝言离婚，暮言离婚，他是不顾脸面，我却还要几分廉耻，今日我便回去，免得做他眼中钉。"言已，呜咽不绝。

王、朱两人仔细审视，果见她面目青肿，且间有血痕，也代为叹息。一面令婢媪挽进蔡夫人，一面复劝解蔡锷。蔡锷只是摇头，朱启钤道："家庭琐事，我辈本不便与闻，但既目睹此状，也不应袖手旁观。松坡！你既与尊阃失和，暂时不便同居，不如令她回去。但结发夫妻，总要顾点旧情，赡养费是万不可少呢。"是教你说出此语。蔡锷方道："如公所言，怎敢不遵？这是便宜了这婆娘。"朱启钤还欲答言，只听里面复说着道："我今日就要回去哩。"蔡锷愤愤道："就是此刻，何如？"里面复答应道："此刻也是不难。"蔡锷即从怀中取出钞票数纸，交与一仆道："你就送这泼妇去吧！这钞票可作川资。"王揖唐道："女眷出门，应有一番收拾，不比我们要走便走，你且听她。总统召你进府，你快与我同去。"蔡锷又故作懊丧道："我为了这泼妇，竟失记此事了。"言毕，即偕二人出门，各自乘车，径至总统府去了。蔡夫人乘这时候，草草整装，带了仆妇数名，出都南下。小子有诗咏蔡锷的妙计道：

> 一枰下子且争先，
> 况复机谋策万全。
> 身未离都家已徙，
> 好教脱壳作金蝉。

蔡夫人既去，不必再表，下回且将蔡锷谒见老袁事，续叙出来。

本回全为蔡锷写照，即写小凤仙处，亦无非为蔡锷作衬。小凤仙一弱妓耳，宁真有如此慧眼，如此细心？况蔡锷怀着密谋，对于一二十年之结发妇，尚且讳莫如深，直待遣归时始行吐露，岂仅晤二三次之小凤仙，反沥肝披胆，无隐不宣乎？著书人如此说法，实借小凤仙，以显蔡锷，且托小凤仙以讥劝进诸人，中间插入请客一段，并非无端烘染，至遣归蔡夫人一事，尤为真实不虚。

文生情耶？情生文耶？阅至此，令人击节称赏。

第五十三回　五公使警告外交部　两刺客击毙镇守官

　　却说蔡锷至总统府，当由朱、王二人，先行入报，并谈及蔡寓情形。袁总统道："我道他有干练才，可与办国家大事，谁知他尚未能治家呢。"慢着，你也未必能治家。当下传见蔡锷，锷入谒后，老袁也不去问他家事，但云："早晨进来，我尚未起，究竟为什么事件，须待商议？"锷即以各省界划，亟待派员调查，应请大总统简派等情。老袁道："我倒是何等重事，若为了经界事件，你不妨拟定数员，由我过印，便好派去。"锷乃应诺。老袁又顾及王、朱二人道："国民代表大会，究若何了？"朱启钤道："近接各省来电，筹备选举投票，已有端倪，不日当可蒇事了。"老袁又道："近省当容易了事，远省恐一时难了呢。"言已，向蔡锷注视半晌，王揖唐已从旁窥着，便道："省份最远，莫如滇南，松坡在滇有年，且与唐、任诸人素称莫逆，何勿致书一催，叫他赶办呢。"蔡锷便接着道："正是，锷即去发一密电，催他便了。"老袁道："闻上海的亚细亚报馆，屡有人抛掷炸弹，馆中人役，有炸死的，有击伤的，分明是乱党横行，扰害治安，实在要严行缉办，尽力芟除方好哩。"杀不尽的乱党，为之奈何。王揖唐道："该报馆内总主笔薛子奇，曾有急电传来，该报于十月十日出版，次日晚间，即发生炸弹案，被炸毙命，共有三人，击伤约四五人，亏得没有重要人物。近日又发现二次炸弹，幸无伤害。该报馆日夕加防，中外巡捕，分站如林，想从此可免他虑呢。"亚细亚报馆炸弹案，借此略略叙过。老袁又道："上海各报，对着帝制问题，不知若何说法？"王揖唐道："闻各报也赞成帝制，并没有什么异论呢。"老袁拈着须道："人心如此，天命攸归，乱党其奈我何呢。"仿佛新莽。蔡锷听不下去，只托言出外发电，先行辞退。朱、王二人又颂扬数语，随即告辞。

　　蔡锷既出总统府，忙到电局中发一密电，拍致云南将军唐继尧及巡按任可澄两人，文中说是："帝制将成，速即筹备"八字。这八字所寓的意思，是叫唐、任筹备兵力，并不是筹备选举，看官不要误会。只当时蔡锷发电，是奉袁氏命令，侦吏自然不去检查，况只说"筹备"二字，语意含糊得很，就使被人察觉，也没甚妨碍，自密电发出后，匆匆归寓，特属妥人王伯群密旨云南，叫他面达唐、任，速即备兵举义，自己当即日来滇，赞助独立等语。伯群去后，他稍稍放下了心，专意伺隙出都，事且慢表。

　　且说国务卿徐世昌，见袁总统一意为帝，始终不悟，意欲继李经羲、张謇诸人的后尘，洁身出京，免为世诟。但恐老袁猜忌太深，疑有他志，反为不妙，因此于无法中想了一法，借着"老病"二字，作为话柄，向袁请假。袁总统不得不准，且命他出赴天津，静养数天，俟旧病痊愈，再行来京供职。这数语正中徐氏心怀，乐得脱离秽浊，去做几天闲散的人物。袁氏之命徐赴津，恐其联段为变，否则何必替他择地。这国务卿的职务，遂命陆征祥兼代。陆本是个好好先生，袁总统叫作什么，他也便做什么。过了两三天，又由总统府中，派委董康、蔡宝善、麦秩严、夏寿田、傅增湘等，稽查国民代表选举事务，一面催促各省，速定选举代表投票日期，及决定国体投票日期。当时函电纷驰，内出外人，无非是强奸民意的办法。董康、蔡宝善等，且因各省复报投票期间，迟速不一，复商令办理国民会议事务局，电咨各省，限定两次投票期间，自十月二十八日起，至十一月二十日止，不得延误。至最关紧要的又有两电，文字很多，小子但将最要数语，分录如下：

按参政院代行立法院原咨，内称：本月十九日开会讨论，佥以全国国民前后请愿，系请速定君主立宪，国民代表大会投票，应即以君主立宪为标题，票面应印刷君主立宪四字，投票者如赞成君主立宪，即写"赞成"二字，如反对君主立宪，即写"反对"二字。至票纸格式，应由办理国民会议事务局拟定，转知各监督办理。当经本院依法议决，相应咨请大总统查照施行等因，奉交到局。除咨行外，合亟遵照电行各监督查照，先期敬谨将君主立宪四字，标题印刷于投票纸，钤盖监督印信，并于决定国体投票日期，示国民代表一体遵行。

前电计达，兹由同人公拟投票后，应办事件如下：

（一）投票决定国体后，须用国民代表大会名义，报告票数于元首及参政院；（二）国民代表大会推戴电中，须有恭戴今大总统袁世凯，为中华帝国皇帝字样；（三）委任参政院为国民代表大会总代表电，须用各省国民大会名义。此三项均当预拟电闻。投票毕，交各代表阅过签名，即日电达。至商军政各界推戴电，签名者愈多愈妙。投票后，三日内必须电告中央。将来宣诏登极时，国民代表大会，及商军政各界庆祝书，亦请预拟备用，特此电闻。

各省将军巡按使，叠接各电，有几个敬谨从命，有几个未以为是，但也不敢抗议，乐得扯着顺风旗，备办起来。谁知国内尚未起风潮，国外已突来警耗，日、英、俄三国公使，先后到外交部，干涉政体，接连是法、意两国，亦加入警告，又惹起一场外交问题来了。天下本无事，庸人自扰之。

相传五九条约，老袁违背民意，私允日本种种要索。他的意思，无非想日本帮忙，为实行帝制的护身符。所以帝制发现，日使日置益氏，动身归国，中外人士多疑老袁授意日使，要他返商政府，表示赞同。但外交总长陆征祥及次长曹汝霖，并未受过袁氏嘱托，与日使暗通关节，此次闻着谣言，曾在公会席间，当众宣言道："中日交涉方了，又倡出帝制问题，恐外人未必承认，这个难题目，我等却不能再做呢。"这一席话，分明是自释嫌疑，偏被袁氏闻知，即取出勋二三位的名目，分赏陆、曹，不值铜钱的勋位，乐得滥给。并宣召两人入内，密与语道："外交一面，我已办妥，你等可不必管了。"陆、曹二人，唯唯而出，总道是安排妥当，不劳费心，哪知十月二十八日午后一点钟，驻京日本代理公使，暨英、俄两公使，同至外交部，访会外交总长。陆征祥当然接见，彼此坐定，即由日本代理公使开口道："贵国近日，筹办帝制，真是忙碌得很，但里面反对的人，也很不少，倘或帝制实行，恐要发生事变。现在欧战未了，各国都静待和平，万一贵国有变乱情形，不但是贵国不幸，就是敝国亦很加忧虑。本代使接奉敝政府文件，劝告贵国，请贵政府注意。"言毕，即从袖中取出警告文来，当由陆总长接着，交与翻译员译作华文。英公使徐徐说道："日本代表的通告，本公使亦具同情。"俄公使也接入道："日代表及英公使的说话，本公使也非常同意。"陈总长正要答话，翻译员已译完日文，交给过来，但见纸上写着：

中国近时进行改变国体之计划，今似已猛进而趋入实现其目的之地步。目下欧战尚无早了之气象，人心惶虑，当此之时，无论世界何处，苟有事态，足以伤害和平安宁者，当竭力遏阻，借杜新纠纷之发现。中国组织帝制，虽外观似全国无大反对，然根据日政府所得之报告，而详察中国之实状，觉此种外观，仅属皮毛而非实际，此无可讳饰者也。反对风潮之烈，远出人意料之外，不靖之情，刻方蔓延全国。观袁总统过去四年间之政绩，可见各省之纷扰情状，今已日渐平靖，而国内秩序，亦渐恢复，如总统决计维持中国之政治现状，而不改其进行之方针，则不久定有秩序全复，全国安宁之日。但若总统骤立帝制，则国人反对之气志，将立即促起变乱，而中国将复陷于重大危险之境，此固意中事也。

日政府值此时局，鉴于利害关系之重大，故对于中国或将复生之危险状况，不能不深虑之。且若中国发生乱事，不仅为中国之大不幸，且在中国有重大关系之各国，亦将受直接间接不可计量之危害，而以与中国有特殊关系之日本为尤甚。且恐东亚之公共和平，亦将陷于危境。日政府睹此事态，纯为预先防卫，以保全东方和平起见，乃决计以目下时局中大可忧虑之原因，通告中政府，并询问中政府能否自信可以安稳，达到帝制之目的。日政府以坦白友好之态度，披沥其观念，甚望中华民国大总统听此忠告，顾念大局，而行此展缓改变国体之良计，以防不幸乱祸之发作，而巩固远东之和平。日政府故已发给必要之训令，致驻北京代理公使。日政府行此举动，纯为尽其友好邻邦责任之一念而起，并无干涉中国内政之意，并此声明。

陆总长览毕，竟发了一回怔，半晌才发言道："敝国政体，正待国民解决，并非定要改变。就是我大总统，也始终谨慎，不致率行，请贵公使转达贵国政府，幸毋过虑！"日代使哼了一声道："袁总统的思想，本代使也早洞悉了。中国要改行帝制，与仍旧共和，都与敝国无涉，不过帝制实行，定生变乱，据我看来，还是劝袁总统打消此念。贵总长兼握枢机，责任重大，难道可坐观成败吗？"应被嘲笑。陆总长被他讥讽，不由得脸上一红，英公使复接着道："总教贵政府即日答复，能担保全国太平，各国自不来干涉了。"陆总长答声称"是"。日、英、俄公使乃起座告辞。陆送别后，返语曹汝霖道："总统曾说外交办妥，为何又出此大乱子？我正不解。"曹汝霖道："既有三国警告，总须陈明总统，方可定夺。"陆征祥道："那个自然，我与你且去走一遭，何如？"汝霖点首，遂相偕入总统府。

老袁正坐在怀仁堂，检阅各省电文，欢容满面，一闻陆、曹进谒，立即召见，便道："各省决定君主立宪，已有五省电文到来了。"陆、曹两人暗暗好笑，你觑我，我觑你，简直是不好发言。还是老袁问及，才说明三国警告事，并将译文递陈。老袁瞧了一遍，皱着眉道："日使日置益，已经承认了去，为什么又有变卦呢？"陆征祥道："他还要我即日答复哩。"老袁道："答复也没有难处，就照现在情形，据实措辞便了。且我也并非即欲为帝呢。"还要自讳。陆总长道："是否由外交部拟稿，呈明大总统裁夺，以便答复？"老袁道："就是这样办法吧。"陆、曹二人退出，当命秘书草定复稿，经两人略略修饰，复入呈老袁。老袁又叫他窜身数字，然后录入公牍，正式答复。其文云：

贵国警告，业经领会。此事完全系中国内政，然既承友谊劝告，因亦不能不以友谊关系，将详细情形答复。

中国帝制之主张，历时已久。我国人民所以主张帝制者，其理由盖谓中国幅员广大，五族异俗，而人情浮动，教育浅薄。按共和国体，元首常易，必为绝大乱端，他国近事，可为殷鉴。不但本国人生命财产，颇多危险，即各友邦侨民事业，亦难稳固。我民国成立，已历四稔，而殷户巨商，不肯投资，人民营业，官吏行政，皆不能为长久计划。人心不定，治理困难，国民主张改革国体之理由，实因于此也。政府为维持国体起见，无不随时驳拒，乃近来国民主张之者，日见增加，国中有实力者，亦多数在内。风潮愈烈，结合愈众，如专力压制，不独违拂民意，诚恐于治安大有妨碍。政府不敢负此重责，唯有尊重民意，公布代行立法院通过之法案，组织国民代表大会，共同议决此根本问题而已。当各省人民，向立法院请愿改变国体时，大总统曾于九月六日，向立法院宣示意见，认为不合时宜。十月十日大总统申令，据蒙、回王公及文武官吏等呈请改定国体，又告以轻率更张，殊非所宜，并诚各选举监督，遵照法案，慎重将事。十月十二日，又电令各省选举监督，务遵法案，切实奉行，勿得急遽潦草各等因。足见政府本不赞成此举，更无急激谋变更国体之意也。

本国约法主权，本于国民全体，国体问题，何等重大，政府自不得不听诸国民之公决。政府处此困难，多方调停，一为尊重法律，一为顺从民意，无非冀保全大局之和平也。大多数国民意愿，现既以共和为不适宜于中国，而问题又既付之国民代表之公决，此时国是，业经动摇，人心各生观望，政府即受影响，商务已形停滞，奸人又乘隙造谣，尤易惊扰人心。倘因国是迁延不决，酿成事端，本国人固不免受害，即各友邦侨民，亦难免恐慌。国体既付议决，一日不定，人心一日不安，即有一日之危险，此显而易见者也。当国体讨论正烈之际，政府深虑因此引起变做，一再电询各省文武官吏，能否确保地方秩序，该官吏等一再电复，佥谓国体问题，如从民意解决，则各省均可担任地方治安，未据有里面反对炽烈，情形可虑之报告，政府自应据为凭信。

至本国少数好乱之徒，逋逃外国，或其他中国法权不到之处，无论共和君主，无论已往将来，纯抱破坏之暴信，无日不谋酿祸之行为。然只能造谣鼓煽，毫无何等实力。数年以来，时有小乱发现，均立时扑灭，于大局上未生影响。现在各省均加意防范，凡中国法权不到之处，尚望各友邦协力取缔，即该乱人等，亦必无发生乱事之余地矣。当贵国政府劝告之时，各省决定君主立宪者，已有五省，各省投票之期，亦均不远。总之在我国国民，则期望本国长治久安之乐利，在政府则并期望各友邦侨民，均得安心发达其事业，维持东亚之和平，正与各友邦政府之苦心，同此一辙也。以上各节，即希转达贵政府为荷。

越数日，日本代理公使又到外交部，代表日本政府声言中政府答复文，甚不明了，请再明白答复。当经陆总长面答道："目下国体投票，已有十多省依法办理，总之民意所趋，非政府所能左右，敝政府如可尽力，无不照办，借副友邦雅意"等语。欺内欺外，全是说谎。日代使乃去。嗣复接法、意两国警告文，大致与三国警告相同，又由外交部答复，只推到民意上去，且言："政府必慎重将事，定不致有意外变乱，万一乱党乘机起衅，我政府亦有完全对付的能力，请不必代虑"云云。于是各国公使，乃暂作壁上观，寂静了好几天。各省投票，亦依次举行，全是遵照政府所嘱，硬迫国民代表，赞成君主立宪。袁总统方觉得顺手，快慰异常。

到了十一月十日晚间，忽来了上海急电，镇守使郑汝成被刺殒命，风潮来了。老袁不禁大惊。看官阅过前文，应知郑汝成为袁氏爪牙，老袁正格外倚重，为何忽被刺死呢？小子就事论事，但知刺客为王明山、王晓峰二人。当民国四年十一月十日，系日本大正皇帝登极期间，郑汝成为上海长官，例应向驻沪日本领事馆，亲往庆贺。是日上午十时，郑汝成整衣出署，邀了一个副官，同坐汽车，向日本领事馆进发。路过外白渡桥，但听得噗的一声，黑烟迸裂，直向汝成面旁扑过，幸还没有击着，慌忙旁顾副官，那副官也还无恙，仍勉强地坐着，正要开口与语，哪知炸弹又复掷来，巧巧从头上擦过，汝成忙把头一缩，侥幸的不曾中弹，那粒炸弹却飞过汽车，向租界上滚过去了。两击不中，故作反笔。副官也还大胆，忽向怀中取出手枪，拟装弹还击，不妨那抛掷炸弹的刺客，竟跃上汽车，一手扳着车栏，一手用枪乱击，接着数响，那副官已受了重伤，魂灵儿离开身子，向森罗殿上，实行报到；还有一个掌机的人员，也跟着副官，一同到冥府中去；只有郑汝成已中一弹，还未曾死，要想逃遁，千难万难，看那路上的行人，纷纷跑开，连中西巡捕，也不知去向，急切无从呼救，正在惊惶万分的时候，复见一刺客跃入车中，用着最新的手枪，扳机猛击，所射弹子，好似生着眼睛，颗颗向汝成身上，钻将进去。

看官！试想一个血肉的身躯，怎经得如许弹子，不到几分钟工夫，已将赫赫威灵的镇守使，击得七洞八穿，死于非命。了结一员上将。那时两个刺客，已经得手，便跃下汽车，觅路乱跑，怎奈警笛鸣鸣，一班红头巡捕及中国巡捕，已环绕拢来，将他围住。他两人手中，只各剩了空枪，还想装弹退敌，无如时已不及，那红头巡捕统已伸着蒲扇般的黑掌，来拿两人，两人虽有四手，不敌那七手八脚的势力，霎时间被他捉住，迁往捕房，当由中西谳官，公同审讯。两人直认不讳，自言姓名，叫作王明山、王晓峰，且云："郑汝成趋奉老袁，残害好人，我两人久思击他，今日被我两人击死，志愿已遂，还有什么余恨？只管由你枪毙罢了。"谳官又问为何人主使，两人齐声道："是四万万人叫我来打死郑汝成的。"言已，即瞑目待死，任你谳官问长问短，只是一语不发。

当下由上海地方官等，飞电京都。老袁闻知，很是悲惜，即电饬上海地方官，照会捕房，引渡凶犯，一面优议抚恤，结果是王明山、王晓峰两犯，由捕房解交地方官问成极刑，枪决在上海高昌庙。郑汝成的优恤，是给费二万，赐田三千，又封他为一等侯爵。看官记着，这五等分封，便是郑汝成开始。小子有诗吊郑汝成道：

> 驻牙沪渎显戎客，
> 谁料仇人暗揕胸。
> 飞弹掷来遭殒命，
> 可怜徒博一虚封。

郑汝成殒命后，隔了五六日，日本东京赤坂寓所，又有一个华人蒋士立，被击受伤。毕竟为着何事，且至下回表明。

五国警告，以帝制进行恐惹内乱为词，似为公义上起见，而倡议者偏为日本国。日使日置益氏，既与老袁订有密约，归国运动，何以日本政府，复命代理公使，严词警告耶？既而思之，各国之对于吾华，本挟一均势之见，袁氏独求日本为助，秘密进行，而英、俄已窃视其旁，默料日人之不怀好意，思有以破坏之，故必令日本之倡议警告，然后起而随之，此正各国外交之胜算也。袁政府方自信无患，而郑汝成之被刺，即接踵而来，刺客为王明山、王晓峰，虽未明言主使，度必为民党无疑。或谓由郑汝成之隐抗帝制，袁以十万金购得刺客，暗杀郑于上海，斯言恐属无稽。纣之不善，不如是甚，吾于袁氏亦云。而郑氏忠袁之结果，竟至于此，此良禽之所以择木而栖，贤臣之所以择主而事也。

第五十四回

京邸被搜宵来虎吏
津门饯别夜赠骊歌

却说蒋士立被刺东京，也因鼓吹帝制的缘故。当筹安会发生以后，不特中国内地，分设支部，就在日本国中，亦派人往设分会。蒋士立即为东京支部的头目，信口鼓吹，张皇帝政。看官！你想日本里面，是民党聚集的地方，他们统反对袁氏，自然反对蒋士立，当下有民党少年，寻至蒋士立寓所，赠他两粒卫生丸，一丸及胸，一丸及腹。幸亏蒋士立躲闪得快，只伤皮肤，未中要害，还算保全性命。侥幸侥幸。

袁总统闻汝成刺死，士立受伤，不禁恨恨道："一下做，二不休，我便实行了去，看他一班乱党，究竟如何对待？"恐未能支持到底。正说着，忽见袁乃宽进来，乃宽与老袁同姓，向以叔侄相称，至是遂悄声低语道："侄儿特来报告一件要事。"老袁听不清楚，便厉声道："说将响来，亦属何妨。"乃宽尚柔声道："各省筹办投票，已统有复电，唯命是从，独滇省没有确实复电，闻蔡锷与唐、任二人沟通，叫他反抗帝制，这事不可不防呢！"老袁道："你有什么真凭实据？"乃宽道："凭据尚没有查着。"老袁不禁失笑道："糊涂东西，你既未得凭据，说他什么！"乃宽嗫嚅道："他的寓所，应有证据藏着，何妨派人一搜哩。"老袁道："若搜不出来，该怎样处？"乃宽道："就是搜检无着，难道一个蔡松坡，便好向政府问罪吗？"老袁被他一激，便道："既如此，便着军警去走一遭罢。"当下令乃宽传达电话，向步军统领及警察总厅两处，令派得力军警，往蔡寓搜查密件。

步军统领江朝宗及警察总厅长吴炳湘，哪敢违慢，即选派干练的弁目，会同两方军警，黪夜往搜。巧值蔡锷寄宿云吉班，蔡寓中只留着仆役，闻了敲门声响，还道是蔡锷回来，双扉一启，即有两个大头目，执着指挥刀，率众趋入，吓得仆役等缩做一团，不晓得他什么来历。但见大众入门，并不曾问及主人，大踏步走近室内，专就那桌屉箱橱中，任情翻弄。那军警执着火炬，照耀如同白昼，忽到这处，忽到那处，目光灼灼，东张西顾，最注意的是片纸只字，断简残篇，约有两三个小时，并不见有什么取出，只箱橱内有一小凤仙摄影，及桌屉内几张请客单，袖好了去，那时一哄而出。

仆役等才敢出头，大家哄议道："京都里面，大约没有强盗，也差不多。若是强盗到来，何故把值钱的什物，并未劫去？这究竟是何等样人？"有一个老家人道："你等瞎了眼珠，难道不看见来人衣服，上面都留着符号，一半是步军，一半是警察吗？"大家又说道："我家大人，并没有什么犯罪，为何来此查抄？"老家人道："休得胡说，我去通报大人便了。"当下飞步出门，竟往云吉班。适值蔡锷将寝，由老家人闯将进去，报称祸事，蔡锷吃了一惊，亟趿履起床，问明情由。经老家人略略说明，才把那心神安定，想了片刻，方道："寓中有无东西，被他拿去？"老家人答言："没有，只有一张照相片，被他取去，想便是这里的凤……"说到"凤"字，已被蔡锷阻住道："我晓得了，你去吧，不必大惊小怪，我俟明天就来。"老家人退出，小凤仙忙问道："为着何事？"蔡锷微笑道："想是有人说我的坏话，所以派人往搜。"一猜就着。小凤仙急着道："你寓内有无违禁文件？"蔡锷道："你休担忧！我寓中只有几张《亚细亚报》，余外是没有了。"单说《亚细亚报》，妙极。小凤仙道："朋友往来的书信，难道也没有吗？"顾虑及此，也是解人。蔡锷低声道："都付丙了。"预防久了。小凤仙道："你的家人，曾说将照片取去，莫非就是我的摄影？"蔡锷道："恐不是呢，如果取了去，我倒为你贺喜，此番要选入皇宫，去做花元春第二呢。"诙谐得妙。小凤仙啐了一声，随即就寝，蔡锷也安睡了。

到了次日，起身回寓，看那桌屉箱橱中，都翻得不成样儿，仔细检点，除小凤仙的小影外，却没有另物失去。请客单原不在话下。他正想赴军警衙门，与他理论，巧值内务总长朱启钤着人邀请，遂乘车直至内务部。朱启钤慌忙出迎，彼此同入内厅，寒暄数语，便说起昨夜搜检的事情，实系忙中弄错，现大总统已诘责江、吴二人，并央自己代为道歉。蔡锷冷笑道："难得大总统厚恩。惟锷性情粗莽，生平没有秘密举动，还乞诸公原谅！"朱启钤又劝慰了数语，并将小凤仙的照片，取还蔡锷，便道："这个姑娘儿，面目颇很秀雅，怪不得坡翁见赏。"蔡锷道："这乃是锷的坏处，不自检束，有玷官箴，应该受惩戒处分的。"朱启钤笑道："现在已成了习惯，若为了此事，应受惩戒恐内外几千几百个官吏，都应该惩戒哩。"官吏都是如此，所以国不成国。说毕，又闲谈了一会，蔡锷随即告辞。后来探听得搜检事情，实是袁乃宽进谗，并与小凤仙有些关系。原来小凤仙经蔡锷赏识，名盛一时，袁乃宽亦思染鼎，三往不见，遂愤愤道："这个婆娘，不中抬举，你道蔡松坡年少多才，哪知他是个乱党呢。"当下越想越气，竟至袁氏前攻讦，不意落了个空，反被老袁训斥一顿。上文特揭小凤仙照片，便寓此意，但色为祸媒，不可不戒。

蔡锷自经此搜查，极思摆脱樊笼，遂往与小凤仙密商。小凤仙正坐在卧室，手中执着一书，静心阅着，俟蔡锷入房，才将书放下，立起身来，问及搜检事情。蔡锷略述一遍，随从案上取书一瞧，乃是一本《意大利建国三杰传》，便问小凤仙道："此书的内容，你道可好吗？"小凤仙道："好得很，好得很，非是文不足传是人。"蔡锷道："作书的人，便是前司法总长梁任公。"小凤仙道："我也晓得他，可惜我不能一见。"蔡锷道："他是我的师长哩。"小凤仙不禁大喜道："他现在哪里？既与你是师生，求你介绍，俾我一见。"爱才如命。蔡锷道："我师前日，曾到天津，畀我一书，说我若往津门，应过去叙谈一切。"小凤仙道："那是好极的了，我明日便同你去。"蔡锷听了，想："与他说明行径，转恐漏泄机关，致碍行动，不如到了天津，再说未迟。"随即接着道："我就同你去吧！但我师正反对帝制，明日往访，却不宜外人知道呢。"小凤仙点首称是。是晚蔡锷回寓，略略收拾，也不与家人说明，仍往云吉班住宿。

次日午前，竟雇着一乘摩托车，先给车资，挈小凤仙上车同坐，招摇过市。故意令人共睹。行至前门外面，望见一所京菜馆，便与小凤仙下车，至馆中午餐。餐毕，两人出门，不再上摩托车，竟自向市中买些食物，缓步儿行至车站。可巧车站中正当卖票，蔡锷挨入人丛，买了两张票纸，偕小凤仙趋出月台，竟上京津火车。才经片刻，钲声一响，车轮齐动，飞似的去了。

那时虽有侦探在旁，但是奉令密查，不便出来拦阻，只好眼睁睁地由他自去，转身去报袁总统。老袁确实厉害，复遣密探到津，监伺蔡锷行动。蔡锷到津后，往访梁任公，已是南去，乃投宿某旅社，夜间与小凤仙说明行踪，拟即乘此南下。小凤仙对着蔡锷，深深地望了一会，不觉得情肠陡转，眼眶生红，半晌才说道："我与你拟同生死，你去，我便随你同行。"蔡锷道："我是要去督兵打仗的。"小凤仙忙接口道："你道我是个弱女儿，不能随你杀贼吗？"事虽难行，语颇雄壮。蔡锷道："卿虽具有壮志，但此行颇险，若与卿同行，不但于卿无益，并且与我有害；不但与我有害，且阻碍共和前途，卿何必贪爱虚名，致受实祸。"小凤仙忍不住泪，带哭带语道："依这般说，简直是把我撇弃吗？"蔡锷道："卿何必自苦，他日战胜回来，聚首的日子正长哩。奈何做此失意语?"小凤仙才道:"我虽是儿女子,也知爱国,怎忍令英雄志士,溺迹床帏?但此去须要保重,免我远念。想你即日就要动身,我便借此客馆中,备着小酌,与你饯别罢。"说着,即呼馆佣入内,令叫几样可口的菜蔬,及佳酿一壶,佣夫遵嘱去讫,须臾即送入酒肴,由两人对饮起来。絮絮言情,语长心重,到了酒酣耳热的时候,小凤仙复道:"本拟为君唱歌饯行,但恐耳目甚近,不便明歌,你可有纸笔带来吗?"蔡锷说一个"有"字,即从袋中取出铅笔,及日记簿一本,递与小凤仙,小凤仙即舒开纤腕,握笔书词,词云:

(柳摇金)骊歌一曲开琼宴,且将之子饯。蔡郎呵!你倡义心坚,不辞冒险,浊着一杯劝,料着你食难下咽。蔡郎蔡郎!你莫认作离筵,是我两人大纪念。

(帝子花)燕婉情你休留恋!我这里百年预约来生券,你切莫一缕情丝两地牵。如果所谋未遂,或他日呵,化作地下并头莲,再了生前愿。

(学士巾)蔡郎呵!你须计出万全,力把渠魁殄。若推不倒老袁呵,休说你自愧生前,就是依也羞见先生面,要相见,到黄泉。

小凤仙写着,蔡锷是目不转睛的,瞧她写下。口中接连赞美,看到末两阕,连自己也眼红起来。及至写完,纸上已湿透泪痕,小凤仙尚粉颈低垂,默默不语,好一歇方抬起头来,已似泪人儿一般,勉强说道:"班门弄斧,幸勿见笑。"蔡锷此时,也不觉心如芒刺,一面携了手巾,替小凤仙拭泪,一面与语道:"字字沉痛,语语回环,不意卿却具此捷才,真不枉我蔡松坡结识一场呢。"小凤仙恐未必能此,但余观近人著有《松坡轶事》,亦载入此词,想作者未忍割爱,故选录及之。小凤仙道:"我已早知有今日了。这数阕俚词,预备已久,将来赓续了去,为君谱一传奇,倒也是一番佳话。但自愧才疏,有志未逮,俟君成功后,同续何如?"蔡锷道:"好极,但我意须较为雄壮,莫再颓唐。"小凤仙接着道:"英雄语自然不同。我辈儿女子,笔底下要想沈壮,也觉为难呢。"蔡锷道:"你第一阕也雄壮得很;第二三阕前半俱佳,后半结语,似嫌萧飒,难道你我竟无相见期吗?"小凤仙道:"功成名立,偕老林泉,这是我的凤愿,诚能得此,那是莫大的幸福了。"造物忌才,怎肯畀你如愿。说着时,外面的报时钟,已接连敲了三下。蔡锷惊道:"夜已深了,快收拾睡罢。"将残肴冷酒,搬过一边,随即睡下。

越宿起来,盥洗才毕,但见窗棂外面,已有人前来探望。至开门出去,那探望的人,都扬长走了。蔡锷悄语小凤仙道:"侦探又来了。"小凤仙道:"这却如何是好?"蔡锷道:"不要紧的,我自有计。"当下吃过点心,就取出纸笔。挥就一篇因病请假的呈文,用函固封,竟向邮局寄往京城。索性明报。他本有失眠喉痛诸症,索性借此机会,就日本医院医治,除每日赴院一次外,仍挟小凤仙作汗漫游。各侦探往来暗伺,了无他异,惟尚监伺左右,不肯放松。

蔡锷佯作不知，背地里却与凤仙谋定，实行那金蝉脱壳的妙计。

一夕，与凤仙对坐，狂饮室中，议论风生，津津有味。俄而有拍案声，痛骂声，远达户外。各侦探忙去窃听，前一套说话，是评论花丛，后一套说话，是詈及正室。忽喜忽怒，仿佛是醉后胡言。未几竟叫作腹痛起来，连呼如厕。侦探急忙避开，他即出室，令馆佣前导，一手抠衣，一手捧腹，向厕所去了。侦探未及尾随，并以厕所中无关机密，自然散去。

翌晨往视，还是户阒深扃，高卧未起，迟至午刻，方觉有人走动，重复窃窥，只见小凤仙起床，云鬟蓬松，尚未梳沐，待午餐已过，又约有一两小时，小凤仙整妆出门，携了皮夹，掩户自去。到了晚间，亦并未回来，次日也不见返寓。各侦探往问账房，账房亦没有知晓，大家动了疑心，启户入视，什物已空，只桌上留着一函，由司账展开一阅，乃是钞票数张，并附有一条，谓作房饭代价，顿时面面相觑，莫明其妙。连我亦是不懂。司账人虽然惊诧，但教钱财到手，倒也不遑细究。惟各侦探奉命前来，急得什么相似，忙至车站探问，好容易查得小凤仙消息，已于昨晚返京，独蔡锷不知去向。奇极妙极。

看官！你道这蔡松坡究竟到哪里去了？他知侦探随着，万难南行，计惟东渡扶桑，迂道至滇，方可脱身，当日探得日本邮船，名叫山东丸，乘夜出口，遂借着腹痛为名，就厕后复退馆佣，即觑人不备，逸出后门，孤身赴港，登舟买票，竟往日本，真个是人不知，鬼不觉，安安稳稳地到了东瀛。其身虽安，其心甚苦。复续上呈文，电达京中。那时前呈已邀批发，给假两月。至续呈到京，老袁未免一急，但表面上不好指斥，只好批令调治就愈，早日回国，用副倚任等语。过了数天，又接到蔡锷手书，略云：

趋侍钧座，阅年有余，荷蒙优待，铭感次骨。兹者帝制发生，某本拟涓埃图报，何期家庭变起，郁结忧虑，致有喉痛失眠之症。欲请假赴日就医，恐公不许我，故微行至津东渡。且某之此行，非仅为己病计，实亦为公之帝制前途，谋万全之策。盖全国士夫，翕然知共和政体，不适用于今兹时代，固矣。惟海外侨民，不谙祖国国情，保无不挟反对之心，某今赴日，当为公设法而开导之，以执议公者之口。倘有所闻见，锷将申函钧座，敷陈一切，伏乞钧鉴！

老袁看毕，忍不住气愤道："瞒着了我，潜往东洋，还要来调侃我，真正可恨！我想你这竖子，原是刁狡极了，但要逃出老夫手中，恐还是不容易哩。"乃一面电给驻日公使陆宗舆，叫他就近稽查，随时报告，一面密派心腹爪牙，召入与语道："我看蔡锷东渡，托言赴日就医，其实将迂道赴滇，召集旧部，与我相抗，你等可潜往蒙自，留心邀截，他从海道到滇，非经蒙自不可，刺杀了他，免贻后患。"两路防闲，计密且毒，奈天不容汝何？遂厚给川资，遣他去讫。

是时杨度、阮忠枢等，闻小凤仙返京，即去探访详问蔡锷病况，及归国时期。小凤仙却淡淡答道："蔡老赴日养疴，早一日好，早一日归国，并没有一定期间。"阮忠枢道："闻你曾同赴天津，为何不偕往日本？"小凤仙道："他的结发夫妻，还要把他遣归，何况是我呢？"阮忠枢无词可答，遂与杨度同归，转报老袁，老袁道："同去不同来，分明是有别意，但我已摆布好了，由他去吧。"慢着！正是：

纵有阴谋如蝎毒，

谁知捷足已鸿飞。

蔡锷已去，京中已产出一个短命皇帝来了。欲知详细，请看下回叙明。

蔡锷一行，为再造共和张本，故二十五回中，已全力写照，本回复将京寓被搜，及津门话别事，竟体演述，不肯少略。盖一以见蔡锷之智，一以见小凤仙之慧，英雄儿女，自有千秋，而三叠骊歌，并为后文伏笔。至潜身东渡时，尤写得惝恍迷离，非经揭破，几令人无从揣测。作者述小凤仙语，谓非是文不足传是人，吾还以赠诸作者。

第五十五回　胁代表迭上推戴书
颁申令接收皇帝位

却说民国四年十一月中,正各省将军巡按使,制造民意,纷纷投票的时候,结果是全国代表,选就了一千九百九十三人。至解决国体,却是全体一致,赞成君主立宪。当下由各省驰电到来,京中一班攀龙附凤的人物,统是欢喜不尽。老袁此时不知喜欢得什么相似。袁总统即命财政部连拨若干款项,寄交各省,作为各代表路费,即日到京,再由参政院中,举行全国国民代表大会,申决国体,及公上推戴书。哪知朱启钤、周自齐等,已早有密电传达外省,叫他预备国民推戴书。真会巴结。电文云:

各省将军巡按使鉴:国体投票解决后,应用之国民推戴文内,有必须照叙字样,曰:国民代表等,谨以国民公意,恭戴今大总统袁世凯为中华帝国皇帝,并以国家最上完全主权,奉之于皇帝。承天建极,传之万世,此四十五字,万勿丝毫更改为要。再此种推戴书,在国体未解决之前,希万分秘密,并盼先复。至奏折一切格式,均照旧例,惟跪奏改为谨奏;其他仪式,俟拟定再行通告。启钤、自齐、士诒、镇芳、忠枢、在礼、乃宽、士钰、震春、炳湘印。

自各省接到此电,便把那依样葫芦,描画起来,当将电文中四十五字,列入推戴书中,一字不易,再添了几句起末文,拍电进去。还有直隶巡按使朱家宝,居然首先称臣,于十一月二十八日,为着地方政务,上了三折,统是改呈为奏,起首称臣朱家宝,末称伏乞皇帝陛下圣鉴等语。未奉明令,即称帝称臣,可谓忠臣第一。老袁并不指斥,已是实行承认。转眼间又过十天,各省国民代表,均领了公文路费,陆续到京,各路火车,统有招待的专使,酬应非常周到。京城里面的招待所,更布置得装潢灿烂,目眩神迷。这等国民代表,趋入所中,几疑身到华胥,仿佛别有天地。到了十二月十一日上午九时,参政院中,召集全国代表一千九百九十三人,申决国体投票。各参政员全体到齐,只有黎元洪请假未到,院外大排军警,看似欢迎代表,实是监督代表。那一千九百九十三人,晓得什么玄妙,一个个鱼贯而入。到了会场,但见中间拥着两个大瓯,左瓯上贴着"君宪"两字,右瓯上贴着"共和"两字,当有一班招待人员,与各代表附耳密谈。各代表均唯唯从命,大家领票照书,均向左瓯投入,至开瓯验票,左瓯中一纸不少,足足有一千九百九十三票,统是赞成君宪。右瓯中当然不必开验,便照例宣布:大众呼了三声"帝国万岁"。

参政员杨度、孙毓筠,就乘此提议道:"全国代表,既一致赞成君宪,应即奉当今袁大总统为皇帝。"大众拍手赞成。杨度、孙毓筠又道:"本院由各省委托,为全国总代表,尤应用总代表名义,恭上推戴书。"大众又一齐拍手。于是推秘书员起草,那秘书员成竹在胸,才高倚马,立刻草成八九百字,即向大众朗读道:

奏为国体已定,天命攸归,全国商民,吁登大位,以定国基,合词仰乞圣鉴事。窃据京兆,各直省,各特别行政区域,内外蒙古、西藏、青海、回疆、满蒙八旗,全国商会,及华侨有勋劳于国家,硕学通儒各代表等,投票决定国体,全数主张君主立宪,业经代行立法院咨陈政府在案。同时据京兆,各直省,各特别行政区域,内外蒙古、西藏、青海、回疆、满蒙八旗,全国商会,及华侨有勋劳于国家,硕学通儒各代表等,各具推戴书,均据称:"国民公意,恭戴今大总统袁公世凯为中华帝国皇帝，并以国家最上完全主权，奉之于皇帝，承天建极，传之万世"等因。兼由各国民大会委托代行立法院为总代表，以全国民意，吁请皇帝登极前来。窃维帝王受命，统一区夏，必以至仁复民而育物，又必以神武戡乱而定功。《书》云："一人有庆，兆民赖之。"《诗》曰："燕及皇天，克昌厥后。"盖惟应天以顺人，是以人归而天与也。

溯自清帝失政，民罹水火，呼吁罔应，溃决势成，罪己而民不怀，命将而师不武。我圣主应运一出，薄海景从，逆者革心，顺者效命。岌然将倾之国家，我圣主实奠安之。斯时清帝不得已而逊位，皇天景命，始集于圣主，我圣主有而弗居也。南京仓促草创政府，党徒用事，举非其人，民心惶惶，无所托命，我圣主至德所复，迩安远怀，去暴归仁，若水之就下，孑然待尽之人民，唯我圣主实苏息之。斯时南京政府，不得已而解散，皇天景命，再集于我圣主，我圣主仍有而弗居也。民国告成，四方和惠，群丑窃柄，怙恶不悛，安忍阻兵，自逃复载。我圣主赫然震怒，临之以威，天讨所加，五旬底定，以至仁而伐不仁，盖有征而必无战。慕义向化者，先归而蒙福，迷复不远者，后至而洗心，皆我圣主实抚育而安全之。

斯时大难既平，全国统一，皇天景命，三集于我圣主，我圣主固执谦德，又仍有而弗居也。夫惟煌煌帝谛，圣人无利天下之心，而天施地生，兆民必归一人之德。往者国家初建，参议院议员，推举临时大总统，斯时全国人心，咸归于我圣主，国运于以肇兴。继此国会成立，参议院众议员，推举大总统，全国人心，又咸归于我圣主，国基于以大定。然共和国体，不适国情，上无以建保世滋大之弘规，下无以谋长治久安之乐利，盖惟民心有所舍也，则必有所取，有所去也，则必有所归。今者天牖民衷，全国一心，以建立帝国，民归盛德，又全国一心以推戴皇帝。我中华文明礼义，为五千年帝制之古邦，我皇帝睿智圣武，为亿万姓归心之元首。伏维仰承帝眷，俯顺舆情，登大宝而司牧群生，履至尊而经纶六合。轩帝神明之胄，宜建极以承天，姒后继及之规，实抚民而长世。谨奏。

读毕，大众无不赞成，即刻通过，复齐呼"皇帝万岁"三声。自九点钟起，至十一点半钟，已经手续完备，大众当即散会，回寓午餐去了。下午一点钟，秘书员已缮好奏折，即刻进呈，哪知奏折才呈，申令即下，却教他另行推戴，把那推戴书发还。还要装腔。其文云：

（上略）查《约法》内载民国之主权，本于国民之全体。既经国民代表大会，全体表决，改用君主立宪，本大总统自无讨论之余地。惟推戴一举，无任惶骇。天生民而立之君，天命不易，唯有丰功盛德者，始足以居之。

本大总统从政，垂三十年，迭经事变，初无建树，改造民国，已历四稔。忧患纷乘，愆尤丛集。救过不赡，图治未遑，岂有功业足以称述？前此隐迹洹上，本已无志问世，遭遇时变，谬为众论所推，不得不勉出维持，舍身救国。然辛亥之冬，曾居政要，上无裨于国计，下无济于民生，追怀故君，已多惭疚。今若骤跻大位，于心何安？此于道德不能无惭者也。致治保邦，首重大信，民国初建，本大总统曾向参议院宣誓，愿竭能力，发扬共和，今若帝制自为，则是背弃誓词，此于信义无可自解者也。本大总统于正式被举就职时，固尝摅诚宣誓，此心但知救国救民，成败利钝不敢知，劳逸毁誉不敢计，是本大总统既以救国救民为重，固不惜牺牲一切以赴之。但自问功业，既未足言，而关于道德信义诸大端，又何可付之不顾？在爱我之国民代表，当亦不忍强我以所难也。

尚望国民代表大会总代表等，熟筹审虑，另行推戴，以固国基。本大总统处此时期，仍以原有之名义，及现行之各职权，维持全国之现状。除咨复代行立法院，并将国民代表大会，总代表推戴书，及各省区国民代表推戴书等件，送还代行立法院外，合行宣示俾众周知。

此令。

杨度、孙毓筠二人，已预知申令即下，早已约定各省代表，再行到会，恭候圣旨。各代表似傀儡一般，随拨随动，到了傍晚，仍至参政院会齐。果然九天纶綍，宣布下来，大众恭读一遍，都有些疑惑不定。但听杨度宣言道："大总统盛德谦冲，所以有此申令，但全国民意，既趋一致，大总统亦未便过拂舆情，理应由本院再用总代表名义，呈递第二次推戴书。"大众复随声附和，仍推秘书起草。不料十五分钟的时候，便拟成两千六百多字的长文。圣主出世，应该有此奇才，曹子建且当拜倒。是时电灯四映，云集一堂，复由秘书朗声宣读，大众模模糊糊地听了一会，无非是什么功烈，什么德行，十成中只解一二，也都赞成了事，乃宣告散会，立即缮成第二次推戴书。

次日即奉大总统申令云：

据全国总代表大会总代表代行立法院奏称：窃总代表前以众议金同，合词劝进，吁请早登大宝，奉谕推戴一举，无任惶骇等因。仰见圣德渊衷，巍巍无与之至意，钦仰莫名。惟当此国情万急之秋，人民归向之诚，几已奁涌沸腾，不可抑遏。我皇帝倘仍固执谦退，辞而不居，全国生民，实有若坠深渊之惧。盖大位久悬，则万几丛脞。岂宜拘牵小节，致国本于阽危？且明谕以为天生民而立之君，唯有功德者足以居之，而谓功业道德信义诸端，皆有问心未安之处，此则我皇帝之虚怀若谷，而不自知其挹冲逾量者也。

总代表具有耳目，敢昧识知，请先就功烈言之：当有清末造，武备废弛，师徒屡燔，国威之不振久矣。我皇帝创练陆军，一授以文明国最精之兵法，铲除宿弊，壁垒一新。手订数条，洪纤必备。募材选俊，纪律严明，魁奇杰特之才，多出于部下，不数年遂布满寰区，成效大彰，声威不著。当时外人之莅观者，莫不啧啧称叹，而全国陆军之制，由此权舆。厥后戡定四方，屡平大难，实利赖之，此功在经武者一也。

及巡抚山东，拳匪煽乱，联军内侵，乘舆播迁，大局糜烂。唯我皇帝坐镇中原，屹若长城之独峙，匪乱为之慑服，客兵相戒不犯，东南半壁，赖以保障。以一省之治安，砥柱中流，故虽首都沦陷，海内骚然，卒得转危为安，金瓯无缺。当是时也，构难虽曰乱民，而纵恶实由亲贵，不惩祸始，无从媾和，强邻有压境之师，客军无返旆之日，瓜分豆剖，祸迫眉睫，而元恶当国，莫敢发言。我皇帝密上弹章，请诛首罪，顽凶伏法，中外翕然，和局始克告成，河山得免分裂，此功在匡国者二也。

寻授北洋大臣，其时风鹤尤惊，人心未靖，乃扫荡会匪，萑苻绝迹，廓清积案，民教相安。收京津于浩劫之余，返銮舆于故宫之内，遂复高掌远跖，历行文明诸新政，无不体大思精，兼营并举，规模式廓，气象万千。论者谓我皇帝为中国进化之先河，文明之渊海，洵符事实，非等虚词，此功在开化者三也。

革命事起，风潮剧烈，不数月间，四方瓦解，皇室动摇，天意厌清，人心思乱。清孝定景皇后，知大势之已去，满族之孤危，痛哭临朝，几不知税驾之何所。斯时我皇帝改步，为应天顺人之举，躬自践祚以安四海，夫谁得而议之者！乃犹恪恭臣节，艰难支柱，委曲维持，以一身当大难之冲，几遭炸弹而不恤。孝定景皇后，乃举组织共和政府之全权，与夫保全皇室之微意，悉挈而付托我皇帝，始有南北议和，优待皇室之条件。人知清廷逊位之易，结局之良，而不知我皇帝之苦心调剂，固竭其旋转乾坤之力也。于是南北复归于统一，清室获保其安全，四万万之生灵，弗陷于涂炭，二万万之疆圉，得完其版图，于风雨飘摇之中，而震慑奠安，卒成共和四年之政局。国家得与人民休养生息，不至沦胥以尽，此功在靖难者四也。

民国初建，暴民殃徒，攘臂四出，叫嚣乎政党议会，抅突乎官署戎行，挑拨感情，牵掣行政。我皇帝海涵天覆，一以大度客之。彼辈野心弗戢，卒有赣宁之暴动，东南各省，再见沉沦，幸赖神算早操，三军致果，未及旬月，而逆氛尽扫，如拉枯朽，遂得正式礼成，大业克跻，列邦交庆。彼辈毒无可逞，犹复勾结狼匪，肆其跳梁，大兵一临，渠魁授首，神州重奠，戈甲载櫜，卒使间阎安堵，区宇敉宁，以臻此雍洽和熙之治。盖自庚子拳匪之乱，辛亥革命之变，癸丑六省之扰，皆足以颠覆我中国，非我皇帝，孰能保持镇抚，使四千年神明之裔，食息兹土，不致沦亡？此则我皇帝之大有造于我中国，而我蒸黎子孙所共感而永矢勿谖也，此功在定乱者五也。

不但此也，溯自通海以来，外交之失策，不可胜计，国际之声誉，几无可言。以积弱衰疲之国，孤立于群雄角逐之间，托势之危，莫此为甚。而意外变局，又往往无先例之可援，措置偶一失宜，后患不堪设想。唯我皇帝，睿智渊深，英谋霆奋，遇有困难之交涉，一运以精密之谟猷，靡不立解纠纷，排除障碍，卒得有从容转圜之余地。而远人之服膺威望，钦迟丰采者，亦莫不输诚结纳，帖然交欢。弭祸衅于樽俎之间，缔盟好于敦槃之际，此功在交际者六也。

凡此六者，皆国家命脉之所存，万姓安危之所系；若乃其余政教之殷繁，悉由宵旰勤劳之指导，虽更仆数之，有不能尽，我皇帝之功烈，所以迈越百王也。

请再就德行言之：我皇帝神功所推暨，何莫非盛德所滂流？荡荡巍巍，原无二致。至于一身行谊，则矩动天随，亦有匪浅识所能测者。如今兹创业，踵迹先朝，不无更姓改物之嫌，似有新旧乘除之感。明谕引此以为惭德，尤见我皇帝慈祥忠厚之深衷，而不自觉其虑之过也。夫廿载以来，往事历历可征，我皇帝之尽瘁先朝，其于臣节，可谓至矣。无如清政不纲，晚季尤多瞀乱，庚子之难，一二童骏，召侮启戎，成千古未有之笑柄。覆宗灭祀，指顾可期，非赖我皇帝障蔽狂流，逆挽滔天之祸，则清社之屋，早在斯时。迨我皇帝位望益隆，所以为清室策治安者，益忠且挚。患满人之孱弱也，则首练旗兵；患贵胄之暗昧也，则请遣游历；患秕政之棼扰也，则厘定官制；患旧俗之锢蔽也，则订立宪章。凡兹空前之伟划，一皆谋国之前图。乃元辅见疏，忠说不用，宗支干政，横揽大权，黩货玩戎，新丧元气。自皇帝退休三载，而朝局益不可为矣。乃武昌难作，被命于仓皇之际，受任于危乱之秋，犹殷殷以扶持衰祚为念。讵意财力殚耗，叛乱纷乘，兵械两竭于供，海陆尽失其险。都城以外，烽燧时惊，蒙藏边藩，相继告警。而十九条宣誓之文，已自将君上之大权，尽行摧剥而不顾。谁实为之？固非我皇帝所及料也。

后虽入居内阁，而祸深患迫，已有岌岌莫保之虞。老成忧国之衷，至于废寝忘餐，拊膺涕泣，然而战守俱困，险象环伏，辛苦于挽救之无术。向使冲人嗣统之初，不为谗言所入，举国政朝纲之大，一委元老之经营，将见纲举目张，百废俱举，治平有象，乱萌不生，又何至有辛亥之事哉？至万不得已，仅以特别条件，保其宗支陵寝于祚命已坠之余，此中盖有天命，非人力所能施。而我皇帝之极意绸缪者，其始终对于清廷，洵属仁至而义尽矣。夫历数迁移，非关人事，曩则清室鉴于大势，推其政权于国民，今则国民出于公意，戴我神圣之新君。时代两更，星霜四易，爱新觉罗之政权早失，自无故宫禾黍之悲。中华帝国之首出有人，庆睹汉官威仪之盛。废兴各有其运，绝续并不相蒙。况有虞宾恩礼之隆，弥见兴朝复育之量，千古鼎革之际，未有如是之光明正大者。而我皇帝尚兢兢以惭德为言，其实文王之三分事殷，亦无以加此，而成汤之恐贻口实，固远不逮兹。此我皇帝之德行，所为复绝古初也。然则明谕所谓无功薄德云云，诚为谦抑之过言，而究未可以过抑人民之殷望也。

至于前此之宣誓，有发扬共和之愿言，此特民国元首循例之词，仅属当时就职仪文之一。盖当日之誓，根于元首之地位，而元首之地位，根于民国之国体，国体实定于国民之意向，元首当视民意为从违。民意共和，则誓词随国体为有效，民意君宪，则誓词亦随国体为变迁。今日者国民厌弃共和，趋向君宪，则是民意已改，国体已变，民国元首之地位，已不复保存，民国元首之誓词，当然消灭。凡此皆国民之所自为，固于皇帝渺不相涉者也。以上歌功颂德之词，尚可勉强敷衍，至把誓词抵赖，亏他说得出，亏他推得清。我皇帝唯知以国家为前提，以民意为准的，初无趋避之成见，有何嫌疑之可言？而奚必硁硁守仪文之信誓也哉？要之我皇帝功崇德茂，威信素孚，中国一人，责无旁贷。

昊苍眷佑，亿兆归心，天命不可以久稽，人民不可以为主。伏冀拗冲勉抑，渊鉴早回，毋循礼让之虚仪，久旷上天之宝命。亟颁明诏，宣示天下，正位登极，以慰薄海臣民喁喁之渴望，以巩我中华帝国有道之鸿基。代表不胜欢欣鼓舞恳款迫切之至，除将明令发还，本国民代表大会总代表推戴书，及各省区国民代表推戴书等件，仍行赍呈外，谨具折上陈，伏乞睿鉴施行等情。据此，天下兴亡，匹夫有责，予之爱国，讵在人后？但亿兆推戴，责任重大，应如何厚利民生？应如何振兴国势？应如何刷新政治，跻进文明？种种措置，岂予薄德鲜能，所克负荷？前此掬诚陈述，本非故为谦让，实因惕惕交萦，有不能自已者也。乃国民责备愈严，期望愈切，竟使予无以自解，并无可逭避。第创造宏基，事体繁重，洵不可急遽举行，致涉疏率应饬各部院就本管事务，会同详细筹备，一俟筹备完竣，再行呈请施行。凡我国民，各宜安心营业，共谋利福，切勿再存疑虑，妨阻职务，各文武官吏，尤当靖共尔位，力保治安，以副本大总统轸念生民之至意。除将国民代表大会总代表推戴书，及各省区国民代表推戴书，发交政事堂，并咨复全国国民代表大会总代表代行立法院外，合行宣示，俾众周知。此令。

小子随读随录，录毕后，禁不住渐愤起来，乃口占一绝道：

> 揖让征诛是昔型，
> 六朝篡窃亦彰明。
> 如何下效河间妇，
> 狎客催妆甘背盟？

老袁既接收帝位，遂有好几种做作施行出来，看官请续阅下回，便有分晓。

两次推戴书：统计不下三千余字，乃不到半日，即草缮俱竣，是明明预先备办，第临时掩人耳目而已。且袁氏尚未承认帝制，而我圣主我皇帝之词，连篇累牍，不识若辈何心，乃竟厚颜若此？袁氏半推半就，真似倚门卖娼，装出许多丑态。吾谓欲做皇帝，简直就做，何必许多做作，愈形其丑耶？作伪心劳日拙，我为诸参政羞，我并为袁皇帝羞。

第五十六回　贿内廷承办大典　结宫眷入长女官

由总统府传出消息,称说袁皇帝登极期间,便是民国五年一月一日。那时一班趋炎附热的官儿,及鬻贱贩贵的商人,都伸着项颈,睁着眼珠,希望那升官发财,有名有利。还有一千九百九十三个国民代表,统以为此番进京,佐成帝业,就使不得封侯拜相,总有一官半职,赏给了他;或另有意外金钱,作为特赐,于是朝朝花酒,夜夜笙歌,镇日在八大胡同中,流连忘返。全国代表,如是如是,几令国民羞煞。哪知一声霹雳,震响天空,政府中颁发命令,叫他各归故里,仍安本业。新妇已经登堂,还要媒人何用。

看官! 你想各代表到了京都,已将半月,所得川资,统已向楚馆秦楼中,花费了去,而且还有酒债饭债及各种什物债,满望将来名利双收,了清债务,偏偏要他回里,他们统变做妙手空空,连回去的盘费,统是无着,哪里还好偿债? 大家才知着了道儿,叫苦不迭,至此方知,真是笨伯。没奈何吁告同乡,替他设法。还是杨度、孙毓筠等,脚力稍大,向办理国民会议局中,支出二万元款子,分给代表,每人百元,才得草草摒挡,溜出京城,回乡过年去了。只所有欠项,始终未曾还清,仍是酒店饭店及各什物店中的晦气,这且休表。

且说帝位已定,明令送颁,一面用压制法,一面用笼络法,计匝旬间,除无关帝制外,约有好几道命令,小子也不胜抄录。节述如下:

十二月十三日申令,此次改变国体,全出国民公意,如有好乱之徒,造谣煽惑,勾结为奸,当执法以绳,不少宽贷。

十五日策令,封黎元洪为武义亲王。黎固辞,申令不许。

十六日申令,清室优待条件,永不变更,将来制定宪法,继续有效。(因清室内务府咨照参政院,赞成袁氏称帝,乃有此令。)

同日申令,特任溥伦为参政院院长。(黎已封王,故改任清宗室溥伦以示羁縻。)

同日申令,关于立法院议员选举事宜,迅速筹办,准于来年以内召集。

同日教令,修正政事堂组织令,凡大总统发布之命令,由政事堂奉行,政事堂钤印,国务卿副署。(与清制内阁奉上谕同。)

同日批令,蒙古章嘉呼图克图等,奏请正位,实属倾诚爱国,深堪嘉尚,著交蒙藏院传奖。

十八日策令,特任冯国璋为参谋总长,未到任以前,著唐在礼代理。(因冯氏劝进较后,特欲调入京都,免生异志。)

同日申令,旧侣及耆硕数人,均勿称臣。

同日申令,满、蒙、回、藏待遇条件,继续有效。

十九日申令,著政事堂饬法制局将民国元年以来法令,分别存留废止,悉心修正,呈请施行。

同日批令,代理国务卿陆征祥等,奏请准设大典筹备处,已悉。

二十日申令,徐世昌、赵尔巽、李经羲、张謇为嵩山四友,颁给嵩山照影各一帧。

二十一日策令,特封龙济光、张勋、冯国璋、姜桂题、段芝贵、倪嗣冲为一等公,汤芗铭、李纯、朱瑞、陆荣廷、赵倜、陈宧、唐继尧、阎锡山、王占元为一等侯,张锡銮、朱家宝、张鸣岐、田文烈、靳云鹏、杨增新、陆建章、孟恩远、屈映光、齐耀琳、曹锟、杨善德为一等伯,朱庆澜、张广建、李厚基、刘显世为一等子,许世英、戚扬、吕调元、金永、蔡儒楷、段书云、任可澄、龙建章、王揖唐、沈金鉴、何宗莲、张怀芝、潘矩楹、龙觐光、陈炳焜、卢永祥为一等男,李兆珍、王祖同为二等男。

同日策令,特任陆征祥为国务卿,仍兼外交总长。

二十二日策令,追封赵秉钧为一等忠襄公,徐宝山为一等昭勇伯。

同日申令,永远革除太监等名目,内廷供役,改用女官。

二十三日策令,特封刘冠雄为二等公,雷震春为一等伯,陈光远、米振标、张文生、马继增、张敬尧为一等子,倪毓棻、张作霖、萧良臣为二等子,林葆怿、饶怀文、吴金标、王金镜、鲍贵卿、宝德全、马联甲、马安良、白宝山、昆源、施从滨、黎天才、杜锡钧、王廷桢、杨飞霞、江朝宗、徐邦杰、李进才、吕公望、马龙标、吴炳湘为一等男,吴俊升、王怀庆、吴庆桐、冯德麟、王纯良、李耀汉、马春发、胡令宣、莫荣新、谭浩明、周骏、刘存厚、叶颂清、张载阳、张子贞、刘祖武、石星川为二等男,石振声、何丰林、臧致平、吴鸿昌、王懋赏、唐国谟、方更生、张仁奎、陈德修、殷恭先、周金城、李绍臣、康永胜、常德盛、张殿如、马福祥、张树元、李长泰、许兰洲、朱熙、孔庚、方玉普、马龙潭、裴其勋、朱福全、隆世储、方有田、陈树藩、陆裕光、杨以德为三等男。(又予一二等轻车都尉世职,共七十余人,名不备录。)

这数令颁发出来,朝野注目,统说新天子登基在即,所以有此布置,就是老袁心中,也以为恩威并济,内外兼筹,布置得七平八稳,可以为所欲为了。惟筹备大典处,是筹备登基大典,相传于十一月初二日,即已密行设立,至十九日始见发表,尚是掩耳盗铃的计策。

起初严守秘密,未敢动用国帑,左支右绌,办理为难。当有二姨太黄氏与三姨太何氏,首先发起拟将家人私蓄拨出若干,作为筹备处的资本金。统计袁氏妻姜十六人,子十五人,女十四人,每人助一万圆,可得四十五万圆。他日皇帝登极,各得优先利益,仿佛如前清幕吏,先垫款项,称为带肚子一般。皇帝家中,亦沿此习,确是一段笑史。袁氏正室于夫人,与次子克文、三女淑顺,本未曾赞同帝制,且以为此等恶习,不应出自帝家,因此不愿入股。此外当一致赞成,当下凑集四十二万圆,开手筹办,但须觅一亲信可靠的人物,充作处长,方免舞弊。女眷们的金钱,来之不易,所以格外审慎。这消息传达出去,即有人运动斯缺,情愿承认。看官道是何人,就是皇帝伯伯的爱侄儿,名叫乃宽。

他既与老袁认作叔侄,当然如骨肉至亲,无所嫌避,所以出入府中,无论袁氏姬妾,尽得相见。且因他语言柔媚,体态殷勤,容易得人欢心,往来无间,此次即至二姨太三姨太前,乞求推荐,愿先献番佛十万尊,作为孝敬。看官试想,两位姨太太,只携出了二万圆,拼入优先股,今复得了十万元,除二万外,还有八万圆好处,哪有不允之想?好一场赚钱生意。当下满口承认,即夕向老袁进言道:"大典筹备处,已有四十余万圆凑集,不日可开办了。但处长一席,总须择一心腹人,方可胜任。"老袁接口道:"这个自然。"二姨太便道:"据妾想来,莫如御侄乃宽。"三姨太又道:"他本是同宗,办事又向来勤谨,真是所举得人了。"可见金钱之魔力。老袁笑道:"卿等慧眼,想必不错,我便叫他任事罢。"次日,即召乃宽入内,令为大典筹备处处长。

乃宽自然受命,拜谢鸿恩,一面复潜向两姨太处,申鸣谢悃。曾拜倒石榴裙下否?任事以后,第一件是筹办皇帝的龙袍,第二件是筹办后妃的象服;此时京城里面的绸缎绣货庄,要算是山东巨宦开设的瑞蚨祥。该肆闻信，料是一场大主题，忙到筹备处设法运动，兜揽生意。处长袁乃宽亲与商议，先将回扣议妥，这一着最是要紧。然后与议龙袍的做法。先是袁皇帝授意乃宽，服制尚红，大约是火德主政的意思。乃宽便仰承圣意，拟用着赤金线，盘织龙衰，且通体须缀饰明珠，嵌入金刚钻，还要一顶平天冠，四周垂旒，每旒约用东珠一串，冠檐须缀饰绝大珍珠，才见光彩夺目。这两种代价，由店主人估算起来，差不多要五六十万圆。乃宽暗想，现在只有四十万圆，连一件龙袍的价值还是不敷，如何好再办别种服饰？眉头一皱，计上心来，当下与店主人商量，教他垫款包办，一候皇帝发极，算清账目。店主人乐得应允，便双方订约，再由店中恭绘衰冕格式，呈入御览。老袁很是合意，即嘱他照式织制。并限于阳历年终取用，该店奉旨承办，日夜赶制。

此外一切用品，但把要紧的物件购办起来。不到数日，已将四十万圆用罄。那时筹备处尚未正式批准，急得乃宽没法，只好再请教二姨太。二姨太究竟女流，一时想不出什么法儿，仍嘱乃宽代筹。乃宽道："非请财神爷上台，这事恐办不了。"二姨太笑着道："我知道了，你放心去吧。"财神大名，应该知道。乃宽退出后，不到两日，即由财神爷承认五百万圆。既而筹备处正式成立，五百万果然拨到。袁皇帝又密与财神爷商妥，此后一切经费，归他筹拨，待登位后，愿把首揆一席，酬答丰功。财神拜相，恐非所长。财神爷颇也乐允。袁皇帝嘉慰非常，复命将前清三殿，募工修筑，也归袁乃宽一手承办。乃宽连得美差，感激无地，自不消说。

惟女官令下，一班妇女请愿团，也想去攀龙附凤，龙可攀，凤不许附，却也为难。显扬门楣，恐怕是要倒霉。但一时无门可入，未免望洋兴叹，空存这富贵的念头。独有安女士静生，本是请愿团的领袖，更兼腹中有点文墨，口才又很过得去，曾充某女校校长，资格完全。闻到此令，不禁大喜道："佳运来了。新朝挑选女官长，舍我其谁？"于是淡扫蛾眉，往朝至尊，名刺上镌入妇女请愿团长，及某女校校长头衔，呈递进去。适袁皇帝办公无暇，令诸皇妃招待。那安女士不慌不忙，从容步入，见了各位皇妃，请安跪拜，无不如仪。诸皇妃虽备选六宫，究竟还是候补资格，未曾经过这般恭维，此时见安女士巧言令色，般般可人，遂格外谦恭，待以客礼。安女士固辞未获，勉强旁坐，彼问此答，真个舌上生莲，令人爱羡。渐渐说到女官一事，安女士据实禀陈，竟效毛遂自荐。诸皇妃道："这事须经过睿断，我等未敢做主，但得宸衷首肯，似汝才调，当然可作女官长，何患不成？"安女士道："天下未必无才女，如臣妾的菲材，恐未必上邀睿赏哩。"诸皇妃道："且待禀明后，再行通报。"安女士拜谢而退。

次日又去进谒，诸皇妃欢迎如昨，且与语道："昨夜已替你禀陈，御意拟召你接谈，方可酌夺施行。"安女士道："何时得蒙召见？"诸皇妃道："便在今夕，我等当为介绍人，不过须略待时刻，请少安毋躁便了。"安女士重复拜谢。待至天晚，竟蒙诸皇妃赐给晚餐。可谓富贵逼人来。餐毕，又过了两点钟，老袁才入室休息，诸妃即带着女士晋谒老袁，安女士三跪九叩，从容尽礼。老袁问了数声，应对无不称旨，便面谕道："你可出外待命罢。"越日，即密令心腹，调查安女士履历，所有请愿团长及某校长的头衔，的确无讹，并且都中人士，有口皆碑，遂据实禀复。老袁尚在迟疑，无非怕她是革命党。又经诸姬妾从旁怂恿，乃特选入宫，命为侍从女官长。这安女士得充是选，即日入内，提起全副精神，趋承意旨。除袁皇帝外，无论皇后妃嫔，及皇子公主等，一入安女士眼中，便能识他心性，揣摩迎合，靡不中彀。因此入值府中，上和下睦，差不多如家人妇子一般。袁皇帝即命她招选女官，定额一百二十人。安女士仗着才能，即恭拟招选女官章程，进呈睿鉴，当蒙批准，因将章程宣布，厘分八条，胪

（一）须身家清白，及品谊纯正。（二）年龄在十四岁以上，二十五岁以下。（三）略具姿色，又体质健全，无其他暗疾者。（四）未出室及未受聘之闺女。（五）或孀妇而未经生育者。（六）无烟酒赌博诸嗜好。（七）三年后即开放出宫，其有愿留者听。（八）三年期满后，由女官长奏请皇上，择尤优奖。

这章程颁布后，女界争先恐后，群来报名。安女士又增订新例，凡欲应选诸妇女，当报名时，须预缴银币十圆，如不合格，此款不得索还，能合格当选，还要各缴一百圆，叫作入宫费，这乃是安女士理财的妙法，好坐取这一、二万圆，饱入私囊。又订定每月俸给，女官长月俸，计洋四百圆，还有公费百圆；女官分一、二、三、四等阶级，一等月俸二百圆，四等六十圆。安女士又有特别好处，按照八五成发给，余银也自己享受了。至若女官的膳餐费，衣服妆饰费，统要女官长经理，每月开具细账，向庶务处支领，免不得要浮报若干。统计安女士进账，实属不少，不过每月孝敬皇妃，却也要耗去一半。各皇妃爱她敏慧，都向老袁处说项，老袁晓得什么，还是自诩知人。小子有诗咏安静生道：

> 几生修得到宫廷，
> 福至应教心独灵。
> 纵使皇纲悲短命，
> 绣囊已贮万钱青。

岁月将阑，登极期日近一日，不料外面的鼙鼓声，竟动地而来。欲知何处兴兵，且至下回续叙。

本回专叙大典筹备处，及女官长二事，而于承认帝位后种种措置只汇叙一段，不复详说，阅者得毋嫌其太略乎？曰非略也。各种命令，具见明文，不特政府公报，记载特详，即如各处新闻纸，亦备列无遗，海内人士，无不闻知。独宫廷秘幕，非经揭述，鲜有识其隐者。观袁乃宽之谋得筹备处长，及安静生之乞得女官长，无在非打通内线，才得如愿。袁皇帝亦幸而短命耳？否则内嬖外宠，贻祸无穷，其不至覆国者几希。

第五十七回　云南省宣告独立　丰泽园筹议军情

却说京城里面,正演那大登殿的戏剧,那时江西、四川、广东诸省,却也有几个江湖草寇,羡慕老袁,曲为模仿,悬着好几块皇帝招牌,居然称孤道寡起来。

江西有两个草头王,一个是南康县人邱宝龙,一个是万年县人雷葆福。四川的草头王叫作王虎林,原籍广东香山县;还有他同帮李半仙,是羽客出身,遥应王虎林,组织保皇会,就在香山县中,拣一僻静所在,高搭仙棚,号召徒众,瞎闹了好几天。官兵奉了大将军令,前来搜剿,杀得这班草头王,东窜西逃,结果是捉到断头台,陆续毕命。皇帝下台,大都如此,袁皇帝何尚未悟?只有李半仙闻风逃走,不知去向。究竟是个羽士,有点法术?这本是么么小丑,不足挂齿。但也由老袁想做皇帝,引出这班草头王来。老袁闻着,暗想他无拳无勇,也想自称皇帝,真似癫蛤蟆想吃天鹅肉,令人忍笑不禁。哪里及得来你。

接连又有上海民党联络海军学生陈可钧,夺得黄浦江口的肇和兵舰,驶入江心,开起炮来,攻击制造局。海军司令李鼎新急督领海琛兵舰,放炮还击,党众势不能敌,只好窜去。独陈可钧无从奔逃,当被拿住,枪毙了事。另有一部民党,从陆路进攻制造局,也被护军使杨善德派兵防堵,不能得手。民党完全失败,李鼎新受谴议处,杨善德蒙奖叙功。陆海军官弁,又保举了好几人。袁皇帝以为平乱有余,毫不足虑,就是海外的华侨,及各项留学生,并海内反抗帝制的各种联合会,联电到京,诘责政府,老袁全不在意;甚至半途搁沈,未曾送达总统府中,连袁氏也未曾过目。到了十二月二十三日,忽由政事堂接到云南密电,翻阅以后,自国务卿下,统不胜惊愕起来。看官道是何电?乃是一篇严问老袁,差不多似哀的美敦书。其文云:

北京大总统钧鉴:自国体问题发生后,群情惶骇,重以列强干涉,民气益复骚然,全谓大总统两次即位宣誓,皆言恪遵约法,拥护共和,皇天后土,实闻此言,亿兆铭心,万邦倾耳。记曰:"与国人交,止于信。"又曰:"民无信不立。"今失言背誓,何以御民?比者代表议决,吏民劝进,推戴之诚,虽若一致,然利诱威迫,非出本心,而变更国体之原动力,实发自京师,其首难之人,皆大总统之股肱心膂,盖杨度等六人所倡之筹安会,煽动于前,而段芝贵等所发各省之通电,促成于继,大总统知而不罪,民惑实滋。查三年十一月四日申令,有云:"民主共和,载在约法,邪词惑众,厥有常刑,嗣后如有造作谰言,紊乱国宪者,即照内乱罪从严惩办"等语。今杨度等之公然集会,朱启钤等之秘密电商,皆为内乱重要罪犯,证据确然,应请大总统查照前项申令,立将杨度、孙毓筠、严复、刘师培、李燮和、胡瑛等六人,及朱启钤、段芝贵、周自齐、梁士诒、张镇芳、雷震春、袁乃宽等七人,即日明正典刑,以谢天下。更为拥护共和之约言,焕发帝制永除之明誓,庶几民嚣顿息,国本不摇。尧等凤蒙爱戴,忝列司存,既怀同舟共济之诚,复念爱人以德之义,用敢披沥肝胆,敬效忠告,伏望我大总统改过不吝,转危为安,否则此间军民,痛愤久积,非得有中央拥护共和之实据,万难镇劝。以上所请,乞以二十四小时答复,谨率三军,翘企待命。开武将军督理云南军务唐继尧,云南巡按使任可澄叩。

政事堂以事关重大，不敢隐匿，只好转呈袁皇帝。袁皇帝览毕，却也皱起眉来，半晌才道："日前曾接云南各种电呈，并没有反叛形迹，这道密电，莫非乱党假冒不成？"便召入国务卿陆徵祥，嘱咐道："你可用政事堂名义，电询云南，是否假冒才是。"陆徵祥应命而出，即拟电拍发，大旨说是："顷悉来电，与前三日致统率办事处参谋部及本堂电，迥不相同，本堂决不信云南有此事，想系他人捏造代发，请另具邮书，亲笔署名"云云。电发后，竟没有复电到来。政事堂中，尚眼巴巴地望着邮音，谁知他已宣布独立，竖起讨袁旗帜来了。

小子于五十三回，曾说蔡锷遣王伯群至滇，密告唐继尧准备起义，拥护共和，唐遂遍谕军人赶紧预备，专待蔡锷到来，协力讨袁。适前江西都督李烈钧由日本至香港，亦有密电约唐，令他举事。唐亦复电相邀，请作臂助。十二月十七日，李偕熊克武、龚振鹏、方声涛到滇，与唐晤谈竟夕。越日，即在忠烈祠会议，巡按使任可澄，及军官黄毓成、赵复祥、罗佩金、邓大中、杨蓁、董鸿勋、黄永社等，统到会场，当由唐继尧邀同李烈钧，入会开议，讨论军事财政外交诸大端。计划已定，只有蔡锷未到，尚是按兵不动。又过两天，那蒙犯霜露、历经艰险的蔡将军，竟由海登陆，直抵云南。小子叙述至此，恐看官又要动疑，上文五十四回中，不曾叙过老袁密计，两路防备吗？难道蔡将军有飞行术，竟能凭空到滇，得免网罗？这是看官最重要的疑问，由小子答述出来。

原来蔡锷先到日本，参政戴戡亦与他有密约，踵迹东来，还有殷承瓛、刘云峰、杨益谦三人，与蔡锷向系故交，自遭民党嫌疑，遁迹东洋，此次悉行会晤，遂想迁道入滇。无如驻日公使陆宗舆，奉袁密令，随时侦查。蔡乃赴日本医院治病，且常寄函政府，报告民党行踪。至濒行时，预拟寄袁书十余通，密交契友，托他隔日一发，自与戴、殷、刘、杨四人登舟赴滇，不但老袁被他瞒过，连陆宗舆也无从觉察。

及舍舟登陆，道经蒙自，恐刺客当路，各化装为窭人子，徒步偕行。忽前面遇一大汉，彪形虎躯，状极凶悍，猝问蔡锷道："你等到哪里去？"蔡锷诡言途次遇盗，银钱行李，俱被劫去，拟归龙州故里。言未毕，那大汉竟厉声道："你得毋为蔡锷吗？"锷不动声色，力辩非是，暗中却取出手枪，枪栝一响，大汉即应声而倒。忽刺斜里又闪出数人，跳跃而前，锷又连发数枪，戴戡等亦出枪助击，约毙数人，只剩一人返身欲奔，被蔡锷追上一步，把他擒住。那人长跪乞饶，具言受袁密令，不得已来此。蔡锷笑道："饶便饶汝，但汝须传语老袁，此后勿再行此鬼蜮手段。"那人拜谢去讫。既而阿迷县知事张一鹠，闻蔡入境，也想讨好中央，设法图蔡，可巧南防师长刘祖武已接唐督来电，嘱他欢迎蔡锷，锷亦因刘是旧部，急往与会，两下相见，欢然道故，并就防营中宴叙一宵。翌晨，由刘军护送入省。张一鹠计不得逞，方才无事。

蔡锷既到省城，唐、任以下，出城郊迎，父老士女，争集道旁，欢声雷动。至入城后，略叙寒暄，即由蔡锷问及军备。唐继尧道："已预备多日了，专俟君来，以便举义。"蔡锷又问道："饷械可备就否？"唐继尧道："除本省库款及兵械外，南洋华侨，愿助款六十万圆，安南也有若干枪炮运来，统共核算，足供半年。"蔡锷道："袁氏叛国，中外同愤，半年以内，当可除袁，惟事不宜迟，请早日宣布独立罢。"唐继尧道："海外饷械，明后日即可到齐，我等就在阳历年内，举起义旗，可好吗？"蔡锷答言甚好。唐继尧乃请他休息一两天，才议行军事宜，蔡锷许诺。次日，由南洋运到华侨助款六十万圆，并由安南运来枪炮多种，二十二日晚间，开全体大会，议定起义手续，先由唐、任两人名义，电迫袁氏取消帝制，诛除祸首。当下拟好电稿，于二十三日拍发，限他二十四小时答复。哪知复电到来，尚是假惺惺地问他真伪，于是决计讨袁，即于二十五日，宣告云南独立，复邀同贵州护军使刘显世，联名通电各省云：

各省将军、巡按使、护军使、镇守使、师长、旅长、团长、各道尹公鉴,并请转各报馆鉴:天祸中国,元首谋逆,蔑弃约法,背食誓言,拂逆舆情,自为帝制。卒召外侮,警告迭来,干涉之形既成,保护之局将定。尧等忝列司存,与国体戚,不忍艰难缔造之邦,从此沦胥,更惧绳继神明之胄,夷为皂圉,连日致电袁氏,劝戢野心,更要求惩治罪魁,以谢天下。所有原电,迭经通告,想承鉴察。何图彼昏,曾不悔过,狡拒忠告,益煽逆谋。

夫总统者,民国之总统也,凡百官守,皆民国之官守也,既为背叛民国之罪人,当然丧失元首之资格。尧等深受国恩,义不从贼,今已严拒伪命,奠定滇黔诸地,为国婴守,并檄四方,声罪致讨,露布之文,别电尘鉴。更有数言,涕泣以陈诸麾下者,阋墙之祸,在家庭为大变,革命之举,在国家为不祥。尧等夙爱平和,岂有乐于兹役?徒以袁氏内罔吾民,外欺列国,有兹干涉,既濒危亡,苟非自今永除帝制,确保共和,则内安外攘,两穷于术。尧等今与军民守此信仰,舍命不渝,所望凡食民国之禄,事民国之事者,咸激发天良,申兹大义。若犹观望,或持异同,则事势所趋,亦略可豫测。尧等志同填海,力等戴山,力征经营,固亦始愿所在,以一敌八,抑亦智者不为。麾下若忍于旁观,尧等亦何能相强,然量麾下之力,亦未必摧此土之坚,即原麾下之心,又岂必欲夺匹夫之志?长此相持,稍更岁月,则鹬蚌之利,真归于渔人,而萁豆之煎,空悲于轹釜。言念及此,痛哭何云。而尧等则与民国共生死,麾下则尤为独夫作鹰犬,坐此执持,至于亡国,科其罪责,必有所归矣。今若同申义愤,相应枹鼓,可拥护者为固有之民国,匕鬯不惊,所驱除者为民国之一夫,天人同庆。造福作孽,在一念之危微,保国复宗,待举足之轻重。敢布腹心,惟麾下实图利之。唐继尧、蔡锷、任可澄、刘显世、戴戡暨军政全体同叩。

通电既布,乃更议组织军队,前提及出师名义,或拟用共和军,或拟用滇、黔联合军,或拟用中华民国第一军,或拟用靖难军。独蔡锷起身说道:"此次举义,系国民放逐独夫,不应沿用'共和'二字,至若其他各名称,非旗帜暗昧,即范围太隘。窃思军人以救国为天职,此时讨袁,仍不外一救国问题,或直称救国军,否则或称护国军,亦无不可。"唐继尧道:"不如'护国'两字罢。"大众齐声称善。蔡锷又道:"军队出发,必须有一统率机关,这名义却也要紧。"各军官道:"应该称元帅府,或临时元帅府。"唐继尧道:"元帅二字,名目太尊,似应缓待贤能,不若径称总司令。"蔡锷鼓掌赞成。唐继尧又道:"鄙人不才,忝膺重任,好容易经过两年,今蔡公来滇,正是鄙人卸肩的日子,鄙人情愿督师出征,这将军一席,仍让蔡公复任。"蔡锷摇首道:"锷来此地,欲保障真正共和,为诸同胞谋幸福,并非为自己谋名利。唐公此举,转予外人口实,疑锷来攫取此席,锷哪里承受得起,只好从此告别了。"唐固让德可风,蔡尤立言正大。言已,抽身欲行。唐继尧连忙挽住,且语道:"公不愿为,继尧愿让李君。"李烈钧忙道:"蔡公尚不肯受任,烈钧更不敢受了。"蔡锷又道:"今日起义,目的在推倒袁政府,他事且慢慢计议。唯与唐公相约,阃以内专属唐公,阃以外属锷与李君分任罢。"唐继尧尚欲有言,军官齐声道:"唐将军请勿过谦,还是从蔡公议为是。"唐乃承认下去,随即续议各军组织法及任务分配,分道进行。议定如左:

中华民国护国第一军总司令,归蔡锷担任,出发四川,进图湘、鄂。
中华民国护国第二军总司令,归李烈钧担任,出发广西,进图粤、赣。
中华民国护国第三军总司令,归唐继尧担任,防守云南本省。
先是云南有二师一旅,警备队四十营,至此统编作陆军,共计七师,分隶三军。第一第二两军,各率三师,还有一师属第三军,兵额不足,另设征兵局,添募新军。又各师均编成梯团,一梯团的兵力,约与混成旅相同。第一第二两军,各设四梯团,第三军设六梯团,各设司令参谋等官,俾专责成。一面布告人民,各安本业,一面照会各国领事,切实保护侨民,从前各项条约,继续有效。惟自帝制发生后,袁政府与各国所订条约等件,均不承认;且各国官民,如赞助袁政府,及战时禁制品,即当视同仇敌,没收该物。那时各国领事,接收照会,大都默认无言。二十七日,第一军总司令部,已经组成。自总司令蔡锷以下,总参谋长用了罗佩金,参议处长就任殷承瓛,外如秘书李曰垓、副官长何鹏翔等,统系滇中名流。当日下动员令,饬第一梯团长刘云峰,率领所部,向四川进发去了。

　　警信迭达中史,老袁也惶急起来,忙就总统府内的丰泽园,作军事会议厅,连开御前会议,召集文武官属,筹议南征。大家都想望登极,领太平宴,奏朝天子乐,哪个肯出去打仗,便纷纷献议道:"云南一省地方,僻处偏陬,能成什么大事? 但教湘、蜀各省,集兵陬守,令他无路可出,自然束手待毙,不到数旬,便可平定了。"太看得容易。老袁道:"话虽如此,恐他讹言煽惑,摇动邻省,倒也不可不防。"大家复道:"癸丑一役,长江南北,统被传染,尚且数旬可平,区区唐继尧怕他什么!"狂胜而骄,便是败象。老袁道:"蔡锷也到云南,这人却不可轻视,他托言养疴日本,前几天还有书函寄来,谁知他瞒得我好,竟潜往云南。昨寄电陆宗舆,叫他问明日本医院,据言已于十数日前,回国去了。你道他有这般诡谋,岂非是大患吗?"言下非常懊怅。悔已迟了。经大众禀慰数语,方电命驻岳陆军第三师长曹锟率师赴湘,据守要塞,候令征滇,旅长马继增带领第六师的第十一旅,由鄂赴岳,与曹换防;并电饬四川将军陈宦,速派得力军队,固守叙州,力拒滇兵北上。还有最紧的一着,是谕饬邮政电报各局,凡自云南发出的函电,或与云南事互相关系,均严行搜查,不准拍发。老袁此策,以为可禁止煽惑,不知消息不灵,反致隔阂,兵贵神速,讵宜出此? 一面再令政事堂,迭驳云南通电,逐渐加严。

　　二十六日的电文,语意尚含规劝,略说:"政见不同,尽可讨论,为虎作伥,智士不为,且列强劝告,并非干涉,总统誓言,亦视民意为转移,现既全国赞成君宪,云南前日,亦电表赞同,奈何出尔反尔,有类儿戏"等语。二十七日的电文,归咎蔡锷,说他:"潜行至滇,胁诱唐继尧,唐应速自悔罪,休为宵小所惑"云云。到了二十九日,方颁发明令,谓:"据参政院奏称,唐、任等有三大罪:(一)构中外恶感,(二)背国民公意,(三)诬国家元首,均着即行褫职,并夺去爵位勋章,听候查办。蔡锷行踪诡秘,诬张为幻,亦着褫职夺官,并夺去勋位勋章,由该省地方官勒令来京,一并听候查办。"另派张敬尧带领第七师,自南苑赴鄂,巩固鄂防;并加张子贞将军衔,暂代督理云南军务,刘祖武少卿衔,代理云南巡按使,令他排击唐、任,自相攻击的意思。

　　哪知张子贞、刘祖武两人,已在唐将军麾下,效力讨袁,张任将军署内的总参谋长,刘任第三军第四梯团司令官,不但不受袁令,并且声罪致讨,略言:"袁氏妄肆更张,僭称帝制,民情不顺,列强干涉,丧权辱国,亿兆痛心,本省举义,势非得已。子贞等忝总师干,心存爱国,近接京电,欲饵以利,要知子贞等为国忘身,既非威所能胁,亦岂利所可诱。"云云。老袁料不可遏,又运动英使朱尔典,转嘱驻滇英领事葛夫,规劝云南取消独立,并嘱托法使康俤,由安南妨害云南边防。两使言语支吾,始终不肯效力,气得老袁火星透顶,说不尽的愤恨。正在短叹长吁,忽由袁乃宽呈进龙袍一件,展将开来,却是五花六色,格外鲜妍,他又不禁转怒为喜,连声叫好。好像小儿得着新衣。乃宽便进谀道:"登极期已到了,月朔即要改元,如何年号尚未颁布?"老袁道:"年号是已经拟定了,可恨这云南无故倡乱,反弄得我动静两难

呢。"乃宽道:"这也何妨。"老袁皱着眉,摇着头,半晌才说出数语来。正是:

　　不如意事常八九,

　　可与人言无二三。

未知所说何词,且看下回续述。

　　云南举义,拥护共和,其致中央一电,已足褫袁氏之魄,嗣复通电各省,益足诛袁氏之心。而老袁含糊对付,先由政事堂迭发三电,尚未敢明言其非,及滇军出发,不得已下令褫职,倘或自反而缩,亦何至迁延若此? 一则堂堂正正,一则鬼鬼祟祟,以视癸丑一役,其情形殊不相同。盖彼时之袁氏,虽有叛国之心,而无叛国之迹,至此则心迹俱彰,欲掩无自。宜乎一夫作难,而全局瓦解也。然袁氏之心苦矣,袁氏之心苦,而其术亦愈穷矣。

第五十八回

庆纪元于夫人闹宴
仍正朔唐都督誓师

却说袁氏叔侄，谈及登位事，老袁愀然道："我本拟改元登极，但据目前情势，只好暂从缓议。云南事我却不怕，但恐外交一方面，又惹起什么交涉，不得不慎重将事哩。"乃宽道："圣明洞鉴万里，臣侄非常钦佩，惟为了云南小丑，延迟大典，一恐叛徒玩视，愈长嚣陵，二恐改元无期，致多窒碍。试想云南辽远，劳动六师，就使一举荡平，也非数旬不可，那时明诏改元，转与历数未合，这却还求鉴察呢！"老袁道："我正为此事打算，想不出什么妥当法儿，现在也顾不得许多了，且改了元再说。"乃宽道："登极呢？"老袁道："这……这事且从缓办。"乃宽道："改了元，怎么不登极？"老袁道："我自有我的意见，你不必多言。"无非是贼胆心虚。乃宽唯唯而退。越宿，便是阳历除夕，早晨已过，并没有什么改元登极的消息，一班定策佐命的功臣，都往政事堂探听，也不见有何等举动，连国务卿陆征祥，都猜不透老袁的意思，大众乃回去午餐了。待至未牌以后，方颁出改元的申令道：

据大典筹备处奏请建元，著以民国五年，改为洪宪元年。

各官僚见了此令，复统去探问袁乃宽，曾否元旦登极，乃宽又将老袁所嘱，略述一遍，众情又未免诧异，但也不便入内申请，只好啧啧私议罢了。是夕，总统府中，照例守岁，老袁召集家人子女，共聚一堂，开团圞宴，叫作合家欢筵席。并因翌日改元，预表庆贺。当时候补皇妃、候补皇子皇孙及候补皇女等，全体列席。中央设着两座，两旁依次陪侍。花团锦簇，玉绕珠环，小子叙至此处，爱将袁家眷属，一一指名，略载履历，借供看官闲览，胪述如下：

袁家姬妾

（一）闵氏，朝鲜人，系闵氏养女，相传其本姓金氏，寄养朝鲜王妃母家，小名碧蝉。（二）黄氏，绰号小白菜，与袁同里，系豆腐肆中黄氏女。（三）何氏，系苏州商人女，小名阿桂。（四）柳氏，小名三儿，系天津韩家班名妓（见四十八回）。（五）洪氏，即洪述祖妹（见四十六回。袁氏第五妾名红红，亦勾栏中人，袁任鲁抚时，红红与仆私为袁所杀，故不列入）。（六）范氏，与袁同里，系袁氏乳媪女，小名凤儿。（七）叶氏，扬州人，父叶巽，候补河南知县。父殁家落，女鬻诸绅家，转赠袁为妾。（八）贵儿，系盛氏婢女，小名贵儿，亦扬州人，姓名未详。（九）（十）大小尹氏，初为第六妾洪氏使女，系同胞姊妹，籍贯未详。（十一）汪氏，与袁同里，系榜人女。（十二）周氏，本杭州名妓，能诗，别号忆秦楼。（十三）虞氏，本袁家侍婢，小名阿香，姓氏未详。（十四）洪氏，系洪述祖侄女，小名翠媛，与第五妾洪氏有姑侄之称。

袁家子

（一）克定，于夫人所出。（二）克文，闵氏所出，或谓系黄氏子。（三）克良，黄氏所出。（四）克端，何氏所出。（五）克权，第六妾洪氏所出。（六）克桓，柳氏所出。（七）克齐，何氏所出。（八）克轸，叶氏所出。（九）克玖，同上。相传与黎黄陂女结婚，即此子。（十）克坚，（十一）克安（十二）克度，（十三）克相，（十四）克捷，（十五）克和，生母均未详。

袁家女

（一）淑贤，闵氏所出，能诗工画，适张氏子。（二）淑顺，何氏所出，适沈而寡，留居母家。

（三）淑婉，叶氏所出，所适未详。（四）淑贞，柳氏所出，字杨氏子。（五）淑芳，生母未详。（六）淑兰，叶氏所出，相传以此女字宣统帝。（七）淑缇，（八）淑瑾，（九）淑珍，（十）淑梅，（十一）淑芸，（十二）淑玲，（十三）淑英，（十四）淑□，生母均未详。

附：克定长子，名家融，系世凯长孙，余孙六人从略。

老袁坐了首位，左盼右顾，除长女淑贤、三女淑婉已经适人外，其余统共列席。独于夫人尚未到来，当命人三请四邀，尚是足迹杳然。等到酒已数巡，还是虚左以待，老袁不觉懊恼，令婢仆等再行催逼。于夫人方缓步行来，甫至席间，即闻老袁厉声道："你有什么公干，挨到此时才来？"于夫人道："为什么大惊小怪？皇帝未曾做得，先摆起架子来了。须知你我是患难夫妻，就使你做皇帝，也不能向我呵斥哩。"老袁闻这数语，越觉愤不可遏，便怒气勃勃道："你这黄脸婆子，不中抬举，我若登了大位，先将你贬入冷宫。"于夫人也愤着道："你是个没良心人，不顾夫妻旧谊，倒也罢了，就是我袁家祖宗，世受清室厚恩，你也曾受清爵禄，官居极品，不思竭力报效，反乘着南军革命，逼清退位，妄思为帝，祖宗有灵，恐不容你，清朝的列祖列宗，如或有知，更不容你。你还要朝称皇帝，暮称皇帝，来吓我吗？"借于夫人口中，痛骂老袁，令人浮一大白，然亦有据而谈，并非全体捏造。老袁听了，竟立起座来，把袖一卷，几欲以老拳相向。于夫人又接着道："我已早知有今日了。你是姬妾满前，儿孙绕膝，还要我这老东西何用，我还是早死了罢。"说着时，已是涕泪满面，并欲拼着老命，向老袁前撞将过去。亏得众位候补皇妃，两边分劝，力为调解，才免争殴。于夫人负气自去，老袁恨恨不止，阖座为之不欢。就是不祥之兆。

洪姨乃献谈贡媚，举酒劝袁，周姨等相继把盏，老袁不忍拂意，勉勉强强再饮数觥。怎奈闷酒入肚，最易致醉，更兼时逾夜半，禁不住睡眼蒙眬，洪姨扶他入室，和衣安寝，复出室令撤酒肴，一面召入袁乃宽，密商了好多时，复与大众筹划一番，多半称为妙策，只克文、淑顺默不一言。

乃宽去后，转眼间天已破晓，由洪姨手取龙袍，搀起老袁，替他穿着。老袁就醉梦中惊醒，问及何事，洪姨诡言："天气骤寒，应加重袭。"老袁含糊道："何不扶我去睡？"洪姨又诡词相应，当命侍从舁入肩舆，扶袁登舆而去。向来袁在府中，常以肩舆代步，此时老袁醉梦尤酣，还道是照常往来，无甚惊异，到了居仁堂，才觉醒了一半，开眼四瞧，但见国务卿以下，统已排班鹄立，伺候登基，堂上摆着一个宝座，两旁是檀香雕成的龙形，互相蟠绕，正中是红缎绣成的龙形，作为披垫，反顾自身，也已穿着一件赤龙遍体的帝服，不觉诧为异事。又向头上一摸，尚未戴着冕旒，却不禁暗笑起来，慢腾腾地下了肩舆，复觉背后有人随着，回头一瞧，乃是恭奉帝冕的御侄儿，当下微笑道："你们为什么演这把戏？"语未毕，忽听"皇帝万岁"的声浪，喧集一堂，绕梁不绝，那时不便承认，又不便不承认，只好向大众，说了几句套话，无非是德薄能鲜，容待异日等语。话才说完，大众复叫起"皇帝万岁"来，接连是六君子十三太保，拥到老袁面前，恭请升座。御侄儿且跪进帝冕，老袁却不敢接受，只走到宝座前面，踌躇片时，又徐徐地踱至座后，再徐徐地踱至座前，如是三次，乃决定意见，面谕群僚道："正朔虽颁，登极尚须择吉，尔等且静待后命罢！"究竟不敢登台。群僚乃鼓舞而散。

只御侄儿尚是随着，返至内室，再行诘问，才知是洪姨所为。可巧洪姨邀同诸妾，打扮得花枝招展，前来渴贺，老袁便笑语道："你等想册作妃嫔吗？但此举未免太早了。"洪姨道："妾等特来朝贺，几曾见改元以后，尚未登极的天子吗？"老袁道："你等晓得什么？"洪姨道："妾却有点分晓，陛下所虑，无非为了外交的关系，其实此事何足介怀。我袁家做皇帝，与他何干？况陛下做的是中国皇帝，不是想做外国皇帝，更觉与他无涉。今日为元旦令辰，妾等就此朝贺罢！"言毕，拥袁入座，就一同跪下，也是三呼万岁，满口臣妾。引起这位袁皇帝乐不可支，便垂拱南面，实受他三跪九叩首大礼。是谓骄其妻妾。群姬朝毕，袁皇帝兴味益然，当即下令，改称总统府为新华宫，府内收文处，改作奏事处，府内总指挥处，改作大内总指挥处，复拟规复坛庙制度，并将袁氏历代祖茔，改为陵寝等情，饬大典筹备处敬谨议行。

看官记着，这是中华民国五年第一日，袁皇帝既自建年号，改为洪宪元年元旦，是已与民国断绝关系，论起理来，就是背叛民国，国民并未服从帝制，应该仍用民国正朔。断制谨严，好似洪钟震响。适云南军政府，也于是日成立，罢黜将军巡按使名义，合并军巡两署，略照民国元二年旧制，组成都督府。都督一职，由大众公推，仍举了唐继尧，当由公民赵蕃等通电全国，其辞云：

北京各堂处部院局所，各省将军巡按使，都统办事长官，巡阅使，护军使，镇守使，全国各报馆商会鉴：袁氏谋覆民国，约法上之谋叛罪，业已成立，当然丧失总统资格。在新总统未经举定以前，云南公民，公举唐公继尧为云南都督，奉民国之正朔，守民国之疆土。昨闻电传伪令，尚有特任督理云南军务，及云南巡按使字样，当然认为无效。唐公与民国共存亡，吾滇千七百余万人，誓与唐公共生死，此为吾滇真确民意，不容元恶假借，合电奉闻。

唐继尧既任云南都督，当即偕蔡锷、李烈钧等，率领全军，于民国五年正月朔日，亲至校场，祭告天地，正式誓师。当由唐继尧亲读誓文，文云：

维中华民国五年元旦，继尧等谨以牺牲酒醴，昭告昊天后土。而誓于师曰：呜呼！民贵君轻，万邦是式，贼仁残义，一夫可诛。刈国是之久成，何逆谋之可宥？鲁连蹈海，尚耻帝秦，管宁适辽，不甘臣魏，岂有国步方艰，群情望治，遂乃妄侈边幅，效井底之蛙鸣，夷我华宗，戴冢中之枯骨者哉？粤自武昌首义，中土云从，五族一家，亿姓同德，扫除专制，创建共和，应世界之文明，为友邦所承认。乃者袁逆世凯，谋叛民国，复兴帝制，黄屋大意，遽兴非分之思，砺山带河，无复未寒之约。移钟簴于反掌，家天下局势已成，输岁币以寻盟，小朝廷面目安在？急子孙万世之私计，误国家百年之远图。

本都督服役民国，坐镇滇疆，痛国家之将沈，恨独夫之不剪。爰整义旅，恭行天讨，击祖逖渡江之楫，誓清中原，问新莽指斗之构，能持几日。嗟尔有众，尚其弼予！

呜呼！尔惟克奋厥武，实乃无疆之休，予亦允报汝功，永有不次之赏。嗟尔有众，尚钦念哉！

誓文读毕，全军统呼"民国万岁！"声彻山谷。比皇帝万岁之声，多寡何如？及唐都督等返至督署，父老人民及男女学生，齐集督署门首，手持鲜花，庆祝共和，复三呼"民国万岁！"真个是众志成城，大将军何等威武！义声载道，小百姓共表同情。眼见得人心不死，正气犹存，我中国一座锦绣江山，不容那袁氏并吞下去，这且不必细说。还有一道讨袁的檄文，也是民国五年元日所发，用着云南护国军名义，历数袁世凯十九大罪，小子欲叙述檄文，先口占一绝云：

揭破阴谋使共知，
欲欺人处究难欺；
试看布檄宣袁罪，
一纸书同十万师。

欲知檄文中如何说法，且至下回说明。

于夫人闹宴一出，虽未免含着醋意，而受清厚恩数语，却是名正言顺，直使老袁无可置喙。老袁之制造民意，作奸售伪，且不能信于其妻，况他人乎？况全国国民乎？迨至被舁登堂，第绕龙座三匝，始终不敢登座，毋乃为黄脸婆数言，有以夺其气而怵其心欤？厥后闻洪姨言，又激起侈念，迭发数种改制之命令，憧憧往来，朋从尔思，可愤亦可悲也。惟袁氏改元，而民国正朔，应归云南护国军接收，故于唐继尧之正朔誓师，直接叙入，不敢少漏，看似寻常补叙，而用笔实寓有深意，阅者当于夹缝中求之可也。

第五十九回　声罪致讨檄告中原
构怨兴兵祸延邻省

却说唐继尧既正式誓师，复做了一篇讨袁的檄文，布告天下。这檄文中列着十九大罪，把袁世凯的隐情，和盘托出，比那陈琳讨曹操，骆宾王讨武曌，尤觉淋漓尽致，令人叫绝。

小子特详录如下：

维中华民国五年元旦，云南中华民国护国军军政府，都督唐继尧，第一军司令官蔡锷，第二军司令官李烈钧檄曰：盖闻辅世之德，笃于忠贞，长民之风，高于仁让。使枭声雄夫，野心狼子，逞城狐之凶姿，弄僭窃之高位，则我皇王孝孙，并世仁让，谊承先烈，责护斯民。袁恫郁纡，成兹愤疾，大义敦敕，谁能任之？

国贼袁世凯粗质屈才，赋性奸黠，少年放僻，失养正于童蒙，早岁狂游，习鸡鸣于燕市；积其鸣吠之长，遂入高门之窦。合肥小李，惊其谲智，谓可任使，稍加提擢，遂蒙茸泽，身起为雄。不意其浮夫近能，浅人侈志，昧道憎学，聘驰失轸，遂使颠踬东国，覆公悚以招虎狼；狡诈兴戎，缺金瓯以羞诸夏。适清廷昏昧，致稽刑戮，犹包藏秽毒，不知羞耻，殚其暮夜之劳，妄窃虎符之重，黄金横带，卖屩主于权门，黑水滔天，引强敌以自重。虽奸逆著明，清廷知戒，犹潜伏羽势，隐持朝野。

降及辛亥，皇汉之义，如日中天，浩气飚飞，喷薄宇宙，风云滂沛，集兴武汉之师，士马精妍，远响东南之鼓；造黄龙而会饮，纳五族于共和，大势垒集，指日可期。天不佑华，诞兴贼子，蠢彼满室，引狼自庇。袁乃凭借旧资，攀援时会，伪作忠良，牢笼将卒，胁逼孤寡，夺据朝权，复伪和民声，迷夺时贤，虚结鬼神，信誓旦旦，懦夫惧戒，过情奖许。维时南军渠帅，实亦豁达寡防，堕彼奸计，倒持太阿，秦此凶逆。迨大邦既集，势威益专，遂承资跋扈，肆行凶忒，贿通旭域，棋布阴谋，毒害勋良，摇惑众志，造作威福，淆撼国基，背法畔民，破败纲纪，癸丑之役，遂有讨伐之师。

天未悔祸，义声失震，曾不警醒，益复放横，骄弄权威，胁肩廊庙。是以小人道长，凶德汇征，私托外援，滥卖国权。弑害民会，私更法制，纵兵市朝，威持众论，布散金璧，诱导官邪，冀以其积威积恶之余，乘世风颓靡廉耻灭没之后，得遂其倒行逆施，僭登九五之欲。故四载以还，天无常经，国无常法，民无定心，官无定制，丹素不终朝，功罪不盈月，游探骄兵，睢眄路途，贪官污吏，黩乱朝野，以致庶政败弛，商工凋瘵，尤复加抽房亩，朝夕敛征，假辞公债，比户勒索，淫刑惨苛，民怨沸腾，凶焰所至，道路以目，此真世道陵夷之秋，天人闭隐之会，四凶所不敢为，汤武所不能宥者矣。

维皇汉九有，奠安东陆，时流漂荡，越在逖遭。缅维祖德，孰敢怠荒？复我邦家，义取自拯。故辛亥之役，化私为公，志在匡时，道维共济。袁乃睥睨神器，妄欲盗窃，内比奸邪，既多离德，外遂扉愦，甘为犬豚。是以四郊多垒，弗知惭悚，海陆空虚，弗思整训，财用匮竭，弗事劝株，健雄失养，弗兴学艺，室如悬磬，野无青草，犹复养病外蒙，削国万里，失驭东鲁，屡堕岩疆，遂使满、蒙多离散之民，青、徐有包羞之妇，扼我封疆，揕我心腹，皇皇大邦，苟为侮戬，日蹙百里，媚兹一人。觉我侠士雄夫，所怒目切齿，惊惧忧危，而不可一朝居者也。夫天道健乾，义惟精一，在德则刚，制行为纯，故士不贰节，女不贰行，廉耻之失，谥曰贱淫，四维不张，国乃灭亡。

自民族国家，威灼五陆，雄风所扇，政鹜其公，国竞以群，是以乾德精刚，宜充斥里闾，洋溢众庶，旁魄沆瀣，蔚为骏雄，故辛亥之役，黜君崇民，扬公尊国，所以高隆人格，发扬众志，义至精而理至顺，故虽旧德老成，去君不失忠，改官不降节。袁氏身奉先朝，职为臣仆，华山归放，仅及四纪，载瞻陵阙，犹宜肃恭，故主犹存，天良安在？顾蒇然以槽枥余生，不自揣量，妄欲以其君之不可者而自为其可，是何异饰马牛之骨，扬溲勃之灰，以加臭乎吾民，以淫污乎当世，而今我令公先德，皆为其贱淫，白璧黄金，尽渲其瑕秽，此尤我元戎巨帅，良将劲卒，硕士伟人，所同羞共愤，深恶痛绝，而不能曲为之宥者也。汇此种种，袁氏之恶，实上通于天，万死不赦。军府奉崇大义，慨念民生，谨托我黄祖威灵，恭行天罚，辄宣兹义辞，告我众士，招我同德。今将历数其罪，我国民其悉心以听！

夫国为重器，神严尊悼，复载所同。建国之始，义当就职南京，明其所受；袁乃顾影自惭，妄怀畏惧，阴纵部兵，称变京邑，用以要吓国人，迁就受职，使国权出于遥授，玩视国家之尊严，其罪一也。

活佛称异，势等毛羽，新国既成，鼓我朝锐，相机挞伐，举足可定；袁乃瞻顾私权，妄怀疑忌，全国请讨，置不听从，迁延养敌，废时失机，授他邦以蹈隙纵刃之间，失主权于外力纠纷之后，遂使巨蜓蜒嶂，弃此南金，万里边城，跃马可入，贻宗邦后顾之殷忧，损五族雄飞之资望，其罪二也。

政体更新，荡涤瑕秽，私门政习，首宜改选，故内阁部首，须获议院同意，所以树公政之基，明众共之义；袁乃病其严责，阴图放佚，于第一次内阁联翩去职之后，尽登嬖宠，嗾使军警，围逼议员，索责同意，用以示威国人，开武力政治之渐，使民意机关，失其自由宣泄之用，其罪三也。

国有大维，是曰法纪，信守不立，谥为国难，乱政巫行，于焉作俑，故侵官败法，为世大诟；袁为元首，尤宜凛遵，乃受事未几，即不依法定程序，滥用政府威权，诬杀建国勋人张振武，使法律信用，失其效能，国宪随以动摇，政本因而销铄，其罪四也。

国宪之立，系以三权，共和之邦，主权在民，立法之府，谊尤尊显，地方三级，制实虚冗，建国除秽，亦既罢斥。袁乃急欲市恩，妄复旧制，不俟公决，辄以令行，使议院立法，失其尊严，国权行使，因以紊乱，其罪五也。

财政担负，直累民福，外债侵逼，尤伤国权，议案成立，特事严谨，众院赞可，宪尤著明；袁乃私立外约，断送盐税，换借外赀二千五百万镑，厉民害国，不经众院，暧昧挥霍，不事报闻，蔑视通宪，为逆已甚，其罪六也。

国有元首，政俗式凭，行系国华，止为民范；袁乃知除异己，不自爱重，阴遣死士，狙杀国党领袖宋教仁，以元首资格，为谋杀凶犯，既辱国体，又诒外讥，国家威严，因以扫地，其罪七也。

共和之国，建础为公，民意所在，亦曰神圣，百尔职司，义宜退听，国会初立，人民望治；袁恐政制严明，不获罔逞，乃私拨国帑，肥养爪牙，收买议员，笼络政客，用以陷辱国会，迷夺众情，使议政要区，化为捣乱之场，法案迁延，借作独裁之柄，其罪八也。

元首登选，国有常经，揖让讴歌，盛德固尔，抑共和定疑，国宪崇废，悉于是觇，世法懔懔，斯为第一；袁于临时任满正式更选之际，鄙夫患失，至兵围国会，凶逼议员，使强选总统，以就己名，致元首尊官，成于劫夺，共和大宪，根本动摇，国是益以危疑，后进难乎为继，其罪九也。

国民代表，职司立法，非还诉民意，毋得断阙；袁于总统既获，复虑旁掣，辜恩反噬，遽为枭獍，乃假托危词，罗织党狱，滥用行政权，私削议员资格，用以鸩杀国会，并吞立法部，使建国约法，由是推翻，元首生身，等于孽子，其罪十也。

国家组织，法系严明，苟非选民，焉能造法？袁于戕杀国会之后，妄以私意召集官僚，开政治会议，约法会议，冒称民意，更改约法，摹拟君主，独揽大权，使民国政制，荡然无存，潢潢新邦，悬为虚器，其罪十一也。

民国肇造，本以图存，时风所迁，民强则兴，发挥群能，腾达众志，公私权利，宜获敬尊；袁乃倒行逆施，黜民崇吏，既吞立法，复尽灭各级地方议会，密布游探，诬报党狱，良士俊民，任意捕杀，人民权利，全失保障，致群生股栗，海内寒心，毒吏得以横行，民业日以凋敝，民力壮盛，有如捕风，国势颓溃，益以卑下，其罪十二也。

国局始奠，海内虚耗，财用竭蹶，义宜根本整理；袁乃专事虚缘，日以借债政策，利诱他邦为私托外援之计，断送利权，绝不顾惜，逐鹿争臭，坌集庙朝，遂妄以北中二部，横断铁道，分许外人，惹起国交之猜疑，增益宗邦之危难，其罪十三也。

欧陆战争，义以严守中立，及时奋进；袁乃内骄外谀，折冲无状，既反复狼狈，贻羞东鲁，复徘徊雌伏，巽立要盟，失满、蒙矿权，至于九处，承他邦意旨，发布誓言，辱国辱民，倾海不涤，其罪十四也。

民族虎争，领土强食，外债毒国，既若饮鸩，竭泽厉民，何异自杀？袁于欧战既发，外赀猝断，乃专事掊克，内为恶税，房亩烟赌，一再搜括，复先后发行内国公债，额逾万万，按省配摊，指额求盈，小吏承旨，比户勒索，等于罚镪，致富户惊逃，闾里嗟怨，国民信爱，斩伤无余，神州陆沈，殷忧可畏，其罪十五也。

生利致用，民贵有恒，纵博浪游，谥曰败子，盗贼充斥，此为厉阶，修政明刑，首宜致谨；袁乃纵容粤吏，复弛赌禁，使南疆富庶之区，负群盗如毛之痛，苛政猛虎，同恶相济，清乡剿杀，无时或已，政以福民，今为陷阱，其罪十六也。

烟害流离，久痼华族，张皇人道，仅获禁约，奋厉阏绝，犹惧不亟；袁乃餂其厚获，倚以箕敛，宠登劣吏，设局专卖，重播官烟，飞扬淫毒，失信害民，辱国贻讥，其罪十七也。

民权政治，积流成海，国家公有，炳若日星，世室旧家，且凛兹盛谊，汲汲改进，华族后起，方发皇古训，追踪世法，断脰流血，久而后得，大义既伸，迩则不忠，乔木既登，返则不智；袁乃身为豪奴，叛国称帝，监谤饰非，恝然求是，狐假虎威，因以反噬，使凶德播流，庚气横溢，妖孽丧邦，甘为祸首，其罪十八也。

易象系天，筮曰无妄，圣学传经，谊唯存诚，故忠信笃敬，保为民彝，衍为世德；袁乃机械变诈，崇事怪诡，貌为恭谨，潜藏祸谋，密电飞词，转兴众口，涂乌引鹿，指称民意，欺世盗名，载鬼盈车，背食誓言，日月舛件，使道德信义，全为废词，民质国华，尽量消失，其罪十九也。

唯我当世耆德，草野名贤，或手握兵符，风云在抱；或权领方牧，虎步龙骧；或道系乡同，鹤鸣凤翙，细瞩理论，横流若此，起瞩国家，悲悯何如？凡属衣冠之伦，幸及斯文未丧，等是邦家之主，胡堪义愤填膺。谯彼昏逆，洵堪发指，修我矛戟，盍赋同仇？书到都府，勋耆便合聚众兴师，都邑子弟，各整戎马，选尔车徒，同我六师，随集义麾，共扶社稷。

昆仑山上，谁非黄帝子孙？逐鹿中原，合洗蚩尤兵甲。军府则总摄机宜，折冲内外，张皇国是,为兹要约。曰:凡属中华民国之国民,其恪遵成宪,翊卫共和,誓除国贼,义一;改造中央政府,由军府召集正式国会,更选元首以代表中华民国,义二;罢黜一切阴谋政治所发生,不经国会违反民意之法律,与国人更始,义三;发挥民权政治之精神,实行代议制度,尊重各级地方议会之权能,期策进民力,求上下一心全力外应之效,义四;采用联邦制度,省长民选,组织活泼有为之地方政府,以观摩新治,维护国基,义五。建此五义,奉以纲维,普天率土,罔或二心。

军府又为军中之约曰:凡兹官吏,粤若军民,受事公朝,皆为同德。义师所指,戮在一人,元恶既除,勿有所问。其有党恶朋奸,甘为逆羽,杀无赦!为间谍,杀无赦!抗义行,杀无赦!故违军法,杀无赦!如律令。布告天下,迄于满、蒙、回、藏、青海、伊犁之域。

檄语煌煌,钲鼓阗阗,云南护国三大军,次第组成。除唐督留守外,第一军总司令蔡锷,先向四川进发,第二军总司令李烈钧,亦向广西进发,分道扬镳,为国效力去了。

袁世凯迭闻警耗,料知非口舌所能平定,乃决计用兵进攻,即于一月四日,再开军事会议,首划定戒严区域,次规定攻击方略。戒严区域,分为三等,列表如下:

(一)紧急区 自百色、泗城经兴义、威宁及泸州、宁远,定为紧急区。

(二)临时区 自桂林经贵阳及重庆,定为临时区。

(三)预备区 由雷、琼、经辰、沅、荆、襄及汉中,定为预备区。

攻击方略,亦分作三路,照上例表明:

(一)由湖南进兵 用马继增为司令官,带领第六师,由湖南经贵州向滇进攻,以常德为根据地,并发飞机两架,由泰国镛统带,赴军候用。

(二)由四川进兵 用张敬尧为司令官,带领第七师,由川入滇,以重庆为根据地,并饬王鹗统带飞机四架,赞助军机。以上两路,特任第三师长曹锟为总司令,统辖川、湘两军,马、张以下,均归节制。

(三)由广西进兵 用龙觐光为总司令,召集粤、桂军,由广西百色县,向滇进击,以南宁为根据地。

筹议已定,又下一中令,略说:"唐继尧、蔡锷等,权利熏心,造谣煽乱,予以薄德,忝受推戴,唯有速裁反侧,聊谢国人"云云。越日,再电饬近滇各省,一体严防。又越日,令龙济光、张勋、冯国璋、陆荣廷、段芝贵、赵倜、汤芗铭、李纯、倪嗣冲等,简选精锐,听候调用。又越日,令曹锟率第三师全部,及第七师一旅,速即入川,马继增率本部继进,所有岳州防务,另派第二师一部接管。再命湖北将军王占元,就汉口设立军事运输局,督办军需,接济征滇军队。

老袁意中,以为着着筹备,非常严密,借大云南,不值一扫。哪知曹锟所率的第三师,就是民国元年,袁避南来,嗾令变乱的军士,当时焚都市,翢妇女,几闹得不可收拾,老袁反格外优待,不特未加惩处,反且密行超迁。他们骄淫成习,毫无纪律,自奉令入川后,沿途经过湘、鄂诸境,仍是淫杀抢掳,任所欲为,曹锟亦不能禁止,坐视骚扰,肃政厅据实弹劾,总算由老袁特颁军约,号令军前,但也只是官样文书,掩人耳目罢了。兵不可玩,玩则不震。

一月十日,参政院代行立法院,复奏请速正大位,借弭内乱等情。老袁令大典筹备处复议,一面遣农商总长周自齐,出使日本,名目上是庆贺日皇加冕,赍赠高等勋章,暗中却馈送一份大礼,作为承认帝制的交换品。不意周自齐方衔命登程,那日使馆中,竟发出一个照会,递至外交部,害得老袁色沮神丧,魂散魄销,正是:

卖国且难逢受主,

比邻竟尔拒行人。

毕竟照会中有何说话，请看官接阅下回。

　　阅云南檄文，义正词严，不得目为太过。盖袁氏之欺民久矣，一经檄告，方令全国人民，洞烛其私，所有种种伎俩，俱表襮无遗。足令后之好欺者，引为炯戒，亦有关世道之文也。袁氏决计兴师，种种筹划，缜密之至，清康熙帝平三藩之策，无以过之。然卒至于挠败者，由人心之已去，而兵气之不扬故也。况沿途所经，任情焚掠，以是行军，安往不败？要之袁氏成于欺，而亦败于欺。孟子有言，以德行仁者王，以力假仁者霸，德不必问，至若以力假仁，亦且未逮，何王霸之足云！

第六十回　泄密谋拒绝卖国使
得密书发生炸弹案

却说周自齐奉命出使，本受老袁密嘱，要他联络日本，愿将从前中日悬案的第五款，再予让步，作为承认帝制的交换品。

相传密嘱中有七种条件：一是将吉林割归日本，二是将奉天司法权让与日本，三是将津浦铁路北段，割归日本，四是将天津、山东沿海权，划归日本，五是聘日本人为财政顾问，六是聘日本人教练军队，七是中国枪炮厂，由中日合办。这七种条件，差不多是三国时候的张松，把益州地图献与刘备的模样。丧心病狂，一至于此！

巧值日使日置益仍到京都，复回原任，他本与老袁密商，订有口头契约，特地归国，向政府说明，大隈内阁，颇有承认交换的意思，因此日置益复任后，转语老袁，袁即遣周自齐为专使，赍送一份大礼券，献与日本政府。日置益已探悉行期，即于一月十四日，邀自齐至使署，备了盛馔，把酒饯行，宾主尽欢而散。自齐即遣农商视察团，先日启程，自己亦召集随员，正要东渡。不意十六日辰刻，由外交部接到日使照会，略云：

现因有若干之情，致日本天皇不便于此际接待中国专使，故帝国政府请中国政府，将周专使自齐之行期，暂为展缓，特此知照。

陆征祥接着照会，慌忙禀达老袁。看官！试想皇帝钦命的专使，被他半路撅回，这是国际上少有的怪事，就是老袁就任元首后，也是破题儿第一遭。老袁看了照会，半晌说不出话来，惊疑了多一歇，方向陆征祥道："这……这是何故？"征祥道："闻得外人议论，却有三说：一说是俄日协约，正在磋议，无暇接待我国的专使。"老袁摇首道："恐未必为此。"我也说是不确。征祥复道："第二说是日皇离京，不便招待。"老袁又道："此语越离奇了。"甚是，甚是。征祥接着道："第三说是大隈被刺，国中恐有他变，所以却回我使。"老袁道："日本新闻纸中，却亦载着此事，据言本月十二日，大隈至丰明殿中，陪宴俄太公，宴毕归邸，途经山次町，猝遭弹击，幸尚未中。照此看来，大隈并未受伤，昨今两日东京新闻，也没有记着内变消息，如何拒却我使哩？"袁氏心目中只防日本，故于日本报纸，格外留意。征祥道："现在日本国中，也分党派，有几个是赞成陛下，有几个是首鼠两端的。"老袁怅然道："外交事真难办得很，我国明明自主，并不受外人节制，偏偏我要改革国体，他竟出来瞎闹（暗指五国警告）。看他照会上面，还说是友好邻邦，并非干涉中国内政。为什么出年以来，投递各使馆文件，只为了'洪宪元年'四字，尽被却还。日使日置益，且说是总好商量，但教日本承认帝制，各国亦自然照行。今乃拒绝我国的专使，显是前后不符，自相矛盾，别国还不必怪他，日本真欺我太甚呢。"你要欺人，人亦欺你，这是人事循环，何必懊恨。借老袁口中，补出却还文件，及日使面允事，都是省文之法。征祥连声称是。老袁又道："你且去邀了日置益来，看他何说。"

征祥应命而去，即备柬去请日使，日使只说就来，偏偏待了一日，未见足音。翌日，复由老袁着人往邀，又是"就来"两字，做了回话手本；好容易盼到薄暮，才见日置益乘轩而来，既至新华宫，昂然直入。老袁与他相见，正要开口诘问，但见日置益已沉着脸儿，淡淡地说道："秘密秘密，好似鸣锣击鼓一般，这样叫作秘密，我今日才得领教了。"老袁听着，几乎摸不着头脑，只好还问日置益，要他说明。日置益道："袁大总统，你既要我国帮忙，与我订定条约，彼此应各守秘密，为什么英、法诸国，均已知晓呢？"老袁被他一诘，不由得发怔起来。日置益又道："英、法、美、俄、意五国，将中日秘密结约，与前此密谈的话儿，统探听得明明白白，竟向我国政府提出质问。袁总统，你想我国政府，是承认呢？还是不承认呢？"句句要他自答，煞是厉害。老袁听了许多冷语，才道："我处是严守秘密，并未曾走漏风声。"日置益又冷笑道："照总统说来，简直是要归咎他人了。现在我国政府，已不想什么权利，所以请总统不必费心，周使不必过去。"这数句话，说得老袁愧愤交并，无词可答，只目炯炯望着日置益。日置益又道："本使拟效忠总统，费了一番跋涉，坏了若干唇舌，徒落得一事无成，这正叫作画饼充饥哩。"老袁才嗫嚅地说道："贵使替我尽力，我是很感激的，但事体已办到这个地步，好歹总请帮忙。"日置益不俟说罢，便摇着头道："这事莫怪！本使已爱莫能助了。"言至此，即出座告别，掉头自去。

老袁送出日使，只好饬止周自齐，但一时想不出那走漏秘密的原因。看官，你道这种密约，究竟是何人泄漏呢？古人说得好："天下无难事，总教有心人。"今人说得好："天下无难事，总教现银子。"当袁氏求好日使，秘密进行的时候，日使屡至总统府，不妨法使康悌氏冷眼相窥，已料有特别事故，至日置益无端回国，又无端复任，接连是袁氏派遣周自齐，蛛丝马迹，约略相寻，十成中已瞧料五六。螳螂捕蝉，黄雀随后。只没有探听虚实，总不能凭空揣摩。凑巧自己使馆中，有一个华人方璟生，当差有年，遂传召进来，嘱他暗中侦探，且说是得着实据，就使耗费数万金钱，也不足惜。方璟生得此美差，自然唯命是从，竭力报效。这是中国人的坏处，然此次探出秘密，反保全若干权利，却是反恶为善。

他有两个莫逆的朋友，都在总统府办事，一是内史沈祖宪，一是内尉勾克明，当下就折束相邀，请他到宅中小酌。沈、勾两人自然到来，三人入席狂饮，你一杯，我一盏，相续不已，真个是酒逢知己，千杯嫌少。饮至兴酣且热，渐渐的谈到帝制，又渐渐的谈到赚钱的法儿。沈、勾两人只恨是所入有限，不敷挥霍，那时方璟生便顺流使篙，竟将法公使嘱托事件，秘密告诉，要他两人代为效劳，将来总有若干金银酬谢。两人听到"金银"两字，不觉垂涎，明知此事由老袁预嘱，不便宣布，但要想发点大财，正好乘此进行，管什么预嘱不预嘱呢？总是银钱要紧。于是共同商酌，先索重资。方璟生以十万为约，两人才承认而去。

惟沈、勾两人，虽俱在总统府当差，沈是职司外事，若要探悉秘密，还须仰仗勾克明，勾又与沈酌定，办成此事，须要二八分赃，沈亦含糊答应。看官道勾是何人？他是袁府中乳媪的儿子。乳媪死后，只遗一儿，伶仃孤苦，老袁大发慈悲，将他收作家奴，待勾已长成，模样儿很是俊俏，性情儿又很伶俐，无论什么事件，但教他去办理，无不合老袁心理。老袁很是宠爱，就与他取名克明。居然排入皇子行。至帝制将成，特别加赏，竟封他一个内尉的职衔。那时新华宫中的秘密文件，勾克明多半知晓，有时却交媐收管，勾颇缜密行事，未生歹心，偏此次热心利欲，又受那方、沈二人的怂恿，竟暗将中、日秘密草约，偷录一份，邀同沈祖宪，回报方璟生。方璟生得着密件，喜从天降，急忙取出中法银行的纸币，约莫有一大卷，仔细检点，足足十万金。三人分起肥来，勾得十分之七，沈得十分之二，方只取了一成，总算是一注意外财。勾、沈喜气盈腮，收了此款，洋洋去讫。方璟生入报法使，只称这次用费，不下三四十万金，还算不辱使命，才得将此项底稿，窃取出来。法使见了中日草约，极口赞他灵敏，所有用费，悉听开销。方璟生又赚了二三十万的法币，面团团作富家翁了。能赚外人的金银，我亦赞他灵敏。

唯法使既探出秘密,忙去通知英、美、俄、意四公使,四公使也留意此事,只恨无从窥探,今既得法使报告,哪有不喜之理? 法使道:"自欧战开手,我等协约国,曾有战事以内,不得与别国私行订约,日本政府,也曾愿入协约国团体,为何与中国秘密订约?"美使道:"日本政府,向来主张暗度金针,我国虽尚守中立,未曾加入协约团体,但日本如此举动,本使也很不赞成。况袁世凯想行帝制,定要生出内乱,内乱一生,我等通商诸国,各有妨碍,不如赶紧去质问他罢。"各国之质问日本,具有绝大理由,法、英、俄、意固为协约上起见,美未加入协约,暗中却嫉视日本,故作者借笔下一一演述,俾看官一一接洽。大众同说道:"我等先去质问日使,看他怎么对答?"说罢,便相偕至日本使馆,向日置益诘问起来。日置益不便承认,只推说未曾与闻,五公使冷笑而出,竟公同拍电去问那日本政府。日本政府领袖大隈伯,正因途中被刺,尚未拿住刺客,默料被刺缘由,多半为日本民党反对政府默助老袁,所以有此

暗杀行为,忽又接到五公使电文,便勃然变计,致电日使,叫他拒绝袁氏专使周自齐,一面电复五公使,否认中日密约。可怜这踌躇满志的袁皇帝,陡遭这种打击,害得一场空欢喜,且一时想不出那泄露秘密的叛徒,徒在室中叹息罢了。

谁知不如意事,竟相接而来,新华宫中跑进了段芝贵,见了老袁,也不及施礼,只叫了一声陛下,何不叫御干爹? 便从袖中掏出一封密信来。老袁接入手中,信面上署着姓名,乃是袁瑛密呈张作霖,急忙启视,系约张剋日举义,共讨袁逆等情。看官! 你想老袁方惊疑未定,看了此书,能不惊上加惊,疑中生疑? 便顾着段芝贵道:"你去叫了袁乃宽来,怎么生出这种逆子,还要潜匿不报。"段芝贵领命去了。不一时,乃宽趋入,面上已带着几分灰色,行至老袁座旁,就扑通跪下,磕头请示。老袁恨恨道:"袁瑛是你的爱子吗? 他去结连奉天将军张作霖,要来图我,你莫非纵子为恶,坐视不言?"袁瑛、张作霖履历,借此叙明。乃宽闻到此语,已吓得浑身发颤,仿佛似浇冷水一般,口中勉强答道:"臣……臣倳并未知晓。"说到"晓"字,猛觉头上碰着一物,慌忙一摸,那物已随手落下,拾来细瞧,就是一纸逆书,分明是亲儿手笔,那时无可抵赖,只好拼作老头皮,向地毯上接连乱捣,且满口说着该死。胡不遄死? 老袁复道:"你的爱子,可曾在家否?"乃宽一面碰头,一面流涕道:"逆子向来游荡,整日不在家中,臣倳恐他闯祸,时常着人找寻,有时寻了回来,严加训斥,他总是不肯遵行,这几天内,又许久不见他面了,谁料他竟胆敢出此。若疑臣倳与子同谋,臣倳就使病狂,也不至丧心若此。试想陛下恩遇,何等高深,正愧无自报称,难道还敢大逆不道吗?"说着时,竟鼻涕眼泪,一股脑儿迸将出来。可与言妾妇之道。老袁见他这副形容,怒气已平了三分,便掉转脸色道:"我也料你未必知情,但我既与你联宗,简直如家人父子一般,今乃闹出这种大事,传将出去,岂非是一场大笑话? 你去赶紧追问,休得再事纵容!"乃宽忙磕头谢恩,并面

奏道："这等逆子，应该重惩，臣侄若寻着了他，立刻拘住送案，唯恐他避迹远飏，急切无从追获，还求陛下电饬近畿，一体严拿，休使漏网。"老袁愀然道："你难道还不知我的用意？我想保全袁家脸面，所以令你追问；你快回去照办。畿辅一带，你自去拍发密电，叫他缉获罢。"乃宽听了，越觉感激涕零，又碰了几个响头，起身驰去。

原来袁瑛字仲德，系乃宽次子，他与乃父宗旨不同，故自号不同，平时尝隐嫉老袁，蓄谋革命，外面却不露声色，有时随父入宫，拜谒老袁，竟以族祖相呼，至谒见老袁妻妾，也称她为族祖母及族庶祖母，彬彬有礼，屡蒙奖赏，其实他想借此入手，刺杀老袁，偏是老袁防卫甚严，无从下手，他竟怀着一不做二不休的心思，暗暗布置，确是袁氏同宗，厉害与袁相似。一面电致各省，令他外溃，一面运动京内模范军，令他内变。怎奈天公不作美，奉天将军张作霖竟将原函封寄段芝贵，托他告发，遂致密谋失败。老袁既打发乃宽出室，又加了一层疑团，暗想外交上的泄漏，尚未查出何人，接连又是这场逆案，莫非宫内的吏役，统是叛徒不成？左思右想，愈觉危险。可巧门外响了一声，不由得吓了一跳，哑令左右出视，返报是寂静无人。老袁不信，遍令搜查，谁知不查犹可，一经查勘，却查出一桩绝大的危险品来。

看官，道是何物？乃是铁皮包裹，埋在地中的大炸弹。袁氏未该绝命，所以查出炸弹。这一案非同小可，闹得新华宫里，天翻地覆，你也掘，我也爬，等到宫里宫外，尽行搜勘，竟得了大小炸弹，好几十枚。那时大家诧异，不但袁皇帝惊疑得很，就是一班皇娘妃子及太子公主等，统吓得魂飞天外，彼此忘餐废寝，只恐还有炸弹埋着，半夜爆裂。好容易过了一宵，忽由天津邮局寄来一函，外面写着袁大总统亲启，书内却有一篇绝妙好词，略云：

伪皇帝国贼听者！吾袁氏清白家声，乌肯与操莽为伍，况联宗乎？余所以腼颜族祖汝者，盖挟有绝大之目的来也。其目的维何？即意将手刃汝，而为我共和民国，一扫阴霾耳。不图汝防范谨严，余未克如愿，因以炸弹饷汝，亦不料所谋未成，殆亦天助恶奴耶？或者汝罪未满盈，彼苍特留汝生存于世间，以待多其罪，予以显戮乎？是未可料。今吾已脱身远去，自今而后，吾匪惟不认汝为同宗，即对于我父，吾亦不甘为其子。汝欲索吾，吾已见机而作，所之地址，迄未有定，吾他日归来，行见汝悬首都门，再与汝为末次之晤面。汝脱戢除野心，取消帝制，解职待罪，静候国民之裁判，或者念及前功，从宽末减，汝亦得保全首领。二者惟汝自择之！匆匆留此警告，不尽欲言。

老袁阅毕，怒不可遏，又欲促召袁乃宽。巧值乃宽进来，奏称逆子袁瑛，已由天津警察厅拘住，即日解京来了。正是：

　　昨日搜宫忙未罢，

　　来朝梆子戏重排。

欲知老袁如何答话，且看下回便知。

中国既为民主国，则袁氏之为总统，不过一民国代表，其实一民国公仆耳。袁氏可以欺民，则沈、匀诸人，何不可欺袁氏？同一主仆名义，无惑乎其效尤也。袁乃宽甘作华歆，而其子袁瑛，偏欲作祢正平，是又一绝大怪事。然吾宁取袁瑛，不欲取乃宽，袁瑛犹知大义，乃宽直一小人而已矣。